DIOGÈNE 8

Jean-Philippe Lecid

DIOGÈNE 8

ISBN numérique : 9791098511912
EAN papier : 9791098511905

« Les missions impossibles sont les seules qui réussissent »
Commandant Jacques-Yves Cousteau

1

Au large de Villefranche-sur-Mer. 6 juin 2012

L'irrésolution dévorait l'esprit de Sylvio comme un parasite insidieux. Tous les éléments semblaient pourtant orchestrés pour cette escapade nautique parfaite : une mer d'huile miroitant sous un soleil méditerranéen à l'éclat presque surnaturel qui aurait dû transformer ces instants en parenthèse idyllique. Mais le précieux filet de pêche, patiemment ramendé durant les longues soirées d'hiver, cet héritage qui enorgueillissait sa famille depuis deux générations, tanguait au rythme hypnotique des ondulations des flots azurés, berçant Sylvio dans sa torpeur angoissée.

Il s'était presque convaincu de laisser sa macabre découverte s'enfoncer inexorablement vers le plateau abyssal, de l'abandonner aux ténèbres sous-marines. Se penchant par-dessus le plat-bord de son pointu, il frissonna. Par instants, la silhouette indéfinissable se rapprochait, sinistrement inerte, de la surface. Et ce qu'il parvenait à distinguer dans cette eau translucide le pétrifiait d'effroi. D'une main tremblante, il saisit son portable pour sauvegarder méticuleusement la position GPS. Calculant qu'il dérivait depuis une dizaine de minutes, il corrigea mentalement la localisation d'origine avec une précision presque maniaque, établissant des repères visuels entre l'apparence altière du phare de Saint-Jean-Cap-Ferrat, les contours ocre de l'église de Villefranche-sur-Mer et un monticule rocheux de l'autre côté de la rade. Une méthode ancestrale de triangulation que lui avait transmise son grand-père, artisan pêcheur à la sagesse salée, infaillible pour mémoriser un bon coin à poisson.

Après un combat intérieur aussi bref qu'intense, Sylvio décida finalement de conserver sa prise. La perspective de devoir la hisser à bord le rebutait viscéralement. Puisant dans des réserves de courage qu'il ne soupçonnait pas, il remonta le filet millimètre par millimètre, ses muscles tendus à craquer. Ce qu'il vit lui glaça le sang jusqu'à la moelle. Un hurlement d'horreur primitive s'échappa de sa gorge et ses mains lâchèrent prise instinctivement. La créature, car ce mot s'imposa à lui instantanément, glissa dans l'eau dans un clapotis sinistre.

Sylvio démarra frénétiquement le vieux moteur deux cylindres et cabota en direction de la darse de Villefranche-sur-Mer, veillant avec attention à ne pas coincer les précieux filets dans l'hélice. À mesure que la silhouette de la ville se dessinait à l'horizon, il prenait conscience, comme à travers un brouillard mental, de la portée vertigineuse de sa découverte. Nul doute, il ferait la une du journal local, peut-être même des médias nationaux.

Hébété, les sens exacerbés par l'adrénaline, il crut passer aux abords du phare rouge marquant l'entrée du port comme s'il le voyait pour la première fois de sa vie. Le clapotement ordinaire des vaguelettes contre les rochers au pied de l'imposante citadelle Saint-Elme lui parvenait comme amplifié, transformé en véritable cacophonie marine. Même les sons familiers qui constituaient la mélodie quotidienne du port – le grincement plaintif des cordages, le frottement rythmique des coques contre les bouées, les percussions métalliques des haubans cognant les mâts élancés, tout lui semblait soudain étranger.

D'un geste machinal, Sylvio amarra son pointu à l'emplacement de son anneau et débarqua sur le quai d'un pas chancelant, abandonnant délibérément derrière lui sa trouvaille innommable. Il courut vers la capitainerie du port, ses jambes flageolantes le portant comme dans un cauchemar où le sol se dérobe.

Nice. Auvare

Le commissaire Moretti enfonçait les touches du clavier à l'aide des doigts de ses deux mains, une pratique rare pour un policier de sa génération. Cette habitude, vestige d'un cours de dactylographie de son adolescence, constituait l'une des rares concessions de cet homme à la modernité.

Le visage impassible, les sourcils légèrement froncés, il rédigeait méticuleusement le rapport d'une enquête de surveillance que son équipe menait en coordination avec la BAC depuis un mois sur le gang des iPhone sévissant à Nice. Les services de police croulaient sous l'avalanche de plaintes. La marque à la pomme et son concurrent coréen représentaient soixante-dix pour cent des vols à la tire de portables, une statistique que Moretti avait mémorisée avec sa précision habituelle. Les victimes, majoritairement des touristes étourdis par la beauté de la ville, faisaient le bonheur des chapardeurs et receleurs organisés en réseau. Plusieurs magasins de téléphones d'occasion étaient suspectés de tremper dans ce trafic lucratif. Les Niçois, coutumiers de cette forme de folklore local, comme des maraudes régulières de vélos, restaient perpétuellement sur leur garde, une méfiance instinctive que Moretti approuvait silencieusement.

À la Division Hermès, Florence et William, postés en mission de surveillance, ne quittaient pas des yeux les deux hommes soupçonnés d'appartenir à la bande, préalablement identifiés par la B.A.C sur la place Masséna. Florence, les sens en éveil, captait les moindres tensions invisibles flottant entre les suspects, tandis que William analysait méticuleusement chaque geste, chaque parole échangée, les décomposant en données exploitables. Ils cherchaient patiemment à remonter la filière jusqu'aux commanditaires, tels des pêcheurs attendant que le poisson morde à l'hameçon. Pendant ce temps, Philippe Delmont, avec son calme légendaire, tentait d'infiltrer le réseau, sans résultat tangible pour l'instant. Les malfaiteurs, échaudés par de précédentes opérations, restaient d'une méfiance presque paranoïaque.

Le commissaire lança un coup d'œil furtif à son portable. Sa femme. Une intrusion fulgurante dans son existence compartimentée. Elle avait besoin de lui parler, de lui donner des nouvelles de ses enfants restés à Marseille. Cette situation personnelle énigmatique déconcertait ses collaborateurs qui n'osaient l'interroger. À une seule occasion, dans un moment de rare vulnérabilité, il avait esquissé un semblant d'explication : ils prenaient « le temps de la réflexion, aidé par l'éloignement mutuel », avait-il murmuré presque pour lui-même. Cette unique brèche dans son intimité blindée avait définitivement clos le sujet.

Florence, avec sa sensibilité aiguisée, percevait les ondes de souffrance qui émanaient parfois de lui comme une radio mal réglée. Mais Moretti demeurait fondamentalement un homme de l'ombre, économe de ses émotions comme de ses paroles. Elle avait fini par comprendre que ce qui ressemblait superficiellement à de la froideur correspondait en réalité à une pudeur presque douloureuse. Malgré ces non-dits, un équilibre subtil s'était établi entre la personnalité monolithique et le caractère cartésien du commissaire. Et les aptitudes extraordinaires de son équipe : Florence avec son intuition fulgurante et sa joie de vivre contagieuse qui désamorçait les tensions. Jean, jeune recrue tout juste sortie de l'école de Police, dont l'hypersensibilité rivalisait avec celle de Florence. Mais s'exprimait dans une introversion méditative. Delmont, l'incarnation même du sang-froid analytique. et William, le scientifique de l'équipe, dont l'esprit cartésien complétait parfaitement l'approche plus intuitive de ses collègues.

Moretti contemplait maintenant le néant à travers la fenêtre de son bureau spartiate installé dans les entrailles de la caserne Auvare à Nice. Pour qui ne le connaissait pas intimement, ces déconnexions apparentes pouvaient passer pour de vulgaires moments de rêverie, même lorsqu'elles survenaient sur une scène de crime. Mais il s'agissait en réalité de sa méthode personnelle de réflexion : laisser son esprit dériver comme un bateau sans amarres, structurer sa concentration dans ce vide apparent, fluidifier son raisonnement en s'extrayant momentanément du chaos environnant. À l'école primaire, ses camarades le surnommaient déjà « Jean de la Lune », une étiquette qui lui collait encore à la peau quarante ans plus tard. La vibration soudaine de son portable le ramena brutalement au présent. Il décrocha avec une économie de gestes caractéristique.

— Commissaire, Delgado à l'appareil. Passez me voir.

Le commissaire s'éloigna de la fenêtre, cet astroport personnel de son espace-temps. Le commissaire Divisionnaire de la base restait, comme à son habitude, avare d'informations au téléphone. Ce qui ne dérangeait nullement Moretti, qui n'avait jamais maîtrisé l'art de la conversation téléphonique, préférant le face-à-face où les visages révélaient souvent plus que les mots. Il quitta sa chaise inconfortable pour rejoindre l'officier-chef de la police judiciaire d'un pas mesuré, traversant les couloirs déserts. Il ouvrit sans frapper la porte (une habitude que Delgado lui pardonnait) et l'interrogea du regard. Ce dernier, enfoncé dans son fauteuil de bureau à bascule, en bras de chemise bleu foncé légèrement froissé, releva ses yeux perçants de la même couleur vers le commissaire.

— Asseyez-vous, Moretti. Nous tenons une affaire qui sort de l'ordinaire. J'ai donné des ordres stricts pour que rien ne soit déplacé avant votre arrivée. Nous avons isolé le témoin qui s'est présenté à la capitainerie du port de Villefranche-sur-Mer. L'enquête est à vous ! annonça-t-il, sans autres détails superflus. Un début de sourire énigmatique trahissait l'incontestable satisfaction que produisait cet effet de suspense sur le commissaire.

— Vous m'intriguez, Delgado, lâcha Moretti, le regard soudain plus vif.

Le commandant se cala confortablement dans son fauteuil. Et d'un geste lent, presque théâtral, se déhancha légèrement.

— Accordez-vous du crédit au surnaturel, Moretti ?

— J'ai vu beaucoup d'affaires étranges depuis que je travaille pour la Division Hermès. Dans la majorité des cas, il s'agissait de supercheries élaborées par des mystificateurs ou des dossiers sensibles que le secret défense m'interdit formellement d'évoquer.

Delgado écoutait attentivement Moretti, les yeux scrutateurs regardant par-dessus la monture de ses lunettes, le visage penché en avant comme un confesseur. Installée dans les sous-sols labyrinthiques de la caserne Auvare, la division constituait l'objet de toutes les interrogations et fantasmes au sein de la police. Rattaché officiellement à la direction centrale du renseignement intérieur (DCRI) et travaillant en partenariat étroit avec la mission interministérielle de vigilance de lutte contre les dérives sectaires (MIVILUDES), ce service atypique avait été créé pour enquêter sur des dossiers criminels teintés d'ésotérisme, de fanatisme religieux ou de phénomènes inexpliqués qui échappaient au champ de compétence des structures traditionnelles.

L'équipe soigneusement constituée par le commissaire reflétait cette spécificité : Florence et Jean, deux êtres hypersensibles dotés d'une intuition qui frôlait parfois la prémonition – Florence apportant sa joie communicative tandis que Jean cultivait une réserve méditative. William, agent issu de la filière scientifique, expert en informatique et dans le domaine complexe de la physique électromagnétique, capable de décortiquer les manifestations les plus obscures avec une logique implacable. Enfin, Philippe Delmont, ancien lieutenant de police judiciaire, spécialiste du trafic de stupéfiants, dont le calme olympien servait souvent d'ancrage dans la tempête.

– Un pêcheur du port de Villefranche-sur-Mer a rapporté dans ses filets un corps décomposé non identifiable par les méthodes habituelles. À vous de jouer, Mulder ! lança Delgado avec une pointe d'ironie.

Le commissaire Divisionnaire rehaussa ses lunettes sur son nez aquilin et tendit un dossier mince vers le commissaire.

– Des photos ? questionna Moretti, toujours pragmatique.

– Non, les hommes ont scrupuleusement suivi le protocole que vous avez établi. Vous pouvez disposer des deux agents de la BAC qui viennent de rentrer de surveillance. N'oubliez pas Scully ! lâcha-t-il en souriant, poursuivant sa métaphore télévisuelle.

Moretti observa intensément Bernard dans les yeux, cherchant à évaluer la nature exacte qu'allait prendre cette mission, puis se leva avec sa fluidité habituelle.

– Merci, je n'ai besoin de personne d'autre que les miens. Ils connaissent mes méthodes.

– Comme vous voulez ! Tenez-moi au courant, commissaire. Je pressens que cette affaire pourrait devenir... délicate.

– J'espère que ce n'est pas une plaisanterie macabre d'adolescent désœuvré !

— Je ne crois pas, indiqua le commissaire divisionnaire manipulant nerveusement ses lunettes dans ses mains. Pas d'après le rapport préliminaire des deux agents sur place. L'affaire est pour vous, soyez-en assuré. Elle porte votre signature.

Un bref clignement des yeux mit fin à l'entretien, un code tacite entre les deux hommes. Moretti acquiesça d'un signe de tête presque imperceptible et sortit. En déambulant à travers les couloirs anciens et sinistres de la caserne, dont les murs épais semblaient avoir absorbé la morbidité de générations de criminels, Moretti songeait à tous ceux qui avaient foulé ce sol depuis sa création. Une tension latente régnait dans cet espace chargé d'histoire sombre, comme si les pierres elles-mêmes suintaient du remugle de l'aspect noir, sauvage, primordial de l'humain.

Un jeune policier hocha respectueusement la tête en le croisant, évitant soigneusement son regard inquisiteur, une attitude qui en disait long sur la notoriété énigmatique de son service au sein de l'institution. Les locaux d'Hermès avaient été stratégiquement installés dans les sous-sols récemment rénovés, comme pour symboliser leur mission d'exploration des profondeurs troubles de l'âme humaine. Seul le bureau personnel de Moretti, privilège de son rang, disposait d'une fenêtre étroite donnant sur l'extérieur, laissant filtrer une lumière naturelle qui lui conférait, dans cet ensemble vaporeux et artificiel, un air presque surnaturel – la modernité encapsulée dans un écrin poussiéreux chargé d'histoire.

Arrivé au bout d'un couloir à la peinture blafarde écaillée par endroits, il poussa une porte métallique blindée contrastant violemment avec l'architecture ancienne et posa son pouce sur le détecteur infrarouge à empreintes digitales. En pénétrant dans l'antre d'Hermès, il tomba sur son lieutenant, Delmont, qui semblait l'attendre.

— Delmont, vous tombez à pic, déclara-t-il sans préambule. Allez remplacer Florence sur la surveillance, je voudrais qu'elle me rejoigne immédiatement au port de Villefranche-sur-Mer. Elle pourrait s'avérer précieuse sur cette affaire.

Le commissaire Moretti quitta la caserne à bord de sa BMW 320 noire, une relique mécanique rachetée à un policier à la retraite. La berline allemande, millésime 1984, était devenue une extension de sa personnalité austère, efficace, indémodable. Pour rien au monde il n'envisageait de la remplacer, malgré les railleries occasionnelles de Delmont qui qualifiait ce véhicule de « pièce de musée ambulante ». Les mains posées sur le volant à la patine luisante, Moretti ressentait cette connexion viscérale avec la machine, ce lien que seules des années de complicité peuvent tisser.

Parvenu à un point d'intersection stratégique en haut de la moyenne corniche André de Joly, il obliqua vers une route sinueuse qui dévalait la pente en lacets serrés, serpentant au milieu d'un amphithéâtre naturel de villas somptueuses aux toits de tuiles ocre. Ce paysage architectural était cerné de murets en pierres de taille gorgées de soleil et d'histoire, témoins silencieux des siècles écoulés sur cette côte convoitée depuis l'Antiquité. Durant le trajet, son regard analytique embrassait le panorama qu'il affectionnait particulièrement : une vue à couper le souffle sur la presqu'île de Saint-Jean-Cap-Ferrat, puis Villefranche-sur-Mer nichée dans son écrin naturel, avec en toile de fond l'immense flaque miroitante de la Méditerranée dont les nuances de bleu variaient chaque heure du jour. Cette beauté époustouflante contrastait violemment avec la nature des affaires qu'il traitait quotidiennement, comme si l'univers cherchait à maintenir un équilibre cosmique entre splendeur et horreur.

D'un geste précis, il donna un coup de volant sur la droite, prenant l'ultime virage en épingle à cheveux. À la sortie de cette courbe, il s'approcha en ralentissant du port de Villefranche-Darse, sa silhouette se dessinant dans l'échancrure du relief côtier. Il gara méthodiquement son véhicule devant la capitainerie, coupant le contact avec ce petit rituel qui lui était propre – une caresse furtive sur le tableau de bord, comme pour remercier la fidèle mécanique.

En ouvrant la portière, une forte odeur âcre de peinture marine et de solvants envahit ses narines, stimulant instantanément sa mémoire olfactive. Cette senteur caractéristique provenait des navires en réparation sur cales, tels des patients en convalescence, recouverts par des bâches blanches thermorétractables qui leur donnaient des allures de cocons fantasmagoriques. Son regard balaya méticuleusement les environs : aucun regroupement suspect ni attroupement de curieux à proximité des bateaux de plaisance. Un détail qu'il enregistra machinalement, son cerveau traitant chaque information comme une pièce potentielle du puzzle.

En pénétrant dans les locaux de la capitainerie récemment rénovés du bâtiment jaune à l'architecture ancienne, une association sensorielle inattendue le frappa : la chambre de sa fille lui revint en mémoire avec une netteté douloureuse. Même amalgame d'odeurs de produits chimiques que lors de sa rénovation, quelques semaines avant sa naissance. Les murs peints en beige avec ce liseré de papier à un mètre du sol, illustrant des coquillages délicatement colorés qu'il avait lui-même choisis. Cette intrusion du personnel dans sa conscience professionnelle le déstabilisa momentanément. D'un geste presque rituel, il effaça de son esprit ces vagabondages émotionnels inappropriés, passa sa main sur son visage comme pour remettre un masque en place. Et gravit les escaliers avec sa détermination habituelle.

Après un bref échange informatif avec les deux policiers en faction – leurs postures se raidissant imperceptiblement à son approche – il s'approcha de l'homme qu'il identifia immédiatement comme le témoin clef.

— Bonjour ! Commissaire Moretti, suivez-moi, annonça-t-il d'un ton qui n'admettait aucune réplique.

— Où ça ? répliqua l'homme, une note d'inquiétude transparaissant dans sa voix éraillée par l'émotion.

— Eh bien à votre embarcation ! Vous avez attrapé un gros poisson dans votre filet, non ? rétorqua Moretti, son regard perçant étudiant l'état émotionnel de son interlocuteur.

— Ce n'est pas exactement ça, glissa le pêcheur, visiblement mal à l'aise, ses doigts se tordant nerveusement.

Le pêcheur, que Moretti évaluait comme quadragénaire, la peau tannée par des années d'exposition aux éléments, mena le commissaire jusqu'à l'emplacement de son bateau. Leur progression était ponctuée par la symphonie industrielle des chantiers navals – stridences aiguës des scies sauteuses, vrombissements graves des ponceuses, martèlements rythmés d'outils métalliques contre les coques – une cacophonie familière qui constituait la bande-son authentique du port de la darse de Villefranche.

Sylvio parvint enfin à l'anneau qu'il louait au ponton F, numéroté en blanc sur un fond bleu délavé. Il jeta une œillade furtive par-dessus son épaule, comme pour s'assurer qu'ils n'étaient pas suivis, puis tira avec expertise sur la corde pour approcher l'embarcation au quai. Moretti se pencha légèrement pour y discerner le nom, peint en lettres bleues légèrement écaillées sur la coque.

— Esperanza ? interrogea-t-il, identifiant l'origine espagnole du terme.

— C'était le prénom de ma grand-mère, répondit Sylvio avec une pointe de nostalgie, en enjambant agilement le plat-bord du pointu.

Les hésitations manifestes du commissaire pour garder son équilibre sur l'embarcation oscillante firent naître un sourire fugace sur le visage tendu de Sylvio – un bref instant d'humanité dans cette situation extraordinaire.

— Où se trouve le corps ? interrogea Moretti en coulissant la cale en bois pour stabiliser sa position, son pragmatisme reprenant immédiatement le dessus.

— Trop lourd pour le ramener à bord, je l'ai laissé dans l'eau, expliqua le pêcheur en s'approchant du bordage.

Avec des gestes précis trahissant des années de pratique, le pêcheur tira sur le filet. Une forme crânienne à la coloration bleuâtre aux inquiétants reflets verdâtres heurta la coque de l'embarcation dans un bruit sourd qui résonna comme un glas. Moretti, surmontant sa répulsion instinctive, aida à la manœuvre avec une efficacité clinique. La silhouette immergée ressemblait vaguement à un humain pourvu d'excroissances évoquant des appendices de poisson. Mais l'examen précis s'avérait difficile en raison du manque de luminosité entre les deux bateaux qui créaient un tunnel d'ombre sur l'eau.

– OK, dit Moretti en se redressant, ses yeux ne quittant pas la forme indistincte. Vous m'assurez qu'il ne s'agit pas d'un canular ? Sinon, je vous garantis que vous le regretterez amèrement !

– Je vous le jure sur la tête de mes enfants ! s'exclama Sylvio, une indignation authentique transparaissant dans sa voix. Ça va me retomber dessus maintenant ! geignit-il, visiblement tourmenté par les implications de sa découverte.

Sans attendre, Moretti extirpa une paire de gants en latex de la poche intérieure de sa veste et les enfila avec des gestes méthodiques. Il se pencha à nouveau et saisit le corps, sa main entrant en contact avec une masse gélatineuse étrangement dure et froide, dont la texture ne correspondait à rien de connu dans son répertoire tactile pourtant étendu. En se relevant, son esprit évaluait déjà la situation dans sa globalité, anticipant les étapes procédurales qui allaient se succéder comme un algorithme parfaitement huilé. Lorsque tout s'accorda harmonieusement dans son cerveau, il s'adressa à Sylvio d'un ton sans appel.

– Un de mes agents va prendre votre déposition complète. Vous allez signer un formulaire de confidentialité absolue. Si cette découverte s'ébruite de quelque manière que ce soit, vous aurez affaire à moi et à la justice, c'est parfaitement compris ?

Le pêcheur acquiesça silencieusement, le visage soudain pâle.

– Bien, donnez-moi votre pièce d'identité, ordonna-t-il en tendant sa main gantée avec autorité.

– Je l'ai remise aux policiers dans la capitainerie, ils me l'ont réclamée dès mon arrivée, précisa Sylvio.

– Bien, asseyez-vous sur ce banc devant le quai et n'en bougez sous aucun prétexte.

Moretti s'éloigna de quelques pas et contacta l'équipe scientifique spécialisée sur son téléphone crypté, tout en observant attentivement les environs, son instinct professionnel en alerte permanente. Devant lui se dessinait une perspective saisissante de Saint-Jean-Cap-Ferrat, la presqu'île aristocratique aux villas dissimulées derrière des haies de cyprès centenaires. Il distinguait nettement le chemin des douaniers qui serpentait le long du littoral escarpé, un ruban ocre longeant les falaises vertigineuses. Derrière lui, sur sa gauche, se dressait un massif montagneux imposant sur lequel il discernait, tel un mirage médiéval, le village d'Èze perché à la cime d'un éperon rocheux, défiant les lois de l'équilibre. Il avait gravi ce site un dimanche matin en arpentant le sentier abrupt qui relie Èze-sur-Mer au village éponyme, 1600 mètres en amont – une ascension éprouvante qui lui avait permis de méditer sur une enquête particulièrement complexe. Un randonneur érudit lui avait alors révélé que le philosophe Friedrich Nietzsche avait conçu la troisième partie de son œuvre majeure « Ainsi parlait Zarathoustra » en foulant ce même chemin vertigineux – une coïncidence qui avait résonné étrangement avec la nature de l'affaire qu'il traitait alors.

Dans son champ de vision périphérique apparut soudain Florence comme dans un fondu enchaîné cinématographique, sa silhouette élancée se détachant sur l'azur du ciel. Sans prononcer un mot superflu (leur communication ayant depuis longtemps transcendé les conventions verbales) il désigna simplement du doigt le filet et son inquiétante prise. Florence, percevant immédiatement la gravité de la situation, monta avec souplesse sur le bateau puis jeta un coup d'œil. Leurs regards se croisèrent, échangeant silencieusement une multitude d'informations que des mots auraient maladroitement traduites. L'intensité inhabituelle dans les yeux de Florence confirma à Moretti que son intuition singulière s'était déjà mise en branle, captant des signaux invisibles aux sens ordinaires.

Le fourgon-laboratoire de l'équipe scientifique spécialisée s'immobilisa devant les locaux séculaires de l'observatoire océanologique, magnifiquement logé dans les anciennes corderies royales du port, face à un parking privé jalousement gardé, destiné aux plaisanciers. Le corps avait été méticuleusement enveloppé dans une bâche en plastique sombre, hermétiquement scellée, puis transporté sur une civière médicalisée avec des précautions dignes d'un artefact archéologique inestimable. Dans l'espace confiné du camion transformé en laboratoire mobile, les deux médecins légistes qui auscultaient désormais la créature échangeaient des regards stupéfaits, leur professionnalisme habituel ébranlé par ce qu'ils découvraient.

– Annoncez la couleur ! lâcha le commissaire avec son laconisme caractéristique, préférant les faits bruts aux conjectures.

– Humain, type caucasien, sans l'ombre d'un doute. Je discerne cependant de nombreuses transformations biologiques importantes, d'une complexité extraordinaire. Des greffes manifestement. Mais ce qui est profondément troublant, ce sont les branchies parfaitement fonctionnelles, souligna le légiste principal, le plus grand des deux, son front dégarni luisant sous l'éclairage clinique du véhicule.

Il déplaça le corps sur le flanc avec une délicatesse révérencieuse, ses mains gantées manipulant la créature comme une relique fragile.

– À première vue, ça ne ressemble en rien à des transplantations conventionnelles. Je dirais plutôt une forme de mutation contrôlée, ou de transformation biotechnologique avancée. Je rendrai un rapport détaillé après des analyses complètes au laboratoire central.

Son collègue, plus jeune et visiblement fasciné, prenait méthodiquement des clichés haute résolution de toutes les parties de l'anatomie hybride, le flash illuminant sporadiquement l'intérieur du véhicule.

– En palpant l'épiderme, je sens distinctement l'existence d'implants sous-cutanés parfaitement intégrés. Un travail d'orfèvre biomoléculaire, murmura-t-il avec une admiration professionnelle non dissimulée. J'ai pourtant vu des membres et des visages entièrement reconstruits après des traumatismes majeurs. Mais jamais de pareilles prouesses techniques. C'est du grand art, presque de la poésie biologique !

Il releva les sourcils vers Florence qui se tenait légèrement en retrait, captant intensément toutes les vibrations émotionnelles qui émanaient du corps. Elle hocha imperceptiblement la tête, confirmant silencieusement qu'elle percevait quelque chose d'anormal, même pour sa sensibilité extraordinaire. Le légiste retourna alors délicatement le cadavre et son doigt ganté s'immobilisa sur une marque ensanglantée au niveau de la nuque, une plaie aux bords nets et réguliers.

– Impact de flèche, murmura Florence dans un souffle à peine audible, ses yeux légèrement voilés comme lorsqu'elle entrait en connexion avec les empreintes émotionnelles résiduelles.

– Oui, celle d'un harpon de chasse sous-marine, je présume. Je pense ne pas me tromper en vous affirmant que c'est la cause directe du décès, dit le médecin en se redressant, son corps massif emplissant l'espace confiné du laboratoire mobile.

– Celui qui a fait ça n'a pas laissé sa pièce d'identité !

Moretti consulta furtivement sa montre en sortant du camion, l'air saturé d'effluves marins contrastant avec l'atmosphère aseptisée qu'il venait de quitter. Florence le rejoignit silencieusement, sa présence légère comme toujours. Mais chargée d'une tension nouvelle.

– Le corps doit être autopsié de toute urgence… commença-t-il, pesant chaque mot.

– Où ? l'interrompit Florence, percevant son dilemme intérieur.

Il suspendit sa phrase, son index droit tapotant machinalement son philtrum, ce sillon vertical entre le nez et la lèvre supérieure. Un tic caractéristique qui réapparaissait dans ses longs moments de réflexion intense, une manière inconsciente de se concentrer ou d'activer une zone spécifique de son cerveau analytique – un geste que Florence avait appris à reconnaître comme le prélude à une décision cruciale.

Sans expliciter davantage son raisonnement, il extirpa son téléphone sécurisé et contacta directement le capitaine de corvette Charles Desjobert du Commando Hubert basé à Saint-Mandrier, une unité d'élite des forces spéciales de la Marine nationale spécialisée dans les opérations subaquatiques clandestines.

— Je le connais de réputation, expliqua-t-il à Florence après une conversation cryptique et brève. Il nous envoie immédiatement un hélicoptère de la Marine nationale. Ils vont transférer la créature auprès d'une équipe pluridisciplinaire de médecins militaires qui se constitue en ce moment même. Au-delà du caractère insolite du spécimen, l'intérêt est simultanément scientifique et stratégique pour la défense nationale.

— De quelle manière a-t-il réagi exactement ? Était-il réellement surpris par votre requête inhabituelle ? interrogea Florence en se plaçant directement face à lui, ses yeux perçants cherchant à lire au-delà des mots.

— Non, pas vraiment surpris. Mais ces hommes-là n'étalent jamais leurs émotions, ce sont des militaires d'élite entraînés au poker face absolue. Pourquoi cette question, Florence ? percevez-vous quelque chose de particulier ?

— Qu'est-ce qui nous garantit que cette créature n'est pas justement une de leurs expérimentations classifiées qui aurait... échappé à leur contrôle ?

Cette question incisive frappa Moretti comme une révélation. Il jeta un regard furtif à Florence, admirant une fois de plus sa capacité à entrevoir les angles morts de ses propres raisonnements, puis chercha des yeux le fourgon scientifique par-dessus son épaule. Celui-ci s'ébranlait déjà, quittant le port pour rejoindre une piste d'hélicoptère improvisée. Soudain alarmé par cette possibilité, Moretti abandonna son impassibilité coutumière et se précipita vers le camion, ses longues jambes dévorant l'espace.

— Êtes-vous équipés d'un scanner portable ? s'écria-t-il en rattrapant le véhicule.

— Affirmatif, un modèle tactique de dernière génération répondit le technicien principal depuis la cabine.

— Ce corps va très bientôt être transféré sous juridiction militaire. Je veux que vous effectuiez immédiatement des prélèvements exhaustifs – sang, tissus, épiderme – ainsi que des clichés haute définition sous tous les angles possibles et une radiographie complète de l'organisme. En somme, son clone numérique intégral sur fichier informatique avant qu'il ne disparaisse dans les limbes des labos militaires. Dépêchez-vous, nous n'avons pas beaucoup de temps !

Pendant que l'équipe s'activait frénétiquement à l'intérieur du fourgon, Florence s'approcha de la créature. Elle se sentait étrangement vulnérable en sa présence, comme si un champ magnétique perturbait ses perceptions habituelles. Poussée par une force intérieure qu'elle ne contrôlait qu'à demi, elle posa délicatement sa main sur le front bleuté de l'être. Instantanément, une cascade de représentations visuelles d'une netteté surprenante envahit son esprit – des silhouettes humaines floues dans un environnement qu'elle ne parvenait pas à identifier clairement. Moretti, remarquant sa transe caractéristique, fit discrètement signe aux experts scientifiques de détourner leur attention, leur offrant un prétexte anodin pour respecter ce moment. Florence éprouva alors une vague déferlante de peur primale, non pas la sienne propre. Mais comme l'écho d'une terreur vécue par un autre, transmise de manière abstraite. Mais violemment palpable.

— Une intuition significative, Florence ? murmura Moretti lorsqu'elle rouvrit les yeux, son visage plus pâle qu'à l'accoutumée.

— Je perçois une architecture émotionnelle complexe, imprimée dans ses cellules mêmes. Peur abyssale, sentiment d'isolement cosmique. Et quelque chose d'autre... comme une absence délibérée, un effacement, articula-t-elle avec difficulté, cherchant les mots pour traduire des sensations qui défiaient le langage conventionnel.

45 minutes plus tard, le bruit caractéristique et croissant des turbines d'un hélicoptère militaire parvint aux oreilles affûtées de Moretti qui, reprenant son rôle de coordinateur, accéléra le rythme déjà effréné du travail des techniciens. Ils achevaient à peine leurs derniers prélèvements lorsque le vacarme assourdissant provenant du rotor des pales du monstre d'acier rendit tout dialogue impossible, les vibrations résonnant jusque dans leurs cages thoraciques.

Moretti descendit prestement des marchepieds du camion, ses yeux plissés face au souffle puissant qui soulevait des volutes de poussière. Un appareil neuf à la silhouette futuriste se posa avec une précision chirurgicale sur l'espace dégagé. Mais les hélices continuaient à tourner à plein régime, indiquant clairement que le pilote se tenait prêt à repartir immédiatement. À la surprise du commissaire, le capitaine Desjobert s'était déplacé en personne, un honneur rare qui confirma l'importance exceptionnelle accordée à cette découverte. Les deux hommes se saluèrent avec une familiarité distante, typique des professionnels qui se respectent sans appartenir au même monde.

Deux individus en combinaison sombre s'élancèrent vers le fourgon avec une civière médicalisée. Le commissaire échangea quelques mots inaudibles avec Desjobert puis, poussé par sa curiosité professionnelle jamais éteinte, s'approcha du cockpit high-tech. L'intérieur était constellé d'écrans d'ordinateur tactiles aux affichages cryptiques, un tableau de bord digne des meilleures productions de science-fiction. Le capitaine, devinant son intérêt, lui hurla le nom de l'appareil par-dessus le vacarme infernal : « C'est un Caïman marine, dernière génération ! »

Moretti nota l'expression fugitive. Mais authentique de surprise qui traversa le visage habituellement impassible du militaire lorsqu'il découvrit la créature humanoïde sur le brancard – une confirmation silencieuse que cette chose n'était pas une expérimentation militaire connue des forces spéciales. « Pas un des leurs », conclut le commissaire, soulagé. Mais simultanément plus inquiet encore quant à l'origine réelle de cette anomalie biologique.

L'officier pointa son pouce vers le haut en signe de communication achevée. L'instant d'après, la masse d'acier vrombissante s'arrachait du sol avec une puissance phénoménale, emportant vers St Mandrier ce qui constituerait peut-être la découverte scientifique la plus troublante de la décennie. Ils suivirent des yeux l'hélicoptère jusqu'à ce qu'il ne soit plus qu'un point diminuant rapidement au large de la baie azurée, sa silhouette bientôt remplacée dans le ciel méditerranéen par un avion de ligne aux contours plus familiers qui entamait sa descente vers l'aéroport de Nice-Côte d'Azur.

Un silence s'installa soudain, comme si la nature elle-même reprenait ses droits après cette intrusion technologique. Moretti libéra l'équipe scientifique avec ses dernières instructions :

— Tenez-moi personnellement et directement informé des résultats de votre étude, dès les premières analyses préliminaires. Utilisez exclusivement le canal sécurisé.

Le fourgon s'éloigna, laissant Moretti et Florence seuls face à la mer scintillante qui gardait désormais ses secrets. Le commissaire sortit son téléphone crypté et composa un numéro que peu de personnes possédaient – la ligne directe vers Levallois-Perret, siège de la DCRI. Il informa sobrement ses supérieurs de leur découverte extraordinaire, son rapport factuel dénué d'émotions ou de spéculations. En raccrochant, il se tourna vers Florence, son visage impénétrable masquant ses propres questionnements.

– L'affaire vient d'être officiellement classée secret défense. À partir de maintenant, nous marchons sur des œufs, murmura-t-il, son regard perdu dans l'horizon où l'hélicoptère avait disparu, emportant avec lui une énigme qu'il pressentait obscurément, n'était que le prélude à quelque chose de bien plus vaste.

2

La vedette de la police maritime ralentit sa course, créant un remous d'écume qui s'éloigna en vagues concentriques. L'embarcation oscilla légèrement, comme suspendue au-dessus de l'immensité azurée. Sylvio plissa les yeux, scrutant l'horizon avec une concentration presque douloureuse. Ses doigts calleux parcouraient nerveusement une carte marine écornée où il avait soigneusement consigné ses repères quelques heures plus tôt. William, lunettes rectangulaires sur le nez, vérifia leur position GPS avec une précision toute scientifique. Son visage d'ordinaire impassible s'éclaira d'une brève satisfaction.

– Nous sommes exactement sur les coordonnées relevées par Sylvio, confirma-t-il. La marge d'erreur est négligeable.

Le soleil méditerranéen miroitait sur l'eau, créant des milliers de diamants mouvants. Au loin, la presqu'île du Cap-Ferrat se découpait sur un ciel d'un bleu presque irréel, quelques cirrus effilochés y dessinant des arabesques diaphanes. Trois plongeurs, engoncés dans leurs combinaisons néoprène, achevaient méthodiquement les vérifications de leur équipement. Le premier, plus massif que ses compagnons, se leva avec une assurance tranquille. Il contourna le poste de pilotage d'un pas assuré malgré le tangage, puis dévissa avec expertise les vannes d'arrivée d'air des bouteilles. Le mélange gazeux s'engouffra dans les tuyaux avec un sifflement caractéristique. Satisfait, l'homme leva son pouce vers le ciel.

Sans hésitation, deux des hommes-grenouilles basculèrent en arrière, leurs corps disparaissant dans un éclaboussement spectaculaire. Le troisième, après un instant de recueillement presque rituel, serra les jambes et se laissa tomber à son tour. L'impact provoqua un petit geyser d'écume qui fit danser la vedette sur place. Les silhouettes s'enfoncèrent progressivement, avalées par les profondeurs marines aux reflets cobalt. Seuls les chapelets de bulles argentées qui remontaient à la surface indiquaient leurs trajectoires divergentes, comme un message codé adressé au monde aérien. William trempa sa main dans l'eau, contemplant avec une curiosité presque enfantine les ondulations qui déformaient le reflet des nuages. Une frustration subtile traversa son regard.

— J'aurais volontiers plongé avec eux, murmura-t-il, passant inconsciemment sa langue sur une molaire récemment couronnée. Mais cette dent fraîchement réparée ne supporterait probablement pas les variations de pression.

Les minutes s'égrenaient avec une lenteur. William laissa son esprit vagabonder vers ses collègues de la BAC, certainement en train d'arpenter les rues surchauffées de la ville. Pour une fois, il savourait pleinement sa mission maritime, malgré l'attente. Sylvio rompit le silence. Sa voix rauque portait une pointe d'impatience mal dissimulée.

— Si j'avais su qu'on allait poireauter aussi longtemps, j'aurais apporté ma canne à pêche, marmonna-t-il, tapotant nerveusement le bastingage du bout des doigts.

William retira ses lunettes avec une lenteur délibérée, les essuyant méticuleusement sur un pan de sa chemise. Son regard devint soudain acéré comme du silex.

— Parce que vous considérez que nous sommes en excursion de plaisance, peut-être ? » répliqua-t-il d'une voix.

Sylvio détourna les yeux, soudain absorbé par l'observation d'un goéland solitaire. Dans son esprit défilaient des images de ses amis, attablés à l'ombre des platanes, disputant une partie de pétanque sur la place du village. Le claquement métallique des boules lui manquait presque physiquement. Un mouvement dans l'eau attira leur attention. À une vingtaine de mètres, près d'affleurements rocheux qui s'avançaient en contrebas du phare séculaire, une tête couverte de néoprène noir émergea brusquement. Le plongeur agita vigoureusement le bras, son geste sans équivoque transmettant l'urgence de sa découverte. William réagit instantanément. Le moteur rugit, propulsant l'embarcation vers le point d'émergence. Une fois à proximité, il jeta l'ancre par-dessus bord. Le plongeur retira son masque d'un geste vif, révélant un visage marqué par l'effort et l'excitation. Des gouttes d'eau salée ruisselaient sur ses traits tendus par l'adrénaline. Il s'agrippa fermement à une anse du bateau.

— J'ai trouvé quelque chose, annonça-t-il, la respiration encore haletante. Un filet contenant quatre amphores antiques, quatre sacs remplis de pièces de monnaie et diverses poteries. L'un des sacs est éventré, des escudos en or dispersés sur environ cinq mètres carrés.

Ses yeux brillaient d'une lueur presque fiévreuse.

— Une véritable fortune ! Un trésor authentique ! Il reprit son souffle avec difficulté.

— Nous avons tenté de déterminer si ces artefacts provenaient d'un site archéologique connu dans les environs. Mais rien ne correspond à nos données. Nada.

Il secoua la tête.

— Les pilleurs ont dû partir précipitamment, probablement repérés ou dérangés.

William lui tendit un appareil photo étanche

— Documentez tout systématiquement, ordonna-t-il, avant de se tourner vers son iPad pour enregistrer méticuleusement leur position GPS.

Durant le trajet de retour vers le port, William, avec des gestes précis d'horloger, ouvrit le boîtier de l'appareil, en extirpa la carte mémoire et l'inséra dans sa tablette via un module externe. Ses doigts dansaient sur l'écran avec l'aisance d'un pianiste, transférant l'ensemble des données dans un mail adressé simultanément à Moretti et à toute l'équipe. Cette méthode de partage instantané, initiée par le commissaire lui-même, s'était révélée d'une redoutable efficacité. Chaque agent de la Division Hermès disposait ainsi des mêmes informations en temps réel, ce qui facilitait grandement leur compréhension collective et la coordination de leurs recherches. Le taux de résolution de leurs enquêtes en témoignait éloquemment.

À plusieurs kilomètres de là, Florence et Moretti examinaient déjà le rapport de William. Installés à la terrasse ensoleillée du café « La Baleine Joyeuse », ils parcouraient les photographies avec une attention professionnelle. La mer scintillait au loin, indifférente aux mystères qu'elle recelait. Florence sirotait un café allongé, ses doigts fins tapotant nerveusement le bord de la tasse en porcelaine. Ses yeux, d'un vert intense, reflétaient une sensibilité presque palpable. Contrairement à la plupart de ses collègues, elle ne cherchait pas à dissimuler ses émotions, convaincue que cette hypersensibilité constituait son principal atout dans ce métier.

— Votre opinion, Florence ? demanda Moretti, son regard perçant ne trahissant aucune de ses pensées.

Le commissaire Moretti était connu pour son détachement quasi légendaire. Sous ses traits impassibles et son apparente froideur se cachait un esprit analytique hors pair. Rien n'échappait à son observation minutieuse, pas même les subtiles variations dans l'intonation de ses interlocuteurs.

— La même que la vôtre, j'imagine, répondit Florence avec un sourire fugace.

— En toute vraisemblance, nous avons un lien avec notre homme-poisson.

Elle ferma brièvement les yeux, comme pour mieux visualiser la scène.

— Je me souviens encore de cette terreur presque palpable qui émanait du corps que nous avons découvert. Ce n'était pas une simple peur. Mais une épouvante primale. Elle rouvrit les yeux, son regard soudain intense.

— Un plongeur-pilleur surprit par l'apparition soudaine de cette créature… Il l'aurait probablement confondue avec un requin dans la panique. Difficile de conserver son sang-froid dans de telles circonstances. Je pense qu'il l'a abattu au harpon, peut-être sans même vraiment comprendre ce qu'il visait.

Moretti prit une gorgée de son expresso, son visage toujours indéchiffrable.

— Votre hypothèse manque encore de solidité, Florence, répondit-il calmement. Mais elle a le mérite d'établir un mobile potentiel. »

— Vous pensez donc à un meurtre ? demanda-t-elle, penchant légèrement la tête comme pour mieux capter la réponse.

— Jusqu'à preuve du contraire, nous avons affaire à un humain. Nous menons une enquête pour homicide, classée secret défense, raison pour laquelle la police locale a été écartée du dossier.

Il reposa sa tasse avec une précision millimétrée.

— Nous allons mettre ce site sous surveillance permanente. Le coupable ou un complice tentera inévitablement de récupérer son butin. Ces antiquités représentent une fortune considérable sur le marché noir des collectionneurs.

William, qui venait d'arriver d'un pas vif, avait saisi la fin de leur conversation. Son regard, derrière ses lunettes légèrement embuées par la chaleur.

— J'ai repéré une base militaire désaffectée à proximité immédiate de la scène de crime, intervint-il.

— Ce serait un poste d'observation idéal pour une surveillance discrète.

Moretti releva la tête, une lueur d'intérêt traversant fugitivement son regard.

— À Saint-Jean-Cap-Ferrat ? s'étonna-t-il. Je n'avais pas connaissance d'installations militaires dans ce secteur.

— Affirmatif, confirma William en s'asseyant. J'ai aperçu des panneaux à la jumelle : « Zone militaire, défense d'entrer ». Les bâtiments semblent abandonnés depuis longtemps. Mais la position est stratégique pour notre opération.

— Excellent, approuva Moretti. Effectuez des recherches approfondies sur cette base et transmettez un rapport complet à l'équipe. Incluez également la synthèse de notre discussion.

Un serveur à la démarche nonchalante s'approcha de leur table, son plateau vide sous le bras.

— Vous désirez commander ? demanda-t-il à William.

— Une noisette, s'il vous plaît, répondit ce dernier en retirant ses lunettes pour les essuyer.

Le serveur hocha la tête, puis hésita un instant, son regard alternant entre les trois convives. Une curiosité mal dissimulée se lisait sur son visage expressif.

— Vous êtes des policiers ? hasarda-t-il finalement. Non ? J'ai vu que les pompiers avaient repêché un corps ce matin… Sa voix vibrait d'une excitation à peine contenue, celle du témoin privilégié d'un événement extraordinaire.

Moretti le considéra un instant, son visage ne trahissant rien de ses pensées.

— Effectivement, répondit-il avec une indifférence étudiée tout en évitant soigneusement son regard. Un individu qui s'est noyé, apparemment.

— C'est exactement ce que disaient aussi les autres types, lança le serveur en passant distraitement son chiffon sur la table métallique.

Moretti cligna imperceptiblement des yeux, seul signe trahissant son intérêt soudain.

— De qui parlez-vous ? Les médecins légistes ?

— Non, non, » répondit le serveur en secouant la tête.

— Je parle des deux types qui ont pris un café pendant que le corps était transporté dans un fourgon. Ils ont posé beaucoup de questions à tout le monde et semblaient… comment dire… contrariés ? Ils se sont levés et sont partis précipitamment.

— Vous vous souvenez peut-être du modèle de leur véhicule ? demanda Moretti, sa voix toujours aussi détachée malgré l'intensité nouvelle de son regard.

— Un 4×4 noir, garé tout au bout du port.

Le serveur se pencha légèrement vers eux, comme pour partager une confidence.

— Vous savez, ici, tout le monde se connaît. Ces deux-là, personne ne les avait jamais vus.

Un sourire illumina soudain son visage, ses yeux pétillants d'une inspiration subite.

– J'ai compris ! s'exclama-t-il, claquant des doigts. C'était une célébrité, c'est ça ? Vous êtes ici pour tenir à distance les journalistes et les curieux !

Florence dissimula un sourire derrière sa tasse, tandis que Moretti, jouant le jeu avec un art consommé, inclina légèrement la tête. Son expression se fit conspiratrice, une transformation si subtile que seuls ceux qui le connaissaient bien pouvaient la remarquer.

– Vous pouvez garder un secret ? demanda-t-il à voix basse. Comment vous appelez-vous ?

– Antoine, Antoine Ginezy, » répondit le serveur, visiblement flatté d'être pris dans cette confidence.

– Antoine, reprit Moretti en baissant encore la voix, obligeant l'homme à se pencher davantage, ce que vous avez vu aujourd'hui doit rester strictement confidentiel.

Il ponctua sa déclaration d'un geste théâtral, mimant une bouche scellée à l'aide de son index et de son pouce. Le serveur acquiesça vigoureusement, un large sourire fendant son visage hâlé.

– Je le savais ! s'exclama-t-il triomphalement. J'ai du flair pour ces choses-là ! Vous avez raison d'être discret, les gens racontent tellement d'absurdités dans le coin ! Il secoua la tête avec une moue dédaigneuse. Vous n'imaginez pas ! Des histoires de requins tueurs, de poulpes géants. Et maintenant d'homme-poisson ! Des vrais mythomanes !

Il laissa échapper un gloussement amusé avant de s'éloigner pour aller chercher le café de William, la démarche soudain plus légère, comme investi d'une mission secrète. Moretti se leva avec une élégance discrète, laissant à Florence, dont l'intuition naturelle et la jovialité facilitaient les contacts, le soin de recueillir davantage d'informations sur l'homme poisson évoquées par le serveur. William avala son expresso d'une traite, le regard perdu dans le vague, avant de rejoindre Moretti qui l'attendait dans son véhicule.

– Malgré tous les éléments dont nous disposons, commença William une fois la portière refermée, je ne parviens toujours pas à adhérer à cette théorie de créature marine. C'est totalement irrationnel.

Moretti acquiesça imperceptiblement. Son esprit cartésien se rebellait également contre cette notion fantasque.

– Une nouvelle mode après les crop circles ? » suggéra William, ses doigts tapotant machinalement la tablette posée sur ses genoux.

– Vous accordez réellement du crédit à ces élucubrations ? répliqua Moretti avec une pointe d'incrédulité. Vous, le scientifique de l'équipe ?

William ajusta ses lunettes, un geste qui lui était familier lorsqu'il s'apprêtait à développer une théorie.

— Les crop circles sont indéniablement des créations humaines, précisa-t-il. Mais il m'est arrivé d'observer des formations qui perturbaient significativement mes instruments de mesure électromagnétique. Un phénomène fascinant sur le plan scientifique.

— Poursuivez, l'encouragea Moretti, son attention pleinement éveillée.

— Mon hypothèse est simple : des individus techniquement doués ont fabriqué ces prétendus « monstres marins ». Ils cherchent probablement à créer le buzz sur les réseaux sociaux, à devenir viraux.

— Le quoi ? interrogea Moretti, peu familier avec ce jargon numérique.

Avant que William n'ait pu lui fournir une explication, la portière arrière s'ouvrit brusquement. Florence se glissa à l'intérieur, ses joues légèrement rosies par l'excitation de la découverte.

— Championnat du monde d'apnée de 2004, annonça-t-elle sans préambule, brandissant son carnet de notes comme un trophée. Un prénom : Paul. Un compétiteur de la catégorie no limit qui a défrayé la chronique avec son histoire d'homme-poisson !

Elle feuilleta rapidement ses notes.

— J'ai également récupéré la déposition complète de Sylvio. Le pauvre bougre était complètement déconfit !

— Il peut faire une croix sur ses espoirs de gloire médiatique, c'est certain, commenta William avec un léger sourire.

— Fascinant, murmura Moretti, son regard perdu dans le lointain, déjà en train d'assembler ces nouvelles pièces dans le puzzle mental qu'il construisait.

— Florence, contactez les organisateurs de ce championnat. Je veux tout savoir sur ce Paul et ses activités depuis 2004. William, approfondissez vos recherches sur cette base militaire abandonnée.

Le moteur ronronna doucement tandis que la berline s'éloignait du port, laissant derrière elle le murmure incessant des vagues et les secrets enfouis dans les profondeurs de la Méditerranée.

Lorsque Moretti et son équipe pénétrèrent dans l'antre de la Division Hermès, l'atmosphère était électrique. Delmont, avec sa minutie habituelle, avait préparé un exposé complet sur la pratique de l'apnée ainsi qu'un portrait détaillé de Paul Simeoni. Ses dossiers, impeccablement ordonnés devant lui, trahissaient son esprit méthodique.

— J'ai retrouvé les coordonnées de Paul Simeoni, annonça-t-il de sa voix posée. C'est bien l'homme mentionné par le serveur. Il gère un magasin d'articles de plongée sous-marine sur le port de Nice, en partenariat avec un autre apnéiste. L'affaire vivote entre deux saisons. Ils possèdent un bateau et organisent des excursions en mer.

Il tapota son dossier de son index droit, un geste qui lui était familier lorsqu'il avait confiance en ses recherches.

– J'ai rendez-vous à 18 heures avec lui dans son commerce. Je vous ai envoyé une copie de mes recherches par mail. Mais puisque vous êtes tous présents, je vais vous résumer l'essentiel.

Moretti s'assit au fond de la salle, croisant les bras sur sa poitrine. Son regard ne manquait jamais un détail, scrutant chaque information comme s'il cherchait à déconstruire un puzzle complexe. C'était sa façon d'absorber le monde – par fragments logiques, organisés, catégorisés.

Delmont se lança dans son exposé, sa voix calme captivant immédiatement l'attention de son auditoire.

– Jacques Mayol a été un véritable précurseur dans la discipline. Premier homme à descendre à une profondeur de 100 mètres en apnée. Puis vint Loïc Leferme, champion français, décédé tragiquement en avril 2007 suite à un problème technique lors d'un entraînement à Saint-Jean-Cap-Ferrat. Les circonstances exactes de cette noyade demeurent mystérieuses.

William, penché sur sa tablette, hochait la tête en vérifiant les données. Il ne pouvait s'empêcher de chercher des corrélations, des schémas logiques.

– Ce nageur d'exception a établi une performance stupéfiante en 1998 avec 118 mètres, un exploit qui paraissait alors surhumain. Il atteindra ensuite 135 mètres, frôlant le record mondial.

Delmont fit défiler quelques images sur l'écran, montrant les athlètes plongeant dans les profondeurs bleues.

– Les prouesses se sont succédé : 137, 152 et finalement 171 mètres en 2004, l'année même où Paul Simeoni affirme avoir aperçu une forme mi-humaine, mi-poisson. Peu après, les organisateurs ont mis fin aux tentatives extrêmes, les jugeant trop dangereuses.

Il marqua une pause, laissant l'information imprégner l'espace.

– Personne n'a cru Paul à l'époque. On a imputé cette apparition à l'ivresse des profondeurs. Durant des années, il a tenté de retrouver ce qu'il appelle « le monstre », armé de caméras et d'appareils photo étanches. Mais sans succès. Il est devenu une figure locale, surnommé « le chasseur de sirènes ». Un personnage haut en couleur, connu dans toute la région.

Florence, qui avait écouté avec une attention fébrile, se redressa soudainement. Ses yeux brillaient de cet éclat particulier qui apparaissait chaque fois qu'une intuition la traversait.

— Cette prise de conscience des organisateurs découle-t-elle vraiment des risques encourus par les apnéistes, ou serait-ce lié à la présence de ces créatures ? Existe-t-il un lien que nous négligeons ?

Sa voix vibrante trahissait son excitation. Moretti se tourna vers elle, une ride de concentration barrant son front.

— Que voulez-vous dire exactement, Florence ? demanda-t-il, cherchant à cerner la logique derrière cette hypothèse audacieuse.

Florence se leva d'un bond, incapable de contenir son énergie.

— Les organisateurs ont très probablement subi des pressions pour mettre un terme à ces plongées extrêmes. Rappelez-vous ce que nous a confié le garçon de café : deux individus posaient des questions étranges ce matin à propos du corps repêché. Ce triton n'intéresse pas que nous, Moretti. C'est loin de n'être qu'une simple intuition !

— Triton ? s'exclama Delmont, surpris par ce terme spécifique.

Florence sourit, ses yeux pétillants.

— Des représentations de divinités mi-homme, mi-poisson, soufflant dans des coquillages qui leur servaient de trompe ? Ça ne vous évoque rien ?

Elle se leva, incapable de rester en place quand son esprit vibrait ainsi. L'équipe entière était suspendue à ses lèvres.

— J'ai peut-être oublié beaucoup d'enseignements scolaires. Mais jamais les légendes grecques qui me passionnaient ! Mon père me lisait les aventures de l'Iliade et l'Odyssée avant que je m'endorme.

Elle rit, un rire cristallin qui contrastait avec la gravité du sujet.

— Pardonnez ma digression... Triton était le fils de Poséidon et d'Amphitrite. Il résidait dans un palais immergé au fond des océans. Mi-homme, mi-poisson, il représentait la version masculine de la sirène. Les artistes le dépeignaient souvent chevauchant un cheval marin ou un monstre des abysses, laissant derrière lui un sillage d'écume blanche. Sa conque puissante s'entendait à plusieurs kilomètres de distance. Et savez-vous ce qui le caractérisait particulièrement ? Ses cheveux verts... exactement comme ceux de notre créature.

Delmont cliqua sur sa souris. La photographie de la créature apparut sur l'écran mural.

— Les légendes décrivent leurs corps protégés par de fines écailles, poursuivit Florence, des ouïes dissimulées sous les oreilles, un nez humain, une bouche garnie de dents acérées. Et des yeux d'un bleu vert saisissant. Il est frappant de constater à quel point les anciens semblent avoir façonné leurs mythes autour d'êtres qui ressemblent étrangement à notre spécimen.

– La ressemblance est effectivement déconcertante, murmura Moretti, luttant contre les implications fantastiques de ces parallèles. Mais ne nous égarons pas. Andiamo ! Ne nous fions pas aux apparences, restons concentrés sur notre objectif.

William se tourna vers un ordinateur, commençant à rechercher des images du 4×4 noir mentionné dans leur enquête. Moretti lui adressa un discret clignement d'yeux, sa manière silencieuse d'approuver son initiative. Florence, toujours animée par son élan, se plongea dans une recherche méthodique sur les sociétés arborant le symbole du triton, tandis que Moretti prenait des nouvelles de leur mystérieuse créature retenue à Saint-Mandrier.

Le ciel s'embrasait de teintes orangées lorsque Delmont gara son scooter sur le trottoir des docks du port de Nice. La voie qui longeait le quai formait un entrelacement pittoresque de magasins d'articles de plongée sous-marine et de restaurants servant des spécialités niçoises au pied d'immeubles couleur ocre aux volets à persiennes multicolores. L'air salin embaumait l'atmosphère, mêlé aux effluves de cuisine méditerranéenne et d'essence marine.

À quelques mètres, un homme à la chevelure blonde cascadant jusqu'aux épaules conversait avec animation avec un autre individu. Un verre posé sur une citerne cylindrique verticale servant de table haute captait les derniers rayons du soleil couchant. Delmont, avec son flair habituel, paria intérieurement pour du pastis. Il traversa la route d'un pas mesuré et s'approcha du duo. En s'approchant, il distingua une teinte verdâtre dans le breuvage : un perroquet ! Son instinct ne l'avait pas trompé.

– Monsieur Simeoni ? demanda-t-il posément en allumant une cigarette, le geste lent et délibéré.

– Oui ? répondit l'homme, une expression goguenarde sur le visage.

– Nous nous sommes parlé au téléphone en début d'après-midi, vous vous souvenez ? Philippe Delmont.

– Ah oui ! s'exclama Simeoni. Vous grattez pour quel canard ? s'enorgueillit-il en adressant un clin d'œil complice à son ami.

– Pourrions-nous discuter en privé ? répliqua Delmont, le ton soudain plus sec.

Simeoni, après un haussement d'épaules résigné, indiqua à Delmont de le suivre. Ils traversèrent la chaussée et montèrent à bord d'une embarcation en aluminium visiblement conçue pour les sorties en mer. Le plongeur commença à ranger distraitement du matériel – ceintures de plomb, détendeurs, combinaisons – tout en bavardant sur le déroulement de sa journée. Puis, se retournant vers Delmont, il se figea en apercevant l'insigne de police que ce dernier lui présentait.

— Répétez-moi ce que vous m'avez dit à propos de l'homme-poisson, exigea Delmont, son calme habituel masquant une détermination inflexible.

— Un flic ? articula Simeoni, visiblement déconcerté. Je ne comprends pas !

— Championnat du monde d'apnée 2004. Vous surveillez en bouteilles les apnéistes et vous faites « ami-ami » avec un triton. Ça vous revient ?

L'homme écarquilla les yeux, manifestement déstabilisés.

— Vous y étiez ? insista Delmont, son regard pénétrant ne quittant pas le visage de son interlocuteur.

En guise de réponse, Simeoni dirigea son regard vers le vide, comme pour puiser dans les profondeurs de sa mémoire. Il s'assit lourdement sur un banc, l'expression soudain grave.

— Et comment ! s'exclama-t-il enfin. Si je m'en souviens ? Comme si c'était hier ! Vous prenez l'affaire au sérieux maintenant ?

Ses paroles étaient accompagnées de grands gestes des bras, comme pour donner corps à ses souvenirs.

— La presse m'a fait passer pour un illuminé, un guignol. Mais c'est la vérité, bon sang !

Il baissa la voix, presque en confidence.

— J'ai vu une créature près de moi, à portée de main. Elle ressemblait à un homme. Mais avec des pieds palmés, des genres d'ailerons, des branchies sur les côtés du ventre. Son regard...

Il frissonna visiblement.

— Je n'oublierai jamais ces yeux. Un bleu vert intense, fluorescent, qui revient me hanter la nuit, même après toutes ces années.

Il marqua une pause, comme pour assimiler lui-même ce qu'il racontait.

— Croyez-moi, je ne suis pas un excentrique. Et ça n'a rien à voir avec l'ivresse des profondeurs. Je suis plongeur professionnel depuis vingt ans, je connais parfaitement les effets euphorigènes de l'excès d'azote. Ce n'était pas le cas ce jour-là, je peux vous l'assurer !

Il s'interrompit, scrutant le visage de Delmont comme pour y déceler une trace de crédulité.

— Que pouvez-vous me dire d'autre sur cette apparition ? l'encourageant Delmont, son ton neutre masquant son intérêt croissant.

— Mais il y en a eu plusieurs ! s'exclama Simeoni en se levant brusquement, cherchant de l'espace pour s'exprimer avec tout son corps. Je ne suis pas le seul à l'avoir vu !

Il se mit à arpenter le pont de l'embarcation.

– Un archéologue, membre d'une association de recherches historiques, l'a également aperçu lors d'une plongée sur un site en rade de Villefranche ! Et Alain, un moniteur du club d'aviron de Nice, a observé une créature humanoïde qui nageait à côté de son Zodiac. Sa description correspondait parfaitement à la mienne.

Son visage s'assombrit.

– Les gens sont restés avares de paroles quand ils ont vu ce que ma soudaine notoriété m'avait rapporté : que des ennuis ! Croyez-moi, seul le gars de l'association archéologique a eu le courage d'en parler ouvertement. Et il s'est fait sévèrement recadrer par son président.

Delmont observa attentivement chaque réaction de Simeoni, chaque inflexion de sa voix. Son instinct lui soufflait que l'homme ne mentait pas, du moins, qu'il croyait sincèrement à ce qu'il racontait.

– Parlons-en justement, reprit-il. Cette histoire d'homme-poisson, elle pourrait avoir été montée de toute pièce ? Ça vous a fait de la publicité, non ? « Sur les traces de l'homme-poisson », c'est bien ce qui est mentionné sur l'écriteau devant votre magasin. C'est bénéfique pour les affaires, j'imagine ?

– Je vous ai dit la vérité, insista Simeoni avec véhémence. Je ne détiens pas de preuve tangible. Mais je la trouverai un jour, j'en suis certain !

– Dans quel lieu exactement se déroulaient ces championnats d'apnée ? Et à quelle profondeur avez-vous repéré cette créature ?

– Au milieu de la rade de Saint-Jean-Cap-Ferrat. Je l'ai aperçue lors de ma remontée, après une descente à 160 mètres. Elle évoluait entre 30 et 40 mètres de profondeur.

Ils poursuivirent leur conversation sur les techniques de plongée avant de se séparer devant le magasin. Delmont nota soigneusement le nom de l'association archéologique et l'adresse du club d'aviron, puis quitta Simeoni, le laissant à ses souvenirs obsédants de sa rencontre avec la créature des abysses.

La luminosité déclinait rapidement. Les phares des véhicules traçaient des lignes lumineuses sur les routes du port. L'imposante paroi rocheuse, sur laquelle s'élevaient les ruines d'un ancien château, s'était drapée d'ombres violacées. Nice s'apprêtait à revêtir son manteau nocturne. Mais l'enquête, elle, ne faisait que commencer.

Ce fut en franchissant le seuil de la caserne que Moretti se rappela qu'il devait faire des courses. Dans un réflexe machinal, il leva les yeux vers les immeubles environnants et remarqua la silhouette d'un chat perché sur le rebord d'une fenêtre – une vision nette qui lui procura un sentiment de soulagement. Pour une fois, il n'avait pas besoin de porter ses lunettes de soleil Rayban Olympian, ce modèle vintage des années 80 qu'il chérissait tant. La chaleur persistait dans cette ambiance crépusculaire, étouffante et moite.

Son appartement, il le savait, ne recelait que le strict minimum vital pour survivre une soirée. Aucune envie de faire la queue dans un supermarché bondé après une journée aussi dense. Un message sur son portable lui apprit que sa femme de ménage avait consacré une heure entière à nettoyer son réfrigérateur, jetant au passage des sandwichs sous vide dont la date limite de consommation était dépassée d'une semaine. Il laissa échapper un grognement de contrariété.

« On ne jette pas la nourriture, » marmonna-t-il pour lui-même, un principe ancré dans son éducation napolitaine.

Il s'engagea dans le tramway à la station Saint-Jean d'Angely. L'université-bunker érigée à proximité de l'arrêt exhibait fièrement ses initiales sur sa façade austère – l'architecte ayant vraisemblablement jugé le nom complet trop encombrant. Le béton semblait surgir du sol comme une excroissance urbaine, témoignage d'une réhabilitation de zone inachevée. L'édifice jouxtait le quartier populaire et animé de Saint-Roch, l'âme authentique de la ville, comme aimaient le proclamer les Niçois de souche avec une fierté non dissimulée.

Moretti savait que les enjeux économiques devaient trouver un équilibre précaire avec ce foyer des irréductibles Nissarts, berceau du carnaval indépendant traditionnel. Les habitants, majoritairement des locataires aux revenus modestes, peuplaient des immeubles sans prétention architecturale.

Il descendit à l'arrêt « Opéra, vieille ville ». Habitué au centre de Marseille avec ses grands boulevards haussmanniens, Moretti se souvenait de sa réelle surprise en arpentant pour la première fois les ruelles étroites du vieux Nice. C'était l'hiver. Le plafond nuageux s'était dangereusement rapproché de la mer, chargé d'eau et de mélancolie.

Il avait eu rendez-vous, ce jour-là, en fin d'après-midi rue Sainte-Réparate, tout près de la place Rossetti et de sa fontaine emblématique. Cette place avait été un véritable coup de cœur – un écrin architectural baroque face à une église imposante aux façades ocre et rouge. Le col relevé pour se protéger de la pluie diluvienne, il contemplait la chorégraphie désordonnée des parapluies, lorsqu'un homme avait replié le sien juste devant lui. Les cheveux de l'agent immobilier étaient détrempés, plaqués sur son front.

« Vous êtes le Commissaire Moretti ? » avait-il demandé, tendant une main moite. « J'ai peut-être ce qu'il vous faut. »

Ils avaient franchi une porte anodine. Mais l'intérieur l'avait immédiatement subjuguée. Derrière la façade discrète se déployait un espace ouvert entre deux bâtiments. Des arches apparentes soutenant les murs conféraient à l'ensemble architectural un air presque gothique. Ils avaient gravi l'escalier jusqu'au deuxième étage. L'appartement était d'une superficie surprenante pour un deux-pièces – des plafonds vertigineux de trois mètres, un salon avec mezzanine. Les pièces principales donnaient sur la rue de la Préfecture, offrant une vue plongeante sur l'artère animée. Moretti avait immédiatement su qu'il venait de trouver un cocon où il pourrait hiberner entre deux enquêtes.

Revenant au présent, il constata que le magasin de pâtes fraîches adjacent à l'entrée de son immeuble s'apprêtait à fermer ses portes. Il parvint in extremis à convaincre la vendeuse de lui extraire des raviolis à la viande de la chambre froide. La femme, avec un sérieux qui ne souffrait aucune contradiction, lui rappela les règles fondamentales de cuisson pour un résultat irréprochable.

— Trois minutes dans l'eau bouillante, pas une seconde de plus, précisa-t-elle en agitant un doigt autoritaire. Vous égouttez rapidement et vous arrosez d'un filet d'huile d'olive. C'est tout.

Moretti acquiesça docilement, comme il l'aurait fait devant sa mère, puis disparut dans son refuge avec son précieux butin culinaire.

Affalé dans son canapé, le ventre agréablement lesté de douceurs niçoises, il repensa à la créature qui occupait leur enquête. Ce mystère éveillait en lui des souvenirs de lecture. Il devait avoir approximativement l'âge de son fils lorsqu'il avait dévoré avec passion les œuvres d'H.G. Wells. Mais c'était surtout l'Atlantide de Pierre Benoit qui résonnait maintenant dans son esprit, ces légendes de civilisations englouties, ces êtres fantastiques mi-hommes, mi-poissons...

Son esprit cartésien protestait : aucune chance qu'une telle créature existe réellement. Et pourtant... Un pêcheur n'avait-il pas retrouvé dans ses filets un cœlacanthe en 1938 ? Un poisson à nageoires charnues que les scientifiques croyaient disparu depuis des millions d'années. Un fossile vivant qui avait bouleversé les certitudes de la communauté scientifique.

« Et si nous avions tort ? » murmura-t-il dans la pénombre.

Les océans demeuraient en grande partie inexplorés, leurs profondeurs recelant sans doute encore d'innombrables secrets. Bercé par ces réflexions et par les rires lointains des passants qui s'élevaient de la rue, Moretti s'assoupit progressivement, cédant enfin à l'appel du sommeil.

Au même moment, de l'autre côté du cap de Nice, le crépuscule s'étendait sur la plage de Passable. Deux silhouettes en combinaison noire se découpaient contre l'horizon marine. Équipés de recycleurs à circuit fermé – des appareils sophistiqués permettant de ne pas éjecter de bulles trahissant leur présence, ils se glissèrent dans l'eau avec une discrétion de prédateurs.

Ils s'immergèrent jusqu'à une profondeur de dix mètres, leurs mouvements fluides ne provoquant qu'une légère perturbation à la surface. Avec une coordination qui trahissait un entraînement rigoureux, ils récupérèrent deux propulseurs à hélice soigneusement dissimulés sur le fond sablonneux.

À deux kilomètres de là, vers le sud, un policier en faction au pied du phare savourait une cigarette dans la solitude du soir. Son esprit vagabondait vers sa famille, qu'il imaginait attablée dans leur salle à manger, partageant le repas dont il était absent. Debout sur les rochers en calcaire blanc que l'érosion avait sculptés en formes fantastiques à la pointe de Matalongue, il contemplait la ligne scintillante des lumières de la promenade des Anglais. L'ensemble des illuminations urbaines formait un halo doré qui contrastait vivement avec l'obscurité environnante, comme une frontière lumineuse entre deux mondes.

Son coéquipier, respectant leur protocole, demeurait dans le véhicule de service. Ils se relayeraient toutes les deux heures durant cette longue nuit de surveillance – une mission de routine qui s'annonçait paisible.

Les deux plongeurs progressaient maintenant à une profondeur de vingt mètres, leurs propulseurs les entraînant silencieusement entre la pointe de Nao et la pointe Matalongue. L'eau, d'un bleu d'encre à cette heure, dissimulait parfaitement leur progression.

Sur le toit d'un bloc de béton armé – vestige militaire de la Seconde Guerre mondiale – en contre bas du phare d'une centaine de mètres, une présence inquiétante s'activait. Un homme équipé d'un viseur nocturne scrutait méthodiquement les mouvements du policier en contrebas. Avec un geste délibéré, il posa un genou au sol pour stabiliser sa position.

Ses mains, protégées par des gants tactiles, manœuvraient avec une dextérité d'horloger les serrures d'une mallette métallique. Il en extirpa un fusil de précision, fixa la lunette à vision infrarouge, emboîta un silencieux avec des gestes mesurés, puis s'allongea pour installer l'arme sur son bipied.

La nuit avait désormais enveloppé le paysage. Les vagues se fracassaient contre le massif calcaire dans un rythme hypnotique. Les deux plongeurs, guidés par leurs instruments, atteignirent leur objectif : un filet lesté renfermant ce qui semblait être des pièces d'or brillant faiblement dans la pénombre marine. Ils déposèrent leurs propulseurs et s'immobilisèrent, attendant un signal convenu.

À travers la lunette de visée, le tireur d'élite distingua un halo lumineux sous l'eau – la preuve que ses complices étaient en position. D'un mouvement calculé, il réorienta sa cible sur le policier qui s'approchait imprudemment du bord de la falaise. L'homme en uniforme sortait justement son téléphone portable de sa poche au moment précis où le sniper pressa la détente.

Le coup, étouffé par le silencieux, n'émit qu'un sifflement à peine perceptible dans le fracas des vagues. Le policier s'écroula sur les rochers, sans avoir pu comprendre ce qui lui arrivait.

Avec une efficacité glaçante, le tireur démonta immédiatement son fusil qu'il replaça méticuleusement dans sa mallette. De ses doigts gantés, il expédia un bref message textuel codé. Les montres étanches des plongeurs s'illuminèrent simultanément d'un message clignotant : « La voie est libre. »

L'homme se redressa, balaya du regard les alentours pour s'assurer de n'avoir laissé aucune trace, puis disparut dans les ténèbres, son ombre fugitive périodiquement révélée par les éclairs stroboscopiques du phare qui balayaient inlassablement la mer d'encre.

3

Moretti faisait tourner sa cuillère dans le sens inverse des aiguilles d'une montre, observant avec une attention calculée le tourbillon qui se formait dans son café noir. Son mug en porcelaine fine, orné d'un perroquet aux couleurs éclatantes perché sur une branche d'acajou, contrastait avec l'austérité de son bureau. Ce souvenir d'un voyage professionnel à Londres, lors d'une collaboration avec des collègues du MI5, était l'une des rares concessions qu'il s'autorisait à son besoin d'ordre. Il vouait une aversion viscérale aux gobelets en plastique, ces récipients jetables qu'il qualifiait avec mépris de « cafés plastiques ». Et évitait comme la peste les distributeurs automatiques. Pour lui, la réflexion exigeait un certain raffinement, même dans les détails les plus anodins.

Le policier de garde l'avait contacté la veille à 21 heures pour lui annoncer le meurtre d'un collègue en contrebas du phare. Moretti dormait peu, une caractéristique qui n'avait pas échappé à son ex-épouse. Ces longues veilles nocturnes, il les consacrait à démêler les fils des affaires non résolues, à examiner sous tous les angles les zones d'ombre qui résistaient à sa logique implacable. Cette obsession du travail bien fait, cette quête incessante de vérité, avait fini par sonner le glas de son mariage.

« Le sommeil est un luxe que je ne peux me permettre quand un criminel court toujours, » murmurait-il souvent, comme pour justifier ces nuits blanches qu'il s'imposait.

Dès l'annonce du meurtre, avec sa méthodologie habituelle, il avait fait bloquer toutes les issues à l'entrée de la presqu'île. Une vedette de la police maritime avait sillonné les eaux sombres de la rade, à la recherche d'embarcations suspectes. Mais sans succès. Arrivé sur les lieux, accompagné de Delmont, il avait examiné la scène avec minutie.

Le cadavre gisait face contre les rochers, une balle logée dans la nuque. Du travail de professionnel, avait-il immédiatement diagnostiqué. Delmont, avait identifié l'emplacement du tireur grâce à son stylo laser en retraçant la trajectoire du projectile. Pas un cheveu, pas un résidu. Le vide. L'assassin n'avait laissé aucune trace de son passage.

Deux plongeurs avaient émergé peu après, confirmant la disparition des objets archéologiques. L'exécution d'un agent des forces de l'ordre pour s'emparer d'un trésor suggérait des enjeux considérables, à la mesure des moyens déployés.

« On n'abat pas un policier comme un chien pour quelques vieilleries sans valeur, » avait-il murmuré à Delmont, qui hochait la tête en silence.

Moretti n'excluait aucune hypothèse : crime crapuleux, réseau de pillage organisé, ou même infiltration mafieuse. Chaque piste devait être explorée avec la même rigueur.

Vers cinq heures du matin, la route avait été rouverte à la circulation, les barrages filtrants aux deux entrées de la presqu'île levée. Le coéquipier du défunt était resté prostré dans le véhicule de police, visiblement traumatisé. Il n'avait rien vu, rien entendu. Trente minutes s'étaient écoulées sans nouvelles de son partenaire qui ne répondait pas au téléphone. Inquiet, il avait fini par partir à sa recherche pour découvrir l'horrible vérité.

— Il était là, juste là, avait-il bégayé en désignant les rochers. Et je n'ai rien pu faire. Rien.

L'analyse de Moretti avait été implacable : le tueur s'était vraisemblablement échappé par le sentier des douaniers, soit vers l'ouest, soit vers l'est, la route principale étant bloquée par la voiture de police.

Dès l'aube, Florence, qui avait abandonné ses recherches sur le mystérieux triton, avait accompagné William à Villefranche pour interroger à nouveau le serveur. Son témoignage devenait crucial.

— Bonjour, deux cafés s'il vous plaît, lança Florence en s'installant avec une aisance naturelle à la terrasse. Antoine n'est pas de service aujourd'hui ? ajouta-t-elle, ses grands yeux verts scrutant les alentours avec curiosité.

— Si, d'ici vingt minutes, répondit le barman en essuyant le comptoir.

Florence sentit immédiatement que quelque chose clochait dans l'atmosphère du café. Une tension subtile flottait dans l'air, presque imperceptible pour quiconque ne possédait pas sa sensibilité aiguë. Elle échangea un regard entendu avec William.

Ils profitèrent de cette attente pour analyser le rapport de Moretti sur les événements de la nuit. Florence esquissa un sourire triste. Ses intuitions s'étaient confirmées : la créature avait effrayé un plongeur et s'était fait abattre comme un vulgaire poisson.

— Combien de tritons peuplent la mer ? s'interrogea-t-elle à voix haute, traçant distraitement des cercles sur la table avec son doigt. S'ils sont plusieurs, ils doivent disposer d'un point de rassemblement.

William leva les yeux de sa tablette, un sourire amusé éclairant son visage habituellement sérieux.

– Tu veux dire un palais sous l'eau ? Comme dans la mythologie ?

– Pourquoi pas ? répliqua Florence, son enthousiasme transparaissant dans sa voix vibrante. J'ai parcouru le débriefing de Delmont et Simeoni. Fascinant. Nous interrogerons l'archéologue, Olivier Masson, après notre entretien avec le serveur.

Elle but une gorgée de son expresso et ferma les yeux un instant, savourant l'amertume du café.

– Il a raison, le chef. Le café dans une tasse, c'est infiniment meilleur que dans du plastique !

Elle se tourna vers William, absorbé par sa tablette numérique, ses sourcils froncés trahissant sa concentration.

– Delmont s'est rendu au CNN ce matin pour interroger l'entraîneur d'aviron, poursuivit-elle. Espérons qu'il obtiendra des informations utiles, parce qu'à ce stade de l'enquête, nous n'avons pas la queue d'un radis.

William hocha la tête, son regard ne quittant pas l'écran.

– Patience, Florence. Les indices finissent toujours par émerger, comme les bulles dans un bain.

– Ta sagesse m'émerveille, répliqua-t-elle avec un sourire espiègle.

Ils se levèrent et quittèrent le café, sans avoir pu rencontrer le fameux Antoine, pour rejoindre leur Peugeot 807 noire garée le long du trottoir. Le véhicule luisait sous les rayons du soleil qui filtraient à travers les branches des platanes centenaires bordant la promenade.

Dans la voiture, William poursuivit ses recherches.

– L'association Amphora, créée en 1990, est composée d'une trentaine de bénévoles qui explorent les fonds marins en rade de Villefranche, lut-il d'une voix posée. La structure existe sous la tutelle du département des recherches archéologiques subaquatiques et sous-marines du ministère de la Culture.

Florence écoutait attentivement, ses doigts tapotant le volant au rythme d'une mélodie invisible.

– Parmi les plongeurs-archéologues, continua William, le trésorier a repéré une créature à proximité, à seize mètres de profondeur, dans une zone en cours de fouilles. L'incident a eu lieu en novembre 2010, près de l'épave d'un navire de commerce grec. Information recueillie dans le journal local.

Le soleil inondait maintenant la baie de Villefranche-sur-Mer, faisant miroiter les eaux turquoise. Florence ressentait toujours cette émotion particulière face à la beauté de la Méditerranée, malgré les années passées sur la Côte d'Azur.

— C'est étrange » murmura-t-elle. Pourquoi maintenant ? Pourquoi ce meurtre pour des artefacts qui dorment depuis des années ?

— Peut-être ont-ils découvert quelque chose de plus précieux récemment » suggéra William. Quelque chose qui justifierait un tel risque.

Ils avaient rendez-vous avec le trésorier dans son agence immobilière de Villefranche. Florence manœuvra habilement la voiture dans le dédale des ruelles étroites et la gara dans le parking de la place Wilson, à deux pas de la gare maritime. L'imposant édifice se dressait majestueusement, à un battement d'ailes de mouette de la mer scintillante.

Ils traversèrent un petit square bordé de restaurants typiques aux façades colorées, où des touristes savouraient déjà leur café matinal sous des parasols. L'agence se trouvait dans une ruelle ombragée, à l'écart de l'agitation touristique.

À peine avaient-ils franchi le seuil qu'un homme se précipita vers eux, la démarche nerveuse, le regard fuyant.

— Bonjour ! Je vous attendais, bredouilla-t-il. Allons dans mon bureau.

Il les conduisit dans une pièce étroite aux murs couverts de photos de propriétés luxueuses. Le trésorier de l'association ferma soigneusement la porte derrière eux et s'installa dans son fauteuil, qu'il réajusta plusieurs fois avec une nervosité manifeste.

— Excusez-moi pour cet accueil, dit-il en essuyant son front luisant. C'est un village, tout le monde se connaît. Enfin, vous me comprenez.

Il eut un rire nerveux et observa les deux agents avec appréhension.

Florence, percevant son malaise, décida d'aller droit au but. Elle se pencha légèrement en avant, ses yeux verts rivés sur l'homme.

— Racontez-nous cette rencontre, exigea-t-elle d'une voix qui ne tolérait aucun détour.

— J'aimerais être rassuré que cette conversation reste informelle, murmura-t-il en posant ses avant-bras sur la table, ses doigts jouant nerveusement avec un trombone. J'ai eu assez de problèmes avec le président.

Il les observait tour à tour, comme s'il cherchait à jauger leur réaction.

— Que voulez-vous dire ? demanda William, son ton calme contrastant avec l'intensité de Florence.

— Il n'a pas apprécié cette contre-publicité pour l'association. Ce sont ses propres termes. Il marqua une pause. Sans indiscrétion, comment êtes-vous au courant ?

— Cette rencontre ? insista Florence, déterminée à ne pas le laisser esquiver la question.

L'homme soupira profondément, comme s'il capitulait devant leur insistance.

— J'étais le dernier à remonter à la surface, commença-t-il, son regard perdu dans le vague, revivant manifestement la scène. Nous avions mis au jour un nombre considérable de morceaux de poterie et de vaisselle grecque. L'épave nourrissait beaucoup d'espoirs et promettait de belles découvertes. Nous avions dissimulé le site sous une bâche de camouflage achetée dans un surplus militaire de Nice.

— Venez-en au fait, réclama William avec une impatience contenue.

— Je palmais avec les relevés topographiques et des croquis dans un filet lorsque j'ai aperçu un énorme poisson. Sa voix trembla légèrement. J'ai d'abord pensé à un dauphin, puis il a disparu derrière les bulles de mon détendeur. J'ai paniqué, je l'avoue.

Il déglutit péniblement.

— Une créature est apparue devant moi, avec des yeux... des yeux presque humains. Je n'avais jamais rencontré un spécimen de ce type. J'ai cru que mon cœur allait lâcher. Je suis remonté comme si le diable en personne me poursuivait.

— Et les paliers de décompression ? interrogea William, sceptique.

— Je les avais effectués » répondit-il trop rapidement.

Il détourna le regard. Le trombone qu'il manipulait depuis le début de l'entretien n'était plus qu'une tige métallique rectiligne. Florence effleura discrètement la jambe de William sous la table, lui signalant qu'elle avait perçu le mensonge.

— Revenons sur la réaction de votre président, relança William.

— Une colère noire, admit l'homme. J'avoue avoir été surpris par la violence de sa réaction.

— Pour quels motifs exactement ?

— Il a mentionné nos mécènes, affirmant que cette histoire pouvait jeter le discrédit sur l'association. Il hésita. Il était furieux, vraiment furieux. Comme si j'avais menacé quelque chose d'important.

— Quelque chose que vous ignorez peut-être ? suggéra Florence.

— Je... je ne sais pas.

— Rien d'autre ? insista William.

— Non. La réponse fut trop rapide, trop sèche.

William changea d'approche, sa voix se faisant plus douce, presque confidentielle.

— Parlez-nous des relations au sein de l'association.

L'homme fixa le bouton de la chemise de William, évitant soigneusement son regard.

– L'ambiance était… tendue. Lors des dernières élections, j'ai posé ma candidature à la présidence. Il serra les poings. « J'ai perdu d'une voix.

– Et vous pensez qu'il y a eu tricherie ?

– Disons que d'après ce que j'escomptais avant le vote, j'aurais dû obtenir la majorité.

– Et ? Encouragea William.

L'homme haussa les épaules et affronta enfin le regard de William.

– Mon portefeuille n'a pas la même épaisseur, souffla-t-il avec amertume.

– Vous insinuez qu'il a acheté des voix ? précisa William. Mais dans quel but ?

Florence perçut l'hésitation de l'homme, sentant qu'il oscillait entre se taire ou tout révéler. Quelqu'un frappa à la porte, faisant sursauter Florence malgré elle. L'instant de vérité s'évanouit.

– Je vous ai tout dit, conclut-il précipitamment.

William hocha la tête, masquant sa frustration.

L'entretien s'acheva sur cette note d'inachevé. William nota soigneusement les coordonnées GPS du site archéologique que le trésorier fouillait lors de sa mystérieuse rencontre.

En quittant l'agence, Florence murmura à William : « Il cache quelque chose. J'en mettrais ma main au feu. »

– Oui, acquiesça William. La question est : quoi ? Et surtout : pourquoi ?

Le soleil avait grimpé haut dans le ciel, baignant la baie d'une lumière éblouissante qui semblait vouloir dissiper les ombres de leur enquête. Mais Florence savait que certaines ténèbres résistent même à la plus éclatante des lumières.

Ils rejoignirent la place de la République en descendant une rue en pente douce, divisée par une élégante rambarde en fer forgé. De part et d'autre, des boutiques de vêtements aux devantures colorées attiraient les touristes avec leurs étalages de tissus légers et de chapeaux de paille. Le soleil de juin dardait ses rayons sur les terrasses bondées des cafés, où les conversations s'élevaient en une joyeuse cacophonie. Ils trouvèrent refuge sur un banc libre de la place du marché, face à une fontaine dont l'eau cristalline reflétait la lumière. Non loin, les restaurants du bord de mer déployaient leurs parasols blancs. Et l'odeur des plats méditerranéens flottait dans l'air. Florence tourna la tête vers l'église Saint-Pierre, son regard s'attardant sur la façade ornée que Jean Cocteau avait décorée de ses motifs élégants et subconscients. Elle ferma les yeux, offrant son visage au soleil, absorbant ses rayons comme pour mieux ressentir l'énergie du lieu.

– Il y a quelque chose qui cloche dans cette association, murmura-t-elle enfin, ses doigts tapotant nerveusement son genou. Il ne nous a pas tout dit. Sa fixation sur ce trombone... C'était une façon de détourner notre attention, j'en suis certaine.

William l'observa attentivement, ses yeux analytiques cherchant à décoder l'intuition de sa collègue.

– J'opterais pour un trafic d'objets d'art, dit-il en pesant chaque mot. Une pièce par-ci, une autre par-là. La convoitise est un péché intrinsèquement humain. Nous sommes loin d'être parfaits. Et les musées regorgent de trésors facilement monnayables.

Florence acquiesça, ses yeux toujours clos, comme si cette posture lui permettait de mieux percevoir l'invisible.

– Possible. Et le président est mouillé jusqu'au cou.

– Tu veux que j'approfondisse cette piste ? demanda William en sortant son carnet de notes. C'est ton intuition qui parle ?

Elle opina, ouvrant enfin les yeux pour croiser son regard.

– Dis-moi, Florence, tes pressentiments sont-ils toujours aussi pertinents ?

Un sourire fugace passa sur le visage de la jeune femme.

– Ce n'est pas systématique, reconnut-elle. Je ne partage mes impressions que lorsque tout converge dans mon esprit, quand les pièces s'emboîtent d'elles-mêmes. Moretti et son pragmatisme implacable m'étriperaient si je commettais une erreur d'interprétation. – Elle fit une pause, le regard soudain préoccupé. – Il remettrait en question nos compétences, à Jean et à moi.

William hocha la tête, compréhensif. Mais sceptique.

– Chacun ses méthodes. Moi, c'est la science qui guide mes pas. Les faits, les données, les preuves tangibles.

Florence se redressa sur le banc, soudain animée d'une conviction nouvelle.

– Un jour, prédit-elle, des hommes et des femmes dotés d'aptitudes sensorielles développées comme les miennes travailleront dans une unité indépendante. Sais-tu que 10 % de la population sont des hypersensibles ?

– Hypersensibles ? répéta William, intrigué malgré lui.

– Des personnes qui disposent de fonctions sensorielles affûtées leur permettant de percevoir leur environnement selon un mode particulier.

Ses yeux s'illuminèrent tandis qu'elle s'animait.

– Nous sommes capables de ressentir des degrés de stimulation qui échappent totalement à la moyenne des gens. Les sentiments, les ambiances, les mensonges... Nous nous nourrissons constamment de l'affectivité, de l'aura, de l'énergie des autres, ce qui nous épuise considérablement. Nous sommes comme des éponges émotionnelles.

Elle baissa la voix.

– Avec Jean, nous percevons même les émotions extérieures aux corps.

– Ah oui, vos fameux « morphos », sourit William.

– Hmm, acquiesça-t-elle doucement.

– Fini le suspense dans les enquêtes, alors ! ironisa-t-il, dissimulant son scepticisme derrière un sourire.

Florence sourit à son tour, habituée à cette réaction.

– Un gain de temps inestimable pour tout le monde. Cette sensibilisation exacerbée au monde subtil fait de nous des êtres intuitifs qui traitent les informations de manière consciente, parfois même inconsciente.

– J'ai remarqué que tu as sursauté dans le bureau tout à l'heure, observa William. Sans raison apparente.

– C'est l'un des facteurs de l'hypersensibilité, expliqua-t-elle. Les stimuli que les autres filtrent naturellement nous assaillent constamment.

William la regarda avec une pointe d'inquiétude.

– Est-ce vraiment compatible avec ton métier ? Les scènes de crime, la violence...

– Ne t'inquiète pas pour moi, le rassura-t-elle en posant brièvement sa main sur son bras. J'ai appris à contrôler ça. C'est comme... une radio dont on règle le volume.

Ils retournèrent à la terrasse du café de Villefranche en voiture, empruntant la route sinueuse qui longeait la citadelle. Les pierres anciennes, polies par les siècles, brillaient d'un éclat doré sous le soleil de l'après-midi. À leur arrivée, l'établissement était clos. Un message rédigé à la craie blanche sur un tableau d'ardoise indiquait : « Fermé exceptionnellement pour la journée ». Le gérant, un homme trapu aux cheveux poivre et sel, était sur le point de démarrer son scooter. William courut vers lui, sa silhouette élancée se découpant contre le ciel azur.

– Qu'est-ce qui se passe ? s'enquit-il, sa main droite posée fermement sur le guidon pour empêcher l'homme de partir.

– Antoine, mon associé...

Le gérant avait le visage blême et les yeux rougis.

– Un accident de voiture, sortie de route. Je me rends aux urgences.

– Où ça ? demanda William, les sourcils froncés.

– Saint Roch, à Nice.

– Non, je voulais dire, où a eu lieu l'accident ?

– Entre Nice et Villefranche, sur la grande corniche.

Sans un mot de plus, l'homme démarra son scooter et disparut dans un nuage de poussière, laissant William immobile, les yeux plissés par la réflexion.

William contacta sans tarder l'hôpital, ses doigts composant rapidement le numéro sur son téléphone. La nouvelle tomba comme un couperet : l'homme était décédé durant son transfert en ambulance. Une coïncidence ? William n'y croyait guère. Dans quelles circonstances précises l'accident avait-il eu lieu ?

– À quel endroit exactement ? interrogea Moretti, sa voix grave trahissant son inquiétude grandissante.

– À l'aplomb d'Èze-sur-Mer, lui répondit-on.

Sur place, un agent en uniforme réglait la circulation avec des gestes précis et autoritaires. Deux véhicules aux gyrophares silencieux étaient garés contre un muret de pierre. Une équipe de techniciens en combinaison manœuvrait un treuil, fixé à une dépanneuse orange. En contrebas, à huit mètres de la route, la voiture de Ginezy gisait sur le toit, réduite à l'état d'épave métallique. Moretti claqua sa portière presque simultanément avec celle de Delmont, le bruit sec résonnant dans l'air immobile. D'un geste machinal, il sortit son insigne et s'avança vers le responsable des opérations, son visage impassible masquant parfaitement ses pensées.

Un policier niçois, la quarantaine avancée, leva les yeux d'un carnet sur lequel il griffonnait des notes. Il examina le badge du commissaire avec une curiosité non dissimulée. Derrière lui, Moretti distinguait l'aéroport de Nice, ses pistes d'atterrissage semblables à des lignes tracées à la règle. Et l'agglomération qui s'étendait comme une toile complexe le long de la baie.

– J'ai entendu parler de vous, commissaire, dit le policier en se frottant la moustache. En quoi un banal accident de la route vous intéresse-t-il ?

Son regard restait suspendu aux lèvres de Moretti qui demeura délibérément silencieux, ses yeux sombres scrutant la scène avec une attention méticuleuse.

Interprétant ce silence, le policier glissa son stylo dans son carnet à spirale et le rangea dans une poche de sa chemise.

– D'après nos premières constatations, la voiture a effectué une embardée pour des raisons encore indéterminées, expliqua-t-il. L'accident s'est produit sur une portion dépourvue de muret de protection. Étant donné que le lieu se trouve après un virage particulièrement dangereux et sans visibilité, nous privilégions l'hypothèse d'une sortie de route due à un excès de vitesse.

Il pointa du doigt l'asphalte.

— Voyez vous-même, on distingue nettement des traces de freinage prononcées. Le conducteur a pilé. Mais trop tard.

Pendant ce temps, Delmont descendait prudemment la pente abrupte à l'aide d'une corde épaisse jusqu'à l'épave. Sa silhouette athlétique se mouvait avec précaution sur le terrain instable. Moretti, quant à lui, remontait la route à pied, ses yeux scrutant chaque détail, chaque anomalie. Il s'arrêta plusieurs fois, s'accroupit pour examiner le bitume, se releva pour observer la courbe du virage. Il laissa vagabonder son esprit, construisant une chronologie mentale de l'accident. L'image de sa femme, avec son sourire triste, surgit dans ses pensées. il la chassa immédiatement, se concentrant sur la scène qui se déroulait devant lui.

Il se représenta la voiture amorçant le virage à grande vitesse, le conducteur soudain confronté à un obstacle, ses réflexes prenant le relais dans une tentative désespérée d'éviter la collision. S'approchant du trottoir, il remarqua une trace de freinage différente, moins appuyée, presque parallèle à la première. Son instinct de limier s'éveilla instantanément. Il appela le chef de l'équipe technique et partagea ses réflexions, sa voix calme. Mais ferme.

— Ce n'est pas une simple sortie de route, énonça-t-il avec certitude. On l'a aidé à sortir de la route.

Le policier moustachu avait de nouveau rangé son carnet dans sa poche, attentif aux paroles du commissaire.

— Vous pensez que c'est prémédité ? demanda-t-il, son incrédulité évidente dans le ton de sa voix.

— Je ne crois rien, répliqua Moretti sèchement, ses yeux noirs brillant d'une intensité contenue. Je constate. Un second véhicule a freiné parallèlement à celui de la victime. Observez attentivement les traces sur le goudron. Elles racontent une histoire différente de celle que vous imaginez.

— Impossible ! s'exclama le policier, secouant la tête. Doubler dans un virage à cet endroit, sans visibilité ! C'est de la folie pure !

Moretti s'avança, légèrement courbé en avant, son corps tendu comme un arc.

— Pas si une troisième voiture se trouvait à l'arrêt sur la même voie. Et pas si cet accident a été méticuleusement orchestré.

Il s'approcha de l'agent et l'entraîna dans une reconstitution imaginaire, sa main traçant des trajectoires invisibles dans l'air.

— Notre victime est talonnée par un véhicule qui lui colle au train depuis un moment. En sortant du virage, il constate avec horreur qu'une voiture est immobilisée sur sa propre voie. Il panique et, par réflexe conditionné, tente de l'éviter. – Moretti mimait les gestes du conducteur. – Mais il lui manque de la place pour contrebraquer efficacement. Celui qui le suivait a freiné précisément à ce niveau.

Il se courba et désigna la trace de son index, ses yeux ne laissant place à aucun doute. L'agent, désormais silencieux, observait les marques avec un regard neuf.

— Je veux que l'on effectue des prélèvements de caoutchouc de toutes les traces visibles dans ce tournant, ordonna Moretti. Les techniciens du laboratoire pourront déterminer avec précision celles qui ont été produites aujourd'hui. Compris ?

Le policier acquiesça, son carnet réapparaissant entre ses mains comme par magie. Delmont remontait la pente, son visage fermé en disait long sur ce qu'il avait vu en bas. Les images parlaient d'elles-mêmes : il était humainement impossible de sortir vivant de cet enchevêtrement de tôles tordues.

Le deuxième assassinat lié à l'affaire en deux jours, pensa Moretti, les mains serrées dans les poches de son jean noir. Une coïncidence ? Il n'y croyait pas une seconde. En retournant à sa voiture, il jeta un dernier coup d'œil à la scène de crime et observa Delmont qui fumait une cigarette, son regard perdu dans le vide. Le temps aussi se consumait, inexorablement. Il s'engouffra dans sa BMW noire, son sanctuaire mobile. Et ordonna à son adjoint de le rejoindre d'un geste impérieux tout en bouclant sa ceinture de sécurité.

— Cette nuit, on fait « charrette », déclara-t-il, son ton ne laissant place à aucune objection.

L'expérience lui avait appris que les indices, aussi ténus soient-ils, devaient être collectés et analysés dans les premières heures d'une enquête. Le temps jouait contre eux, s'écoulant comme du sable entre leurs doigts. D'un geste précis, il envoya une copie des photos et de ses conclusions préliminaires aux autres membres de l'équipe.

La voiture serpentait sur la route sinueuse de la grande corniche, épousant chaque virage avec une précision de pilote. Les parois rocheuses et calcaires, sculptées par les millénaires, surplombaient la mer d'un bleu profond. Mais aujourd'hui, la beauté spectaculaire du paysage ne parvenait pas à détourner son esprit de l'enquête. Il prit la direction de la caserne Auvare, le quartier général de leur unité.

Dans la salle des opérations de la Division Hermès, Florence et William parcouraient attentivement le rapport préliminaire, leurs visages éclairés par la lumière bleutée des écrans. L'atmosphère était électrique, chargée d'une tension palpable.

— Avez-vous obtenu le mandat pour les vidéos de surveillance ? demanda Moretti en entrant dans la pièce, sa voix résonnant dans l'espace confiné.

William acquiesça, un léger sourire de satisfaction étirant ses lèvres.

— Parfait. Mettez-moi tout ce dont nous disposons sur la table tactile et éteignez la lumière !

Florence s'exécuta, ses doigts agiles pianotant sur le clavier de l'ordinateur central. Le logo de la Division Hermès apparut sur l'immense écran mural, projetant une lueur sur leurs visages concentrés. Delmont se rapprocha de Moretti, son carnet à la main. Les documents s'affichaient simultanément dans plusieurs fenêtres : photos haute résolution, rapports d'autopsie, déclarations de témoins, analyses balistiques.

— Classifiez les fichiers par ordre chronologique, ordonna Moretti, ses yeux scrutant chaque détail avec une attention implacable.

Ils examinaient méthodiquement les éléments, cherchant des corrélations, des motifs récurrents, des anomalies révélatrices. Un logiciel sophistiqué, basé sur des algorithmes de regroupement et d'analyse statistique, traitait les données en temps réel. Doté d'intelligence artificielle, il suggérait des interconnexions potentielles, des liens subtils entre les différentes pièces du puzzle.

— C'est évident, lâcha Moretti après un long silence. Les assassins mènent une course contre la montre. Ils sont parfaitement informés de notre enquête et nous n'avons toujours rien de concret ! Absolument rien !

L'iPad de William émit soudain un bip strident, signalant la réception d'un nouveau fichier. Il consulta rapidement l'écran et transféra immédiatement le document sur l'écran principal.

— Voici la vidéo captée par une caméra de surveillance placée à l'intersection des routes de Villefranche, Saint-Jean-Cap-Ferrat et Nice, annonça-t-il, ses yeux brillant d'excitation contenue. Le 4×4 correspond exactement à la description fournie par le témoin. – Il pointa du doigt le véhicule qui accélérait brutalement. – Malheureusement, je ne distingue pas les passagers. les vitres sont fortement teintées. L'horodatage coïncide parfaitement avec notre chronologie.

— Zoomez sur la plaque d'immatriculation, ordonna Moretti, se penchant en avant.

Florence figea l'image, ses doigts manipulant avec dextérité les commandes du logiciel de traitement d'image qui améliorait progressivement la définition du cliché.

– Laissez tomber ! s'exclama Moretti après quelques secondes. 60, le département de l'Oise. Les loueurs de voitures l'utilisent systématiquement pour économiser sur les taxes des cartes grises.

Il se leva brusquement et fit face à ses équipiers, son regard intense parcourant leurs visages.

– Ils ont probablement loué ce véhicule dans une agence éloignée des aéroports, pour éviter les caméras de surveillance. Et ont ensuite camouflé les vitres avec un film opaque. Delmont, vérifiez du côté des sociétés de location, pour confirmer cette hypothèse.

– Chef, intervint Delmont, sa voix calme contrastant avec la tension ambiante, j'ai interrogé l'entraîneur du club d'aviron. Il affirme avoir aperçu cette créature à proximité immédiate du site militaire du cap de Saint-Jean.

Il consulta ses notes.

– La zone est formellement interdite au mouillage et à la plongée. D'après son témoignage, elle évoluait sous son Zodiac durant quelques secondes seulement. Ces faits remontent à environ deux ans.

– Merci, Delmont, acquiesça Moretti. William, réclamez en urgence absolu le rapport balistique concernant le policier abattu. Florence et moi, nous nous rendons immédiatement à Saint-Jean-Cap-Ferrat. Je veux voir cette base militaire de mes propres yeux et comprendre précisément sa fonction.

Le téléphone de Moretti sonna, interrompant ses instructions. Il décrocha rapidement, reconnaissant le numéro de Charles Desjobert, membre du Commando Hubert basé à Saint-Mandrier.

– Bonjour, commissaire, la voix grave résonnait dans l'appareil. Les médecins légistes poursuivent leurs examens. Ils étudient minutieusement chaque greffe présente sur la créature. Nous nous efforçons de localiser un repère, une trace, un implant ou une prothèse numérotée qui pourrait vous permettre de remonter jusqu'aux concepteurs.

– Bien, nous comptons sur ces informations, répondit Moretti, son visage impénétrable.

– J'ai quelque chose d'intéressant, intervint William, les yeux rivés sur son iPad. Un rapport consigné par un élève apprenti en 2004.

Il se racla la gorge et commença à lire :

« Toulon, le 25 janvier. Mission : tester un relais radio au large de Saint-Jean-Cap-Ferrat. Navire affrété : le patrouilleur Aragon rattaché à la base navale de Toulon. Le bâtiment arrivé sur zone, trois membres d'équipage ont utilisé un zodiac pour effectuer un contrôle de routine sur les câbles d'écoute reliant la base militaire du cap Ferrat aux profondeurs de la mer. Deux hommes-grenouilles ont mené à bien la mission. Au moment de refaire surface, ils ont remarqué une présence inhabituelle de poissons de grande taille autour des cordages. Ils sont restés en position géostationnaire et ont observé trois formes tournoyantes qui se rapprochaient lentement. Les plongeurs ont alors entamé leur remontée et ont réalisé leurs derniers paliers de décompression en présence des créatures qui évoluaient dangereusement près d'eux. Le maître Carbonel a déclaré s'être senti directement menacé et a dégainé un couteau de sa gaine. Les créatures sont alors devenues agressives, l'une d'elles ouvrant grand sa bouche pour révéler une série de dents acérées. Les deux hommes ont néanmoins pu rejoindre le zodiac sans dommages corporels. Propos consignés par le capitaine Louis Morand. »

Un silence pesant s'installa dans la pièce tandis que chacun assimilait ces informations troublantes.

– En y réfléchissant, reprit William, pensif, cette affaire étrange me rappelle étrangement les expérimentations menées il y a une cinquantaine d'années par le commandant Cousteau. Ces projets avaient pour objectif de tester la viabilité de la vie humaine sous l'eau durant plusieurs semaines. Les fameuses opérations « Précontinent ».

Il marqua une pause.

– Et tenez-vous bien, la dernière en date s'est déroulée précisément au large de Saint-Jean-Cap-Ferrat !

– Qui veut s'en charger ? demanda Moretti, son regard parcourant l'équipe.

Florence leva la main, son visage animé d'une curiosité intense.

– Précontinent, murmura Moretti, plongé dans ses pensées. Des expérimentations vieilles d'un demi-siècle. Cousteau, la Calypso, l'exploration des fonds marins. Marseille… Les années soixante.

Il sentait confusément qu'ils s'approchaient d'un élément crucial, d'une pièce manquante du puzzle. Dans son esprit, les fils commençaient à se connecter, formant un réseau complexe de relations et d'implications. Mais il lui manquait encore cette étincelle, cette révélation qui illuminerait l'ensemble.

Moretti se frotta les tempes, chassant momentanément la fatigue. Cette nuit serait longue. Mais il pressentait qu'ils étaient sur la bonne voie. Et lorsqu'il suivait son instinct, rarement il se trompait.

– Allons-y, dit-il simplement, sa voix trahissant une détermination sans faille.

4

Dans les ruelles de son enfance se dissimulaient des recoins ombragés où il se réfugiait avec lui-même, à l'affût de créatures nées de son imagination fertile. Après l'école, il errait dans des venelles aux odeurs entêtantes, mystérieuses, flanqué de ses compagnons d'infortune. Leurs péripéties n'avaient pour seules frontières que celles de leurs esprits bouillonnants. Dans les boulevards de sa jeunesse, les assauts de garnements plus âgés semaient l'effroi dans le quartier de la plaine. La peur l'accompagnait jusque dans son foyer, telle une fragrance persistante.

Le souvenir du parfum de son goûter ressurgit soudain, mélange subtil de banane mûre, de biscuit sablé et de chocolat noir. Les exclamations joyeuses, l'agate propulsée depuis l'index replié contre le pouce tendu. Une collection hétéroclite de billes et de calos soigneusement rangée dans une trousse en cuir marron éraflée par le temps. Il remportait ou cédait délibérément des parties pour cultiver l'amitié de ses camarades. Dans sa mémoire subsistait le racket de billes orchestré par les tyrans de l'école. Ces mêmes individus qui referaient surface plus tard. Les sphères de verre de 1,5 à 4 centimètres s'étaient métamorphosées en projectiles de 7 à 14 millimètres lorsqu'ils les interpellaient. Dans leurs regards se lisait le souvenir d'une enfance désormais si lointaine. Si inaccessible. Marseille.

Moretti cligna des paupières, chassant ces réminiscences. Ses yeux gris, habituellement impassibles, reflétaient momentanément une vulnérabilité inhabituelle. Il rajusta sa posture, reprenant contenance.

– C'est un SVD, chef, annonça William. Je viens de recevoir le rapport d'analyse balistique.

– Mais encore ? demanda Moretti, arquant un sourcil, son visage retrouvant sa neutralité calculée.

– Snaïperskïa Vintovka Dragounova, un fusil de précision de l'armée russe destiné aux sections d'infanteries, expliqua William en déposant le dossier sur le bureau. La balle est formellement reliée à lui.

Moretti effleura le rapport du bout des doigts. Les rides au coin de ses yeux se creusèrent légèrement.

— Un Dragunov, oui, je connais, murmura-t-il, sa voix à peine audible. Il date du début des années 60. Ce n'est pas ce que l'on peut appeler une arme de sniper, à proprement parler. Pourquoi utiliser un SVD alors que le marché regorge d'arsenaux modernes de précision supérieure ? Je n'ai jamais entendu parler d'une version équipée d'un silencieux.

— 1963, précisa William, pianotant sur son iPad. Il a été créé en 1963. Je vais vérifier s'il s'agit d'un modèle récent ou d'un ancien exemplaire.

La lumière tamisée du bureau dessinait des ombres douces sur les murs ornés de cartes maritimes. Moretti se tourna vers Florence, dont le regard paraissait fixé sur un point invisible.

— Où en êtes-vous du rapport sur les travaux de Cousteau ? demanda-t-il, sa voix trahissant une impatience soigneusement maîtrisée.

Florence sursauta légèrement, comme extraite d'une transe. Une mèche de ses cheveux auburn glissa sur son front tandis qu'elle se redressait.

— Terminé, répondit-elle, un sourire fugace illuminant son visage expressif.

Elle se leva avec une grâce féline et pressa du bout de l'index une touche du clavier. Une image de Cousteau apparut instantanément sur l'écran mural. L'explorateur affichait son légendaire sourire, vêtu d'une chemise bleu azur, coiffé de son emblématique bonnet rouge, la Méditerranée scintillante s'étendant à perte de vue derrière lui.

— Au commencement, il y avait un rêve, commença Florence, sa voix mélodieuse révélant son enthousiasme. Le commandant Cousteau s'imaginait coloniser les profondeurs marines. Il était intimement convaincu que l'homme pouvait retrouver une existence aquatique primordiale.

Elle fit quelques pas dans la pièce, comme portée par le récit qu'elle tissait. Ses mains dessinaient des arabesques dans l'air, accompagnant chacune de ses paroles.

— Pour concrétiser ses projets visionnaires, il nécessitait des financements considérables. Les faits se déroulent au début des années 60. Un séjour prolongé sous la surface des eaux suscitait l'intérêt des gouvernements orientés vers la conquête spatiale. L'existence subaquatique présentait des similitudes frappantes avec les conditions auxquelles seraient confrontés les futurs astronautes.

Elle marqua une pause, percevant instinctivement l'attention captivée de ses collègues.

— Des motivations commerciales entraient également en jeu. Des conglomérats pétroliers souhaitaient déterminer si l'homme pouvait effectuer des interventions sur des valves à plusieurs centaines de mètres sous la surface. Sans oublier la pléthore d'expérimentations scientifiques découlant de ces immersions autonomes s'étendant sur plusieurs semaines.

Ses yeux brillaient d'une lueur particulière, cette lueur que Moretti avait appris à reconnaître lorsqu'elle captait des émotions invisibles pour les autres.

— En septembre 1962, un cylindre métallique est immergé à dix mètres sous le niveau de la mer, au large du Frioul, un archipel face à Marseille. L'opération fut baptisée « Précontinent I ». Durant dix jours entiers, deux océanautes – leur appellation officielle – ont réalisé des épreuves de survie et accompli diverses tâches à une profondeur de vingt-cinq mètres. Le projet fut couronné d'un succès retentissant.

Florence fit glisser son doigt sur l'écran tactile, faisant apparaître d'autres images d'archives.

— Le commandant Cousteau entreprit une seconde expérimentation dans la mer Rouge, sur le récif corallien « Shab Roumi », signifiant « le récif du chrétien ». Cette entreprise, plus ambitieuse encore, comprenait davantage d'équipements au service des techniciens : des scooters sous-marins, un hangar submergé et une structure en étoile à quatre branches, surnom attribué à l'architecture métallique qui abritait une pièce principale, des chambres, diverses salles, ainsi qu'un module auxiliaire pour deux occupants à une profondeur constante de vingt-cinq mètres. L'opération Précontinent II s'étendit sur une période d'un mois complet.

— Pourrais-tu synthétiser, Florence ? suggéra Delmont, tapotant nerveusement son stylo contre le bord de la table, son calme habituel momentanément ébranlé.

— Chaque élément qu'elle expose est déterminant, rétorqua Moretti d'une voix glaciale, ses yeux lançant un avertissement silencieux à son collègue.

Florence hocha imperceptiblement la tête en direction de Moretti, reconnaissante pour son intervention.

— J'y parviens, Philippe, reprit-elle avec douceur. Précontinent III s'est déroulé au large de Saint-Jean Cap Ferrat, à quelques encablures seulement de Monaco et particulièrement du Musée Océanographique, principal mécène de Cousteau.

Elle dévoila sur l'écran mural une photographie saisissante de la sphère surmontée d'un dôme orné d'un damier jaune et noir caractéristique.

— Ces couleurs me rappellent étrangement celles de la fusée de Tintin dans « Objectif Lune » d'Hergé, remarqua William avec un sourire nostalgique.

— En quelle année précisément s'est déroulée cette expérience ? s'enquit Moretti.

— En 1965, répondit Florence, observant attentivement la réaction du commissaire.

Cette année-là, Moretti avait à peine deux ans et résidait à Marseille dans un immeuble cossu de la rue Paradis. Des images fugaces tourbillonnèrent dans son esprit : la plage aux reflets dorés, le parc Borely aux allées ombragées, l'imposante Citroën DS grise de son père. L'empire Guerini étendait alors son emprise sur la cité phocéenne. Robert Blemant, ancien fonctionnaire de police, avait été abattu par l'un des deux frères Guerini : Antoine. Son père, passionné par l'univers de la pègre, avait suivi avec attention leur déchéance à la fin des années 60 et l'avènement de Zampa, le nouveau parrain.

— La French Connection, murmura Moretti, presque pour lui-même, ses doigts caressant inconsciemment le bord de son bureau.

— Holà, vous voilà plongé dans un flash-back ! s'exclama Delmont avec un léger rire. Ça ne nous rajeunit guère, ajouta-t-il, ses origines marseillaises transparaissant dans son accent légèrement plus prononcé.

— Sans oublier le film qui en a été tiré avec Gene Hackman et Roy Scheider, en 71, rappela William, son enthousiasme pour le cinéma illuminant momentanément son visage habituellement austère.

— 1972, corrigea Delmont avec un sourire tranquille.

— Je ne saurais dire, je ne l'ai pas visionné, admit Florence en haussant légèrement les épaules.

— Poursuivez, trancha Moretti, ramenant l'équipe au sujet principal d'un geste autoritaire de la main.

Florence reprit son exposé, sa voix retrouvant sa cadence mélodieuse.

— La structure a été immergée jusqu'à une profondeur impressionnante de cent mètres. De nombreuses expériences ont été menées.

Elle pianota délicatement sur le clavier, faisant défiler une série de documents d'archives.

— Parmi les plus significatives, on peut mentionner la tentative de production de plancton végétal grâce à un éclairage artificiel, des simulations de réparations de plateformes pétrolières, la recherche de traces de radioactivité à cette profondeur, ainsi qu'une multitude d'autres missions biologiques et scientifiques. L'habitat métallique fut finalement ramené à la surface après un mois d'immersion continue.

— Aucune mention en relation avec nos tritons ? intervint Moretti, son regard perçant fixé sur l'écran.

— Des résultats abondants. Mais rien concernant les créatures, confirma Florence, secouant légèrement la tête.

— 1965... Le Dragunov est contemporain de cette période, nota Moretti, établissant mentalement des connexions invisibles pour les autres.

Un silence s'installa dans la pièce, rompu seulement par le bourdonnement discret de la climatisation. Florence se mordit la lèvre inférieure, hésitante.

— Les expériences ont continué, murmura-t-elle finalement, ses yeux fixés sur un point au-delà de la fenêtre.

— Comment cela ? s'étonna le commissaire, se redressant dans son fauteuil en cuir.

— Une intuition, rien de plus tangible, admit-elle en croisant les bras, comme pour se protéger. Des opérations Précontinent ont pu se poursuivre dans l'ombre.

— Secret défense ? suggéra Moretti, son regard s'intensifiant.

— Certaines personnes haut placées doivent détenir cette information, acquiesça Florence.

— Qui précisément ?

— Les militaires. La marine nationale. Il faudrait s'informer auprès d'eux.

Le téléphone fixe posé sur le bureau émit soudain une sonnerie stridente, faisant sursauter William. Le nom qui s'afficha sur l'écran attira immédiatement l'attention de Moretti.

— Le Commando Hubert, marmonna-t-il d'un air pensif, tout en observant le nom clignoter.

Florence consulta sa messagerie électronique, son front se plissant légèrement.

— Jean vient de m'envoyer un texto. Il se trouve actuellement à Marseille, dans les locaux de votre ancien service. Il souhaite ardemment participer à cette investigation.

Un sourire presque imperceptible étira les lèvres de Moretti.

— Rappelez-le et convoquez-le pour demain à huit heures précises à la gare de Toulon. Nous nous rendrons tous les trois à Saint-Mandrier. Vos compétences respectives me seront indispensables.

Confortablement installée sur une chaise en osier patinée d'un café pittoresque de la place Rossetti, Florence se laissa submerger par les souvenirs de son passé. La brise marine caressait doucement son visage. Les parasols colorés dansaient sous le souffle du vent, projetant des ombres mouvantes sur les pavés centenaires.

William, les jambes nonchalamment croisées, tenait entre ses doigts un perroquet, les arômes anisés de la boisson lui procurant une agréable sensation d'ivresse. Les rayons du soleil couchant baignaient la place d'une lumière dorée, conférant aux façades ocre des bâtiments environnants une chaleur particulière. Il se tourna vers Florence, brisant le silence contemplatif qui s'était installé entre eux.

— Tu ne m'as jamais réellement expliqué comment tu t'étais retrouvée en stage au sein de la DCRI. Comment as-tu été sélectionnée ? demanda-t-il, une curiosité sincère transparaissant dans sa voix.

Florence sourit, ses yeux se voilant légèrement.

— C'est étrange, je songeais justement à cette période, répondit-elle en faisant tournoyer distraitement la paille dans son verre.

— Est-ce une simple coïncidence ? J'en doute fortement ! sourit-il, ses yeux pétillant de malice.

Florence laissa son regard errer sur la place animée. Des enfants jouaient près de la fontaine centrale, leurs rires cristallins se mêlant aux conversations des adultes attablés aux terrasses des cafés adjacents.

— J'y suis arrivée par un concours de circonstances imprévu. J'ai quitté mes parents et mon village natal près de Lyon à l'âge de vingt ans pour poursuivre des études scientifiques à Orsay, en banlieue parisienne, option physique et chimie.

Elle but une gorgée de sa boisson glacée avant de poursuivre.

— J'ai passé deux années entières dans l'anonymat des amphithéâtres bondés. Je partageais alors un modeste studio avec mon compagnon. Nous vivions heureux, jusqu'à ce qu'un drame bouleverse mon existence.

Sa voix se teinta d'une gravité nouvelle, presque imperceptible pour quiconque ne la connaissait pas aussi bien que William.

— Il a été découvert un matin, assassiné de plusieurs coups de couteau. Une véritable boucherie.

Elle frissonna malgré la chaleur ambiante.

— Les enquêteurs chargés de l'affaire ont conclu à un contrat exécuté sur la mauvaise personne. En sortant du RER, il a été abattu par erreur. Ils n'ont jamais appréhendé le ou les coupables.

Un couple de touristes passa devant leur table, appareil photo en bandoulière, bavardant gaiement en allemand. Florence attendit qu'ils s'éloignent avant de reprendre.

— J'ai alors pris la décision d'intégrer l'École de Police avec mon niveau de Master. Après avoir obtenu le grade de lieutenant, j'ai réalisé que je ne retrouverais probablement jamais les assassins. J'ai traversé des mois particulièrement éprouvants à démontrer des aptitudes physiques équivalentes à celles de mes homologues masculins. La police est devenue ma seconde famille.

William acquiesça lentement.

– À Écully, lors de ma formation, j'ai côtoyé des femmes de ta trempe, dit-il avec une admiration non dissimulée.

– J'aurais pu stationner à ce niveau hiérarchique pendant des années, poursuivit Florence. Puis un jour, un détecteur de mensonges particulièrement sophistiqué a fait son apparition dans nos locaux. Mon service était chargé d'évaluer ses performances en conditions réelles. Je me suis portée volontaire pour assister son concepteur. Nous avons interrogé des centaines de suspects.

Les cloches d'une église voisine sonnèrent, leurs carillons se répercutant sur les murs de la place.

– Malheureusement, pour la direction, le procédé, bien que remarquablement performant, n'était pas fiable à cent pour cent, soupira-t-elle.

– Il n'aurait jamais franchi les portes d'une cour de justice en tant qu'élément probant, j'en ai eu vent, confirma William.

Elle acquiesça d'un hochement de tête.

– Son créateur en fut profondément déçu. Nous savions pourtant que l'appareil fonctionnait. Il m'a révélé qu'il avait observé ma capacité à pressentir la culpabilité d'un suspect, sans jamais me tromper ! J'attribuais personnellement cette faculté à une simple intuition féminine. Comparable à la manière dont les personnes hypersensibles perçoivent instantanément les personnalités des individus dès qu'ils pénètrent dans une pièce.

Une serveuse déposa deux cafés fumants devant eux, l'arôme corsé se mêlant aux parfums floraux environnants.

– Donc tu ignorais tout de tes aptitudes avant cet épisode ? s'enquit William, ajoutant un sucre à son café.

– Effectivement. Cette particularité n'était pas reconnue à cette époque. Je percevais ma différence par rapport aux autres. Mais je n'en avais jamais fait mention. Mes professeurs, durant ma scolarité, l'attribuaient à une timidité excessive, à une sensibilité exacerbée.

Elle esquissa un sourire mélancolique.

– Ce spécialiste m'avait observée pendant des mois et, selon ma façon de regarder les personnes interrogées, il avait déterminé mes impressions, l'appareil ne faisant que confirmer mon intuition. Il l'a consigné dans son rapport. De nombreux enquêteurs perdaient un temps précieux sur des affaires complexes. La DCRI, en collaboration avec des experts scientifiques et médicaux, a élaboré un programme spécifique.

J'en ai été la première recrue. J'ai fait la connaissance de Jean quelques semaines plus tard.

Une légère lueur s'alluma dans son regard à l'évocation de son collègue.

— Son dossier mentionnait des aptitudes sensorielles particulièrement développées. Et je me réjouis de ne pas être l'unique personne dans cette situation. Nous nous soutenons mutuellement.

— Vous tentez de surmonter votre réserve naturelle ? demanda William en sirotant son café.

— La majorité des gens confond allègrement timidité et hypersensibilité, répliqua Florence avec une pointe d'agacement. Ces deux traits n'ont strictement rien en commun !

— C'est plaisant de collaborer au sein de ce service, avoua William. Cela constitue un changement radical par rapport à la police scientifique.

— Oui, j'avais perçu ton enthousiasme dès notre première rencontre, admit-elle avec un sourire complice.

— Depuis combien de temps Moretti avait-il pris la direction du service avant mon arrivée ?

— Une dizaine de jours. La hiérarchie nécessitait une sommité pour piloter ce programme. Bien qu'initialement fermé à tout aspect irrationnel, il a considérablement évolué, ricana-t-elle. C'est désormais lui qui commande.

La circulation commençait à ralentir sensiblement aux abords de Toulon. La présence d'un radar fixe à proximité immédiate d'un vaste complexe commercial contribuait à modérer la vitesse du flot ininterrompu de véhicules convergeant vers l'agglomération toulonnaise. Le mont Faron, imposante masse calcaire culminant à 584 mètres d'altitude, véritable sentinelle naturelle protégeant la rade au fil des siècles, imposait progressivement Sa Majesté, dominant la ville à mesure qu'ils approchaient du centre urbain.

Moretti manœuvra habilement la berline en direction de l'artère principale de Toulon, le boulevard de Strasbourg. Ses mains expertes tenaient fermement le volant, ses yeux scrutant attentivement la route.

Le TER transportant Jean depuis Marseille s'immobilisa dans un concert de crissements métalliques interminables. Les portes automatiques s'ouvrirent avec un chuintement pneumatique. Jean descendit du wagon d'un pas alerte, se dirigeant vers le hall de la gare. Son visage juvénile reflétait une concentration intense mêlée d'excitation. La synthèse que Florence lui avait communiquée avait définitivement conforté sa décision de reporter sa semaine de congé. Il ressentait un besoin viscéral de participer à cette enquête. Et rien n'aurait pu l'en dissuader.

Sa récente formation auprès du GIPN l'avait considérablement éprouvé, tant physiquement que mentalement. Malgré cela, il éprouvait une exaltation presque enfantine à l'idée d'observer de ses propres yeux la mystérieuse créature découverte dans la rade de Saint-Jean-Cap-Ferrat. Les rumeurs qui circulaient au sein des équipes avaient éveillé sa curiosité naturelle.

Parvenu sur le parvis de la gare baigné d'une lumière dorée, il consulta sa montre : 8 h 35. Une légère contrariété l'envahit en constatant ces cinq minutes de retard. Mais elle se dissipa instantanément lorsque la BMW noire rutilante de Moretti surgit face à lui. Jean s'engouffra prestement dans l'habitacle climatisé, embrassa affectueusement Florence sur la joue, tandis que le commissaire accélérait déjà, impatient de reprendre la route.

— Alors Jean ? s'enquit Moretti, son regard perçant croisant celui du jeune homme dans le rétroviseur intérieur. Comment s'est déroulé ce stage chez les commandos ?

— Épuisant, une semaine sans le moindre répit ! répondit-il.

Il se tourna vers Florence, un sourire.

— Ils m'ont mis à rude épreuve. J'ai l'impression d'avoir vieilli de dix ans en quelques jours.

— Avez-vous pris connaissance des rapports ? questionna Moretti, manœuvrant habilement la berline dans le trafic matinal.

— Intégralement. Florence me transmettait ses analyses chaque soir. Cette créature est absolument fascinante, répondit Jean.

La BMW filait maintenant sur la départementale vers st Mandrier. Le trafic demeurait dense, parsemé de camionnettes de livraison et de véhicules de touristes. Des voiliers parsemaient l'horizon, leurs voiles blanches se détachant sur l'azur du ciel.

Moretti résuma succinctement les objectifs de leur visite : obtenir les résultats préliminaires de l'autopsie afin de déterminer l'éventuelle implication des autorités militaires dans cette affaire troublante.

— Ce ne sera guère aisé, fit remarquer Florence, ses doigts jouant distraitement avec la bandoulière de son sac. Nous allons rencontrer une résistance considérable.

— C'est précisément ce que je souhaite découvrir, affirma Moretti, son profil aquilin se découpant sur le paysage défilant. Ils n'ont théoriquement rien à nous dissimuler. Nous disposons d'une carte blanche, néanmoins, je pressens qu'ils tenteront d'opposer une certaine résistance pour étouffer d'éventuels secrets ou bavures. Comprenez-vous ma stratégie ? Moins j'en saurai officiellement, plus vous pourrez déceler l'indicible.

– Tactique brillante ! s'enthousiasma Jean en se redressant sur son siège. Cependant, je ne suis pas certain de pouvoir identifier quoi que ce soit au-delà du cercle restreint du Commando Hubert.

– Peu importe, vous détournerez efficacement leur attention, répliqua Moretti avec un sourire énigmatique.

La première expérience extrasensorielle de Jean s'était produite alors qu'il n'avait que huit ans. Ce jour mémorable, il venait tout juste de quitter l'enceinte de son école primaire. Sur le chemin du retour vers son domicile, il avait distingué un objet scintillant au milieu d'un champ verdoyant. En s'approchant, il avait ressenti une vague de tristesse dévastatrice l'envahir. Cette sensation oppressante s'était atténuée progressivement à mesure qu'il s'éloignait de cet endroit mystérieux.

Parvenu au seuil de la propriété familiale, il avait aperçu son père assis sur une chaise en osier devant le perron, tirant paisiblement sur sa pipe en merisier. À cette heure particulière de la journée, les fenêtres de la demeure renvoyaient des reflets kaléidoscopiques – jaunes, blancs, opalescents. Cette auréole lumineuse le comblait invariablement d'une joie profonde. Des volutes de fumée s'échappaient gracieusement des cheminées environnantes, se dissipant dans l'air vespéral.

Son père avait retiré lentement la pipe de sa bouche, exhalant un nuage bleuté.

– C'est étrange, j'ai le pressentiment que tu t'es égaré aujourd'hui, avait-il déclaré de sa voix grave et rassurante.

Comme à son habitude, il avait perçu quelque chose d'imperceptible pour le commun des mortels. Jean, pourtant, s'était fermement résolu à ne pas évoquer l'angoisse oppressante qui l'avait assailli.

– Entre donc, ta mère nous attend. Je souhaiterais que tu me confies si tu as détecté un morphos avait ajouté son père en se levant.

– Un morphos ? Qu'est-ce donc ? avait demandé Jean, déconcerté par cette terminologie inconnue.

– Une pensée intense. Une émotion abandonnée à l'endroit précis où elle s'est manifestée initialement par une autre personne.

Jean avait alors relaté à son père l'étrange sensation éprouvée sur le chemin du retour.

– Nous y voilà. Chacun d'entre nous peut la percevoir, choisir de l'exprimer ou de la taire. Des sentiments bénéfiques ou néfastes peuplent la nature depuis l'aube des temps. Que nous les percevions ou non, ils s'infiltrent insidieusement en nous, nous procurant joie ou affliction. Nous ressentons parfois un malaise inexplicable, une douleur latente, une souffrance incompréhensible ou une allégresse soudaine sans jamais en identifier l'origine véritable. Seule l'émotion persiste, vestige d'une action, d'une situation vécue par un homme, une femme ou une collectivité. Nous ne pouvons que l'accepter. La plupart des individus ne réalisent même pas que des pensées extérieures interfèrent constamment avec leur propre conscience.

– Alors nous aussi, nous abandonnons des émotions dans l'environnement naturel ? avait interrogé Jean, fasciné.

– Effectivement, chaque être vivant le fait. Des sentiments puissants, des traumatismes, des désespoirs... Plus leur intensité est considérable, plus leurs réminiscences s'ancrent profondément et résistent à l'érosion temporelle. C'est ce mécanisme qui nous permet d'appréhender instinctivement un danger imminent. Dans les temps immémoriaux, avant l'avènement du langage articulé, ces morphos constituaient d'inestimables sources d'information pour les chasseurs-cueilleurs primitifs.

Enfant naturellement sauvage, Jean avait développé un mode de communication non verbal. Par intuition, il parvenait à saisir les désirs et les appréhensions de son entourage. Cette particularité ne dérangeait nullement son père, qui partageait cette propension au silence. Il lui avait confié un jour que le monde était suffisamment bruyant pour ne pas y ajouter des paroles superflues.

Le soleil couchant projetait ses derniers rayons à travers les vitraux de la bibliothèque.

– On utilise la bouche papa. Pour communiquer, lança Jean, brisant le silence confortable qui s'était installé entre eux.

– Non, pas forcément, répondit-il en posant son stylo avec délicatesse. À la préhistoire, les humains échangeaient et se coordonnaient par ce que l'on pourrait appeler l'intuition participative.

Son ton était calme, factuel, dénué d'emphase inutile.

– Ils ne s'exprimaient pas de notre manière, ils évoluaient dans un maillage interactif complexe. Les animaux fonctionnent toujours ainsi. Le dialogue est apparu quand les hommes décidèrent de brouiller leur langage corporel et intuitif pour ne plus se faire comprendre par d'autres clans. C'est le principe de la tour de Babel.

Jean pencha légèrement la tête, ses yeux sombres révélant cette vivacité d'esprit qui surprenait souvent son entourage. À seize ans, il possédait déjà cette hypersensibilité qui lui permettait de saisir des nuances imperceptibles pour la plupart.

— Mais, nous vivons tous en communauté, alors, on ne se parle plus ? demanda-t-il, ses doigts jouant distraitement avec le bracelet en cuir que sa mère, lui avait offert.

La réponse vint non pas de son père. Mais de son grand-père, qui était entré silencieusement dans la pièce. L'ancien professeur de philosophie avait cette présence apaisante qui semblait ralentir le temps autour de lui.

— Nous faisons plus que cela comme tu le crois, lui indiqua-t-il, sa voix posée résonnant dans la bibliothèque aux boiseries anciennes.

Un rayon de lumière jouait sur sa chevelure argentée tandis qu'il s'approchait du fauteuil en cuir près de la fenêtre.

Le lendemain matin, alors que la rosée perlait encore sur les pétales des roses anciennes, Jean et son grand-père traversaient les allées soigneusement entretenues de la roseraie. L'air était imprégné du parfum délicat des Rosa Centifolia qui bordaient le chemin de gravier blanc. Les bourdonnements discrets des abeilles formaient une toile sonore paisible.

— Le jour et la nuit constituent des cycles de la nature, commença-t-il en effleurant du bout des doigts une rose pourpre. Nous ne sommes pas seulement conscients le jour et inconscients la nuit. N'as-tu jamais ressenti cette impression que tu as vécu un moment, vu un endroit sans que tu puisses l'identifier complètement ? Une sensation de déjà-vu ?

Jean s'arrêta près d'un banc en pierre moussue, « contemplant » la question avec cette intensité qui lui était propre.

— Oui, de temps en temps, murmura-t-il avant de lever les yeux vers son grand-père. Toi aussi ?

— Bien sûr ! Tout le monde !

Un sourire bienveillant éclairait son visage buriné.

— C'est parce que nous sommes tous reliés. C'est la grande vérité de l'être, il ne le sait pas.

Ils s'assirent côte à côte tandis qu'un merle solitaire sautillait près d'eux, apparemment intéressé par leur conversation.

— Le temps a effacé l'homme originel. Mais, durant notre coma quotidien, tout recommence. C'est toute la notion de régénération. Le macrocosme se renouvelle.

Jean observait les mains de son grand-père, ces mains qui avaient tourné tant de pages, écrit tant de réflexions. Elles semblaient porter en elles la sagesse de ses paroles.

— Ce qui nous différencie le jour nous rassemble la nuit, dans un périmètre bien défini, poursuivit-il. Ensuite, la diffusion s'effectue par maillage pour former une chaîne. La conscience de l'homme est universelle et collective. Supposer le contraire constitue une erreur et revient à diminuer l'individu à une entité isolée.

La mère de Jean apparut à l'extrémité de l'allée, sa robe d'été jaune contrastant avec le vert profond des haies de buis. Elle s'arrêta un instant, ne voulant pas interrompre ce moment entre son fils et son grand-père. Son visage expressif trahissait son émotion face à cette scène qu'elle semblait ressentir plus que voir.

– Le destin de chacun est le même pour tous, continuait son grand-père sans remarquer sa présence. Nous avons tous un rôle, nous existons et nous perpétuons une histoire, un passé. Seul le futur nous échappe.

Un léger vent se leva, faisant danser les pétales tombés sur le sol.

– La nuit ne sert pas qu'à nous reposer. Quelques heures de sommeil suffiraient à nous revitaliser physiquement. Non, nous régénérons nos esprits qui communiquent.

Les yeux de Jean s'illuminèrent soudain, comme si une pièce du puzzle venait de se mettre en place.

– Une sorte de mise à jour ? proposa-t-il

– Oui, c'est ça.

Son grand-père semblait satisfait de cette analogie moderne pour un concept ancien.

– Chacun de nous partage ce qu'il a vécu, ressenti, pour le bien de l'espèce. Ainsi, c'est bien une communauté connectée. L'impression de déjà-vu provient d'une réminiscence, c'est-à-dire une vision participative, présente dans ton esprit, fruit d'une expérience de quelqu'un d'autre. Elle se libère lorsqu'elle rejoint la conscience collective. Nous ne formons qu'un.

Sa mère s'était approchée sans bruit, attirée comme par un fil invisible par cette conversation. Elle posa une main légère sur l'épaule de son fils. Et Jean sursauta, comme arraché à une transe.

– Je vous écoute depuis un moment, dit-elle avec un sourire. Ce que tu expliques, c'est exactement ce que je ressens parfois quand je peins. Comme si mes mains suivaient des souvenirs qui ne sont pas vraiment les miens.

Le grand-père acquiesça doucement.

Cette déclaration changea la perception que Jean s'était représentée à propos des échanges humains. Dans les jours qui suivirent, il commença à observer différemment les interactions autour de lui, apprenant à lire dans les yeux des gens, à percevoir ce qui se jouait au-delà des mots.

Un mois plus tard, alors qu'ils visitaient une église, le grand-père s'arrêta devant un banc usé par des siècles de fidèles.

– Les endroits de cultes fonctionnent comme des portes qui relient l'ensemble des âmes, murmura-t-il. Tente l'expérience en t'asseyant sur une chaise ou un banc. Tu te sentiras présent et absent.

Jean s'installa sur le banc en bois poli, la lumière colorée des vitraux dansant sur son visage. Il ferma les yeux.

– Nous existons à plusieurs niveaux, entendit-il son grand-père dire, comme en écho à ses propres pensées.

Et pour la première fois, Jean eut l'étrange sensation d'entendre ces mots non pas avec ses oreilles. Mais directement dans son esprit.

La berline ralentit devant les portes massives du bâtiment principal, construction austère dont la grisaille semblait absorber la lumière du soleil méditerranéen. Des policiers militaires au regard impénétrable contrôlèrent minutieusement leurs identités avant de leur délivrer un badge. Leurs uniformes impeccables et leurs mouvements calibrés trahissaient des années de discipline militaire.

Dans l'enceinte de la base, Moretti gara son véhicule sur le parking des visiteurs. Un matelot en uniforme s'approcha d'un pas vif et les salua, la main droite à hauteur de la tempe, doigts tendus et joints, paume apparente sous l'éclat immaculé de sa casquette blanche.

– Quartier-maître Perron ! déclara-t-il avec une fierté manifeste. Je suis affecté à votre service durant votre séjour, je serai votre guide.

Florence lui adressa un sourire chaleureux, captant instantanément la nervosité du jeune homme sous son apparente assurance. Ils montèrent à bord d'une Renault Scénic et le véhicule s'engagea dans les artères rectilignes de la base, slalomant entre des bâtiments aux proportions impressionnantes. Le plus imposant d'entre eux, le CIN (Centre d'Instruction Naval), se dressait comme un monolithe de béton et de verre face à la mer scintillante.

– Où se trouve exactement le Commando Hubert ? demanda Florence, sa curiosité naturelle prenant le dessus sur sa préoccupation.

– À l'extrémité de la presqu'île, commandant, répondit le quartier-maître en se redressant. Leur base est établie dans une anse qu'on appelle le Canier. Elle est dissimulée à l'abri du vent et de la houle. Vous verrez, c'est un endroit particulièrement rocheux, presque lunaire par endroits, avec ces formations calcaires qui semblent surgir de l'eau. Nous y parviendrons bientôt.

– Depuis combien de temps la compagnie y est-elle installée ? interrogea Jean, dont la voix trahissait une tension grandissante.

— Depuis 1965, lieutenant, répondit le matelot avec une pointe de fierté. C'est une longue tradition.

Moretti et Florence échangèrent un regard. 1965. Cette date qui resurgissait comme un leitmotiv obsédant dans leur enquête. Florence perçut immédiatement le cheminement mental de Moretti à travers ce regard, les connexions qui s'établissaient dans son esprit, les hypothèses qui se formaient.

— Merci quartier-maître, vous connaissez votre sujet, dit Moretti d'un ton neutre.

Le jeune homme remua la tête en souriant, visiblement flatté par le compliment.

Situé à flanc de colline verdoyante, le CIN incarnait l'un des grands centres de formation des métiers de la marine dans l'hexagone. Un site militaire de 150 hectares enchâssé dans un écrin méditerranéen d'une beauté saisissante. Des pins parasols centenaires ombrageaient les allées impeccablement entretenues.

Jean laissa son regard errer sur les panneaux de signalisation qui désignaient un autre ensemble de constructions : le BAN (Base Aéronavale), repaire de la flotte aéronautique. Il lui paraissait presque incongru d'imaginer que dans cet environnement bucolique et ordonné, des individus en blouse blanche aient pu procéder à des expériences humaines aux confins de l'éthique.

Sur la route serpentant entre les bâtiments, des matelots marchaient en rang, deux par deux, sous l'autorité d'un maître qui réglait leurs cadences par des commandements brefs et secs. Leurs pas résonnaient sur l'asphalte comme un métronome mécanique.

La voiture s'immobilisa devant un édifice plus moderne que les autres, sa façade de verre réfléchissant le soleil avec une intensité presque aveuglante. Un officier à la silhouette athlétique les attendait au pied des marches en marbre. Le capitaine Pfeiffer – comme l'indiquait son badge – les invita à le suivre d'un geste sobre. Son visage taillé à la serpe ne trahissait aucune émotion. Mais Florence perçut une légère appréhension qui pulsait sous ce masque d'impassibilité.

Ils progressèrent à travers des couloirs aux murs immaculés, leurs pas étouffés par un revêtement de sol d'un bleu profond qui évoquait les abysses. Parvenu dans une grande salle circulaire, le militaire les salua d'un geste rigide et fit demi-tour, les laissant seuls.

Des vestiges d'épaves navales trônaient en évidence au milieu de la pièce, illuminés par des projecteurs stratégiquement placés. Sur le mur principal s'étalaient les armoiries du commando : une ancre massive, deux hippocampes face à face, garnis d'une aile de chaque côté, symbole ambivalent de puissance et de mystère. Le silence qui régnait dans cette antichambre était presque tangible.

Florence resserra instinctivement son pull autour de ses épaules, frissonnant non pas de froid. Mais de cette tension palpable qui imprégnait l'atmosphère. Elle se pencha vers Moretti :

— Il y a quelque chose d'étrange ici, murmura-t-elle. Je perçois... de la peur. De l'anxiété. Comme si ces murs avaient absorbé des décennies d'appréhension.

Moretti acquiesça imperceptiblement, son regard scrutant chaque recoin de la pièce avec une attention clinique. Le temps semblait s'étirer indéfiniment dans cette attente. Son esprit analysait déjà les possibles issues, les angles morts, les potentielles menaces, par réflexe professionnel.

Un homme revêtu d'une blouse médicale bleu pâle apparut soudain, ouvrant une porte latérale que personne n'avait remarquée jusque-là. Le capitaine de corvette retira sa capuche d'un geste théâtral qui semblait calculé pour produire un effet.

— Endossez tous les deux une combinaison, ordonna-t-il en désignant des tenues blanches suspendues à des crochets muraux. Je vous attends de l'autre côté.

Il fit volte-face avant d'ajouter, avec un sourire qui n'atteignait pas ses yeux :

— Ah ! Vous pouvez y aller à tour de rôle, le vestiaire est mixte.

Il disparut derrière la porte, laissant derrière lui un parfum subtil d'antiseptique.

— Essayez de vous focaliser sur ce qu'il dissimule, chuchota Moretti à Florence. Son comportement est trop... étudié. Je sens qu'il joue un rôle.

Florence hocha la tête, déjà concentrée sur les vibrations émotionnelles laissées par le capitaine, comme un pisteur suivrait des empreintes invisibles.

Affublé d'une tenue blanche qui crissait à chacun de ses mouvements, le commissaire ouvrit la porte opposée à celle de l'entrée, ses gestes mesurés trahissant sa vigilance. Florence se tenait à côté du capitaine Charles Desjobert, dont le visage buriné par les éléments marins contrastait avec la blancheur immaculée de sa blouse.

Un corridor central aux parois transparentes offrait des perspectives sur quatre laboratoires séparés par des vitres épaisses de 6 millimètres. L'impression d'aquarium humain était saisissante. Ils franchirent un sas avec un léger sifflement pneumatique. Des chercheurs en combinaison stérile travaillaient avec concentration sur des microscopes high-tech, manipulaient des éprouvettes à travers des hottes et des sorbonnes à recyclage d'air filtré. La lumière bleutée des écrans d'ordinateur se reflétait sur leurs visages masqués, créant des ombres fantomatiques.

Au milieu du local principal était disposée une table d'autopsie en aluminium qui renvoyait la lumière crue des néons. Des traces de substances indéfinissables y dessinaient des arabesques que l'œil attentif de Moretti ne manqua pas de remarquer. Son esprit tentait vainement de déterminer la fonction des trois autres salles d'analyse, aux équipements plus mystérieux encore.

Cinq hommes et une femme s'affairaient dans les différents espaces, échangeant parfois des regards furtifs à leur passage. « Beaucoup de monde pour un projet supposément confidentiel, » songea Moretti.

Le chef les invita dans le laboratoire n° 2, une salle aux proportions généreuses où l'air semblait plus froid encore. Sur des étagères en acier inoxydable, alignées comme des trophées macabres trônaient des tubes en verre d'une hauteur de 30 centimètres et de 20 de large, remplis d'organes conservés dans un liquide transparent. Florence dut faire appel à toute sa maîtrise pour ne pas détourner le regard. En toute vraisemblance, il s'agissait des restes de la créature qui occupait leurs pensées depuis le début de cette affaire.

Le capitaine prit la parole, sa voix résonnant étrangement dans l'espace confiné :

— Si je vous ai fait venir, c'est pour vous montrer que nous n'avons rien à cacher.

« Dans ce cas-là, pourquoi le mentionner ? » estima immédiatement Moretti, ses années d'interrogatoires lui ayant appris à déceler ce genre de contradiction révélatrice. Le capitaine poursuivi, un enthousiasme presque déplacé dans la voix :

— Voilà devant vous les greffes que nous avons extraites de l'homme-poisson. Des échantillons hors du commun, je dois dire. Une aubaine pour la science et pour nos chercheurs. Mentalisez un plongeur de combat doté de la faculté de respirer sous l'eau ! Une arme vivante !

Florence frissonna imperceptiblement à l'évocation de ces êtres humains modifiés, transformés en armes. Sa sensibilité exacerbée lui permettait de ressentir presque physiquement l'horreur cachée derrière ces expériences cliniques.

— Ce qui nous intéresse, argumenta Moretti, c'est moins ce que peut symboliser ce mutant pour vos forces que d'identifier son concepteur. J'enquête sur deux meurtres rattachés à cette créature.

Son regard d'acier ne quitta pas celui du capitaine, cherchant la faille, le frémissement révélateur. Une légère crispation apparut effectivement sur le visage de l'officier, signe infime. Mais éloquent pour qui savait observer.

Florence profita de cet instant de vulnérabilité pour sonder son esprit. Comme des vagues successives, elle perçut d'abord de la crainte, puis une image mentale puissante : une statuette représentant Poséidon, trônant sur son bureau. Cette image semblait liée à un nœud d'anxiété profonde. Était-ce le lien qu'ils cherchaient avec l'enquête ?

– Je n'étais pas au courant pour ces assassinats, dit le capitaine, sa voix trahissant une hésitation presque imperceptible.

– Comment pourriez-vous l'être ? répliqua Moretti, implacable. J'aimerais avoir un tête-à-tête avec vous, capitaine. Sans témoins.

L'homme opina du chef après une seconde d'hésitation, comme s'il pesait mentalement les conséquences de cette conversation.

Après s'être changés, ils arrivèrent dans le bureau personnel du capitaine. Des néons industriels noyaient la salle dans une lumière blanchâtre et clinique qui ne laissait aucune place aux ombres. En pénétrant dans la pièce, Florence ne put s'empêcher de ressentir un étrange sentiment de déjà-vu. L'agencement spartiate des lieux, la disposition méticuleuse des objets – tout cela réveillait en elle le souvenir d'un ami d'enfance, un compagnon de plage. Elle avait l'impression de reconnaître dans cette configuration la signature d'une personnalité familière, cette même manière de tout compartimenter, de tout dissimuler derrière un ordre apparent.

Le bureau ressemblait à une cellule monastique : un placard strict en métal brossé et une table de travail ornée de médailles soigneusement alignées, agrémentées d'une unique photo de famille dans un cadre d'argent. Aucun objet personnel, aucune trace de vie au-delà du strict nécessaire.

Au moment de s'asseoir, Florence s'inclina vers Moretti et lui chuchota ses impressions, ses lèvres à peine visibles derrière sa main. Le commandant Desjobert, qui semblait avoir récupéré toute son assurance dans l'environnement familier de son bureau, écarta ses jambes et adopta une posture dominante, déterminé à montrer une confiance sans faille face à ses interlocuteurs.

Il s'affubla d'un sourire de circonstance et entrecroisa ses doigts sur le bureau immaculé. « Un vrai système de défense, » jugea Florence, percevant les barrières mentales que l'homme érigeait consciemment.

– Vous voulez les conclusions du rapport des médecins ? demanda-t-il. Comme je vous l'ai dit au téléphone, ils n'ont pas fini d'étudier toutes les greffes de la créature. Par ailleurs...

– Parlez-moi de « Poséidon », capitaine, le coupa Moretti en plantant son regard dans celui de l'officier, tel un scalpel cherchant une tumeur cachée.

L'effet fut immédiat. Le visage du capitaine se décomposa, sa peau hâlée prenant soudain une teinte cireuse. Il recula instinctivement, calant son dos dans le fauteuil comme pour créer une distance physique avec cette question impromptue. Son regard oscillait maintenant entre Moretti, qui restait délibérément impassible. Et Florence, dont il craignait l'intuition.

– Que savez-vous sur l'expérience Poséidon ? s'enquit-il enfin, s'efforçant vainement de masquer sa surprise derrière un professionnalisme de façade.

– C'est à vous de me le dire, commandant, répondit Moretti, sa voix aussi tranchante qu'une lame. Dois-je vous rappeler qu'une enquête pour deux meurtres a été ouverte ? J'ai toute compétence pour explorer où je veux. En venant vous voir, personne en haut lieu n'est censé le savoir. Pour le moment.

Le mot « moment » résonna comme une menace voilée dans la pièce silencieuse. Le capitaine resta muet pendant plusieurs secondes qui parurent s'étirer indéfiniment. Il esquissa un mouvement de dénégation, comme pour repousser une pensée importune, puis saisit un stylo qu'il lança nerveusement sur la table.

– D'accord, lâcha-t-il finalement, puisque vous semblez informé, je vais vous parler de l'expérience Poséidon ou plutôt… « Diogène ».

Ses yeux obliquèrent vers la gauche, trahissant l'intense activité mentale qui s'y déroulait. Florence percevait presque physiquement l'ensemble de ses neurones qui travaillaient frénétiquement à déterminer par quel bout entreprendre ce récit potentiellement explosif.

– Tout a commencé en 1965, avoua-t-il enfin.

Le silence qui suivit cette phrase liminaire était chargé de non-dits et de secrets enfouis. Dans ce bureau aseptisé, au cœur d'une base militaire oubliée du monde, allait peut-être se dénouer l'énigme qui les hantait depuis le début de cette enquête.

5

— Avez-vous entendu parler des opérations subaquatiques du commandant Cousteau ?

Moretti et Florence acquiescèrent silencieusement. Leurs expressions trahissaient des réactions bien différentes : elle, les yeux éclairés d'une curiosité presque enfantine. Lui, le regard scrutateur d'un homme habitué à chercher la vérité derrière les apparences.

Et c'est reparti, songea Moretti, réprimant un soupir, anticipant les ramifications possibles de ce qui allait suivre. Il croisa les bras, adoptant instinctivement cette posture défensive qui lui était si caractéristique lorsqu'il sentait qu'on l'entraînait vers des territoires nébuleux.

— Ces programmes, au nombre de trois, représentaient un investissement financier considérable pour l'époque, expliqua le capitaine Desjobert. Les expérimentations étaient financées par la société National Geographic, le gouvernement français, ainsi que des compagnies pétrolières.

Sa voix prenait les inflexions mesurées d'un homme qui dévoile progressivement un secret longtemps gardé. Dans la pénombre feutrée du bureau, les stores mi-clos laissaient filtrer une lumière ambrée qui dansait sur les dossiers empilés.

— Le résultat des découvertes de Cousteau étant considérable, il voulut poursuivre en créant « Précontinent IV » sur les six initialement programmés. Malheureusement, les subventions n'ont pas suivi. Les financements ont été réorientés vers des projets de recherche sur des engins robotisés, jugés plus fiables et économiques. L'homme au bonnet rouge a vu ses rêves fondre comme neige au soleil. L'aventure s'arrêta donc… du moins, pour lui.

Il marqua une pause théâtrale, ses doigts pianotant doucement sur le bureau en acajou. Florence percevait l'imperceptible tension qui s'installait dans la pièce.

— Ce revers de situation se déroula en 1965, reprit Desjobert. Bien que l'entreprise officielle ait été arrêtée, des scientifiques français ayant eu accès aux conclusions des résultats Précontinent nourrissaient une ambition secrète : utiliser cette manne d'informations pour concrétiser un concept qui semblait relever de la folie. Un rêve aussi ancien que l'humanité, comparable à celui de voler !

Florence se pencha légèrement en avant, captivée, ses yeux vert brillant d'une intensité presque féline. Moretti, quant à lui, demeurait impassible. Mais son regard acéré ne manquait pas une seule nuance dans le comportement de leur interlocuteur.

– Le projet consistait à effectuer des expériences militaires sur des volontaires afin de tester la possibilité d'une vie autonome sous l'eau. La chimère de Cousteau, en somme. Le programme obtint l'accréditation de la marine. On le nomma « Diogène » en hommage à Falco, un des lieutenants et proche du commandant. C'est lui qui avait attribué ce terme à la première résidence de Précontinent I, en référence au philosophe grec qui habitait dans une citerne en bois.

– Dites-moi que c'est un projet français top secret ! s'exclama Moretti, son ironie à peine dissimulée trahissant sa frustration face à tant de secrets.

Le capitaine renvoya un sourire gêné, les lignes de son visage se creusant sous l'effet d'une tension palpable.

– Commissaire, vous avez accès à ces renseignements...

Il se cala en arrière sur son fauteuil en cuir qui émit un léger grincement, observant les deux policiers dans l'attente de leurs réactions.

– À la vérité, si vous m'en aviez parlé plus tôt, nous n'aurions pas perdu de temps ! Êtes-vous personnellement impliqué ? répliqua Moretti sèchement, sa voix trahissant la rigueur d'un esprit qui ne supportait pas les détours.

– Ce n'est pas aussi simple que cela, commissaire. Laissez-moi y venir.

Desjobert balaya du regard son bureau, comme s'il cherchait un appui dans les objets familiers qui l'entouraient. Florence, immobile mais intensément présente, ne laissait rien transparaître de ses pensées, bien que ses doigts, légèrement crispés sur son carnet, trahissent sa concentration. Moretti, lui, présentait des signes d'impatience manifestes : un pied qui battait sourdement la mesure sous la table, un léger froncement de sourcils.

Le commissaire discernait maintenant une tournure différente de l'affaire : deux enquêtes se superposaient, la première concernant la partie immergée de l'iceberg, la créature elle-même. La seconde s'enfonçant dans les méandres insondables des dossiers classifiés. Il détestait ce type d'investigation, sournoise et laborieuse, préférant le contact direct avec les faits bruts, les indices tangibles. Son esprit pragmatique revint dans le bureau. Et il examina attentivement son interlocuteur, cherchant la faille dans sa contenance.

— Je disais donc que c'est un peu compliqué, reprit Desjobert en se raclant la gorge. L'État était prêt à donner le feu vert. Mais pour se dédouaner de possibles bévues liées aux essais, il décida de s'associer avec un laboratoire privé. Des scientifiques français de l'armée collaboreraient avec une compagnie non gouvernementale et étrangère.

— Russe ? répliqua instantanément Moretti, son esprit connectant déjà les points entre les tensions géopolitiques de l'époque et le projet.

— Américaine ! corrigea Desjobert. La branche d'une société basée en Floride qui menait des expérimentations en avance sur leur temps, principalement dans les recherches sur les prothèses et les greffes. Une nouvelle entité fut créée, baptisée « Poséidon ». Le financement était assuré conjointement par le gouvernement français et le laboratoire américain. Une collaboration bilatérale dans un contexte de guerre froide, vous imaginez la complexité politique.

— Il n'a pas un triton comme logo ? demanda Florence, son esprit associatif établissant des connexions visuelles que d'autres auraient négligées.

— Non, un trident, précisa Desjobert avec un sourire reconnaissant ce détail. Symbole de puissance et de domination des mers.

Florence hocha la tête, cataloguant mentalement cette information. Ses doigts fins esquissèrent distraitement la forme d'un trident sur son carnet.

— Le commandant Cousteau était-il dans la confidence ? s'enquit Moretti, revenant à l'essentiel avec sa précision habituelle.

— Non, absolument pas. Les expériences ont débuté en janvier 1966, à son insu. Le lieu qui se prêtait le mieux à ce genre d'opérations se trouvait au large de Saint-Jean-Cap-Ferrat, à cause d'une base de soutien militaire marine située à l'extrémité de la presqu'île.

Desjobert se leva, s'approchant d'une carte maritime accrochée au mur. Son doigt suivit le contour de la côte, s'arrêtant sur un point précis.

— Inutile de vous dire que sous son aspect rudimentaire de bastion désaffecté se dissimule un complexe scientifique hors norme. Une sphère a été immergée de nuit, représentant deux fois la surface de celle de Précontinent III.

Il se retourna vers eux, le visage grave.

— Des hommes, cobayes volontaires, ont été immergés dans cette structure étanche durant des semaines et ont fait l'objet de tests de résistance. Il faut retenir que beaucoup d'entre eux sont décédés.

Un silence pesant s'installa dans la pièce. Florence frissonna imperceptiblement, sa sensibilité vibrant à l'idée de ces vies sacrifiées.

— Des condamnés à perpétuité en bonne forme physique acceptèrent de participer aux programmes, en échange de remises de peine ou d'allégements des conditions de détention, poursuivit Desjobert d'une voix désormais plus basse, comme s'il craignait que les murs eux-mêmes n'aient des oreilles.

— Nikita de Luc Besson ! lança Moretti, sa référence cinématographique masquant mal son malaise face à ces révélations.

— Si l'on veut, commissaire. Durant cinquante ans, les expériences se sont poursuivies sans relâche. Avec les nouvelles techniques actuelles de chirurgie bionique, des prothèses ont pu être greffées sur des corps humains avec un succès croissant.

— Ce qui sous-entend que des individus ont approuvé de se mutiler d'un ou de plusieurs membres ? intervint Florence, son visage trahissant à la fois horreur et fascination.

— Certains avaient déjà perdu des membres au cours d'actions de guerre, précisa Desjobert. D'autres… disons que les motivations étaient diverses.

Une brève image de corps transformés, mi-hommes mi-machines, traversa l'esprit de Florence. Elle la chassa rapidement, se concentrant sur les faits.

— Poursuivez, c'est glauque. Mais nous devons tout savoir, insista Moretti, son visage devenu un masque impénétrable.

— Le premier homme-poisson pourvu de branchies artificielles a nagé dans la mer en 2003, annonça Desjobert avec une solennité teintée d'une fierté qu'il ne parvenait pas totalement à dissimuler.

— Artificielles ? s'étonna Florence, son esprit essayant de conceptualiser cette réalité.

— Pour résumer, grâce à un liquide inerte, le perfluorobutyl-tetrahydrofurane intégré dans leurs corps et l'attribution d'un système sophistiqué de récupération d'oxygène, l'homme peut effectivement vivre dans l'eau. Le film de James Cameron, « Abyss », en a fait une illustration assez proche de la réalité, puisque vous appréciez les références cinématographiques, commissaire.

Moretti acquiesça silencieusement, ses yeux ne quittant pas le visage de Desjobert.

— Les biologistes ont ensuite créé une autre substance qui semblait défier toutes les lois connues de la biologie, poursuivit le capitaine. Les scientifiques de l'époque étaient à la fois intrigués et effrayés par les implications de cette découverte. C'est ainsi que le projet Diogène a pris une nouvelle dimension, sous le plus grand secret, dans les laboratoires de la base.

Le capitaine Desjobert marqua une pause, scrutant les expressions de Moretti et Florence. Le silence régnait dans la pièce, épais comme l'eau profonde, accentuant le mystère qui entourait ces révélations. Dehors, le soleil déclinait, teintant la mer d'or.

– Diogène visait à étudier cette substance et à comprendre son potentiel, reprit-il d'une voix plus basse. Nous avons découvert qu'elle possédait des propriétés incroyables, notamment la capacité de fusionner avec le tissu humain. C'est ainsi que naquirent les premières expériences de greffes avancées. Nous avons tenté d'améliorer les capacités humaines en intégrant cette substance dans des protocoles de plus en plus audacieux.

Moretti fixa intensément le capitaine, son regard perçant cherchant à déceler la moindre trace de mensonge ou d'exagération. Florence, quant à elle, griffonnait nerveusement sur son carnet, son esprit sensible réfléchissant à la manière dont ces révélations s'inséraient dans l'enquête sur les meurtres liés à la mystérieuse créature.

– Humm, murmura le commissaire d'un ton faussement affable qui ne trompait personne. Où se trouve exactement cette fameuse sphère ?

– La structure est immergée à distance de Saint-Jean cap Ferrat, répondit Desjobert. D'une forme moderne et futuriste, elle se présente comme une immense tour profilée en béton de soixante mètres de haut dont le sommet demeure à moins de vingt mètres de la surface de l'eau.

Il déplaça un presse-papiers en forme de coquillage, révélant un schéma technique qu'il étala sur le bureau. Florence et Moretti se penchèrent simultanément.

– Le point culminant de la tour Diogène est extensible, poursuivit-il en traçant la structure du doigt. La partie haute est habitée par les humains, celle du bas par les hommes-poissons. Dans l'espace médian se trouve une sphère interne, le noyau commun ou les deux espèces peuvent interagir.

– Tout ça pour les tritons ? commenta Moretti avec un sarcasme qui dissimulait mal sa fascination.

Florence lui lança un regard en biais, percevant derrière son apparente désinvolture une curiosité authentique.

– Les technologies utilisées pour la confection et l'assemblage de l'édifice ont servi de base pour la création des stations spatiales modernes, précisa Desjobert. Nous parlons d'une prouesse d'ingénierie qui a révolutionné plusieurs domaines.

– Je vois, acquiesça Moretti. Et de quelle manière sont approvisionnés l'air, l'électricité et l'eau ?

– L'eau est pompée directement dans la mer et rendue potable grâce à un générateur révolutionnaire que nous avons développé, expliqua Desjobert avec une fierté à peine dissimulée. L'électricité et la fibre optique parviennent par des câbles sous-marins qui partent de la base militaire de Saint-Jean-Cap-Ferrat. Quant à l'air…

Il s'interrompit, comme pour mesurer l'effet de ses paroles.

– L'air est aspiré par des turbines lorsque la tour se déploie d'une manière furtive très légèrement au-dessus du niveau de la mer. Pendant ce processus, elle éjecte également le gaz carbonique accumulé. Durant ce bref laps de temps, il se crée une distorsion au niveau de la surface, une ondulation qui se propage jusqu'à la côte. Les ingénieurs n'ont jamais réussi à éliminer ce phénomène. Les habitants du littoral appellent ce mouvement « la vague de 16 heures ».

Florence se redressa, une lueur de compréhension illuminant son visage.

– J'en ai entendu parler ! s'exclama-t-elle. Les surfeurs locaux parlent de cette vague comme d'un phénomène inexplicable. Mais prévisible. Son arrivée soudaine fait détaller les personnes et trempe les serviettes de bain. Un mini tsunami quotidien.

– Exactement, confirma Desjobert. C'est pratique et sans aucun rapport apparent avec les déplacements générés par les navires à grande vitesse. Mais cela arrange parfaitement le complexe « Diogène 8 ».

– Diogène 8 ? C'est donc la huitième version ? s'enquit Moretti.

– Oui, acquiesça Desjobert. La base à Saint-Mandrier accueille un escadron de trois hommes-poissons provenant de Diogène 8. Ils participent à toutes les opérations sensibles. Le Commando Hubert est devenu le fleuron de…

– Et à quel coût ! l'interrompit Moretti, sa voix soudaine tranchante comme l'acier. Des vies sacrifiées, des rats de laboratoire… Je suppose qu'il est inenvisageable pour ces créatures de redevenir des humains avec de vrais poumons ?

Sa question contenait une accusation à peine voilée. Florence observa la réaction de Desjobert, captant l'infime crispation de sa mâchoire, le léger frémissement de ses doigts sur le bureau.

– Après plusieurs semaines dans un hôpital spécialisé, ils peuvent renouer avec une existence relativement normale, affirma Desjobert sans soutenir le regard du commissaire.

Florence intercepta immédiatement le mensonge. Elle échangea un regard avec Moretti, qui hocha imperceptiblement la tête.

– Comment expliquer ces meurtres, alors ? demanda-t-elle, sa voix douce contrastant avec la dureté de sa question. Quel motif pouvait pousser un individu à vouloir la mort de cet homme-poisson ?

Une nouvelle pause s'installa, plus lourde encore que les précédentes. Desjobert sembla soudain accablé, peinant visiblement à dissimuler son mal-être.

– Sortons, marmonna-t-il en se levant brusquement. J'ai besoin d'air frais.

Ils quittèrent le bureau étouffant pour se retrouver sur un petit port militaire ceint de hangars gris anthracite. L'air marin les enveloppa immédiatement. Florence inspira profondément, savourant cette bouffée de fraîcheur après l'atmosphère pesante de leur conversation.

Elle observa avec attention l'activité du port : des kayaks armés alignés contre un ponton, des zodiacs noirs aux moteurs puissants. Et, plus loin, trois hommes-grenouilles qui se dirigeaient vers l'eau d'une démarche pesante sous le poids de leur équipement. Ils étaient munis de recycleurs gris dernière génération.

– Vous êtes nageuse, n'est-ce pas ? demanda soudain Desjobert, remarquant l'intérêt de Florence pour l'équipement.

– En compétition pendant dix ans, confirma-t-elle avec un sourire fugace. Papillon et nage libre.

Son regard expert examina les palmes classiques à embout rond ainsi que les pistolets à harpon que les plongeurs portaient fixés sur leur côté droit. Quelque chose dans leur manière de se mouvoir, fluide malgré l'équipement encombrant, trahissait un entraînement intensif.

– Ils s'entraînent tous les jours sans relâche, confirma Desjobert, suivant la direction de son regard. Les tests d'aptitudes sont extrêmement rigoureux.

Florence hocha la tête, comprenant la sélection impitoyable qui devait s'opérer.

– Et les tritons ? demanda soudain Moretti, qui était resté silencieux jusqu'alors, absorbé dans ses propres observations et déductions. Où sont-ils ?

Desjobert désigna l'étendue marine d'un geste large.

– Dans l'eau. C'est leur élément maintenant.

Une vague de fascination mêlée d'appréhension parcourut Florence.

– J'aimerais les voir, dit-elle simplement.

Moretti la regarda avec surprise, puis acquiesça lentement, partageant sa curiosité malgré sa réticence apparente.

– Équipez-vous de gilets de sauvetage, proposa Desjobert. Je vous emmène faire un tour en mer.

Tandis qu'ils se dirigeaient vers un zodiac amarré à l'extrémité du ponton, Florence remarqua une silhouette floue qui évoluait sous la surface de l'eau, à environ cinquante mètres du rivage. Un frisson la parcourut quand elle réalisa qu'elle observait probablement l'un des « hommes-poissons » dont ils venaient de découvrir l'existence.

— Soyez prudents, murmura Moretti en l'aidant à enfiler son gilet de sauvetage. Nous ne savons pas encore ce qui se passe réellement ici.

— Nous le découvrirons bientôt, répondit-elle avec un sourire énigmatique, son intuition lui soufflant que cette excursion en mer allait bouleverser tous leurs repères.

Une pluie d'écume dansait, projetant des gouttelettes scintillantes qui irradiaient les visages des passagers du Zodiac. Le soleil méditerranéen jouait sur l'eau, créant des reflets argentés qui éblouissaient Florence. Le bateau vira soudainement, prenant la direction opposée à Toulon, avant de ralentir progressivement. Au loin, une bouée rouge se balançait au gré des vagues, signalant la présence menaçante de récifs invisibles.

Florence se cramponnait au rebord du pneumatique. À mesure que l'embarcation approchait, un plateau rocailleux se révélait, émergeant légèrement de l'eau turquoise. Les rayons du soleil filtraient à travers la surface, dessinant des motifs mouvants sur les rochers couverts d'algues. Florence plissa les yeux, sa respiration s'accélérant imperceptiblement. Son regard perçant discerna, sous la surface cristalline, deux formes bleu vert qui ondulaient avec grâce vers leur direction.

— Attention ! hurla Desjobert, le visage tendu. Ils peuvent vous faire chavirer ! Restez au centre du Zodiac !

Le cœur de Florence s'emballa. Une créature se dévoila juste à côté d'elle, son visage émergeant à quelques centimètres de la coque. Elle poussa un cri de surprise, un mélange de fascination et d'effroi.

— Mon Dieu, souffla-t-elle, incapable de détourner le regard.

Le triton semblait maintenir sa position avec une aisance surhumaine, comme un joueur de water-polo en suspension. Son crâne, partiellement recouvert d'une membrane gélatineuse translucide, laissait entrevoir des veines pulsantes. Ses oreilles, visiblement atrophiées, présentaient d'étranges excroissances bleutées. Mais ce furent ses yeux qui capturèrent toute l'attention de Florence – des yeux artificiels d'un bleu électrique, inhumains et pourtant expressifs, qui semblaient la sonder jusqu'à l'âme.

Hypnotisée par ce regard, elle n'eut pas le réflexe d'observer le reste du corps. La créature émit alors un son guttural, presque un murmure aquatique : « Iirènnne ». Puis, aussi soudainement qu'elle était apparue, elle disparut dans les profondeurs.

À côté d'elle, le commissaire Moretti demeurait silencieux, le regard fixé sur le point où la créature avait plongé. Son visage impassible masquait un profond trouble intérieur. Il cataloguait mentalement chaque détail de cette rencontre improbable, cherchant déjà à rationaliser l'inexplicable.

— Tout va bien, Florence ? demanda-t-il enfin.

— Oui… je crois, répondit-elle en passant une main tremblante dans ses cheveux mouillés par l'embrun. C'était… incroyable.

Le commandant, qui avait observé la scène sourit légèrement avant de remettre le moteur en marche. Le Zodiac reprit de la vitesse, laissant derrière lui le mystérieux plateau rocheux. Quelques minutes plus tard, ils accostaient au quai militaire de la base navale.

Un homme en uniforme de la Marine nationale s'avança vers eux. Grand, le visage marqué par des années de service, il se tenait droit, avec cette assurance tranquille des militaires de carrière. Il tendit une main ferme à Florence pour l'aider à quitter l'embarcation.

— Je me présente, enseigne de vaisseau Louis Cordin, annonça-t-il avec une politesse formelle. Je vous ai aperçue dans l'une des salles du laboratoire. Je suis médecin et membre de l'équipe Poséidon. C'est moi qui veille sur les hommes-poissons que vous venez de rencontrer.

Florence, encore sous le choc, hocha la tête en acceptant son aide. Ses pieds retrouvèrent la terre ferme avec un soulagement qu'elle ne chercha pas à dissimuler.

— Leurs yeux… commença-t-elle, incapable de formuler une question cohérente.

— Vous avez remarqué ? Ils sont bioniques, expliqua Cordin avec une fierté à peine voilée. Une prothèse de cette complexité nécessite une année entière pour être parfaitement intégrée au système nerveux central. Elle est dotée de nerfs dérivés sur des muscles fonctionnels du corps humain.

Il s'interrompit un instant, observant les réactions de ses interlocuteurs avant de poursuivre :

— À l'origine, nos greffes synthétiques étaient équipées de six appareils miniaturisés qui coordonnaient quatre types d'impulsions différentes. Mais grâce aux avancées en nanotechnologie, nos sujets bénéficient désormais de trente micromoteurs qui leur confèrent une dextérité quasiment identique à celle d'un membre naturel.

Moretti, qui les avait rejoints sur le quai, écoutait attentivement. Il passa une main sur son visage, essuyant l'eau salée qui perlait encore sur sa peau.

— Les prothèses de pieds palmés sont mêmes supérieures en puissance et en amplitude de mouvements à un pied normal, ajouta Cordin avec un enthousiasme presque enfantin. Le temps des exosquelettes est définitivement révolu.

— Vous faisiez partie de la section scientifique dans la tour Poséidon au large de Saint-Jean-Cap-Ferrat ? demanda Florence, retrouvant progressivement ses esprits et sa curiosité naturelle.

Le quai résonnait du bruit des vagues contre le béton, tandis que des mouettes tournoyaient au-dessus d'eux, leurs cris stridents se mêlant aux conversations distantes des marins.

— Effectivement, confirma Cordin, son regard s'illuminant au souvenir de cette période. J'y ai été affecté durant cinq années extraordinairement fructueuses en matière de découvertes scientifiques. Les applications potentielles dans le domaine médical sont vertigineuses. Imaginez un instant : un être humain retrouvant l'usage d'un organe perdu, comme une main ou un pied, qu'il peut contrôler par la simple pensée !

Moretti, moins impressionné par ces perspectives que par l'urgence de l'enquête en cours, sentit son impatience grandir. Il se tenait légèrement en retrait, son regard perçant fixé sur le médecin.

— Qu'est-ce qui s'est passé ? demanda-t-il brusquement, élevant la voix pour interrompre ce qu'il percevait comme une digression. Qu'est-ce qui a foiré, pour dire les choses comme elles sont ? Arrêtez de tourner autour du pot.

Un silence s'installa, seulement perturbé par le clapotis de l'eau contre la coque des bateaux amarrés et le grincement des cordages.

— Trois hommes-poissons se sont rebellés, avoua finalement Cordin, son enthousiasme cédant la place à une gravité soudaine.

— Une mutinerie ? répliqua Moretti, sceptique. Qui pourrait être maîtrisée avec toute la force dont vous disposez, non ?

— C'est plus compliqué que cela, commissaire, répondit le médecin en baissant la voix, comme s'il craignait d'être entendu.

Moretti sentit sa patience s'effriter. Il fit un pas en avant, son regard devenant plus intense.

— Cessez cette rhétorique, accouchez ! Sinon, je passe un appel à ma hiérarchie ! lança-t-il, sa voix trahissant une colère contenue.

Florence observait cet échange avec attention, son intuition lui soufflant que quelque chose d'important se cachait derrière les réticences du médecin. Le vent marin avait décoiffé ses cheveux châtains. Et elle les repoussa d'un geste machinal, concentrée sur chaque mot prononcé.

— Parmi les trois hommes-poissons se trouvait un étranger, admit enfin Cordin. Un ancien agent des services secrets russes. C'est lui qui a orchestré la fuite. Ils ont déserté. Et malgré un nombre incalculable de plongées dans la rade et dans les environs, nous n'avons obtenu aucun résultat.

Il fit une pause, comme pour rassembler son courage avant de poursuivre :

— Vous devez être informés que le liquide interne dans l'organisme de ces créatures doit être renouvelé tous les quinze jours. Or, la créature que vous avez trouvée est l'un de nos hommes. Les analyses du fluide découvert dans son corps ont révélé une anomalie significative.

Florence et Moretti échangèrent un regard.

— C'est une copie, lâcha finalement Cordin, comme si ces mots lui brûlaient les lèvres.

— Qu'est-ce que vous êtes en train de me raconter ? demanda Moretti.

— Ils doivent disposer d'une base de support, expliqua le médecin, son regard navigant entre les deux enquêteurs. Un laboratoire sophistiqué capable d'effectuer les soins nécessaires, de créer et de renouveler leur liquide interne.

— Les Russes ? suggéra Moretti.

— Nous en doutons, répondit Cordin en secouant légèrement la tête. Son appartenance au commando de la marine russe a été confirmée, en revanche, aucun navire ou sous-marin russe n'a été détecté dans la zone. Ils doivent être à la solde d'une société privée. Beaucoup de militaires russes sont devenus des mercenaires ces dernières années. Cet individu travaille probablement pour une puissante organisation.

Florence frissonna, moins à cause du vent qui s'était levé que des implications de ces révélations.

— Je comprends dans quel merdier vous vous trouvez, dit Moretti après un moment de réflexion. Une chance que je vous aie contacté.

— Vous ne savez pas à quel point ! s'exclama Cordin avec une intensité soudaine. C'est la raison pour laquelle je suis venu en personne. Imaginez ma stupéfaction en découvrant l'un de nos hommes, cinq ans après l'avoir perdu.

— Cinq ans, murmura le commissaire, les yeux plissés par la concentration. Vous pouvez nous dire quelque chose qui puisse faire avancer l'enquête ?

— Nos techniciens ont détecté une substance absente de notre composition habituelle, répondit Cordin en sortant une enveloppe de sa poche intérieure. Le fluide est fabriqué par seulement quatre laboratoires pharmaceutiques dans le monde entier.

Il tendit l'enveloppe à Moretti, qui la saisit d'un geste prudent.

— Vous trouverez à l'intérieur le nom du produit ainsi que la liste des quatre fabricants, précisa le médecin. Je vous suis redevable. Bonne chance, commissaire.

Ils prirent congé de Cordin et récupérèrent Jean à l'entrée de la base.

— Alors ? demanda-t-il simplement lorsqu'ils le rejoignirent, son regard vif passant de Moretti à Florence.

— On te racontera en route, répondit Moretti en déverrouillant sa BMW noire. On a du pain sur la planche. Et toi ?

— Absolument rien !

Florence s'installa à l'avant, tandis que Jean prenait place à l'arrière. La voiture démarra en douceur, s'engageant sur la route qui menait à l'autoroute.

— C'était incroyable, Jean, commença Florence en se tournant vers lui, ses yeux brillant encore d'excitation. Ces créatures... elles sont à la fois humaines et...

— Pas maintenant coupa Moretti, son regard fixé sur la route. D'abord, on analyse ce qu'on a.

Florence hocha la tête. Elle sortit son iPad et commença à taper la synthèse de leur exploration, tandis que la BMW filait sur l'autoroute en direction de Nice, s'éloignant de Toulon, de Marseille, de sa femme et des deux enfants de Moretti qui l'attendaient à la maison.

Le commissaire conduisait en silence, son esprit déjà occupé à tisser les fils de cette affaire complexe. Dans le rétroviseur, il aperçut Jean qui observait le paysage défiler, perdu dans ses pensées. Moretti savait que derrière ce calme apparent, le jeune homme analysait probablement chaque détail qu'ils lui communiqueraient, sa sensibilité particulière lui permettant souvent de percevoir ce que les autres manquaient.

Les dernières lueurs du jour s'éteignaient à l'horizon, plongeant la Méditerranée dans l'obscurité. Quelque part, dans les profondeurs, des créatures mi-hommes mi-poissons nageaient librement, portant en elles des secrets qui dépassaient l'entendement.

Et pour la première fois depuis longtemps, Moretti sentit un frisson d'inquiétude lui parcourir l'échine. Cette affaire dépassait tout ce qu'il avait connu jusqu'alors. Elle remettait en question ses certitudes les plus profondes sur la nature humaine et les limites de la science.

Il contacta sa hiérarchie pour comprendre les raisons du mutisme concernant Poséidon et Diogène. On lui répliqua qu'il y avait un accord tacite entre agences pour maintenir certaines informations dans des silos étanches. L'affaire impliquant des intérêts étrangers sensibles.

6

Philippe Delmont, d'un geste précis et méthodique, lançait ses fléchettes contre la cible accrochée à la paroi crème de la salle de travail d'Hermès. Chaque impact produisait un bruit sec qui rythmait ses pensées.

Dans la pièce adjacente trônaient un pupitre tactile dernier cri et un impressionnant écran mural qui occupait presque toute la surface disponible. Le commissaire Moretti, avec son aversion caractéristique pour tout ce qui cloisonnait les esprits, avait banni les bureaux individuels. À leur place s'élevait une console circulaire garnie de moniteurs amovibles – sa réinterprétation moderne de la table ronde du roi Arthur. Ces écrans, véritables bijoux technologiques, se fondaient dans le mobilier lorsqu'ils étaient éteints.

« Tous ces artifices bureaucratiques – stylos, ordinateurs personnels, écrans individuels – ne sont que des entraves à la réflexion pure, » affirmait souvent Moretti.

William examinait dans la salle de réunion les images capturées par les plongeurs près du phare de Saint-Jean-Cap-Ferrat. Ses doigts agiles manipulaient l'interface, agrandissant méthodiquement certains détails. Soudain, son regard s'arrêta sur une anomalie, une forme qui ne correspondait pas à l'environnement marin naturel. Il opéra un élargissement, sacrifiant délibérément la netteté au profit de la taille. Puis il lança un algorithme de retouche automatique, sachant que le processus serait long. Il se leva, étirant son dos courbé par des heures d'analyse. Et rejoignit Delmont près de la cible.

— Une vérification, murmura-t-il à son collègue qui l'accueillit avec un hochement de tête compréhensif.

La porte s'ouvrit d'un coup sec, laissant apparaître Moretti, suivi de Jean et Florence. Le commissaire irradiait cette énergie contenue qui précédait toujours ses décisions importantes.

— Debriefing, annonça-t-il simplement, son ton n'admettant aucune objection.

Delmont abaissa son bras, la fléchette encore entre ses doigts.

— Désolé, chef. Un travail en cours, des traitements de clichés sous-marins, » expliqua-t-il avec son calme habituel.

Moretti l'interrogea du regard, ses yeux gris reflétant à la fois curiosité et impatience.

— Les trouvailles sous l'eau à Saint-Jean, précisa Delmont, anticipant la question silencieuse de son supérieur.

— Montrez-nous, ordonna Moretti, déjà en mouvement vers la salle adjacente.

Ils pénétrèrent dans la pièce où l'écran affichait maintenant une image d'une netteté saisissante. On y distinguait un sac de tulle déchiré, révélant trois formes rectangulaires en plastique vert foncé, contrastant violemment avec les fonds marins bleutés.

— Vous pensez à la même chose que moi ? demanda finalement Moretti, son regard passant de l'écran à ses agents.

— De la drogue, avança Delmont sans hésitation. Mais avec la prudence qui caractérisait ses analyses.

— De la cocaïne enfermée dans des ballotins, exactement comme ceux que les douanes interceptent dans les véhicules ou sur les embarcations.

Florence s'approcha de l'écran, comme attirée par l'image. Elle frôla la surface du bout des doigts, son expression trahissant une connexion presque viscérale avec ce qu'elle voyait.

— Il y a quelque chose de… délibéré dans la façon dont ces paquets ont été abandonnés, » murmura-t-elle, plus pour elle-même que pour les autres.

— Bon sang ! s'exclama Moretti, frappant légèrement la table du plat de la main. Si William n'avait pas étudié ces clichés avec sa minutie habituelle, nous serions passés complètement à côté !

Il se tourna vers Delmont et William.

— Avez-vous lu le rapport de notre visite à St Mandrier ?

Delmont acquiesça calmement tandis que William répondait par l'affirmative.

— Une organisation criminelle puissante et jusqu'ici invisible opère dans la région, déclara Moretti, sa voix prenant cette tonalité particulière qu'il réservait au moment de clarté dans une enquête. Il s'interrompit délibérément, s'assurant que tous le regardaient, conscients de l'importance de ce qu'il allait dire.

— Ils disposent de moyens considérables - des médecins, des scientifiques qui supervisent leurs tritons.

Le commissaire fit quelques pas, rassemblant ses pensées.

— Je présume que toute cette affaire a été minutieusement orchestrée depuis longtemps. Leur mercenaire, un agent dormant, s'est infiltré au sein du Commando Hubert, puis s'est manifesté au moment précis où il pouvait être le plus utile. Nous avons affaire à de véritables professionnels – organisés, méthodiques et extrêmement dangereux.

Jean, qui était resté silencieux jusque-là, s'avança légèrement

— Je perçois une structure en réseau plutôt qu'une hiérarchie classique, dit-il doucement, presque comme s'il verbalisait une image mentale.

— Quelque chose de moderne, adaptable.

— Je pars pour le journal Azur Matin, annonça-t-il ensuite, revenant à un ton plus pragmatique.

— Je vais passer au crible les faits divers concernant la rade de Villefranche. Les petites histoires révèlent parfois les grands schémas.

— Passez le bonjour à Raymond de ma part, répondit Moretti avec un léger adoucissement dans la voix.

Le rédacteur en chef s'était révélé précieux lors de sa première mission sur la Côte d'Azur. Véritable homme d'information et pierre angulaire d'un réseau familial influent dans la région, il tutoyait les personnalités de tous bords. Rien ne lui échappait dans ce microcosme méditerranéen où les apparences masquaient souvent des réalités plus complexes.

Florence, dont les yeux brillaient déjà de cette lueur qui signalait une piste à explorer, intervint :

— Moi, je vais m'intéresser au président de l'association « Amphora ». William ?

Elle se tourna vers son collègue. Mais Moretti l'interrompit d'un geste de la main.

— Allez-y seule, Florence, trancha-t-il avec un sourire à peine perceptible. Question d'équilibre hormonal.

Le commissaire tendit une enveloppe à William, qui l'accepta avec un hochement de tête, comprenant l'importance de la mission sans avoir besoin d'explications superflues.

— Trouvez les acheteurs de cette molécule parmi les quatre fournisseurs identifiés, précisa néanmoins Moretti. Puis, se tournant vers Delmont :

— Et vous, faites un tour chez nos collègues de la P.J. Voyez ce qu'ils peuvent nous apprendre sur les affaires récentes dans le trafic de drogues et d'objets archéologiques. Établissez un panorama des différents acteurs de la pègre locale. Personne ne peut créer un cartel sans l'appui ou au moins l'assentiment des caïds locaux.

Delmont acquiesça sobrement. Depuis que l'équipe d'Hermès avait investi la caserne Auvare, les policiers nourrissaient davantage de questions à leur égard qu'ils n'obtenaient de réponses. Cette opacité délibérée créait une distance professionnelle que Delmont, avec sa patience caractéristique, savait naviguer mieux que quiconque.

Le capitaine Yves Calzone de la brigade des stups franchit le seuil de la division avec une expression qui oscillait entre émerveillement professionnel et jalousie à peine dissimulée. Il avançait les bras en l'air, tournoyant sur lui-même comme un enfant découvrant un parc d'attractions, ses yeux balayant l'espace high-tech.

– C'est digne des séries policières américaines, s'exclama-t-il, sa voix résonnant dans l'espace ouvert. Je suis véritablement impressionné.

– La différence fondamentale, répliqua Moretti avec un pragmatisme teinté d'une fierté discrète, c'est que tout est parfaitement fonctionnel.

Il guida Calzone vers la table de verre au centre de la pièce où s'étalait un chapelet de photographies sous-marines. Les images, d'une netteté remarquable malgré les conditions de prise de vue, montraient différentes perspectives des fonds marins près du phare.

– Voici des clichés pris au large du phare de Saint-Jean-Cap-Ferrat, expliqua Moretti, son doigt effleurant les photos jusqu'à s'arrêter sur la dernière. Sur celle-ci, en gros plan, vous pouvez distinguer des colis qui devraient vous être familiers. Il effectua un zoom numérique d'un geste précis.

– Voilà, c'est plus clair maintenant.

Le capitaine se pencha, plissant les yeux. Une lueur de reconnaissance professionnelle traversa son regard.

– On dirait des ballots de cocaïne. Environ 15 ou 20 kilos, à vue d'œil. Il releva la tête, soudain très intéressé.

– Vous en avez récupéré un échantillon ?

– Pas encore, » répondit Moretti. Cocaïne, vous dites ? Pouvez-vous déterminer l'origine probable ?

Calzone examina la photo plus attentivement, se penchant davantage, son front se plissant sous l'effort de concentration.

– Marocaine, très probablement, affirma-t-il enfin Je pourrais effectuer un rapprochement avec celle que nous avons saisie récemment. Avec un échantillon à analyser, nous aurions une certitude.

– Nous aurons besoin de votre expertise, reconnut Moretti. Que pouvez-vous m'apprendre sur l'état actuel du trafic de stupéfiants dans la région ?

Le capitaine se redressa, adoptant inconsciemment une posture de conférencier.

– Les saisies sont en augmentation constante depuis le début des années 2000, expliqua-t-il, son ton reflétant à la fois préoccupation et une certaine fierté professionnelle.

— Elles doublent pratiquement chaque année. Mais selon nos estimations, nous n'interceptons qu'un tiers de ce qui circule réellement.

Il marqua une pause, passa une main sur son menton mal rasé.

— Les passeurs évoluent : ils sont suréquipés, extraordinairement inventifs et, compte tenu des arrestations fréquentes, de plus en plus enclins à prendre des risques considérables.

— De quelle nature ? s'enquit Moretti, dont l'esprit analytique cherchait déjà à établir des corrélations avec leur propre enquête.

— Principalement au niveau des quantités, précisa Calzone.

— Ils privilégient des transferts massifs pour compenser les pertes dues aux saisies douanières. Paradoxalement, depuis une dizaine d'années, les grosses captures unitaires sont devenues plus rares, alors même que la drogue semble plus disponible que jamais.

Il baissa légèrement la voix, comme pour partager une confidence professionnelle.

— Des dealers qui collaborent avec nous en tant qu'indicateurs affirment que les stocks sur la région atteignent des niveaux sans précédent. Une organisation a visiblement trouvé une méthode infaillible pour contourner nos dispositifs de surveillance.

— Vous ne croyez pas si bien dire, murmura Moretti, ses yeux se plissant légèrement.

— Vous détenez des informations que j'ignore ? demanda Calzone, soudain alerte.

— Un rapport avec ces photographies ?

— Je le pense, admit Moretti avec prudence.

— Laissez-nous le temps d'approfondir quelques pistes. Si mon intuition se confirme, nous pourrions bien être face à l'opportunité d'un coup de filet historique.

Le capitaine observa longuement Moretti, son expression trahissant à la fois curiosité et une certaine méfiance professionnelle.

William, qui avait observé l'échange en silence, s'approcha d'un des ordinateurs intégrés à la console circulaire. Ses doigts pianotèrent sur le clavier, faisant apparaître sur l'écran les adresses des quatre laboratoires producteurs de la molécule détectée dans le métabolisme de la créature.

— Pour l'instant, rien de parfaitement concluant, expliqua-t-il, son ton reflétant la rigueur scientifique qui guidait sa réflexion.

— Des structures intermédiaires peuvent théoriquement revendre la substance en sous-main. Mais j'ai préféré me concentrer directement sur les fabricants.

Il fit défiler des informations sur l'écran.

— Le premier est situé en Suisse, deux aux États-Unis. Et le dernier en Libye.

Il approfondit sa recherche sur ce dernier, révélant un complexe pharmaceutique à l'est de Tripoli, à proximité immédiate de la base militaire de Mitiga.

— Un élément potentiellement significatif, poursuivit-il, son regard s'animant d'une lueur qui trahissait l'excitation.

— Durant la guerre de libération de la Libye, le 20 août 2011 plus précisément, les insurgés avaient lancé l'opération « Sirène » contre la capitale. Si cette action était politiquement légitime, son appellation soulève des questions dans notre contexte actuel. Sirène et Triton appartiennent à la même famille mythologique. La coïncidence mérite d'être examinée.

— Pure coïncidence, objecta Delmont, fidèle à sa prudence méthodique, tout en s'approchant pour mieux voir les données.

William fit tourner son stylo entre ses doigts avec l'habileté d'une majorette, un geste qu'il adoptait invariablement lorsqu'il sentait une théorie se cristalliser dans son esprit.

— Envisageons une hypothèse alternative, proposa-t-il.

— Une organisation sophistiquée utilisant les rebelles dans une action parallèle, sans rapport direct avec le conflit politique. Mais servant des intérêts privés.

Son doigt traça un cercle sur l'écran.

— Ce laboratoire occupe une position stratégique exceptionnelle : à proximité immédiat de l'aéroport et de la côte. Un point névralgique idéal pour des opérations logistiques complexes.

— La Libye ? reprit Moretti, son expression révélant qu'il soupesait déjà les implications géopolitiques.

— Oui, chef, confirma William.

— J'ai effectué des recherches approfondies sur les trois autres laboratoires et je les ai contactés directement. Bien qu'ils possèdent tous les licences nécessaires pour produire et commercialiser la molécule, aucun n'en a fabriqué depuis au moins cinq ans.

Il ajusta ses lunettes, geste révélateur de l'importance de ce qu'il allait dire.

— Or, cette substance ne peut être conservée intacte que trois mois, maximum. Aucune méthode de congélation n'est viable. Elle doit donc être produite régulièrement.

— Ce qui ne laisse que le laboratoire de Tripoli, conclut Moretti.

— La France jouit actuellement d'une image positive depuis les événements là-bas. Cela devrait faciliter nos démarches pour une investigation sur place.

Il se tourna vers l'équipe.

— Appelez Levallois et faites ordonner une enquête officielle.

Florence, qui était restée silencieuse, s'approcha de l'écran montrant le complexe libyen. Elle l'observa quelques instants, sa tête légèrement inclinée sur le côté.

— Il y a quelque chose d'étrange dans la disposition de ces bâtiments, murmura-t-elle.

— Ils forment presque un motif… comme un symbole vu du ciel.

Jean s'approcha à son tour, attiré par la remarque de sa collègue.

— Tu as raison, » dit-il doucement. « On dirait… presque un trident.

Un silence lourd de sens s'installa dans la pièce, chacun absorbant l'implication de cette observation apparemment anodine. Mais potentiellement révélatrice.

La patience de Florence s'était évanouie comme l'écume sur le rivage. Ses appels vers Alain Lombard, le président d'Amphora, se perdaient dans le vide numérique de son répondeur. Une intuition lui souffla de se rendre au port de Villefranche. Le soleil de fin d'après-midi caressait les façades qui surplombaient la baie, tandis que les mâts des voiliers se balançaient doucement au rythme des vaguelettes.

Son pressentiment se révéla juste. Lombard se prélassait sur l'avant de son embarcation, un verre à la main, contemplant l'horizon méditerranéen comme s'il en était le souverain.

— Commandant Duprès ! lança-t-elle d'une voix claire qui porta au-dessus des clapotis. N'avions-nous pas rendez-vous, Monsieur Lombard ? Ou l'aviez-vous commodément oublié ?

L'homme sursauta légèrement avant de se tourner vers elle avec une nonchalance étudiée.

— Pas du tout ! Je vous attends depuis une heure, répondit-il en se levant avec une lenteur calculée pour la rejoindre.

Florence franchit la passerelle, son regard vif enregistrant chaque détail de ce navire imposant. L'ancien chalutier, transformé navire scientifique, s'étirait sur vingt mètres. Sa coque, d'un bleu profond récemment repeinte, contrastait avec les équipements techniques qui encombraient le pont. Une odeur de sel marin mêlée à celle du gazole flottait dans l'air.

Elle présenta son insigne qui captait la lumière dorée du soleil déclinant.

— Je suis navré, minauda Lombard. Je pensais que vous aviez compris que le rendez-vous était à bord. Je travaille souvent ici, avoua-t-il avec un sourire satisfait.

Une vague d'antipathie submergea Florence, qu'elle dissimula derrière un masque. Son hypersensibilité lui permettait de percevoir les fausses notes dans le comportement humain. Et cet homme en jouait toute une symphonie. Légèrement ventripotent, la cinquantaine assumée, Lombard arborait des cheveux mi-longs bruns livrés au vent méditerranéen. Tout dans sa mise - la barbe de trois jours, soigneusement négligée, le jeans usé aux bons endroits, la chemise à rayures larges bleues et blanches - trahissait un effort désespéré pour cultiver une image d'aventurier des mers. Sa haute stature de 1m80 et ses yeux d'un bleu aussi profond que trompeur complétaient le tableau d'un séducteur vieillissant. Des femmes impressionnables doivent tomber dans le panneau de ce style baroudeur de pacotille, songea Florence.

— Aucune importance, Monsieur Lombard, répliqua-t-elle avec un sourire aussi froid que la profondeur marine. La prochaine fois, je vous convoquerai dans nos bureaux.

Il répondit par un rictus distant. Le vent se leva légèrement, faisant claquer un cordage contre le mât.

— Connaissez-vous les motifs de ma venue ? poursuivit-elle en s'appuyant contre le bastingage. Vous ne paraissiez pas surpris de devoir répondre à des questions de la DCRI durant notre conversation téléphonique.

— Non, pour être franc. Mais je n'ai rien à me reprocher. Je suis simplement curieux de savoir ce qui vous amène réellement.

— Votre trésorier, Olivier Masson.

Le visage de Lombard se ferma instantanément, comme un coquillage à l'approche du danger.

— J'aurais dû m'en douter ! grommela-t-il en se reculant imperceptiblement, ses épaules soudain tendues.

— Vous n'entretenez pas de bons rapports avec lui, d'après ce que nous avons compris. À cause de cette créature qu'il aurait observée ?

Il se rapprocha du bord du bateau où il posa ses mains sur la rambarde, les jointures blanchies par la pression. Au loin, les lumières de la ville commençaient à s'allumer, piquetant la côte de points dorés.

— Vous n'êtes pas venue pour ça ! s'exclama-t-il, sa voix trahissant une nervosité nouvelle. C'est du délire pur et dur ! Je ne peux pas croire que vous accordiez le moindre intérêt à ses élucubrations !

Ses gestes devenaient désordonnés, presque spasmodiques. Il se retourna brusquement, scrutant Florence.

— J'ai vingt ans d'expérience de plongée, dont quatre pour le compte de notre association archéologique, poursuivit-il en martelant chaque mot. Je n'ai jamais. Mais jamais vu une créature autre que celles répertoriées dans les manuels ! Il a eu des hallucinations, c'est tout ! Ça peut arriver à n'importe qui sous l'eau, quand la pression joue des tours à l'esprit. Mais ça, il refuse de l'admettre ! En attendant, je m'oppose catégoriquement à donner le moindre crédit à son histoire. Nous avons besoin de nos subventions, vous comprenez de quoi je parle, non ?

Florence observa le navire avec une curiosité feinte, laissant le silence s'étirer comme un filet de pêche.

— Surprenant comme choix de bateau, un chalutier finit-elle par remarquer. Ça ne doit pas être économique pour le carburant ?

— Nous remontons souvent des objets lourds. Les poutrelles destinées initialement à récupérer des filets de pêche sont idéales pour les soulever sur le pont sans qu'ils ne viennent cogner la coque.

Le soleil plongeait maintenant derrière les collines, teintant le ciel de pourpre et d'orangé, projetant des ombres allongées sur le pont.

— Vous avez tout votre équipement dans le bateau ?

— Une grande partie, acquiesça-t-il en désignant vaguement l'arrière du navire.

— Je me demandais, par curiosité, où vous stockiez votre matériel de plongée.

— Nous disposons d'un local à proximité de la capitainerie, près des échoppes d'artisans qui bordent le quai Nord.

— Est-ce que vous trouvez beaucoup de trésors ? poursuivit Florence, sentant que quelque chose sonnait faux dans ses réponses trop lisses.

— Nous n'avons pas la même définition du trésor que celle véhiculée dans l'imaginaire populaire, répondit-il avec une condescendance à peine voilée. N'importe quel artefact historique est une richesse de connaissance pour nous. Nous n'avons pas la notion de vénalité, c'est toute la différence. Nous sortons de l'eau des vestiges datant de l'antiquité jusqu'au XIXe siècle ! On y découvre des provenances aussi diverses que l'Afrique, la Mésopotamie, l'Espagne, l'Italie, la Grèce ! Tout est méthodiquement répertorié et exposé.

— Beaucoup de pilleurs dans la rade ? demanda-t-elle abruptement, observant la moindre réaction sur son visage.

— Pas à ma connaissance, répondit-il après une hésitation presque imperceptible.

Florence le remercia d'un hochement de tête et débarqua sur le quai pavé, son intuition bourdonnant comme un signal d'alarme. L'air salin emplissait ses poumons tandis qu'elle gravissait les marches usées d'un escalier qui s'élevait vers les remparts du port. Arrivée à mi-parcours, elle fit demi-tour par impulsion. De sa position surélevée, elle aperçut Lombard qui agrippait déjà son téléphone, le visage tendu, comme un homme qui vient de voir un fantôme.

En fermant la porte de sa voiture garée à l'ombre d'un platane centenaire, le portable de Florence sonna. Jean.

— Salut, Jean. Tu as joué aux chasseurs de faits divers ?

— Oui. Et crois-moi, ça valait le détour, répondit-il avec cette excitation contenue qu'elle lui connaissait bien. J'ai rencontré Raymond, une véritable mine de renseignements. Il m'a orienté sur deux ou trois pistes fascinantes. Et toi, de ton côté ?

— Le type de l'association a essayé de me mener en bateau, littéralement. Je l'ai laissé le croire. Un chalutier... ça ne colle pas avec leur activité déclarée.

Une pause électrique s'installa sur la ligne. Florence pouvait presque voir Jean en train de connecter les informations, son regard perdu dans le vide comme chaque fois qu'il suivait le fil de son intuition.

— Qu'est-ce que tu as en tête ? demanda-t-il finalement, sa voix plus basse, plus intense.

— Les paquets de drogues récupérés par des plongeurs avant-hier à la pointe de Saint-Jean, le bateau pourrait très bien avoir servi de convoyeur, répondit-elle, laissant ses pensées se cristalliser en parlant. Amphora... Le nom même évoque des conteneurs, des récipients.

— Amphora ? Complice d'un trafic ? L'association archéologique ?

— Envisageable. Je pense qu'il faudrait envoyer les stups avec leurs chiens. Je veux voir la tête de Lombard quand ils débarqueront sur son précieux navire.

— Nous disposons de moyens beaucoup plus sophistiqués que des chiens renifleurs, ironisa Jean. Des détecteurs olfactifs de dernière génération ! Demande à William.

Florence laissa échapper un rire bref.

— Je n'en ai encore jamais vu ! Bon, je retourne vers la caserne et toi ?

— Moi aussi, on s'y retrouve.

Une heure plus tard, l'équipe était réunie dans la salle de briefing. Jean, debout devant l'écran mural, présentait ses découvertes avec cette énergie concentrée qui le caractérisait. Ses doigts faisaient défiler les images tandis que ses yeux vifs cherchaient ceux de ses collègues, établissant cette connexion qu'il jugeait essentielle pour tout partage d'informations.

— On relève plusieurs accidents inexpliqués de plongée, commença-t-il en affichant une série de photographies de victimes et de lieux. Des hommes suffisamment expérimentés, dont des Italiens soupçonnés de pillage subaquatique du côté de la presqu'île de Saint-Jean-Cap-Ferrat, face à Villefranche, non loin de la plage de Passable. Des promeneurs ont rapporté avoir vu des sacs contenant des objets suspects émerger mystérieusement des eaux.

Il marqua une pause, laissant les images parler d'elles-mêmes.

– Un hélicoptère qui a brusquement sombré dans l'eau sur la ligne régulière reliant l'aéroport de Nice à Monaco. Des bateaux qui ont coulé inexplicablement à l'entrée de la rade de Villefranche-sur-Mer. La liste s'allonge.

– Cela pourrait se dérouler n'importe où, non ? intervint Moretti, les sourcils froncés.

Le commissaire, assis au bout de la table, maintenant un calme olympien. Ses yeux gris ne laissaient rien échapper.

– Oui et non, commissaire, répondit Jean en faisant apparaître un graphique sur l'écran. Les statistiques montrent que des accidents, toutes catégories confondues, semblent statistiquement plus fréquents au large de Villefranche dans les Alpes-Maritimes. La courbe dépasse largement les moyennes nationales pour des zones maritimes comparables.

– Quoi d'autre ? demanda Moretti, son impatience à peine perceptible dans l'inflexion de sa voix.

– J'ai eu un long entretien avec Raymond, poursuivit Jean en baissant légèrement la voix, comme s'il partageait un secret. Rien ne peut lui passer inaperçu dans la région, c'est comme s'il avait des yeux et des oreilles partout. Selon lui, un nouveau pont de la drogue a été établi entre le Maghreb et la France, transformant notre littoral en véritable carrefour de la dope en Europe, sous le nez des douaniers et de la police.

– Pourtant les saisies sont de plus en plus importantes ! objecta Moretti. D'après ce que m'a rapporté Calzone des stups...

– C'est précisément là que réside le génie, patron, l'interrompit Jean. C'est un écran de fumée, ni plus ni moins. Plus les autorités se féliciteront de ces prises spectaculaires, moins elles regarderont ailleurs. Une diversion classique. Mais efficace.

Delmont, qui était resté silencieux jusque-là, se pencha légèrement en avant, ses mains jointes comme en prière.

– J'ai un peu de mal à établir le lien entre ces supposées créatures marines et un trafic de stupéfiants, dit-il de sa voix posée, presque méditative.

– Florence ? Interpella le commissaire, tournant son regard perçant vers elle.

Florence se redressa, sentant toute l'attention se porter sur elle, captant les énergies de la pièce, les doutes et les espoirs de ses collègues.

– Mon opinion est que le président d'Amphora dissimule une autre activité avec leur chalutier, commença-t-elle, sa voix claire résonnant dans la salle. C'est surprenant pour une simple association d'archéologie de posséder un tel navire, coûteux et gourmand en carburant. Ce qui m'interpelle particulièrement, c'est que la prétendue créature a été localisée à faible distance des paquets de drogues et des artefacts historiques. La déduction s'impose d'elle-même.

– Florence, vérifiez le nom des mécènes, ordonna Moretti, son regard distant trahissant qu'il suivait déjà une piste mentale. Qui a financé ce navire ? Jean, ton avis ?

Jean s'adossa contre le mur, les bras croisés.

– Je partage le point de vue de Florence. Des plongeurs ont pu être éliminés s'ils s'étaient trouvés au mauvais endroit, le mauvais jour. Tout cela pourrait n'être qu'un concours de circonstances. Mais j'ai appris à me méfier des coïncidences trop nombreuses.

– William ? Sollicita Moretti.

William, qui prenait des notes depuis le début de la réunion, releva la tête. Ses lunettes reflétaient la lumière des écrans, masquant momentanément l'expression de son regard.

– Il manque des preuves tangibles, ce ne sont que des hypothèses pour l'instant. Néanmoins, je fais confiance à l'intuition de Florence et de Jean. Leurs pressentiments se sont souvent révélés justes par le passé. Je suggère d'analyser les trajectoires des accidents maritimes et de les croiser avec les données.

– Delmont ? poursuivit le commissaire.

– Je crois que le trafic de drogue constitue la toile de fond de tout ce que nous venons d'entendre, répondit-il calmement. Les artefacts historiques pourraient servir de couverture idéale, voire de conteneurs. Qui penserait à vérifier le contenu d'une amphore antique ?

Un silence méditatif s'installa dans la pièce. Les lumières des néons scintillaient comme autant d'indices dispersés, attendant d'être reliés.

– C'est très possible, conclut finalement Moretti en se levant. C'est la raison pour laquelle le capitaine Calzone va rejoindre notre unité pour cette enquête. Si trafic il y a, nous aurons besoin de son expertise.

Les membres de l'équipe échangèrent des regards déterminés. Florence sentit cette énergie particulière qui précédait toujours les grandes avancées dans une affaire. L'intuition de Jean, l'analyse méthodique de William, le calme réfléchi de Delmont, la rigueur de

Moretti et sa propre hypersensibilité – ensemble, ils formaient un tout plus grand que la somme de ses parties.

Dehors, la nuit avait complètement enveloppé la baie. Quelque part dans l'obscurité, un chalutier se balançait doucement sur les eaux, gardien de secrets que la marée finirait par révéler.

7

La mer d'un bleu abyssal s'étendait, lisse comme une plaque d'onyx, parsemée d'élégantes marbrures émeraude. Imperceptible à l'œil nu, un souffle de vent effleurait la surface, y traçant des zébrures délicates, semblables aux lignes complexes d'une main marquée par les années. L'imposant navire tanguait avec nonchalance, bercé par l'ondulation régulière venue du large.

– C'est le NGV qui relie la Corse au continent, déclara le capitaine du yacht, son regard perçant fixé sur l'horizon.

Alfonzo émit un ricanement sec.

– La fameuse vague de 16 heures ?

– Non, 14 h, corrigea le capitaine avec une précision militaire, consultant sa montre suisse d'un geste machinal.

Dans le salon fastueux aux boiseries précieuses, quatre silhouettes patientaient, leur tension presque palpable dans l'air conditionné. Alfonzo di Pietri, un agent des stups au visage ferme par des années de missions sous couverture, le capitaine à l'allure impeccable. Et deux hommes en costumes Boss d'un noir d'encre, murés dans un silence calculé depuis leur arrivée à bord.

Mouillé majestueusement au large de Saint-Jean-Cap-Ferrat, à moins d'un mille nautique des lumières scintillantes de Beaulieu, le navire incarnait l'extravagance démesurée de son propriétaire. Long de 80 mètres, déployés sur trois niveaux vertigineux, le méga yacht de Boris Kemerovski s'imposait comme un palais flottant abritant huit cabines aux dimensions princières pour ses invités privilégiés. Conçu pour une existence permanente à son bord, il offrait une salle de sport ultramoderne aux équipements dernier cri, une piscine à débordement dans laquelle son propriétaire nageait rituellement deux fois par jour, un hôpital entièrement équipé, un cinéma intimiste, une discothèque vibrante, une salle de conférence aux technologies avancées, un spa luxueux et même un mini sous-marin.

Homme d'affaires redouté, Boris Kemerovski partageait également sa passion artistique dans un atelier méticuleusement recréé à l'image d'une chambre de bonne parisienne, nichée au dernier étage d'un immeuble haussmannien, couronnée d'une toiture en verre qui capturait la lumière méditerranéenne. Au cœur du bateau trônait une pièce métallique tubulaire, fragment du premier pipeline que son père avait fait construire. Repeint en rouge vermillon en hommage au drapeau russe, Kemerovski vouait à cet objet une dévotion quasi religieuse, veillant à l'effleurer de sa main chaque jour comme un talisman. Un totem. Un temple personnel.

L'oligarque s'exerçait à perfectionner son swing sur le pont supérieur, sur une piste de golf spécialement aménagée. Les balles blanches décrivaient des arcs parfaits avant de plonger dans le bleu infini. Dans les entrailles du bâtiment, les architectes avaient conçu un green d'intérieur qui lui permettait d'affiner son putting avec une précision obsessionnelle. Les promeneurs du rivage découvraient fréquemment des balles de golf échouées sur la grève comme des messages cryptiques. Un hélicoptère rutilant, posé à la poupe, signalait la présence du maître à bord.

À 46 ans, Boris Kemerovski régnait avec une main de fer sur un empire financier colossal, fruit de l'extraction impitoyable du charbon et du gaz en Sibérie. Il apparut soudain sur le pont, sa silhouette athlétique se découpant contre le ciel azuréen. Et posa sa main sur l'épaule d'Alfonzo avec une familiarité calculée.

– Alors, Alfonzo ? Est-ce que j'existe ? demanda-t-il, son regard d'acier masquant une inquiétude palpable.

– Non, toujours pas.

Boris passa devant le capitaine et les deux hommes en costumes, ses lèvres s'étirant en un sourire que seul Alfonzo perçut comme forcé.

– Tant mieux, tant mieux, c'est pour ça que je te paie, non ? lança-t-il avec une désinvolture étudiée. Retourne à ton bureau, Alfonzo. Et continue à t'assurer que je n'existe pas.

Il se leva et posa sa main sur l'épaule gauche de l'agent, exerçant une légère pression qui valait tous les avertissements. L'agent des stups acquiesça et baissa le regard, comprenant le message silencieux. Ses trajets en hélicoptère ou en navette maritime pour n'entendre qu'une poignée de mots étaient épuisants pour ses nerfs déjà tendus. Mais Kemerovski détestait le téléphone avec une aversion maladive. Alfonzo quitta le salon et descendit vers le niveau inférieur. À l'arrière du bateau, il embarqua sur son taxi nautique. Un sillage d'écume l'éloigna du monstre d'acier. Et il aperçut furtivement les deux hommes sur le pont supérieur qui l'observaient avec une attention inquiétante. Boris excellait dans l'art subtil de maintenir une pression constante sur ses employés et partenaires d'affaires.

L'ancre fut levée dans un grincement métallique. Et le yacht mit le cap vers le large, abandonnant derrière lui les falaises imposantes d'Eze, sentinelles silencieuses face à la Méditerranée.

Boris descendit à la cale du navire. Il pénétra dans une immense salle voûtée aux reflets métalliques. Des dizaines de tenues de plongée sophistiquées ainsi que des bouteilles monobloc et bi de toutes dimensions étaient méticuleusement rangées sur des étagères en inox clinquant. Au cœur de cet arsenal sous-marin, deux bassins s'ouvraient, dont l'un servait d'accès discret à la mer sous la coque blindée du bateau. Deux silhouettes émergèrent soudain, semblables à des tritons mythologiques. Et se glissèrent hors de la cuve vers une piscine adjacente. Les moteurs du yacht tournaient à plein régime, laissant derrière ce navire une autoroute d'écume bouillonnante qui s'étendait jusqu'à l'horizon.

À moins de quelques miles nautiques de là, dans l'anse paisible de Villefranche, un corps inerte était péniblement hissé sur le chalutier « Amphora ». Lorsqu'un membre d'équipage au visage blême attacha la corde d'amarrage à son anneau dans le port de Villefranche, il distingua, en contre-jour, deux silhouettes - un homme et une femme - accompagnées de deux autres ombres portant un brancard vide. Lombard, le président de l'association accourut au même instant, le visage déformé par l'angoisse. Jouant des coudes avec frénésie, il tenta de franchir la passerelle en premier. Moretti l'en empêcha d'un geste ferme, le contraignant à rester sur le quai.

— Dites-moi ce qui s'est passé, exigea Moretti, son regard perçant déjà en quête de détails révélateurs.

Il se tenait droit, son corps sec et nerveux trahissant une tension maîtrisée.

— Je n'en sais rien ! Je ne comprends pas ! s'exclama le chef d'équipe, ses mains tremblantes. Olivier faisait partie des plongeurs les plus expérimentés. C'est un accident incompréhensible !

— Racontez-moi votre immersion dans sa totalité et n'oubliez rien, absolument rien, insista Moretti, sa voix calme contrastant avec l'urgence de la situation.

— Nous étions trois à descendre sur une épave, à 18 mètres de profondeur. Nous devions évacuer les sédiments à l'aide d'une suceuse, pendant ce temps, Olivier délimitait la zone avec ses instruments de mesure qu'il photographiait méthodiquement.

— Donnez-moi son appareil photo, ordonna Moretti.

— Oui, il se trouve dans le poste de pilotage.

Sur le quai, Lombard hurlait comme un animal blessé. Il exigeait de monter à bord, sa voix déchirée par l'émotion. Le corps d'Olivier, pâle et inanimé, fut transféré avec précaution dans le camion de l'équipe scientifique.

Le plongeur retira délicatement la coque étanche de l'appareil photo, puis en extraya la carte mémoire qu'il tendit au commissaire. Celui-ci s'empara de son iPad et glissa la disquette dans un lecteur externe avec des gestes précis. Deux fichiers apparurent à l'écran. Il cliqua et reconnut des images de fragments d'épaves, des poteries encadrées par des équerres métriques en damier noir et blanc, technique classique pour renseigner l'échelle des objets. Les clichés défilèrent sous son regard attentif : le corps des deux autres plongeurs apparut, l'un d'eux affichant son pouce vers le haut en signe de confiance. Rien dans ces photographies ne semblait pouvoir expliquer cet accident mystérieux.

— Combien de temps a duré cette immersion ? interrogea Moretti, son front plissé.

— 30 minutes à peine, indiqua l'un des survivants, évitant soigneusement le regard du commissaire.

Moretti examina les horodatages stockés sur chaque épreuve. Vingt minutes seulement s'étaient écoulées entre la première et la dernière image.

— Qu'est-ce qu'Olivier a fabriqué durant les dix minutes manquantes ? demanda-t-il, son ton trahissant un soupçon grandissant.

Les deux hommes échangèrent un regard furtif, tentant maladroitement de dissimuler leur malaise.

— Disons qu'on ne l'a plus vu, admit l'un d'eux. On était sûr qu'il était remonté.

— Sûr ? répéta Moretti, le mot tombant comme une pierre dans une eau stagnante.

Il fit volte-face avec une vivacité soudaine. D'un geste expert, il saisit la bouteille d'Olivier, replaça le détendeur et ouvrit la vanne d'oxygène. Une aiguille s'anima sur le manomètre, révélant une vérité troublante.

— D'après ce que je vois. Et partant du principe que le monobloc était plein, ce n'est pas 30 minutes d'immersion que vous avez effectuées. Mais 40 ! lança-t-il, son regard perçant les deux hommes. Alors, Messieurs, ma question est simple : qu'est-ce qu'il a fait durant ces 10 minutes où il était seul ?

Ils haussèrent les épaules avec un synchronisme suspect.

— Vous me dissimulez quelque chose, affirma Moretti, sa voix tranchante comme une lame.

Le chef des plongeurs blêmit visiblement.

— Commissaire, on peut vous jurer qu'on n'en sait rien ! insista-t-il, la panique affleurant dans sa voix. D'habitude, il nous signalait lorsqu'il remontait. Pas cette fois-ci !

— Alors où diable se trouvait-il ? Il a surgi de nulle part ? s'exaspéra Moretti, son pragmatisme habituel confronté à l'irrationnel.

— Il s'est jeté sur moi comme une bête féroce, confessa le plongeur, revivant visiblement la scène. Il faisait des gestes rapides, incohérents. Et puis ses yeux ! On aurait dit qu'il était devenu fou ! J'ai tout de suite compris que quelque chose clochait, alors je lui ai fait signe de remonter. Il a refusé catégoriquement !

— Exact, confirma l'autre plongeur. Il nous montrait sa jauge d'air, complètement affolé. J'ai vérifié, elle était satisfaisante. Sa main droite pivotait frénétiquement de gauche à droite, on voyait bien que quelque chose n'allait pas. Il nous faisait comprendre qu'il était en danger imminent. Le temps jouait contre nous, il présentait des signes évidents de panique extrême. J'ai pensé à une crise d'angoisse sous-marine. On l'a empoigné fermement et on a effectué les paliers à trois.

— Il se démenait comme un forcené et nous entraînait vers le fond, ça devenait dangereux pour nous tous, ajouta le premier, le regard hanté.

— Alors vous l'avez calmé ? Et ça lui a été fatal ! conclut Moretti, son ton accusateur à peine voilé.

— Mais pas du tout ! se défendit vivement le plongeur. On a vu du sang qui s'infiltrait dans son masque. On a raccourci la phase de 4 minutes et on a fait surface en urgence. Il est mort sur le bateau, malgré nos efforts. Voilà la vérité, commissaire.

Choqués et épuisés, les plongeurs retombèrent dans un silence lourd de non-dits. Un médecin légiste s'approcha discrètement de Moretti, hochant la tête avec gravité. Lorsqu'ils furent isolés à la proue du navire, à l'abri des oreilles indiscrètes, le légiste exposa son analyse préliminaire.

— Il s'agit d'un accident de décompression, annonça-t-il d'une voix clinique.

— Ça, je m'en étais douté, répondit Moretti avec une pointe d'agacement, frustré par l'évidence.

— Non, commissaire, vous ne comprenez pas, corrigea le médecin. À l'endroit où il se trouvait réellement, la transition était catastrophiquement insuffisante.

— Je ne vous suis pas, admit Moretti, son pragmatisme momentanément dépassé.

— Votre homme est descendu à une profondeur de 170 mètres, pendant 15 minutes minimum ! déclara le légiste, son regard grave. Il est mort parce qu'il n'a pas respecté les paliers obligatoires. À cette profondeur, ça ne pardonne jamais. Mon diagnostic préliminaire : surpression pulmonaire due à une remontée beaucoup trop rapide. La présence de sang dans le masque indique clairement un barotraumatisme des sinus.

– Vous avez une idée de ce qui aurait pu le pousser à aller aussi profondément ? interrogea Moretti.

– C'est votre domaine d'expertise, commissaire, chacun son...

– Ils ont affirmé qu'ils sont restés à 16 mètres de profondeur, interrompit Moretti, son ton trahissant son scepticisme grandissant.

– Pas notre victime, commissaire ! Je peux vous l'assurer formellement ! affirma le légiste.

Il détourna le regard, manière subtile de faire comprendre que l'entretien était terminé.

– C'est quoi votre problème ? lança Moretti au légiste, percevant une réticence inhabituelle.

– Pardon ? réagit le médecin, surpris par la confrontation directe.

– Je n'apprécie pas votre attitude, expliqua Moretti. J'ai besoin d'obtenir rapidement le maximum d'informations.

– Vous ferez comme vos collègues niçois, commissaire, vous lirez mon rapport officiel, répondit-il avec une froideur bureaucratique.

– Dites-moi ce que vous avez en tête, insista Moretti.

– Rien de plus pour l'instant, éluda le légiste. Il déposa sa mallette médicale à terre et affronta le regard inquisiteur de Moretti. Ce n'est pas un simple accident de remontée, le reste, c'est à vous de le découvrir, Moretti.

L'ayant poussé jusqu'à ses retranchements sans résultat, le commissaire comprit qu'il n'obtiendrait rien de plus. Il retourna auprès des plongeurs.

– À quelle profondeur estimez-vous l'abîme près de l'épave ? demanda-t-il.

– Je ne saurais dire avec précision, répondit l'un d'eux après une hésitation. Plus de 200 mètres certainement. C'était l'emplacement privilégié des compétitions d'apnée dans le temps.

Moretti les remercia d'un bref signe de tête et quitta le chalutier, son esprit déjà occupé à tisser les premières hypothèses. Sur le quai, Lombard se rua sur lui comme un taureau furieux.

– Vous allez enfin m'expliquer ce qui se passe, nom de Dieu ? hurla-t-il, son visage congestionné par la colère. Bon sang ! J'ai le droit de savoir !!!

– Calmez-vous, Monsieur Lombard, répliqua Moretti avec une fermeté tranquille, sa main agrippant l'épaule de l'homme pour le stabiliser.

– Vous n'avez pas le droit de...

– Votre trésorier est allé jouer au poisson à plus de 170 mètres de profondeur, l'interrompit Moretti, laissant tomber la vérité comme une bombe.

Lombard écarquilla les yeux, son corps oscillant légèrement sous le choc de la révélation.

– Mais, c'est impossible ! balbutia-t-il. Ça n'a aucun sens !

Bouleversé, Lombard relâcha la pression de ses épaules, comme si toute force l'avait soudain quitté.

– Comme vous dites ! acquiesça Moretti. Et s'il ne l'a pas fait de son plein gré, c'est qu'on l'y a entraîné de force.

Lombard blêmit davantage, ses joues se creusant sous l'impact de cette suggestion. Moretti s'éloigna sans un regard en arrière, son esprit déjà concentré sur les prochaines étapes de l'enquête. Florence s'approcha de lui avec une légèreté féline.

– Un de plus lié à l'affaire, observa-t-elle, ses yeux vifs pétillants.

– C'est votre avis ? demanda Moretti.

– Sans l'ombre d'un doute ! affirma-t-elle avec une conviction tranquille.

– Je n'ai pas eu le courage d'avouer aux deux plongeurs qu'en tentant de sauver leur collègue, ils l'ont probablement achevé, confia Moretti, laissant transparaître une rare faille dans son armure professionnelle. Florence, trouvez-moi la liste de tous les bateaux qui ont manœuvré durant ces deux dernières heures. Ceux qui sont ancrés également.

– Vous pensez à ce que je pense, n'est-ce pas ? insinua Florence, un léger sourire complice éclairant son visage.

– Naturellement, répondit-il, appréciant leur connexion intellectuelle.

– L'organisation efface méticuleusement tous les témoins qui ont aperçu où sont liés à l'existence des tritons, expliqua-t-elle, sa voix chantante devenant soudain grave. D'abord un policier, puis le serveur de la Baleine Joyeuse. Et maintenant Olivier. Le gérant du magasin d'articles de plongée du port de Nice pourrait être leur prochaine cible.

– Je n'en suis pas convaincu, réfléchit Moretti à voix haute. Olivier soupçonnait son président, Lombard, de corruption. Delmont a découvert une plainte déposée par Olivier Masson il y a trois mois : des objets anciens en or auraient été dérobés dans le coffre-fort de l'association. Or, très peu de personnes connaissaient la nature exacte de ce qu'il renfermait.

Il s'interrompit, son regard sombre balayant l'horizon comme pour y déceler des réponses.

— La mort d'Olivier nous montre que notre enquête dérange certains intérêts puissants, reprit-il avec une détermination renouvelée. Tant mieux ! On place ce Lombard sous surveillance immédiate.

Il se tourna vers Florence, dont la présence lumineuse contrastait avec l'obscurité grandissante de l'affaire.

— Dernier détail intéressant, ajouta Florence, ses doigts feuilletant son carnet de notes. Concernant Amphora : parmi les mécènes, j'ai découvert une organisation internationale pour la protection du patrimoine appelée le Cosmos.

— Étrange comme nom, commenta Moretti.

— Comme vous dites, acquiesça-t-elle. Cette organisation a participé au sauvetage de sites historiques durant les conflits en Afghanistan, en Irak, partout où le pillage culturel accompagne les guerres. La structure finance des forces de sécurité locales puissantes pour préserver les musées des pillages. Leurs actions visent aussi à démanteler des réseaux criminels spécialisés dans le trafic de biens archéologiques. À ce titre, le Cosmos jouit d'une réputation quasi irréprochable.

— Expliquez-moi comment l'association Amphora a-t-elle pu attirer l'attention de Cosmos ? demanda Moretti.

— Elle n'a rien sollicité ! répondit Florence avec emphase. L'organisation a financé leur chalutier de sa propre initiative. L'information figure noir sur blanc dans leur compte-rendu annuel.

Moretti fixait l'horizon, son regard se perdant dans l'immensité bleue. Son esprit s'évadait à nouveau vers des territoires personnels. Il contemplait le même horizon que celui de Marseille, sa ville natale. Dans ces moments de solitude introspective, il se demandait parfois s'il avait véritablement une famille, un fils, une fille et une femme, ou si ces êtres n'étaient que des ombres périphériques à sa véritable existence d'enquêteur.

Il avait toujours cru naïvement que l'amour suffisait à maintenir une famille unie. Mais la réalité s'était révélée bien plus complexe. Tout se transformait inexorablement – la nature, un couple, une enquête. Il en était là, à s'interroger sur lui-même, sur son mariage. Ce socle fondamental qui devait permettre à ses enfants de s'émanciper s'était fissuré sans qu'il n'y prête attention. À son grand désespoir, ses enfants grandissaient dans un monde virtuel, recevant de plus en plus de stimulations fictives à travers des écrans et de moins en moins de vraies connexions humaines, de vrais regards. La vie sans consoles de jeux et smartphones semblait désormais inconcevable pour cette nouvelle génération qu'il peinait à comprendre.

Lui-même ressassait ses investigations en boucle dans les méandres de son esprit analytique. Les moments de pleine conscience familiale étaient devenus aussi rares que précieux. Moretti n'avait pas su voir, n'avait pas su comprendre. Et au moment où sa femme et ses enfants avaient eu le plus besoin de lui, il était absent, perdu dans les méandres d'une autre affaire. Son métier, sa vie niçoise semblaient appartenir à un univers parallèle, totalement déconnecté de sa famille marseillaise.

Les images des calanques sauvages de Marseille et de Cassis se superposèrent fugitivement à la rade élégante de Villefranche dans son esprit fatigué. Florence, percevant son absence momentanée, l'observait discrètement avant d'imiter le cri strident de la cigale pour le ramener doucement à la réalité. Un plongeur s'approcha d'eux, brisant ce moment de contemplation.

– Nous devons retourner sur les lieux pour récupérer du matériel important, annonça-t-il avec une nervosité mal dissimulée.

Moretti donna son accord d'un bref hochement de tête.

– Je vais les accompagner, proposa spontanément Florence.

– D'accord, Florence, accepta Moretti, reconnaissant l'instinct de sa collègue.

Il effectua un rapide aller-retour jusqu'à son véhicule et lui tendit une caméra GoPro, dernier modèle.

– Non, ce que je cherche ne peut pas se photographier, répondit-elle mystérieusement, tapotant sa tempe du bout de l'index pour indiquer que son intuition serait son meilleur outil.

Moretti grimpa ensuite vers la moyenne corniche et s'arrêta à un point d'observation. Il contempla le panorama spectaculaire qui s'étendait du mont Boron jusqu'à la presqu'île luxueuse de Saint-Jean-Cap-Ferrat. Au centre de ce tableau méditerranéen, la rade de Villefranche s'étalait comme un joyau d'azur serti dans l'écrin de ses falaises ocre. Il observa le chalutier ralentir puis s'immobiliser au-dessus du lieu du drame, un point minuscule sur l'immensité bleue.

Toujours aucun début de piste concrète. Mais son instinct lui soufflait qu'il touchait à quelque chose de bien plus vaste et dangereux qu'un simple accident de plongée. Avec un dernier regard vers l'horizon, il rejoignit sa voiture et repartit en direction de Nice, le ronronnement du moteur accompagnant le flux incessant de ses pensées méthodiques.

Trois colonnes de bulles argentées s'élevaient depuis les profondeurs, seuls témoins silencieux du drame qui s'était joué là. Florence s'approcha du gouffre béant, cette fosse sombre qui semblait avaler la lumière elle-même. Son cœur battait la chamade. Mais son intuition la poussait inexorablement vers l'avant. Elle se retourna vers le chef des plongeurs, un hochement de tête décidé signalant son intention de descendre. Pas besoin de mots – son regard disait tout.

L'eau froide l'enveloppa tandis qu'elle s'enfonçait dans l'obscurité. Ses sens, toujours en éveil, ne tardèrent pas à repérer des traces révélatrices : des algues déchiquetées flottaient comme des rubans funèbres. Florence frissonna, non pas à cause de la température glaciale. Mais parce qu'elle comprenait. Olivier s'était désespérément agrippé à la paroi rocheuse avant que ces créatures, ces tritons impitoyables, ne l'entraînent vers l'abysse.

Et soudain, ce fut comme si elle y était. Son hypersensibilité, cette faculté qu'elle avait parfois maudite, lui permettait maintenant de ressentir l'écho de sa détresse. Elle discerna presque physiquement ses cris impuissants sous l'eau, ces hurlements condamnés au silence. La douleur, la peur, le froid mordant, tout cela la frappa comme une vague brutale. Un morphos émotionnel explosa dans son esprit, une angoisse pure et brute qui la fit chanceler. Luttant contre cette sensation écrasante, elle rejoignit les deux autres plongeurs et se renversa, tournant son visage vers la lumière diffuse qui filtrait depuis la surface, cherchant désespérément à s'ancrer dans le présent.

Au port, Jean l'attendait, sa silhouette élancée adossée avec une nonchalance étudiée contre la portière de la voiture. Son regard attentif scrutait l'horizon, comme s'il pouvait y lire les réponses qu'ils cherchaient. Malgré son jeune âge, ses yeux reflétaient une profondeur troublante, celle d'une âme qui perçoit au-delà des apparences.

— J'ai interrogé la capitainerie, annonça-t-il sans préambule, une pointe de frustration dans sa voix calme. Les navigateurs ne viennent pas signaler leurs sorties en mer. C'est pareil du côté des yachts - pas de feuille de route, rien qui puisse nous orienter.

Florence passa une main dans ses cheveux encore humides, son esprit assemblant déjà les fragments du puzzle.

— Je pense, dit-elle, que c'est un bateau qui mouille fréquemment dans la zone, pas nécessairement dans la rade même. Il connaît les lieux, les habitudes…

— Une enquête de voisinage alors ? proposa Jean, son regard s'illuminant légèrement à cette perspective.

— On pourrait poser des questions aux habitués, acquiesça Florence avec un sourire encourageant. Les gens du coin remarquent souvent ce que les registres officiels ignorent.

— Pourquoi pas ? Je t'accompagne, répondit Jean.

La Baleine Joyeuse, avec son enseigne écaillée semblait presque déserte à cette heure. Le gérant, un homme aux épaules voûtées par des années à servir marins et touristes, s'affairait seul derrière le comptoir usé.

– Nous sommes navrés pour votre collègue, commença Florence d'une voix douce. On a appris la nouvelle hier.

Le gérant s'immobilisa, un verre à moitié essuyé dans les mains. Une ombre passa sur son visage.

– Oui, c'était un choc, murmura-t-il, la voix rauque d'émotion contenue. J'ai failli tout plaquer sur le moment, vous savez. Ce n'est pas juste, un homme comme lui…

Il secoua la tête et reprit machinalement son essuyage.

– Mais la vie continue, comme on dit.

Florence sentit sa douleur authentique. Elle échangea un regard rapide avec Jean avant de poursuivre délicatement.

– Vous les aviez vus, vous ? Ces deux personnes que mentionnait votre ami ?

Le gérant plissa les yeux, comme pour mieux fouiller sa mémoire.

– Oui et non, répondit-il lentement. Je m'occupais des clients. Je les ai aperçus, oui… Son expression se durcit.

– Antipathiques. Silencieux pour la plupart, sauf à un moment. J'ai entendu un mot, le même, répété trois fois.

– Lequel ? demanda Jean, se penchant imperceptiblement en avant.

– Vaï ! Vaï, vaï, articula le gérant en imitant l'intonation étrangère.

Florence sentit un frisson d'excitation.

– C'est du russe ça. Ça signifie : dépêche ! Vous avez beaucoup de consommateurs slaves, ici ?

Le gérant haussa les épaules.

– De temps en temps. Très fortunés et hyper exigeants. Mais je ne vais pas me plaindre, ils laissent de très gros pourboires.

– Des navires russes dans la rade ? intervint Jean, toujours concentré sur l'essentiel.

– Deux, en général, répondit le gérant en s'appuyant sur le comptoir, soudain plus loquace maintenant qu'il sentait pouvoir aider.

– Le premier est un bateau ultra moderne, on dirait presque un sous-marin. Son propriétaire est dans le pétrole, je crois.

Il fit un geste vague vers la fenêtre.

– Le second, c'est un yacht plus classique. Mais tout aussi impressionnant. Lui, c'est le charbon et le gaz.

Florence sentait l'adrénaline monter en elle.

— Et celui que vous avez vu dernièrement ?

Le regard du gérant s'illumina de reconnaissance.

— Ben, celui du charbon, il était encore là, hier. Je l'ai vu quand j'ai ouvert les volets ce matin.

Bingo, pensa Florence, échangeant un regard avec Jean. La piste russe prenait forme. Et avec elle, l'espoir de comprendre enfin ce qui était arrivé à Olivier dans ces eaux sombres.

8

Moretti parcourait méticuleusement les derniers rapports de Florence et de Jean. Chaque page tournée représentait une modeste progression dans cette enquête qui s'étendait désormais bien au-delà de Saint-Mandrier. Son regard s'attardait sur chaque détail, chaque nuance qui pourrait constituer un indice. La vibration de son téléphone interrompit sa réflexion. Un message de Florence s'afficha sur l'écran.

« Nous attendons le renifleur pour sonder le bateau de l'association Amphora. On va profiter de l'accident pour le fouiller sans éveiller de soupçons. »

Il donna son accord d'un bref message, l'esprit déjà occupé à envisager les implications possibles. William transportait le matériel. Cet appareil sophistiqué, initialement utilisé par leurs collègues américains de la DEA (Drug Enforcement Administration) pour détecter des traces d'explosifs, avait été entièrement transformé par William deux mois auparavant. Plus qu'une simple mise à jour, il avait métamorphosé la machine surnommée « Quantum Sniffer ». Désormais, l'appareil pouvait déceler toute sorte de stupéfiants, reléguant les chiens des stups au rang d'animaux de compagnie.

Le soleil de midi miroitait sur les eaux tranquilles de la darse de Villefranche lorsque William s'approcha de la table du café où Florence et Jean patientaient. La terrasse, bordée de palmiers nains dans des pots en terre cuite, offrait une vue imprenable sur les bateaux amarrés, leurs mâts se balançant doucement au rythme des vagues. Florence, ses cheveux auburn brillant sous le soleil, pianotait sur son iPad, alternant entre concentration et regards furtifs vers la Baleine Joyeuse. Jean, quant à lui, observait discrètement les alentours, son visage juvénile masquant la perspicacité de son regard.

William stationna son véhicule à faible distance du navire ciblé et les rejoignit d'un pas assuré, sa mallette high-tech fermement tenue dans sa main droite.

– C'est bon, je suis là ! On va pouvoir aller flairer, annonça-t-il avec une pointe d'enthousiasme mal dissimulée.

— Lombard a quitté le navire il y a vingt-cinq minutes, indiqua Jean, son ton calme. Je n'ai vu qu'un homme à bord.

Florence hocha la tête.

— Ça ne devrait pas poser de problème, répondit-elle, son esprit déjà en train d'élaborer plusieurs scénarios d'approche.

William ajusta ses lunettes, signe de réflexion chez lui.

— Et qu'est-ce que je vais fournir comme explication pour l'appareil ? Un détecteur de métaux futuriste ? s'interrogea-t-il.

— Analyse radioactive, suggéra Florence avec un sourire malicieux. Plus c'est gros, plus ça passe.

— Je te laisse agir, William, confirma-t-elle, faisant confiance à la créativité pragmatique de son collègue.

Le pont de la Baleine Joyeuse, récemment frotté, luisait sous le soleil. Des cordages soigneusement enroulés s'alignaient contre les bastingages, tandis que l'odeur caractéristique de sel marin et de vernis nautique imprégnait l'atmosphère. Le chef d'équipe, un homme au teint hâlé et aux bras musclés par des années en mer, nettoyait méticuleusement le matériel de plongée à l'aide d'un jet d'eau douce. Des gouttes scintillantes s'éparpillaient autour de lui, créant un halo éphémère dans la lumière de l'après-midi. William passa devant lui, sa mallette à la main, tandis que Florence entama une discussion animée sur le matériel de plongée, sa curiosité apparente et son enthousiasme naturel formant un écran parfait pour détourner l'attention.

Dans la cale, où flottait une odeur de bois humide et de diesel, William alluma le renifleur qui émit un sifflement caractéristique. Il le coupa promptement. Une analyse sur papier émergea de la mini-imprimante intégrée, semblable à un ticket de caisse. Satisfait, il remonta sur le pont, l'air décontracté. Et rejoignit Florence à l'écart.

— Bon sang ! s'exclama-t-il, seulement dix secondes pour un résultat !

Il observa l'imprimé avec attention.

— Marijuana, haschich, cocaïne ainsi qu'une substance non répertoriée, énuméra-t-il.

— Qu'est-ce que ça veut dire ? s'enquit Florence, une fois de retour sur le quai pavé.

— Ça signifie que le renifleur a synthétisé une molécule qui ne rentre pas dans la formule chimique classique des drogues que nous connaissons, expliqua William.

— Et tu peux savoir ce que c'est ? demanda Florence.

— Oui. Mais à Lyon, Écully, précisa William en référence au laboratoire de la police scientifique. Nous ne disposons pas de matériel adapté ici. Je dois connecter l'appareil à l'ordinateur portable qui transmettra la composition moléculaire.

— Et en connexion WIFI ? Suggéra Florence, les mains posées sur ses hanches, impatiente.

— Non, non, l'envoi doit être sécurisé, s'empressa de répondre William.

Florence le dévisagea, une moue dubitative aux lèvres.

— Tu n'es pas capable de le faire ? Toi ? le taquina-t-elle, connaissant la fierté professionnelle de son collègue.

— Ce n'est pas aussi simple, Florence, répliqua William, légèrement piqué au vif. Les protocoles de cryptage permettant la garantie de la confidentialité des données peuvent être cassés par n'importe quel hacker professionnel. Je préfère ne prendre aucun risque avec des informations aussi sensibles.

Il remballa le renifleur avec des gestes précis et méthodiques.

Dans son bureau, Moretti parcourut leur rapport. Chaque ligne était soumise à son analyse implacable, chaque détail pesé, mesuré, confronté à l'ensemble des éléments déjà connus. Soudain, son visage habituellement impassible s'éclaira d'une lueur de satisfaction intense. Il avait trouvé quelque chose. Sans perdre un instant, il convoqua Calzone.

De l'autre côté de la caserne Auvare, le bureau de la brigade des stupéfiants baignait dans une atmosphère tranquille presque irréelle. Des coupures de presse jaunies par le temps côtoyé des photos de saisies de drogue épinglées aux murs crème défraîchis. Quelques clichés familiaux apportaient une touche personnelle à cet univers. Deux lieutenants de police pianotaient sur leurs ordinateurs dans un silence studieux, seulement perturbé par le cliquetis régulier des touches. Le premier rédigeait un rapport, le second conversait par messagerie avec le capitaine Calzone, dont le bureau encombré témoignait de l'activité incessante de l'unité.

— Où est-ce que tu vas ? interrogea Alfonzo qui se préparait une tasse de café en utilisant la machine commune, un modèle vieillissant qui produisait plus de bruit que de saveur.

Les distributeurs automatiques à l'entrée, réservés au public, servaient des boissons à peine plus acceptables. Il glissa cinquante centimes d'euros dans une tirelire en forme de cochon rose, légèrement ébréchée.

— De l'autre côté de la caserne, un dossier criminel, répondit Calzone en enfilant sa veste.

— Ah oui ? Quelle affaire ? insista Alfonzo.

— Je t'en parlerai ultérieurement, j'y vais. Ciao ! À demain, éluda Calzone. Éteins les lumières en sortant, ajouta-t-il en riant.

Alfonzo lui renvoya un demi-sourire cordial. Une fois seul, cependant, son visage s'assombrit, comme voilé par un pressentiment sinistre. Un arrière-goût de concentré de tomates effleura son œsophage, une sensation familière qui, pour lui, ne présageait jamais rien de bon.

Au même moment, à plusieurs milles nautiques de là, le navire amiral de Boris Kemerovski, une silhouette blanche majestueuse coiffée d'antennes paraboliques, fendait les flots bleus en direction de la rade du port de Bastia. Sur le pont supérieur, des silhouettes féminines en tenue décontractée sirotaient des cocktails, inconscientes de l'attention dont elles faisaient l'objet.

Calzone croisa William dans un escalier de la caserne.

— Du nouveau dans votre enquête ? demanda-t-il, tentant de paraître désinvolte malgré la lueur d'intérêt dans son regard.

— Vous risquez d'être surpris ! répondit William avec un sourire énigmatique.

— Un rapport avec le papier que vous tenez dans la main ? Poursuivit Calzone, désignant du menton le document que William serrait entre ses doigts.

— Oui, admit simplement William.

— Ne jouez pas ce jeu avec moi, crachez le morceau ! glissa Calzone, son impatience transparaissant dans sa voix.

— Personne ne lâche quoi que ce soit dans mon service, capitaine, répliqua sèchement Moretti qui venait d'apparaître devant la porte d'entrée, son regard d'acier fixé sur Calzone.

— J'ai le sentiment que je ne suis pas venu pour rien, se réjouit Calzone, nullement intimidé.

William tendit le résultat des tests de recherche sur la molécule analysée par le renifleur, son visage neutre ne trahissant aucune des hypothèses qui fourmillaient dans son esprit scientifique.

Dans la salle de réunion de la Division Hermès, baignée par la lumière artificielle, l'équipe patientait autour d'une table ovale. Florence dessinait distraitement des motifs sur son bloc-notes, sa sensibilité artistique s'exprimant même dans ces moments d'attente, tandis que Jean consultait des informations sur sa tablette, son regard vif absorbant chaque détail. Delmont, quant à lui, restait parfaitement immobile, son calme apparent masquant une vigilance de tous les instants.

Moretti entra dans la pièce d'un pas décidé, son aura d'autorité silencieuse captant immédiatement l'attention de tous. Il posa ses documents sur la table avec précision.

— Nous avons du nouveau pour l'enquête criminelle, annonça-t-il, sa voix grave résonnant dans la pièce soudain silencieuse. Le trafic de drogue me paraît de plus en plus lié à notre affaire. Le comptable de l'association Amphora a été assassiné aujourd'hui. Meurtre masqué en accident de plongée.

Il marqua une pause, son regard balayant chaque visage attentif.

– Une analyse olfactive de leur navire confirme la trace résiduelle de narcotiques. Nous pensons que c'est bien ce navire qui a repêché les sacs de drogues mêlés à des artefacts archéologiques dérobés il y a trois jours.

Florence hocha imperceptiblement la tête.

– Second point, poursuivit Moretti, le mécène le plus important de l'association Amphora, l'organisation Cosmos, est un paravent purement médiatique de la compagnie CHARBO, spécialisée dans l'extraction, le traitement et la diffusion du charbon issu de l'Europe de l'Est et du gaz d'Afrique du Nord.

Jean nota rapidement quelques mots

– Le yacht de son président, Boris Kemerovski, manœuvre souvent dans le secteur. Il vient de quitter la Corse pour la Sardaigne, précisa Moretti. Enfin, dernière information, la molécule recueillie par le renifleur révèle la présence résiduelle d'une rose entrant dans la confection du narguilé. Ce mélange spécifique ne se trouve qu'en Égypte.

Il s'interrompit, laissant à son équipe le temps d'assimiler ces informations.

– Voilà, des questions ?

– Nous n'interceptons que très rarement de la drogue égyptienne, géographiquement éloignée, sans parler du coût du transport, réagit Calzone

Moretti se retourna et appuya sur un bouton de la télécommande. Une carte satellite se déploya sur l'écran mural, révélant des bâtiments et une piste d'aéroport. Sur le front de mer, un complexe se détachait clairement.

– Quartier Est de Tripoli, expliqua Moretti, son doigt traçant un parcours précis sur l'image. William a trouvé le laboratoire qui produit la molécule que l'on a prélevée sur le corps du comptable en rade de Villefranche.

Il pointa un stylo laser sur un bâtiment spécifique.

– Juste à côté du rond-point sur l'avenue Shari al shat, à faible distance de l'aéroport. Trois moyens de communication : par la terre, l'avion ou la mer.

Les yeux de Jean s'agrandirent légèrement, captant les implications stratégiques.

– Nous ne pouvons pas déclencher d'enquête pour l'instant, trop peu d'éléments, conclut Moretti.

Il tendit à Calzone trois exemplaires d'un document de plusieurs pages, son regard ne laissant aucun doute sur l'importance de ce geste.

— Lisez ça, ordonna-t-il.

Celui-ci jeta le feuillet sur la table avec une moue contrariée.

— C'est une clause de confidentialité ! murmura Calzone, outré.

— Tout à fait ! répliqua Moretti sans s'émouvoir. On ne plaisante pas avec certains types d'informations qui touchent la sûreté nationale. Sois-vous signez, soit vous quittez le bureau.

Le silence dans la pièce s'épaissit. Calzone observa les regards autour de lui, puis, avec un soupir résigné, griffonna ses initiales avant de faire glisser les trois exemplaires vers Moretti.

— Des sociétés criminelles ont profité de la guerre en Libye pour ravir le contrôle de la drogue, reprit Moretti, sa voix baissant d'un ton, comme si les murs eux-mêmes pouvaient écouter. Kadhafi, de son vivant, protégeait tant bien que mal la frontière au sud contre les réseaux mafieux. Depuis la fin de la crise libyenne, des groupements se sont réorganisés.

Florence écoutait avec attention, ses doigts tapotant légèrement la table, signe chez elle d'une intuition en ébullition.

— La Libye est en train de monter une coalition avec l'Égypte et le Maroc. La filière, qui était surveillée par la BNPJ, a déjà fait l'objet d'une saisie. On parle de cinquante tonnes de haschich !

William émit un léger sifflement, impressionné malgré lui par l'ampleur du trafic.

— Le caïd, un Libyen, a été appréhendé. Leur réseau était parfaitement au point. La came transitait par le désert au sud de l'Algérie en provenance du Maroc. L'argent était blanchi en Europe avant de revenir au Maroc.

Moretti fit quelques pas dans la pièce, organisant les informations.

— C'est la brigade financière qui a intercepté le trafic en collaboration avec d'autres services inter frontaliers. Nous savons que l'organisation est une pieuvre-phénix, elle se recompose à l'infini. Elle bénéficie en outre de l'appui de l'État islamique.

— La drogue provient du sud, par le désert, résuma Moretti. Une très grosse partie part de Tripoli vers une destination européenne. On ne connaît pas le pays. Mais ça ne saurait tarder.

— Si c'est la France, cela pourrait expliquer l'afflux de stupéfiants et la baisse du prix de vente, avança Calzone. Mais comment peuvent-ils établir leur trafic au nez et à la barbe des douanes ?

— Il ne se fait pas par voie traditionnelle, affirma Moretti, son regard fixé sur Calzone.

— Comment alors ? insista ce dernier.

Le stylo de Calzone n'était plus maintenu par son doigt, il tomba sur la table avec un bruit sec qui résonna dans la pièce silencieuse.

— Comment ? répéta-t-il, incrédule. Avec un sous-marin ?

— Nous ne le savons pas pour l'instant, admit Moretti. Nous suivons des pistes.

Il marqua une pause, son regard s'assombrissant.

— Ne vous froissez pas. Mais une organisation aussi puissante peut s'acheter n'importe qui.

Il considéra Calzone longuement, le poids de ses soupçons presque palpable dans l'air confiné.

— Rien ne doit sortir d'ici, conclut-il fermement.

Des images fugaces du milieu des narcotrafiquants dans le Sahel refluèrent dans la tête de Delmont. Une bande organisée qui rackettait des convoyeurs de drogues dans le désert. Les colonnes devaient payer un droit de passage, l'impôt révolutionnaire. Un des convois transportait des armes acheminées par un agent des services secrets français. Il fut capturé.

Delmont, les yeux fixés sur un point invisible, se remémora son rôle dans le commando chargé de récupérer la cargaison. La mission avait été un succès malgré la perte de deux hommes. La perspective de replonger dans cet univers l'enthousiasmait étrangement. Il n'avait pas de famille hormis celle de la Division Hermès. Et cette famille professionnelle lui suffisait.

Moretti se retourna vers Calzone, son visage impassible.

— Je vous demande, capitaine, d'être très attentif dans les prochains jours. Observez ce qui se passe d'inhabituel parmi vos hommes. Ceux qui posent des questions.

Le sous-entendu était clair. Calzone comprit que le moment était venu pour lui de quitter le navire. Il salua tout le monde d'un bref hochement de tête et sortit de la salle, le claquement de la porte se refermant derrière lui résonnant comme un point final.

— Revenons au réseau maghrébin, reprit Moretti sans perdre un instant. Nous avons contacté nos correspondants au Maroc, en Algérie, en Tunisie et en Égypte. Malgré le printemps arabe, les gouvernements ne voient pas d'un très bon œil ces réseaux qui prennent de plus en plus de place.

Florence dessina distraitement une spirale sur son bloc-notes, sa manière à elle de visualiser l'expansion du réseau criminel.

– Ils ont l'impression que les trafiquants ou Al-Qaïda vont bientôt devenir les maîtres du désert et peut-être de la Libye, encore dans un état précaire.

– Et les Américains ? s'enquit Jean, son intuition lui soufflant qu'un acteur majeur manquait à l'équation. Je suis surpris de ne pas en avoir entendu parler.

– Ils font cavalier seul avec Israël, répondit Moretti. Un rapprochement des forces n'est pas exclu. Mais ils ne veulent pas se tenir en première ligne.

– Comment reliez-vous ces réseaux à Saint-Jean-Cap-Ferrat ? demanda Florence.

– On ne peut pas dissimuler plusieurs tonnes de haschich ou de cocaïne sur un yacht, c'est beaucoup trop risqué, réfléchit Moretti à voix haute. Ce n'est pas non plus un sous-marin, la tour Diogène 8 est munie de radars sophistiqués. Non...

Il tourna sur lui-même en esquissant un parcours dans la pièce, le même chemin que devaient sillonner ses neurones à travers son cerveau.

– William, as-tu le rapport sur Kemerovski ? demanda-t-il soudain.

– Vous considérez que son organisation pour la protection du patrimoine est un paravent à son réseau ? intervint Jean

– Il doit constituer un maillon de la chaîne, confirma Moretti, satisfait de la perspicacité de son jeune collègue.

William consulta sa tablette, l'écran illuminant son visage.

– La compagnie Orion de Kemerovski comprend l'extraction du charbon qui compose quarante pour cent de ses revenus, le gaz trente pour cent, suit la société de croisière « Azur Mare », la mer d'azur.

Florence fronça légèrement les sourcils, visualisant l'empire économique qui prenait forme sous leurs yeux.

– Il possède aussi des chaînes de télévision et des journaux, poursuivit William. Il a créé une fondation pour la protection de l'environnement ainsi qu'une autre, le Cosmos, pour la défense du patrimoine. Voilà !

– Mais pourquoi ici ? s'interrogea Jean, donnant voix à la question qui flottait dans l'air. Au milieu d'un pôle touristique ? À l'échelle géographique, ce n'est pas un croisement stratégique !

– Ce n'est pas sûr, répondit Moretti. Mais vous avez raison sur un point, c'est un choix local.

Son regard s'illumina de cette lueur particulière qui apparaissait toujours lorsqu'il venait de franchir un cap dans sa réflexion.

– J'ai mon idée, annonça-t-il. Je dois contacter le capitaine Desjobert.

Il balaya la pièce du regard, l'intensité de sa concentration presque palpable.

– Allez, filez ! ordonna-t-il, son esprit déjà occupé à tisser les fils de cette affaire complexe.

L'équipe se dispersa en silence, chacun emportant avec soi une pièce du puzzle qui, ensemble, révélerait peut-être le visage caché derrière cette sinistre machination.

Dans une anse paisible de Saint-Mandrier-sur-Mer, les rayons du soleil couchant teintaient l'eau d'une lueur ambrée. Un zodiaque militaire fendait les vagues, laissant derrière lui un sillage écumant qui se dissipait dans l'horizon. À son bord, un matelot en treillis marine, le visage lessivé par les embruns salés, manœuvrait avec précision vers le quai de béton usé par les années.

Le Capitaine Desjobert se tenait immobile sur la jetée, sa silhouette élancée se découpant contre le ciel rougeoyant. Ses yeux perçants suivaient l'approche de l'embarcation avec une attention calculée, ses traits trahissant une tension maîtrisée. Quelques mouettes tournoyaient au-dessus de sa tête, leurs cris stridents résonnant dans l'air salin.

Lorsque le zodiaque accosta dans un léger choc contre les pneus usés servant de pare-battage, Desjobert s'avança, ses bottes crissant sur le gravier humide.

– Ils ont compris ? demanda-t-il d'une voix basse et ferme.

Le matelot, sautant agilement sur le quai, hocha la tête avec assurance.

– Oui, Capitaine, répondit-il en ajustant son béret d'un geste machinal.

– Parfait, murmura Desjobert, un imperceptible soulagement adoucissant momentanément ses traits anguleux.

Dans les locaux souterrains du commando, creusés à même la roche calcaire de la côte, régnait une atmosphère électrique. L'éclairage blafard des néons se reflétait sur les murs en béton brut, accentuant la gravité des visages. Une douzaine d'hommes d'élite attendaient dans un silence discipliné, nettoyant leurs armes ou vérifiant leur équipement avec des gestes précis et méthodiques. Chacun d'eux savait qu'ils se préparaient à une opération délicate : la libération d'un navire sous pavillon français, arraisonné par des pirates au large de Chypre.

La sonnerie stridente d'un téléphone portable trancha soudain le silence. Desjobert fronça les sourcils en consultant l'écran lumineux avant de répondre.

– Commissaire ! s'exclama-t-il avec une surprise mal dissimulée. Non, vous ne me dérangez pas, affirma-t-il en s'écartant vers un recoin plus isolé. Je n'ai pas saisi votre question.

— Parlez-moi un peu des particularités des tritons, leur manière de vivre, reformula Moretti, sa voix grave et posée trahissant son habitude des interrogatoires minutieux.

— Vous voulez dire… depuis qu'ils ont été métamorphosés ? demanda Desjobert, une note de prudence dans la voix.

— Oui, confirma simplement Moretti, économe en mots comme à son habitude.

— Les médecins pourront mieux vous expliquer leurs caractéristiques physiologiques, répondit Desjobert avec une hésitation perceptible. Pour quelles raisons me réclamez-vous cela ?

— En deux mots… insista Moretti, laissant délibérément sa phrase en suspens, une technique qu'il avait affinée au fil des années pour inciter son interlocuteur à combler le vide.

Desjobert soupira, passant une main dans ses cheveux sel et poivre.

— Ils sont passés par des phases de dépressions très importantes, la conversion de leur horloge biologique a demandé du temps, expliqua-t-il en baissant la voix. Ils ont accru considérablement leur QI et leurs intuitions, un juste retour aux sources de l'homme originel.

— Intéressant, murmura Moretti.

— En ce qui concerne leur comportement, poursuivit Desjobert, ils demeurent sauvages et casaniers. Exception faite de leurs missions, ils détestent changer d'environnement. Cela devient un problème lorsque nos expéditions dépassent trois jours, ils sont… déréglés.

Un silence s'installa dans la conversation, uniquement perturbé par le bruit lointain des vagues s'écrasant contre la falaise. Moretti, immobile dans son bureau aux stores mi-clos de sa fenêtre de bureau, ferma les yeux un instant. Son esprit visualisait les dorades et leurs habitudes territoriales. Peu de gens, même parmi les pêcheurs les plus expérimentés, savent que ces poissons comme les poulpes vivent dans un espace strictement délimité, ne franchissant jamais les frontières invisibles qu'elles s'étaient créées.

— Je vous remercie, Capitaine, dit-il finalement avant de raccrocher.

Moretti reposa lentement son téléphone sur le bureau encombré de dossiers. Un rayon de soleil filtrait à travers les persiennes, illuminant les particules de poussière en suspension. Il connaissait maintenant l'une des raisons pour lesquelles la rade de Villefranche constituait un point de convergence entre son enquête et les activités de cette mystérieuse organisation.

— Les tritons ont été entraînés dans la tour Diogène, murmura-t-il pour lui-même, traçant du doigt un cercle sur la carte étalée devant lui. C'est leur territoire.

À quelques kilomètres de là, dans un appartement aux murs couverts de photos et de cartes, Florence contemplait la mer à travers sa fenêtre. Ses doigts fins tapotaient nerveusement sur la table en bois, suivant un rythme que seule elle pouvait entendre. Quelque chose dans l'air qu'elle ne pouvait ignorer, lui disait que les pièces commençaient enfin à s'assembler.

9

— Tu as peut-être été un ami de mon père. Mais c'est moi le maître ici, hurla Boris en posant violemment un verre de vodka sur une table constituée de milliers de verres de lunettes de modèles différents, coulés en une grande surface vitrée.

Le cristal tinta contre le verre, comme un avertissement sourd. Son regard bleu nordique transperçait l'espace entre eux, glacial comme les steppes de son pays natal. Ses cheveux blonds, presque blancs sous la lumière tamisée du salon encadraient un visage aux traits anguleux. Du haut de son mètre quatre-vingt-cinq, Boris Kemerovski dégageait cette aura contradictoire, mélange d'élégance aristocratique et de brutalité à peine contenue. Les deux hommes s'affrontaient souvent ainsi, comme deux loups d'une même meute incapables de céder du terrain.

— Je suis le responsable de ta sécurité, rappelle-toi ! J'ai fait le serment à ton père de te protéger malgré toi. Et je n'ai qu'une parole ! lâcha Dimitri en se levant du canapé, sa silhouette massive projetant une ombre démesurée sur le mur ivoire.

— Délègue ! Bon sang, décroche ! Arrête de jouer avec ton fusil d'une autre époque ! Tu peux avoir les meilleures gâchettes du marché. Mais non ! C'est toi qui as pressé la détente ! s'enflamma Boris, les bras en l'air, ses manches de chemise en soie blanche retroussées révélant des poignets nerveux couverts de bracelets en or.

L'air marin s'infiltrait par les hublots entrouverts du yacht. Le luxe ostentatoire du salon principal contrastait avec la tension qui régnait entre les deux hommes.

— Tu veux faire référence au flic ? C'est ça ? Je te signale qu'il était sur le point de tout faire foirer, articula Dimitri en plissant ses yeux gris acier. S'il avait alerté son collègue, hein ? Oui, j'ai agi ! Facile de faire des critiques une fois l'action passée.

Ses doigts épais, couverts de cicatrices, s'agitaient nerveusement le long de sa cuisse, là où son arme était habituellement rangée.

— Ne discute pas avec moi ! hurla Kemerovski, le père de Boris. Prends du recul, Dimitri, ou c'est moi qui vais le faire à ta place.

Il le renvoya sèchement de la main puis s'engouffra dans les méandres du navire, ses pas résonnant sur le bois précieux du pont, chaque claquement de ses mocassins italiens ponctuant sa colère.

Dimitri Vassinovich, âgé de 49 ans, resta immobile un moment, comme pétrifié. Les rides profondes qui creusaient son visage trahissaient les épreuves d'une vie passée dans l'ombre d'Alexeï Kemerovski. Véritable frère d'armes, il avait aidé son patron à nettoyer les « impuretés » qui l'empêchaient d'accéder à la création d'un des plus gros consortiums d'extraction de charbon. Peu de temps avant sa mort, se sachant condamné par un cancer, Alexeï avait fait promettre à Dimitri de protéger son fils comme il l'avait fait jadis, pour lui.

— Boris n'a pas la moitié de ton sang-froid ni de ton intelligence, avait murmuré le vieux Kemerovski sur son lit de mort.

— Mais il porte notre nom. Protège-le, quoi qu'il t'en coûte.

Depuis, Dimitri ne s'embarrassait pas des gêneurs, il les éliminait. Il bénéficiait de deux tueurs à la solde exclusive de Kemerovski, des anciens mercenaires de la guerre en Afghanistan, des hommes aux regards vides qui exécutaient les ordres sans poser de questions.

Il quitta le salon et longea une coursive vers le pont. L'air marin fouetta son visage, apportant un instant de clarté dans ses pensées troublées. Sur le solarium, deux magnifiques jeunes femmes entièrement nues sur le ventre révélaient leurs diaboliques courbes, leur peau huilée chatoyant sous le soleil. Leurs rires résonnaient comme une mélodie incongrue dans ce monde de violence.

Dimitri détourna le regard, observa le drapeau de la compagnie qui claquait dans la brise marine – un marteau et une pelle noire croisés avec la constellation d'Orion sur fond rouge – puis se dirigea vers la salle de sports dans le but de faire disparaître sa colère. L'instant d'après, il entendait le rotor des pales de l'hélicoptère de Boris vrombir. Il cogna de son poing le panneau d'affichage du vélo sur lequel il s'entraînait. Il partait sans lui.

À travers les baies vitrées, il vit l'Eurocopter EC-175 s'arracher à l'extraction terrestre en prenant le cap vers le large à destination de la Sardaigne. Le rugissement des moteurs s'estompa peu à peu, laissant place au clapotis des vagues contre la coque du yacht.

Dans le bureau d'Hermès, les néons projetaient une lumière blanche sur les visages concentrés des agents. William et Jean effectuaient ensemble des recherches sur les actifs du groupe de Kemerovski.

Jean, les sourcils froncés, un stylo coincé derrière l'oreille, disséquait les flux financiers faisant sauter les verrous des nombreuses sociétés-écrans. Ses doigts couraient sur le clavier avec une précision chirurgicale.

Derrière ses lunettes à monture fine, ses yeux vifs ne laissaient échapper aucun détail.

William, quant à lui, enquêtait sur la compagnie de bateaux de croisière du milliardaire russe. Il semblait parfois perdu dans ses pensées, comme à l'écoute d'une voix intérieure que lui seul pouvait entendre.

– Ça va, Jean ? Tu t'es bien acclimaté à la Côte d'Azur ? demanda William en s'étirant, brisant momentanément le silence qui régnait dans la pièce.

Jean leva les yeux de son écran, semblant revenir de loin. Un léger sourire illumina son visage, creusant deux fossettes dans ses joues.

– Oui et non, répondit-il en passant une main dans ses cheveux bruns. Les gens sont particuliers, avenants et suspicieux à la fois, du coup on se méfie aussi. Dans l'arrière-pays, d'où je viens, c'est entièrement différent ! Et toi ?

– Moi, je suis breton d'origine, j'ai grandi à côté de Rennes et puis mes parents ont déménagé sur Lyon, c'est le jour et la nuit, répondit William en retirant ses lunettes pour se frotter les yeux. Ça va pour l'instant, on ne s'ennuie pas dans le travail, on a peu de temps pour les loisirs. Ça tombe bien, je n'ai pas de compagne. Et toi ? Toujours solitaire ?

Jean eut un petit rire, empreint d'une mélancolie à peine perceptible.

– Oui, c'est un choix non négociable, je suis attiré par le danger, l'adrénaline. Pas très compatible avec une relation stable. Et puis, il n'y a qu'à voir nos confrères de la police nationale, ce n'est pas toujours le top, les 3x8, le danger, le stress…

Ses yeux se perdirent un instant dans le vague, comme s'il revivait une scène douloureuse, avant de se reconcentrer sur son écran. William l'observa un moment, notant cette capacité de Jean à s'immerger totalement dans ses émotions avant de les mettre de côté avec une discipline presque militaire.

Soudain, le regard de William s'illumina, la lueur de la découverte brillant dans ses pupilles.

– Écoute ça ! Je crois que j'ai mis la main sur quelque chose !

Il fit pivoter son écran vers Jean, qui se pencha en avant avec intérêt.

– La société « Azur Mare » n'existe que depuis cinq ans ! poursuivit William avec l'enthousiasme d'un archéologue découvrant un trésor enfoui. Elle s'est spécialisée dans des destinations du Moyen-Orient, Israël, Liban, Égypte, Tunisie, Algérie, Maroc, Espagne et bien sûr les grandes villes d'Italie et de Grèce.

Il fit défiler des pages de rapports financiers et de plannings de croisières.

– Les compagnies concurrentes offrent ce type d'excursion que très rarement, habituellement à l'occasion des fêtes de fin d'année. Les résultats financiers du croisiériste sont dans le rouge, c'est à se demander pourquoi il maintient ces destinations.

William se redressa.

– Tiens-toi bien, j'ai repéré des convergences sur des escales. Les deux bateaux mouillent systématiquement deux jours au Maroc, en Égypte et… à Saint-Jean-Cap-Ferrat ! Le triangle des nouveaux narcotrafiquants, non ? Au milieu, la Sardaigne, là où se trouve Kemerovski en ce moment.

Jean fronça les sourcils, il sentait qu'ils étaient proches de quelque chose d'important.

– Ça ne nous dit pas comment ils s'y prennent, dit-il en se frottant le menton. Très imprudent de dissimuler des ballots de drogue. Les douanes possèdent des renifleurs et des chiens.

– Oui. Mais comment fait-il alors ? insista William.

Le silence s'installa quelques secondes, pendant lesquelles Jean ferma les yeux, comme pour mieux écouter une voix intérieure. Puis, soudain, il les rouvrit, une étincelle de compréhension dans le regard.

– Sous la partie immergée du navire ? Un mécanisme magnétique ?

Sa voix vibrait de cette certitude inexplicable qui caractérisait souvent ses intuitions.

– Difficile à concevoir, non. Mais approfondis dans ce sens, approuva-t-il.

William se remit à pianoter sur le clavier. Et une ville italienne apparut à l'écran.

– Chantier naval de Sestri Ponente, c'est dans cette ville que les deux paquebots ont été créés.

Il s'interrompit, une idée germant visiblement dans son esprit méthodique.

– Je viens d'avoir une idée, proposa William.

Sans plus attendre, il contacta Moretti. Quelques minutes plus tard, ils recevaient l'autorisation de partir pour l'Italie.

– Génial ! lança William en écrasant la paume de sa main contre celle de Jean, un sourire satisfait illuminant son visage.

– Qui prend le volant ? demanda Jean, déjà debout, prêt à l'action.

Dans les bureaux de l'association Amphora, une jeune étudiante en archéologie peaufinait son mémoire sur un ordinateur. Ses doigts s'arrêtèrent net sur le clavier lorsqu'elle aperçut Florence et Philippe.

Elle les reçut en silence, son regard curieux. Mais méfiant. Et tendit les documents que Florence réclamait.

Florence s'empara des documents, ses doigts effleurant à peine les pages, comme si elle pouvait en absorber le contenu par simple contact. La sensibilité exacerbée qui émanait d'elle semblait presque tangible dans l'air chargé de poussière et d'odeurs de vieux papiers.

Elle procéda à la numérisation de toutes les feuilles du livre des sorties en mer du bateau, son visage expressif trahissant chaque découverte, chaque intuition qui la traversait.

Philippe, quant à lui, observait la jeune fille. Ses yeux noisette, attentifs et bienveillants, ne laissaient rien échapper malgré son apparente nonchalance.

— Vous travaillez ici depuis longtemps ? demanda-t-il à l'étudiante d'une voix posée, cherchant à établir un contact.

— Juste pour l'été, répondit-elle en haussant les épaules. Je prépare ma thèse sur les épaves phéniciennes. Et M. Lombard m'a proposé de m'aider en échange de quelques heures de secrétariat.

Florence leva brièvement les yeux, captant l'inflexion dans la voix de la jeune fille lorsqu'elle avait prononcé le nom de Lombard. Une légère tension, presque imperceptible. Elle l'enregistra mentalement pour y revenir plus tard.

L'ex-comptable de l'association avait effectué un travail remarquable. Tout était notifié dans le registre : le remplissage du carburant, les emplacements précis des opérations d'archéologie sous-marines et leurs positions GPS. Les dates, la météo et le nom des plongeurs. Trois années d'activités consignées dans un grand livre relié de cuir qui sentait le sel et l'humidité.

Philippe s'approcha et nota un paragraphe effacé, les traces de gomme encore visibles sur le papier jauni.

— Jette un coup d'œil, Florence, dit-il en pointant la date. C'est certainement le jour où il a vu la créature.

Florence toucha le papier du bout des doigts, comme pour en absorber l'émotion résiduelle. Et hocha son menton, ses yeux se voilant légèrement, comme si elle percevait quelque chose au-delà du visible.

— Oui, ce n'est pas lui qui l'a gommé, trop consciencieux pour ça. C'est vraisemblablement l'œuvre de Lombard !

Sa voix trahissait cette certitude inexplicable qui lui permettait de capter ces nuances.

Un bip retentit, brisant le silence feutré de la pièce. Philippe consulta son iPad, ses sourcils se haussant légèrement.

— William et Jean partent en mission en Italie, ils passent au-dessus de nous sur l'autoroute, annonça-t-il, les yeux sur l'écran.

– Allez, finissons-en, on ne reviendra pas ici, dit Florence en terminant la numérisation des dernières pages.

Dehors, le parfum des vacances flottait dans l'air : crème solaire, glaces à la vanille, fleurs méditerranéennes. Le soleil de fin d'après-midi dessinait des ombres allongées sur les façades ocre et terracotta. Ils se laissèrent aller à observer les vitrines des magasins, savourant ce moment de normalité dans leurs vies d'enquêteurs.

– Amphora est membre du Cosmos ! Je viens de lire ça ! révéla soudain Philippe, s'arrêtant devant une affiche collée sur la vitrine d'une librairie.

– Pas étonnant, c'est leur mécène, répondit Florence, apparemment peu surprise.

Une lueur de compréhension s'alluma dans les yeux de Philippe.

– Lis dans mes pensées, Florence !

Un sourire amusé se dessina sur les lèvres de la jeune femme.

– Moretti nous a demandé de nous concentrer sur les narco-trafiquants. Et tu n'as aucun don pour te connecter à des pensées, répondit-elle en clignant d'un œil.

Elle s'arrêta un instant, contemplant la mer au loin, avant de poursuivre d'une voix plus douce, presque confidentielle.

– Ça ne marche pas aussi facilement que tu ne le crois. Tout le monde n'est pas transparent, certaines personnes sont étanches, de leur propre fait ou naturellement. Nous ne lisons pas dans les cerveaux, c'est impossible, nous devinons certaines choses à travers une lecture du corps, le langage du visage comme tout le monde et surtout grâce à un très, très bon instinct.

– Comme l'intuition féminine ? demanda Philippe, sincèrement intéressé.

– Un peu, oui. Mais c'est plus complexe que ça.

Ils reprirent leur marche le long de la promenade, leurs pas synchronisés naturellement.

– La communication non verbale ? Tenta Philippe.

– En partie oui, la lecture gestuelle est enseignée, c'est nettement insuffisant, il manque l'essentiel.

Florence s'arrêta, ses yeux scrutant l'horizon comme si elle y cherchait les mots justes.

– Les émotions jouent un rôle clef dans le décodage du non verbal. Nous ne produisons aucun effort spécifique pour décrypter un esprit, nous y parvenons parce que cette partie de la matière grise est en fonction, en coordination en nous. En résonance est le terme plus approprié.

Elle ferma les yeux un instant, savourant la brise marine sur son visage.

— À notre niveau, nous ressentons également tout ce qui a trait à l'émotif expliqué et inexpliqué, comme les « morphos ».

— Je n'arrive toujours pas à comprendre ça ! avoua Philippe, fasciné.

— Disons que cela a affaire à de la mémoire statique. Tu connais les relations de causes à effet. Par exemple, tu associes une chanson à un lieu précis où tu l'as écoutée la première fois. Chaque fois que tu repasses à cet endroit, la mélodie te reviendra sans que tu ne fasses quoi que ce soit. Idem pour les morphos, hormis le fait que ces souvenirs ne nous appartiennent pas. Nous les captons et nous ne pouvons l'expliquer. Rien de surnaturel.

Philippe l'observait avec attention, captivé par cette fenêtre qu'elle lui ouvrait sur son monde intérieur.

— Êtes-vous nombreux à posséder ces facultés ?

— Beaucoup de gens ! Oui. Mais ils ne le savent pas ou ne s'en rendent pas compte. C'est inhérent, ils vivent avec ça et le dissimulent à leurs proches.

Son regard s'adoucit, empreint d'une certaine mélancolie.

— Quelques signes permettent de les reconnaître, ils fuient le bruit, la lumière crue, la foule. Ils ont une sensibilité à fleur de peau. Ils absorbent le moi de tout le monde comme des éponges. Lorsque je rentre dans une salle d'attente d'un dentiste, je suis capable d'analyser la personnalité de chaque individu. Je sens la peur, la peine, l'indifférence, la tension. Pour résumer, nous sommes constamment influencés.

Philippe hocha la tête, digérant ces informations. Un silence confortable s'installa entre eux, ponctué seulement par le bruit des vagues et les cris des mouettes.

— Ne te gêne pas si tu veux fumer, on a le temps d'arriver à la voiture, dit soudain Florence, captant le besoin de nicotine de son collègue avant même qu'il ne le formule.

Il cligna d'un œil, reconnaissant. Et glissa une cigarette entre ses lèvres. La flamme du briquet illumina brièvement son visage dans la lumière déclinante du jour.

Caserne Auvare. 15 h 30.

L'imposant bâtiment de la caserne se dressait, solide et immuable, contre le ciel azur de Nice. À l'intérieur le commissaire Moretti patientait.

Philippe intégrait les informations recueillies auprès de l'association Amphora dans une base de données. Ses mouvements étaient précis, mesurés, reflétant son tempérament calme et réfléchi. Il enregistra également les lieux et jours des escales de la flotte de navires de croisières de Kemerovski.

Un défilé de chiffres déferla sur l'écran plat mural, illuminant la pièce. Un plan de la mer Méditerranée apparut dans la lumière tamisée de la salle, révélant le théâtre de leur investigation. Il se fractionna en deux sur un plan avec des ordonnées et des abscisses. Des pics jaillirent et se figèrent, formant un motif qui semblait parler à ceux qui savaient l'interpréter.

— Des concordances existent entre des sorties nocturnes du chalutier Amphora et les mouillages des navires « Azur Mare », annonça Philippe, sa voix posée contrastant avec l'importance de sa découverte.

Moretti s'approcha de l'écran, son reflet se superposant aux données. Il resta silencieux un moment, absorbant l'information, la confrontant mentalement aux autres éléments de l'enquête.

— Que sont allés chercher William et Jean en Italie ? demanda Florence, brisant le silence tendu qui s'était installé.

Sa question, directe et pertinente, traduisait cette capacité qu'elle avait d'aller droit à l'essentiel.

Moretti se tourna vers elle, ses yeux révélant un instant l'intensité de sa concentration.

— Vous n'avez pas lu leurs résumés ? Un chantier naval en Italie, l'armateur. William a une hypothèse, il a besoin de rencontrer des personnes et de consulter les plans du navire.

— Il aurait pu les recevoir par Internet ! souligna Delmont, son esprit pratique cherchant toujours la solution la plus efficace.

— En combien de temps ?

Moretti esquissa un rare sourire, révélant une compréhension plus profonde des motivations de ses agents.

— En vérité, il a une stratégie en tête.

À 130 kilomètres et au même instant, la Renault Mégane noire s'insinuait dans les ruelles étroites de Sestri Ponente, un quartier fourmillant de Gênes, niché comme un secret entre Cornigliano et Pegli. Coincés entre l'aéroport Christophe Colomb aux pistes luisantes et une colline verdoyante aux pins parasols centenaires, les chantiers navals avaient façonné certains des plus somptueux yachts du monde, joyaux flottants pour milliardaires discrets. William immobilisa la voiture devant leur hôtel, un bâtiment ocre aux volets verts défraîchis.

Un homme brun, de petite taille, engoncé dans son uniforme policier impeccablement repassé, vint à leur rencontre d'un pas décidé, presque militaire. Dans le même temps, deux individus aux visages fermés claquèrent les portières d'un véhicule sombre garé quelques mètres plus loin.

— Buongiorno ! Francesco Divangui, je suis votre contact, votre guide si vous préférez, déclara-t-il avec un accent chantant qui contrastait avec la raideur de sa posture.

Il exhiba sa carte de police d'un geste théâtral, comme un rituel maintes fois répété. Francesco aboya des instructions au concierge, un vieil homme qui s'inclina légèrement, puis fit volte-face vers les Français.

— Vous n'avez pas de bagages ? demanda-t-il, ses yeux vifs scannant leur apparence.

— Si, deux valisettes, répondit William, évaluant déjà le policier italien.

— Va bene, donnez-les au portier, ordonna Francesco en agitant la main.

Jean observait attentivement le policier qui, manifestement, avait l'habitude de tout contrôler, n'accordant aucun libre arbitre à qui que ce soit. Il percevait dans chaque geste une forme subtile de manipulation, un autoritarisme dissimulé sous une jovialité de façade. Une araignée tissant sa toile, pensa-t-il.

— Si vous le voulez bien, acceptez de m'accompagner au poste, proposa Divangui d'un ton qui ne souffrait aucun refus.

Ballottés dans une voiture sérigraphiée de bandes blanches sur fond bleu, les deux Français scrutaient les rues qui défilaient comme un film italien en sépia : façades décrépies aux teintes chaudes, linge qui pendait aux fenêtres tels des drapeaux multicolores, enfants qui jouaient au football entre deux voitures stationnées. William, méthodique, mémorisait chaque intersection, chaque bâtiment remarquable, construisant une carte mentale précise. Jean, lui, captait l'âme de la ville, son rythme, sa respiration irrégulière.

Après avoir traversé un dédale de ruelles aux odeurs de pain frais et de café, ils découvrirent, via Fabio da Persico, un immeuble jaune banal qui servait de commissariat, son unique signe distinctif étant un drapeau italien flottant mollement dans la brise marine.

Le lieutenant Divangui déposa un dossier sur son bureau en bois massif usé par des années de service. L'homme, engoncé dans son uniforme comme dans une armure symbolique, incarnait le parfait équilibre entre convivialité méditerranéenne et rigidité administrative – un oxymore vivant. Debout, derrière les deux Français, se dressaient deux carabiniers aux regards fermés, statues vivantes dont la présence suffisait à créer une atmosphère oppressante.

Jean sentit une sensation d'étouffement l'envahir progressivement, comme un étau invisible qui se resserrait autour de sa poitrine. Avec effort, il chassa ces émotions parasites et se concentra sur le policier face à lui. Son italianité naturelle conférait à Divangui un certain charme méditerranéen, renforcé par un charisme indéniable dû à sa fonction. William nota mentalement comment l'homme usait de son autorité tel un musicien de son instrument favori – avec une précision presque artistique.

– Votre demande a nourri ma curiosité, commença Divangui en s'adressant aux deux Français à présent assis devant lui. Quoi de plus normal pour un policier, n'est-ce pas ? ajouta-t-il avec un sourire satisfait. Nous avons donc rassemblé tous les documents que vous avez réclamés, y compris les plans détaillés du bateau.

Il prononça ces mots avec une parfaite élocution, teintée d'une indéfectible autosatisfaction, avant de pousser un épais bloc de feuilles sur la table d'un geste calculé.

– Vous avez effectué notre travail ? ironisa William.

– Eh bien, disons que nous veillons au bon fonctionnement de notre communauté, répondit Divangui en croisant les doigts comme dans une prière. Et nous avons aussi, comme tout citoyen, un œil attentif sur l'aspect commercial du site. Nous avons... comment dire... horreur des scandales, vous comprenez ?

William, dont le visage impassible appréciait le système de défense ingénieux du lieutenant. Il tente de nous rouler dans la farine. Mais pourquoi cette insistance ?

– Nous voudrions une copie des plans de l'autre navire, sollicita-t-il, sa voix calme.

– Naturellement ! répondit Divangui en joignant ses mains dans un geste théâtral. Je vais demander qu'on vous les fasse parvenir.

Il s'adressa à un policier en faction devant la porte en italien, un flot de paroles rapides impossibles à déchiffrer pour les visiteurs.

Les mains qui se rejoignent, un portail qui se ferme, pensa Jean, qui captait les nuances invisibles de cette chorégraphie sociale.

– Autre chose ? demanda Divangui, revenant à ses invités avec un sourire professionnel.

– Nous souhaiterions obtenir des renseignements concernant la société Franzelli... commença William, avant d'être interrompu.

– Voilà justement ce qui nous agace, soupira Divangui en écartant théâtralement ses mains, des investigations à n'en plus finir !

Comprenez-nous ! Et puis ils ont déjà eu leur compte de soucis avec la police italienne !

Le ton se voulait rassurant, une simple causette entre amis partageant un secret. Mais Jean percevait la tension sous-jacente, comme un courant électrique invisible.

– Ils sont innocents, croyez-moi, rien de bien grave, ajouta Divangui avec un geste apaisant.

Jean et William échangèrent un regard furtif, incrédule. Une communication silencieuse passa entre eux, un langage qu'ils avaient développé au fil de leurs missions.

– De quoi voulez-vous parler exactement ? demanda William.

– Je pensais que c'était pour ça que vous étiez ici ? s'étonna Divangui, son regard passant de l'un à l'autre avec une curiosité nouvelle. Pour les accidents ! Vous êtes bien des inspecteurs de l'assureur, n'est-ce pas ?

– Oui, concéda William.

– En quoi cela vous intéresse-t-il ? poursuivit Divangui, une ombre de suspicion traversant son regard.

– Depuis le naufrage d'un paquebot au large de vos côtes, expliqua William avec l'assurance d'un professeur, nous devons contrôler minutieusement toutes les étapes de la construction des navires. De nouvelles normes de sécurité ont été créées par souci d'éviter que ce type de tragédie ne se reproduise. Certaines coques de bateaux doivent être entièrement rénovées selon ces critères. Le montant de l'assurance dépendra directement de nos observations. Si des avaries ont eu lieu sur les chantiers, nous devons en connaître les motifs précis afin de déterminer la fiabilité réelle des bâtiments.

Le Carabinier se rembourra sur son fauteuil en cuir fatigué qui émit un grincement plaintif et considéra la table devant lui, comme si les réponses s'y trouvaient gravées dans le bois.

– Six ouvriers décédés, annonça-t-il finalement d'une voix différente, plus grave. Deux sur le premier paquebot, quatre sur le second.

Une clef USB émergea soudainement de sa main, comme un tour de magie macabre. Jean la récupéra, sentant le poids symbolique de l'objet entre ses doigts.

– Vous trouverez toutes les réponses à vos questions, agrémentées d'enquêtes complémentaires et confidentielles, expliqua Divangui. Je ne vous demande qu'une chose, Messieurs, ajouta-t-il gravement en posant sa main sur le dossier comme pour sceller un pacte, je veux être le premier informé des résultats de votre investigation.

Son regard appuyé passa de William à Jean avec une intensité nouvelle, presque menaçante. La main posée sur les documents équivalait, dans l'esprit du carabinieri, à un contrat non négociable.

— C'est une enquête privée, fit remarquer William, son ton neutre masquant sa méfiance.

— Naturellement, glissa l'homme avec un sourire énigmatique, balayant de sa main un hypothétique atome de poussière, comme s'il effaçait l'objection même.

Il se leva et contourna son bureau d'un pas délibérément lent.

— Est-ce que nous en avons terminé ? demanda-t-il, une main sur la poignée de la porte.

William acquiesça, son visage ne révélant rien de ses pensées bouillonnantes.

Un agent de police aux épaules larges les raccompagna jusqu'à leur hôtel, marchant un pas devant eux comme un garde du corps silencieux.

— Bizarre comme attitude, murmura Jean une fois seul dans le hall de l'hôtel. Quel est ton avis ?

— Il défend des intérêts évidents, répondit William en baissant la voix. Lesquels exactement ? Nous le saurons bien assez tôt.

Son portable vibra discrètement. Il le consulta rapidement avant de poursuivre :

— Je viens de recevoir un texto de notre contact local. Il va nous assister pour casser les codes d'accès informatiques de la société Franzelli.

— Services secrets Italiens ? interrogea Jean, ses doigts jouant nerveusement avec le cordon de son sac.

— Non, répondit simplement William, sans élaborer.

— Est-ce que tu sais lire l'italien ? demanda Jean en observant la clef USB entre ses doigts comme si elle pouvait lui révéler ses secrets.

— Non. Mais tu possèdes un traducteur automatique, rappela William avec un léger sourire.

— Exact ! répondit Jean en lui rendant son sourire. Et le meilleur !

Ils montèrent dans leur chambre, une pièce fonctionnelle et au mobilier impersonnel. Jean ouvrit la fenêtre, laissant entrer l'air chargé d'odeurs de cuisine italienne et le bruit lointain des sirènes de bateaux. William installa son ordinateur portable sur la table en bois verni qui servait à la fois de bureau et de table à manger.

Le dossier numérisé de 28 pages fut interprété en quelques minutes. Les deux hommes découvrirent que le premier navire avait été baptisé en grande pompe par la femme de Kemerovski, une cérémonie fastueuse couverte par tous les médias locaux.

À l'époque, la presse avait fait les gros titres sur la société Franzelli suite à la perte tragique de deux hommes, morts dans des circonstances aussi floues que troublantes. Leurs corps sans vie avaient été découverts dans le bassin de construction, la veille même du lancement du navire, comme un sinistre présage.

Le second navire avait également rencontré des avaries significatives : retards causés par des erreurs de montage inexplicable, non conforme à la législation européenne pourtant stricte. Puis l'horreur s'était répétée : deux peintres avaient perdu la vie suite à la chute inexpliquée d'une rampe de métal qui avait cédé sans avertissement. Quelques semaines plus tard, deux ouvriers furent retrouvés sans vie, l'enquête officielle attribuant l'origine de l'accident à un poste à souder prétendument défectueux.

Dans un geste de « générosité » très médiatisé, Kemerovski avait dédommagé les familles des victimes, versant des sommes considérables. Il avait également pris en charge l'intégralité des frais d'obsèques. Son geste avait été accueilli comme un acte de noblesse extraordinaire. Et les dossiers furent rapidement classés, enterrés sous les louanges adressées au magnanime milliardaire.

– C'est parfait comme histoire, se gaussa Jean amèrement, dégoûté par cette mascarade évidente. Tout le monde s'épaule dans une solidarité touchante. Nous allons rencontrer des difficultés considérables pour approcher les ouvriers qui ont participé à la construction des navires. Nous sommes sans nul doute surveillés à chaque instant.

– Nous disposons exactement de 12 heures, répondit William après avoir consulté sa montre. Ils supposent logiquement que l'on va dormir ici. Qu'est-ce que tu as mis dans ta sacoche ?

– Des serviettes de bain, répondit Jean, surpris par cette question apparemment hors sujet.

– Ah, j'espère que tu n'y tenais pas particulièrement, remarqua William, un sourire énigmatique aux lèvres.

– Pourquoi ? s'inquiéta Jean.

– Parce que l'on ne repassera pas par l'hôtel, expliqua William calmement, son regard déjà fixé sur les prochaines étapes de leur plan.

– Bah, je me ferai rembourser, plaisanta Jean avec un haussement d'épaules.

– N'y pense même pas ! répliqua William sèchement. Je te déconseille aussi formellement d'en parler à Moretti.

Jean grimaça à l'évocation de leur supérieur, un homme aussi méticuleux qu'intransigeant en matière de dépenses.

– Un bip provenant de l'ordinateur de William indiquait qu'il avait accès aux renseignements de la société Franzelli et localisés des noms d'ouvriers, ses doigts déjà en action sur le clavier. C'est la raison principale de notre présence ici.

– D'accord, acquiesça Jean. Pendant ce temps, je vais demander au concierge de nous réserver une table dans un restaurant du centre-ville. Donnons-leur un os à ronger pendant que nous préparons notre évasion.

Son regard s'illumina soudain d'une idée.

– J'ai remarqué un magasin de location de scooters juste à côté de la gare. Ce sera parfait pour notre plan.

Le portable de William sonna, interrompant leur conversation. Il décrocha, activa le haut-parleur pour que Jean puisse entendre.

– Bonjour, je suis votre contact, annonça une voix masculine au fort accent italien. J'ai suivi votre prise en charge par le lieutenant Divangui. Il nage en eaux troubles, votre carabinier, plus profondément que vous ne l'imaginez. Vous n'êtes pas passés inaperçus, votre couverture est complètement éventée. J'espère que vous disposez d'un plan efficace pour vous libérer de leur surveillance.

– Oui, on devrait être libres vers 19 heures, répondit William, son ton calme ne trahissant rien de la tension qui l'habitait.

– Que voulez-vous exactement ? demanda la voix, directe et professionnelle.

– Rencontrer des ouvriers qui ont travaillé pour Kemerovski, concernant certains aspects spécifiques de la construction des navires, expliqua William.

– Difficile, très difficile même, répondit l'homme avec une hésitation palpable. Néanmoins, nous connaissons un homme dans le syndicat qui pourrait arranger quelque chose. Mais comprenez bien : ces gars ne rigolent pas avec les bavards, quelle qu'en soit la raison. Ils risquent gros.

William sortit une liste soigneusement préparée de sa poche intérieure.

– Voici les noms de ceux qui nous intéressent particulièrement. Tentez d'en persuader au moins un. Nous n'aurons besoin que de 15 minutes.

– Rendez-vous à la station de chemin de fer à 19 heures précises, conclut leur contact avant de raccrocher.

À 18 h 30, après avoir minutieusement préparé leur plan, ils louèrent un scooter rouge vif et quittèrent la gare dans un vrombissement de moteur. Pendant quinze minutes, ils naviguèrent dans un labyrinthe de ruelles étroites, prenant délibérément des sens interdits, empruntant des passages à peine plus larges que des véhicules, zigzaguant entre les étals des marchands ambulants qui rangeaient leurs marchandises.

Finalement, ils regagnèrent leur point de départ, scrutant attentivement les alentours. Aucun mouvement suspect, aucune voiture qui les suivait. Jean sourit, satisfait de leur manœuvre d'évitement.

Soudain, un camion blanc aux flancs couverts de graffitis pila devant eux dans un crissement de pneus. Une portière coulissante s'ouvrit brusquement sur un intérieur plongé dans la pénombre. Et un homme au visage partiellement dissimulé par une casquette leur fit signe d'entrer d'un geste impatient. Tout se déroula à une vitesse fulgurante, comme dans un film d'action.

À l'intérieur de l'habitacle exigu se trouvaient deux banquettes usées et deux individus au physique imposant. William et Jean s'engouffrèrent sans hésitation, comprenant l'urgence de la situation.

– Je serai votre traducteur, annonça l'un des hommes d'une voix rauque. Il est ukrainien et ne parle pas français. Vous avez exactement 5 minutes, pas une seconde de plus, expliqua-t-il, la main nerveusement accrochée à une poignée métallique tandis que le camion reprenait sa course folle.

William se pencha vers le slave, un homme d'une cinquantaine d'années au visage marqué par des années de travail éprouvant, assis sur un banc, le dos collé contre la paroi métallique du véhicule. Ses yeux bleu acier reflétaient une méfiance animale. Mais aussi une détermination farouche.

– Avez-vous travaillé pour les bateaux de Kemerovski ? demanda William sans préambule, conscient du temps précieux qui s'écoulait.

L'homme hocha la tête lentement, ses mains calleuses agrippant ses genoux.

– Connaissiez-vous personnellement les ouvriers qui sont décédés ? Travailliez-vous ensemble ?

– Il dit que oui. Mais pas à la même tâche, traduisit l'interprète instantanément, sa voix formant un écho étrange aux questions de William. Lui était peintre spécialisé, ceux qui sont morts étaient soudeurs qualifiés.

– À quel endroit précis du navire œuvraient-ils ? poursuivit William.

– Il dit qu'ils travaillaient principalement sur la coque, dans les sections inférieures, répondit le traducteur après un bref échange en ukrainien.

– Connaissez-vous les véritables raisons de leurs... accidents ? demanda William, une inflexion particulière sur le dernier mot.

L'ukrainien se raidit visiblement, son regard s'assombrissant.

— Il dit que ce n'étaient pas des accidents, traduisit l'homme, sa voix légèrement altérée par ce qu'il venait d'entendre.

Un silence pesant s'installa dans le camion, uniquement rompu par le bruit du moteur et les cahots de la route.

— Pouvez-vous nous expliquer ce que vous entendez par là ? insista Jean.

— Il dit que non, il ne peut pas entrer dans les détails. Il vous parle uniquement pour que leurs collègues soient vengés, pour que justice soit faite.

— Vous arrivez au terme de notre discussion, annonça leur contact en consultant sa montre. Nous approchons du point de dépose.

L'ukrainien marmonna soudain une phrase à voix basse, comme une confession. Et fit un geste de la main pour signifier qu'il se murait désormais dans le silence, son devoir accompli.

— Il dit qu'ils effectuaient des modifications secrètes sur la structure et qu'ils ne pouvaient parler à personne de ce qu'ils avaient découvert, traduisit leur interprète, le visage grave. Le lendemain, ils étaient tous morts.

— Dernière question avant notre départ, lança William rapidement. Même chose pour l'autre navire ?

L'homme répondit par l'affirmative d'un simple hochement de tête.

Le camion s'arrêta brusquement à environ 150 mètres du restaurant que William avait soigneusement réservé pour leur couverture. À peine eurent-ils le temps de descendre que le véhicule redémarra en trombe et disparu dans la nuit tombante, avalé par le labyrinthe de ruelles.

Hormis une jeune femme pendue à son portable, personne ne se trouvait devant l'établissement, illuminé par des guirlandes colorées. Ils entrèrent nonchalamment, s'attablèrent près d'une fenêtre et commandèrent une pizza, maintenant l'illusion d'une soirée ordinaire de touristes.

William, tout en conversant avec Jean, observait du coin de l'œil un véhicule sombre garé depuis leur arrivée de l'autre côté de la rue. Une pointe rougeoyante virait au jaune toutes les 20 secondes, trahissant la présence d'un fumeur patient. Nous sommes suivis. Mais par qui exactement ? se demanda-t-il.

— Je crois que nous avons soulevé une pierre sous laquelle grouillent des secrets mortels, murmura Jean en suivant le regard de William. Et quelqu'un là dehors est prêt à tout pour que ces secrets restent enfouis.

— Alors il nous faudra creuser plus profond, répondit William avec une détermination tranquille, sachant que leur véritable enquête ne faisait que commencer.

10

— Une présence nous surveille, murmura Jean, son regard balayant discrètement la salle. Il porta son verre à ses lèvres avant d'ajouter dans un souffle : je n'arrive pas encore à distinguer son visage. Mais elle est tout près.

William, impassible, gardait les yeux rivés sur le menu.

— Rien d'autre ? demanda-t-il d'une voix à peine audible.

Jean ferma les yeux un instant, comme pour mieux capter les ondes invisibles qui l'entouraient.

— Le danger n'est pas ici, pas dans le restaurant. Je ressens une menace plus grande qui nous attend dehors.

Un serveur passa près de leur table, le plateau chargé de plats odorants. William attendit qu'il s'éloigne.

— C'est un guet-apens, tu avais raison pour le scooter. Bien joué.

William esquissa un plan sur sa serviette en papier, cherchant déjà une issue.

— Voilà comment nous allons procéder. La fenêtre des toilettes donne sur l'extérieur, tu passeras par là. Moi, je sortirai par l'entrée principale. Ils n'agiront pas tant que nous serons séparés.

— C'est toi qui le dis...

— Avons-nous vraiment le choix ? reprit William avec une pointe d'impatience. Je les sème, puis je te récupère en scooter.

Le visage de Jean se crispa légèrement. Les lignes de tension autour de ses yeux trahissaient son inquiétude.

— Ils connaissent notre scooter. Nous serons aussi visibles qu'un éléphant dans un corridor.

— Une autre intuition ?

Jean frissonna malgré la chaleur étouffante du restaurant.

— Des cadavres mouillés, William. Je les vois clairement.

William soutint son regard.

— Espérons qu'il ne s'agit pas des nôtres. Va aux toilettes maintenant. Je règle l'addition et je sors. On se retrouve derrière, au bout de la rue.

Dans l'habitacle feutré d'une BMW noire, deux silhouettes observaient William démarrer le scooter. La lumière jaunâtre des lampadaires se reflétait sur le pare-brise teinté. Le conducteur, tel un prédateur patient, gardait la main sur la clef insérée dans le cylindre d'allumage. Son pied droit planait au-dessus de l'accélérateur, prêt à bondir.

William, anticipant leur tactique, fonça subitement en direction du véhicule. En une fraction de seconde, la BMW s'élança au moment où la mobylette la dépassa en sens inverse dans une rue à sens unique. Un concert de jurons éclata dans l'habitacle tandis que le conducteur cherchait désespérément un espace pour faire demi-tour.

William s'engouffra dans une impasse – une cour d'immeuble aux façades décrépites – et coupa le moteur. Dans l'obscurité, il discerna le passage fugace de filaments rouges : les feux arrière de la BMW.

Pendant ce temps, Jean s'était mêlé à un groupe de jeunes qui fumaient devant un restaurant adjacent. Leurs rires et leurs conversations masquaient sa présence. Lorsque William réapparut, Jean bondit sur le siège arrière du scooter, tous feux éteints.

Ils longeaient maintenant le front de mer, où l'odeur iodée se mêlait aux effluves des chantiers navals endormis. Les vagues clapotaient doucement contre les quais, créant une mélodie apaisante qui contrastait avec la tension du moment. Au croisement d'un véhicule venant en sens inverse, William braqua subitement vers la zone portuaire.

La BMW fit demi-tour dans un vacarme assourdissant de pneus martyrisés. Le deux-roues accéléra, tandis que l'éclairage au xénon des phares qui les poursuivaient s'intensifiait à une vitesse vertigineuse.

Un bruit sec retentit. Un impact de balle sur la carrosserie du scooter. Des tirs au silencieux.

Un port émergea de la pénombre, révélé par les phares de la BMW. William sentit une angoisse glacée l'envahir. Leurs pérégrinations en Italie allaient-elles s'achever ici, dans ce décor de cartes postales transformé en théâtre macabre ? Les visions de Jean lui revinrent comme un avertissement funeste.

Il ralentit délibérément, se pencha sur le côté pour déséquilibrer l'engin, puis laissa le scooter finir sa course sur le flanc dans un fracas métallique.

William dégaina son arme avec une précision mécanique. Une rafale illumina soudain le conducteur de la BMW, comme un flash photographique morbide. Jean, concentré malgré la pression, visait méthodiquement les phares tandis que William s'attaquait au pneu droit.

L'arme automatique se tut lorsque le conducteur perdit le contrôle du véhicule. Un pneu éclata dans un bruit sec. L'avant de la BMW s'affaissa brutalement. William fit feu sur le pneu gauche. Privée de sa direction, la voiture se transforma en un amas de ferraille hurlante, projetant des gerbes d'étincelles qui illuminaient la nuit. Elle effectua une embardée désespérée sur un ponton avant de plonger dans les eaux noires.

Jean restait figé, son regard fixé sur le véhicule qui s'enfonçait. Dans les yeux du passager, il avait lu une terreur pure, tandis que le conducteur tentait vainement de protéger son visage.

– Jean ! Ne reste pas planté là à les regarder ! Magne-toi ! cria William, sa voix brisant la torpeur de son coéquipier.

– Ce n'est pas possible… j'entends leurs hurlements sous l'eau, murmura Jean, le visage livide.

William saisit son épaule avec force.

– Bon sang, ce n'est pas le moment ! Maîtrise-toi ! On met les voiles tout de suite !

Jean tremblait, ses pupilles dilatées par une expérience que William ne pouvait comprendre.

– Oui, oui… leurs esprits sont en train de créer des morphos. Je les sens en gestation. C'est la première fois que…

William l'arracha brutalement à cette fascination morbide.

– Tu veux qu'ils se gravent dans ton cerveau ou dans le mien, ces putains de morphos ? Est-ce que tu y as songé ? Tu vas devenir fou !

– Des morphos en moi ? murmura Jean, soudain terrifié par cette perspective.

Cette idée le fit paniquer et il s'éloigna rapidement du port, comme pour échapper à une contamination invisible.

William redémarra le scooter endommagé et prit la direction de l'hôtel pour récupérer leur véhicule, pendant que Jean garait le deux-roues à la gare. Les caméras de surveillance ne captureraient que des silhouettes indistinctes.

Sur l'autoroute nocturne, ils n'étaient plus qu'une tache colorée et brillante. Murés dans le silence depuis leur départ, ils évaluaient chacun leurs chances de passer la frontière sans être arrêtés ou exécutés.

La réponse leur parvint sous la forme d'une lumière orange qui jaillit du portable de William. Il consulta l'écran et son visage se durcit.

– Francesco Divangui, grommela-t-il. On est dans la merde. D'un moment à l'autre, on va avoir une horde de tueurs à nos trousses.

Il activa le haut-parleur pour que Jean puisse entendre.

– Ici le capitaine Divangui. Nous avons été alertés par l'hôtel suite à des bruits anormaux provenant de votre chambre. Nous y avons découvert le cadavre d'un homme, un certain Vladimir Liposky. Le mieux serait de me contacter rapidement. Je suis sûr que vous pourrez me donner une explication plausible.

– De mieux en mieux, souffla Jean, son visage pâle reflété dans le rétroviseur. Maintenant ils ont les mains libres pour nous éliminer en toute légalité.

Le portable sonna à nouveau. Moretti.

William lui résuma la situation avec une concision militaire.

– Quittez l'autoroute à la prochaine sortie, garez le véhicule et dissimulez-le, ordonna Moretti de sa voix grave. Je vous envoie un soutien, un récupérateur.

Il raccrocha sans autre forme de procès.

À des kilomètres de là, un chauffeur de poids lourd réceptionna un texto : « Renault Mégane noir Française deux individus, forte récompense. » Les autres membres du réseau reçurent la même information. Giuseppe, transporteur de fruits et légumes, était certain d'avoir vu le véhicule – il s'était fait doubler juste avant San Remo. Il relaya l'information.

Presque simultanément, à quelques kilomètres, un camion ralentit pour se garer sur le bas-côté de l'autostrade, juste avant le tunnel menant au péage de Vintimille. Deux voitures de police abandonnèrent les voies rapides en direction de San Remo. Les carabiniers se déployèrent comme un filet invisible, tandis qu'un troisième véhicule filtrait l'accès. Désormais, tout retour sur la voie rapide était impossible.

Un camion conduit par Luigi Verde approchait de San Remo en empruntant les routes intérieures, loin du trafic principal. Jean était descendu du véhicule et contemplait les étoiles. La voûte céleste semblait déserte, comme indifférente à leur sort. La pollution lumineuse avait gagné jusqu'aux villes moyennes de la côte italienne, effaçant la splendeur millénaire des constellations.

Il baissa les yeux sur l'écran bleuté de son iPad pour rédiger son rapport sur leur passage éclair à Sestri Ponente. Les faits bruts, sans émotion. C'était sa façon de garder prise sur la réalité quand son don menaçait de le submerger.

Une demi-heure plus tard, un camion s'immobilisa à quelques mètres d'eux. Le chauffeur effectua quatre appels de phares et sortit de la cabine. L'homme, trapu et hirsute, alluma une cigarette dont la braise rougeoyante trouait l'obscurité. Il ouvrit la bâche du camion d'un geste expert.

Jean et William s'approchèrent et s'engouffrèrent dans le véhicule. Le chauffeur escalada des palettes de cartons et rampa jusqu'à l'arrière. Il déplia un colis et leur fit signe de descendre. En tâtonnant dans la pénombre, Jean évalua l'espace de la planque : environ un tiers de la surface du conteneur, le reste de la cargaison constituant un leurre. Ils distinguaient des matelas usés et des sacs de vêtements éparpillés.

– C'est un camion de passeurs, je n'arrive pas à le croire ! s'exclama Jean, horrifié.

– Ou de la contrebande, on n'en sait rien. Avance vite ! pressa William.

Jean secouait la tête, son visage crispé par une souffrance invisible.

– Je te dis qu'on a parqué des humains ici. Je ne vais pas pouvoir rester dans cet espace, c'est...

– Tu vas la fermer et descendre ou je t'en colle une, Jean ! coupa William avec une dureté inhabituelle. Prends sur toi. Je n'ai pas envie d'atterrir dans les mains de ceux qui nous poursuivent.

– C'est un cauchemar dans les deux cas, murmura Jean. Mais il obtempéra.

En refermant les portes arrière, Luigi apposa des scellés à l'aide d'une pince et remonta dans le poste de pilotage. Le moteur rugit. Et le camion s'ébranla sur la route sinueuse.

Luigi alluma la radio, laissant échapper un air populaire italien qui contrastait avec la tension ambiante. Il tapota la cendre de sa cigarette hors de la cabine. Dans la cargaison, Jean dominait mal son malaise.

– C'est facile pour toi ! s'emporta-t-il à voix basse. Tu ne ressens rien ! Tout ce que tu vois, ce sont des parois et des matelas. Et le bruit du moteur !

William le dévisagea dans la semi-obscurité.

– Et alors ? Tu vas me dire que tu vois des fantômes ?

– Seuls les morts le sont. Non, je ressens les angoisses, les peurs, l'horreur de ceux qui ont été entassés ici.

William soupira.

– Écoute Jean, si c'était vrai, dis-toi qu'ils se dirigeaient vers leurs destinations, vers un avenir meilleur peut-être.

Jean eut un rire amer.

– Tu ne trouves pas étrange que nous soyons là, alors que nous sommes censés empêcher des passeurs de faire entrer des clandestins dans notre pays ?

– Tu devrais savoir aussi bien que moi qu'on ne trouve pas toujours des réponses à nos questions dans notre activité.

Le camion n'avait pas roulé plus de cinq minutes quand Luigi remarqua des lumières clignotantes. Garé à l'entrée de la bretelle d'accès de l'autoroute, un véhicule de police bloquait le passage. Un carabinier se tenait au milieu de la chaussée, la main droite levée, intimant l'ordre de s'arrêter.

Luigi se pencha par la vitre, affichant une expression d'ennui professionnel.

— Cosa sta succedento ? (Qu'est-ce qui se passe ?)

— Contrôle, veuillez nous montrer les papiers du camion, répondit l'agent d'une voix monocorde.

— Je ne peux pas traîner, moi ! J'ai une cargaison de fruits et légumes à livrer rapidement ! s'indigna Luigi, jouant parfaitement son rôle.

— Ce ne sera pas long, indiqua le policier avec une politesse feinte. D'où vendez-vous ?

— Albenga !

— Et où vous rendez-vous ?

— À Nice, au MIN. Le marché d'intérêt national.

— Votre titre de transport, ordonna-t-il sans préambule.

— Qu'est-ce qui se passe ? insista Luigi, feignant l'agacement.

— Le titre, s'il vous plaît ! réclama l'agent, ignorant délibérément la question.

Luigi leva les mains au ciel en signe de désespoir théâtral.

— Pour nous contrôler, vous êtes toujours là. Mais pour les chauffards ? Jamais ! J'ai failli en mettre un dans le décor il y a une heure. Et voilà que je perds du temps sur ma livraison !

— Vous pourriez me décrire le véhicule ? questionna l'homme sans relever les yeux de son carnet.

— Quelle importance ? C'est une plaque française ! Un qui ne paiera pas d'amende !

Luigi tendit un porte-document avec une nonchalance feinte.

— Quel type de véhicule ? insista le policier.

— Euh, une Renault Mégane sombre. À cause des phares, je n'ai pas bien distingué la couleur. Ils étaient deux, j'ai vu une plaque française, j'en suis sûr !

Luigi tenait toujours les papiers du véhicule dans la main. Mais l'agent semblait plus intéressé par sa description que par les documents.

— Depuis combien de temps ?

— 45 minutes au moins.

Le carabinier abandonna Luigi et courut jusqu'à la voiture de police. Cinq minutes plus tard, une colonne de trois véhicules prit la direction des montagnes, sirènes éteintes.

Luigi ouvrit le porte-document et admira la photo intérieure du magazine Playboy qu'il y avait glissé. Un sourire rusé éclaira son visage buriné. Il cogna trois coups à l'arrière de la cabine et enclencha la première vitesse.

À mi-chemin entre San Remo et Vintimille, le camion ralentit et se gara sur le bas-côté. William et Jean sautèrent sur le bitume encore chaud de la journée. Un véhicule les attendait : Philippe Delmont au volant, son visage impassible éclairé par le tableau de bord. Et Moretti sur le siège passager, le regard scrutant les alentours.

— Accrochez-vous, nous ne sommes pas encore hors d'atteinte, lança Moretti, ses yeux sombres reflétant sa préoccupation. Des hommes de la « Ndrangheta sont à vos trousses. On peut dire que vous avez fait dans la discrétion !

Son ton ironique ne masquait pas son inquiétude. Il ajusta sa position, l'inconfort physique traduisant sa tension intérieure.

— Nous ne bénéficierons d'aucun soutien des autorités locales.

Delmont, d'un calme olympien, laissa le camion de Luigi le doubler et resta dans son sillage. Ses mains, fermement agrippées au volant, trahissaient sa concentration.

À la sortie du tunnel, le péage se profila devant eux, nimbé de la lumière crue des projecteurs. Un rapide tour d'horizon les rassura temporairement : pas de véhicules suspects à l'arrêt.

— Je sens une menace, annonça soudain Jean, son corps tendu comme un arc.

— Ben voyons ! railla Moretti, haussant les épaules avec agacement. On passe le péage et on fonce.

— On pourrait prendre le bord de mer ? suggéra Philippe, les mains enfoncées sur le volant.

— Ce serait pire ! Ils peuvent nous coincer n'importe où sur ces routes sinueuses !

La voiture dépassa les 150 km/h à l'intérieur du tunnel, les parois défilant comme des stries lumineuses. À l'arrière, Jean et William avaient la sensation vertigineuse de vivre un jeu vidéo macabre. La vitesse atteignit les 180 km/h, transformant le paysage en taches floues.

Entre deux tunnels, le panneau arborant le drapeau français apparut – promesse d'une sécurité relative. Soudain, le coffre arrière récolta un déluge de balles, tirées par des fusils mitrailleurs depuis la colline qui leur faisait face. Le véhicule fit un écart. Mais ne pu éviter une deuxième salve provenant de l'arrière. Les pneus explosèrent. Et l'épave s'engouffra en glissant dans le tunnel.

La tension entre les hommes atteignait son paroxysme. Ils venaient de frôler la mort de quelques millimètres. William, le visage crispé, était touché au bras gauche. Une balle avait traversé le muscle et il saignait abondamment, la tache sombre s'élargissant sur sa manche.

Le véhicule effectua un tête-à-queue incontrôlé et alla percuter la rambarde de sécurité avant de s'immobiliser dans un silence irréel.

Cinq minutes plus tard, le camion italien de fruits et légumes filait vers Nice avec, à nouveau, des passagers clandestins à son bord, chacun perdu dans ses pensées.

Deux voitures suivaient à présent le camion à distance prudente. Dans leurs coffres reposait un arsenal impressionnant : trois fusils mitrailleurs, des pistolets, ainsi que des grenades disposées comme des boules de pétanque dans une boîte en bois.

Suivre ce camion ne relevait plus de l'art de la poursuite. Mais de la technologie pure – une pastille relais que le policier avait adroitement placée à l'arrière du véhicule de Luigi.

– Vous aviez vu juste, Jean, pour la menace, reconnut Moretti, son regard perdu dans l'obscurité. Mon flair me dit que l'on n'est pas au bout de nos peines, Messieurs.

– Comment ça ? demanda Philippe, son calme habituel légèrement ébranlé.

– Eh bien, cet espace pourrait bien devenir notre cercueil à tous les quatre.

– Un mouchard ! s'exclama William, son esprit analytique faisant rapidement la connexion.

– Possible. On a affaire à des professionnels bien plus puissants et organisés que les carabiniers.

William ouvrit sa sacoche et en sortit un appareil électronique compact. L'écran émit un petit bip au bout de trois secondes.

– J'en détecte deux ! À l'avant et à l'arrière !

Moretti cogna trois fois la paroi qui les séparait de la cabine de Luigi.

– Si ? répondit la voix du chauffeur à travers un interstice.

– Où sommes-nous ?

– Menton ! Après !

– On est tous en danger. Arrêtez-vous sur l'aire d'autoroute avant le prochain péage de la Turbie, OK ?

– OK !

Le commissaire saisit son téléphone et réclama la présence urgente du GIPN, ainsi que l'évacuation immédiate de la station-service.

– Pouvez-vous nous faire sortir par une porte latérale ? demanda-t-il à Luigi.

– Si !

La station ne devrait pas être très loin, murmura Philippe, scrutant la route.

– Il ne doit pas garer le camion devant les pompes ! s'écria Jean, son visage blême reflétant une vision terrifiante. Sinon, ce sera l'apocalypse. Les gens qui nous suivent n'apportent que la mort, rien d'autre. La mort et la destruction.

Moretti transmit l'avertissement à Luigi et laissa le silence envahir l'espace confiné du camion. Au bout de vingt minutes interminables, ils ressentirent un net ralentissement.

– C'est comme si nous étions à bord d'une péniche sur les plages d'Arromanches durant le débarquement, murmura William, la douleur de sa blessure accentuant sa lucidité. Quand Luigi ouvrira la porte, l'enfer va nous tomber dessus. Purée, Jean ! On a vraiment mis dans le mille aujourd'hui !

Le camion s'engagea dans le col de la guerre, dernier tunnel avant l'aire d'autoroute. L'atmosphère était électrique, chaque respiration semblant amplifiée dans le silence tendu.

– On s'en sortira tous ! affirma Moretti, plus pour se convaincre lui-même que les autres. Il va s'arrêter, on sautera droit devant nous et on courra le plus loin possible. La cible, c'est le camion.

Son analyse était implacable.

– Si ces types ne sont pas neutralisés avant la station-service, ils viseront le camion. C'est leur mission. À défaut de nous abattre, ils occasionneront un maximum de dégâts, ne serait-ce que pour épargner leurs propres vies. Ils ont un devoir de résultat.

Luigi cogna trois coups secs. Ils entendirent une porte claquer, suivie immédiatement d'une rafale de balles crépitant sur la paroi extérieure. Le bruit strident d'une autre arme retentit, envoyant également une salve de projectiles.

Brusquement, la porte latérale coulissa. Luigi, une arme automatique à la main, se tenait appuyé contre le camion. Touché à l'épaule et au ventre, il se vidait de son sang. Le pistolet mitrailleur s'échappa de son étreinte alors qu'il s'écroulait sur le bitume.

– Courez ! hurla Moretti, sa voix dominant momentanément le chaos.

Une lueur en mouvement rapide apparut au-dessus du camion. Un tir de roquette. L'explosion transforma le véhicule italien en un brasier infernal. Une gerbe de feu monta à plusieurs mètres de hauteur, illuminant la scène comme en plein jour.

C'est à ce moment précis que le ciel sembla s'ouvrir, libérant une pluie de balles traçantes. Un hélicoptère, positionné à moins de dix mètres d'altitude, à l'opposé de la lune, déversait sa cargaison mortelle, détruisant les carrosseries et ne laissant aucune chance aux occupants.

Puis vint le silence, encore plus irréel que la cacophonie meurtrière qui l'avait précédé. Un silence de mort.

La violence avec laquelle ces hommes avaient tenté de les éliminer illustrait leur détermination implacable et la nature des intérêts en jeu. C'était un message d'une clarté aveuglante : rien ne les arrêterait. Tous les moyens seraient déployés pour protéger leur entreprise, leurs desseins obscurs.

Mais protéger quoi, exactement ?

11

Florence se précipita vers les quatre hommes à leur arrivée dans les locaux d'Hermès, ses yeux clairs écarquillés par l'inquiétude.

— Dieu soit loué, vous n'êtes pas blessé ! J'ai eu si peur pour vous ! s'exclama-t-elle, ses mains tremblantes effleurant l'épaule de Moretti comme pour s'assurer de sa présence réelle.

Moretti, le visage impassible. Mais les yeux trahissant une fatigue certaine, hocha légèrement la tête.

— On va bien, merci, assura-t-il d'une voix posée, son regard balayant la pièce pour y déceler les moindres détails qui auraient pu changer en son absence.

— Bien sûr, répondit-elle en riant nerveusement, passant une main dans ses cheveux courts. La lumière crue des néons accentuait sa pâleur.

Le commissaire Moretti s'avança dans la salle de réunion, ses pas mesurés résonnant sur le sol en marbre poli. Il retira sa veste et la déposa sur le dossier de sa chaise avant de se tourner vers Florence.

— Les corps reposent à la morgue. J'attends de connaître leur identité. Je vous confie cette investigation, Florence. Faites parler ces morts.

Florence acquiesça, ses doigts tapotant déjà nerveusement sur la surface lisse de la table.

— Ils travaillaient pour le compte de Kemerovski, n'est-ce pas ? s'aventura-t-elle, ses yeux cherchant une confirmation dans le regard de Moretti. Ça ne fait pas l'ombre d'un doute !

Moretti plissa les yeux, sa voix se faisant plus grave, presque sculptée dans la pierre.

— Des preuves ! Il nous faut des preuves ! Son poing s'abattit doucement. Mais fermement sur la table. Prenez leurs portraits et rendez-vous chez le gérant du bar dans la darse de Villefranche. Qui sait ? Peut-être que ce sont nos gars qui étaient présents lors du repêchage de la créature !

Alfonzo venait de quitter la brigade des stups, traînant avec lui un sentiment d'inquiétude persistant. La lumière safranée de fin d'après-midi caressait les façades ocre de Nice. Mais ne parvenait pas à réchauffer le froid qui s'était installé dans sa poitrine. Son chef de service ne lui faisait aucune confidence concernant Hermès avec lequel il collaborait. Il s'était informé sur ce bureau. Impossible d'obtenir des renseignements.

Ce sentiment d'impuissance, il l'avait connu très tôt dans son village natal de Sicile. Une sorte de picotement dans la gorge qui ne faillissait jamais, l'instinct de la proie qui sent le prédateur rôder. Alfonzo savait éprouver une menace dans une situation quand d'autres l'ignoraient. Ce qui lui avait valu les moqueries de ses collègues dans son enfance. On le surnommait « le parano ». Et depuis, il gardait ce discernement pour lui seul.

Issu d'une famille ouvrière, Alfonzo avait grandi au milieu des grandes exploitations de tomates en Sicile, où la terre rouge et fertile s'étendait à perte de vue sous un soleil impitoyable. Son père, un homme aux mains calleuses et au regard sévère, avait fini par lui trouver un emploi dans la cueillette, puis dans la production. Le concentré de ce légume n'avait aucun secret pour lui, des plants lourds de fruits juteux jusqu'aux boîtes métalliques alignées sur les étagères des supermarchés. Cependant, des circonstances fâcheuses l'entraînèrent loin de l'environnement de la pomme rouge.

Pour accroître leurs revenus, deux amis d'Alfonzo effectuaient des petits « boulots » annexes pour un regroupement de personnes, une A.I.C. comme ils le disaient (Association d'Intérêts Communs) – euphémisme transparent pour désigner la mafia locale. Un matin, très tôt, alors qu'il était arrivé en avance d'une heure, il parcourait un atelier en direction d'un distributeur automatique de boissons chaudes. L'odeur âcre de la tomate écrasée imprégnait l'air humide.

Jaillissant devant lui comme un spectre, son ami Pedro lui lança un regard noir, si vide qu'Alfonzo ne le reconnut pas. Parmi les tomates prêtes à être pulvérisées pendait un bras humain blafard hors d'une cuve d'acier, les doigts légèrement repliés comme pour saisir quelque chose d'invisible. Pedro observa sa montre en jurant, ses traits tirés sous la lumière blafarde des néons.

— Donne-moi un coup de main Al, au lieu de me regarder comme ça ! siffla-t-il entre ses dents.

— T'aider à quoi faire ? balbutia Alfonzo, la gorge serrée. Qui est dans la cuve ?

— Ne pose pas de questions ! aboya Pedro. Dépêche-toi de vider le contenu du sac de jute dans la citerne pendant que je pousse. Ne sois pas curieux ou tu finiras comme lui.

Ils se toisèrent, l'air entre eux s'épaississant comme du concentré de tomate. Alfonzo sut que cette journée serait la dernière dans cette usine.

L'AIC, c'était donc ça. Il avait entendu parler d'exécutions sommaires d'individus dont les corps n'avaient jamais été retrouvés. Les images fugaces des femmes qui exposaient les portraits de leurs maris disparus dans les rues, réclamant les corps afin de pouvoir effectuer le deuil, lui revinrent comme un coup de poing. Assassinés, brûlés, enterrés ou réduits en purée.

Alfonzo songea aux tubes de concentré de tomates qui servaient de sauce dans les plats de pâtes servis partout en Italie et au-delà. Il sortit vomir dans les toilettes aux carreaux ébréchés. Le bruit des machines ralentit un moment, puis retrouva sa puissance au moment précis où il tira la chasse d'eau, comme si l'usine elle-même conspirait pour noyer ses soupçons.

L'instant d'après, Pedro entrait pour se laver les mains rougies, il se retourna vers Alfonzo. Une odeur de transpiration refluait, animale, mortelle, se mêlant à celle de l'acier et du désinfectant industriel. Était-ce du sang ou de la tomate ? Ils ne s'adressèrent pas la parole, laissant le silence parler pour eux. Il quitta la Sicile le lendemain, emportant avec lui ce secret nauséabond.

Et ce matin-là, chevauchant sa moto à l'arrêt devant la caserne Auvare dont les murs jaunes se détachaient sur le ciel bleu de Nice, une cigarette de contrebande à la main, il ressentait un léger arrière-goût de tomate concentrée au fond de la gorge. Il devait trouver un moyen de se renseigner sans éveiller les soupçons, sinon, il n'en mènerait pas large à 50 mètres sous l'eau dans le cimetière des spectres.

Un arboretum de cadavres existait à un endroit précis en Méditerranée, il l'avait vu, à ses 18 ans. Kemerovski l'avait invité à plonger, accompagné de trois autres individus, dont un lesté de 10 kg de béton façonné en cube emprisonnant ses pieds. Dans l'eau cristalline, la lumière filtrait en rayons pâles et dansants. L'homme était équipé également d'un monobloc et d'un masque. Il vivait encore lorsqu'il arriva le premier en bas, son corps se débattant comme un poisson pris au piège.

Kemerovski tenait à ce que le condamné à mort observe sa forêt de squelettes avant d'en faire partie – une galerie macabre d'os blanchis et de chairs en décomposition, où les restes humains semblaient se fondre avec les coraux et les algues dans une symbiose grotesque. La terreur et l'horreur se lisaient dans les yeux à travers la vitre du masque, deux phares dans l'obscurité des profondeurs. Ce qui avait pour fâcheuse conséquence de vider prématurément l'oxygène de la bouteille. En moins de trente minutes, il suffoquait, ses bulles d'air montant en spirales désespérées vers la surface. Les deux autres plongeurs retiraient alors son équipement avec des gestes méthodiques, presque cliniques.

À la surface, Alexis accueillit Alfonzo avec le sourire, ses dents blanches tranchant avec son visage bronzé.

— Tu as aimé la forêt ? Une œuvre unique, non ? Tu vois, mon fils est un artiste, comme Baldaccini, il crée des sculptures, une forêt de hêtres. Il tient plus de sa mère que moi, lâcha-t-il par dépit.

Il savourait son jeu de mots et observa Alfonzo, attendant une réaction qui ne venait pas.

Celui-ci était resté muet, le visage figé dans un masque d'indifférence qui lui coûtait toute son énergie.

— Cet endroit demeure le terminus de tous les traîtres, tu comprends ? Bien, j'ai une proposition à te faire, chuchota-t-il en posant son bras autour de ses épaules.

De la bouche d'Alexis Kemerovski, cette marque d'amitié équivalait à un pacte signé avec le diable lui-même.

Quatre ans passèrent, Alfonzo réussissait le concours de l'école de Police en France et entra dans la brigade des stupéfiants à Nice. Aujourd'hui, à 38 ans, il travaillait pour son fils, Kemerovski, aussi machiavélique que son paternel, le génie des affaires en moins. Ambitieux et cruel, il était déterminé à s'imposer dans le trafic de cigarettes et de drogue comme l'avait accompli en son temps le père, avec le charbon et le gaz.

Kemerovski junior avait deux ans de plus que lui. Ses yeux d'un bleu glacial ne s'animaient qu'à l'évocation de la violence ou du pouvoir. Alfonzo avait été témoin de l'avènement de son organisation. Beaucoup d'éléments perturbateurs avaient été sacrifiés, leurs corps transformés en monuments silencieux sous les eaux indifférentes. Il créa ainsi son étendue osseuse après qu'une dizaine de victimes ait jonché un lopin de sable immaculé, à raison de quelques arbres par années. Sa forêt comptait maintenant une cinquantaine de spécimens. Une vraie œuvre d'art dont il tirait beaucoup de fierté, comme un enfant montrant un dessin particulièrement réussi.

Alfonzo jouait un double rôle, navigant entre deux mondes comme un funambule sans filet. Il supervisait l'acheminement de la cargaison de drogue en provenance du Maghreb à travers des structures organisées qu'il était supposé démanteler en tant qu'officier de police. Le réseau de distribution était parfait, une mécanique d'horlogerie suisse : tout était contrôlé, rien n'était laissé au hasard, du travail d'orfèvre.

En certaines occasions, il procédait à des arrestations spectaculaires chez les concurrents, s'attirant les félicitations de ses supérieurs et éloignant tout soupçon de sa personne. Sa seconde tâche consistait à étouffer des soupçons concernant l'organisation de Kemerovski, détournant l'attention, falsifiant des rapports, faisant disparaître des preuves.

Le casque posé devant lui sur sa moto en dehors de la caserne, il évaluait la dangerosité de l'activité de la division. Hermès... Ce mot sonnait comme un glas dans son esprit. Il décida de patienter. En exhibant trop de curiosité, il pouvait attirer la suspicion. Et la suspicion, dans son monde, équivalait souvent à une condamnation à mort.

Un rapport de la P.J. arriva sur l'iPad du commissaire Moretti. Assis seul dans son bureau, il parcourut le document avec attention, ses doigts tapotant légèrement sur l'accoudoir de son fauteuil.

La police italienne recherchait deux individus soupçonnés du meurtre d'un ouvrier dans les chantiers navals de Sesti Ponente. Le carabinier Francesco Divangui jouait double jeu, aucun nom d'emprunt de William et Jean ne figurait dans le dossier. Les commanditaires voulaient des têtes, nul doute que ses deux agents furent devenus des cibles.

Les deux tueurs de l'autoroute étaient connus des services de police italienne pour des délits divers, vol à main armée, cambriolage, suspectés tous les deux d'homicides. Ils travaillaient pour le compte d'une compagnie de sécurité, en contrat avec la société Franzelli. La Division Hermès avait remué une fourmilière. Et la réaction des fourmis soldats était proportionnelle – violente et coordonnée.

Pour le commissaire, le dossier commençait à prendre mayonnaise, les pièces du puzzle s'assemblant lentement mais sûrement. Les derniers événements avaient contraint des hommes à utiliser la violence pour défendre leurs intérêts. Kemerovski devenait le suspect numéro un.

— Il ne fera aucune erreur, faites-moi confiance ! s'exclama Moretti dans une réunion de ses agents, la lueur tamisée de la salle accentuant les cernes sous ses yeux.

Les quatre agents d'Hermès étaient assis autour de la table ovale, chacun avec son dossier ouvert devant lui, une tasse de café fumant à portée de main. Les murs insonorisés du bunker souterrain garantissaient la confidentialité absolue de leurs échanges.

— Nous ne quittons pas des yeux son navire, rien n'a été signalé ! expliqua Delmont d'une voix posée, en ajustant ses lunettes sur son nez droit. Il accomplit des sauts réguliers sur l'île de Sardaigne ou la Corse pour y manger ou se promener. Il donne le change, quoi !

Delmont apportait ses observations avec la précision d'un horloger. Ses notes, méticuleusement organisées, qui couvraient la surface de son carnet.

– Bon, interrompit le commissaire en se levant pour faire les cent pas, tous nos efforts doivent être utilisés pour découvrir comment il s'y prend pour faire passer de la drogue du Maghreb vers la France.

Il s'arrêta un instant, les mains appuyées sur le dossier de sa chaise, scrutant chaque visage pour s'assurer qu'il avait leur entière attention.

– L'enquête de Jean et de William a clairement démontré que les deux affaires sont liées. Alors on se concentre sur ce paquebot. William, où se trouve-t-il en ce moment ?

William, le visage impassible comme toujours, consulta sa tablette tactile et répondit d'une voix monocorde.

– Aux dernières nouvelles, il croisait du côté de la Grèce. Les données satellitaires sont formelles.

Moretti bascula sur sa chaise, le cuir crissant légèrement. Il se rapprocha de l'écran mural, actionnant la télécommande d'un geste précis. Le capitaine du Commando Hubert apparut, son visage remplissant l'écran.

– Commissaire ! Vous êtes au complet si j'en crois ce que je vois.

– Nous aurions besoin d'une aide un peu particulière, répondit Moretti, son ton formel masquant à peine l'urgence de sa requête.

– C'est-à-dire ?

– Vos tritons !

Les quatre agents d'Hermès se toisèrent, comprenant immédiatement l'implication de cette demande. Florence, instinctivement, porta sa main à son cou, comme si elle sentait déjà la pression de l'eau.

– À quoi pensez-vous, Moretti ? demanda le capitaine, ses sourcils se fronçant. C'est une opération dont on parle ? Ou un sauvetage ?

– Non, une mission de renseignement.

– Où et quand ?

– En Grèce, rapidement.

– Je vous tiens au courant.

L'image disparut, laissant un écran noir qui reflétait le visage tendu de Moretti. Il fit volte-face, son regard balayant la pièce.

– Nous passons à la vitesse supérieure avant que Kemerovski cloisonne tout. Il doit être en train de s'organiser. Le temps joue contre nous.

Il se dirigea vers la carte affichée sur le mur opposé, indiquant plusieurs points rouges disséminés le long de la côte méditerranéenne.

– Bon, vous allez recevoir des ordres d'affectations. Delmont, vous rejoignez la Libye avec des trafiquants d'armes. William, vous vous rapprochez de Kemerovski. Florence, vous partirez avec les tritons pour la mission de renseignement en Grèce.

Il se retourna vers Jean, qui l'observait avec ses yeux perçants, semblant lire au-delà des mots.

– Vous restez avec moi, je vais avoir besoin de vos talents ici, à Nice.

Le visage de Jean s'éclaira d'un sourire presque enfantin malgré la gravité de la situation.

– Vraiment ? se félicita-t-il, ses yeux brillants.

Moretti hocha la tête, conscient de la valeur inestimable de cette capacité intuitive dans le contexte actuel.

– Ils ont probablement des gens à eux infiltrés jusqu'ici. Delmont, ton objectif consiste à marquer des ballotins de drogue pour pouvoir être tracés.

– De quelle manière ? s'enquit Delmont, le front plissé par la concentration.

– Un spray invisible chargé en molécules de fer dont les composants sont repérables par des détecteurs installés à bord d'un satellite.

– Je confirme, déclara William en se levant. Ce procédé existe depuis quelques années aux États-Unis, je l'ai commandé et nous l'avons reçu depuis quatre jours.

Il pianota sur le clavier d'un ordinateur avec l'aisance d'un pianiste virtuose. Un plan de la ville de Nice apparut en haute définition sur l'écran mural. En zoomant, on pouvait distinguer les poubelles sur les trottoirs, les parasols des cafés, même les chats errants qui se prélassaient au soleil. Un tracé rouge se dévoila, illustrant les déplacements de Philippe durant la journée de la veille, depuis son appartement jusqu'à la Division Hermès, en passant par le café où il prenait son petit-déjeuner.

– Tu ne t'en es même pas aperçu ! gloussa William, une rare lueur d'amusement traversant son regard habituellement analytique.

– C'est du grand art, admit Delmont en se penchant pour mieux voir. C'est vraiment bluffant.

– Vous disposez de trois couleurs et autant de marqueurs différents, expliqua William, son ton redevenant professoral. Ce procédé est imparable, on peut pister une personne n'importe où dans le monde. En passant le spray sur les cheveux, les composants chimiques résistent à plusieurs douches.

Moretti retourna à sa place en tête de table et reprit les rênes de la réunion.

– Vous recevrez chacun des passeports correspondant à l'identité de votre couverture ainsi que des informations qui vous aideront. Nous resterons en contact 24 heures sur 24. Des questions ?

– Oui chef, quand est-ce qu'on part ? demanda Philippe, son impatience transparaissant dans sa voix.

– Cela dépend. Pour vous, nous sommes en tractations avec l'équipe qui va vous prendre en charge pour le Maroc. Vous voyagerez en avion. Sur place, vous rejoindrez le sud de l'Algérie.

Moretti se pencha en avant, son regard s'intensifiant.

– Un groupe de mercenaires effectuera l'expédition dans le désert jusqu'en Libye avec de la drogue. Votre mission consiste à dénicher les hommes du réseau de Kemerovski sans attirer l'attention des rebelles à la solde d'autres organismes de trafic de stupéfiants.

Philippe hocha le visage, son expression sérieuse contrastant avec son habituelle nonchalance.

– Autant dire que ce ne sont pas des vacances !

Moretti esquissa un sourire sans joie.

– Je ferai le point avec chacun de vous. Vous partez dans la nuit, Delmont. Et vous, Florence, vous rejoindrez le Commando Hubert à bord de leur bâtiment et leur joyeuse colonie de créatures. Vous comparerez les plans des paquebots fournis par le capitaine italien, quelque chose me dit qu'ils sont faux. À vous de découvrir la véritable forme de la coque. Vous n'interviendrez pas. Mais vous aiguillerez les tritons.

Kemerovski déposa les clefs de sa voiture, une Lamborghini Gallardo jaune criard, sur une table en métal à l'entrée de son établi. Le tintement métallique résonna dans l'espace vaste et lumineux – l'antre de son passe-temps en dehors des affaires. L'art sous toutes ses formes, ou du moins sa conception personnelle et tordue de l'art.

Il affectionnait le ciment à toute autre matière, sa froideur, sa malléabilité initiale puis son immuabilité une fois sec. Sa pièce maîtresse restait sa forêt de « blocs squelettes », le mariage entre la dureté et l'éphémère, entre la vie et la mort. Le béton gris encapsulant l'os blanc, la prison éternelle des restes de ceux qui l'avaient défié.

Il fabriquait lui-même les blocs à partir de moulages qu'il concevait, leur donnant des noms différents – « Le Traître », « L'Espion », « Le Faible », chacun une catégorie de personnes qu'il avait éliminées. Ses doigts, étonnamment délicats pour un homme de sa stature, travaillaient sans relâche à perfectionner chaque détail. Il cherchait toujours à parfaire les mélanges des mortiers à prise rapide, ajoutant parfois des pigments colorés pour créer un contraste saisissant avec la blancheur des os.

Une grande salle baignée par la lumière du jour, filtrant à travers d'immenses baies vitrées donnant sur la mer, révélait des sculptures macabres, des corps humains ou parties de corps immergés dans des bocaux géants remplis de formol et autres ingrédients essentiels à la conservation des tissus organiques.

Sur ces mêmes murs, des peintures sur d'immenses toiles de 4 mètres de long captaient l'attention. La plus volumineuse représentait une forêt considérable d'arbres blancs sur un fond gris-noir, anthracite – une reproduction abstraite et stylisée de son œuvre sous-marine. Le mélange utilisé pour les blocs était élaboré de manière à ce que la prise agisse rapidement, emprisonnant sa victime dans l'éternité de la pierre en quelques minutes à peine.

De l'autre côté de l'établi, séparé par une porte en verre dépoli, une galerie d'art exposait ses œuvres sous le pseudonyme de Leonardo, parmi d'autres artistes illustres. Les collectionneurs fortunés de la Côte d'Azur se pressaient pour acquérir ses créations, ignorant totalement la véritable nature de leur genèse. Kemerovski sourit à cette pensée, savourant ce secret comme un vin rare – l'ironie suprême d'une société qui glorifiait sa vision de la mort sans même le savoir.

12

Aurore Gallimard se tenait debout sur la plage de galets à côté du cercle nautique de Nice. La Méditerranée s'étendait devant elle, scintillante sous les premiers rayons du jour, ses eaux turquoise ponctuées par endroits de reflets argentés. Grande, brune et mince, elle avait de longs cheveux d'ébène qui cascadaient dans son dos et des yeux noirs en amande qui semblaient contenir la profondeur même des abysses qu'elle explorait régulièrement. Un charme magnétique émanait d'elle, quelque chose d'insaisissable qui attirait les regards sans qu'on puisse définir précisément pourquoi.

Comme un rituel immuable avant chaque plongée, elle se demandait où dissimuler les clefs de son 4×4 Lada beige, usé par les embruns. Combien de fois les avait-elle placées sous des pierres ? Des dizaines, des centaines peut-être ! Parfois aussi par-dessus le pneu arrière de son véhicule. Les habitudes d'une vie aquatique qui se déroulait entre deux mondes.

Elle se pencha en avant, son corps souple dessinant une courbe gracieuse, pour enduire ses jambes d'un produit protecteur contre les méduses qui pullulaient dans cette zone à cette période de l'année. Ces créatures gélatineuses dont les filaments occasionnaient de vives brûlures sur la peau étaient l'un des rares dangers que redoutait cette femme habituée aux défis des profondeurs.

Apnéiste couronnée de victoires, dont un record de France qui avait fait grand bruit dans le milieu, Aurore s'entraînait souvent seule. Tantôt en effectuant des longueurs interminables, tantôt en restant sous l'eau assez longtemps pour faire corps avec l'élément, jusqu'à ce que la frontière entre son être et l'océan devienne poreuse, presque inexistante. Dans ces moments privilégiés, elle retrouvait ses amis silencieux : les poulpes dans leurs abris rocheux, les bancs de poissons qui demeuraient fidèles à leur quartier résidentiel comme des citadins attachés à leur arrondissement.

« Les gens savent-ils seulement, » se demandait-elle souvent, « qu'à moins d'un mètre de profondeur la vie sous-marine est aussi complexe que la leur ? » Cette pensée la faisait sourire. Pour elle, c'était une évidence. Aurore, au fil des années, était devenue une véritable sirène, en plus d'être une réalisatrice de films talentueuse.

Fraîchement diplômée d'une école de journalisme prestigieuse, elle travaillait pour une société de production privée locale. Dans ce cadre, elle avait effectué plusieurs reportages d'une qualité remarquable qui, malgré leur originalité, n'avaient pas encore été achetés par des chaînes de télévision nationales, au grand dam de ses supérieurs qui y voyaient pourtant un potentiel considérable.

Un jour, assise sur la terrasse d'un café face à la Promenade des Anglais, observant le va-et-vient incessant des touristes, elle eut une idée originale qui la fit frémir d'excitation : filmer le monde, afin d'observer la vie authentique au milieu d'un récif chargé de différentes variétés de poissons, dont les fameuses dorades qui avaient déjà fait l'objet d'un documentaire conventionnel qu'elle jugeait incomplet.

Au fil de ses plongées, son œil exercé avait aussi remarqué une colonie de poulpes particulièrement intelligents, capables de comportements sociaux complexes que peu de scientifiques avaient eu l'occasion d'observer. Sa formation journalistique lui soufflait qu'il y eût là, matière à un sujet fascinant.

Elle s'équipa donc d'une caméra étanche dernier cri, empruntée au matériel de sa société, qu'elle fixa avec soin sur un trépied lesté face à un petit village sous-marin qu'elle connaissait bien, à quelques encablures du rivage niçois. En position grand-angle pour capturer le maximum de vie marine, elle appuya sur la touche d'enregistrement. Puis, avec l'élégance naturelle qui caractérisait ses mouvements aquatiques, elle ondula une vingtaine de mètres munie de ses palmes avant de disparaître du champ de vision de l'objectif, laissant la nature reprendre ses droits.

Le lendemain, au petit matin, alors que la ville dormait encore, elle récupéra le boîtier protégé par son caisson étanche, le cœur battant à l'idée de découvrir ce que l'œil mécanique avait pu saisir en son absence. De retour dans les locaux modernes. Mais exigus de sa société, situé dans une ruelle étroite de la vieille ville, elle analysa les images sur un écran d'ordinateur haute définition.

Le résultat dépassait ses espérances. Le ballet sous-marin qui s'offrait à ses yeux était captivant. Sa présence sous l'eau avait momentanément désorganisé les habitudes des poissons, créant une parenthèse artificielle. Mais après son départ, la magie s'était produite : d'autres variétés dissimulées dans les algues s'étaient manifestées, révélant une biodiversité insoupçonnée. Les prises les plus intéressantes provenaient des poulpes qu'elle suivait depuis des mois. Un sourire illumina son visage lorsqu'elle aperçut deux spécimens s'enlacer dans une danse amoureuse d'une grâce infinie.

L'expérience semblait prometteuse, si prometteuse qu'Aurore décida sur-le-champ de la renouveler une dizaine de fois, à différents moments de la journée, pour capturer les variations de comportement liées au cycle solaire.

Ce matin-là, le ciel habituellement d'un bleu profond était moucheté de nuages gris, conférant à la baie des Anges une atmosphère plus mélancolique qu'à l'accoutumée. Aurore décida de camoufler ses clefs parmi de gros galets sous sa serviette cyan. Elle aurait préféré les confier à une des femmes âgées qui venaient habituellement se baigner tôt le matin, partageant avec elle cette intimité avec la mer que les touristes ignoraient. Mais malheureusement, les quelques nuages menaçants avaient eu raison de leurs motivations ce jour-là.

Elle marcha précautionneusement sur les pierres polies par des siècles d'érosion marine, prit le temps de tremper ses pieds dans l'eau fraîche. La température était un peu plus basse que prévu. Et elle ne regretta pas d'avoir revêtu une mince combinaison néoprène qui épousait parfaitement les courbes de son corps tout en lui assurant une liberté de mouvement optimale.

Elle resta un moment immobile à contempler l'horizon, là où le bleu de la mer se fondait dans celui du ciel. Ce rituel quotidien lui permettait de se connecter à l'élément avant de s'y immerger. Puis, d'un geste précis, elle fixa ses lunettes de natation sur son visage et se glissa dans la masse aqueuse avec la fluidité d'un dauphin regagnant son milieu naturel.

Vingt minutes plus tard, elle émergeait, ses poumons brûlants. Mais son esprit apaisé, une caméra à la main. Elle ne pouvait imaginer que les images que contenait la bande vidéo allaient bientôt plonger sa vie dans un tourbillon aussi imprévisible que dangereux.

De retour dans le cocon familier du petit studio de montage, face à son moniteur haute résolution, elle retrouva d'abord le même ballet chorégraphique de ses amis les poissons et les interactions fascinantes entre les poulpes qu'elle avait déjà observés. Mais soudain, son corps se tétanisa. Assise sur sa chaise ergonomique, elle laissa échapper un cri mêlé de surprise et d'effroi qui résonna dans la pièce vide.

Là, ondulant devant la caméra à moins de quatre mètres de l'appareil, une créature venue du fond des âges surpassait les trucages les plus invraisemblables que l'on avait inventés dans des films fantastiques. Un buste mi-homme, mi-poisson, une forme humaine nantie de nageoires, de mains et de pieds palmés s'était invitée dans son documentaire. Sa manière de nager était spectaculaire, d'une fluidité surnaturelle et surtout d'une rapidité stupéfiante qui défiait les lois de l'hydrodynamique.

Les mains tremblantes, elle visionna la séquence plusieurs fois avant de passer la bande au ralenti et d'en fixer une image. Ce rush inattendu incarnait une consécration potentielle pour la réalisatrice, une découverte qui pourrait révolutionner non seulement sa carrière. Mais aussi notre compréhension du vivant.

Des larmes d'émotion coulèrent sur ses joues, traçant des sillons salés qui rappelaient l'élément même où cette rencontre impossible s'était produite. Des souvenirs enfuis refirent surface, remontant des profondeurs de son enfance comme des bulles d'air vers la surface. Elle revivait ces moments magiques où elle pêchait des oursins avec son frère sur les côtes grecques, en vacances avec ses parents. À cette époque, elle avait été subjuguée par le film de Luc Besson, Le Grand Bleu. Sa voie avait été tracée à ce moment précis, comme si le destin avait posé son doigt sur son épaule pour lui indiquer un chemin.

L'horodatage sur la bande vidéo indiquait 7 h 37, un instant T qui marquerait un avant et un après dans sa vie.

D'une nature plutôt solitaire et méfiante vis-à-vis des structures hiérarchiques, elle résolut de ne pas mettre la production au courant pour l'instant. Cette découverte, c'était la sienne. Et elle entendait bien en garder le contrôle aussi longtemps que possible.

Dans un recoin de sa mémoire, elle se rappela cette histoire d'homme-poisson qui avait défrayé la chronique quelques années auparavant à l'occasion d'une compétition d'apnée internationale. Elle était trop jeune à l'époque pour y participer. Mais en tant que passionnée des profondeurs, elle avait suivi l'affaire avec une attention particulière. Un champion, dont la réputation n'était plus à faire, avait déclaré avoir aperçu une créature de ce type lors d'une plongée dans les eaux de Villefranche. La presse avait tourné l'incident en dérision, attribuant cette vision à un manque d'oxygène ou à une hallucination due à l'ivresse des profondeurs. Mais Aurore connaissait bien cet homme, Paul Simeoni, un mentor pour elle à ses débuts. Elle décida d'aller le rencontrer sans plus attendre.

Le sujet des hommes-poissons prenait soudain une dimension nouvelle, quittant le domaine de la mythologie pour entrer dans celui de la réalité documentée.

Elle gara son Lada 4×4 beige, véhicule atypique sur la Côte d'Azur. Mais parfaitement adapté à ses besoins de transporteur de matériel, devant le magasin spécialisé de Paul Simeoni. L'établissement, niché entre deux bâtiments, arborait une devanture bleue ornée de motifs marins et d'équipements de plongée en vitrine. Elle le trouva en grande conversation avec son associé au comptoir d'accueil, entouré de combinaisons suspendues et de bouteilles d'oxygène alignées contre le mur du fond.

— Qué joie de te voir ! s'exclama-t-il avec son accent niçois prononcé.

Il l'enlaça chaleureusement, comme il le faisait toujours, dans une étreinte qui sentait le sel et la crème solaire, l'odeur caractéristique des hommes qui vivent en symbiose avec la mer.

— J'ai vu ta performance à Tahiti sur YouTube, impressionnant ! Tu t'exerces pour les championnats à Saint-Jean en ce moment ?

Il réajusta ses lunettes de soleil qui retenaient en arrière ses cheveux grisonnants aux tempes, vestige d'une carrière passée à défier les profondeurs. Aurore acquiesça d'un mouvement de tête et caressa distraitement ses longs cheveux bruns, un geste machinal qu'elle effectuait souvent lorsqu'elle réfléchissait.

— Oui, je m'entraîne en eaux profondes presque tous les jours.

— C'est bien, tu sais, on est fier de toi dans le milieu ! Qu'est-ce que tu viens faire ici ? T'as besoin de quelque chose ? Un nouveau détendeur peut-être ?

Elle détourna rapidement son regard, balayant la boutique à la recherche d'un coin isolé où leur conversation ne pourrait être entendue. Les murs avaient des oreilles. Et ce qu'elle s'apprêtait à révéler nécessitait une discrétion absolue. Elle l'entraîna dehors, en face de son magasin. Ils marchèrent côte à côte le long des bateaux amarrés sur le quai, leurs silhouettes se reflétant dans l'eau calme du port.

— En fait, j'aimerais te parler un petit moment d'un sujet... particulier. Je réalise un reportage et tu pourrais m'aider.

— Bien sûr ! répondit-il tout de go, toujours prêt à soutenir la jeune femme qu'il considérait presque comme sa fille. Il cause de quoi ton film ?

Aurore prit une profonde inspiration, comme avant une plongée en apnée, puis se lança :

— Des hommes-poissons.

Le visage de Paul se figea instantanément. Il regarda de droite à gauche, comme s'il recherchait un chemin d'évasion dans son cerveau ou vérifiait qu'aucune oreille indiscrète ne pouvait les entendre. Son regard, habituellement pétillant, s'était assombri.

— Pourquoi, Aurore ? Ce que je veux te dire, c'est que ce type de sujet est suicidaire pour ta carrière. J'y ai cassé quelques dents. Et toi ?

Il la considéra un moment, scrutant son visage comme pour déceler ses véritables motivations.

— Tu n'as pas l'habitude de faire dans l'insolite, non ? Tu es connue pour ton sérieux, pour tes documentaires ancrés dans la réalité scientifique.

— Alors c'est non ? demanda-t-elle, ses yeux sombres plantés dans les siens, déterminés à ne pas lâcher prise.

Paul soupira, passant une main calleuse sur son visage.

— Qu'aimerais-tu savoir sur les hommes-poissons ? lâcha-t-il finalement en soufflant, comme s'il se délestait d'un poids trop longtemps porté.

— Tout !

L'enthousiasme d'Aurore était palpable, vibrant dans l'air marin qui les entourait.

— C'est fou l'engouement que prend cette affaire ces derniers temps ! J'ai reçu la visite de la DCRI à ce propos, tu t'imagines ? Les services secrets français ! Et maintenant toi.

Aurore se figea, son corps entier tendu comme la corde d'un arc. Son rythme cardiaque s'accéléra, ses pupilles se dilatèrent puis devinrent plus brillantes, comme si elles reflétaient déjà les projecteurs de la célébrité.

— Tu as un nom ? Un contact ?

— Oui, j'ai conservé sa carte. Je te la donnerai. Un certain capitaine Delmont, un type plutôt froid. Mais correct.

Aurore ne croyait pas aux coïncidences, surtout pas dans ce domaine. Elle n'était manifestement pas seule à posséder des preuves de leur existence. Elle posa beaucoup de questions à Paul, qui se révéla intarissable sur ses exploits en apnée. Mais étrangement laconique sur l'apparition de l'homme-poisson en rade de Villefranche. En revanche, d'après sa description, c'était bien la même créature qu'elle avait filmée. Cette confirmation valait de l'or.

— Allô ?

La voix qui répondit était grave, professionnelle, presque militaire dans sa concision.

— Monsieur Delmont ? Philippe Delmont ?

— Oui, lui-même, capitaine Delmont.

Aurore ferma les yeux un instant, savourant ce premier contact qui la rapprochait de son but.

— J'ai obtenu vos coordonnées par Monsieur Paul Simeoni que vous avez interrogé dans son magasin de plongée.

Un silence s'installa à l'autre bout de la ligne, plus éloquent que n'importe quelle réponse.

— Je souhaiterais vous rencontrer pour discuter du sujet insolite qu'il a évoqué avec vous.

— Qui êtes-vous, Mademoiselle ? demanda-t-il, sa voix trahissant une curiosité teintée de méfiance.

— Une journaliste qui traite le sujet. Aurore Gallimard, de la société Méditerranée Productions.

— Une journaliste ? Quel sujet ? Désolé, nous n'avons rien à vous dire.

Son ton s'était durci, comme une porte qui se referme. Aurore savait qu'elle n'aurait qu'une chance. Et décida de jouer son atout maître.

— La créature... Je l'ai en photo ! lâcha-t-elle, jetant son va-tout comme une carte maîtresse sur la table d'un casino.

Un nouveau silence, plus long cette fois, puis :

— Un de mes collègues va vous contacter.

La communication fut coupée sans cérémonie. Delmont observa son portable avec intensité, comme le font les acteurs dans les films à suspense. Dans la salle de réunion où il se trouvait, tous les regards convergeaient vers lui.

Jean, je te laisse le soin de vérifier ça le plus rapidement possible, ordonna le commissaire Moretti.

— Elle a lancé un hameçon, patron, elle veut voir comment nous réagissons, avança Delmont, toujours pragmatique et méfiant.

Moretti se retourna vers Jean

— C'est vraiment un travail pour toi. Appelle-la maintenant.

Puis, comme se parlant à lui-même, il ajouta dans un murmure presque inaudible :

— Quelque chose m'intrigue dans cette affaire, ce n'est pas logique. De la laine... Il y a un fil à tirer.

Jean avait donné rendez-vous à Aurore au port de Nice, dans un restaurant près de l'embarcadère qui reliait le continent à la Corse. La terrasse, partiellement abritée par une pergola couverte de vigne vierge, offrait une vue imprenable sur les ferries et les yachts luxueux qui constituaient le paysage du port.

Il arriva en premier, choisissant stratégiquement une table à l'écart des autres clients. Et réclama un Perrier avec une rondelle de citron, une boisson qui détonnait dans ce lieu où le pastis coulait à flots dès midi.

— C'est curieux de voir quelqu'un de votre âge commander ce type de boisson, déclara Aurore en se matérialisant devant lui, posant ses clefs sur la table circulaire en aluminium dans un tintement métallique.

— Psychologue ? répliqua-t-il avec un demi-sourire énigmatique.

— Pragmatique, répondit-elle en souriant à son tour, dévoilant des dents parfaitement alignées. Je connais mieux la personnalité des poissons que celle des hommes, à vrai dire. Merci d'être venu, je pensais que vous ne prendriez pas mes paroles au sérieux.

Elle laissa pencher ses longs cheveux bruns devant elle, créant un rideau sombre qui encadrait son visage aux traits fins, puis d'un geste inné qui la caractérisait, en rabattit quelques mèches derrière son épaule. Jean fut immédiatement séduit par la franchise et la spontanéité d'Aurore. Elle était directe, dépourvue des artifices habituels que revêtaient les gens quand ils traitaient avec des agents gouvernementaux. Il ne décelait aucun système de défense dans sa posture ni de comédie dans sa manière d'être. Elle semblait parfaitement bien dans sa peau, équilibrée malgré l'étrangeté de la situation.

— Je vous écoute, Mademoiselle Gallimard, dit-il en adoptant un ton professionnel qui contrastait avec l'attirance qu'il ressentait déjà.

— Aurore, appelez-moi Aurore, nous avons le même âge, je pense, non ? Vingt-huit ans ?

Jean ne répondit pas directement, attendant qu'elle poursuive. Il préférait maintenir une certaine distance professionnelle, tout en appréciant l'absence de formalisme qu'elle proposait.

— OK, j'ai en ma possession des images animées d'une créature qui ont été tournées sous l'eau, près d'ici.

Elle se saisit d'un cliché soigneusement plié dans son portefeuille en cuir usé et le déposa face visible sur la table. Jean s'en empara avec précaution et, à cet instant précis, une onde électrique parcourut son dos, comme si la photo elle-même émettait une énergie particulière.

— Où avez-vous pris ce film ? demanda-t-il, sa voix trahissant plus d'émotion qu'il ne l'aurait souhaité.

— Vous me croyez alors ? se réjouit-elle, ses yeux s'illuminant comme ceux d'un enfant.

Jean se contenta d'écarquiller les yeux, son expression confirmant mieux que des mots ce qu'Aurore voulait entendre.

— Répondez à ma question, s'il vous plaît, reprit-il.

— Je veux une collaboration avec votre service. C'est donnant-donnant, vous comprenez ? C'est un reportage qui vaut de l'or !

Elle clignait des sourcils, une manière enfantine de conjurer le sort, pensa Jean. Cette habitude la rendait encore plus attachante. Malgré ses efforts pour manipuler la situation, elle était transparente dans ses intentions, comme si ses émotions se lisaient à livre ouvert sur son visage.

— Aurore, ce n'est pas comme ça que cela fonctionne. Nous ne vous donnerons rien en échange.

— Alors je continuerai toute seule. Je pressentais un peu cette réponse. Mais qui ne tente rien n'a rien.

Sa détermination forçait l'admiration de Jean, même s'il la savait dangereuse pour elle. Il décida de jouer une carte inattendue.

— Laissez-moi deviner. Vous détenez la copie originale de la bande vidéo chez vos parents. Votre maman, plus précisément, ce n'est pas compliqué, vous n'avez plus votre père et vous avez dupliqué le passage de cette créature sur une clef USB quelque part dans votre 4×4. Ça, c'est mon intuition.

Malgré tous ses efforts pour rester impassible, Aurore ne put dissimuler sa stupéfaction. Comment pouvait-il deviner avec une telle précision ? Était-elle si prévisible ? Ses gestes étaient-ils à ce point transparents ? En effet, elle avait caché le DVD original chez sa mère, dans le vieux secrétaire en merisier du salon, avant même de contacter Delmont.

Jean sourit intérieurement. Il avait touché juste, comme souvent. Cette capacité à lire dans les pensées des autres, à anticiper leurs actions, lui valait l'admiration de ses collègues. Mais aussi une certaine solitude. Comprendre trop bien les autres créait parfois une distance invisible. Mais infranchissable.

– Je veux qu'on en finisse, lâcha-t-il avec une sincérité qui le surprit lui-même, c'est un sujet dangereux. C'est tout ce que vous avez besoin de savoir. En me montrant ces images, vous nous aiderez plus que vous ne l'imaginez.

– Alors ? Ils existent vraiment ? demanda-t-elle

– Qu'est-ce que cela change ? rétorqua-t-il, évitant habilement une confirmation directe.

– J'imagine que je me suis mal débrouillée et que vous récupérerez cette bande d'une manière ou d'une autre, souffla-t-elle, résignée. Mais non vaincue.

Ses yeux ébène transpercèrent ceux de Jean, créant une connexion presque physique entre eux. Il ressentit alors une vague d'émotions vives et agréables, comme une diffusion de morphine dans son corps, un phénomène qu'il n'avait jamais expérimenté auparavant. Une partie de lui, celle qu'il tentait habituellement de garder sous contrôle dans l'exercice de ses fonctions, désirait ardemment l'aider, la protéger des dangers qu'elle ignorait encore.

– Coopérez, on y gagne toujours. Mais je ne peux rien vous proposer officiellement.

Aurore entendit ses paroles. Mais aussi surprenant que cela puisse paraître, elle comprit instinctivement le message caché derrière celles-ci. Une proposition tacite, une main tendue dans l'ombre. Était-ce voulu ? Elle n'aurait su le dire. Mais elle décida de suivre son instinct.

Elle se leva avec grâce et monta dans son 4×4 garé à quelques mètres de là. Quelques instants plus tard, elle en redescendit. En contournant Jean pour se rasseoir, elle déposa discrètement une clef USB sur la table et reprit place comme si de rien n'était.

— Voilà, vous avez le film là-dedans. J'ai juste conservé le passage où on l'aperçoit. Le reste n'est que de la vie marine ordinaire.

— Où l'avez-vous enregistré exactement ? demanda Jean.

— Tout près d'ici, vers la réserve marine, près du CNN.

— Vous vous rappelez dans quelle direction il allait ?

— Vers le port. Il se déplaçait à une vitesse impressionnante, comme s'il connaissait parfaitement sa destination.

Elle se leva soudainement, mettant fin à l'entretien de sa propre initiative. Une manière de démontrer qu'elle n'était pas totalement démunie face aux services de l'État, qu'elle contrôlait encore une partie de la situation.

— J'espère que nous nous reverrons, dit-elle les yeux plongés dans les siens, y insufflant une promesse silencieuse.

Elle quitta le restaurant d'un pas assuré et s'engouffra dans son 4×4. Jean resta immobile un moment, comme hypnotisé, puis repassa la scène du triton sur son iPad. Il l'envoya immédiatement à Moretti, sans oublier une copie à ses collègues du service. Puis il se leva à son tour.

Étrangement, alors qu'elle était déjà loin, tout son entourage semblait imprégné du parfum d'Aurore, un mélange enivrant de fleurs sauvages. Elle était omniprésente, comme si elle avait laissé une empreinte indélébile dans l'air. Ses émotions évoluaient en roue libre, échappant à son contrôle habituel, phénomène aussi rare qu'inquiétant pour cet homme d'ordinaire si maître de lui.

Dans l'antre feutré d'Hermès de la caserne Auvare, Moretti manipulait distraitement des trombones entre ses doigts nerveux. Assis devant la console ultramoderne dominée par un écran plat mural, il fixait l'image figée d'une créature, mi-homme, mi-autre chose, dont les contours semblaient défier la réalité. La lumière blafarde des néons se reflétait sur son front moite. Dans un médaillon apparu à l'angle supérieur droit de l'écran, le visage austère de Desjobert se matérialisa.

— C'est bien un des nôtres, annonça-t-il d'une voix grave qui résonnait dans la pièce presque vide. Le capitaine Yves Dorcel. Un homme brillant autrefois. Mais déchu de ses galons pour fait de violence dans un village africain. Des civils ont payé le prix de sa colère.

Moretti se redressa sur son siège, intrigué.

— Que s'est-il passé exactement ?

— Il a joué les Rambo, répondit Desjobert, une note d'amertume dans la voix. Une vengeance sanglante pour ses frères d'armes tombés dans un guet-apens. Un massacre qui lui a valu la disgrâce.

Moretti observa plus attentivement l'image figée sur l'écran.

— Et maintenant ?

— Il a accepté d'intégrer le programme Diogène. Mais ça a mal tourné. Il a déserté avec la taupe, Vladimir Imanovitch.

Desjobert passa une main lasse sur son visage.

— Si vous ne m'aviez pas réquisitionné le commando Triton, nous serions déjà en train de traquer ces deux fugitifs. Ils doivent avoir un refuge dans le port de Nice, une planque bien choisie. Qu'en pensez-vous ?

Moretti hocha lentement la tête, un pli soucieux barrant son front.

— Nous allons mener l'enquête, promit-il en se massant les tempes. On vous tiendra au courant.

— Nous quittons Saint-Mandrier à cinq heures demain matin, précisa Desjobert. Le feu vert est tombé pour une mission d'entraînement.

Au même moment, dans les locaux de la brigade des stupéfiants, Yves Calzone faisait les cent pas devant la fenêtre. Les rayons orangés du soleil couchant filtraient à travers les stores vénitiens, découpant son visage en tranches lumineuses. Il consultait nerveusement sa montre, attendant son lieutenant, Alfonzo, dont l'absence prolongée commençait à l'inquiéter.

La situation était préoccupante. Deux de leurs indicateurs avaient trouvé la mort « accidentellement » en une semaine à peine. Le premier, écrasé par un camion près du marché Forville. le second, noyé dans le port après une soirée arrosée. Coïncidence ? Calzone n'y croyait pas une seconde. Par ailleurs, un calme inquiétant régnait dans les rues. Hormis quelques petits dealers de quartier, on aurait dit que les réseaux organisés s'étaient évaporés, comme si quelqu'un les avait prévenus.

— Putain, Alfonzo, où est-ce que tu es ? murmura-t-il en tirant une bouffée de sa cigarette, la sixième de l'heure.

À quelques kilomètres de là, Alfonzo était attablé au café « Flora », une institution du port Saint-Laurent dont la terrasse offrait une vue imprenable sur les voiliers et les yachts de luxe qui se balançaient doucement au gré des vagues. Les embruns marins se mêlaient aux effluves de café et de pastis. Son téléphone vibrait régulièrement – Calzone qui s'impatientait. Il aurait dû être en route pour le rejoindre. Mais quelque chose le retenait ici.

Alfonzo consultait compulsivement sa montre, tapotait nerveusement sur la table en marbre écaillé. Ses doigts trahissaient une tension palpable. Et ses yeux scrutaient sans cesse l'environnement avec une vigilance presque animale. Il sursauta lorsqu'une ombre se projeta sur sa table.

Une femme élégante aux cheveux bruns coupés au carré se tenait devant lui. Sa robe de soie bleu nuit épousait des formes harmonieuses.

Et son parfum subtil évoquait des notes de jasmin et d'ambre. Elle portait une cigarette à ses lèvres pulpeuses teintées de rouge.

— Vous auriez du feu ? demanda-t-elle d'une voix légèrement rauque qui contrastait avec sa silhouette gracile.

Leurs regards se croisèrent. Alfonzo fouilla dans sa poche et lui tendit son briquet, notant au passage la fine cicatrice qui barrait l'index de la belle inconnue, un détail révélateur pour qui savait observer.

— Merci, souffla-t-elle après avoir aspiré une longue bouffée.

En lui rendant son briquet, elle glissa discrètement une enveloppe blanche sur la table. Puis, aussi vite qu'elle était apparue, elle disparut dans la foule des promeneurs qui longeaient les quais, ses talons claquant sur les pavés usés.

— Je me demande où Kemerovski trouve toutes ces femmes, murmura Alfonzo pour lui-même, un mélange d'admiration et d'inquiétude dans la voix.

D'une main légèrement tremblante, il décacheta l'enveloppe. À l'intérieur, un cliché en noir et blanc représentait deux hommes - l'un jeune, l'autre d'une trentaine d'années au regard acéré. La photo avait été prise dans un commissariat de police en Italie, comme en témoignait l'adresse inscrite en bas. Ces visages, il les connaissait. Il les avait aperçus dans la caserne Auvare, certainement dans l'aile retranchée où opérait la Division Hermès.

Un frisson glacé parcourut son échine. Plus de doute : les services secrets étaient aux trousses de Kemerovski. À présent, tout devenait clair. Il comprenait pourquoi Calzone collaborait avec Moretti. Mais que savaient-ils au juste ? Et surtout, pourquoi lui cacher une partie de l'opération ?

Alfonzo jeta quelques euros sur la table, enfourcha sa moto rutilante garée à quelques mètres et s'élança sur la voie rapide, le vrombissement du moteur couvrant à peine les battements affolés de son cœur. Un arrière-goût métallique, comme un concentré de tomates trop cuit, lui tapissait le fond de la gorge. Le goût de la peur, ou peut-être celui de la trahison.

13

Presqu'île de Saint-Mandrier. 4 h 15.

Florence tenait un bol de café entre ses mains, la porcelaine encore brûlante réchauffant ses doigts engourdis par l'air frais du matin. Le vent qui avait hurlé toute la nuit s'était enfin apaisé, créant une atmosphère propice au recueillement.

Elle avança jusqu'au bord de l'eau, ses pas crissant sur les galets humides. La mer frémissait encore, séquelle du mistral, semblable à une peau qui se hérisse au contact inattendu d'une main étrangère. Florence se pencha, intriguée par un reflet inhabituel. Sous la surface ondulante, un visage l'observait, avec des yeux d'une luminosité intense qui perçaient la pénombre de l'aube naissante. Malgré le manque de clarté, elle distingua une forme allongée, sinueuse. L'instant d'après, une tête émergea, non pas humaine. Mais celle d'un triton aux traits à la fois familiers et étrangers.

La créature la contempla un moment avant de replonger dans les profondeurs. Au bout du port du Canier, une silhouette à l'anatomie presque humaine glissa hors de l'eau avec une grâce inquiétante. Fascinée par cette rencontre impromptue, Florence s'approcha à pas mesurés, reconnaissant peu à peu la créature dont le crâne luisant se tournait vers le large, comme nostalgique d'un horizon perdu.

Elle se trouvait à quelques mètres seulement de lui lorsqu'il pivota. Ses nageoires latérales ondulaient avec une fluidité hypnotique, pulsant au rythme d'un cœur invisible. Une odeur singulière émanait de son corps – un mélange olfactif indéfinissable, à mi-chemin entre l'iode et quelque chose de plus primordial, plus ancien. Florence fléchit les genoux, comme attirée par une force invisible, totalement captivée par ces yeux qui semblaient contenir toute la profondeur des abysses.

Dans ce regard, elle perçut une solitude abyssale, une mélancolie qui la frappa comme une lame de fond. D'un geste presque instinctif, elle tendit sa main vers lui. La créature détourna les yeux, un mouvement furtif et craintif comme celui d'un félin sauvage. Il semblait sur le point de disparaître quand, dans un revirement inattendu, il présenta sa propre main, palmée et luisante.

Le contact de leurs doigts les plongea dans une émotion partagée qu'elle n'aurait su nommer – une connexion primale, antérieure au langage. Trop intense pour le triton, qui ne fit qu'effleurer de son index le visage de Florence, caressant ses cheveux avec une curiosité presque enfantine. Soudain, son attention fut attirée par quelque chose derrière elle. Et il disparut dans un éclair argenté.

— Ne refaites plus jamais ça ! tonna une voix autoritaire qui déchira le silence.

Florence se retourna brusquement. Un homme en uniforme de capitaine de corvette s'avançait à grandes enjambées furieuses.

— Toute approche étrangère est formellement prohibée ! poursuivit-il. Pour leur bien.

Florence se redressa lentement, le visage tendu, prête à affronter cette intrusion. Quelque chose dans son expression dut frapper l'officier, car il adoucit son ton :

— Ce sont des prisonniers, affirma-t-elle, son regard soutenant celui de l'homme sans fléchir.

— Ne commencez pas à vous engager dans ce type de considération, lieutenant, répliqua-t-il sèchement. Ils ont intégré ce programme de leur plein gré. Ils étaient parfaitement conscients des… inconvénients de leurs nouveaux corps.

Il balaya l'air de sa main, comme pour chasser une pensée dérangeante.

— Maintenant, veuillez nous suivre. Nous devons vous mener à bord de votre navire. Et je vous le répète : ne vous approchez plus d'eux !

Florence quitta l'anse dans une navette militaire, le vrombissement sourd du moteur résonnant contre les massifs calcaires qui s'éloignaient. Vingt minutes plus tard, elle marchait dans une coursive du bâtiment de soutien du Commando Hubert, l'Alizé, un navire de soixante mètres portant fièrement le matricule A 645. Le métal froid des parois contrastait avec la chaleur humaine qui l'avait habitée quelques instants plus tôt.

Elle fut immédiatement accueillie par son chef, le capitaine de corvette Alain Debart, un homme à la carrure imposante et au regard perçant qui semblait évaluer chaque nouvelle recrue comme un outil potentiel dans son arsenal.

— Bienvenue à bord, lieutenant Duprès, dit-il d'une voix qui ne laissait transparaître aucune émotion. Le quartier-maître Lenvart va vous conduire à votre chambre. C'est spartiate, je vous préviens. Je vous attends sur la passerelle pour un premier briefing. Nous levons l'ancre actuellement.

Elle le salua d'un geste précis et suivit son guide, un jeune homme nerveux qui semblait électrisé par sa présence.

Visiblement, les « marinettes », comme on appelait familièrement les femmes engagées dans la Marine, étaient plutôt rares sur ce navire. Le quartier-maître déploya tous les stratagèmes possibles pour capter l'attention de Florence, se lançant dans une description technique du bâtiment qui sonnait comme un discours apprit par cœur.

– Soixante mètres de long et quatorze de large, récitait-il. Deux moteurs diesels, deux hélices à pas fixe. Une vitesse de croisière de quatorze nœuds.

Florence ne l'écoutait plus. Son esprit était resté sur la rive, avec le triton, avec cette connexion brève. Mais intense qui avait réveillé en elle une curiosité presque douloureuse.

– Deux mitrailleuses de 12,7 millimètres, poursuivait-il inlassablement, deux radars Radal Decca, un système de transmission par satellite Imatra. Ça change du Poséidon !

Il ponctua cette remarque d'un sourire qu'il espérait certainement charmeur.

– Le Poséidon ? répéta Florence, tirée de sa rêverie. Un navire ?

– Affirmatif, confirma-t-il avec l'enthousiasme d'un connaisseur heureux de partager son savoir. Il a terminé son service en 2006.

Florence hochait distraitement la tête. Mais ses pensées voguaient ailleurs. Elles naviguaient vers ces êtres amphibies, ces tritons dont l'existence semblait entièrement dédiée au Commando Hubert. Que ressentaient-ils vraiment ? Quels étaient leurs aspirations, leurs espoirs enfermés dans ces corps transformés ?

– Je présume que vous disposez d'un caisson de décompression ? lança-t-elle pour interrompre le flot incessant de données techniques qui s'échappait de la bouche du jeune homme.

– Oui, bien sûr ! répondit-il avec empressement. Il est multiplace. Vous plongez, vous aussi ?

– Je suppose qu'on le fait tous, non ? répliqua-t-elle avec un sourire énigmatique.

– Pardonnez-moi ? Je ne comprends pas.

– S'immerger corps et âme dans son travail, par exemple.

Il lui rendit son sourire, visiblement soulagé de cette légèreté inattendue, puis s'empressa de localiser sa chambre comme si cette mission relevait de la plus haute importance. Florence s'y engouffra et ferma la porte, savourant un bref instant de solitude. Elle se changea rapidement, enfilant son uniforme avec des gestes précis, puis rejoignit le poste de commandement.

La vibration sourde qui remontait à travers les tôles métalliques indiquait que le navire avançait maintenant à sa vitesse de croisière. Par le hublot, elle distinguait à peine le rivage de Toulon et la silhouette de Saint-Mandrier qui s'estompait dans la brume matinale, comme un souvenir déjà lointain.

Moretti flânait sur le trottoir de la promenade des Anglais, face à l'hôtel Méridien dont la façade blanche se détachait sur le ciel azuréen. Le paysage lui apparaissait feutré à travers les verres polarisés de ses lunettes, comme un tableau aux couleurs adoucies. Comme pour mieux savourer l'instant, il les retira d'un geste lent.

Une mer d'étincelles solaires explosa soudain sur la surface de l'eau, l'obligeant à plisser les yeux face à cette luminosité aveuglante. Il pinça l'arête de son nez dans un geste machinal, puis remit ses lunettes. Durant un bref instant, l'image des plages privées se figea dans son esprit comme une persistance rétinienne, témoignage d'un luxe insolent qui bordait la baie des Anges.

Au loin, il distinguait un pont fantomatique sur l'eau, vestige symbolique de l'ancienne jetée-promenade qui s'avançait autrefois dans la mer. Une illustration de cet édifice oriental du début du siècle dernier ornait le bureau du commandant Delgado – vestige d'une époque révolue. Nostalgie ? Ou peut-être ce syndrome du membre fantôme, cette faculté troublante de l'esprit à continuer de ressentir un organe disparu, comme si le passé refusait de mourir complètement.

À quelques centaines de kilomètres de là, Philippe Delmont inclinait son visage vers le hublot du Transvaal, un avion de transport militaire qui acheminait du matériel vers le Maroc. Le rugissement des moteurs couvrait le silence de ses pensées tandis qu'il contemplait le paysage qui défilait sous ses yeux – d'abord la mer d'un bleu profond, puis les terres arides de l'Afrique du Nord, au loin.

Il devait rejoindre une équipe de la gendarmerie marocaine sur l'aéroport militaire d'Agadir, une ville qu'il connaissait bien pour avoir participé à des opérations de surveillance de trafic de stupéfiants à la frontière entre le sud de l'Algérie et le Mali. Les détails de sa mission actuelle lui avaient été dévoilés seulement une heure avant son départ, dans les locaux sécurisés d'Hermès.

— C'est une opération dangereuse, avait annoncé son supérieur sans préambule, le regard grave derrière ses lunettes à monture d'écaille.

— Je vous écoute, chef, avait répondu Delmont, le visage impassible.

— Vous avez été choisi pour deux raisons essentielles : votre expérience des manœuvres dans le désert du Maghreb et votre maîtrise de l'arabe dialectal. Vous allez infiltrer un convoi de la filière de l'ex-Polisario.

Il avait marqué une pause avant de poursuivre :

— Comme vous le savez, c'est un mouvement officiellement dissous. Mais toujours actif, qui se bat pour l'indépendance du Sahara occidental. L'un de leurs membres est un agent marocain. Il vous prendra en charge contre une somme substantielle. Personne ne posera de questions, l'argent achète le silence dans cette région.

Le supérieur s'était levé pour dérouler une carte sur le bureau, pointant du doigt diverses zones stratégiques.

— Une contrebande d'armes en provenance de Libye approvisionne actuellement les narcotrafiquants, qui fournissent en retour à un réseau libyen de la drogue de haute qualité. Vous serez intégré dans un équipage qui achemine de la dope marocaine jusqu'en Libye. Nous ignorons où les échanges ont précisément lieu. Mais votre mission sera de marquer les sacs de cocaïne et de haschich, ainsi que leurs véhicules. Ces traceurs nous guideront vers les protagonistes et, surtout, vers le caïd.

— Kemerovski, avait murmuré Delmont, le nom résonnant comme une promesse de danger.

— Exactement. Il faut le coincer en flagrant délit, établir le lien entre la drogue et ses bateaux. Sinon, autant changer de métier. Et croyez-moi, Delmont, nous avons des éléphants haut placés qui nous observent. Cette mission ne tolère pas l'échec.

À présent, alors que l'avion survolait le détroit de Gibraltar, Delmont observait ce rocher imposant qui se dressait comme une épée vers le ciel - un avertissement silencieux aux voyageurs téméraires. Il songea au désert qui l'attendait, à tous ces hommes qui vivaient avec la mort au quotidien sur les routes imprégnées des odeurs entêtantes de marihuana, de cocaïne et d'épices du Maghreb. Tout un monde, toute une civilisation.

Ses pensées dérivèrent vers la Division Hermès et vers Florence, qui avait dû quitter le port de Toulon pour sa propre mission. Deux fronts différents dans une même guerre.

William étudiait avec une attention méticuleuse la morphologie des coques des navires d'Azur Mare, les comparant sur les écrans haute définition qui tapissaient son espace de travail. Son œil exercé de spécialiste repéra rapidement l'anomalie : seul l'un d'eux présentait une courbure différente sur le côté bâbord inférieur - le « Nautile 1 », actuellement en escale en Grèce.

Un signal sonore aigu retentit soudain, relayé par une position géographique qui clignotait sur le plan affiché sur l'écran mural. Le point lumineux pulsait en plein milieu de la Méditerranée, indiquant que Delmont procédait aux tests de fonctionnement des mouchards électroniques.

Le Nautile 1, fleuron de la flotte de Kemerovski, avait jeté l'ancre au large de l'île de Santorin, cet écrin de calcaire blanc qui émergeait de la mer Égée. L'appontement de l'île était trop exigu pour accueillir un navire de cette envergure, contraignant les passagers à utiliser des navettes pour rejoindre le quai. Florence ne pourrait pas être présente sur zone avant la soirée. D'après le planning d'excursions du paquebot, leur prochaine escale était prévue au port de l'île de Rhodes, une fenêtre d'opportunité aussi brève que cruciale.

Florence prit connaissance du rapport détaillé de William et en informa immédiatement le commandant de bord.

— L'île de Rhodes ? répéta ce dernier, son front se plissant sous l'effet d'une concentration intense.

— Oui, capitaine, confirma-t-elle. Vos hommes devront faire preuve de rapidité et de discrétion absolues.

— Les tritons, comme vous les appelez, sont nos meilleurs agents pour ce type de mission, affirma-t-il avec une assurance tranquille. Je parierais ma chemise que sous la coque de ce navire se trouvent des caméras de surveillance mobiles et des intercepteurs.

— Des intercepteurs ? s'enquit Florence, intriguée par ce terme technique qu'elle n'avait jamais entendu.

— Des drones subaquatiques autonomes, expliqua-t-il. Les caïds de la drogue sont de véritables paranoïaques, équipés des dernières technologies de défense. Une équipe conventionnelle de plongeurs serait immédiatement détectée, malgré notre matériel sophistiqué. Mais ne vous inquiétez pas – vous aurez vos images, croyez-moi.

— Où sont-ils actuellement ? demanda-t-elle. À bord du bateau ?

— Oui, en fond de cale. Ils disposent d'un accès direct vers l'extérieur. Pourquoi cette question ?

— Par pure curiosité professionnelle, répondit-elle d'un ton qu'elle espérait, détaché.

Le capitaine s'apprêtait à partir. Mais se ravisa soudainement. Il se retourna et fixa Florence d'un regard pénétrant, comme s'il cherchait à lire en elle.

— N'approchez pas des tritons, commandant. Aucun contact. C'est la règle numéro un.

Son ton n'admettait aucune réplique.

L'hélicoptère de Kemerovski fendait l'azur méditerranéen, ses pales découpant l'air avec un bruit régulier et assourdissant. Alfonzo, assis près d'un hublot, distinguait par moments des dauphins qui bondissaient à la surface de l'eau, créant des éclats argentés sur le bleu profond. Il s'efforçait de savourer ce voyage comme s'il s'agissait du dernier, conscient que chaque mission pour le caïd russe pouvait se transformer en aller simple vers l'enfer.

La vision de cette forêt de cadavres – comme Kemerovski appelait cyniquement ses victimes – revenait sans cesse à son esprit, vision macabre qui le hantait jusque dans ses rêves. « Un vrai psychopathe, » pensait-il en observant la côte méditerranéenne qui défilait sous l'appareil. « Dangereux, beaucoup trop dangereux. »

Le cosaque avait exigé de le voir en personne. Les mots alarmants d'Alfonzo, transmis par téléphone crypté, avaient suffi pour que Kemerovski envoie son hélicoptère en urgence, bravant les espaces aériens contrôlés avec cette arrogance caractéristique des hommes qui se croient au-dessus des lois.

L'appareil filait maintenant à faible distance de la Corse, dont les montagnes escarpées se découpaient nettement contre le ciel sans nuages – sans nuage hormis ces brumes d'inquiétude qui obscurcissaient l'esprit d'Alfonzo.

Au même moment, Delmont survolait le détroit de Gibraltar, contemplant cet éperon rocheux qui se dressait vers le ciel comme une épée menaçante, véritable avertissement naturel aux frontières de deux mondes.

Florence, quant à elle, profitait d'un rare moment de solitude dans sa cabine exiguë à bord de l'Alizé. Vêtue d'un simple maillot, elle était assise sur une serviette étendue au sol, jambes en tailleur, les pieds glissés sur ses cuisses dans la position du lotus. Bras tendus, mains posées sur les genoux, paumes tournées vers le haut, l'index et le pouce en position « chin mudra », elle s'efforçait de faire abstraction du monde extérieur.

Progressivement, elle n'entendait plus ni les ronronnements des moteurs ni les bruits métalliques erratiques du navire. Elle était ailleurs, loin de ces militaires, loin de cette mission, plongée dans un espace intérieur où résonnait encore l'écho de sa rencontre avec le triton.

– Alors, Alfonzo ? demanda Kemerovski, un sourire inquiétant étirant ses lèvres minces. Suis-je toujours invisible ? Dis-moi ?

Son bras puissant enserrait maintenant les épaules d'Alfonzo dans une étreinte qui n'avait rien d'amical. L'Italien percevait les remugles d'une haleine fétide, témoignage d'un foie malmené par l'alcool et les excès. Du salon luxueux où ils se tenaient, on apercevait un bloc évidé à l'avant du yacht, prêt à être rempli de ce que Kemerovski appelait son « ciment maison », une allusion macabre à sa méthode préférée pour se débarrasser des corps encombrants.

Alfonzo réalisa soudain que son voyage en hélicoptère avait probablement été le dernier. Il n'écoutait plus les paroles de ce fou, son esprit déjà occupé à calculer ses chances de survie.

– Tu m'entends ? insista Kemerovski, son accent russe plus prononcé sous l'effet de l'irritation. Résume-moi ce que tu sais ! Et c'est quoi ça, le Hermès ? Un nouveau service secret français ?

– C'est la Division Hermès, commença Alfonzo, choisissant soigneusement ses mots. Il ne s'occupe que des...

– Parle-moi de ce dont ils sont informés, Alfonzo ! gronda le Russe, sa voix descendant d'une octave, signe avant-coureur de sa colère.

– Les deux agents qui ont enquêté au chantier naval en Italie font partie d'Hermès, expliqua Alfonzo, la gorge sèche. Ils ont établi un lien avec le trafic de drogue, puisque mon chef fait équipe avec eux depuis peu.

– Ils n'ont rien ! affirma Kemerovski avec une confiance inquiétante.

La pression de son bras sur le cou d'Alfonzo s'accentua, presque une menace.

– Dis-moi, à quoi penses-tu, Alfonzo ? poursuivit-il, ses yeux clairs scrutant le visage de l'Italien comme un prédateur évalue sa proie.

– Je crois qu'ils progressent rapidement, répondit-il avec prudence. Ils ne vont pas tarder à inspecter les navires.

– Si on s'approche du paquebot, on élimine les intrus, balaya-t-il d'un geste nonchalant de la main, comme s'il chassait une mouche importune.

Dimitri Vassinovitch, l'homme de main principal de Kemerovski, se leva de son fauteuil. Il croisa le regard de Boris, un autre sbire, qui plissa les yeux en un signal silencieux avant de tourner les talons en direction de la terrasse, suivi par deux hommes dont la démarche trahissait leur profession de tueurs.

Dimitri, nota mentalement Alfonzo, ne disait pas tout à son patron. Une information précieuse a exploiter le moment venu. Le caïd aboya soudain des ordres sans même se retourner :

– Bien, Alfonzo, tu t'occupes d'Hermès. Je veux connaître tous leurs mouvements, dans les moindres détails. Tu disposeras de deux hommes pour t'assister si nécessaire.

D'un geste brusque de l'index, il le congédia :

– Allez ! Va !

Dans l'immense salon panoramique en rotonde, Alfonzo remarqua une impressionnante fresque en mosaïque colorée, fixée au mur central par d'imposants crochets en bronze. Elle représentait une île idyllique avec des bateaux de pêche traditionnels. Au premier plan, des arbres fruitiers et des palmiers évoquaient une oasis de prospérité. Des hiéroglyphes ornaient la partie inférieure de l'œuvre, dominée par l'imposante figure d'un taureau – certainement le symbole tutélaire d'une civilisation ancienne. L'ensemble dégageait une impression de puissance tranquille, une réalisation artistique qui remontait probablement à une époque antérieure à Jésus-Christ. Un trésor inestimable, dérobé sans doute à quelque musée ou site archéologique.

Dans l'hélicoptère du retour, Alfonzo partageait l'espace confiné de la cabine avec Vassinovitch et ses deux « fines lames », comme on les surnommait dans l'organisation. L'atmosphère était électrique, chargée de tensions non exprimées.

– Je n'arrive vraiment pas à me mettre à ta place, Alfonzo, lança soudain Vassinovitch, un rictus dédaigneux déformant ses lèvres. Comment peut-on être à la fois flic et des nôtres ? On peut vraiment basculer d'un bord à l'autre comme ça ? Hein ?

– Et moi, répliqua Alfonzo sans se démonter, je me demande comment tu fais pour protéger ton patron et flinguer un policier. On peut légitimement s'interroger sur ton discernement, tu ne crois pas ?

– Tu siffles comme un serpent, l'Italien, cracha Vassinovitch, son visage se durcissant. Un jour, tu feras un faux pas. Et ce jour-là, tu découvriras si je prends ou non de mauvaises décisions.

Alfonzo balaya la menace d'un geste las. Il se pencha vers le hublot, calculant mentalement le temps qu'il lui restait à supporter la promiscuité étouffante de l'appareil. Pour se distraire, il sortit son iPhone et fit défiler les photos qu'il avait discrètement prises sur le yacht de Kemerovski – des clichés qui pourraient s'avérer utiles un jour, si les choses tournaient mal.

Depuis quelques semaines, il percevait une certaine distance dans l'attitude du caïd à son égard, un refroidissement subtil. Mais inquiétant. Son regard se posa sur Vassinovitch, qui jouait négligemment avec un Opinel miniature, faisant miroiter la lame dans un rayon de soleil. Se pouvait-il que cet homme ait distillé son venin auprès de Kemerovski ? C'était plus que probable.

Son système d'alerte interne, affiné par des années de double jeu, était en éveil constant. Il réalisait que les dernières actions imprudentes de Vassinovitch risquaient de compromettre l'ensemble du réseau. L'enquête de la division d'Hermès, qui se rapprochait dangereusement d'eux, en était la preuve flagrante.

Il songea à en toucher un mot à Kemerovski, à jouer la carte de la franchise en accentuant légèrement les risques. Mais le cosaque était retors et imprévisible – certains « arbres » de sa « forêt humaine » témoignaient de sa propension à prendre des décisions expéditives sans vérifier minutieusement les faits. Alfonzo avait envisagé un soir d'ouvrir un dossier sur le Russe, comme il l'aurait fait pour n'importe quel groupe de narcotrafiquants. Une assurance-vie, en quelque sorte.

L'hélicoptère fut soudain pris dans une zone de turbulences, se secouant violemment, ramenant brutalement l'esprit d'Alfonzo à sa situation présente. Coincé entre ciel et mer, entre deux loyautés incompatibles.

Archipel Dodécanèse. 5 h 30 du matin.

Florence savourait le parfum complexe que produisait le mélange de l'iode marin et du thé vert dans le mug en porcelaine blanche qu'elle tenait entre ses mains. La chaleur de la céramique contrastait agréablement avec la fraîcheur de l'air matinal qui caressait son visage. L'île de Rhodes était maintenant visible à l'œil nu, une petite tache lumineuse à l'horizon.

Sur le pont, des matelots s'affairaient avec une efficacité silencieuse. Mais Florence percevait une tension inhabituelle dans leurs mouvements, une nervosité contenue. Le capitaine de corvette Alain Debard l'interpella soudain depuis la passerelle. Elle se retourna et pressa le pas pour le rejoindre.

En pénétrant dans la timonerie, elle fut immédiatement frappée par l'atmosphère électrique qui régnait. Tous les regards des officiers présents convergèrent vers elle, chargés d'une gravité qui l'alarma instantanément.

— Nous avons un problème, annonça le capitaine sans préambule, son visage fermé trahissant son inquiétude.

— De quelle nature ? s'enquit Florence, son esprit déjà en alerte.

— Un de nos hommes-poissons refuse de plonger, intervint l'un des seconds d'un ton accusateur.

Florence reposa lentement son mug, consciente que la situation était plus complexe qu'il n'y paraissait.

— Cette unité spéciale ne peut pas opérer en effectif incomplet, poursuivit l'officier. L'équipe doit être au complet pour garantir la sécurité de la mission.

Le capitaine Debard observa Florence avec une intensité troublante avant de s'approcher d'elle jusqu'à envahir son espace personnel – une tactique d'intimidation classique.

— Pour une raison qui nous échappe totalement, articula-t-il d'une voix glaciale, l'un d'eux exige expressément de vous voir.

Il marqua une pause calculée avant d'ajouter :

— Peut-être auriez-vous une explication à nous fournir concernant cette requête pour le moins... insolite ?

Florence contrôla sa respiration, consciente qu'elle ne devait montrer ni faiblesse ni hésitation. Après un bref instant de réflexion, elle opta pour la transparence et résuma sa rencontre fortuite avec l'un des tritons à la base de Saint-Mandrier.

— Lieutenant ! s'exclama le capitaine, ses traits se durcissant. Votre comportement envers un spécimen d'homme-poisson constitue une violation grave du protocole établi. À ce stade, l'opération est suspendue jusqu'à nouvel ordre.

Florence écarta légèrement ses jambes, adoptant une posture militaire aussi rigide que déterminée. Ses yeux affrontèrent sans ciller le regard glacial du capitaine. Les embruns marins collaient quelques mèches de ses cheveux châtains sur ses tempes. Mais elle n'y prêtait aucune attention.

— Cette mission est prioritaire ! Elle éleva délibérément la voix pour couper court aux objections du commandant de bord, dont les traits se durcirent instantanément.

— Notre rencontre n'était pas fortuite. Je dois parler à cet homme... »

Le capitaine s'avança d'un pas, envahissant son espace personnel. Son visage s'empourpra de colère.

— C'est moi qui dirige ici ! hurla-t-il, son haleine chargée d'un relent de café noir.

Des gouttelettes de salive perlèrent sur sa barbe poivre et sel.

— Nous n'avons plus la certitude que son esprit n'est pas perturbé par votre intervention. Pas de place pour le folklore ici. Cette conversation est terminée, rompez et regagnez vos quartiers jusqu'à nouvel ordre.

Il se retourna d'un bloc, ses épaules raides sous son uniforme impeccable, puis s'effaça avec ses lieutenants dont les regards oscillaient entre curiosité et réprobation. Florence sentit la morsure de l'humiliation. Mais n'en laissa rien paraître. D'un geste vif, elle saisit son portable et tapa rapidement un SMS à Moretti : « mission ajournée ». Son pouce s'abattit sur l'écran comme un coup de marteau. Et elle l'expédia en descendant une coursive étroite où l'odeur de métal et d'huile de machine imprégnait l'air confiné.

Les néons blafards du plafond projetaient des ombres dansantes sur les parois métalliques. Le bourdonnement sourd des moteurs faisait vibrer le sol sous ses pas précipités. Elle n'avait pas encore franchi l'issue de son dortoir, un espace spartiate où six couchettes s'alignaient comme des cercueils verticaux, qu'une voix masculine, métallique et impersonnelle, jaillissait des haut-parleurs disséminés le long du corridor :

« Lieutenant Duprès, veuillez rejoindre immédiatement le capitaine de corvette à l'espace plongée. Je répète : Lieutenant Duprès… »

Florence s'immobilisa, le souffle court. Cette convocation inattendue faisait naître en elle un mélange d'appréhension et d'espoir. Elle rebroussa chemin, ses pas résonnant dans le silence oppressant qui avait succédé à l'annonce.

Le capitaine l'attendait, silhouette rigide et sombre, devant un sas circulaire en métal poli qui reflétait la lumière crue des projecteurs. Ses traits étaient indéchiffrables. Pas un mot ne fut échangé durant les protocoles de contrôle : reconnaissance faciale, empreinte rétinienne et digitale. Florence sentait son cœur cogner contre sa cage thoracique alors que les appareils scannaient méticuleusement chaque parcelle de son identité.

La porte massive roula sur le côté avec un sifflement pneumatique. C'était la première fois que Florence voyait un tel système électromagnétique, une technologie qui dépassait de loin ce qu'elle connaissait dans la marine conventionnelle. Ce n'était pas le moment de poser des questions, se dit-elle en ravalant sa curiosité. Le capitaine s'engouffra dans l'ouverture sans se retourner, sa nuque rigide trahissant sa tension.

À peine Florence eut-elle franchi le seuil que le dispositif de fermeture s'enclencha derrière elle avec un claquement métallique définitif. Une lumière rouge, pulsante et hypnotique, irradiait une salle circulaire aux parois lisses, presque organiques. Au centre, telle une vision surréaliste, siégeait une vasque circulaire d'environ deux mètres de circonférence. L'eau qui y clapotait doucement renvoyait des reflets cuivrés sur les murs, créant une atmosphère irréelle, presque onirique.

Certainement le sas de communication vers l'extérieur, pensa-t-elle, sentant l'adrénaline monter en elle.

C'est alors qu'elle l'aperçut. Un triton. Là, dans la piscine. Sa peau nacrée luisait sous la lumière carmine, ses yeux trop grands, trop profonds, semblaient contenir tous les mystères des abysses. Ses branchies palpitaient doucement sur son cou, comme les ouïes d'un poisson. Mais son torse et son visage étaient indéniablement humains. Il l'observait avec une intelligence aiguë qui la transperça jusqu'à l'âme.

Le capitaine passa devant la créature avec une familiarité qui surprit Florence, puis se retourna en sa direction, impatient d'observer sa réaction. Un léger rictus déformait ses lèvres minces.

Pour Florence, la situation était limpide comme l'eau cristalline qui entourait l'être aquatique : elle sentait, avec une certitude, que la créature voulait être seule avec elle. Une connexion inexplicable s'établit entre eux, au-delà des mots, au-delà de la logique. Elle demanda dix minutes d'entretien privé.

Le capitaine maugréa des paroles inintelligibles, ses yeux plissés de méfiance. Mais finit par céder. Il quitta la pièce à reculons, comme s'il craignait de tourner le dos à ce qui allait se dérouler.

Pendant ce temps, à la surface, le Nautile 1, le plus imposant paquebot de la flotte Mare, mouillait à quelques encablures du port de destination. Ses flancs d'acier, polis comme un miroir, réfléchissaient la lumière dorée du soleil méditerranéen. Sa silhouette majestueuse dominait l'horizon marin, symbole de puissance et de technologie avancée.

Au moment où Florence retrouvait enfin l'air libre, après son mystérieux entretien avec le triton, l'île de Rhodes se dessinait au loin, émergeant des flots comme un joyau serti dans l'écrin bleu de la mer Égée. On pouvait y distinguer, nichées dans les collines verdoyantes, des villas blanches aux toits de terre cuite, semblables à des coquillages éparpillés sur le rivage par quelque divinité marine capricieuse.

Les tritons étaient en chemin vers la cible. Ils glissaient sous la surface comme des ombres, invisibles aux yeux des mortels ordinaires. L'un des trois était équipé d'un appareil photo infrarouge étanche, technologie de pointe qui permettrait de percer les secrets jalousement gardés de leur objectif.

Malgré l'insistance du capitaine, dont les questions fusaient comme des torpilles, Florence ne lui résuma rien de ce qui s'était passé durant son tête-à-tête avec la créature marine. Certains secrets devaient rester enfouis dans les profondeurs.

Le soleil, orbe incandescent, embrasait à présent le ciel d'un camaïeu d'oranges et de pourpres, ses rayons dansant sur les vaguelettes et dévoilant une eau turquoise d'une limpidité saisissante. Une traînée blanche dans les nuages, semblable à une cicatrice dans le firmament, révélait la présence d'un aéroport sur l'île, rappel discordant de la civilisation moderne dans ce paysage presque intemporel.

Un homme brun, à la silhouette mince et aux traits slaves marqués, se matérialisa silencieusement à côté de Florence. Les galons sur son uniforme impeccable indiquaient son rang d'officier. Il appuya ses coudes sur le bastingage en bois poli et s'adressa à Florence sans détacher son regard de l'horizon flamboyant, comme s'il craignait que ses yeux ne trahissent ses pensées s'il la regardait directement.

– Lieutenant ?

– Sa voix avait la douceur feutrée d'un accent d'Europe de l'Est.

– Je me présente, lieutenant de vaisseau Slobodan Slaninovitch, médecin à bord de l'Alisé. Une légère brise marine soulevait quelques mèches de ses cheveux sombres.

– Le capitaine m'a dit que vous êtes restée seule avec un triton, du moins c'est le terme que vous employez. Pour moi, c'est un homme avant tout, malgré ses... particularités. Il marqua une pause, cherchant visiblement ses mots.

– Puis-je savoir ce que vous vous êtes dit ? Je suis de près ces hommes depuis quelques années, c'est la première fois qu'il communique... Avec une femme.

Florence sentit le poids de son regard glisser sur elle. Une curiosité presque palpable émanait de lui, mêlée à quelque chose de plus profond, peut-être de la jalousie professionnelle.

– Pensez-vous vraiment que c'est le moment de discuter de ça ? répondit-elle d'un ton sec et inflexible. Elle se tourna vers lui, croisant enfin son regard et y découvrant une intensité qui la mit mal à l'aise.

Un matelot, silhouette floue sur le pont baigné par la lumière du couchant, faisait des signes frénétiques en sa direction.

Sauvée par le gong, pensa-t-elle, ressentant un soulagement inattendu.

– On nous appelle, lança Florence à voix haute, ne cachant pas sa satisfaction face à cette intervention inopinée qui venait à point nommé.

Dans la salle de réunion, éclairée par des lumières tamisées qui créaient une atmosphère presque théâtrale, une représentation en trois dimensions mettait en relief toute la partie immergée du paquebot de Kemerovski. L'hologramme flottait, spectral et fascinant, au milieu d'une table de verre ovale autour de laquelle se tenaient plusieurs officiers aux visages tendus.

Florence fut impressionnée par cette technologie qu'elle ne connaissait pas. L'image, d'une précision époustouflante, révélait jusqu'aux moindres détails de la coque submergée, comme si l'on avait plongé une caméra dans les profondeurs marines.

– Commandant, nous vous attendions pour faire le point, dit le capitaine Debard, son ton autoritaire rompant le silence religieux qui régnait dans la pièce. Il pointa du doigt des petites lueurs qui évoluaient, telles des lucioles aquatiques, autour du navire holographique projeté au-dessus d'un écran horizontal qui servait de socle à cette merveille technologique.

— Ces satellites que vous voyez qui cerclent autour de la coque sont des intercepteurs.

Ses doigts dessinèrent des cercles dans l'air, comme pour souligner ses propos.

— Ce sont des engins dotés d'intelligence artificielle qui peuvent détecter, examiner et coordonner des actions groupées et immédiates en cas d'intrusions dans une circonférence de sécurité.

Son regard se durcit.

— Ils sont entièrement autonomes et extrêmement dangereux.

— Des aqua drones, quoi ! Florence plissa les yeux, analysant rapidement la situation.

— Ils savaient que nous venions, rétorqua-t-elle, sa voix trahissant une pointe d'irritation.

— On ne met pas en place un tel dispositif sans raison.

Elle effleura du bout des doigts l'hologramme, fascinée malgré elle.

— Comment fonctionne cette représentation tridimensionnelle ?

Le capitaine sourit légèrement, visiblement fier de pouvoir expliquer cette prouesse technique.

— Les hommes-poissons sont équipés d'un boîtier électronique qui numérise le périmètre. Il fit un geste englobant toute la salle.

— Un ordinateur quantique analyse les données transmises par les trois tritons et renvoie une image en temps réel, avec une précision au centimètre près.

— Les intercepteurs ne les ont pas détectés ? s'étonna Florence, une ride soucieuse barrant son front.

— Ce sont juste de gros poissons pour leurs radars et ils sont à une portée acceptable du navire. Il passa une main dans ses cheveux grisonnants.

— En revanche, s'ils s'approchent davantage, l'attaque sera quasi instantanée !

— De quel type ? demanda Florence, son esprit tactique déjà en train d'évaluer les risques et les options.

— Ultra-sons capables de désorienter complètement un plongeur, mini-torpilles à guidage thermique pointées sur cibles mouvantes, filets électrifiés... Il haussa les épaules.

— Les moyens ne manquent pas. La technologie militaire privée a fait des bonds de géant ces dernières années.

Florence se mordit la lèvre inférieure, signe chez elle d'une intense réflexion.

— À quelle distance sont-ils de la coque ?

— Cent mètres environ. Le capitaine l'observait attentivement.

— À quoi pensez-vous, lieutenant ?

Florence prit une profonde inspiration, sachant que sa proposition allait susciter des réticences.

— Envoyer un leurre, dit-elle finalement.

— Un triton pourra alors s'avancer suffisamment pour prendre des clichés pendant que les intercepteurs seront occupés ailleurs.

Elle croisa les bras sur sa poitrine.

— Ils sont très intuitifs et peuvent réagir exactement comme nous le souhaitons.

Un silence pesant s'abattit sur la salle. Les regards des officiers convergèrent vers elle, mélange d'incrédulité et de respect réticent.

— Et peut-on savoir d'où vous tenez ces informations ? demanda le capitaine, sa voix trahissant un soupçon de méfiance.

Florence resta muette, affrontant les regards interrogateurs des hommes autour d'elle. Le poids de son secret pesait sur ses épaules. Mais elle ne pouvait pas révéler la teneur de sa conversation avec le triton, pas encore.

— C'est un pressentiment, répondit-elle finalement, soutenant le regard du capitaine avec une assurance qu'elle était loin de ressentir.

— Un leurre ?

Le capitaine secoua la tête.

— C'est aventureux ! Rien ne nous dit quelle sera la riposte à ce type d'action ! Ces intercepteurs pourraient très bien déclencher une alerte générale. Et nous perdrions définitivement l'effet de surprise.

Florence posa ses mains à plat sur la table, se penchant légèrement en avant. La lumière bleutée de l'hologramme accentuait les angles de son visage, lui donnant une apparence presque surnaturelle.

— Nous avons besoin de voir la coque de ce navire, insista-t-elle, sa voix basse. Mais intense.

— Nous pensons qu'elle a été modifiée pour transporter autre chose que des passagers. Si cela s'avérait être le cas, notre enquête avancerait d'un grand pas.

Un éclair passa dans ses yeux.

— Les risques, c'est notre métier !

– Merci de nous le rappeler, au cas où on l'aurait oublié ! Tança le capitaine, furibond, son visage se colorant d'une teinte écarlate qui contrastait violemment avec le bleu de l'hologramme.

Brusquement, comme si les tensions dans la salle avaient affecté l'appareil lui-même, la représentation holographique se troubla. Des lignes d'interférence traversèrent l'image, la fragmentant momentanément avant qu'elle ne se reconstitue, révélant une situation inattendue.

Un des tritons, reconnaissables à sa signature thermique particulière, progressait à grande vitesse vers le paquebot, fendant les eaux comme une flèche. C'était une action non planifiée, impulsive, peut-être même suicidaire.

Les aqua drones intercepteurs, alertés par cette intrusion soudaine, convergèrent vers l'homme-poisson à une vitesse fulgurante, traçant des sillages lumineux dans l'eau virtuelle de l'hologramme. La diversion, car c'en était certainement une, prenait l'allure d'une attaque frontale.

Le pacha, visage déformé par l'urgence de la situation, hurla l'ordre au commando humain de plonger immédiatement, sa voix résonnant contre les parois métalliques de la salle comme un coup de tonnerre.

– Équipe d'intervention, à l'eau ! Maintenant !

Florence sentit son cœur s'accélérer. Le plan s'était mis en branle sans son accord. Mais elle comprit instantanément ce qui se passait. Le triton avec qui elle avait communiqué avait pris l'initiative, risquant sa vie pour leur donner une chance d'accomplir leur mission.

Alors qu'elle se précipitait vers le pont, elle ne put s'empêcher de penser que la créature avait perçu quelque chose en elle, une détermination, une sincérité peut-être, qui l'avait poussée à agir. Cette connexion inexplicable venait peut-être de leur sauver la vie... ou de les précipiter tous dans un danger mortel.

14

– Un poisson ? Doublez les intercepteurs ! hurla Kemerovski, sa silhouette imposante dominant le centre de la salle de surveillance de son yacht.

Un écran de contrôle clignotait devant lui, capturant toute son attention. Ses doigts agrippèrent le combiné avec une force excessive.

– Rien ne doit approcher le Nautile ! Pas même du plancton !

Il raccrocha d'un geste sec, presque violent. Sur les moniteurs tactiques qui tapissaient les parois de la salle, il observait l'agitation frénétique de ses hommes dans les cales du paquebot. Un mouvement de panique orchestré, maîtrisé. Son regard acéré balaya l'écran radar, qui ne révélait aucune anomalie.

Kemerovski quitta la pièce en pestant entre ses dents, traversa le corridor aux boiseries précieuses et pénétra dans un salon dont le luxe ostentatoire confinait à l'indécence. Il remarqua immédiatement une cascade de cheveux bruns qui dépassait d'un canapé de cuir blanc. Ces mèches soyeuses, il les aurait reconnues entre mille.

Il s'approcha du bar en marbre veiné, se servit une vodka qu'il versa dans un verre en cristal de Bohême sans même y ajouter de glaçons.

– Je suis content de te voir, Monica, dit-il en jouant avec son verre. Tu représentes toujours un plaisir pour les yeux.

Elle se tourna vers lui, un sourire calculé aux lèvres, ramenant avec une grâce étudiée ses cheveux sur son cou de cygne. Ses yeux d'un vert émeraude illuminaient son visage hâlé, comme deux joyaux enchâssés dans du bronze. Grande et élancée, elle tenait dans sa main droite une flûte de champagne rosé, ses jambes interminables élégamment croisées et rabattues vers le canapé. Tout en elle respirait la distinction. Mais certains gestes trahissaient les vestiges d'un passé moins reluisant – une façon de rejeter ses cheveux, une manière de tenir son verre, des détails imperceptibles pour le commun des mortels. Mais pas pour l'œil exercé de Kemerovski.

– Ce n'est pas pour tes yeux que je t'ai invité, ajouta-t-il avec un soupçon de flegme britannique. C'est au sujet de Kelerman.

Le visage de la jeune femme s'assombrit instantanément, comme si un nuage venait d'occulter un rayon de soleil. Kemerovski, apparemment insensible à ce changement d'humeur, continua de lisser du bout des doigts le col de sa chemise jaune vif, déambulant avec une lenteur délibérée dans le salon aux baies vitrées qui offraient une vue panoramique sur l'horizon marin.

— Tu avais deux mois pour le séduire et mener à bien la mission que je t'avais confiée, dit-il en articulant chaque syllabe avec une précision chirurgicale. Je t'avais également accordé un sursis à ta demande.

— Je...

Il leva la main pour l'interrompre, un geste impérieux qui n'admettait aucune contradiction.

— Monica, murmura-t-il en s'asseyant à côté d'elle, le cuir gémissant sous son poids, n'ai-je pas été convenable avec toi ? Rappelle-toi où je t'ai vue la première fois.

Il marqua une pause, savourant la tension qui s'installait.

— Tu louais ton corps à des hommes d'affaires minables dans un hôtel miteux de Las Vegas. Aujourd'hui, tu évolues dans les grandes sphères, le luxe !

Son discours, exprimé sur un ton faussement rassurant, presque amical, contrastait violemment avec les rictus qui déformaient son visage. Monica le savait – le venin de la peur se diffusait déjà dans ses veines, stimulant dans son cerveau les centres primitifs de la terreur et de l'angoisse.

— J'ai besoin de temps, supplia-t-elle, sa voix trahissant son désespoir. Je ne peux pas l'obliger...

Elle cherchait frénétiquement une issue à cette situation inextricable. Mais une partie d'elle-même savait déjà que le verdict était tombé. Boris se releva d'un mouvement fluide, presque félin.

— Ah, les Françaises ! s'exclama-t-il avec une fausse jovialité. Vous êtes formidables !

Il se dirigea vers une étagère en verre et contempla sa collection d'arbres en bronze miniature, implanté dans un paysage lunaire, coulé dans le même métal. Ses doigts caressèrent amoureusement la tête d'un conifère parfaitement ciselé, avant qu'il ne se retourne vers Monica, un sourire carnassier aux lèvres.

— On m'a rapporté qu'il est gay. Et ça, tu le savais ! cracha-t-il soudain, son masque de courtoisie se fissurant. Pourquoi n'avoir rien dit ? J'aurais envoyé quelqu'un d'autre.

— Non, il est bisexuel, se défendit-elle, agrippant cette dernière lueur d'espoir. Et...

— Tu es adorable, Monica ! Une vraie œuvre d'art.

Il s'approcha de la terrasse extérieure, lui parlant en lui tournant le dos, face à la mer d'un bleu profond qui miroitait sous le soleil méditerranéen. Ses yeux semblaient chercher une inspiration dans l'horizon infini.

— J'affectionne l'art sous toutes ses formes, fit-il, pensif. Les tiennes, de formes, bien sûr.

Ses yeux la parcoururent avec une concupiscence mêlée de cruauté.

— Celles des arbres aussi, leurs courbes, leurs ondulations dans le mouvement.

Il songea à sa forêt macabre, ces squelettes évoluant au gré des courants marins, une véritable chevelure ondoyante dans les profondeurs.

— J'aime beaucoup la littérature française, poursuivit-il. Grâce à mon père, j'ai eu le meilleur enseignement que l'on puisse imaginer. Oxford, Cambridge…

Il s'interrompit, comme pour savourer ces noms prestigieux.

— « Dans chaque ami, il y a la moitié d'un traître. » C'est d'Antoine de Rivarol, un proverbe que je me suis approprié, un écrivain que tu ne dois pas connaître, je pense.

Monica se leva brusquement, le visage blême. Ses pupilles dilatées par la terreur reflétaient l'épouvante pure.

— Kelerman nous a tout raconté avant de mourir, susurra-t-il sur un ton glacial qui contrastait avec la chaleur étouffante du salon.

Monica ramena ses deux mains tremblantes sur son visage, comme pour se protéger de l'horreur.

— Tout ce que nous souhaitions savoir, poursuivit-il implacablement. Il est certain qu'il servait mieux mes intérêts, vivants. Mais bon, on n'obtient pas toujours ce que l'on veut, n'est-ce pas, Monica ? Il nous a aussi appris qu'il connaissait certains de nos projets…

La panique la submergea comme une vague. Il se détournait maintenant, cherchant quelque chose du regard.

— Il m'a forcée ! s'écria-t-elle, sa voix montant dans les aigus. Il a su que je travaillais pour toi. Il m'a promis qu'il me tuerait, je ne pouvais rien te dire !

— Il te faisait donc plus peur que moi.

La constatation, clinique, tomba comme un couperet. Kemerovski appuya sur le bouton d'une télécommande. L'écran mural s'illumina, révélant une vidéo d'une netteté insoutenable. Un homme, maintenu par deux colosses chauves aux visages impassibles, se débattait avec l'énergie du désespoir, tandis que Kemerovski coulait un bloc de béton violet autour de ses pieds. Tout en accomplissant cette sinistre besogne, il posait des questions d'une manière affable, presque cordiale, promettant à sa victime de le libérer s'il lui livrait les informations qu'il voulait. L'homme était défiguré par la torture, ses traits déformés par la terreur.

Kemerovski coupa le film d'un geste négligent.

– Il ne nous a jamais parlé de ta trahison… C'est toi qui viens de le faire.

Elle s'effondra à genoux sur le sol marbré, sa dignité oubliée. Il s'approcha d'elle avec une lenteur calculée. Un rictus sadique dévoilait ses dents, trahissant le plaisir malsain qui inondait son corps. Une jouissance presque sexuelle.

– Pitié, pitié, je t'en supplie, implora-t-elle, les yeux noyés de larmes. Je n'ai rien dit.

Il s'agenouilla à sa hauteur, caressa ses longs cheveux noirs avec une tendresse obscène et chuchota sur un ton faussement réconfortant :

– Je le sais, je le sais, Monica. Tu es une belle plante. Tu seras digne de rejoindre ma forêt.

Son hurlement déchira le silence, se répandant sur la surface impassible de la mer comme une onde empoisonnée, avant de s'éteindre, absorbée par l'immensité bleue.

À quelques centaines de nœuds nautiques du yacht, de l'autre côté de la Méditerranée, Delmont allumait une cigarette américaine avec un briquet en argent usé. La flamme vacilla dans l'air brûlant du désert avant qu'il n'en tende une au chauffeur assis à côté de lui dans le véhicule Toyota à quatre roues motrices lancé à bride abattue sur un chemin caillouteux et poussiéreux. Derrière eux, une colonne de trois 4×4 Land Cruiser transportait des ballots de drogues et des armes de guerre, cahotant dans un nuage de poussière ocre.

La veille, il avait atterri à Rabat sous une fausse identité. Des agents des services secrets marocains l'avaient réceptionné avec une discrétion professionnelle. Enfermé dans une cave humide du centre-ville pendant des heures interminables, il avait attendu la nuit pour embarquer dans un taxi aux vitres teintées qui l'avait conduit jusqu'à la frontière algérienne. Après une attente supplémentaire, recroquevillé dans l'obscurité, il avait grimpé aux premières lueurs de l'aube dans ce véhicule blindé, armé jusqu'aux dents. Il aimait cette montée d'adrénaline, ce risque permanent qui frôlait la folie, cette menace qui planait au-dessus de lui comme un vautour. Il s'en nourrissait comme d'autres se nourrissent d'amour ou d'argent.

À présent, il était brinquebalé parmi des hommes silencieux aux visages fermés, sculptés par les épreuves. La route qu'ils empruntaient était jonchée de carcasses de camions calcinés, vestiges muets de batailles perdues. Des bandes rivales croisaient fréquemment le feu. Et les échauffourées finissaient irrémédiablement dans un bain de sang, colorant le sable d'écarlate.

Ils avaient un point de rencontre à « In Salah », près du plateau du Tademaït dans le grand désert occidental algérien, avec une autre colonne armée en provenance du Mali. Les mêmes guerriers qui avaient participé à l'enlèvement d'otages français, ces hommes dont l'appartenance proclamée à Al Qaïda n'était qu'un paravent commode à leurs trafics lucratifs. L'odeur âcre de la guerre et celle, plus animale, de leurs corps se mélangeaient dans ce convoi, faisant oublier celle du sable chauffé à blanc par le soleil implacable. L'argent demeurait le seul et unique but de ces mercenaires au regard mort.

Delmont laissa son esprit vagabonder, pensant à la population du reg, les Touaregs, ces « hommes bleus » du désert. Que leur restait-il de leurs traditions millénaires ? Avaient-ils pactisé avec les trafiquants, comme le laissaient entendre les rapports alarmistes des forces de sécurité algériennes ? Comment réagissaient ces nomades fiers face à l'envahissement de leur espace sacré par des criminels sans états d'âme ?

Il envoya son mégot d'une pichenette experte du pouce et de l'index à l'extérieur du camion, observant la braise incandescente disparaître dans la poussière avant de caler sa tête contre le dossier du siège. Dans le rétroviseur latéral, il distinguait la nuée de poussière qui grandissait derrière le convoi, un sillon blanc qui s'étirait à l'infini, comme la traînée d'une comète.

« Encore quatre jours, » songea-t-il, « avant de parvenir en Libye. »

La caméra miniature, insérée avec une précision d'horloger sur la monture supérieure de ses lunettes noires, renvoyait des clichés à un rythme régulier de trois par minute, capturant visages, coordonnées GPS et détails du convoi.

Dans un bâtiment anonyme au sein du CECLAD-M (Centre de coordination de la lutte antidrogue en Méditerranée), niché dans la base militaire de la marine à Toulon, un agent aux traits tirés visionnait les images transmises par Delmont. Sur son écran high-tech, un programme informatique sophistiqué bâtissait une constellation complexe de visages photographiés, reliée à un logiciel de reconnaissance faciale sur un moniteur adjacent. Des liens colorés évoluaient sur cette toile virtuelle, en perpétuel mouvement, comme un organisme vivant. Des identités se regroupaient momentanément avant de se séparer, en fonction des informations provenant des services gouvernementaux partenaires dans la lutte contre le narcotrafic.

Le visage anguleux de Kemerovski apparaissait en médaillon sur l'écran principal, programmé pour déclencher une alerte en cas de correspondance. Dans une pièce voisine, William partageait en direct les évolutions de la mission avec le bureau d'Hermès à Nice, où Moretti suivait l'opération avec une concentration intense.

Étrangement, Moretti ne montrait aucune inquiétude visible concernant les risques considérables que prenait son lieutenant. Il était le seul à vraiment le connaître, à comprendre que Delmont ne retrouvait un sens à sa vie que dans ces situations où la mort rôdait à chaque instant. Les souvenirs de leur première rencontre remontèrent à sa mémoire, intacts malgré les années écoulées.

C'était il y a une vingtaine d'années. Delmont venait tout juste de souffler ses dix-huit bougies lorsque Moretti l'avait découvert, recroquevillé sur les escaliers monumentaux de la gare Saint-Charles à Marseille. Vêtu de haillons comme un SDF, il attendait l'aumône avec une passivité dérangeante, une coupelle en aluminium bosselée posée devant lui, contenant quelques pièces de monnaie. Moretti avait été saisi par ce corps frêle aux épaules voûtées, par ce regard vide qui semblait contempler un horizon invisible.

Il lui avait proposé une cigarette – c'était l'époque où il fumait encore. Et s'était assis à côté de lui, sans vraiment réfléchir à son geste, mû par une impulsion qu'il ne s'expliquait toujours pas. Peu enclins à communiquer, Delmont et Moretti avaient pourtant trouvé un terrain d'entente dès les premiers instants, une sorte de reconnaissance mutuelle, silencieuse et profonde.

Par la suite, ils avaient pris l'habitude de se rencontrer, d'abord sur ces mêmes escaliers de la gare, puis dans différents cafés populaires de la cité phocéenne. Delmont avait fini par découvrir le métier qu'exerçait Moretti, lieutenant à la P.J. Et lui avait raconté, dans un accès de confiance, comment il avait atterri sur ces marches de pierre.

Fils unique d'un couple sans travail dans le quartier populaire de La Plaine, il avait trouvé ses parents assassinés, chacun d'une balle dans la tête, un soir en rentrant du lycée. La vision de ces corps sans vie, baignant dans une mare de sang coagulé, avait fait basculer sa vie dans l'horreur. Il s'était retourné et avait fui, sans jamais regarder en arrière. Depuis lors, il errait comme une âme en peine, fuyant le monde et les bourreaux invisibles de ses parents.

Touché par ce récit, Moretti avait mené des recherches discrètes et retrouvé les coupables – de petites mains d'un gang de trafiquants de drogue qui avait pris la famille Delmont pour cible. Il avait alors pris le jeune homme sous son aile protectrice, l'avait placé dans un foyer où il l'avait aidé à reprendre ses études et à décrocher son baccalauréat.

La suite, c'est Delmont lui-même qui l'avait écrite : l'école de police, où sa détermination farouche avait impressionné ses instructeurs. Devenu lieutenant à son tour, il avait naturellement opté pour la brigade des stupéfiants, animé par une soif de justice qui confinait parfois à l'obsession. Quelques années plus tard, il intégrait la DCRI sous la direction de Moretti, bouclant ainsi un étrange cercle du destin.

Les escaliers de la gare Saint-Charles revenaient souvent dans leurs conversations comme une métaphore silencieuse, lorsqu'ils se trouvaient l'un ou l'autre en difficulté. Un rappel de ce qui les avait unis, de ce qui donnait un sens à leur combat commun.

Dans le reg impitoyable, le chauffeur du camion pencha brusquement sa tête en dehors de la fenêtre et cracha avec force. La salive atteignit le sable brûlé par le soleil au même moment où, à des milliers de kilomètres de là, le bloc de béton enveloppant les pieds de Monica heurtait avec un bruit sourd le sable blanc à trente mètres de profondeur, drainant dans son sillage une procession de bulles d'air argentées.

Kemerovski l'observait à travers son masque de plongée high-tech, pointant du doigt l'emplacement qu'il lui réservait, à quelques mètres de sa position, à l'orée d'un champ macabre de spectres humains. Des bouées, fixées à l'aide de cordes résistantes sous les crânes dénudés, maintenaient la verticalité des squelettes, créant l'illusion d'une forêt d'os dansant au gré des courants marins.

Monica avait fermé les yeux derrière son masque, ses bras crispés autour de son corps tremblant comme pour se protéger d'une agression invisible. Hormis ses pieds emprisonnés dans le béton, elle était libre de ses mouvements – une liberté dérisoire dans cet enfer aquatique. Elle savait que sa bouteille de plongée ne contenait que trente minutes d'oxygène. Et elle priait un Dieu auquel elle n'avait jamais vraiment cru, espérant un miracle qu'elle savait impossible.

Les tas d'os sans chair en suspension autour d'elle étaient dotés de centaines de liens métalliques qui fixaient la structure des membres, les empêchant de s'éparpiller au gré des courants, surmontés de bouées blanches qui maintenaient les corps à la verticale. Qui pouvait bien effectuer un tel travail artisanal funeste sous l'eau ? se demandait-elle, l'esprit embrumé par la terreur. La vue d'ensemble était dantesque, un spectacle de cauchemar que Kemerovski contemplait avec une fascination morbide à chaque plongée.

Il admirait le corps nu et parfait de Monica, notant dans un coin de son esprit dérangé que les réactions face à la mort n'étaient jamais identiques. Certains gigotaient sans cesse, s'accrochant à la vie jusqu'au dernier souffle. D'autres, comme Monica, semblaient affronter le destin dans une résignation silencieuse, presque digne.

« La mort n'est qu'un passage, finalement, » se disait Kemerovski, les yeux brillants derrière son masque. « Mes victimes ont la chance de finir en œuvre d'art, au lieu d'être enterrées et digérées par des vers, ou brûlées et réduites en cendres anonymes. »

Un soubresaut violent du corps de Monica lui indiqua que la bouteille ne diffusait plus d'oxygène. Avec des gestes précis, presque tendres, il enveloppa son bas du dos de ses mains gantées et souleva le bloc de béton pour disposer son nouveau trophée à l'emplacement qu'il lui avait choisi, puis l'emballa soigneusement d'un filet de pêche pour préserver l'intégrité du futur squelette. À présent, les poissons pouvaient commencer leur festin.

Au Sud-Est de la mer Égée, entre la Grèce continentale et l'île de Chypre, le paquebot Nautile 1 accueillait ses passagers de retour d'une excursion au site archéologique de Filerimos à Rhodes. Sur la passerelle de commandement, le capitaine scrutait l'horizon à l'aide de jumelles ultramodernes, imité par ses lieutenants attentifs. L'Alizé avait jeté l'ancre au sud des terres, à l'opposé de leur position, invisible à leurs regards.

Dans la cale secrète du navire militaire, Florence recevait des mains palmées d'une créature étrange un appareil photographique sophistiqué. Les yeux fluorescents du triton observaient cette femme qui, avec des gestes précis, extrayait une minuscule carte mémoire de l'appareil. Contrairement à la plupart des humains, elle ne manifestait ni dégoût ni peur face à son apparence hybride.

— Vous ne m'effrayez pas. Et vous le savez déjà, murmura-t-elle, sa voix à peine audible dans l'humidité de la cale.

Les nageoires membraneuses de la créature émirent un son particulier, entre le chuintement et le gargouillis.

— Je parle… plus… susurra-t-il d'une voix gutturale qui semblait remonter des profondeurs marines.

Elle hocha la tête en signe de compréhension, un sourire fugace éclairant son visage sévère.

— Vous m'interprétez. Je le sais également.

— Aussi ? s'étonna la créature, ses branchies frémissantes légèrement.

— Oui.

Le dialogue fut interrompu par le glissement métallique de la porte ronde qui coulissa sur son rail. Un sous-officier apparut et salua Florence avec une raideur toute militaire. C'était la fin de l'entrevue. Elle se leva, glissant l'appareil dans la poche droite de son uniforme et serrant la précieuse carte mémoire dans sa main gauche. Tout se déroulait selon le plan établi.

– Nous vous attendons en salle de réunion pour un débriefing, commandant, grommela le capitaine, ses yeux perçants rivés sur les mains de Florence, comme s'il pouvait percer le secret qu'elles renfermaient.

Quatre hommes étaient déjà assis autour d'une table ovale en acajou : le pacha, le médecin de bord et deux officiers aux visages graves. Au-dessus de la surface vitrée qui occupait le centre de la table, une représentation holographique en trois dimensions du bateau flottait comme par magie.

– Prenez place, dit le capitaine d'une voix posée

Florence s'assit, son dos droit exprimant une assurance tranquille.

– À 11 h 10, poursuivit l'officier, un commando s'est rendu sur la zone de surveillance du paquebot, le Nautile 1. Sa mission consistait à réaliser une image holographique de la coque du navire. Des intercepteurs de protection étaient déployés autour de la cible, ce qui nous a permis de déduire que l'armateur s'attendait à une visite.

Il marqua une pause, observant attentivement les réactions de Florence.

– Pour une raison que nous allons tenter de comprendre, un des hommes-poissons s'est approché de la structure immergée. La réaction des intercepteurs fut instantanée : il a été pris en chasse. Heureusement pour lui, il a pu se rendre invisible en se camouflant dans les algues de Poséidon.

Le capitaine cessa de parler et plongea son regard dans celui, impassible, de Florence.

– Vous avez eu un tête-à-tête à Saint-Mandrier avec lui. Avez-vous donné l'ordre de...

Florence l'interrompit d'un geste ferme de la main.

– Sauf votre respect, capitaine. Et celui de l'ensemble des officiers présents, je n'ai pas à justifier quoi que ce soit. Je suis ici en mission pour...

– En mission ? beugla-t-il en se levant, le visage empourpré. Avec des militaires de notre commando ? Vous avez mis la vie de ces personnes en danger en leur faisant prendre des risques inconsidérés !

Florence se redressa lentement, balayant du regard les hommes assemblés autour de la table. Son calme contrastait avec l'agitation du capitaine.

– Nous détenons ce que nous étions venus chercher, déclara-t-elle simplement.

– Et peut-on savoir comment ? Il pointa l'hologramme de son index accusateur. Vous voyez bien que la reproduction est floue. Les intercepteurs émettent des ondes qui neutralisent toute activité électromagnétique.

– J'ai obtenu des résultats avec cet appareil.

Elle posa délicatement un objet métallique sur la table, puis inséra la carte mémoire dans un lecteur multimédia situé sur le côté. Aussitôt, la représentation holographique disparut, remplacée par une série de photographies d'une netteté saisissante qui apparurent sur la surface vitrée. Les officiers se levèrent comme un seul homme, stupéfait.

– La coque a été modifiée, expliqua Florence en désignant un détail sur l'image. Observez cette fente sur le flanc gauche. On distingue légèrement des écoutilles qu'on ouvre certainement en manœuvrant de l'intérieur du bateau. Elles sont quasi indécelables à l'œil nu ou aux scanners conventionnels.

Elle fit défiler d'autres images.

– Vous constaterez, sur ces clichés thermiques, un caisson étanche de dix mètres de long et d'un mètre de large. De quoi transporter n'importe quoi : armes, drogue, êtres humains… Voilà ce que nous cherchions.

Son regard revint vers le capitaine.

– Je ne peux malheureusement pas vous en dire plus, capitaine. Et je n'ai jamais donné d'ordre à vos hommes…

– Mais vous nous avez dissimulé cet appareil, coupa-t-il avec véhémence. Vous aviez donc un plan préétabli ! L'homme-poisson a pris d'énormes risques pour vous ! Ce qui revient au même.

Brusquement, une sirène stridente retentit dans le navire, accompagnée du clignotement d'ampoules rouges qui baignèrent la salle d'une lueur sanglante. L'hologramme revint instantanément, remplaçant les photographies de Florence. L'image montrait plusieurs intercepteurs qui s'approchaient rapidement de l'Alizé, leurs silhouettes menaçantes fendant les flots bleus.

À des centaines de kilomètres de là, Delmont hurla, ses mains crispées sur le dossier du siège avant :

– Réveille-toi, bon sang ! Cinq secondes d'inattention peuvent nous coûter la vie !

Le chauffeur sursauta, ses paupières lourdes luttant contre l'épuisement. Son visage couvert d'une fine pellicule de sueur reflétait l'anxiété qui les rongeait tous.

– Je tiens le coup, marmonna-t-il en resserrant sa prise sur le volant. Tout arrêt non programmé est interdit. Les ordres sont clairs.

L'habitacle du camion s'imprégnait lentement d'une odeur âcre de cannabis. Dans la pénombre, un homme à la barbe hirsute tendit un joint à Delmont, ses yeux rougis par la fatigue et la fumée. Philippe Delmont saisit la cigarette conique, feignit d'aspirer profondément avant de la rendre avec un hochement de tête appréciateur. L'illusion était parfaite. Ce n'était pas le moment de s'embrumer l'esprit – la fatigue et le stress pesaient déjà suffisamment sur l'équipage de fortune.

Son regard exercé avait repéré deux agents des services secrets marocains postés à l'angle d'un bâtiment délabré. Ils l'observaient avec une insistance qui ne devait rien au hasard. Delmont sentit un frisson lui parcourir l'échine. Le Maroc, premier producteur mondial de chanvre, était soupçonné de faciliter les trafics par des voies officieuses. Ces sbires pouvaient très bien avoir reçu l'ordre de l'éliminer.

— Tu es bien silencieux, l'ami, lança le barbu en tirant une bouffée. Quelque chose te tracasse ?

— Les ombres qui nous suivent depuis Tanger, répondit Delmont à mi-voix. Et ce convoi qui n'avance pas assez vite.

Officiellement, sa mission consistait à identifier les auteurs des enlèvements de Français dans la région en infiltrant un convoi. Mais tandis que le véhicule progressait laborieusement sur la piste poussiéreuse, il songea à cette cargaison de narcotiques à destination de la Libye, dissimulée sous des caisses de pièces détachées. Elle serait vendue à un prix dérisoire, tout comme la chicha en Grèce – deux euros la dose d'un poison qui détruisait les organes à petit feu.

Au lendemain de la chute du Raïs, les barons de la drogue, Marocains pour la plupart, avaient restructuré leurs réseaux avec une efficacité redoutable. Ils profitaient désormais des conflits pour intensifier leur contrebande, les yeux rivés sur les profits astronomiques qui les attendaient. Face à la riposte impuissante du gouvernement libyen et ses tentatives vaines, de colmater la passoire que constituaient leurs frontières, les filières se multipliait, dessinant des routes toujours plus imprévisibles à travers le désert.

Des alliances contre nature se scellaient avec l'AQMI, organisation islamiste armée d'origine algérienne. Et des seigneurs de guerre locaux – ennemis jurés du Polisario ou contrebandiers indépendants. Dans quelques mois, quelques années tout au plus, la barrette de shit verrait son prix quadrupler en Libye. Et les narcotrafiquants récupéreraient leurs investissements au centuple.

« Ils pourront ainsi s'offrir un pays entier, » murmura Delmont pour lui-même, tandis que le camion franchissait une dune. « Régner en maîtres sur le Sahara, comme Daesh l'a fait ailleurs. »

Le Maghreb risquait alors de devenir un territoire semblable à l'Afghanistan – un État fantôme où les trafiquants feraient la loi. Mais ce n'était pas le problème de la Division Hermès. Son but était de dévoiler la place qu'occupait Kemerovski, ce mystérieux oligarque russe, dans le marché du cannabis entre le Maroc et la France.

Le soleil se couchait à l'horizon, embrasant le ciel d'un rouge vermillon qui cédait progressivement la place au bleu profond de la nuit. Une nuée d'étoiles commençait à scintiller, formant une voûte céleste d'une pureté saisissante au-dessus du désert silencieux.

« Un spectacle que l'on voit de plus en plus rarement en France, » médita Delmont, le regard perdu dans l'immensité étoilée. Ces instants de beauté fugace rendaient plus supportable la tension permanente de sa mission.

Pendant ce temps, à bord de l'Alisée, deux intercepteurs venaient d'être pulvérisés par le système de défense du bateau – une onde électromagnétique d'une puissance dévastatrice qui avait transformé les drones en débris fumants à la surface de l'eau.

Florence se tenait sur le pont, ses cheveux châtains fouettés par la brise marine. Elle pensa intensément à Delmont – à Philippe. Étrange, songea-t-elle avec un pincement au cœur, qu'on utilise toujours son nom de famille et non pas son prénom. Comme pour le déshumaniser, le réduire à sa fonction d'agent. Elle connaissait l'homme derrière l'agent, sa vulnérabilité dissimulée sous une carapace de professionnalisme.

« Sois encore en vie, » murmura-t-elle en fermant les yeux, serrant contre sa poitrine le pendentif qu'il lui avait offert avant de partir. « Ne me laisse pas seule dans ce monde de fous. »

Le capitaine s'approcha d'elle.

— Nous venons d'échapper à une attaque. Mais ce ne sera pas la dernière, dit-il en scrutant l'horizon. Ils savent que nous transportons des informations cruciales.

Florence acquiesça silencieusement. En fin de journée, l'Alisée croisa au large du sud de l'Italie, ses contours se détachant à peine dans le crépuscule méditerranéen. Les côtes de Calabre se profilaient au loin, montagneuses et mystérieuses, tandis que le navire poursuivait sa route vers une destination que seuls quelques initiés connaissaient.

Alfonzo saisit délicatement de ses doigts agiles l'avant-dernier segment triangulaire de sa pizza napolitaine. La croûte dorée craqua sous sa prise, libérant un filet d'huile d'olive parfumée. Il laissa son esprit vagabonder tandis qu'une gorgée de bière fraîche glissait dans son œsophage, caressant ses papilles au passage. Un rot qu'il retint discrètement lui rappela l'épreuve éprouvante qu'il avait endurée en compagnie des sbires de Kemerovski – ces hommes au regard vide dont les mains avaient probablement fait couler plus de sang que de vin.

L'écran de son portable reflétait la lumière déclinante du jour. Il scruta à nouveau les objets archéologiques découverts par Kemerovsky, fasciné par les motifs énigmatiques gravés dans la pierre millénaire. Déterminer leur origine était devenu son obsession. Une obsession dangereuse, il le savait. Mais Alfonzo préférait avoir une longueur d'avance sur son protecteur. Un dossier bien documenté pourrait devenir sa police d'assurance – ou sa monnaie d'échange si les choses tournaient mal.

La rue piétonne bourdonnait d'une animation estivale, les terrasses bondées offrant un parfait camouflage. Un jeune homme svelte, au regard inquiet, s'arrêta devant sa table, son ombre s'allongeant sur la nappe à carreaux.

— Assieds-toi, Marc, l'invita Alfonzo en retirant ses lunettes de soleil d'un geste théâtral. Comment ça se passe à l'université ?

— Ça pourrait aller mieux, répondit le jeune homme en restant debout, les épaules crispées. Pourquoi voulez-vous me voir ?

— C'est quoi ton problème ? Fric ? Filles ? insista Alfonzo en tapotant la chaise vide face à lui.

Marc jeta un regard nerveux autour de lui, comme pour s'assurer que personne ne l'observait.

— Écoutez, dit-il en baissant la tête vers l'assiette d'Alfonzo, les yeux fixés sur les restes de fromage fondu, laissez tomber, je n'ai pas besoin d'aide.

— D'accord, répondit Alfonzo en hochant lentement le menton, un sourire énigmatique aux lèvres. J'ai ma petite idée. En réalité, c'est moi qui ai besoin d'aide, un service payant. Assieds-toi.

Le jeune homme s'exécuta, déplaçant bruyamment la chaise métallique sur les pavés inégaux.

— Pas pour de la drogue, je vais finir par être repéré et…

— Non, l'interrompit Alfonzo en levant une main autoritaire, c'est pile-poil dans tes cordes.

Il se pencha en avant, les coudes sur la table, adoptant une posture conspiratrice qui fit baisser instinctivement le volume de la voix de Marc.

— J'ai besoin de renseignements sur l'origine et le lieu de certains vestiges archéologiques.

Alfonzo fit glisser son téléphone sur la table tout en ingurgitant une bouchée de pizza. L'écran affichait une photographie floue d'objets anciens disposés sur une surface sombre.

Marc, étudiant en histoire de 22 ans aux yeux soudain écarquillés, demeura stupéfait devant l'image. Son corps trahit un mouvement involontaire pour saisir l'appareil qu'Alfonzo retira prestement de sa portée.

– Alors ? Tes premières impressions ? interrogea Alfonzo, le regard brillant d'intérêt.

– Je dirais... IVe siècle avant Jésus-Christ. Étrusque ? Grec ? Peut-être philistin ? murmura Marc, incapable de détacher son regard de l'écran. Auriez-vous d'autres clichés ? Et d'où proviennent ces objets ? Un pillage ?

– Quelle question ! répliqua Alfonzo avec un rire forcé. C'est évident, c'est pour cette raison que je fais appel à toi. Tu es discret et sérieux. Alors ?

– Je suis un peu à sec en ce moment, avoua Marc en se frottant la nuque, geste qui trahissait son embarras autant que son intérêt.

– Affaire conclue, conclut Alfonzo en soulevant son verre de bière moussante comme pour sceller leur pacte.

Marc se leva, les jambes légèrement tremblantes sous le poids de cette nouvelle responsabilité.

– Qu'est-ce que c'est que cette pizza avec une sauce blanche ? demanda-t-il soudain, comme pour retarder son départ.

– Sauce spéciale Alfonzo ! s'exclama ce dernier en tapotant son ventre. J'ai horreur de la tomate. L'acidité me donne des brûlures d'estomac.

Ils se saluèrent d'un bref hochement de tête, leur complicité forcée cachée sous une apparente banalité.

– Je te fais parvenir les autres clichés sur ton portable, promit Alfonzo. Et attention à qui tu en parles ! Ciao !

Il termina sa pizza et déglutit le reste de sa mousse avec une satisfaction visible. L'heure de retourner à la caserne avait sonné. Il quitta le restaurant « Le Québec », laissant un généreux pourboire – sa façon d'acheter le silence du serveur si quelqu'un venait poser des questions.

Noyé parmi les touristes aux chapeaux colorés et aux appareils photo rutilants, un individu à la silhouette anonyme l'observait et le suivait à distance prudente, se fondant dans la foule avec l'aisance d'un professionnel.

À l'intersection entre l'hôtel Méridien et la promenade des Anglais, l'iPhone de Jean vibra dans sa poche, diffusant une chaleur désagréable contre sa cuisse.

– Jean, j'écoute, répondit-il en continuant d'avancer, le regard rivé sur la nuque d'Alfonzo.

– Où en êtes-vous ? demanda la voix sèche de Moretti.

– Je n'ai rien remarqué de bizarre dans l'équipe, hormis celui que je piste actuellement. Je pense que c'est notre homme.

– Quoi ? Vous êtes en filature ? s'exclama Moretti, sa voix montant d'une octave. Arrêtez ça ! Tout de suite, Jean ! Rentrez immédiatement !

Sur le bureau du commissaire, différentes vues de la coque du Nautile 1 s'étalaient comme un puzzle incomplet. À l'arrivée de Jean, Moretti releva la tête.

– Qu'espériez-vous ? Le suivre pendant combien de temps ? s'exclama-t-il, une veine palpitant sur sa tempe droite. C'est un pro, vous auriez pu tout faire foirer ! On va s'occuper de lui différemment.

Jean songea aux puces GPS installées dans tous les véhicules de Police. L'ironie de la situation ne lui échappait pas : Alfonzo se déplaçait toujours avec sa propre moto, un vieux modèle italien sans électronique susceptible d'être tracée.

Les sautes d'humeur du commissaire étaient suffisamment rares pour que Jean adopte une position de retrait prudent. Ce qu'il ne pouvait contrôler, en l'occurrence son hypersensibilité – l'irritait profondément, comme une écharde enfoncée sous un ongle. Le commissaire tenait beaucoup aux membres de son équipe, peut-être trop.

– Bravo pour votre intuition, concéda finalement Moretti, adoucissant son ton. Nous surveillerons le type des stups. Mais ne jouez plus en solo. Compris ?

Jean acquiesça en silence. La tension était palpable dans le bureau aux stores vénitiens fermés, l'air conditionné bourdonnant faiblement comme une mouche prisonnière.

Florence reviendrait bientôt de sa mission, Delmont était plongé jusqu'au cou dans le grand banditisme. Jean se sentait inutile, un rouage superflu dans une machine bien huilée. Il percevait des images fugitives de la famille de Moretti à Marseille, des fragments de souvenirs qui n'étaient pas les siens, preuve que le commissaire vivait mal la séparation géographique.

Seul William semblait égal à lui-même, une constante rassurante dans leur univers chaotique. En réalité, Jean ne connaissait pas grand-chose de cet homme au visage impassible. C'était un fait communément accepté entre agents du renseignement, une manière de ne pas se lier sur le plan émotionnel, les attaches personnelles étant un luxe qu'ils ne pouvaient s'offrir.

Florence quitta le port militaire de Toulon, ses pas résonnant sur le quai désert. Elle monta dans un train bondé pour Nice, compressée entre un couple de touristes allemands et une mère tentant de calmer son enfant agité. Le roulement monotone des roues sur les rails lui offrit un moment de répit, ses pensées dérivant comme les nuages roses du couchant.

Moretti attendait son retour au bureau, arpentant la pièce comme un fauve en cage. William et Jean, quant à eux, se rendirent dans le vieux Nice, se frayant un chemin à travers le dédale de ruelles étroites aux odeurs de cuisine et de lessive fraîche.

Les terrasses des cafés débordaient de touristes assis qui contemplaient avec une curiosité amusée ceux qui ne l'étaient pas, un ballet urbain où chacun était à la fois spectateur et acteur. Les deux agents optèrent pour un pub irlandais aux murs tapissés de souvenirs sportifs et s'accordèrent une bière ambrée, observant les reflets cuivrés dans leurs verres comme s'ils y cherchaient des réponses.

Les cloches de l'église Saint-Pons sur la place Rossetti sonnèrent vingt-trois coups lorsque Florence arriva à la gare de Nice. L'édifice baroque se détachait contre le ciel nocturne, absorbant les dernières lueurs du jour. À la sortie, elle aperçut la BMW noire de Moretti garée dans la file des taxis, son moteur ronronnant doucement.

Il avait décidé au dernier moment de venir la chercher – un geste qui trahissait son inquiétude autant que son impatience. Elle monta à bord, le cuir du siège accueillant son corps fatigué avec un soupir feutré.

— Avez-vous pu communiquer avec un triton ? demanda-t-il sans préambule, ses doigts tapotant nerveusement le volant.

— Oui, j'ai établi un contact, répondit-elle en fermant brièvement les yeux. Moins facile que prévu. Mais efficace.

— La balise ?

— Insérée sous une nageoire. L'animal n'a même pas bronché.

— Parfait, comme cela nous gardons un œil sur les mouvements d'Hubert. Bravo aussi pour la mission, ajouta-t-il en engageant la voiture dans le trafic clairsemé. Il ne fait aucun doute désormais que Kemerovski utilise son paquebot de croisière comme valise diplomatique. Une fois qu'on aura démontré le lien entre la drogue et son bateau, nous le ferons arrêter. Entre temps, on fait le dos rond. Gardez comme objectif le flagrant délit.

— Elle va bientôt arriver, vous le savez ? laissa échapper Florence en observant le profil tendu de son supérieur.

— De qui parlez-vous ? demanda-t-il en se retournant brusquement vers elle, ses iris dilatées par la surprise.

— De votre femme.

Il ferma les yeux un instant, luttant visiblement entre colère et stupéfaction. Si Florence avait eu une précognition, c'est qu'il devait l'accepter, du moins l'envisager sérieusement, malgré sa réticence naturelle face à ce qu'il ne pouvait expliquer.

De son côté, elle avait saisi cette information lorsque l'esprit de Moretti s'était momentanément évadé, comme une porte laissée entrouverte. Quelques secondes avaient suffi. Elle avait pressenti la propre intuition du commissaire, cela n'avait rien à voir avec une vision – simplement une lecture involontaire des préoccupations qui habitaient son supérieur.

La promenade des Anglais fourmillait de monde, corps en mouvement cherchant la fraîcheur de la brise marine. La voiture roulait modérément, toutes fenêtres ouvertes, permettant à l'odeur de l'été qui d'envahir l'habitacle. Les palmiers éclairés se dressaient fièrement, sentinelles impassibles bordant la baie des Anges. Tout évoquait l'oisiveté, la détente, le fameux french Riviera des années folles qui continuait de faire rêver le monde entier.

— Comment vous sentez-vous ? demanda-t-il, brisant un silence devenu pesant.

— Fatiguée, répondit-elle en observant le reflet des lumières sur l'eau sombre. Et heureuse d'être rentrée, boss.

À l'ouest de la ville, dans un petit studio du quartier résidentiel de Fabron, Marc Richard se tenait penché sur son ordinateur. Il constituait méticuleusement un dossier avec les images qu'Alfonzo lui avait envoyées, ses doigts dansants sur le clavier avec l'agilité d'un pianiste.

Un logiciel de retouche sophistiqué travaillait à fluidifier une photo de mauvaise qualité qui représentait une grande fresque en pierre et en mosaïque. Les autres clichés, trop flous et difficilement exploitables, attendaient leur tour dans un dossier numérique. Pour une fois, le service que lui demandait le flic ne concernait pas le trafic de drogue – un changement bienvenu qui éveillait sa curiosité d'historien.

Ils entretenaient un contrat moral tacite depuis deux ans. L'affaire avait commencé lorsque des policiers en civil avaient investi la faculté et plus précisément les dortoirs, semant la panique parmi les étudiants. La perquisition des chambres s'était éternisée sur trois heures interminables.

À la grande surprise de Marc, qui ne consommait pas de stupéfiants et se considérait comme un étudiant modèle, Alfonzo avait trouvé cinq cents grammes de haschich soigneusement dissimulés sous son matelas

– une découverte qui avait fait s'effondrer son monde en quelques secondes.

L'enquête avait abouti à l'arrestation d'un dealer opérant au sein même de l'université ainsi que de plusieurs petits revendeurs gravitant autour du quartier. Marc avait protesté avec véhémence, jurant son innocence à qui voulait l'entendre.

Son visage était si manifestement abasourdi, ses yeux si sincèrement écarquillés par l'incompréhension, que le policier avait compris qu'il était innocent – une victime collatérale d'une machination dont il ignorait tout. En témoin invisible, Alfonzo avait subrepticement déplacé la drogue et convoqué le jeune homme.

Tout penaud, assis devant un bureau vide aux murs défraîchis, l'étudiant n'avait aucune idée du but de cet entretien dans les locaux austères de la caserne Auvare. Alfonzo avait pénétré dans la pièce, deux cafés fumants dans les mains, leur arôme amer masquant temporairement l'odeur de désinfectant et de papier poussiéreux. Il lui en avait tendu un et s'était installé sur son fauteuil grinçant, entrant rapidement dans le vif du sujet.

Un service contre un autre. C'était ça, le deal. Il lui avait évité une garde à vue et tout le cortège des procédures pour la saisie d'un demi-kilo de drogue, une quantité suffisante pour le qualifier de trafiquant et non de simple consommateur. Marc ne s'était pas indigné très longtemps, comprenant rapidement l'avantage d'avoir un policier dans sa dette. Alfonzo lui avait demandé de fournir des informations sur le milieu étudiant, promettant une rémunération si des arrestations avaient lieu. Ce fut le cas à deux reprises, permettant à Marc de s'offrir un nouvel ordinateur et de rembourser une partie de ses dettes d'études.

L'image était presque correcte à présent sur l'écran haute définition. Marc entreprit des recherches méthodiques dans des banques de données historiques, ses yeux rougis par la fatigue scrutant chaque détail avec l'attention d'un orfèvre.

Plusieurs milliers de clics plus tard, au bout d'une nuit blanche ponctuée de cafés trop sucrés, il se sentit vaincu et paradoxalement très excité. La fresque présentait des éléments architecturaux et symboliques inconnus, défiant toute catégorisation simpliste.

Certes, il avait repéré quelques correspondances troublantes avec les premières dynasties des pharaons en Égypte, remontant à 2500 ans avant Jésus-Christ, ainsi que certains motifs rappelant l'art philistin. Mais l'ensemble demeurait une énigme archéologique fascinante.

La difficulté pour Marc résidait à présent dans la nécessité de trouver de l'aide sans que ces images ne déclenchent une effervescence incontrôlable dans le milieu académique – une situation aussi frustrante qu'un coffre-fort rempli de trésors dont on ne possède pas la combinaison.

Il contacta Alfonzo pour lui faire part de ses résultats préliminaires, son téléphone collé contre son oreille moite.

– Comment ça ? Rien ! Je ne savais pas que c'était si compliqué ! répliqua le policier, son irritation palpable même à travers l'appareil.

– Je ne dis pas que c'est impossible, c'est une découverte extraordinaire ! tenta d'expliquer Marc, son enthousiasme perçant malgré la fatigue. J'aurais besoin d'avis de spécialistes de l'antiquité méditerranéenne. Mais on va me poser tout un tas de questions. C'est unique comme vestige !

– Débrouille-toi, Marco, trouve quelqu'un de réglo et appelle-moi, trancha Alfonzo.

Marc se massa les tempes, tentant de stimuler sa mémoire engourdie. Soudain, il se souvint d'une femme brillante qui avait mené des recherches avancées sur les civilisations primaires du bassin de la mer Morte. Elle avait publié un livre remarqué sur le sujet, son approche novatrice lui valant tant d'éloges que de controverses.

– J'ai une personne qui me revient et qui pourrait peut-être apporter des réponses, dit-il en se redressant sur sa chaise. Elle a étudié dans la même fac que moi il y a quelques années, une véritable experte en la matière.

– OK, file-moi son nom et contacte-la, je vais me renseigner sur elle.

– Aurore, Aurore Gallimard.

– Ça s'écrit comment ? demanda Alfonzo, le bruit d'un stylo grattant le papier audible en arrière-plan.

– Comme l'entreprise grassoise de parfumerie, précisa Marc avant que la communication ne soit abruptement coupée.

Dans l'antre souterrain d'Hermès, Florence se tenait penchée au-dessus de l'épaule de William, le souffle chaud de sa respiration effleurant imperceptiblement la nuque de son collègue. Sur l'écran à infrarouge, des véhicules apparaissaient en mouvement, points lumineux traversant le paysage désertique comme des lucioles mécaniques.

– Comment va-t-il ? murmura-t-elle, sa voix trahissant une inquiétude qu'elle s'efforçait de contenir.

– Vivant, répondit laconiquement William, ses yeux ne quittant pas l'écran. C'est le plus important. Il est resté dans le camion. On dirait qu'il n'a pas le droit d'en sortir, comme s'ils se méfiaient encore.

Il ajusta la mise au point de l'image, révélant des détails jusqu'alors indistincts.

– Voilà des images de sept 4×4 et des dizaines de visages. Connus pour la plupart. On a moins de clichés, il a dû modifier les lunettes pour économiser la pile. Il photographie en manuel maintenant, par nécessité plus que par choix.

– Qu'est-ce que donne le logiciel analogique ? s'enquit Florence en se redressant, massant doucement sa nuque endolorie.

– Des correspondances entre personnes de clans différents, expliqua William en faisant défiler des diagrammes complexes. Il tisse une véritable toile d'araignée avec les informations mutualisées. Chaque fil représente une connexion, chaque nœud un individu potentiellement dangereux.

– Rien en ce qui concerne Kemerovski ? insista-t-elle, un pli soucieux barrant son front.

– Non, à croire qu'il possède une couverture invisible, répondit William en secouant la tête. Cette organisation est présente partout, elle a soigneusement créé son réseau en toute discrétion, comme une tumeur silencieuse qui infiltre chaque organe vital.

Florence effectua une légère pression sur l'épaule droite de William, attirant son attention sur un message d'alerte qui clignotait maintenant sur l'écran, pulsation rouge dans la pénombre du bureau.

– Enfin, murmura-t-elle, un éclair de satisfaction traversant son regard.

Plusieurs nouveaux visages apparurent simultanément. Leurs pedigrees s'affichaient instantanément sous leurs portraits, une litanie de crimes et d'affiliations défilant comme un générique macabre.

– Des membres des Katibas islamistes du Sahara, commenta Florence en parcourant rapidement les informations. Connus pour les rapts, les rançons, le trafic de drogues, les cigarettes de contrebande et surtout pour les règlements de compte entre factions rivales.

Elle fit défiler l'écran, révélant d'autres visages aux expressions fermées.

– D'autres proviennent du réseau démantelé appelé Polisario, Front de libération du Sahara occidental. Des hommes désespérés devenus mercenaires pour survivre.

– Mon Dieu ! s'exclama soudain William, son corps se raidissant comme sous l'effet d'une décharge électrique. Danger ! Va chercher Moretti tout de suite !

Le commissaire arriva en quelques enjambées, alerté par l'urgence dans la voix de son agent.

– Qui ? demanda-t-il simplement, ses yeux scrutant déjà l'écran avec intensité.

– Un agent des forces maliennes de sécurité, il peut griller Delmont, expliqua précipitamment William. Il travaille en réalité pour le FBI, Mohamed Ald Waildou.

Il pointa du doigt le visage basané d'un individu photographié de profil.

– Qu'est-ce que l'agence américaine vient faire là-dedans ? s'étonna Moretti, les sourcils froncés par l'incompréhension.

– Leurs courses, Florence, répondit Moretti avec un sourire sans joie. Les temps sont durs et certaines cellules de renseignements étrangères possèdent des réseaux qui alimentent leur budget par de l'argent extérieur. La guerre économique se joue aussi dans l'ombre.

La nuit fraîche et silencieuse du désert était lézardée d'éclairs fugaces et de tirs d'armes automatiques, le bruit sec des détonations résonnant contre les dunes avant de se perdre dans l'immensité. Les trois hommes tassés dans le 4×4 Land Cruiser priaient en arabe, leurs chuchotements formant une litanie rythmée par la peur.

Delmont serrait dans sa main moite un pistolet, le métal froid contre sa paume lui rappelant la réalité brutale de sa situation. Quarante-cinq interminables minutes s'étaient écoulées depuis que le conducteur avait quitté le véhicule, s'enfonçant dans l'obscurité avec une assurance qui semblait désormais présomptueuse.

Une odeur âcre de poudre planait dans l'air nocturne, s'insinuant dans les narines comme un présage funeste. Au loin, des moteurs vrombirent dans la nuit, certains 4×4 démarraient en trombe, s'élançant vers l'ouest comme des bêtes effarouchées. D'autres prirent la direction du sud, leurs phares dessinant des trajectoires erratiques sur le sable.

Le chauffeur du second camion s'approcha et tapa sur la vitre avant de leur véhicule, son visage tendu à peine visible dans la pénombre. Il se pencha et échangea rapidement en arabe avec Delmont, ses mots précipités trahissant sa nervosité.

– Il est peut-être mort, suggéra-t-il, sa voix rauque de poussière et d'appréhension. Filons, sinon on va tous y passer. Les chacals ne font pas de prisonniers ce soir.

– On respecte les règles, insista Delmont, son accent français à peine perceptible après des mois d'immersion. On attend, c'est la procédure.

– Et si on vient piller notre kif, on va nous descendre, s'emporta l'homme, la peur dilatant ses pupilles. J'ai cinq enfants et...

— Repars dans ton 4×4, l'interrompit Delmont d'une voix tranchante, sinon je t'abats comme un chien.

— Bien parlé, le Français ! rétorqua son propre chauffeur réapparaissant avec un hochement de tête appréciateur. Quatre Maliens ont été exécutés, ils volaient un caïd marocain. Justice a été faite. Inch'Allah !

À peine le dernier mot eut-il franchi ses lèvres qu'une pluie de plombs provenant d'un pistolet automatique arrosa le capot du moteur avant, le métal résonnant comme un tambour sinistre. Delmont baissa instinctivement la tête, son cœur battant si fort qu'il semblait vouloir s'échapper de sa cage thoracique.

Le chauffeur reprit précipitamment son fauteuil lorsque le deuxième 4×4 du convoi doubla le sien et répliqua au fusil mitrailleur, l'air vibrant sous l'assaut des projectiles. Les tirs cessèrent momentanément. Mais Delmont eut le temps de reconnaître, dans un éclair de lucidité, le visage de l'agent des forces maliennes – ce visage qu'il avait mémorisé lors du briefing, sachant qu'il pourrait un jour signifier sa perte.

Tirant parti du nuage de fumée qui s'élevait comme un rideau providentiel, il agrippa un sac contenant son équipement essentiel et ouvrit la portière d'un geste vif.

— Qu'est-ce que tu fais ? hurla le chauffeur, ses yeux écarquillés par l'incrédulité.

— Ne t'occupe pas de moi ! Fonce ! ordonna Delmont, déjà à moitié sorti du véhicule.

— Tu vas mourir ! prophétisa l'homme, secouant la tête devant ce qu'il considérait comme une folie suicidaire.

Delmont acquiesça imperceptiblement – la mort était une compagne familière dans son métier – et sauta dans le sable meuble. Accroupi, il regarda partir les trois Land Cruiser, leurs silhouettes massives s'évanouissant rapidement dans la nuit comme des fantômes mécaniques.

Le campement se situait à moins de trois cents mètres de sa position actuelle. Son regard exercé repéra une dune proche – un promontoire naturel idéal pour un tir à longue distance. Il s'orienta vers elle, sa respiration contrôlée malgré l'adrénaline qui inondait son système.

Une petite lueur rouge attira son attention en courant près de la butte de sable. Il hésita et ralentit. Une cigarette, un guetteur. Il le contourna et envoya son sac de toutes ses forces sur son crâne. Il s'effondra. Delmont monta jusqu'à la cime. Il observa les hommes grâce à une lunette de fusil. Pas de trace de l'agent. Delmont voulait identifier les alliés de son agresseur et l'éliminer. Plusieurs visages furent capturés. Il se déplaça de quelques mètres et examina à nouveau le camp. Quatre individus sautèrent de l'arrière d'un Land Cruiser Toyota, puis s'avancèrent vers un feu de bois où étaient rassemblés plusieurs hommes armés, des Maliens pour la plupart. Il distingua l'agent et photographia ses quatre comparses.

À Toulon, au centre du Ceclad-M, le logiciel de reconnaissance faciale organisait une recherche sur les quatre visages simultanément. L'un d'entre eux clignota en rouge et se greffa au profil de Kemerovski. Un lien venait de se créer. Delmont assembla le fusil d'élite et le posa sur le sable. À plat ventre, il vissa le silencieux. Il calcula qu'il détenait moins de 10 % de chance de sortir vivant de cette situation. Mais il n'avait pas le choix. Si l'agent de l'agence américaine parlait, la mission était avortée, sans compter qu'il avait tenté de le neutraliser. Un seul tir. Un souffle dans la nuit. En plein sur la tempe. Étant donné sa position assise contre un 4×4, on ne remarqua pas immédiatement le filet de sang dégoulinant au-dessus de l'oreille droite. Delmont démonta le fusil et disparut dans le désert. La voûte céleste avait remplacé son GPS. Quelques minutes plus tard, il se retourna, des véhicules étaient en mouvement désordonné, il était désormais loin d'eux. Il marchait lentement et observait les étoiles. Malgré la solitude et le danger, il était heureux, vivant. Encore quelques kilomètres et il déclencherait une balise de détresse. Un hélicoptère viendrait alors le récupérer à l'aurore. Une odeur de cigarette parvint à ses narines. Il plongea à terre et agrippa un pistolet.

— Tout doux le français… T'as fini ta fugue ?

— C'est un peu ça, oui. Besoin de respirer, répondit-il en se levant

— On a pris du retard, mon frère. Grimpe dans le Cruiser.

Ils montèrent dans le 4×4, le convoi s'enfonça dans la pénombre, le réservoir plein. Prochain ravitaillement prévu dans 800 km dans le désert dont seuls les chauffeurs connaissaient l'endroit.

— Pourquoi m'as-tu attendu ? C'est interdit, tu as pris beaucoup de risques, fit observer Delmont.

— Je veille à ma cargaison. Et je jouis d'une réputation, je livre toujours mes colis à destination.

Sur ce, il se pencha de travers vers Delmont lui affubla un sourire en coin et déclencha son briquet a l'embout d'une cigarette. Respira une grande bouffée et pointa un revolver sur la tempe de Delmont.

— On ne m'a pas spécifié vivant ou mort pour toi.

15

Au large de Saint-Jean-Cap-Ferrat et de Villefranche-sur-Mer, un tube métallique émergea silencieusement de la Méditerranée. La structure anthracite s'éleva avec une précision mécanique, s'immobilisant à trente centimètres au-dessus de la surface miroitante. Elle pivota lentement sur elle-même, scrutant l'horizon dans un mouvement circulaire parfait, avant de se rétracter sous les flots sans laisser la moindre trace de son passage.

Quelques minutes plus tard, un second conduit, plus imposant avec son mètre de diamètre, fendit la surface en provoquant de légères ondulations concentriques. Une mouette, qui planait innocemment à proximité, fut soudainement propulsée en arrière par un souffle d'air expulsé à une vitesse vertigineuse. La déflagration invisible créa une oscillation aquatique de vingt centimètres de hauteur qui se propagea en cercles parfaits sur un rayon de cinq mètres. Le cylindre expulsa méthodiquement son dioxyde de carbone vicié avant d'aspirer goulûment l'air marin, pur et salin.

Quinze mètres sous la surface, dans une salle de contrôle baignée d'une lueur bleutée, un technicien observait attentivement une jauge numérique sur un tableau de bord incurvé. Ses yeux plissés par la concentration suivaient les fluctuations des indicateurs tandis que les écrans radars demeuraient silencieux – aucune embarcation, aucun sonar ennemi dans les parages. Une cellule lumineuse vira au vert, signalant que le stock d'air frais était désormais optimal. D'un geste précis, il désactiva les turbines d'aspiration. Le tube se rétracta promptement, disparaissant sous la surface qui se referma comme si rien ne s'était jamais produit. Quelques instants plus tard, toutes les veilleuses du pupitre semi-circulaire s'illuminèrent d'un vert rassurant, l'atmosphère de la structure sous-marine était entièrement renouvelée.

Le technicien s'étira, faisant craquer ses articulations engourdies par l'immobilité, puis quitta son fauteuil ergonomique. Il s'engagea dans un conduit tubulaire translucide de trois mètres de diamètre, une merveille d'ingénierie en verre épais protégée par une structure métallique externe. Dans l'intervalle entre les deux parois vivait une fascinante colonie d'algues bioluminescentes qui diffusait un halo bleuté hypnotique. Cette lumière naturelle, à la fois douce et suffisante, guidait ses pas sans recourir à l'électricité – une prouesse technologique invisible aux détecteurs de surface.

« Encore un jour sous les flots, » murmura-t-il pour lui-même, sa voix résonnant légèrement dans le tunnel désert.

Parvenu à l'extrémité du passage, il descendit un escalier en colimaçon d'une élégance surprenante dans cet environnement utilitaire. Toujours éclairé par la lueur éthérée des végétaux aquatiques, il parvint à une porte latérale qui coulissa sans bruit à son approche. Il s'engagea sur une arche en métal blanc qui enjambait un vaste bassin. Sous cette voûte futuriste s'étendait une exploitation d'algues fluorescentes aux teintes variées – du turquoise profond au violet électrique – constituant la base d'étude des chimistes et biologistes de la station.

Le technicien s'arrêta un instant pour contempler cette forêt sous-marine artificielle où des silhouettes en combinaison blanche se déplaçaient entre les cultures comme des fantômes lumineux. Le spectacle, malgré sa familiarité après des mois de service, ne cessait de l'émerveiller.

Au bout de la passerelle suspendue, un sas circulaire s'anima à son approche. Le centre de la porte massive s'ouvrit en spirale, dévoilant une pièce baignée d'une lumière opalescente, la seule alimentée par l'électricité extérieure. Au milieu de cet espace immaculé trônait une table en verre autour de laquelle cinq personnes étaient réunies, leurs visages graves reflétant la tension ambiante.

— Je vous ai réunis ici, car la tour va recevoir un agent de la DCRI, annonça l'homme debout à la tête de la table.

— Plus exactement la Division Hermès.

Alain Desmoulin, la cinquantaine athlétique, arborait une chevelure poivre et sel qui contrastait avec son visage étonnamment juvénile. Sa blouse blanche impeccable ne parvenait pas à dissimuler sa silhouette d'ancien militaire. Son regard d'acier, vif et perçant, balaya l'assemblée avec une autorité naturelle. Ancien médecin des forces spéciales reconverti en biologiste spécialisé dans la recherche sur la faune sous-marine, il dirigeait la tour Diogène depuis quatre ans avec une rigueur toute militaire tempérée par une curiosité scientifique insatiable.

— Pour quoi faire exactement ? s'exclama Sophia Keller, neurobiologiste. Nous ne sommes qu'une dizaine ici et nous ne remontons à la surface qu'une fois tous les trois mois !

Sa voix, rendue légèrement plus grave par l'hélium ambiant malgré le correcteur vocal, trahissait une irritation mal contenue. Unique femme du complexe, elle avait dû s'imposer dans ce milieu masculin avec une rudesse qui masquait une intelligence exceptionnelle.

— Peu importe ce que nous en pensons, trancha Desmoulin en croisant les bras. On nous informe de sa venue, c'est tout.

— D'accord. Mais peut-on au moins connaître les motifs de cette... inspection ? demanda le Dr Lambert, médecin-chef de l'installation, en caressant nerveusement sa barbe rousse.

— Avez-vous quelque chose à dissimuler ? Vous tous ? rétorqua Desmoulin, son regard s'attardant sur chacun des scientifiques.

Un silence gêné s'installa tandis qu'ils secouaient la tête en signe de dénégation. Desmoulin joignit ses mains devant lui avant de se lever pour arpenter la pièce d'un pas mesuré.

— Bon, écoutez, reprit-il d'une voix plus conciliante. Si en haut lieu on est parfaitement informé de l'activité scientifique officielle de la tour Diogène, peu de personnes sont au courant de son aspect militaire.

Il s'arrêta devant la baie d'observation qui donnait sur les profondeurs obscures, son reflet se superposant au noir abyssal.

— Cet individu aura la liberté d'accéder où il le souhaite, poursuivit-il en se retournant vers l'équipe.

— Bon sang, il va falloir que je planque mes revues compromettantes, gloussa Moreau, biophysicien à l'humour douteux, tentant maladroitement de détendre l'atmosphère.

Quelques sourires crispés accueillirent sa plaisanterie.

— Hormis dans les dortoirs, bien entendu, précisa Desmoulin sans relever la remarque. Votre intimité sera préservée.

— Même dans la partie basse ? s'enquit Lambert, une ride d'inquiétude barrant son front.

— Oui, répondit Desmoulin après une brève hésitation. De toute façon, à part quelques spécimens récoltés par nos... collaborateurs adaptés, cette section est pratiquement vide.

Un malaise palpable s'installa dans la pièce à l'évocation des « hommes-poissons » qui occupaient les niveaux inférieurs.

— Des questions ? reprit-il en balayant la table du regard.

— Combien de temps restera cet agent parmi nous ? demanda Sophia, les yeux rivés sur la table de verre, semblant y chercher des réponses.

— Le temps qu'il jugera nécessaire, répondit Desmoulin en haussant les épaules. Nous n'avons pas notre mot à dire.

— Nous ne sommes qu'à l'état embryonnaire dans le développement militaire sous-marin, murmura Vanier, responsable de l'unité de recherche tactique, comme pour se rassurer lui-même.

– Certes, acquiesça Desmoulin. Je ferai aussi un point avec nos... collègues tout à l'heure. Autre chose ? Non ? Très bien, retournons à nos occupations respectives et retrouvons-nous à 13 heures au mess des officiers. Bonne matinée à tous.

Ils se levèrent dans un raclement synchronisé de chaises et quittèrent la salle, leurs murmures inquiets s'évanouissant progressivement dans les couloirs bleutés.

Aucune lumière, aucune lueur ne trahissait l'existence de la tour Diogène depuis la surface. Pas même une infime signature thermique. Ses parois profilées, revêtues de couches absorbantes ultrasophistiquées, transformaient les signaux électromagnétiques en ondes magnétiques indétectables par les radars des navires ou des sous-marins les plus perfectionnés. Un laboratoire submersible parfaitement invisible, un miracle technologique au service de secrets bien gardés.

Jean patientait sur un quai du port de la darse de Villefranche-sur-Mer, son regard balayant l'horizon méditerranéen. La brise marine ébouriffait ses cheveux tandis qu'il guettait l'arrivée d'une vedette qui devait le conduire vers la mystérieuse structure Diogène 8. Le commissaire Moretti avait finalement obtenu l'autorisation d'envoyer un agent enquêter sur place. Et Jean possédant les qualifications de plongée nécessaires, avait été désigné pour cette mission délicate.

Il resserra machinalement son sac de voyage contre lui, comme pour se rassurer. Sa mission était claire. Mais périlleuse : déterminer si cette base sous-marine ultrasecrète pouvait être liée, d'une manière ou d'une autre, au trafic de drogue et à l'assassinat du triton retrouvé sur la plage.

La vedette touristique accosta au port de la Santé dans un vrombissement de moteurs, déversant un flot de touristes excités tout juste échappés du gigantesque paquebot de croisière qui avait jeté l'ancre au milieu de la rade. Jean observa cette marée humaine colorée qui se dispersait progressivement, leurs appareils photo mitraillant le pittoresque village. Lorsque le tumulte s'estompa enfin, une discrète embarcation, presque insignifiante, aborda face à lui.

Un homme en tenue sombre lui fit signe de monter. Jean s'installa à l'avant, son cœur battant la chamade malgré son apparente décontraction professionnelle. Le pilote, silencieux et efficace, manœuvra habilement et fit demi-tour pour prendre la direction du large.

Le silence n'était rompu que par le clapotis de l'eau contre la coque et le ronronnement discret du moteur. Puis, comme s'il récitait un texte appris par cœur, le navigateur prit la parole d'une voix monocorde, à la manière d'un guide touristique décrivant une attraction ordinaire.

— La base est protégée par des appareils subaquatiques totalement autonomes, expliqua-t-il sans quitter l'horizon des yeux. Au nombre de dix, ils sont positionnés stratégiquement autour de la structure, de bas en haut.

— Jamais d'attaques ou de visites indésirables ? s'enquit Jean, tentant de masquer sa nervosité sous une curiosité professionnelle.

L'homme tourna légèrement la tête, un sourire énigmatique aux lèvres.

— Des accidents fâcheux. Mais rares. Principalement lorsque la structure émerge pour renouveler son oxygène. Il y a dix ans, avant l'avènement des drones intelligents, la tour était défendue par un système automatisé de petits missiles. Nous avons... malencontreusement touché un hélicoptère qui survolait de trop près la zone et quelques navires pour les mêmes raisons.

Il marqua une pause avant d'ajouter, comme une confidence :

— Ce n'est plus le cas avec les aquadrones actuels. Ils analysent les menaces potentielles avant d'attaquer. Plus... discriminants, dirons-nous.

Jean déglutit, captant parfaitement le message sous-jacent. Cette installation ne tolérait pas les intrusions et disposait des moyens de les neutraliser.

— De quelle manière y accède-t-on ? demanda-t-il en cherchant du regard un équipement de plongée quelconque.

— Tout est dans la soute, répondit laconiquement le pilote. Nous laisserons le bateau à proximité des rochers.

L'embarcation ralentit aux abords d'une crique isolée, à quelques encablures du phare de Saint-Jean-Cap-Ferrat. L'homme coupa le moteur et jeta l'ancre avec des gestes précis et économes. Ils enfilèrent des combinaisons de plongée argentées d'une technologie manifestement avancée. Jean remarqua leur finesse inhabituelle et leur aspect métallisé qui évoquait davantage un film de science-fiction qu'un équipement de plongée conventionnel.

Sur le chemin des douaniers surplombant la crique, quelques promeneurs observèrent avec curiosité ces deux silhouettes étranges qui se précipitaient dans l'eau avec une synchronisation parfaite. Sans doute prendraient-ils cela pour une banale session de plongée touristique.

Sous l'eau, son guide lui fit les signes d'usage en utilisant le langage codifié des mains pour s'assurer que tout allait bien, puis l'invita à le suivre d'un geste impérieux. Une longue et inexorable descente commença dans les profondeurs.

Le son guttural des bulles expulsées du détendeur se mêlait à la respiration rythmée de Jean. L'eau devenait progressivement plus sombre et plus froide tandis qu'ils longeaient une paroi rocheuse tapissée de gorgones pourpres et parsemée de petits poissons argentés qui filaient à leur approche. L'angoisse commençait à étreindre Jean alors que la lumière naturelle s'estompait.

Ils atteignirent un palier rocheux dissimulé à quarante mètres de profondeur sur lequel reposaient deux propulseurs submersibles d'un noir mat. Le guide se retourna, formant le signe « OK » en ramenant son pouce vers l'index. Jean répondit par le même geste, dissimulant son appréhension grandissante.

Son accompagnateur démarra l'un des appareils et le tendit à Jean, qui s'en saisit avec une certaine hésitation. Puis l'homme activa le second propulseur et se lança en avant, propulsé par la force silencieuse des hélices, s'enfonçant dans l'abîme bleu-noir. Jean le suivit, agrippé à son appareil, sentant la pression augmenter sur ses tympans malgré les compensations régulières qu'il effectuait.

Dans ces profondeurs, seules régnaient les inquiétudes primales face à l'immensité liquide. Jean fut subjugué par les sensations contradictoires qui l'assaillaient. Jamais au cours de ses plongées précédentes il n'avait ressenti une telle présence humaine sous l'eau. C'était comme si les émotions des tritons, ces hommes modifiés pour vivre dans cet environnement hostile, imprégnaient encore les lieux. Même en immersion, il percevait des relais émotionnels diffus, comme des échos psychiques persistants.

Le compteur de son équipement indiquait une autonomie de trente minutes d'oxygène. Par instants, Jean scrutait l'obscurité à la recherche d'un repère, un poisson, un relief rocheux – dans cette ambiance crépusculaire qui engloutissait tout. Le trajet semblait interminable, vingt minutes déjà qu'ils filaient dans ces ténèbres liquides.

Malgré l'excellence de sa combinaison, Jean commençait à ressentir le froid mordant des profondeurs. Mais surtout celui, plus insidieux, de l'inquiétude. Le point de non-retour était franchi depuis longtemps. L'oxygène disponible, suffisant pour effectuer les indispensables paliers de décompression, ne permettrait jamais un retour direct à la surface en cas de problème. L'appréhension le rongeait lorsque son guide fit un signe brusque de la main droite.

Jean ne distingua rien d'abord dans cette pénombre. Ce n'est qu'à moins de dix mètres de l'objectif qu'un son de surprise s'échappa involontairement dans son masque. Devant lui, telle une apparition fantomatique, se dressait une tour colossale aux formes futuristes, noire et élancée comme un éperon jaillissant des abysses. Il n'en distinguait pas la base, perdue dans les ténèbres. Et en devinait à peine le sommet qui semblait se fondre avec les eaux plus claires au-dessus d'eux.

« Mon Dieu, » pensa-t-il, « comment une telle structure peut-elle rester secrète ? »

Ils contournèrent l'immense masse et s'approchèrent d'une anfractuosité discrète dans la paroi lisse. Son guide s'y engouffra sans hésitation, suivi par Jean qui dut lutter contre son instinct de conservation. Une écoutille se referma silencieusement derrière eux, les emprisonnant dans un sas étroit. Le niveau de l'eau commença à baisser progressivement, révélant les parois métalliques.

— Bienvenue dans Diogène 8, annonça son guide d'une voix étrangement déformée, semblable à celle d'un canard.

Il actionna une manivelle chromée qui libéra une porte coulissante, dévoilant un corridor baigné d'une fascinante lueur bleu nuit fluorescente.

— Vous allez rapidement vous habituer à cette lumière froide, expliqua-t-il en retirant son masque, révélant un visage anguleux aux traits tendus. C'est pratiquement la seule qui existe en dehors des postes de commande et des laboratoires. C'est le prix à payer pour demeurer invisible.

Il désigna un casier métallique encastré dans la paroi.

— Suivez-moi, je vais vous fournir une tenue appropriée ainsi qu'un patch électronique que vous porterez sur le cou. Il réduira cette déplorable voix de canard due à la forte concentration d'hélium dans notre atmosphère interne.

Jean acquiesça, retirant son équipement de plongée avec des gestes mécaniques, l'esprit submergé par la réalité de ce qu'il découvrait. Tout cela existait vraiment, à quelques kilomètres des plages bondées de touristes et des yachts luxueux. Un monde parallèle, secret, inquiétant.

Après avoir revêtu une combinaison moulante blanche similaire à celle de son guide et appliqué le patch vocal, Jean fut conduit dans une vaste salle circulaire où un homme les attendait, le visage empreint d'une curiosité non dissimulée.

Le docteur Alain Desmoulin, responsable scientifique de la tour, l'accueillit en lui serrant chaleureusement la main. Son regard vif évaluait Jean avec l'acuité d'un médecin militaire habitué à jauger rapidement les hommes.

— Les visiteurs sont rares ici, commença-t-il d'une voix grave légèrement modifiée par le correcteur vocal. Je dois même avouer que vous êtes le premier que je vois depuis que je supervise ces lieux, voilà quatre ans maintenant.

Il fit un geste circulaire englobant l'espace autour d'eux.

— La tour Diogène est constituée de trois modules distincts. Mais interdépendants. À la base, c'est le territoire des sujets modifiés, nos... hommes-poissons. C'est également là que se trouve l'environnement militaire.

Il parlait en marchant, guidant Jean à travers des coursives aux courbes organiques, comme s'ils évoluaient à l'intérieur d'un organisme vivant plutôt que dans une structure métallique.

— De quel type d'installations militaires s'agit-il exactement ? s'enquit Jean, tentant de paraître simplement curieux plutôt qu'investigateur.

Desmoulin lui jeta un regard en coin.

— Mes collègues vous expliqueront mieux que moi cette partie de la tour basse. Ils sont plus... qualifiés dans ce domaine.

Il poursuivit son exposé, indiquant du doigt différentes sections visibles à travers les parois translucides.

— Au milieu se trouve la sphère centrale qui rassemble les espaces communs – réfectoire, salles de détente, infirmerie. Et enfin, la partie supérieure, la tour haute, abrite nos laboratoires de recherche les plus avancés.

Jean remarqua un grand panneau qui se distinguait de l'ensemble par son éclairage particulier. Il dut s'approcher pour déchiffrer un texte signé par Jacques Cousteau, le légendaire explorateur des océans :

« Un jour viendra où l'homme sera modifié. Ses poumons seront remplis d'un liquide neutre, incompressible. Les centres nerveux qui commandent la respiration seront inhibés. Une dérivation sanguine passant à travers une cartouche chimique assurera directement l'oxygénation du sang et éliminera le gaz carbonique. Ainsi doté de branchies artificielles, l'homme redécouvrira son monde naturel, le monde aquatique. »

Jean relut la citation gravée sur le panneau commémoratif, ses doigts effleurant inconsciemment la surface polie. La prophétie de Cousteau résonnait avec une ironie cruelle dans cet environnement sous-marin.

— Le rêve a été accompli. Mais à quel prix ! murmura-t-il, son souffle créant un léger nuage de buée sur la plaque de verre.

Le docteur Desmoulin, qui se tenait à ses côtés, pivota vers lui. Son visage reflétait la lueur bleutée qui imprégnait les lieux, lui conférant un aspect fantomatique.

— Vous faites référence aux créatures mi-homme, mi-poisson ? demanda-t-il.

— Oui. Et à leur handicap, répondit Jean en soutenant son regard.

Les yeux du scientifique scintillèrent un instant d'une émotion indéchiffrable avant de se voiler. Il rajusta sa blouse d'un blanc immaculé et haussa les épaules avec une désinvolture étudiée.

– Nous avons cessé ce programme depuis un moment maintenant, répondit-il en balayant l'air de sa main osseuse, comme pour dissiper un nuage de fumée invisible. Aujourd'hui, nous nous tournons vers la nanotechnologie. Nous avons mis au point un prototype de casque doté d'une ingénierie révolutionnaire permettant à un humain de respirer sous l'eau sans modification génétique. Nous en discuterons ultérieurement, si vous voulez bien me suivre, je vais vous faire visiter la tour.

Une forme d'angoisse insidieuse s'immisça dans les entrailles de Jean alors qu'ils s'éloignaient du mémorial. Le poids de plusieurs atmosphères semblait peser sur ses épaules, oppressant ses poumons. Il attribua d'abord cette sensation à son arrivée récente dans la Tour Diogène – l'isolement sous des centaines de mètres d'eau constituait une appréhension légitime pour tout être humain doté d'instinct de survie.

Pourtant, alors qu'ils s'enfonçaient plus profondément dans les entrailles de la structure, une idée terrifiante lui traversa l'esprit : et si toute l'équipe de la Division Hermès s'était fait manipuler ? L'issue du problème ne venait-elle pas de la tour elle-même ? La réponse pouvait provenir de ce monde sous-marin, hermétiquement clos et isolé de toute surveillance extérieure. Une intuition qui avait le goût âcre de la certitude.

Le docteur Desmoulin interrompit ses réflexions, pointant vers un escalier hélicoïdal qui s'élevait vers les niveaux supérieurs.

– Actuellement, nous évoluons dans la sphère principale, expliqua-t-il, sa voix résonnant étrangement dans l'acoustique particulière des lieux. Accéder à la partie inférieure nécessiterait l'emploi de bouteilles de plongée. Dans le cas présent, nous allons monter.

Ils parcoururent des tunnels aux parois transparentes offrant une vue vertigineuse sur l'abîme bleu-noir qui les entourait. Des escaliers très larges en colimaçon s'enroulaient comme des spirales d'ADN, baignés dans une lueur céruléenne que projetaient des panneaux luminescents intégrés dans les murs. Jean commençait à s'y habituer. Mais chaque ombre mouvante dans l'océan au-delà du verre le faisait sursauter intérieurement.

Les laboratoires ultramodernes qu'ils croisèrent étaient séparés des couloirs tubulaires par des sas hermétiques, étanches à l'air et à l'eau. À travers les hublots, Jean aperçut des chercheurs en combinaisons stériles manipulant des équipements dont il ne pouvait deviner la fonction.

Certains levèrent la tête à son passage, leurs regards scrutateurs le suivant avec une curiosité mêlée de méfiance.

La visite rapide achevée, ils se retrouvèrent dans la salle de repos, un espace circulaire aux lignes épurées. Des fauteuils ergonomiques de couleur anthracite formaient un cercle autour d'une table basse au centre de laquelle trônait un aquarium cylindrique contenant des méduses phosphorescentes. L'endroit était imprégné d'une odeur iodée qui rappelait à Jean les marées basses de ses vacances normandes.

– Voulez-vous vous rafraîchir ? proposa le docteur Desmoulin en désignant un distributeur encastré dans la paroi.

Il suggéra à l'invité une boisson de coloration vert émeraude qui scintillait de façon peu naturelle dans son verre. Jean la déclina poliment, optant plutôt pour un jus d'orange dont la banalité le rassurait. Le liquide ambré lui parut étrangement réconfortant dans cet environnement alien.

– Puis-je connaître les motifs précis qui vous amènent dans notre tour ? demanda le scientifique en s'asseyant face à lui, les mains croisées sur ses genoux. Beaucoup sont préoccupés par votre présence. Comprenez leur nervosité : certaines activités que nous pratiquons ici pourraient… vous heurter.

Jean but une gorgée de son jus, prenant le temps de formuler sa réponse, observant le visage de son interlocuteur.

– Nous enquêtons sur deux meurtres liés à un homme-poisson retrouvé mort dans la rade de Villefranche, dit-il finalement, étudiant attentivement la réaction du médecin. Disposez-vous d'un système de vidéosurveillance dans la partie immergée de la tour ?

Le docteur Desmoulin se raidit imperceptiblement, une veine pulsant brièvement sur sa tempe droite.

– Vous faites référence aux quartiers des hommes-poissons ? Bien sûr ! Mais je ne vois pas très bien le rapport avec la créature retrouvée, répondit-il, son ton trahissant sa perplexité. La base de Toulon nous a tout raconté. Quel choc ! Après toutes ces années, ils ont pu rester en vie !

– Justement, c'est une énigme, murmura Jean, plus pour lui-même que pour son interlocuteur.

Un voile semblait s'abattre sur les yeux du docteur. Jean percevait distinctement qu'il était en train de fabriquer un mur de résistance dans sa tête, une certitude pour lui qui avait passé une année à interroger des suspects et des témoins.

– Comment faites-vous pour distinguer les tritons entre eux ? demanda-t-il abruptement. Ils doivent se ressembler, non ?

Une lueur d'amusement traversa le regard du scientifique.

— Un triton ? C'est comme ça que vous les appelez ? La question ne se pose pas, ou plus, du moins. Les derniers spécimens ont quitté la base il y a six mois.

— Parlons alors de la période où ils étaient présents, insista Jean en se penchant légèrement en avant. De quelle manière distinguiez-vous qui sortait et qui rentrait ?

Le médecin plissa les yeux, ses doigts pianotant un rythme nerveux sur l'accoudoir de son siège.

— Je ne comprends pas où vous voulez en venir.

Jean eut un sourire désarmant, presque enfantin, qui contrastait avec l'acuité de son regard.

— Vraiment ? C'est simple. Si vous n'avez aucune possibilité de différencier les créatures entre elles, un déserteur, voire les trois dont nous avons connaissance, aurait pu s'introduire dans la tour sans que vous ne le sachiez.

Le docteur reconsidéra Jean, son expression trahissant qu'il estimait que le jeune âge de l'agent masquait une redoutable faculté de discernement. Il comprenait qu'il faisait face à un esprit rapide et intuitif, pas au bureaucrate qu'il avait peut-être espéré rencontrer.

— Inenvisageable, balaya-t-il de la main, comme pour effacer une équation erronée d'un tableau. Tout est sous contrôle ici. Nous descendons fréquemment, nous n'avons jamais vu un homme-poisson de plus ou de moins. Cela nous aurait alertés immédiatement.

Il marqua une pause, puis ajouta comme une évidence qu'il avait omis de mentionner :

— Et de toute manière, ils ont tous une puce RFID logée dans leurs corps pour être reconnue par les aqua drones de surveillance. Aucun mouvement non autorisé n'est possible.

La réponse était bien argumentée et ne semblait pas défensive. Jean fournit l'illusion qu'il s'en contentait en détendant son visage. Mais au fond de lui, la méfiance grandissait. Il savait désormais que le médecin se tenait sur ses gardes. Il allait devoir jouer finement.

— En effet, lâcha Jean avec une légèreté feinte. Je voudrais rencontrer les autres membres de votre équipe et la section militaire. Je vous promets d'être discret et rapide. Vous ne souffrirez pas de ma présence.

Ils se levèrent simultanément. Le docteur pointa du bras une porte métallique circulaire qui s'ouvrait sur un autre corridor baigné de la même lumière bleutée omniprésente.

— Je vous abandonne ici, mon collègue s'apprête à venir vous rencontrer. N'hésitez pas à me rendre visite dans le laboratoire 4 si vous avez d'autres questions… scientifiques.

L'emphase sur ce dernier mot n'échappa pas à Jean. Le docteur tourna les talons et s'effaça dans le bleu ténébreux du couloir, sa silhouette disparaissant progressivement comme avalée par l'obscurité marine. En l'absence de fenêtres donnant vers l'extérieur dans cette section, Jean sentit une vague de claustrophobie l'effleurer.

– DCRI ? Une première dans la tour Diogène !

La voix forte et autoritaire le fit sursauter. Un homme de taille moyenne, au crâne chauve et luisant sous les néons bleutés, venait d'apparaître à sa droite, semblant surgir de nulle part. Ses mouvements nerveux et saccadés contrastaient avec l'assurance de sa voix.

– Max ! Appelez-moi Max, dit-il en s'approchant. Ici, pas de cérémonial et de galons. Alors, un agent du renseignement vient nous espionner ?

Il tendit une main solide aux ongles coupés court, le regard inquisiteur.

– Jean, de la Division Hermès, se présenta-t-il en serrant fermement la main offerte.

Le militaire éclata d'un rire tonitruant qui résonna contre les parois métalliques.

– Vous êtes chez vous, ici ! s'exclama-t-il avec un enthousiasme excessif. La spécificité de cet environnement réside dans le fait qu'elle est destinée à évoluer dans l'espace pour une future station spatiale.

Il se pencha vers Jean, baissant la voix comme pour partager un secret d'État :

– Vous comprenez que c'est confidentiel, secret défense de haut niveau. Accréditation que vous avez !

Max se redressa, croisant les bras sur sa poitrine, où l'on devinait sous le tissu de son uniforme des muscles sculptés par des années d'entraînement intensif.

– Je n'ai donc aucun mystère pour vous ! Qu'attendez-vous de moi ? demanda-t-il en levant imperceptiblement l'arcade sourcilière gauche, un tic qui trahissait son anxiété malgré son apparente décontraction.

– Votre collaboration dans une enquête de meurtres et de stupéfiants qui peut avoir un lien possible avec la tour, répondit Jean d'une voix mesurée.

L'homme nia de la tête nerveusement, ses yeux évitant brièvement ceux de Jean. Il lui saisit le bras d'un geste qui se voulait amical. Mais qui trahissait une tension contenue.

– Accompagnez-moi, je vais vous montrer notre travail. Et vous constaterez que vous perdez votre temps ici.

Ils montèrent un étage par un escalier hélicoïdal aux marches métalliques qui résonnaient sous leurs pas. Le bruit du métal frappé se répercutait dans la cage d'escalier, créant une cacophonie oppressante qui semblait amplifier la tension entre les deux hommes.

Devant une porte circulaire massive, l'homme patienta sans bouger, fixant un point invisible. Après quelques secondes qui parurent interminables à Jean, l'entrée coulissa sur elle-même dans un chuintement hydraulique. L'atmosphère qui émergea tranchait radicalement avec les laboratoires scientifiques qu'il avait visités plus tôt.

C'était une salle d'opération militaire digne des meilleurs décors de science-fiction, baignée dans une lumière ambrée qui contrastait avec le bleu omniprésent du reste de la structure. Des vues panoramiques de l'extérieur s'étendaient sur un écran circulaire à 360°, offrant une perspective vertigineuse allant de Nice jusqu'au phare de Saint-Jean-Cap-Ferrat. La Côte d'Azur se déployait dans toute sa splendeur, comme un rappel cruellement ironique du monde vivant et lumineux qui continuait d'exister à la surface.

Une autre série de moniteurs dévoilait des images d'endroits inconnus, la plupart immergés et éclairés par des projecteurs puissants qui perçaient l'obscurité abyssale. Jean discerna deux imposants cylindres d'aluminium dressés sur le fond marin, entourés d'étranges structures métalliques dont la fonction lui échappait.

Trois hommes en uniforme, qui fixaient intensément les écrans, se levèrent à l'unisson lorsqu'ils entrèrent. Ils saluèrent Jean d'un hochement de tête synchronisé, leurs regards scrutateurs et méfiants ne quittant pas le nouveau venu.

— Bienvenue dans l'antre de la défense nucléaire sous-marine ! annonça Max d'une voix qui se voulait joviale. Mais qui sonnait faux.

Il désigna d'un geste théâtral les écrans montrant les cylindres.

— Ici, nous construisons des centrales au sein des terres humides dans le cas où nos infrastructures actuelles terrestres devraient être menacées. Voilà ! C'est bref et circoncis !

L'ensemble du personnel observait Jean, à l'affût de la moindre réaction qui trahirait ses pensées. Un silence s'abattit sur la salle, uniquement rompu par le bourdonnement sourd des équipements électroniques.

Médusé, Jean acquiesça lentement, digérant l'information. Rien ne semblait relier son enquête à ce qu'il découvrait, néanmoins il ne put refréner un frisson de peur face à ces aménagements technologiques qui représentaient un danger potentiel pour l'humanité entière.

Les images des réacteurs nucléaires endommagés de Fukushima défilèrent dans son esprit – une vision apocalyptique qui avait amplement démontré les limites sécuritaires d'installations nucléaires face aux caprices de la nature. Si la mer Méditerranée devait être contaminée par des radiations, des effets dévastateurs se propageraient inexorablement sur la biodiversité aquatique et, par extension, à l'espèce humaine. Une catastrophe écologique aux conséquences incalculables.

– Voilà à quoi nous œuvrons ici ! déclara Max avec une fierté non dissimulée. Rien à voir avec du trafic de drogue ou les hommes-poissons.

Jean croisa les bras, son regard rivé sur les images sous-marines.

– Vous n'avez jamais utilisé ces créatures ? demanda-t-il avec une douceur trompeuse.

Max haussa les épaules.

– Si, au début. C'est d'ailleurs nous qui sommes à l'origine de leur existence. L'opération « Poséidon », la suite logique des travaux visionnaires du commandant Cousteau. Vous avez dû remarquer l'hommage dans la sphère ?

Jean hocha la tête sans dire un mot. Le militaire, prenant son silence pour de l'intérêt, gagna son poste de commande et s'assit, faisant pivoter son siège pour lui faire face.

– Les cylindres que vous voyez sont des réacteurs nucléaires de nouvelle génération, expliqua-t-il en pointant les structures sur l'écran. Ils mesurent 100 mètres de long, 15 de large et produisent entre 50 et 300 MWe. Leur masse est de 15000 tonnes.

Il manipula quelques commandes, faisant apparaître des images d'archives montrant le transport maritime nocturne de ces colosses d'acier.

– Ils ont été acheminés par bateau et immergés dans l'eau, la nuit, pour éviter toute détection par satellite. Les créatures supervisaient leurs descentes et leurs installations à 105 mètres de profondeur. Elles ont aussi tiré les câbles électriques jusqu'à la terre ferme à l'aide de propulseurs spécialement conçus pour elles.

Jean sentit son pouls s'accélérer.

– Ici ? À Saint-Jean-Cap-Ferrat ? demanda-t-il, sa voix trahissant une tension contenue.

– Non, répondit Max en secouant la tête. Une station au large de la Corse et de la Sardaigne, une seconde dans les parages de Toulon.

Il désigna d'autres points sur la carte numérique qui s'affichait maintenant sur l'écran central.

– Les hommes-poissons ne sont plus indispensables aujourd'hui, ajouta-t-il avec une pointe de dédain. Des aqua drones et des robots assurent désormais la défense des sites et la maintenance. Plus efficaces, moins... problématiques.

– Ces réacteurs… fonctionnent-ils actuellement ? s'enquit Jean, une sueur froide coulant le long de son échine.

– Non ! s'exclama Max avec un rire forcé. Ils sont en sommeil, en réserve stratégique, si vous préférez. Mais lors des tests in situ, le premier réacteur a supplanté la production d'électricité provenant d'EDF durant un mois entier sur l'ensemble de la Corse. Depuis, il est en veille, attendant… des jours plus sombres.

Le ton presque nostalgique du militaire ne fit rien pour apaiser l'inquiétude croissante de Jean.

– Où est positionné exactement celui de la Corse ? Et quel est le périmètre d'intervention de vos aquadrones de surveillance ?

– Au sud-ouest de l'île, dans une fosse naturelle qui le dissimule parfaitement. Pourquoi cet intérêt soudain ?

Max le fixait désormais avec une intensité troublante, comme s'il tentait de lire ses pensées.

– Nous cherchons des cooccurrences entre votre activité et notre investigation, répondit Jean en soutenant son regard.

– C'est parce qu'il n'en existe pas, vous le voyez bien !

Max se leva brusquement, arpentant la salle avec une énergie nerveuse.

– Pour répondre au sujet des aquadrones : un kilomètre de champ d'action autour des installations. Au-delà, nous avons d'autres moyens de protection, plus… conventionnels.

Jean songea au yacht de Kemerovski qui mouillait périodiquement au large de la Sardaigne, à quelques encablures peut-être du site mentionné par Max.

Il inspira profondément, l'air recyclé de la tour lui paraissant soudain irrespirable. Il détestait cet endroit confiné sous des tonnes d'eau, ce bunker high-tech qui semblait coupé de toute réalité humaine. Son instinct lui soufflait que les militaires n'eussent peut-être aucun lien direct avec son enquête. Mais les réacteurs, eux, pouvaient en avoir un – une cible de choix pour qui voudrait tenir l'Europe du Sud en otage.

Le problème avec les intuitions, se rappela Jean, était qu'elles ne fonctionnaient que sur l'affectif, sur la sensibilité humaine. Et non pas sur des faits bruts, des objets inertes ou des actions passées. Jean avait appris au fil du temps à maîtriser ses visions, à les canaliser pour qu'elles l'aident dans son travail sans le submerger.

Le sentiment que l'ingénieur cachait des informations était facile à deviner à ses micro-expressions. Mais définir lesquelles dépendait de la nature des questions qu'il posait et de l'interprétation qu'il faisait des interactions émotives de son interlocuteur.

Une question le taraudait, une question dont la réponse pourrait changer le cours de son enquête : quels seraient les dommages si un réacteur était attaqué et détruit ? La mer Méditerranée, berceau de civilisations millénaires, redeviendrait-elle une mer morte, un désert liquide dépourvu de vie ?

Il frissonna malgré la température contrôlée de la salle, sentant le poids des abysses au-dessus de sa tête.

16

Alfonzo parcourait méticuleusement le dossier d'Aurore Gallimard, son regard s'attardant sur chaque détail de cette vie qui s'étalait devant lui. Née à Cassis en 1988, elle avait grandi au rythme des vagues méditerranéennes, bercées par le chant des cigales. Son parcours académique avait débuté par des cours privés à Marseille, couronnés par un baccalauréat scientifique obtenu avec mention. Puis était venue la passion du journalisme qui l'avait menée jusqu'au diplôme de reporter, avant qu'elle ne cède à l'appel des civilisations englouties en intégrant l'université d'histoire et d'archéologie d'Aix-en-Provence. Sa spécialisation dans les civilisations méditerranéennes disparues l'avait naturellement conduite vers l'archéologie sous-marine, pour laquelle elle s'était inscrite dans une association reconnue. Aujourd'hui, elle exerçait ses talents pour une société de production niçoise, réalisant des courts métrages principalement subaquatiques, dont deux avaient été diffusés sur des chaînes nationales. Son père était décédé en 2009, sa mère, sans emploi, vivait toujours à Nice. Et comme si ce parcours ne suffisait pas, elle était également championne de France d'apnée.

« Rien que ça... » songea-t-il, un sourire admiratif se dessinant sur son visage.

Le lieutenant se détendit légèrement, ses épaules s'affaissant après des heures de tension. Si Marc se montrait habile avec cette jeune femme, compte tenu de son parcours impressionnant, il devrait obtenir des informations précieuses. Il saisit son téléphone, composa le numéro et donna le feu vert à son agent. À peine avait-il raccroché qu'une voix familière résonna dans le couloir.

— Alfonzo ! Tu viens ou quoi ? tonna Calzone, sa voix rauque rebondissant contre les murs défraîchis du commissariat.

Alfonzo passa une main lasse sur son visage avant de répondre.

— Ne te fatigue pas ! Je sais déjà ce que tu vas me dire, plaida-t-il d'un air faussement affecté, les traits de son visage trahissant une lassitude que même son ironie habituelle ne parvenait plus à masquer.

– Ah oui ? Calzone haussa un sourcil sceptique. Alors, ferme la porte du bureau et assieds-toi.

Alfonzo s'exécuta et s'installa nonchalamment sur la chaise usée qui grinça sous son poids. La lumière filtrait à travers les stores vénitiens poussiéreux, projetant des ombres striées sur les murs écaillés.

– Dis-moi tout ! reprit Calzone en s'installant derrière son bureau encombré. T'es amoureux ou malade ? Qu'est-ce qui t'arrive ? Tu avais trois dossiers. Trois dossiers ! répéta-t-il en haussant la voix, ses yeux lançant des éclairs. Résultat ?

Il affala ses avant-bras musclés sur la table et les écarta dans un geste théâtral qui fit vibrer la tasse de café refroidi posée au bord du bureau.

– Je t'écoute, Alfonzo. T'as intérêt à être persuasif.

Le lieutenant soutint son regard, ses yeux sombres ne trahissant rien de ses pensées véritables.

– J'enquête sur une nouvelle filière, répondit-il d'une voix calme qui contrastait avec la tension ambiante. Le gang des iPhone ne fait pas que du recel de portables, ils font aussi de la contrebande de drogue.

– Vraiment ? Calzone se redressa, son intérêt soudain piqué au vif. Alors pourquoi ne m'as-tu pas mis au parfum ? Je suis ton responsable hiérarchique, merde ! Il frappa du plat de la main sur le bureau. Parle-moi de ça.

Alfonzo se pencha en avant, baissant instinctivement la voix comme si les murs eux-mêmes pouvaient les écouter.

– Un de mes indics m'a rencardé sur un trafic de dope dans certains magasins de vente et réparations de smartphones. Il y en a un peu partout dans la ville. L'échange se fait directement au comptoir, sous nos yeux.

– Comment ? Calzone fronça les sourcils, perplexe.

– Les batteries sont remplacées par du cannabis, expliqua Alfonzo, son regard ne cillant pas. Simple et efficace.

Calzone le fixa longuement, cherchant à déceler une faille dans ce récit trop parfait.

– Alors, dépêche-toi d'apporter des résultats. T'es le meilleur ici. Mais t'as aucune efficacité depuis des mois ! Sa voix s'adoucit légèrement. T'as rien d'autre à me dire ?

– Non, c'est OK. Ne t'inquiète pas pour moi. Et avec Hermès ?

Calzone agita la main avec dédain.

– Laisse tomber, tu le sais, ils dépendent de la DCRI. On ne peut rien y faire.

Le capitaine acquiesça distraitement et se leva pour scruter la rue à travers la fenêtre du bureau aux vitres légèrement embuées. Un homme lui fit signe à l'angle de la rue avant de disparaître dans l'ombre d'une ruelle. Le fait que son lieutenant n'utilisait jamais de véhicules officiels, préférant sa moto moins voyante, ne l'avait jamais choqué. Pourtant, il avait été surpris lorsque Moretti lui avait demandé de poser une puce GPS sur cette même bécane.

— OK Alfonzo, des questions ? demanda-t-il en se retournant, le regard insondable.

— Non, je vais m'y mettre. Juste un coup de mou, rien de plus. Le poids des enquêtes qui s'accumulent, tu connais.

— Je suis rassuré alors ? s'exclama Calzone en se rapprochant de la porte, une main sur la poignée.

Ils éclatèrent de rire simultanément – deux hilarités de façade masquant mal les non-dits qui s'accumulaient entre eux comme une brume toxique.

Lorsque son portable vibra sous les galets, Aurore ondulait avec grâce dans les eaux. Sa mono palme fendait l'eau turquoise entre La Réserve – cette extravagance rocheuse, vestige des années folles où l'architecture s'alliait à l'audace et au faste, devenu aujourd'hui un restaurant prisé – et le Centre Nautique de Nice. Le soleil miroitait sur la surface de l'eau, créant des étincelles dorées qui dansaient au rythme des vaguelettes.

Aurore ne travaillait pas ce jour-là. Elle nageait, s'entraînait, pratiquant l'apnée avec une discipline quasi monacale. Son corps souple s'adaptait parfaitement aux courants, semblant ne faire qu'un avec l'élément liquide.

William l'observait du haut des escaliers de pierre qui descendaient vers le CNN. Elle apparaissait et disparaissait toutes les cinq minutes environ, telle une créature mythologique jouant à cache-cache avec le monde terrestre.

« Une vraie sirène, » songea-t-il, son regard suivant la silhouette élancée qui glissait sous l'eau comme si elle y était née.

Il descendit lentement les marches vers la plage, ses yeux scrutant les galets à la recherche du sac d'Aurore. Il le repéra rapidement – le seul à cette heure matinale, posé négligemment sur un amas de pierres polies. C'était sans doute l'endroit précis où elle avait filmé le mystérieux triton. Au moment de s'asseoir à proximité, il perçut un léger tremblement provenant du sac. Un sourire se dessina sur ses lèvres – certainement son portable. Sans hésiter, il sortit son propre téléphone et le clona à distance. Désormais, il pourrait entendre ses communications et lire ses messages en temps réel.

William savoura cet instant, loin de Moretti qui, il le savait, devait à présent tourner comme un lion en cage dans son bureau climatisé. Sa mission était claire : déterminer si Aurore Gallimard avait parlé de la créature à d'autres personnes que leurs services.

Elle apparut soudain dans son champ de vision, émergeant des flots dans un jaillissement d'écume argentée. Ses jambes fléchies se posèrent délicatement sur les galets, une fine paire de palmes bleues dans une main et un serre-nez blanc dans l'autre. L'eau ruisselait sur sa combinaison de néoprène qui épousait chaque courbe de son corps athlétique. Elle se dressa, secouant sa tête pour libérer ses cheveux bruns de l'emprise de l'eau salée. Son regard perçant repéra immédiatement William à proximité de son sac.

Elle avança sans lui prêter attention apparente, dans un mouvement fluide qui trahissait des années de pratique sportive. Elle s'apprêtait à s'éloigner avec ses affaires quand il brisa le silence.

— N'ayez pas peur, je suis un collègue de Jean et...

— Vous avez obtenu ce que vous vouliez ? l'interrompit-elle abruptement, la main droite essorant ses longs cheveux bruns qui tombaient en cascade sur ses épaules. Non ?

— Oui, admit-il, pris de court par sa franchise.

— Qu'est-ce que je gagne à vous écouter ? demanda-t-elle en le fixant droit dans les yeux.

Sur le moment, en contemplant sa silhouette mince, ses hanches gracieuses et sa poitrine dont les contours se dessinaient sous le néoprène - laissant deviner la forme des mamelons - une image cinématographique lui revint en mémoire : celle d'Ursula Andress, corps de rêve émergeant de la mer des Caraïbes, un coquillage à la main, dans le premier James Bond, « Docteur No ». Cette présence féminine, à la fois athlétique et érotique, embruma momentanément ses réflexes professionnels.

— Vous inviter à boire un verre, proposa-t-il, sa voix trahissant une note de séduction qu'il n'avait pas prévue.

Un sourire désabusé éclaira fugitivement le visage d'Aurore.

— Vous plaisantez, j'espère ! Moi, je dirais plutôt que vous êtes là pour me surveiller ! Vous lisez aussi dans les pensées ? Comme votre collègue ?

— Non. Mais si je voulais vous coller au train, je n'aurais qu'à suivre le parcours de votre 4×4 depuis mon iPad, répondit-il avec un sourire complice qui se voulait rassurant.

— Est-ce le cas ? demanda-t-elle en se penchant sur le côté pour sécher ses cheveux à l'aide d'une serviette, dans un geste qui dévoila la courbe parfaite de son cou.

William laissa aller son esprit, conscient que l'entretien prenait une tournure qu'il n'avait pas anticipée. Mais qu'il ne trouvait pas désagréable.

— J'ai repéré un café à deux cents mètres d'ici, sur le boulevard Franck Pillate. Qu'en dites-vous ?

Une fois habillée d'un jean ajusté et d'un t-shirt blanc qui soulignait son bronzage, Aurore extirpa son portable dissimulé sous les pierres polies et consulta rapidement ses messages. Deux appels en absence : l'un d'une amie, l'autre de Marc, un étudiant en histoire qu'elle connaissait. Elle nota mentalement de lire le fichier joint plus tard et enfouit l'appareil dans la poche arrière de son jean.

Ils quittèrent la petite crique. William jeta un œil distrait à son iPhone et resta stupéfait : il venait de faire l'objet d'une tentative de piratage. Était-ce Aurore ? Cela semblait parfaitement impossible. Seule une proximité de moins de dix mètres pouvait être efficace pour cloner un appareil. En arrivant au sommet des escaliers de pierre, il balaya la rue du regard, soudain alerte, ses instincts professionnels reprenant le dessus.

— Ça va ? demanda Aurore en désignant du doigt la direction du café, ses yeux scrutant son visage soudain tendu.

— Ça va, oui, dit-il machinalement, regrettant de ne pas avoir emporté son appareillage de détection. Retrouver le pirate aurait été un jeu d'enfant avec le bon équipement. La situation n'était plus à son avantage : il avait été identifié.

Il composa discrètement le numéro de Moretti et l'informa en quelques mots codés. Du coin de l'œil, il observa Aurore qui marchait d'un pas assuré devant lui. Il raccourcit la distance en accélérant légèrement, se tenant désormais à ses côtés. Malgré lui, il remarqua que sous le tissu léger du t-shirt blanc, les tétons de la jeune femme dessinaient deux petites saillies, confirmant l'absence de soutien-gorge.

Le portable d'Aurore sonna soudain, brisant le silence complice qui s'était installé entre eux. Elle s'excusa d'un geste et répondit, son visage s'éclairant d'un sourire.

— Salut ! Oui, je l'ai reçu. Mais je n'ai pas encore eu l'occasion de le lire. D'accord, compte sur moi, je te dirai ce que j'en pense. Sa voix se voulait légère. Mais William perçut une tension sous-jacente. Ça va, oui, je suis sur un tournage et je ne peux pas trop te parler. Promis, je te rappelle.

Elle raccrocha et rangea son téléphone d'un geste vif.

— Nous y sommes, annonça-t-elle en désignant le café dont la terrasse s'étendait face à la mer.

Ils traversèrent la route bordée de palmiers et s'installèrent autour d'une table en fer forgé sur la terrasse ensoleillée du café, face au dock où s'agitait toute l'activité portuaire de Nice. Un navire à grande vitesse manœuvrait ses milliers de tonnes d'acier vers la sortie du port, fendant les eaux d'un bleu profond dans un grondement sourd.

– Êtes-vous déjà allé en Corse ? demanda William, heureux de trouver un sujet de conversation neutre pour briser la glace.

– Oui, plusieurs fois, répondit-elle, ses yeux se perdant un instant dans l'horizon où la silhouette montagneuse de l'île se devine parfois par temps clair. Et vous ?

– Jamais eu l'occasion ! J'en rêve pourtant. On dit que c'est une terre sauvage et magnifique.

– Qu'est-ce que vous faites exactement comme travail pour les services secrets ? enchaîna-t-elle abruptement, ses yeux soudain fixés sur lui comme des lasers.

– Expert en électronique et en informatique, répondit-il avec un sourire professionnel qui masquait sa surprise face à cette attaque frontale.

– Wôw ! Elle hocha la tête en signe d'admiration feinte, les yeux rivés dans les siens, ne lui laissant aucune chance de détourner le regard. Bon, vous êtes là pour me cuisiner, monsieur l'agent secret ?

William sourit et dévia son regard sur sa main qui jouait nerveusement avec un sous-verre.

– Nous voulons simplement être rassurés sur le fait que vous n'avez pas dévoilé votre découverte autour de vous. Il se pencha légèrement, sa voix se faisant plus grave. Je ne plaisante pas, Aurore. Vous pourriez être en danger.

– Et pour quelles raisons ? répliqua-t-elle.

Un serveur s'approcha, interrompant leur échange. L'homme, quarantaine avancée et peau bronzée, s'immobilisa à leur table, carnet en main.

– Un thé à la menthe pour moi, dit Aurore avec un sourire qui illumina brièvement son visage.

– Une noisette pour moi, ajouta William, son regard ne quittant pas celui d'Aurore.

Lorsque le serveur se retira, William se pencha près d'elle, si près qu'il pouvait sentir le parfum sa peau encore imprégnée d'eau de mer.

– Avez-vous parlé ou montré ces images à quelqu'un d'autre que nous ?

– Un ami, sur le port, qui a pratiqué l'apnée, admit-elle après une hésitation. Je lui ai posé des questions à propos de la créature qu'il avait vue, c'est tout.

– Et ? Pressa William, son corps tendu comme un arc.

– La même ! souffla-t-elle, ses yeux s'agrandissant à ce souvenir. Exactement la même créature que j'ai filmée.

– N'y pensez pas, Aurore. Il s'enfonça dans le dossier de la chaise en plastique, adoptant une posture qu'il espérait décontractée malgré la tension qui l'habitait. Enlevez-vous l'idée de faire un reportage sur ce sujet. Ce serait… imprudent.

Son téléphone vibra dans sa poche – le rappel du texto non lu. Elle souffla d'exaspération et ouvrit la pièce jointe juste au moment où le garçon de café revenait avec leurs boissons sur un plateau.

Le visage d'Aurore se décomposa instantanément. Elle blêmit, ses joues perdant toute couleur. Et ne put réprimer un cri de surprise qui fit se retourner les clients des tables voisines. Dans l'incapacité de parler, elle se leva brusquement, sa chaise raclant le sol dans un bruit strident. Et commença à effectuer des exercices de respiration, comme pour calmer une crise de panique naissante.

Le serveur interrogea William du regard, perplexe. Ce dernier se dressa également, inquiet de ce changement soudain.

– Restez assis, lui intima Aurore d'une voix étranglée, lui faisant signe de ne pas la suivre.

– On dirait que vous avez vu un fantôme ! observa William, les sourcils froncés.

Elle hocha nerveusement la tête, ses mains tremblantes fouillant maladroitement son sac à la recherche de monnaie.

– Je suis désolée, je dois partir. Tout de suite, ajouta-t-elle d'un ton qui n'admettait aucune réplique.

Elle quitta le café d'un pas rapide, presque en courant, prenant la direction du CNN, une larme solitaire coulant le long de sa joue droite, traçant un sillon brillant que William aperçut avant qu'elle ne tourne le dos.

Sans perdre un instant, il alluma son portable, se connecta au téléphone cloné d'Aurore et visualisa la photo qui avait provoqué ce choc : une grande fresque archéologique aux motifs complexes et inquiétants, gravée dans une pierre ancienne. Il l'aperçut qui montait précipitamment dans son 4×4 blanc garé à distance, son téléphone vissé à l'oreille.

Rapidité, efficacité, se répéta-t-il mentalement. Écouter la conversation en cours et réagir.

– C'est important pour moi, important, disait la voix paniquée d'Aurore dans l'écouteur.

– Je ne pensais pas que tu flipperais comme ça ! répondit une voix masculine, jeune et confuse.

– Je ne flippe pas, comme tu dis. La voix d'Aurore tremblait malgré ses efforts pour paraître calme. D'où proviennent ces clichés ? Où es-tu ?

– À mon studio. Mais je ne peux pas te dire d'où ils viennent. Ce serait... compliqué.

– Ces vestiges sont maudits, Marc ! s'exclama-t-elle, sa voix montant dans les aigus. Ils sèment la mort à tous ceux qui s'en approchent. Ta connaissance, méfie-t'en. Qui est au courant de ces photos à part toi et moi ?

Un silence pesant s'installa avant que le jeune homme ne réponde.

– Tu me fais peur, Aurore. Personne ! Mais... la personne qui me les a données sait que je t'en ai parlé.

– Quoi ? Qu'est-ce que tu dis ? La panique était désormais palpable dans sa voix. Ne me rappelle plus, Marc. Plus jamais !

Elle raccrocha brutalement. William fit de même et mémorisa rapidement le numéro de son correspondant, puis envoya une requête urgente à ses services. Un bip retentit presque immédiatement : Marc Richard, étudiant en histoire à l'université de Nice.

Le temps lui manquait pour analyser pleinement la situation. Son instinct lui cria qu'il devait agir vite. Et il se mit à courir vers le 4×4 d'Aurore. La distance entre le café et le véhicule diminuait rapidement sous ses foulées puissantes. À mi-parcours, il aperçut la calandre chromée se détacher de la file de voitures garées sur le trottoir.

Si elle me repère, elle accélérera, pensa-t-il en traversant la chaussée et en sprintant de plus belle, ignorant la douleur dans ses jambes peu habituées à un tel effort.

Il était distancé de quelques dizaines de mètres lorsque le tout-terrain quitta sa place de stationnement et s'élança en direction de La Réserve. Essoufflé, William était sur le point d'appeler Moretti quand le 4×4 fit soudain demi-tour, ses pneus crissant sur l'asphalte, pour revenir dans sa direction.

Il n'avait que quelques secondes pour envisager la meilleure façon d'aborder le véhicule. Réagir vite. Quelques dixièmes de secondes décisives. Une idée fulgurante lui traversa l'esprit : il extirpa ses clefs de sa poche, les leva en l'air en faisant signe à Aurore de ralentir, comme s'il avait oublié quelque chose d'important.

C'est alors qu'il repéra, du coin de l'œil, un 4×4 noir aux vitres teintées qui s'approchait lentement, trop lentement pour être innocent. Danger.

Son sang ne fit qu'un tour. Il força l'ouverture de la portière du 4×4 blanc et ordonna à Aurore de se pousser du siège conducteur.

– Qu'est-ce que... ? commença-t-elle, les yeux écarquillés par la surprise.

William se retourna vivement vers le 4×4 noir. Il vit la vitre arrière descendre lentement, révélant l'éclat métallique d'une arme. Sans hésiter, il projeta Aurore sur le siège passager et lui abaissa la tête d'un geste brusque tout en démarrant la voiture d'une main experte.

Un cylindre en acier émergea de la fenêtre du véhicule noir, suivi d'une détonation sourde. La vitre avant du 4×4 d'Aurore explosa en une constellation d'éclats de verre qui se répandirent sur eux comme une pluie cristalline.

La vitre de la BMW noire se releva, les deux véhicules se croisèrent dans un ballet mécanique avant de s'éloigner rapidement dans des directions opposées. William, le cœur battant à tout rompre, réalisa qu'Aurore, bien que manifestement terrorisée, gardait un sang-froid remarquable, ses mains crispées sur son sac. Mais son regard clair et déterminé.

Il prit la direction de la caserne Auvare, slalomant entre les voitures avec une dextérité qui trahissait une formation poussée en conduite défensive.

– Qui sont-ils ? demanda Aurore d'une voix étonnamment calme malgré les circonstances.

– Je ne sais pas encore, répondit William en vérifiant le rétroviseur. Mais je compte bien le découvrir. Et vite.

17

Florence relâcha les mains d'Aurore et recula d'un pas, son regard compatissant évaluant la jeune femme tremblante devant elle.

– Vous êtes en sécurité maintenant, articula-t-elle d'une voix où perçait une once de chaleur. Vous pouvez remercier le ciel d'être encore parmi nous. Et William surtout. Sans son intervention, vous ne seriez plus qu'un dossier sur notre bureau.

Aurore passa une main dans ses cheveux en bataille, des traces de sang séché maculaient encore ses ongles.

– J'aimerais comprendre, murmura-t-elle, ses yeux cherchant un point d'ancrage dans cette pièce austère aux murs délavés.

Moretti s'avança, imposant sa stature massive dans l'espace confiné. Son costume froissé trahissait une nuit blanche. Mais son regard restait d'une acuité glaciale.

– Sans un lien avec notre enquête, vous seriez dans les bureaux de la police judiciaire, Mademoiselle, intervint-il en croisant les bras. Ce n'est pas une simple agression que nous avons interrompue.

Aurore redressa les épaules, une lueur combative traversant son regard épuisé.

– Je n'ai rien à dire. Peut-être qu'on en voulait à votre agent ? rétorqua-t-elle, la mâchoire serrée.

Florence observait Aurore avec l'intensité d'une psychologue aguerrie. Elle percevait les couches de peur sous cette façade de défi, sentait la violence contenue qui animait cette femme – comme un animal blessé acculé dans un piège. Ses doigts tapotaient nerveusement l'accoudoir de la chaise métallique. Florence échangea un regard entendu avec William avant de se tourner vers Moretti.

– Elle a raison… Ce n'est ni le moment ni l'endroit.

Moretti ignora sa collègue, concentré sur Aurore comme un prédateur sur sa proie.

– Quelqu'un aurait-il des motifs d'attenter à votre vie ? De vous vouloir du mal ? insista-t-il en se penchant légèrement.

— Je ne connais pas beaucoup de monde, répondit Aurore en détournant le regard vers la fenêtre. Je ne vois pas.

— Avez-vous observé quelque chose d'inhabituel ces derniers temps ? Un comportement suspect, un véhicule qui passerait souvent devant chez vous ?

Moretti n'avait que faire des signaux de détresse qu'il percevait. Il étudiait méthodiquement la jeune femme, notant chaque micro-expression qui traversait son visage pâle.

— Non, lâcha-t-elle, les yeux rivés sur ses mains écorchées.

— Ils ne vous rateront pas une deuxième fois, affirma Moretti, sa voix ce faisant plus douce, presque paternelle. Nous pouvons vous protéger. Réfléchissez, Aurore, ce n'était pas une simple agression. Ces hommes étaient des professionnels.

Aurore se leva brusquement, faisant crisser la chaise sur le carrelage usé.

— Merci, dit-elle en rajustant sa veste déchirée, je saurai me débrouiller toute seule.

William se leva à son tour et l'accompagna vers la sortie, laissant derrière eux Florence et Moretti.

Sur le parking de la caserne baigné par la lumière matinale, le béton humide reflétait le ciel tourmenté. William refusa fermement à Aurore de récupérer son 4×4 Range Rover. Elle s'arrêta net, le visage tendu.

— Pourquoi ? demanda-t-elle, une pointe d'exaspération dans la voix.

— Parce qu'il fait partie d'une scène criminelle, expliqua William en désignant le véhicule criblé d'impacts. Il contient les balles que nous avons besoin d'authentifier. Sans compter que le pare-brise est pulvérisé et que les sièges sont jonchés d'éclats de verre. Ce n'est plus une voiture, c'est une preuve.

Elle considéra avec une tristesse palpable l'état de son véhicule. La carrosserie beige, autrefois rutilante, était désormais marquée par une constellation d'impacts de balles. Elle fouilla dans son sac et en sortit son téléphone.

— Je vais appeler ma mère pour qu'elle vienne me chercher.

William posa une main légère sur son avant-bras, stoppant son geste.

— Souhaitez-vous l'exposer ? Je veux dire que vous n'acceptiez pas notre protection, c'est votre choix, dit-il doucement. En revanche, les tueurs pourraient l'utiliser pour mieux vous atteindre. Gardez-la en dehors de tout ça. Je peux vous ramener, proposa-t-il en sortant ses clés.

Aurore hésita, le poids de cette nuit cauchemardesque visible sur ses épaules affaissées.

— J'ai besoin d'être seule… confia-t-elle, la voix légèrement brisée.

— D'accord, je vous raccompagne et je vous laisserai tranquille, promit William en ouvrant la portière de sa Peugeot banalisée.

Elle semblait égarée dans cette caserne policière aux murs grisâtres, aux néons impitoyables révélant chaque ombre, chaque blessure. Face à ce visage où se reflétaient la tristesse et le désarroi, William ressentit une impulsion irrépressible de la serrer dans ses bras pour la réconforter. Il se contenta d'un geste discret, posant brièvement sa main sur son épaule alors qu'elle s'installait sur le siège passager.

La voiture amorçait le dernier virage qui l'approchait de l'appartement d'Aurore, perché sur les hauteurs du mont Boron situé dans la partie Sud Est de la ville. La rue étroite et privée, bordée de cyprès majestueux et de lauriers-roses en fleurs, serpentait entre des résidences cossues. Le panorama sur la baie des Anges s'étendait jusqu'à l'horizon, la Méditerranée miroitant sous le soleil matinal. William ralentit, cherchant un endroit pour manœuvrer dans cette voie sans issue. Il se tourna vers Aurore et leva le frein à main avec un petit sourire contrit.

— Bon, ben, je n'ai plus qu'à faire marche arrière ! plaisanta-t-il légèrement.

— Si seulement on pouvait revenir en arrière comme vous dites... murmura-t-elle, le regard perdu dans l'immensité bleue qui s'étendait à leurs pieds.

— Que voulez-vous dire ? demanda-t-il, intrigué par cette soudaine mélancolie.

— Rembobiner le film de sa vie pour changer la destinée. Effacer certaines scènes, réécrire d'autres passages.

William se sentit soudain vulnérable, comme si Aurore venait de mettre le doigt sur une blessure qu'ils partageaient.

— Votre père, c'est ça ? demanda-t-il doucement. Sans indiscrétion, de quoi est-il mort ?

L'immeuble d'Aurore, une élégante bâtisse des années trente aux balcons en fer forgé, se dressait majestueusement face à la mer. Ils entrèrent dans un hall au sol en marbre blanc, gravirent un escalier aux rampes ouvragées jusqu'au troisième étage. Aurore déverrouilla une porte massive et l'invita d'un geste à entrer.

Elle se laissa tomber sur un canapé beige aux coussins moelleux, passant distraitement ses mains dans ses cheveux châtains aux reflets dorés.

— Je pensais que vous le saviez déjà ? Vous, l'agent du renseignement, avec vos dossiers et vos fiches, dit-elle avec une pointe d'ironie.

— Vous vous trompez, répondit William en restant debout, contemplant l'appartement. Je n'ai pas effectué de recherche approfondie sur vous. Pas de raison, vu les circonstances. Mais maintenant, j'en ai une.

Elle l'examina un instant, pesant sa sincérité, puis hocha la tête.

— Bon, d'accord, venez avec moi, mon garde du corps, concéda-t-elle avec un fantôme de sourire.

L'intérieur de l'appartement était d'une élégance raffinée. La décoration, sobre et harmonieuse, s'articulait autour d'un thème marin qui transcendait le simple cliché méditerranéen. Les murs d'un blanc lumineux contrastaient avec des portes d'un bleu profond évoquant les villages insulaires grecs. Des tableaux minutieusement choisis représentaient des ruelles étroites serpentant entre des maisons blanchies à la chaux, des ports de pêche baignés de lumière dorée. Et des scènes de championnat d'apnée capturant la beauté silencieuse des profondeurs.

Le salon du deux pièces s'ouvrait sur une terrasse offrant une vue panoramique sur Nice. La ville s'étendait à leurs pieds comme une maquette vivante, descendant en cascade jusqu'à la baie des Anges où la mer d'un bleu profond scintillait sous le soleil. Au loin, on distinguait nettement les pistes de l'aéroport, des avions minuscules s'y posant comme des oiseaux métalliques.

Le regard de William s'arrêta sur une photographie encadrée posée sur un buffet en bois clair. Un couple souriant, dans la quarantaine, se tenait enlacé devant ce qui semblait être des ruines antiques. L'homme, grand et élancé, arborait une barbe poivre et sel qui lui donnait un air de sage. La femme, dont Aurore avait hérité les traits fins et le regard lumineux, rayonnait d'une beauté naturelle. Aurore surprit son regard et s'approcha.

— Mon père et ma mère, il y a dix ans, dit-elle en effleurant le cadre du bout des doigts. Il était archéologue, un passionné de l'antiquité méditerranéenne. C'est lui qui m'a transmis cette fascination pour le passé, cette quête de faire revivre l'histoire à travers des vestiges oubliés.

Elle se tourna vers William, une lueur nouvelle dans les yeux.

— Déchiffrer des témoignages enfouis pour ressusciter une âme disparue, c'était sa devise, continua-t-elle. Chaque objet raconte une histoire, disait-il, il suffit d'apprendre à l'écouter.

Sa voix se brisa légèrement.

— Malheureusement, en 2009, il a péri au large de Gênes, à bord d'un yacht qui réunissait un parterre de scientifiques et d'architectes. C'était son dernier jour de mission pour un milliardaire. Un soi-disant mécène passionné d'histoire antique.

Elle se dirigea vers la terrasse, William la suivant en silence.

– Nous étions sans nouvelles de lui depuis des semaines, poursuivit-elle en s'appuyant sur la balustrade. Et lorsqu'il nous a informés de son retour, on était si heureuses, maman et moi. On avait préparé une fête, ses plats préférés…

William s'approcha, sentant la douleur encore vive qui émanait d'elle.

– Le nom de ce bienfaiteur ? Et sur quoi travaillait votre père exactement ?

– Boris Kemerovski, répondit-elle en crachant presque ce nom. Un oligarque avec des connexions politiques à Moscou. Il avait engagé mon père pour effectuer des recherches privées sur des vestiges retrouvés sous la mer. Un contrat de plusieurs années, la consécration pour mon père, financièrement aussi. Une revanche sur son passé où mes parents étaient obligés de compter chaque euro pour me payer mes études.

William, d'un geste discret, manipula son téléphone portable et le laissa en évidence sur une petite table en marbre. Leur conversation était désormais partagée avec Moretti et Florence à Auvare.

– Comment saviez-vous tout cela ? Aviez-vous des contacts avec lui pendant ses missions ?

– Non, la plupart du temps il était injoignable, confiné sur des sites secrets. Mais j'ai reçu un colis chez moi, trois jours après sa mort, adressée de sa main. Il avait tout consigné, tous ses travaux, comme s'il pressentait ce qui allait lui arriver.

Son regard se perdit dans la ligne d'horizon où mer et ciel se confondaient.

– Qu'ont-ils découvert ? insista William.

– Cela vous intéresse-t-il vraiment ? Je ne vois pas de rapport avec cette tentative d'intimidation, répondit-elle en se tournant vers lui, soudain méfiante.

– Tentative de quoi ? s'exclama William. On a failli vous exécuter sur une route déserte ! Alors oui, tout ce qui vous touche de près ou de loin suscite mon intérêt !

Elle hésita un instant, puis glissa sa main dans la sienne. Ce geste, à la fois vulnérable et confiant, surprit William.

– C'est gentil, merci, murmura-t-elle. Mon père avait fait une découverte extraordinaire, peut-être la plus importante de ces cinquante dernières années.

Elle l'invita à s'asseoir sur un banc en teck qui faisait face à la mer.

– Le massif noir, articula-t-elle avec révérence. Le peuple originel du bassin méditerranéen. Une civilisation érudite, qui a éclairé le monde durant des siècles avant même l'émergence des empires que nous connaissons.

Ses yeux s'animèrent d'une passion qui rappelait à William la photographie de son père.

– Certains vestiges ont été retrouvés à différents endroits de la Méditerranée, poursuivit-elle, au large de l'Italie, de l'Égypte et d'Israël. Peu belliqueux. Mais courageux et fiers, ils ont essaimé leurs lignées à travers tout le bassin méditerranéen. Mais un cataclysme a anéanti leur existence première. Les groupes nomades qui vivaient sur les rives de ce que mon père appelait « la mer fermée » ont évolué loin de leurs racines et ont participé à l'émergence de peuples puissants, comme l'Égypte, la Grèce, Rome et bien d'autres nations.

Elle frotta ses mains l'une contre l'autre, comme pour se réchauffer malgré la chaleur du soleil matinal.

– Certains membres illustres sont revenus régner sur les terres d'Égypte que leur civilisation avait fertilisées. Présents durant des siècles en tant que conseillers, prêtres, on leur doit la création des temples, des pyramides et les méthodes de momification. La XXVe dynastie égyptienne verra le retour des pharaons noirs. Une nouvelle fois, ils disparaîtront et œuvreront dans l'ombre.

Aurore fit une pause et inspira profondément, comme pour se donner du courage avant de poursuivre. William suivait des yeux un Airbus A320 dans sa trajectoire d'approche vers l'aéroport, traçant une ligne argentée dans le ciel azur. Il était sur le point de lui poser une question lorsqu'elle reprit le fil de son récit. Il n'osa l'interrompre.

– Une île disparut suite à un bouleversement issu d'un séisme, tremblement de terre, raz de marée. Ce n'était pas Mu, le fameux continent englouti des légendes. Mais une partie rocheuse que l'on voyait de la Corse. Les archéologues de Kemerovski étaient persuadés qu'avec le temps, le souvenir de ce cataclysme avait évolué au gré des conteurs et des légendes.

Elle se leva et traça du doigt un point imaginaire sur la mer, comme si elle pouvait voir au-delà de l'horizon.

– Situé en plein cœur de la Méditerranée, sur une portion commune entre la Corse et la Sardaigne. Telle une montagne majestueuse, le bloc de terre était entouré d'un côté par la mer Méditerranée et de l'autre par la mer Tyrrhénienne. Le site préservait les traces d'une ancienne population, des trésors inestimables pour l'histoire.

Son regard s'intensifia.

– Et une installation sous-marine qui aurait pu inspirer Pierre Benoit dans son roman de l'Atlantide. Kemerovski y avait construit une base subaquatique abritant des hangars hermétiques, étanches à l'eau sur une surface circulaire de cinquante mille mètres carrés.

— Comment a-t-il pu construire quelque chose de cette envergure sans attirer l'attention ? s'étonna William.

— Au début des années 2000, alors que se dessinaient les contours de son futur programme, une équipe scientifique, financée par une société-écran de Kemerovski, fit établir une carte détaillée des fonds marins entre la côte libyenne, l'Algérie et l'Italie. Le résultat siégeait sur le bureau de Kemerovski dans sa datcha en Ukraine. Un site extraordinaire par son emplacement géostratégique, à l'abri des regards.

Elle se rassit, les épaules soudain lourdes.

— Le volet archéologique de cette civilisation fut annexé dans une brochure à part, faisant référence à la culture nuragique de la Sardaigne. On retrouve des traces de cette peuplade également en Corse au cours du premier âge de bronze. Le nom renvoie à un monument assez répandu, le nuraghe. On en dénombre un peu plus de sept mille, surtout dans le nord-ouest et le sud de l'île sarde.

William écoutait, captivé par ce récit qui semblait tout droit sorti d'un roman d'aventures.

— L'homme d'affaires russe organisa rapidement une expédition. Mon père fut le premier à mettre au jour un ancien temple circulaire sous l'eau.

Ses yeux brillaient d'une fierté mêlée de tristesse.

— À l'intersection de ce cercle s'érigeait une pyramide de sept mètres de hauteur et douze étages. Il étudia les mensurations des quatre angles de la base. Les mêmes que celles d'Égypte. Je les connais par cœur.

Elle traça dans l'air des chiffres invisibles.

— Une certitude, les datations au carbone 14 révélèrent que la pyramide avait été érigée bien avant ses grandes cousines du Caire. Cette découverte ouvrait des perspectives capitales pour la compréhension de l'évolution des peuples méditerranéens.

Elle se leva et se dirigea vers l'intérieur, invitant William à la suivre d'un geste. Elle sortit d'un tiroir une feuille de papier sur laquelle était dessiné un symbole : un cercle barré verticalement par son centre.

— Toutes les constructions de la cité engloutie disposaient d'une même signature, ce logo. Aujourd'hui, ce symbole est connu sous le nom de phi, soit le nombre d'or. Malheureusement, Kemerovski s'était rendu maître du site et de toutes ses découvertes.

— Vous n'allez pas me parler des templiers ou de la franc-maçonnerie ? interrompit William avec un léger sourire.

Aurore le foudroya du regard.

— Que savez-vous seulement de la maçonnerie hormis toutes les salades publiées dans des magazines à grand tirage ? s'emporta-t-elle.

Rien ! Non, je fais référence à un peuple vieux de plus de trois mille ans ! Bien avant l'apparition de Jésus-Christ !

William leva doucement les bras en guise d'excuse, surpris par cette véhémence soudaine.

– Pardonnez-moi, je ne voulais pas vous offenser.

Elle soupira, passant une main sur son visage fatigué.

– Il faut imaginer ce que représentait le massif noir il y a plus de cinq millions d'années, reprit-elle plus calmement. La mer s'était presque complètement évaporée et avait réagi au phénomène de salinisation, congestionnant le détroit de Gibraltar. Une énorme période de sécheresse régna alors dans la région des lacs blancs : la mer morte.

– Comment l'eau est-elle revenue ? Le déluge ? hasarda William.

– Ne dites pas n'importe quoi, l'histoire de la création du monde à travers la Bible n'a rien à voir là-dedans.

Elle se dirigea vers une bibliothèque et en sortit un livre d'archéologie qu'elle ouvrit sur une table basse.

– Cinq millions d'années en arrière, la Corse et la Sardaigne étaient reliées à un bloc continental. Les deux futures îles mouvantes se sont détachées progressivement de la Provence, dont l'épicentre se situait au niveau du massif de l'Estérel, cet espace de roche rouge que vous connaissez sans doute. L'effondrement d'une partie de l'écorce terrestre fit dériver la masse montagneuse.

– Jusqu'à son emplacement actuel, compléta William.

– Exactement. Par un phénomène d'érosion et de déplacement des plaques continentales, le détroit de Gibraltar s'ouvrit à nouveau, déversant l'eau de l'Atlantique dans le bassin méditerranéen. Le massif noir devint une île isolée.

Elle tourna les pages jusqu'à une carte paléogéographique.

– Plus tard, après les différentes glaciations de la période quaternaire, la baisse du niveau des eaux relia l'ensemble aux terres fermes Tyrrhénienne. Aujourd'hui, ce massif est immergé.

William s'approcha pour mieux examiner la carte.

– Mon père a retrouvé des traces de témoignages sculptés qui faisaient référence à de violents séismes, poursuivit Aurore. D'après ses recherches, le massif noir était représenté par une arcade de roche entre la Corse et la Sardaigne. Elle s'effondra après plusieurs soubresauts telluriques d'une puissance inouïe.

Son visage s'assombrit.

– Les seuls vestiges qui restent visibles sont regroupés autour d'un temple très éloigné de la cité et qui a été miraculeusement sauvegardé. Mon père a tenu tête à Kemerovski lorsqu'il comprit que le Russe voulait transformer cet emplacement sous-marin en hangar ultramoderne pour ses activités.

— Quelles activités ? demanda William, intrigué.

— Trafic d'armes, contrebande, base d'opérations secrètes… il y a tant de possibilités quand on dispose d'une forteresse invisible aux yeux du monde.

Elle referma le livre d'un geste sec.

— Il était sur le point de tout révéler en secret et fit parvenir par des gens de confiance la synthèse de ses travaux. Le dernier jour, le milliardaire offrit une fête sur un yacht grec qui appartenait à une organisation appelée le Cosmos. Les scientifiques, historiens et architectes ont tous péri dans l'incendie du navire.

— Et vous pensez que Kemerovski en est le coupable ? questionna William, les sourcils froncés.

Le regard d'Aurore s'enflamma d'une détermination farouche.

— Dussé-je passer ma vie à sonder la mer, je retrouverai le site. Je ne suis pas seule, d'ailleurs.

— Comment cela ?

— La découverte de cette civilisation intéresse des personnes influentes sur l'île de beauté.

— Et en quoi ? Des mécènes ?

William retira ses lunettes, les réajusta et frotta ses yeux fatigués.

— Non, des descendants de la dynastie noire, répondit Aurore, sa voix à peine plus haute qu'un murmure.

— Quoi ? s'exclama-t-il.

— La Corse n'est pas qu'un contingent de mafieux ou d'indépendantistes guerriers comme les médias aiment à le dépeindre.

Elle se rapprocha de lui, parlant maintenant comme si elle craignait d'être entendue.

— Derrière certains visages se dressent des hommes et des femmes qui perpétuent des traditions lointaines plusieurs fois centenaires. Ils partagent des points communs avec leurs ancêtres : la fierté, le courage, le rayonnement de l'île autour du bassin méditerranéen. Ils conservent pur le sang de leurs aïeux et le protègent de toute influence étrangère. C'est de là que leur vient leur esprit de sanctuarisation, ce sont les gardiens de la dynastie noire. Préserver l'âme d'une île comme celles des hommes et femmes qui y vivent. Une harmonie parfaite.

— Noirs ? s'étonna William.

— Non, la race a évolué au cours des siècles. Certains prétendent que le symbole corse, la tête-de-Maure, a une origine mauresque, il n'en est rien.

Elle s'anima, prise par son récit.

– On retrouve les mêmes têtes au nombre de quatre sur le drapeau sarde. Prenez un plan contenant les deux îles et placez deux points cardinaux opposés d'est en ouest sur chaque péninsule, croisez-les et vous obtiendrez un point central, celui du massif noir. Cinq têtes noires pour un esprit. Malgré les siècles et les nationalités différentes, les deux îles sont toujours reliées entre elles par les gardiens.

– D'où tenez-vous toutes ces informations ? demanda William, fasciné par cette théorie complexe.

– Je ne peux pas vous le dire, répondit. Certains secrets doivent rester enfouis... pour l'instant.

Perdue dans ses souvenirs, elle se rapprocha de lui sur le canapé. Leurs épaules se touchèrent, puis leurs visages se tournèrent l'un vers l'autre. Leurs lèvres se rapprochèrent et se frôlèrent dans un baiser hésitant, presque timide.

– Je vais nous préparer quelque chose à boire, murmura-t-elle en se levant.

William consulta sa montre, réalisant soudain qu'Aurore avait quitté la terrasse depuis plus de dix minutes. Un silence pesant régnait dans l'appartement. Il se leva du fauteuil et l'appela.

– Aurore ?

Pas de réponse. Il parcourut rapidement le deux-pièces, la salle de bain, la chambre. Personne. Son regard s'arrêta sur un morceau de papier posé bien en évidence sur la table basse du salon.

William, merci. Ne m'en veux pas trop si j'ai filé à l'anglaise, certains vestiges du passé ne meurent jamais. Je dois faire face à mon destin.

Elle avait également laissé son téléphone portable à côté du message. Une goutte de sueur froide glissa le long de son échine. Il saisit son propre téléphone et composa le numéro de Moretti.

– C'est urgent, dit-il sans préambule. Elle est partie.

18

Le plein d'essence, de vivre et d'eau avait été effectué au sud de Tamanrasset, dans les profondeurs arides de l'Algérie. Les deux véhicules tout terrain remontaient à présent vers le Nord, longeant les contreforts rocailleux près de la frontière libyenne. La poussière fauve s'élevait derrière eux comme un voile fantomatique, seul témoin de leur passage dans cette immensité désertique.

Tôt dans la matinée, un avion avait survolé les 4×4, son vrombissement déchirant le silence millénaire du désert, obligeant la colonne à modifier sa trajectoire. Les hommes étaient épuisés et creusés par la fatigue. L'odeur charnelle, mélange âcre de sueur et de tabac froid, devenait éprouvante à respirer dans l'habitacle surchauffé.

– Combien de temps encore ? murmura l'un d'eux, ses lèvres craquelées par la déshydratation.

– Jusqu'à ce qu'on arrive, répondit sèchement le chauffeur, les yeux rivés sur l'horizon tremblotant.

Avec leurs barbes naissantes, ils allaient bientôt ressembler aux « barbus », ces extrémistes qui hantaient les zones reculées du désert comme des fantômes assoiffés de violence. La ressemblance les amusait autant qu'elle les inquiétait - un camouflage involontaire dans cette région où chaque rencontre pouvait être la dernière.

Ils avaient croisé un véhicule qui fumait encore lors de leur passage, une carcasse métallique tordue dont s'échappaient des volutes noirâtres. Trois corps calcinés s'y consumaient comme des bougies macabres, leurs silhouettes recroquevillées dans une dernière supplique. C'était certainement la raison pour laquelle l'avion avait survolé la zone, un prédateur mécanique flairant l'odeur du sang. L'odeur qui s'en dégageait était insoutenable, un mélange écœurant de chair brûlée et de plastique fondu, ce qui eut pour effet de réveiller la vigilance des hommes du convoi comme un électrochoc.

Delmont, assis à l'arrière du premier véhicule, commençait à éprouver le choc de la chaleur. La lassitude hypnotique du sable s'étendant à perte de vue le harassait, brouillant ses pensées et ralentissant ses réflexes.

Chaque cahot du 4×4 le ramenait brutalement à la réalité. Son corps se balançait au rythme du terrain accidenté, sa tête cognant parfois contre la vitre poussiéreuse.

Subitement, comme frappée par la foudre, une montée d'adrénaline lui fit prendre conscience qu'il n'avait plus la bombe à air comprimé pour marquer les ballotins. Le sang battant à ses tempes, il fouilla frénétiquement son sac, renversant son contenu sur le siège. Rien. Soit on la lui avait dérobée, soit elle était tombée lorsqu'il avait sauté du 4×4 en pleine nuit, dans cette manœuvre d'urgence pour éviter la patrouille frontalière. Il ne lui restait que deux relais GPS miniatures à utiliser. Les insérer dans les paquets de drogue n'allait pas être chose aisée, sous l'étroite surveillance des trafiquants aux yeux d'aigle et aux doigts nerveux sur la gâchette.

– Un problème ? demanda son voisin, notant sa panique soudaine.

– Non, rien, répondit Delmont en se recomposant un visage impassible. Juste cette chaleur qui me rend dingue.

À soixante mètres sous l'eau, baigné dans une pénombre bleutée, privée de soleil et dans une température ambiante de dix-huit degrés, Jean souffrait d'un début de claustrophobie qu'il se gardait bien de montrer. Son sens du discernement était mis à rude épreuve par cette immersion prolongée dans un monde qui n'était pas le sien. Le silence oppressant n'était troublé que par le ronronnement distant des générateurs et le battement régulier de son propre cœur résonnant dans ses oreilles. Ce calme abyssal lui rappelait étrangement celui de son hameau perdu dans l'arrière-pays niçois, lorsque la nuit enveloppait les collines et que le monde semblait retenir son souffle.

L'odeur iodée qui imprégnait chaque recoin de la structure sous-marine se confondait dans son esprit avec les effluves envoûtants et musqués des différentes variétés de roses que cultivait son grand-père dans son jardin en terrasses. Ce souvenir, surgissant de nulle part, lui procura un réconfort inattendu, comme un fil ténu le reliant encore à la surface.

Il se leva du matelas spartiate sur lequel il avait partagé quelques heures de sommeil agité et rejoignit le mess, dans la partie légèrement sphérique de la tour. Ses pas résonnaient sur le sol métallique, chaque écho lui rappelant l'étrangeté de sa situation. Il y retrouva le militaire, Max, en compagnie d'autres officiers revêtus d'une fine combinaison verdâtre qui semblait fusionner avec leur peau, tous assis autour d'une table circulaire comme des chevaliers d'un ordre sous-marin.

Des récipients en inox étaient dressés sur une desserte en aluminium brossé, composant un petit déjeuner aussi fonctionnel qu'austère. Jean réalisa que la lueur bleutée qui baignait les lieux paraissait légèrement plus vive que la veille, pulsant doucement comme le battement d'un cœur aquatique.

Max releva la tête de son café, son regard perçant semblant avoir deviné les pensées de Jean.

– Les algues qui produisent cet éclairage varient l'intensité en fonction de la lumière extérieure, expliqua-t-il. Elles ont aussi des rythmes de vie différents au cours de la journée, presque comme une respiration. Avez-vous bien dormi ?

Au même moment, comme obéissant à un signal invisible, les autres officiers se levèrent silencieusement, hochèrent la tête en guise de salut et s'éclipsèrent, leurs mouvements fluides et coordonnés évoquant ceux d'une chorégraphie longuement répétée.

– Oui, répondit Jean avec un sourire crispé. Je sais maintenant ce que l'on ressent lorsqu'on est couché dans un caisson d'isolation sensorielle. Une expérience… singulière.

– Je vois, dit Max en reposant sa tasse de café, ses doigts s'attardant sur la porcelaine comme pour en absorber la chaleur. Avez-vous obtenu les renseignements que vous cherchiez dans la tour ? demanda-t-il en observant sa cuillère avec une attention exagérée, comme si l'objet recelait quelque secret.

– J'aurai encore quelques questions concernant son fonctionnement… répondit Jean

– Si je peux vous être utile ! D'un geste du bras à la fois élégant et précis, il l'invita à s'asseoir face à lui.

Jean attrapa un rapide regard fixe de résignation ou d'agacement alors que Max se retournait, un éclair fugace qui trahissait peut-être plus que l'homme ne voulait en montrer.

– De quelle manière la nourriture vous parvient-elle ? demanda Jean en s'asseyant, choisissant délibérément une question anodine pour commencer.

– Nous utilisons exclusivement les produits de la mer, répondit Max. Je vois que mon confrère ne vous a pas fait visiter notre oasis. Entre la sphère et les étages immergés se trouve une partie que nous utilisons pour cultiver des spécimens d'algues et de légumes marins aux propriétés nutritionnelles exceptionnelles. Nous disposons aussi d'un aquarium qui accumule du poisson que nous capturons grâce à un système de pêche accompli par des drones. Un cycle parfaitement autonome, ou presque.

– Quid du matériel ? poursuivit Jean, notant mentalement chaque détail.

– Idem, un drone-caisson effectue les transferts à partir du port de Villefranche-darse.

Il attendit une réaction de Jean, qui ne vint pas, le visage de ce dernier restant impénétrable.

– Nous avons récupéré un passage sous-marin, reprit Max, qui donne accès à un point d'eau sous la montagne. Un ancien vestige militaire de la marine royale, un emplacement où l'on stockait des munitions pour les galères. Il a été aménagé à la construction de la citadelle par Vauban lui-même. Très peu de Villefranchois en connaissent l'existence, ajouta-t-il avec une pointe de fierté. C'est de cette plateforme que l'on achemine ce dont nous avons besoin en toute discrétion.

– Qui supervise les drones de défense ? enchaîna Jean, sa voix restant neutre malgré l'intérêt croissant que suscitait cette conversation.

– Celui qui a été votre guide sous l'eau. Pourquoi ?

– Et donc, c'est lui aussi qui contrôle le drone-relais ?

– Oui, c'est ça, rétorqua-t-il, une lueur d'étonnement traversant son regard.

Ils se toisèrent un instant, le silence s'épaississant entre eux.

– Est-ce qu'il existe un autre moyen de réceptionner de la marchandise ? demanda finalement Jean, son ton délibérément désinvolte contrastant avec l'acuité de son regard.

Max prit le temps de réfléchir, ses doigts tapotant légèrement la table en un rythme nerveux. Jean releva ces signes d'impatience.

– Eh bien, si on compte le sas par lequel vous êtes arrivé dans la tour… Je ne comprends pas où vous voulez en venir ! lâcha-t-il finalement, son ton excédé trahissant une tension grandissante.

– Rien d'important, croyez-moi, commandant répondit Jean avec un sourire apaisant.

– Bien, lieutenant, répliqua Max en baissant le regard, si vous n'avez plus de questions, je vais vous laisser. La routine quotidienne n'attend pas, même à soixante mètres sous la surface.

La vie sous l'eau devait modifier le caractère des individus, songea Jean. C'était probablement le même phénomène qui se produisait à bord des stations spatiales. Le personnel semblait renfermé sur lui-même, comme si l'isolement physique engendrait inévitablement un repli psychologique. L'instinct primitif de l'homme originel se réappropriait-il le cortex dans ces situations extrêmes ? Une régression subtile vers des comportements plus territoriaux, plus méfiants ?

Jean hocha simplement la tête, puis Max disparut dans un escalier hélicoïdal, ses pas métalliques s'éloignant progressivement.

— Vous repartez déjà ? Nous n'avons pas eu l'occasion de bavarder, observa une voix féminine au timbre cristallin.

C'était la seule femme de la tour, une présence qui détonnait dans cet univers masculin et militarisé. Elle était assise derrière lui et se leva avec une grâce féline. Sa tunique moulante reprenait les couleurs bleutées de la luminescence des algues, créant l'illusion qu'elle émergeait de l'océan lui-même.

— Pas trop dur de travailler des mois sans lumière du jour ? Sans... commença Jean, laissant sa phrase en suspens.

— Relations sexuelles ? C'est ça ? compléta-t-elle avec un rire franc qui résonna contre les parois métalliques. Ne vous bilez pas, ils m'ont choisie, entre autres, parce que je suis lesbienne. Au même diapason que les autres, répondit-elle, son regard direct défiant Jean de commenter.

Elle se tenait debout, droite et sûre d'elle-même, dégageant une assurance que même la pression des profondeurs ne semblait pas pouvoir comprimer.

— Vous allez sortir d'ici avec un drone navette, ça ne vous fait pas peur ? demanda-t-elle, changeant habilement de sujet.

— Pourquoi suis-je arrivé en plongée alors ? Rétorqua Jean, intrigué.

— Une procédure, disons... une approche psychologique de la tour. Vous aviez besoin de la voir dans son ensemble, de comprendre sa place dans l'environnement marin. C'est un protocole standard pour tout le monde. Les premiers transferts en transbordeur télécommandé ont affecté les passagers, ils développaient des crises d'angoisse au bout de quarante-huit heures. L'esprit humain a besoin de contextualiser, de comprendre son environnement pour l'accepter.

Jean hocha la tête, assimilant cette information.

— Vous n'aurez pas à subir trois jours de rééducation pour réhabituer vos yeux à la lumière du jour, comme nous le faisons après chaque rotation, ajouta-t-elle avec un sourire empreint d'une légère envie.

Elle lui serra la main, sa paume étonnamment chaude dans cet univers froid, puis alla s'asseoir pour se servir un jus vert dans une bouteille – des algues, présuma Jean, observant la consistance épaisse du liquide. Son guide se présenta alors, surgissant silencieusement comme une ombre.

— Prêt pour votre exfiltration ? C'est quand vous voulez, annonça-t-il, son visage impassible ne trahissant aucune émotion.

Jean le suivit dans une partie inférieure de la tour, descendant des escaliers qui semblaient s'enfoncer encore plus profondément dans les abysses. Installé dans un bassin aux parois translucides, une sorte de missile noir, entrouvert, laissait voir un aménagement intérieur de forme morphologique. Le cauchemar incarné pour un claustrophobe. Jean eut l'impression de se glisser dans le cockpit d'une Formule 1 allongée, le métal froid épousant les contours de son corps avec une précision inquiétante. À peine pouvait-on remuer un doigt dans cet espace confiné.

Une fois harnaché, l'opérateur le considéra d'un œil expert, vérifiant chaque attache avec une méticulosité presque obsessionnelle.

– Tout est paré, annonça-t-il enfin. Je vais procéder à la fermeture du drone. L'eau va gagner le sas progressivement, alors respirez normalement. Le transfert durera quinze minutes sans obstacle.

– Obstacle ? s'inquiéta Jean, imaginant déjà mille scénarios catastrophes.

– Des plongeurs, les ancres des bateaux, les courants parfois imprévisibles… Voilà ! Ha ! Une dernière chose ! Vous préférez quel style de musique ? Moi, j'ai une prédilection pour le hard rock, le calme, c'est flippant quand on est enfermé là-dedans.

La partie supérieure glissa au-dessus de lui avec un chuintement hydraulique. Elle stoppa à mi-parcours. Le visage de l'homme réapparut, ses yeux brillants d'un éclat presque malicieux.

– Ne fermez pas les yeux, utilisez-les ! C'est votre seule arme là-dedans. Bonne route.

La navette fut éjectée de la tour dans le silence et la pénombre, propulsée dans l'immensité bleue comme une balle tirée d'un fusil sous-marin. Couché sur le dos, Jean observait à travers une surface vitrée au-dessus de lui. Un radar y projetait des cercles concentriques verdâtres, cartographiant l'espace aquatique environnant. En clignant nerveusement des yeux, un autre écran émergea : la procédure d'expulsion en cas de danger. Les commandes étaient gérées par les battements de cils, une technologie qu'il n'avait jamais expérimentée auparavant.

Il cilla deux fois. Et le menu principal apparut, offrant une multitude d'options qu'il n'osait explorer. Quelques secondes plus tard, la musique de Mozart se répandit dans le sarcophage, les notes cristallines du Concerto pour piano n° 21 contrastant étrangement avec la nature futuriste et claustrophobique de sa situation.

Il aurait aussi bien pu être dans l'espace, suspendu entre les étoiles. Le temps s'arrêtait, à moins qu'il ne s'étirât, chaque seconde semblant durer une éternité dans cette capsule isolée du monde. Par moments, l'aquadrone déviait légèrement de sa trajectoire, des cliquetis métalliques autour de la structure témoignant de ces corrections de cap, comme des doigts tapotant sur une coque sous-marine.

Finalement, après ce qui lui sembla être des heures, les cliquetis se firent plus insistants, annonçant l'approche finale. Une fois immobilisée, la partie supérieure s'ouvrit sous une lumière incandescente de néons, éblouissant Jean et le ramenant brutalement à la réalité du monde terrestre.

L'équipe de Moretti avait investi l'appartement d'Aurore avec la précision d'une fourmilière organisée. Une heure plus tard, Jean garait son Renault Scénic devant la porte de l'immeuble. L'édifice récent s'élevait avec arrogance au milieu de villas anciennes. Les plaques d'immatriculation étrangères – allemandes, suisses et russes – avaient envahi les espaces des parkings, témoignant de l'attrait de la Côte pour les fortunés d'Europe.

Des palmiers majestueux ornaient le bâtiment de part en part, leurs frondaisons ondulant doucement dans la brise. Un vrai petit paradis artificiel, songea Jean, sentant monter en lui une vague d'appréhension. Florence héla Jean du haut du troisième étage, sa silhouette se découpant dans l'encadrement d'une fenêtre ouverte.

Où est Aurore ? songea-t-il, ressentant une pointe au cœur dans l'ascenseur qui le menait vers l'appartement. Les portes s'ouvrirent sur un couloir aux murs immaculés, le conduisant vers une porte entrouverte d'où s'échappaient des voix étouffées.

L'appartement avait été consciencieusement fouillé, en vain. Les tiroirs étaient ouverts, les meubles déplacés, les tableaux décalés – la chorégraphie habituelle d'une perquisition méthodique. Regroupée sur la terrasse qui offrait une vue panoramique sur la baie, l'équipe profitait d'un moment de répit. Moretti en profita pour faire le point et la synthèse de l'enquête, ses doigts pianotant nerveusement sur le dossier qu'il tenait entre les mains.

Jean résuma, lui, son séjour sous-marin, ses mots mesurés contrastant avec l'extraordinaire de son expérience. Il en était arrivé à la conclusion que la tour Diogène aurait très bien pu recueillir des tritons déserteurs, soit pour les soigner, soit pour d'autres raisons moins avouables. Quoi qu'il en soit, les créatures avaient besoin d'un complice au sein du personnel scientifique. Or, les missions ne duraient pas plus de cinq ans. Après vérification minutieuse des dossiers, seul le responsable technique avait cumulé deux mandats et demeurait encore sur place, un fait qui ne pouvait être attribué au hasard.

Tout ceci, avait expliqué Jean, n'était qu'une hypothèse, un échafaudage intellectuel construit sur des observations partielles et des intuitions. Moretti écoutait sans exprimer quoi que ce soit, son visage fermé ne trahissant que son trouble face à la présence d'un réacteur nucléaire au large de la Sardaigne, si près des côtes françaises – un détail qui dépassait largement le cadre de leur enquête initiale. Mais qui ne pouvait être ignoré.

Sous le soleil éclatant de la Méditerranée, Kemerovski expédiait des balles de golf à l'aide de son « par 3 » fétiche dans la mer. Moins pour améliorer son swing que pour calmer ses nerfs électrisés par une colère sourde. Chaque balle blanche décrivait une parabole parfaite avant de disparaître dans les flots, un plaisir éphémère qui ne parvenait pas à apaiser la tempête qui grondait en lui.

Dans le salon luxueux du yacht, deux Philippins nettoyaient frénétiquement le sol en marbre veiné et le mobilier de designer, leurs gestes précis trahissant une peur viscérale. Aux cuisines, le chef étoilé et ses adjoints restaient blottis en retrait et n'osaient pas bouger, comme des proies figées devant un prédateur.

Pour une raison connue de lui seul, alors qu'un serveur présentait une bouillabaisse fumante sur la grande table de verre, une conversation avec un interlocuteur sur son portable avait mis en colère Kemerovski. Quelques minutes après avoir raccroché, tandis que le sommelier apportait une bouteille de vin blanc millésimé avec la déférence due à un grand cru, le Russe s'était levé en projetant toute la nourriture et les couverts autour de lui d'un revers de bras d'une violence inouïe. Terrorisé, l'employé s'était enfui, abandonnant la bouteille qui avait miraculeusement survécu à l'explosion de rage.

Un hélicoptère engageait maintenant sa descente à l'arrière du navire, son rotor battant l'air comme le cœur affolé d'un oiseau mécanique. Dimitri sortit le premier, baissant l'échine pour se protéger des pales en accélérant le pas, son costume impeccable flottant autour de lui. Il retrouva Kemerovski dans le salon, debout, immobile comme une statue de granit. Une odeur d'alcool flottait dans l'air, mêlée aux parfums de la mer. La propreté obsessionnelle ? Un nouveau toc de son patron, pensa-t-il, notant les employés qui s'affairaient encore.

— Alors, Dimitri ? s'impatienta Kemerovski, sa voix dangereusement calme. La Division Hermès, je ne t'ai jamais ordonné de t'en occuper ? lâcha-t-il d'un ton défiant qui ne présageait rien de bon.

Il attrapa Dimitri par le col de sa chemise en soie et le plaqua au sol avec une force brutale qui contrastait avec son apparente sophistication.

— Depuis quand prends-tu des initiatives ? Hein ? Chien de Tchétchène ! Je t'avais prévenu, Dimitri, tu vas trop loin et tu deviens incontrôlable.

Kemerovski saisit un bâton de golf et leva les deux bras, ses yeux brillants d'une lueur maniaque. Il sentait déjà le sifflement d'air que provoquerait l'impact rapide du putter sur le front de Vassinovitch. Il savourait par avance la partie cocasse où le corps, déconnecté du cerveau, se mettrait à faire des convulsions désordonnées. Puis, comme les poissons qui remuent dans tous les sens hors de l'eau, il fendrait la tête une nouvelle fois avec le bâton, faisant sans doute éclater des fragments d'os du crâne en une constellation macabre. Avec un peu de chance, il n'aspergerait pas le sol de sang – ces taches étaient si difficiles à nettoyer sur le marbre italien. Tout résidait dans le geste, il le savait, pour l'avoir effectué à de multiples reprises, un art qu'il avait perfectionné au fil des années.

— Aurore Gallimard, balbutia Dimitri, les mains en avant pour se protéger, ses yeux écarquillés par la terreur. C'est la fille de Simon Gallimard.

Kemerovski se figea, le putter suspendu en l'air comme arrêté par une force invisible. Ce nom sortait d'outre-tombe, le propulsant quelques années en arrière dans un tourbillon de souvenirs. Le visage d'un des meilleurs archéologues qu'il avait engagés lui revenait avec une netteté troublante – un idéaliste aux yeux brillants d'intelligence qui ne pensait qu'à livrer ses découvertes au monde entier, inconscient de leur véritable valeur pour des hommes comme Kemerovski.

— Parle ! hurla le Russe, abaissant légèrement son arme improvisée.

— On filait un agent d'Hermès, expliqua Dimitri, sa voix tremblante reprenant progressivement son assurance, lorsqu'on a identifié la fille de l'archéo sur le port de Nice. On allait s'en débarrasser. Mais le gars a sauvé sa peau. Un coup de chance insolent.

— Tu piétines les plates-bandes d'Alfonzo ! Pourquoi as-tu désobéi à mes ordres ! rugit-il, ses traits déformés par une colère qui ne demandait qu'à exploser.

— Ton père m'a enseigné à travailler dans l'ombre de nous-mêmes, répondit Dimitri, invoquant l'autorité paternelle comme un bouclier.

— Tu vas le payer, sale bâtard, en attendant raconte-moi tout, ordonna Kemerovski, la curiosité tempérant momentanément sa rage.

— Après le coup manqué, on a intercepté et cloné le portable d'Alfonzo, révéla Dimitri, se relevant lentement, époussetant son costume comme pour retrouver un semblant de dignité.

— Et pourquoi pas celui de l'agent ? Crétin ! aboya Kemerovski, la logique de l'échec lui échappant.

— On a échoué, admit Dimitri, les yeux baissés. Il était trop bien protégé.

— Poursuis.

— On a appris qu'un gars lui avait parlé d'Aurore Gallimard. Ça a fait tilt dans ma tête. La fille, éliminée, personne d'autre ne pouvait remonter à toi. C'était une solution propre, définitive.

— Tu l'as liquidée, j'espère ! exigea Kemerovski, l'idée d'un témoin potentiel le rendant nerveux.

— Non, quand on s'est pointé chez elle, les flics étaient déjà là, un vrai nid de fourmis. Impossible d'approcher.

Les deux hommes demeurèrent silencieux, chacun perdu dans ses calculs. Vassinovitch évaluait ses chances de rester vivant, Kemerovski faisait travailler ses méninges, assemblant les pièces d'un puzzle dont il ne voyait pas encore l'image complète.

L'inévitable question finit par arriver, suspendue entre eux comme une épée de Damoclès.

— Mais pour quelles raisons Alfonzo s'intéresse-t-il à Gallimard ? Il n'était pas au courant pour son père ! Ce dossier était enterré, littéralement.

Vassinovitch savait maintenant qu'il n'allait pas rejoindre la forêt des spectres, du moins pas aujourd'hui. L'intérêt de Kemerovski pour l'information avait pris le pas sur son désir de punition immédiate.

— Mes hommes s'occupent du contact d'Alfonzo, un certain Marc. On obtiendra bientôt des réponses, promit-il avec une assurance retrouvée.

Kemerovski lui tourna le dos et observait les mosaïques de la fresque du massif noir qui ornait tout un pan de mur, une œuvre d'art valant plusieurs millions qu'il avait acquise lors d'une vente aux enchères discrète. Il se déplaça lentement vers un meuble en bois de citronnier, ses pas mesurés trahissant une réflexion intense.

Il l'ouvrit et en extirpa un Cohiba Behike, le tenant avec la révérence due à une relique sacrée. Se saisissant d'un petit objet métallique qui luisait d'un éclat doré, il referma la boîte d'un geste précis. Il câlina de l'index droit le rouleau de tabac dans la longueur, un geste presque sensuel qui contrastait avec la violence qui l'habitait quelques instants plus tôt.

— Sais-tu pourquoi il est important de caresser un cigare ?

Kemerovski fit glisser ses doigts épais sur le corps brun du Cohiba avec une délicatesse surprenante pour un homme de sa corpulence. La lumière dorée du salon du yacht se reflétait sur les bagues en or massif qui ornaient ses mains soignées.

— Comme pour une femme, c'est pour apprécier son degré d'humidification !

Son rire guttural résonna dans le salon aux boiseries précieuses. Les reflets cuivrés du coucher de soleil méditerranéen dansaient sur les eaux calmes visibles par les hublots ovales.

— Le coupe-cigare, il est en or, je le tiens de mon père, Dimitri, je perpétue la tradition, vois-tu.

Il caressa l'objet avec une tendresse presque filiale, ses yeux d'un bleu glacial s'adoucissant momentanément.

— Le bout doit être parfaitement tranché. Après je fume, ou plutôt je tire le cigare a cru, sans l'allumer. C'est là que les champs de feuilles de tabac apparaissent dans la tête ainsi que toute la richesse des arômes.

Avec une agilité inattendue pour sa stature d'ours, il s'approcha de Vassinovitch, contournant le fauteuil en cuir italien où le tueur était assis. Les yeux de Kemerovski brillaient désormais d'une étincelle prédatrice. D'un coup de pied précis dans le creux du genou, il lui fit perdre l'équilibre. Vassinovitch, malgré ses réflexes aguerris, n'eut aucune possibilité de parer le coup. En un éclair, Kemerovski se rua sur lui, l'immobilisant de son poids considérable. Et positionna délicatement le coupe-cigare autour du petit doigt tremblant de sa victime.

— Tu connais l'expression « il s'en est fallu d'un doigt » ?

La lame dorée captait la lumière, hypnotisant le regard terrorisé de Vassinovitch.

— On ne précise jamais lequel, ce n'est peut-être pas déterminant, considéra-t-il en riant nerveusement. Mais là, dans cette situation, tout prend de l'importance, n'est-ce pas, mon ami ?

Le yacht tanguait doucement sur les vagues, comme pour accompagner le rythme de la respiration haletante du tueur qui tentait désespérément de s'extraire de l'emprise de son bourreau. En vain. Kemerovski maintenait une pression calculée sur l'instrument doré, prêt à sectionner le doigt à n'importe quel moment.

— Je t'avais dit de faire attention, Vassinovitch.

Sa voix avait perdu toute trace d'amusement, devenant un murmure glacial plus effrayant encore que ses éclats de colère.

— C'est la deuxième fois que tu prends des initiatives qui me donnent à penser que tu joues contre moi. Tirer sur un véhicule en plein jour ?

Il secoua lentement la tête, ses lèvres se plissant en une moue désapprobatrice.

— Pourquoi ne pas laisser ma carte de visite aussi tant que tu y es ? Non ? Urod !

Le mot russe claqua comme un fouet dans l'air parfumé du salon.

— Tu es fini. Mais ne t'inquiète pas, tu vas vivre.

Le visage de Vassinovitch se déforma sous l'effet de la terreur. Des gouttes de sueur perlaient sur son front pâle, glissant le long de ses tempes creusées.

— Je ferais gaffe, promis, ça ne recommencera pas, supplia-t-il, la voix brisée par l'humiliation.

Kemerovski esquissa un sourire carnassier, ses dents blanches contrastant avec le bronzage artificiel de son visage.

— Je le sais.

Dans un mouvement d'une fluidité terrifiante, il déplaça le coupe-cigare à la vitesse de l'éclair sur l'index droit du tueur et sectionna un morceau de la première phalange avec la précision d'un chirurgien.

Le hurlement de Vassinovitch déchira le silence feutré du yacht. Dans la cuisine adjacente, le chef cuisinier français se signa le front, dissimulé avec son équipe sous une table en inox. Ils échangèrent des regards horrifiés, paralysés par la peur.

— Vous là-bas ! beugla Kemerovski en direction de la porte de service. Venez nettoyer immédiatement !

Quand les deux Philippins du personnel de bord arrivèrent fébrilement dans le salon, leurs pas inaudibles, ils découvrirent une mare de sang vermillon qui s'étalait sur le parquet en acajou ciré, contrastant violemment avec la blancheur immaculée du mobilier.

— Nettoyez-moi ça. Et rapidement ! ordonna-t-il de nouveau, essuyant méticuleusement le coupe-cigare avec un mouchoir de soie bordeaux.

Le regard embué de Vassinovitch fixait sa main mutilée. Le tueur venait de perdre la faculté d'appuyer avec précision sur la détente d'une arme, une sentence professionnelle aussi définitive que symbolique.

À travers les larges baies vitrées, on distinguait un hélicoptère qui tournoyait autour du yacht, tel un vautour patient, tandis qu'un autre appareil était sur le point de décoller de l'héliport arrière, prêt à raccompagner Vassinovitch vers Nice. Ce dernier fut escorté par deux gardes impassibles, laissant derrière lui un sillage de gouttes écarlates sur le sol fraîchement essuyé.

Le rugissement des rotors s'estompa progressivement. Et le silence reprit possession des lieux. Kemerovski inspira profondément, savourant l'odeur mêlée du tabac cubain, du cuir italien et du parfum discret du bois d'acajou. Par les hublots, la Méditerranée étincelait sous le soleil, comme un tapis de diamants éparpillés sur du velours bleu.

Deux Slaves massifs en costumes sombres, armés d'Uzis dissimulé sous leurs vestes, se positionnèrent silencieusement aux extrémités du salon. Leurs regards vigilants balayaient l'espace, attentifs au moindre mouvement. L'attente ne fut pas longue. Le vrombissement d'un nouvel hélicoptère se fit entendre.

À peine débarqués sur le pont supérieur, deux hommes de main de Kemerovski fouillèrent méticuleusement les nouveaux visiteurs. Les deux invités, visiblement agacés par cette procédure, furent ensuite conduits dans le salon principal où les attendait le caïd russe.

Kemerovski les accueillit, bras ouverts, sourire éblouissant, plaqué sur son visage. Un rôle bien rodé qui lui permettait de dissimuler sa véritable personnalité derrière un masque de jovialité calculée.

Une odeur subtile d'alcool de qualité flottait dans l'air conditionné du salon.

– Bonjour, messieurs ! Bienvenue sur mon yacht !

Sa voix avait retrouvé toute sa chaleur artificielle.

– Mettez-vous à l'aise. Des jeunes femmes absolument irrésistibles vont vous offrir des rafraîchissements dans un instant.

– Bonjou, Kemerovski, salua avec réticence un homme brun, de taille moyenne, au visage taillé à la serpe, affublé d'un accent marseillais prononcé qui semblait s'accentuer à mesure que sa nervosité grandissait.

– heureux de vous rencontrer enfin, dit le second, taciturne et plus petit, dont les traits tirés trahissaient une existence passée dans l'ombre. Pour compléter son rôle de gros bonnet, il conservait obstinément ses lunettes de soleil, malgré la pénombre relative du salon.

– Asseyez-vous, messieurs, je vais aller droit au but.

Kemerovski s'installa confortablement dans un fauteuil en cuir blanc, croisant ses jambes avec une nonchalance étudiée.

– C'est comme ça qu'on dit à Marseille, non ? Dans le monde du football !

Il laissa échapper un petit rire qui ne trouva aucun écho chez ses interlocuteurs. Les deux individus s'interrogèrent en silence, jaugeant si cela relevait de l'humour slave ou de quelque chose de plus sinistre.

– Vous êtes les caïds de la région phocéenne.

Il fit un geste englobant de la main, comme s'il dessinait leur territoire.

– Je vous propose de devenir encore plus puissants, de gagner plus et de risquer moins. Une proposition gagnant-gagnant, comme on dit chez vous.

Les deux hommes restèrent dubitatifs.

– Je contrôlerai bientôt complètement le trafic de drogue entre le Maghreb et l'Europe.

Le ton était calme, presque détaché, comme s'il commentait la météo.

– Vous allez un peu fort, rétorqua l'homme à l'accent, ses doigts tapotant nerveusement l'accoudoir du fauteuil. On ne vous a pas attendu pour créer un réseau !

– Putain de bouffonnerie, je crois qu'on perd notre temps ici, on se casse !

Le second qui s'était levé d'un bond, son visage crispé par la colère. Sa main s'était instinctivement rapprochée de sa veste, cherchant une arme qui lui avait été confisquée.

– Asseyez-vous, répondit Kemerovski d'une voix douce qui contrastait avec la dureté de son regard.

Son index pointa vers le bas dans un geste impérieux. L'homme hésita un instant, puis se rassit lentement, la mâchoire serrée.

– Vous faites référence à votre système de transport routier entre l'Espagne et la France ?

Kemerovski haussa les épaules avec dédain.

– C'est du passé ça ! Moi, je vous offre l'avenir : la marchandise et un acheminement entièrement sécurisé, moyennant une commission de 30 % sur votre chiffre d'affaires, reversé discrètement sur des actions de société. Plus de problème de logistique, je m'en charge personnellement.

Les deux hommes se levèrent d'un même mouvement, le visage déformé par la colère.

– Vous n'êtes qu'une crapule, Kemerovski ! 30 % ? C'est du racket.

L'homme au fort accent marseillais pointait un doigt accusateur vers le Russe.

– On n'a pas besoin de vous. Finissons-en, on dégage !

Les deux hommes de main de Kemerovski pointèrent immédiatement leurs armes vers eux, leurs visages impassibles ne laissant transparaître aucune émotion.

– En vérité, lâcha le taciturne en retirant finalement ses lunettes, révélant des yeux d'un noir profond, vous vouliez vous débarrasser de nous, avoir notre peau ! C'est ça ?

Il laissa échapper un rire sans joie.

– Descendez-nous et votre bateau sera réduit en cendres ! Qu'est-ce que vous croyez ? Que nous n'étions venus qu'avec un hélicoptère ?

Kemerovski sourit, nullement impressionné. Il porta à ses lèvres un verre de cristal qu'une jeune femme silencieuse venait de lui servir.

– Le navire ? À deux miles nautiques ?

Il but une gorgée de liquide ambré avant de poursuivre.

– Ils disparaissent sous l'eau en un claquement de doigts.

Pour illustrer ses propos, il fit claquer ses doigts, le bruit sec résonnant dans le silence tendu.

— Asseyez-vous. Je ne souhaite pas vos têtes, sinon ce serait le cas depuis longtemps, da !

Le mot russe s'échappa de ses lèvres comme un sifflement.

— Je veux que nous travaillions ensemble. Le trafic entre le Maroc et l'Espagne sera bientôt définitivement fermé par mes associés. Croyez-moi.

Il balaya l'air de sa main ornée de bagues.

— Finis les Go Fast, les camions aménagés et les passeurs. Nous entrons dans une nouvelle ère, messieurs.

Les deux hommes échangèrent un regard incertain.

— Vous bluffez, tenta l'homme à l'accent. Personne ne peut obtenir le monopole du détroit de Gibraltar !

— Si vous ne signez pas un accord maintenant, ce sera 40 %.

Kemerovski se pencha en avant, son sourire carnassier révélant des dents parfaitement alignées.

— Réfléchissez. L'Italie, la Grèce et la région de Nice marchent déjà avec mon système. Des transports se font régulièrement depuis trois mois, tout fonctionne à merveille.

Il se renversa dans son fauteuil, satisfait.

— Alors ? Vous voulez boire quelque chose ? J'ai un Macallan de cinquante ans qui vaut le détour.

Le plus petit des deux hommes secoua la tête avec mépris.

— On s'en va, nous avons assez perdu de temps avec un mythomane.

Kemerovski ne se départit pas de son sourire. Mais ses yeux se voilèrent d'une dangereuse lueur.

— Ange Grassis ! Ernest dit le Boucher, Frédo le Grec, le Toulonnais !

Il énuméra ces noms en les égrenant comme des perles précieuses.

— Ces noms vous évoquent-ils quelque chose ?

Le sang quitta instantanément le visage des deux visiteurs. Ils reconnurent les surnoms des caïds de la Côte d'Azur, mystérieusement volatilisés. La presse s'était fait les choux gras d'une guerre des gangs entre truands durant des semaines, attribuant à chaque baron de la pègre la responsabilité des disparitions. Le conflit de pouvoir entre la mafia italienne et russe faisait rage, déchirant l'arrière-monde de la Riviera.

Kemerovski empoigna une télécommande posée sur la table basse en marbre et appuya sur une touche. Dans un ronronnement discret, un écran se déroula du plafond vers le sol, révélant une surface noire et brillante qui s'illumina soudain.

Des images apparurent, montrant des corps noyés, nus, debout, les pieds coulés dans des structures de béton, ondulant sinistrement dans les profondeurs bleutées de la mer. La caméra filmait les physionomies en travelling, s'attardant sur chaque visage comme pour une macabre présentation. Certaines têtes étaient ravagées par une immersion prolongée sous l'eau, méconnaissables. Mais d'autres conservaient encore les traits distinctifs d'hommes qui avaient régné sur la pègre méditerranéenne.

Le regard des deux visiteurs était marqué par l'horreur et la surprise. Un silence assourdissant s'abattit sur le salon luxueux.

– Un détraqué murmura finalement le plus grand, son accent marseillais plus prononcé encore sous l'effet de l'émotion.

– Pas du tout.

Kemerovski éteint l'écran d'une pression sur la télécommande.

– Ils sont partis vivants, comme vous. Mais ils ont voulu être plus malins que moi.

Il se leva et marcha jusqu'à la baie vitrée, contemplant la mer qui avait englouti ses ennemis.

– Alors ? Toujours pas soif ?

Les deux hommes échangèrent un regard lourd de sens.

– Une semaine pour...

– Vous avez 48 heures, coupa Kemerovski sans se retourner. Ne les gaspillez pas. Dans 72 heures, vous ne serez plus alimentés par votre filière. Après, ce sera 40 %.

Il se tourna vers eux, son visage à contre-jour semblant sculpté dans l'ombre.

– Considérez que je vous fais une fleur. Les autres n'ont pas eu cette chance.

– Pouvez-vous nous donner des gages ?

Le plus petit des deux hommes avait retrouvé un semblant d'assurance.

– Après tout, on ne sait rien du fonctionnement de votre réseau.

– Je suis un fournisseur pour la Camorra et la « Ndrangheta.

Kemerovski énuméra ces noms avec une certaine révérence.

– Renseignez-vous, vous avez 48 heures messieurs.

Il consulta sa montre suisse d'un geste théâtral.

– Puisque vous n'avez pas soif, dit-il en reluquant les hôtesses qui venaient d'entrer avec un plateau de verres en cristal, je ne vous retiendrai pas. Au revoir. Et bon retour !

Les deux hommes quittèrent le salon sans un mot, escortés par les gardes au visage impassible. Kemerovski les regarda partir, puis se tourna vers la plus belle des hôtesses, une blonde aux yeux d'un bleu aussi profond que la Méditerranée.

– Moi, j'ai soif ! s'exclama-t-il en se laissant tomber dans un fauteuil, un sourire satisfait étirant ses lèvres.

Par le hublot, on pouvait voir l'hélicoptère s'éloigner vers la côte, emportant deux hommes qui savaient désormais que leur temps était compté.

19

L'appartement d'Aurore s'étalait devant eux comme une coquille vide. Jean et Florence évoluaient dans l'espace avec un malaise palpable, saisis par l'absence manifeste de toute empreinte émotionnelle. Pas de photos, de souvenirs, rien qui ne trahisse une présence humaine véritable. Les murs nus semblaient les observer avec une indifférence glaciale.

– À quoi pensez-vous ? interrogea Moretti, son regard scrutateur parcourant la pièce principale.

Florence effleura du bout des doigts le rebord d'une étagère impeccable, trop impeccable.

– Ce cas s'est déjà présenté dans d'autres enquêtes, répondit-elle en plissant les yeux. Ce n'est qu'une coquille, un leurre savamment orchestré. Personne ne vit réellement ici.

– L'antre véritable d'Aurore est ailleurs, quelque part dans la région niçoise, ajouta Jean, les mains dans les poches, le poids de son corps basculant d'un pied sur l'autre avec une impatience à peine contenue.

Moretti, les sourcils froncés, passait ses doigts sur sa barbe de trois jours. L'inertie de sa pensée l'agaçait. il ne parvenait pas à imbriquer un rôle cohérent à Aurore dans le puzzle de son investigation.

– Deux affaires parallèles en position de collusion, proposa Florence en croisant les bras, son regard acéré fixant un point invisible devant elle.

Jean s'adossa contre le mur, la fatigue commençant à marquer son visage.

– Elle a un lien évident avec Kemerovski, dit-il d'une voix basse. Mais assurée. Elle est certainement animée par l'envie viscérale de venger la mort de son père. Après tout, c'est lui qui l'a fait exécuter.

Il marqua une pause, comme pour se remémorer un détail important.

– Lors de notre rencontre, j'ai senti en elle une force intérieure et une détermination qui m'ont impressionné. Ce n'est pas une femme ordinaire.

William, dans un coin de la pièce, le visage fermé, intervint avec amertume :

– Elle m'a parfaitement manipulé, comme un débutant.

Florence se tourna vers lui, le regard adouci. Mais ferme.

– C'est ton cœur qui parle, William. En réalité, tu as récupéré des informations de premier plan auprès de cette femme. C'est tout ce qui importe dans notre métier.

Moretti demeurait silencieux, immobile au centre de la pièce. Tout lui paraissait nébuleux, opaque, comme si la vérité se dérobait constamment derrière un voile de brume. Il devait s'isoler pour observer les faits, froidement, méthodiquement. Tenter de leur trouver un sens, une logique. Dans ce genre de situation, il pouvait même devenir agoraphobe, s'enfermant dans sa bulle mentale. Ses pensées dérivèrent vers Philippe Delmont. À cette heure, il ne devait pas être très loin des côtes libyennes, dans cette mission dont dépendaient tant de vies.

– Je sors, annonça-t-il soudainement en se dirigeant vers la porte. Appelez-moi si vous avez quelque chose de concret.

Le claquement de la porte résonna dans l'appartement, soulignant davantage le vide des lieux. Jean se tourna vers William, l'énergie retrouvée.

– On y va ? demanda-t-il en rajustant son holster sous sa veste froissée.

– OK, laisse-moi cinq minutes, le temps de lancer un avis de recherche, répondit William en se dirigeant vers son ordinateur portable.

La porte s'entrouvrit à nouveau, Moretti réapparaissant dans l'embrasure.

– Où allez-vous ? s'enquit-il, une main posée sur la poignée, l'œil aux aguets.

Jean se redressa, l'enthousiasme perçant dans sa voix.

– Nous avons reçu l'autorisation d'installer un relais au centre de supervision urbain de Nice. Nous aurons accès à toutes les images des caméras de la ville. Couplé à notre système de reconnaissance faciale, on trouvera rapidement n'importe qui, même dans cette fourmilière.

– OK. Mais je doute qu'elle soit seule dans sa cavale, répliqua Moretti, le regard assombri par l'inquiétude.

– Attendez, commissaire ! s'exclama soudain William, les yeux rivés sur son écran. Un avis de recherche a déjà été lancé sur Aurore Gallimard !

Moretti s'approcha en quelques enjambées, suivi de près par Jean et Florence. Tous se penchèrent sur l'écran lumineux qui projetait son halo bleuté sur leurs visages tendus.

– Envoyé par un lieutenant des stups ! Alfonzo di Pietri, précisa William en faisant défiler le document. Aurore est soupçonnée d'être liée au meurtre d'un étudiant survenu en début d'après-midi. Elle doit être appréhendée pour interrogatoire.

Une tension électrique parcourut l'équipe. Ils se déployèrent dans la salle d'opération avec une coordination silencieuse. Moretti ordonna à William de régler l'installation technique rapidement au centre de surveillance de la ville, puis se rua sur son téléphone portable.

– Capitaine Calzone ? Moretti à l'appareil. Vous venez de lancer un avis de recherche sur une dénommée Aurore Gallimard.

La voix grésillante du capitaine lui parvint à travers l'appareil.

– Le lieutenant Di Pietri a retrouvé un de ses indics, la gorge tranchée par un fil d'acier dans son studio en début d'après-midi. D'après les premiers éléments d'enquête, Gallimard avait eu plusieurs échanges téléphoniques avec la victime. C'est aussi elle qui l'a appelé en dernier. Alfonzo l'a contactée pour l'interroger.

Moretti passa une main sur son visage fatigué, les rouages de son esprit s'accélérant.

– Quelque chose ne tourne pas rond, Calzone, lâcha-t-il, son instinct en alerte. Quel est le nom de la victime ?

– Marc.

Ce nom résonna comme un écho familier dans l'esprit de Moretti. Il avait été évoqué lorsque William avait cloné le portable de Florence. Soit Aurore était sur écoute, soit c'était Afonzo. Il s'approcha de William qui pianotait frénétiquement sur son clavier.

– Est-ce possible qu'Aurore soit sous surveillance électronique ? demanda-t-il abruptement.

William secoua la tête avec conviction.

– Non, pas Aurore, je m'en serais aperçu immédiatement. Je l'aurais détecté. Impossible de copier un appareil qui l'est déjà, chef. C'est une signature électronique reconnaissable.

Ainsi, plus de doute possible : le lieutenant des stups était surveillé. Mais par qui ? Les mêmes personnes qui avaient assassiné le jeune étudiant et kidnappé Aurore ? Les mêmes qui avaient éliminé un policier et un gérant de snack sans laisser de traces ? Analyser le portable de Di Pietri revenait à lui faire comprendre qu'il était soupçonné. La disparition de son indic et d'Aurore l'avait de toute évidence forcé à prendre le maquis pour semer ses assaillants.

Perdu dans les méandres de l'incertitude, Moretti ne refit surface que lorsque Florence s'approcha, son parfum discret précédant ses paroles.

– Aucun service officiel n'a mis Di Pietri sur écoute, annonça-t-elle, les traits tirés par l'inquiétude. Je tiens l'information directement de l'IGPN*. À quoi pensez-vous, commissaire ?

– Qu'il a un lien avec Kemerovski. Et qu'on veut l'éliminer, répondit Moretti, les yeux plissés par la concentration. Deux pistes s'ouvrent à nous : explorer le passé d'Alfonzo et organiser un entretien avec la mère d'Aurore Gallimard. Il y a une pièce manquante dans ce puzzle. Et je crains qu'elle ne soit teintée de sang.

Alfonzo avait parfaitement reconnu un des sbires de Vassinovitch garé dans un imposant 4×4 noir aux vitres teintées près de la caserne Auvare. L'individu à ses côtés n'était autre que Dimitri lui-même, la main droite de Kemerovski. Des êtres sanguinaires, de véritables ombres humaines, des instruments de mort précis et efficaces.

Un frisson parcourut son échine à ce souvenir. Quand un prétendant était sélectionné pour devenir une fine lame de Kemerovski, il devait se soumettre à un rite slave dont la tradition remontait à plusieurs siècles. Les hommes avaient les yeux bandés durant une cérémonie effectuée dans la pénombre. Et leurs langues étaient tranchées – sacrifice symbolique du verbe pour mieux servir par l'action. Cette coutume barbare nourrissait la terreur et consolidait leur réputation d'assassins silencieux et implacables.

Voulaient-ils le liquider ou simplement le surveiller ? Le meurtre de Marc et la disparition d'Aurore démontraient que la fresque jouait un rôle crucial dans un édifice criminel dont il ne percevait pas encore les contours.

Alfonzo avait garé sa moto en dehors de la caserne, s'installant du côté passager dans une voiture banalisée de la police nationale. En s'éloignant du commissariat, un goût métallique de tomate concentrée titilla le fond de sa gorge, sensation familière qui ne le trompait jamais. Le sang allait se répandre à nouveau, inéluctablement.

Déposé au centre-ville, sur la place Masséna grouillante de touristes insouciants, il pénétra dans un magasin de sport d'où il ressortit métamorphosé en joggeur ordinaire. Il récupéra un VTT attaché à un arceau près des Galeries Lafayette, vélo qu'il utilisait occasionnellement pour des filatures discrètes. D'un geste précis, il jeta ses vêtements d'officier dans une poubelle publique et s'élança sur la promenade des Anglais, se fondant dans le flux des cyclistes du dimanche.

Un petit vent de mer lui caressa le visage, lui rappelant étrangement le navire de Kemerovski où tout avait commencé. Dans quelques minutes, il s'évaporerait complètement, renaissant sous une autre identité dans un nouvel univers. Tout avait été minutieusement préparé pour ce moment où la fuite deviendrait sa seule option. Il avait donc une double vie depuis des années. L'une d'elles allait disparaître pour toujours, comme une peau morte qu'on abandonne sans regret.

La colonne de véhicules de Delmont avait franchi le tropique du Cancer et roulait à présent dans l'immensité du désert du Mourzouk, en territoire libyen. L'air vibrait sous la chaleur écrasante, créant des mirages ondulants à l'horizon.

Mettant à profit leur dernier arrêt, les hommes avaient méticuleusement lavé les véhicules et collé des adhésifs d'une prétendue société de construction. Les militaires chargés de la sécurisation des frontières, corrompus par quelques liasses de billets discrètement glissées, avaient détourné les regards au moment opportun. La route vers la côte ne devait rencontrer aucun problème, a priori, à condition que leur couverture tienne bon.

Delmont, profitant d'un moment d'inattention, avait disposé de quelques précieuses secondes pour introduire des mouchards sophistiqués à l'intérieur d'un sac dans chacun des deux 4×4. Les ayant activés avec une dextérité née de l'expérience, l'agent rivé sur son écran du CECLAD à Toulon visualisait maintenant la position exacte des camions sur une image relayée par un satellite de surveillance. Des points lumineux progressant lentement sur l'étendue désertique, porteurs d'une cargaison dont la nature exacte demeurait encore un mystère.

Malgré l'eau cristalline de la piscine et sa couleur azur, Aurore pouvait admirer les magnifiques mosaïques de l'époque noire tapissant le fond du bassin. Les teintes éclatantes des petits fragments de pierres émaillées n'étaient pas altérées par les produits désinfectants déversés régulièrement dans l'eau. Réplique exacte d'un véritable vestige d'une habitation ancienne retrouvée sous une épaisseur de trente centimètres de terre, les différents motifs et figures n'avaient toujours pas révélé tous leurs secrets aux archéologues les plus chevronnés.

Aurore ondula gracieusement ses jambes fines et remonta à la surface, son corps svelte fendant l'eau sans effort. La piscine bleu turquoise était nichée au milieu d'un écrin de verdure luxuriante, entourée d'arbres touffus, un mélange harmonieux de chênes-lièges centenaires et de pins parasols dont les ombres dansaient sur l'eau.

Elle s'assit sur le rebord en basalte légèrement rêche du bassin et posa ses deux mains en retrait de son corps élancé. Ainsi penchée en arrière, elle contemplait les quelques petits nuages immobiles dans le ciel corse d'un bleu intense. Les gouttes d'eau ruisselantes de ses cheveux mouillés sur les dalles chauffées disparaissaient rapidement sous la chaleur écrasante de l'après-midi.

Elle ferma ses paupières, inspirant profondément les arômes enivrants que dégageaient la végétation, la terre rougeâtre et les pierres chauffées par le soleil. Son esprit vagabonda dans le temps malgré le vacarme étourdissant des cigales frottant frénétiquement leur abdomen dans la torpeur estivale.

Elle se revoyait à Nice, lorsque son père avait mis à jour un site archéologique exceptionnel dans le sud de la Corse, durant un été caniculaire à la fin d'un après-midi. Il avait utilisé un détecteur de métaux pour sonder méthodiquement le milieu d'une prairie apparemment anodine. Il y avait trouvé les sempiternels morceaux écrasés de feuille d'aluminium qui servaient à envelopper les sandwichs des nombreux pique-niqueurs. Il venait d'extraire deux cartouches de fusil rouillées quand l'appareil émit soudain un bruit particulièrement aigu dans son casque.

Avec une excitation contenue, il attrapa sa pelle et commença à fouiller. Surpris d'entendre un son mat dans le trou qu'il avait creusé, il s'agenouilla avec précaution. En déblayant la terre compacte et en dégageant un réseau de racines tenaces, sa main calleuse effleura une surface plane et lisse. « Une pierre plate ? » pensa-t-il, le cœur battant. À sa grande surprise, il découvrit un objet en métal oxydé. Cela ressemblait à une pince délicate, certainement celle d'un jardinier, supposa-t-il d'abord.

La lueur du jour déclinait rapidement et il ne parvint pas à distinguer clairement le fond de la cavité. Il décida alors de retourner au campement avec le détecteur de métaux, sa pelle fidèle et sa mystérieuse trouvaille.

Les trois autres archéologues préparaient le dîner dans une ambiance détendue. Et son père déposa soigneusement la tenaille dans une boîte en plastique remplie d'eau claire. À la fin du repas, l'un d'eux s'apprêta à faire la vaisselle lorsqu'il tomba sur l'instrument immergé. Intrigué, il le trempa dans l'eau propre pour mieux l'examiner.

Ayant récupéré l'objet, à présent nettoyé de la gangue de terre qui le recouvrait, il le rapprocha d'une source de lumière et écarquilla ses yeux de stupéfaction. Il apostropha aussitôt ses collègues avec une excitation mal contenue. Les extrémités de la petite pince ne parvenaient pas à se toucher – caractéristique distinctive. Il venait de mettre la main sur un outil spécialisé qui servait à ciseler les mosaïques dans l'Antiquité. Une découverte qui laissait présager de belles surprises archéologiques.

Les jours qui suivirent ne démentirent pas les espoirs qu'ils avaient nourris. La pierre plate se révéla être un fragment d'un sol pavé de mosaïque d'une finesse exceptionnelle, probablement issu d'une villa, assurément antérieure à l'époque gréco-romaine. Au bout de quelques jours de fouilles méticuleuses, d'autres accessoires de taille furent retrouvés : des martelines, sortes de petits marteaux à deux têtes pointues, différents types de pinces, ainsi que de nombreuses tesselles composées de matériaux variés utilisés pour leur conception : pâte de verre colorée, marbre poli, galets soigneusement sélectionnés.

Des traces de mortier et de chaux sous les mosaïques constituaient de véritables trésors d'information sur les méthodes de fabrication employées par ces artisans oubliés. Les motifs étaient dessinés vraisemblablement au fusain avec une précision remarquable. De la colle à base de résine naturelle était étalée sur un espace délimité, sur lequel étaient disposées les tesselles avec une minutie extraordinaire. Lorsque la tâche était achevée, une couche de limon, sorte de ciment primitif, mais efficace, était appliquée par-dessus et remplissait les interstices. Nettoyé des surplus de gâchage, l'ouvrage devenait entièrement plane, révélant des dessins d'une beauté saisissante.

Pour l'archéologue passionné depuis le début des fouilles, le site n'était pas un simple chantier, mais un sanctuaire de connaissances. À mesure que les sols se révélaient à la lumière après des millénaires d'obscurité, ses collègues se rangèrent à cette impression presque mystique.

Quinze jours plus tard, les contours de la structure en mosaïque dévoilèrent une courbure intrigante. Trois semaines après, un énorme cercle parfait se dessina devant eux, provoquant un sentiment d'émerveillement mêlé de respect. Les figures complexes désignaient des scènes de la vie quotidienne d'une civilisation jusqu'alors inconnue des spécialistes. Plusieurs représentations attirèrent particulièrement l'attention des archéologues : des séquences de tremblements de terre dévastatrices, de raz de marée apocalyptiques, l'omniprésence graphique d'un taureau noir majestueux et d'indigènes à la peau d'ébène.

La découverte fit l'objet d'un article modeste dans le journal local, sans trop dévoiler de détails pour éviter d'attirer les pilleurs de sites. L'actualité cannibalisait alors la une des médias : les incendies dévastateurs qui ravageaient les forêts sur l'île dans un contexte de canicule exceptionnelle attirant toute l'attention publique.

Un mois plus tard, au début de septembre, son père fut invité dans une villa cossue mitoyenne du site de fouille. À son retour au campement, son visage s'était transformé, marqué par une gravité nouvelle. Le chantier avait été officiellement arrêté, prétendument par manque de moyens. Et le terrain rendu aux nouveaux propriétaires qui venaient de l'acquérir discrètement.

La puissante famille Castiglione lui offrit de poursuivre ses recherches, le rémunérant grassement pour son silence et son expertise. On ne lui demanda qu'une seule chose : réserver le résultat de ses prospections exclusivement pour la famille. Le travail acharné dura trois ans, au terme duquel son père, ainsi que sa femme et sa fille, fit officiellement partie de la tribu Castiglione, lié par un serment ancestral, défendant désormais leurs intérêts à n'importe quel prix.

Aujourd'hui, Aurore observait la villa majestueuse des Castiglione nichée dans la verdure avec une tendresse familiale mêlée de mélancolie.

Lorsqu'elle avait démarré ses études d'histoire et commencé l'archéologie sur le terrain, son père lui avait fait lire le compte-rendu détaillé des recherches sur la mosaïque, avec l'accord solennel du clan. Elle témoignait d'une civilisation inconnue, véritable racine des populations d'Afrique du Nord et du sud de l'Europe. Le site, un cercle parfait de cinquante mètres de rayon, s'était révélé être un testament laissé par quelques individus qui avaient survécu à un cataclysme d'une ampleur inimaginable. Celui qui avait anéanti le mystérieux massif noir – le chaînon disparu entre la Corse et la Sardaigne.

Tout autour de l'orbe sacré, la dimension de leurs terres englouties était minutieusement mentionnée à l'aide d'une corde à nœuds, symbole que l'on retrouve actuellement dans certains rites de la franc-maçonnerie. Ainsi que la présence énigmatique de quatre têtes noires, deux à chaque point cardinal d'est en ouest, une cinquième, plus imposante, disposée au centre exact du cercle.

Une croix de Saint George délimitait les quatre parties du massif qui reliait jadis la Corse et la Sardaigne. Au croisement précis des deux obliques résidait, selon la légende, l'esprit éternel de l'ancienne civilisation. Les coordonnées exactes de ce point cardinal devaient se situer dans le sanctuaire sous-marin. Toutes les écritures n'avaient pas été entièrement décryptées, certaines demeurant mystérieuses même aux yeux des spécialistes les plus érudits.

À l'âge de vingt-deux ans, Aurore fut solennellement admise en tant que gardienne du massif noir, gardienne du temple comme tous les membres de la famille Castiglione. Durant les préparatifs du rituel d'initiation, empreint d'une gravité antique, la femme du chef de clan lui rasa les cheveux avec déférence. À la fin de la célébration, à l'aurore d'un jour nouveau, on lui avait tatoué un cercle noir parfait au milieu du crâne. Elle était devenue une authentique testa mora, une vraie Corse liée par le sang et l'histoire à cette terre.

Certains éléments de la cérémonie de passage rappelaient étrangement quelques-unes des figures présentes sur la mosaïque millénaire, notamment la forme du cercle qui était censé représenter vraisemblablement la forme extérieure d'un crâne ainsi que la grande voûte de l'univers infini.

— Tu sembles loin, Aurore, chuchota sa mère en s'asseyant gracieusement près d'elle et en lui caressant la tête d'un geste empreint de tendresse maternelle.

— Je repensais à tant de choses si riches en émotion, murmura Aurore, la voix légèrement voilée. La mosaïque, ce lieu magique, papa…

— Oui, je comprends, ma chérie. Ici, rien ne peut nous arriver. Nous sommes protégés par les anciens.

Aurore laissa son regard errer sur l'horizon bleuté avant de reprendre :

— Quand j'ai eu accès aux travaux de la zone archéologique sous-marine, j'ai réalisé à quel point papa avait vu juste. Que le site Castiglione constituait une personnification spirituelle d'un temple ancien, celui de la civilisation des têtes noires, sous forme de vestiges gisants à moins de soixante mètres sous la surface de l'eau.

Son visage se durcit imperceptiblement.

— Kemerovski a souillé cet espace sacré avec ses trafics sordides. J'ai toujours eu du mal à comprendre l'inertie des gardiens face à cette profanation. Pourtant, nous ne manquons ni de moyens ni d'influence.

Sa mère posa une main apaisante sur son épaule, son regard reflétant une sagesse ancestrale.

— Les habitants de cette terre représentaient jadis un peuple pacifique, ils ne pratiquaient pas la guerre comme nous l'entendons aujourd'hui. Ils réglaient les problèmes entre eux, selon leurs propres lois. De tout temps, les envahisseurs de notre île n'ont jamais pu tirer les profits qu'ils en espéraient. Et cela perdure encore aujourd'hui.

Elle marqua une pause, son regard se perdant dans les ombres du passé.

— La patience et la résistance silencieuse sont des armes de guerre plus puissantes que tu ne l'imagines, crois-moi. Nos ancêtres nous ont appris que l'eau finit toujours par user la pierre, même la plus dure.

Aurore pencha sa tête contre le buste de sa mère, cherchant un réconfort dans cette proximité.

— C'est ironique, soupira-t-elle. Juste au moment où je pensais avoir trouvé quelqu'un de bien, quelqu'un qui aurait pu comprendre.

Les cigales intensifièrent leur chant obsédant, remplissant l'espace sonore des lieux d'une mélodie aussi ancienne que les pierres de la villa.

Le téléphone sonna avec insistance dans les bureaux de la Division Hermès, brisant le silence studieux qui y régnait.

Florence décrocha d'un geste vif, échangea quelques phrases rapides dans un italien fluide, puis tendit l'appareil à Moretti, une expression énigmatique sur le visage.

– Pour vous, dit-elle simplement. Vous avez contacté l'AISE*, ce sont eux qui vous rappellent.

Moretti saisit le combiné, ses doigts légèrement crispés trahissant sa tension intérieure.

– Ciao, grazie per ricordare in modo rapido, commença-t-il dans un italien impeccable.

– Vous ne perdez pas de vue un certain milliardaire russe, Kemerovski, nous faisons de même de notre côté. Puisque l'information n'a pas transité par les canaux officiels du CECLAD, je suppose que ce n'est pas pour une simple affaire de trafic de drogue, n'est-ce pas ?

Il marqua une pause calculée.

– Tout ce qui concerne ce russe nous intéresse au plus haut point. La situation pourrait être plus complexe que nous ne l'imaginions initialement.

La voix grave de l'agent italien résonna dans le combiné :

– Nous le surveillons pour une question de sûreté nationale, commissaire. Et d'après nos informations, vous venez de mettre le doigt dans un nid de vipères particulièrement venimeux.

20

William traquait Alfonzo avec une concentration fébrile, les yeux rivés sur la mosaïque d'écrans du central de supervision. La lumière bleutée des moniteurs creusait les traits de son visage fatigué tandis que ses doigts dansaient sur le clavier avec l'agilité d'un pianiste. Pendant ce temps, à quelques mètres de là, Florence feuilletait le dossier personnel du suspect, les sourcils froncés par l'inquiétude.

– Un peu tard pour les recherches par reconnaissance faciale, William, soupira Moretti. Sa voix trahissait une frustration contenue. Il se tenait debout, les épaules tendues, scrutant la façade des écrans de contrôle qui projetaient une lumière fantomatique sur son visage. Alfonzo a dû passer entre les mailles du filet.

– On a encore une chance de le retrouver, rétorqua William sans quitter des yeux les images qui défilaient. Je remonte jusqu'au début d'après-midi en parcourant la mémoire des ordinateurs. Ils conservent les données pendant vingt-quatre heures.

– Ça va prendre combien de temps ? demanda Moretti en consultant sa montre, conscient que chaque minute qui s'écoulait réduisait leurs chances.

– Une bonne heure, au moins. William essuya une goutte de sueur qui perlait sur son front. Les images des neuf cents caméras de surveillance doivent être traitées une par une.

Florence releva la tête de ses documents, son regard croisant celui de Moretti.

– On peut faire le point sur Di Pietri en attendant, proposa-t-elle d'une voix posée qui contrastait avec la tension ambiante.

Moretti balaya la salle des yeux, son regard s'arrêtant sur chaque bureau vide.

– Où est passé Jean ? s'enquit-il, remarquant l'absence de son collègue.

– Il est parti au domicile de la mère d'Aurore à ma place, répondit Florence en consultant la pendule murale dont le tic-tac rythmait le silence. Elle passa une main lasse dans ses cheveux courts. Il avait besoin de changer d'air. À cette heure-ci, il a dû arriver à destination. Elle habite dans une villa à Entrevaux.

Jean avait pris son temps pour parcourir les soixante-treize kilomètres qui séparaient le village perché de Nice. Le volant sous ses mains moites, il avait laissé son esprit vagabonder au gré des virages. L'itinéraire sinueux contournant les montagnes s'était progressivement métamorphosé en ligne droite à l'approche de la cité médiévale. La route était bordée de platanes centenaires formant une voûte végétale de part et d'autre de la chaussée – l'exemple type de ces routes dangereuses tristement célèbres dans les années cinquante et soixante. Ces colonnes d'arbres majestueux, dont les ombres dansaient sur l'asphalte, produisaient un effet hypnotique sur la vigilance des conducteurs, occasionnant jadis des accidents fréquents.

Parvenu devant un pont-levis en bois vieilli qui permettait l'accès au bourg fortifié pour les piétons, Jean obliqua dans la direction opposée. Le crissement des pneus accompagna sa manœuvre vers un parking modeste bordé de commerces à l'architecture provençale et d'un café-restaurant dont la terrasse ombragée abritait quelques retraités. L'odeur du café fraîchement moulu et des croissants chauds vint lui chatouiller les narines, lui rappelant qu'il n'avait rien avalé depuis le matin. Son module GPS indiquait que la maison se trouvait à moins de trois cents mètres de sa position.

Quelques colimaçons ornés de villas plus loin, il ralentit. Le soleil caressait les façades et les tuiles romaines des toits, créant un tableau presque irréel. Jean gara sa voiture cent cinquante mètres après sa destination, par réflexe professionnel.

Il s'approcha d'une demeure aux volets bleu lavande, entourée d'un jardin soigné. Son cœur battait un peu plus vite qu'à l'ordinaire tandis qu'il pressait la sonnette. Le carillon résonna dans le vide. Personne ne répondit. L'habitation était ceinturée d'un muret d'un mètre cinquante de hauteur, délimitant un jardin méditerranéen complanté de quelques arbres fruitiers – oliviers, amandiers, figuiers – qui offraient une vue imprenable sur le village médiéval et ses remparts.

Sur la boîte aux lettres en fer forgé, un autocollant attira son attention : un œil jaune grand ouvert accompagné d'une phrase censée dissuader les cambrioleurs : « Protection voisins vigilants ». Jean passa une main dans ses cheveux, considérant la situation avec le détachement que lui conférait l'expérience. Il devait franchir le portail et entrer coûte que coûte.

Les clefs. Jean les imagina confiées à des voisins, comme on le fait souvent dans ces petites communes où la confiance règne encore. Mais lesquels ? Son regard balaya les maisons adjacentes. Il opta pour celle de droite, guidé par une intuition.

Un homme d'une cinquantaine d'années apparut sur le perron, le visage à la fois avenant et méfiant – l'expression caractéristique d'un villageois, habitué à connaître chaque visage de sa communauté.

— Qu'est-ce que c'est ? demanda-t-il, sa voix rauque trahissant des années de cigarettes.

Jean adopta une posture décontractée, son sourire calculé pour inspirer confiance.

— Aurore m'a envoyé chercher des documents importants dans sa chambre. Sa mère étant absente, elle m'a conseillé de m'adresser à vous. Son portable ne répond pas. Mais vous pouvez me faire confiance.

Le regard de l'individu exprima une impression mitigée, oscillant entre bienveillance et suspicion. Jean sentit l'adrénaline se répandre dans ses veines, amplifiées par le silence qui s'étirait entre eux.

— On n'est jamais assez prudent de nos jours, rétorqua le voisin après un moment d'hésitation. Il extirpa son téléphone portable de la poche de son pantalon de toile beige et composa un numéro. Ses doigts calleux trahissaient une vie de labeur manuel. Il laissa un message sur le répondeur d'Aurore, puis disparut un instant dans la pénombre de sa maison.

Le chant des cigales et le lointain clocher de l'église marquèrent les secondes d'attente. Jean s'efforça de paraître détendu, bien que tous ses sens fussent en alerte. Le voisin réapparut avec un trousseau de clefs qu'il tendit à Jean, non sans une dernière hésitation.

— Vous en avez pour longtemps ? s'enquit-il, la méfiance encore perceptible dans sa voix.

— Pas trop, ne vous inquiétez pas, le rassura Jean.

En pénétrant dans la villa, Jean fut submergé par un sentiment étrange, comme si les murs eux-mêmes retenaient leur souffle. Des fruits – pommes rouges et pêche dorées – posés négligemment sur la table en chêne du salon faisaient tache dans un environnement impeccablement rangé. Cette dissonance visuelle confirmait ses soupçons : des événements imprévus avaient contraint la mère d'Aurore à quitter précipitamment l'endroit. Cela ne faisait pas l'ombre d'un doute.

Le rez-de-chaussée, baigné d'une lumière ambrée filtrée par les persiennes, ne révéla rien de particulier hormis des photos de vacances encadrées sur un buffet ancien, vraisemblablement prises en Corse – des paysages de montagne plongeant dans la mer turquoise, des plages de sable fin, des sourires insouciants figés dans le temps. Il monta à l'étage, les marches en bois craquant sous son poids comme pour signaler son intrusion, tout en pensant que vivre dans ce havre de paix, bercé par le chant des oiseaux et caressé par la brise, devait être un privilège rare.

La chambre d'Aurore, au bout d'un couloir lambrissé, était spacieuse et lumineuse. Les murs couleur lavande étaient ornés de posters de groupes de musique et de photos d'amis. Un étrange malaise s'empara de Jean – le sentiment oppressant d'être observé, analysé. Il comprit brusquement le sens de cette impression : des personnes avaient anticipé ce genre de situation, la fouille possible de la maison. Une mise en scène presque parfaite. Il ne trouverait rien, absolument rien qui puisse l'aider à avancer dans son enquête.

En inspectant méthodiquement les tiroirs dans un placard en merisier, ses doigts rencontrèrent une reliure cartonnée. Il l'extirpa délicatement de sa cachette : un album de photos de classe qu'Aurore avait soigneusement conservé, un trésor d'une banalité qui pourrait s'avérer précieuse. Il le glissa dans son sac à dos lorsqu'une intuition désagréable le submergea : les voisins avaient-ils pour mission de contacter un mystérieux numéro au cas où un individu, même apparemment autorisé, pénétrerait dans la villa ?

L'urgence dictant ses gestes, il sortit et sonna à nouveau chez le voisin, adoptant une expression affable pour masquer son inquiétude grandissante.

— Merci, j'ai trouvé ce que je cherchais, dit-il d'un ton léger. Son regard s'attarda sur le téléphone que l'homme tenait encore à la main. Puis-je vous demander un service ? J'ai promis à Aurore de la tenir au courant si j'avais mis la main sur les documents. Et j'ai oublié mon portable dans la voiture…

L'individu lui tendit son téléphone avec une bonhomie qui contrastait avec sa méfiance initiale, visiblement satisfait d'avoir pu aider.

— Bien sûr, prenez votre temps, dit-il avec un sourire qui plissait ses yeux fatigués.

Jean le remercia d'un hochement de tête. Avant de composer un numéro, il se détourna légèrement et appuya sur la touche de rappel du dernier numéro composé. Ses yeux enregistrèrent instantanément la suite de chiffres qui s'affichait – une technique de mémorisation qu'on lui avait enseignée durant sa formation à l'académie de police. Puis, effaçant cette trace numérique, il composa son propre numéro et simula une conversation avec le fantôme d'Aurore.

En redescendant la route sinueuse vers le village d'Entrevaux, les remparts médiévaux se détachant sur le ciel azuréen, Jean appela Moretti pour obtenir l'adresse de Marc. Ce dernier aussi devait sans doute avoir quelque chose à raconter, du moins son appartement. « Les corps disparaissent, » songeait-il en négociant un virage serré, « mais les émotions se maintiennent plus longtemps, tout comme l'âme humaine. »

Lorsqu'il franchit la rubalise jaune et noire qui délimitait la scène de crime, Jean fut frappé par l'étroitesse du studio de Marc – une véritable cage à lapin que des propriétaires sans scrupules louaient à des étudiants aux ressources limitées. L'air confiné empestait encore une odeur métallique caractéristique. Des gouttes de sang séché maculaient le sol en parquet usé ainsi que les barres en aluminium du lit superposé, formant une constellation macabre.

La nature et les positions des perles pourpres indiquaient clairement que le jeune homme s'était défendu debout, face à son agresseur, dans un combat désespéré pour sa vie. Si son corps avait définitivement perdu la bataille à un moment donné, son esprit semblait encore hurler de peur et d'horreur entre ces murs imprégnés de violence. Cette angoisse palpable, cette énergie résiduelle qui flottait dans l'atmosphère, déstabilisait Jean malgré ses quelques années d'expérience. Il devait faire vite, la scène de crime était encore vivante, chargée d'émotions brutes.

Des rapports universitaires, des classeurs remplis de notes manuscrites, des livres de droit et de criminologie jonchaient le sol dans un chaos révélateur. Son studio avait été fouillé à la hâte par quelqu'un qui cherchait manifestement quelque chose de précis. Jean remarqua l'absence d'ordinateur malgré les câbles d'alimentation électrique encore branchés à une multiprise – preuve supplémentaire que l'assassin avait emporté quelque chose d'important.

Un reflet attira soudain son attention. Jean se retourna furtivement vers le balcon exigu où des éclats de lumière apparaissaient par saccades, comme des signaux lumineux dans la pénombre du studio. Intrigué, il s'approcha de la porte-fenêtre entrouverte, attiré par ce phénomène inexpliqué. Le vent léger faisait danser des CD suspendus au bout de ficelles, accrochées au-dessus d'une rangée de pots de terre cuite vides. Un procédé artisanal pour effrayer les oiseaux et protéger d'hypothétiques plantes. Mais en l'absence totale de végétation dans ces récipients poussiéreux, cette installation prenait une tout autre signification.

Le cœur battant, Jean attrapa délicatement les disques et les plaça dans son sac, conscient qu'il tenait peut-être là un élément crucial de l'affaire. De retour au bureau, il confia les CD à William, dont les yeux s'illuminèrent devant cette nouvelle piste. Puis, il s'attela à numériser les photos de classe d'Aurore les plus récentes, espérant y découvrir un visage, un indice qui ferait avancer leur enquête.

Une grande partie de la journée fut dédiée à rechercher méticuleusement les amis d'Aurore, Florence ayant reçu très peu d'éléments tangibles sur Di Pietri. L'atmosphère au commissariat était morose, chargée de l'électricité particulière qui précède les orages. Moretti planchait sur les faits épars qu'il consignait sur des petits bouts de papier, comme pour donner une forme tangible à cette affaire qui leur échappait. Ensuite, avec la précision d'un entomologiste, il les plaçait minutieusement à l'aide de punaises sur un tableau de liège vierge qui occupait tout un pan de mur.

Le silence studieux fut interrompu par l'arrivée d'un jeune policier en uniforme, portant un colis entre ses mains comme s'il s'agissait d'un objet précieux.

— Voilà, commissaire, c'est ce que vous aviez demandé, annonça-t-il, visiblement fier d'avoir accompli sa mission.

Moretti leva les yeux de ses notes, un rare sourire adoucissant momentanément ses traits.

— Vous remercierez votre épouse de ma part, répondit-il en prenant le paquet avec une déférence inhabituelle.

Lorsque la porte se referma derrière le jeune agent, les regards curieux de Florence et de William convergèrent instinctivement vers le mystérieux carton.

— Pas la peine de faire semblant, lança Moretti en surprenant leur curiosité. C'est de la laine, ajouta-t-il en sortant une pelote écarlate ainsi qu'un tube d'épingles argentées.

« La toile d'araignée, » songèrent les coéquipiers simultanément, échangeant un regard complice. C'était une vieille technique du commissaire, presque légendaire au sein du service, qui consistait à rassembler les pièces d'un échiquier métaphorique fabriqué en liège. Une logique de joueur d'échecs, de chasseur patient. La surface reliait des suspects – les pions blancs (chaque personne, victime, témoin était représenté par un élément de l'échiquier) – à des assassins potentiels – les pions noirs. Un couple royal : un roi et une reine, maîtres du jeu criminel. Le chevalier : un individu en fuite, insaisissable. Le fou : une identité ambivalente, imprévisible. Il utilisait alors des épingles et des fils de laine de différentes couleurs pour créer les liens, les relations, les motivations cachées.

Personne ne comprenait vraiment comment il organisait ce système complexe, cette cartographie du crime qui semblait relever autant de l'intuition que de la logique pure. Ce procédé fascinait William et Jean, qui y voyaient une forme d'art policier. Il laissait Delmont, l'homme du terrain, parfaitement indifférent. Et il rendait Florence littéralement malade d'anxiété.

— Bingo ! s'écria soudain William, son exclamation résonnant dans l'open-space. On a notre homme !

Tous se précipitèrent vers son écran où la silhouette de Di Pietri apparaissait, figé sur une image de surveillance : le lieutenant en tenue de jogging près d'un parc à vélos de la place Masséna, son visage partiellement dissimulé sous une casquette. Mais néanmoins reconnaissable.

— Pas d'images antérieures pour déterminer d'où il venait ? s'enquit Moretti, les mains appuyées sur le bureau de William, scrutant l'écran comme si son intensité pouvait en extraire davantage d'informations.

— Non, il apparaît là, comme sorti de nulle part, puis disparaît de la circulation, direction la promenade des Anglais, répondit William en faisant défiler d'autres clichés sans résultat.

— Il s'est fondu dans la masse, conclut Moretti, les lèvres pincées. Ça confirme qu'il est en cavale. Si on arrive à le capturer, il pourrait peut-être nous aider à coincer Kemerovski.

Son poing s'abattit sur le bureau, faisant sursauter les tasses de café à moitié vides.

— Retrouvez-le ! À tout prix ! Est-ce clair ?

L'intensité de son regard balaya la pièce, rencontrant les visages tendus de son équipe.

— Rassemblez-vous, ordonna-t-il d'une voix qui ne souffrait aucune contestation. Je vais vous résumer l'entretien que j'ai eu avec les services secrets italiens.

Réunis autour de la table principale, les enquêteurs attendirent que le commissaire prenne la parole. Moretti se racla la gorge, son visage soudain grave reflétant l'importance des informations qu'il s'apprêtait à partager.

— Ils ont su très tôt que nous étions derrière l'escapade de Sestri Ponente, commença-t-il, ses yeux parcourant la pièce pour s'assurer de l'attention de chacun. Ils ne sont pas intervenus, en revanche notre intérêt envers les navires de Kemerovski a éveillé leur curiosité.

Il fit une pause, choisissant soigneusement ses mots.

— Le consortium C a demandé à la fin des années 2000 une autorisation de prospection de gaz par forages au large de l'archipel de la Maddalena. Cet archipel, situé entre la Corse et la Sardaigne, était utilisé depuis le début des années 70 comme port d'attache pour les sous-marins nucléaires américains.

Moretti s'approcha d'une carte maritime épinglée au mur, son doigt traçant le contour des îles mentionnées.

— Différentes pollutions à l'uranium et au plutonium ont été détectées dans la zone. Ajoutez à cela une redéfinition de l'aspect géostratégique de la sécurité des forces en Méditerranée. Et vous comprendrez pourquoi la base militaire a finalement été fermée.

Son regard s'assombrit davantage.

— Pour donner suite à la demande de la société Charbo, des pressions exercées par des groupes environnementaux sardes et corses ont amené le gouvernement italien à protéger la zone. C'est actuellement un sanctuaire marin théoriquement inviolable.

Il marqua une nouvelle pause, laissant ses mots s'imprégner dans l'esprit de son équipe.

— Malgré cela, des zones d'ombre persistent autour de Kemerovski. Sa compagnie serait suspectée d'avoir créé une structure sous-marine, un complexe immergé dans cette zone protégée. Ces présomptions sont étayées par des mouvements inhabituels de matériaux – fer, acier, équipements étanches – commandés et officiellement transportés par bateau jusqu'en Libye par Charbo.

Florence fronça les sourcils, prenant des notes rapides sur son carnet.

— L'enquête italienne a démontré qu'aucune cargaison n'a jamais été livrée à Tripoli par ces navires, poursuivit Moretti, sa voix trahissant une tension croissante. Alors, où est passé le chargement ?

Il laissa planer la question dans l'air surchauffé du bureau.

— Les Italiens ne sont pas au courant de la présence du réacteur français dans les fonds marins à quelques encablures de Bonifacio. Mais ils soupçonnent également Kemerovski d'être impliqué dans l'accident d'un sous-marin à propulsion nucléaire au sud de l'île, en 2004. Il n'y a pas eu de catastrophe majeure. Mais des suspicions de pollution radioactive persistent. Autant dire que la situation est explosive dans cette partie de la Méditerranée.

Son regard s'attarda sur la photographie de Di Pietri affichée sur l'écran de William.

— Alfonzo aurait pu nous être très utile et nous faire gagner un temps précieux. Et du temps, nous allons en manquer cruellement, ajouta-t-il en consultant sa montre. Paris nous accorde encore quarante-huit heures, après quoi le dossier nous sera retiré.

Un murmure de protestation parcourut l'équipe.

— Si l'existence d'une base sous-marine illégale à proximité de notre réacteur nucléaire était avérée, l'opération deviendrait militaire, hors de notre juridiction. J'ai donc obtenu ces quarante-huit heures pour identifier le réseau de trafic de stupéfiants. Et uniquement pour cette raison.

Moretti se tourna vers l'écran principal où clignotait un point lumineux.

– Philippe Delmont ne devrait pas tarder à atteindre l'objectif de sa mission de renseignement, dit-il en jetant un nouveau coup d'œil à la pendule. Qu'est-ce que ça donne, William ?

Le technicien pianota sur son clavier, faisant apparaître une série d'images satellites.

– Des clichés de Zawiya, un complexe pétrolier à proximité de Tripoli, vraisemblablement leur destination finale. Ils datent d'il y a trente minutes à peine.

William manipula sa souris, faisant apparaître sur un autre écran la vue satellite de plusieurs véhicules progressant sur un axe routier poussiéreux.

– Voilà, ce sont eux, dit-il en pointant du doigt trois 4×4 qui se déplaçaient en convoi serré.

– Donnez-moi les positions actuelles des deux paquebots de Kemerovski, ordonna Moretti, les sourcils froncés par la concentration.

– Nautile 1 est actuellement en Turquie, près d'Istanbul. Nautile 2 est en Espagne, à Barcelone.

– Bizarre, murmura Moretti, les yeux plissés par la réflexion.

D'un geste décidé, il s'empara de son téléphone crypté et composa un numéro confidentiel.

– Moretti, commissaire, Division Hermès sur ligne sécurisée, annonça-t-il d'une voix autoritaire. Je veux un commando fantôme sur Zawiya immédiatement.

Il écouta brièvement son interlocuteur.

– Tripoli ? Qu'ils se débrouillent pour y être le plus vite possible. Mission de soutien à agent infiltré. J'envoie les coordonnées GPS de la cible dans les minutes qui suivent.

Il raccrocha, son visage reflétant la gravité de la situation.

– Où se trouve le yacht personnel de Kemerovski ? demanda-t-il à William sans transition.

– Toujours au large de la Sardaigne, à environ vingt milles nautiques de la côte.

D'un geste rapide, Moretti composa un nouveau numéro, sa décision déjà prise.

– Commandant Desjobert ? Moretti. J'ai besoin de votre appui près de la Sardaigne.

Il résuma la situation en quelques phrases concises, puis raccrocha, le regard tourné vers la fenêtre qui donnait sur la mer, comme s'il pouvait apercevoir le yacht de Kemerovski à l'horizon.

Le porte-avions Charles de Gaulle en exercice dans les eaux du Sud Est de la méditerranée entra soudainement en état d'alerte maximale. Dans un ballet mécanique parfaitement orchestré, des aéronefs au design futuriste émergèrent des hangars souterrains. Un a un, ces bijoux technologiques prirent position sur un vaste pont d'envol. Leurs hélices horizontales commencèrent à vrombir.

Les hommes de la colonne des Toyota étaient épuisés, leurs corps et leurs esprits à bout de ressources vitales après des heures interminables de route. Le désert libyen s'étendait autour d'eux comme un océan de sable et de chaleur, implacable. Les routes dans ce pays semblaient sans fin – des serpents de bitume lacérés par le soleil et le temps, refaits à neuf par segments et invariablement bordés par le désert de part et d'autre, jusqu'à l'horizon tremblotant sous la canicule.

Le premier 4×4 ralentit son allure à l'approche d'un hangar massif en tôle ondulée, situé en périphérie d'un complexe pétrolier dont les torchères illuminaient le ciel crépusculaire. Le chauffeur klaxonna trois fois, un code convenu. Aussitôt, deux battants métalliques s'ouvrirent simultanément, actionnés par des hommes en treillis militaire, leurs visages impassibles sous la poussière.

Les trois véhicules s'engouffrèrent rapidement dans l'espace obscur du hangar, les phares balayant brièvement des ombres mouvantes avant de s'éteindre. À peine Delmont avait-il posé le pied à terre, savourant la fraîcheur relative de l'endroit après l'enfer du désert, que l'extrémité froide d'un tube de Kalachnikov se pressa contre sa nuque. Il se figea, sentant son pouls s'accélérer tandis qu'une demi-douzaine d'individus armés l'encerclait, leurs regards impénétrables dans la pénombre du hangar.

Le chauffeur qui l'avait accompagné pendant des heures s'approcha de lui nonchalamment, extirpant une cigarette d'un paquet froissé et l'allumant d'un geste expert. La flamme de son briquet éclaira momentanément son visage émacié, révélant un sourire inexpliqué.

— Je n'ai pas eu à me plaindre, dit-il en exhalant une bouffée de fumée qui dansa dans l'air poussiéreux. Tu as été un bon copilote. Mais tu as surtout été un colis à transporter. Et tu es arrivé à destination.

Il plissa les yeux, scrutant Delmont avec une curiosité mêlée de méfiance.

— Pas de portable sur toi ! Pas de puces, les hommes ont tout vérifié il y a moins d'une heure dans le Toyota. Alors tu es un mystère.

Il s'approcha davantage, son visage à quelques centimètres de celui de Delmont.

— Pour qui roules-tu vraiment ?

Delmont soutint son regard sans ciller, conscient que le moindre signe de faiblesse pourrait lui être fatal.

— Je travaille pour le gouvernement français, j'enquête sur les enlèvements de ressortissants français. Et ça, ce n'est un secret pour personne.

— C'est toi qui le dis, rétorqua le chauffeur avec un haussement d'épaules désabusé. Ça n'a plus d'importance pour moi, mon frère, j'ai fini ma mission.

Il détourna son regard, signalant la fin de cet interrogatoire improvisé.

Deux hommes en costume émergèrent de l'ombre, s'approchant d'un pas mesuré. L'un d'eux portait un complet sombre serti de fines rayures claires, une chemise noire impeccable, une cravate rouge sang et des chaussures ébène brillant qui reflétaient la faible lumière – une tenue incongrue dans ce décor poussiéreux. Un pansement immaculé couvrait sa main gauche, seul élément qui déparait dans cette élégance calculée.

L'autre individu arborait également un costume de bonne coupe, ses yeux dissimulés derrière des lunettes de soleil – accessoire parfaitement inutile dans la pénombre du hangar. Mais qui ajoutait à l'intimidation de sa présence.

Le slave à la cravate rouge contourna Delmont, éloignant d'un geste les hommes armés en treillis militaire qui formaient un cercle menaçant. « En plein dans le mille, » songea Delmont, l'adrénaline aiguisant ses sens. « Et sans filet de sécurité. Je suis face au maillon intermédiaire, le véritable objectif de ma mission. »

— Ces acronymes me semblent d'une absurdité sans nom, lâcha-t-il avec un rictus méprisant. CIA, FBI, DEA, NCIS, DCRI... et que dire d'Hermès ? On touche vraiment le fond, n'est-ce pas ?

Son rire gras résonna contre les parois métalliques du hangar, tandis que ses yeux d'un gris pâle, presque translucide, scrutaient Delmont avec une curiosité malsaine.

— La Division Hermès... Quelle appellation mystérieuse, susurra-t-il en s'approchant de Delmont, son haleine chargée de nicotine et de café lui caressant le visage. Il inclina légèrement la tête, observant sa proie en biais comme un rapace évaluant sa victime. Dites-moi donc, agent Delmont, quelle est exactement votre mission ? En dehors des stratagèmes que vous élaborez pour nous nuire, bien entendu.

Il marqua une pause calculée.

– C'est bien ce que vous pensez faire, non ? Parce que jusqu'à présent, vous nous avez à peine effleurés. Vous n'avez pas la moindre idée de ce que représente notre organisation.

Dans la pénombre du hangar, les hommes qui les entouraient fixaient Delmont avec une intensité prédatrice. Leurs silhouettes se découpaient dans les rais de lumière qui filtraient à travers les fenêtres poussiéreuses. Aucun ne bougeait, statues de chair attendant un ordre de leur maître.

– Je vous trouve bien silencieux, reprit l'homme avec une fausse sollicitude. Mais on pourrait l'être à moins, n'est-ce pas ? Seul, isolé dans un hangar délabré en territoire étranger. Sans armes, sans secours... Pour quelle véritable raison êtes-vous ici, Delmont ? Ce n'est certainement pas pour quelques inconscients kidnappés contre des rançons dérisoires.

Delmont reconnut immédiatement la marque de cigarette que fumait le mafioso. L'arôme particulier évoqua en lui une cascade de souvenirs – c'était surprenant comme une simple cigarette pouvait faire resurgir tant de visages oubliés, de personnalités, d'habitudes ritualisées. Cette complicité tacite que créait le fait de partager un moment de fumée. Pourtant, en fin connaisseur, il savait que cette marque particulière ne correspondait pas au profil de cet individu – un détail discordant dans cette mise en scène soigneusement orchestrée.

– J'aimerais sincèrement pouvoir vous convaincre du contraire, répondit enfin Delmont, sa voix résonnant avec une assurance qu'il était loin de ressentir. Mais quelque chose me dit que vous n'accorderiez aucun crédit à mes paroles.

Le visage de son interlocuteur s'illumina d'un sourire carnassier, révélant des dents jaunies par des années de tabagisme.

– Bien, si c'est là votre réponse définitive, peut-être changerez-vous d'opinion lorsque vous ferez la connaissance de notre... désintégrateur.

Ce dernier mot flotta dans l'air vicié du hangar comme une promesse de mort. L'homme pinça délicatement le filtre de sa cigarette entre le pouce et l'index de sa main gauche – Delmont nota l'absence d'un doigt – avant de jeter le mégot encore fumant au sol. Par un automatisme presque élégant dans sa précision, il l'écrasa sous le cuir lustré de sa chaussure italienne.

– N'espérez aucun secours, Monsieur Delmont, murmura-t-il avec une douceur inquiétante. Ici, vous êtes aussi seul qu'un homme peut l'être.

Il marmonna quelques mots dans une langue slave, guttural et tranchant. Et ses hommes s'alignèrent en file indienne derrière lui, leurs mouvements synchronisés trahissant un entraînement militaire. Le costume rayé du chef tranchait avec leurs tenues utilitaires, comme si deux mondes se côtoyaient, celui des ordres et celui de l'exécution.

À l'extérieur, le soleil frappa Delmont avec la violence d'un interrogatoire, lui arrachant un clignement douloureux. Son chauffeur, qui les avait rejoints, semblait tout aussi ébloui, ses yeux sombres plissés face à cette lumière impitoyable. À quelques dizaines de mètres, la mer scintillait comme un miroir brisé, indifférente au drame qui se jouait. Face à eux se dressait un enchevêtrement complexe de cylindres métalliques qui serpentaient tels des intestins industriels autour d'un petit hangar en ciment brut, vestige utilitaire dans ce paysage de désolation aride.

Ils pénétrèrent dans cette structure austère, accueillis par la lumière blafarde des néons qui bourdonnaient comme des insectes mécaniques. L'air y était plus frais, chargé d'une odeur de métal et d'huile.

— Notre humble demeure, annonça l'homme au costume rayé avec une fierté mal dissimulée. Le bâtiment comprend deux niveaux distincts. L'étage supérieur que vous voyez sert au stockage des câbles de pipeline – pure façade administrative, vous comprenez. La partie inférieure, quant à elle…

Il laissa sa phrase en suspens, savourant l'effet dramatique.

— Elle sert à relayer du gaz entre son point d'extraction en Libye et l'Italie, reprit-il finalement. Un projet d'une envergure considérable, fruit d'une coopération internationale… officielle.

Son sourire s'élargit davantage.

— La société Charbo a été sélectionnée par le gouvernement libyen pour l'installation d'un câble stratégique entre la Libye et la France. Un chantier titanesque que nous avons mené à bien en un temps record – trois kilomètres de pose quotidienne dans les profondeurs marines. Nous sommes des spécialistes reconnus dans notre domaine.

Il se pencha vers Delmont, comme pour lui confier un secret.

— Et à cette occasion, nous avons pris l'initiative d'ajouter un second pipeline, le nôtre. Il sera pleinement opérationnel jusqu'en France très prochainement.

Un sourire complice accompagna cette révélation, comme si Delmont et lui partageaient désormais une confidence précieuse.

Le chauffeur, dont la nervosité devenait palpable, s'agita soudain. Il protesta en arabe, exigeant de savoir pourquoi on l'empêchait de partir. Sa voix montait dans les aigus tandis qu'il invoquait l'urgence d'un nouveau chargement qui l'attendait.

— Reste avec nous, mon ami, lui répondit l'un des hommes en treillis dans la même langue, sa voix aussi tranchante qu'une lame.

Le chauffeur, comprenant l'implicite menace, haussa les épaules avec une résignation qui ne parvint pas à masquer sa peur croissante. Une fine pellicule de sueur perlait maintenant sur son front.

— Nous avons aménagé un sous-sol pour nos activités, comment dirais-je, spéciales, affirma le meneur en lançant une œillade complice à Delmont. Le genre d'activités qui nécessitent une certaine… discrétion.

— Est-ce vous qui avez éliminé le policier à Saint-Jean-Cap-Ferrat ? demanda abruptement Delmont, tentant de reprendre l'initiative.

L'homme – Vassinovitch, Delmont s'en souvenait maintenant – leva les bras avec une théâtralité excessive, mimant une victoire.

— Enfin ! s'exclama-t-il, ses yeux pétillant d'une excitation malsaine. Nous y voilà ! Je savais que vous finiriez par aborder les véritables motivations qui vous ont poussé à venir nous rendre cette petite visite de courtoisie !

Il fit volte-face, son visage à quelques centimètres de celui de Delmont.

— Alors, je vous écoute, agent. Qu'avez-vous découvert exactement ?

— Vous n'avez pas répondu à ma question, rétorqua calmement Delmont.

Une ombre passa sur le visage de Vassinovitch avant qu'un sourire résigné ne vienne l'éclairer.

— Da, c'est moi, je n'avais pas le choix ! Comment l'avez-vous découvert ?

— Une arme russe. Signature caractéristique.

— Da ! acquiesça-t-il avec une nostalgie presque touchante. Je suis un incorrigible romantique du passé.

Il désigna sa main mutilée, où manquait l'auriculaire.

— Une mélancolie qui m'a coûté un doigt, murmura-t-il, le regard soudain lointain. Les traditions doivent être respectées, même dans notre… profession. Alors, agent Delmont, quelles sont vos découvertes ?

— Des incertitudes, pour l'instant. Des pièces éparses d'un puzzle dont je commence à peine à discerner les contours.

— Comme je vous le disais, s'anima à nouveau Vassinovitch, nous allons descendre au sous-sol et vous comprendrez tout !

Ils franchirent une porte blindée dont l'épaisseur suggérait qu'elle pouvait résister à une explosion de moyenne intensité. Les escaliers en aluminium résonnaient sous leurs pas, amplifiant leur descente comme un compte à rebours métallique.

La salle qu'ils découvrirent était proprement dantesque – une cathédrale industrielle dédiée à quelque divinité mécanique. Dominée par un appareil colossal en forme d'entonnoir qui trônait contre le mur principal, elle semblait avoir été conçue autour de cette machine terrifiante. L'engin mesurait bien trois mètres de largeur pour un mètre de hauteur. Et son gouffre central paraissait sans fond, un abîme métallique avalant la lumière elle-même. Deux techniciens en blouses orange vif, leurs yeux protégés par d'épaisses lunettes de sécurité, s'affairaient silencieusement devant un pupitre de commande constellé de voyants clignotants.

– Voilà, déclara Vassinovitch avec une fierté presque paternelle, une machine qui va révolutionner le monde ! Un téléporteur digne de la série Star Trek !

Sa voix résonnait dans l'immense salle souterraine, amplifiée par les parois métalliques.

– Cette technologie, poursuivit-il avec emphase, va envoyer des millions de gens au septième ciel ! Da !

Son rire résonna de façon sinistre dans l'espace confiné. Delmont observa que deux gardes s'étaient rapprochés du chauffeur, dont le visage trahissait maintenant une terreur à peine contenue. L'homme tremblait visiblement, ses yeux errant frénétiquement à la recherche d'une issue inexistante.

Vassinovitch se rapprocha de Delmont et le conduisit devant ce que le personnel appelait manifestement « la sulfateuse » – un terme dont la simplicité contrastait avec la complexité terrifiante de l'appareil.

– Alors ? interrogea-t-il, un sourire carnassier aux lèvres. Je suis certain que vous ignorez toujours pourquoi vous êtes ici. Soyez honnête.

– Poursuivez, répondit Delmont avec un calme qu'il était loin de ressentir. Je pressens que la révélation ne saurait tarder.

– Da ! s'exclama Vassinovitch avec enthousiasme.

Il se pencha et, avec l'aide d'un homme en treillis, souleva un tronc d'arbre d'environ un mètre de longueur. Lorsque le morceau de bois atteignit la hauteur de l'entonnoir, Vassinovitch hurla un ordre dans sa langue maternelle, sa voix se brisant sous l'effet de l'excitation.

Un bruit d'abord feutré, presque délicat, accompagna la chute du rondin dans les entrailles de la machine. Le contraste entre ce son discret et la violence implicite de l'action créait une dissonance troublante. Deux minutes plus tard, qui s'écoulèrent dans un silence oppressant, un technicien s'approcha, portant avec précaution une petite cuve en verre transparent.

– Voilà le résultat, annonça Vassinovitch avec une satisfaction évidente. De la poussière ! Simple, efficace, définitif.

Son ton devint soudain moins amical, une froideur calculée remplaçant la jovialité factice.

— Vous voulez encore un indice, Delmont ?

Sans attendre de réponse, il se tourna vers le chauffeur qui reculait instinctivement, maintenu en place par les gardes.

— Ali ! s'exclama-t-il avec une fausse bonhomie. Fidèle compagnon de route du désert ! Le Renard du Reg, n'est-ce pas là ton surnom ?

Son accent se faisait plus prononcé sous l'effet de l'émotion, les « r » roulant comme des pierres dévalant une colline.

— Qu'est-ce que je fais ici ? protesta Ali, sa voix trahissant sa panique grandissante. Ça ne m'intéresse pas tout ça ! J'ai été réglo ! Alors c'est quoi le problème ?

— Toi, rétorqua Vassinovitch, son visage se durcissant instantanément. Le problème, c'est toi. Tu as trop de visages, tu es partout. Et cela nuit considérablement à l'établissement d'une relation de confiance.

Il s'approcha d'Ali, envahissant son espace personnel avec une présence menaçante.

— Tu trafiques avec les services secrets marocains, avec des seigneurs de guerre maliens et touaregs ! N'avais-tu pas un contrat d'exclusivité avec nous ? Humm ?

— C'est le commerce, mon frère, plaida Ali, tentant désespérément de reprendre contenance. Les opportunités se présentent, un homme doit savoir les saisir...

— Arrête tes mensonges ! l'interrompit Vassinovitch, sa voix claquant comme un fouet. Tu nous voles de la marchandise depuis des mois et tu crois que nous sommes trop stupides pour nous en apercevoir ?

— Mais c'est des conneries ! se défendit Ali, sa voix montant dans les aigus. Je vous jure sur ce que j'ai de plus sacré...

— Ça suffit ! trancha Vassinovitch. Tu sais parfaitement comment on punit les voleurs dans ce pays. Le prophète maudit les voleurs, car ils sont des éléments souillés de la communauté. Une sanction exemplaire doit être appliquée, sans quoi la corruption se répandra telle une gangrène, contaminant d'autres membres de ton entourage.

Ali, acculé, changea brusquement de stratégie.

— Vous insultez le Coran en l'invoquant pour vos sales affaires ! Vous faites allusion à de la drogue, ce n'est pas un produit noble selon nos préceptes. Et de plus, je n'ai rien volé, c'est de la pure calomnie !

Il se redressa légèrement, tentant de retrouver une dignité.

— Je charge la marchandise, je la contrôle et je vous la restitue intégralement. Vérifiez les registres !

— Alors, répliqua Vassinovitch avec un calme glacial, c'est que l'un de tes hommes te dépouille. En attendant d'élucider ce mystère, tu connaissais parfaitement les règles. Notre organisation repose sur une confiance absolue. Chacun d'entre nous paie pour ses erreurs.

Pour illustrer son propos, il exhiba ostensiblement le pansement sur sa main mutilée. Son regard ne quittait pas Ali, observant sa réaction comme un entomologiste étudierait un insecte épinglé.

À ce moment, deux hommes en civil – leurs blouses blanc immaculé contrastant avec la crasse environnante – s'approchèrent, poussant une table à roulettes en aluminium sur laquelle était disposé un assortiment médical : seringues, compresses stériles, flacons de médicaments aux étiquettes illisibles. Le chauffeur, comprenant soudain ce qui l'attendait, s'effondra aux pieds de Vassinovitch, s'agrippant à ses jambes avec l'énergie du désespoir.

— Par Allah, je vous supplie ! sanglota-t-il. Laissez-moi une chance de me racheter ! J'ai des enfants, une famille !

Son visage déformé par la terreur n'émut personne. Trois hommes en treillis le maîtrisèrent avec une efficacité professionnelle, tandis qu'un autre individu – barbu et austère – entrait dans la salle, ajustant une blouse blanche sur ses épaules massives. Avec des gestes précis et méthodiques, il pratiqua trois injections sous-cutanées dans l'avant-bras d'Ali, ignorant ses supplications comme on ignorerait le bourdonnement d'un insecte importun.

Les hurlements déchirants furent bientôt noyés sous le grondement de la machine mise sous tension, ses entrailles métalliques s'éveillant dans un concert de bruits mécaniques.

Vassinovitch posa délicatement sa main sur l'épaule de Delmont, un geste presque amical qui contrastait obscènement avec l'horreur de la scène.

« Cette fois-ci, la mission va se finir là, » pensa Delmont avec une résignation lucide. Acceptant les circonstances dans lesquelles il se trouvait, il décida d'obtenir au moins des explications sur le transfert de la drogue vers l'Europe – un ultime renseignement qu'il espérait, par quelque miracle, pouvoir un jour transmettre.

— Monsieur Delmont, vous me décevez. Mais étrangement, je ne vous en tiens pas rigueur, déclara Vassinovitch avec une cordialité surréaliste. Notre dispositif est d'une ingéniosité remarquable, voyez-vous. C'est depuis ce lieu apparemment insignifiant que notre... poudre de perlimpinpin est expédiée vers l'Europe, grâce à cette merveille technologique.

Il caressa presque tendrement la surface métallique de la machine.

— Les ballotins de marchandise sont intégralement pulvérisés dans ce broyeur. La poussière ainsi obtenue est ensuite projetée avec le gaz sous pression directement dans le pipeline. À quelques centaines de kilomètres, sous la surface marine, un système relais – équipé d'un mécanisme de refroidissement et de filtration d'une complexité remarquable – récupère méticuleusement chaque particule. Réhydratée et reconditionnée selon un processus breveté, la substance reprend sa forme originelle, sans la moindre perte de qualité.

Il se tourna vers Delmont, attendant visiblement une réaction admirative.

— N'est-ce pas d'une ingéniosité confondante ?

— Diabolique serait plus approprié, murmura Delmont. Et quel est donc le rôle des paquebots dans ce dispositif ?

Vassinovitch éclata d'un rire sincèrement amusé.

Son regard se durcit soudain, toute trace d'amusement s'évanouissant comme la fumée d'une cigarette dans la brise.

— Alors ? De quelle manière souhaitez-vous quitter votre enveloppe charnelle, agent Delmont ?

21

Assis sur une chaise métallique au centre d'une pièce inondée par la lumière crue du soleil, Delmont luttait pour rester conscient. Deux colosses en treillis militaire, le visage impassible sous leur crâne rasé, maintenaient ses épaules plaquées contre le dossier. La sueur perlait sur leur front tandis que l'air chaud et suffocant du hangar les enveloppait tous. Pour la deuxième fois en moins d'une heure, un médecin à la blouse maculée de sang lui injectait de l'adrénaline dans les veines. Les blessures béantes, méticuleusement salées par son tortionnaire, lui arrachaient des hurlements qu'il tentait vainement d'étouffer. Des lambeaux de chair se détachaient de ses jambes tailladées, formant sur le sol en béton taché une mosaïque macabre de son propre corps. Vassinovitch, impeccable dans son costume hors de prix, observait la scène avec une froide curiosité.

— Je me retrouve dans une position inconfortable, capitaine vraiment inconfortable, murmura-t-il d'une voix presque douce. Parlez. Et j'épargnerai vos souffrances.

Il ajusta sa cravate rouge sang avant de se coiffer d'une casquette militaire ornée d'un insigne que Delmont ne reconnut pas à travers le voile de douleur qui troublait sa vision.

— Au train où vont les choses, vous ne tiendrez pas jusqu'au coucher du soleil, capitaine.

Vassinovitch s'approcha lentement, ses chaussures italiennes claquant sur le béton. Il saisit une bouteille en plastique translucide posée sur une table d'acier couverte d'instruments chirurgicaux.

— Le vinaigre blanc, vous savez, c'est un véritable miracle de la nature, dit-il en faisant miroiter le liquide à la lumière. Quand on se fait piquer par des abeilles ou des guêpes, il suffit d'appliquer un coton imbibé pour soulager la douleur. Pour vos blessures… béantes… c'est un traitement particulièrement efficace.

Un rictus déforma son visage aux traits slaves alors qu'il s'apprêtait à verser le contenu sur les plaies à vif.

Le grincement métallique de la porte entrouverte figea son geste. Un engin cylindrique noir, brillant comme un scarabée sous la lumière crue, glissa silencieusement dans la pièce sur ses deux roues latérales. Il s'immobilisa au centre de l'espace, son œil-caméra pivotant pour balayer la scène. La terreur se peignit instantanément sur les visages des hommes de main qui reculèrent d'un pas, leurs mains cherchant instinctivement leurs armes, persuadé d'être en présence d'un engin explosif. Seul Vassinovitch contemplait l'intrus avec un calme olympien, presque amusé.

— Vos petits amis vont débarquer, capitaine, susurra-t-il en se penchant vers l'oreille de Delmont. Mais vous serez mort bien avant qu'ils ne franchissent cette porte.

Il se redressa brusquement.

— N'ayez pas peur, bande d'imbéciles ! hurla-t-il à ses hommes. Ce n'est qu'un drone de reconnaissance, du matériel des commandos français. Évacuez les lieux immédiatement et sécurisez le périmètre ! Ils arrivent.

Son regard acier se posa une dernière fois sur Delmont.

— Ils ne trouveront rien, absolument rien, parce que personne ne sera là pour témoigner.

Il dégaina son revolver nickelé et le pointa vers le plafond.

Un sifflement strident, presque insoutenable, emplit soudain l'espace. Le cylindre émettait une fréquence qui fit vaciller les hommes sur place. Le Russe tituba, portant ses mains à ses tempes. La porte du hangar explosa dans un fracas assourdissant, projetant des éclats de métal dans toutes les directions. À travers le nuage de poussière, Delmont distingua un second drone, plus imposant, en position stationnaire à trois mètres du sol. Sa silhouette menaçante pointait un faisceau laser rouge sang à travers l'ouverture béante. Deux projectiles jaillirent de ses flancs à une vitesse vertigineuse, libérant à l'impact un nuage de fumée toxique qui se répandit comme un brouillard mortel.

Pour Delmont, le monde se transformait en une réalité cotonneuse, distante. Il voulait s'y abandonner, s'y noyer pour échapper à l'enfer qui l'entourait. Des rafales d'armes automatiques déchirèrent l'air, leurs impacts résonnant comme des tambours de guerre dans l'espace confiné. À travers ses paupières mi-closes, il vit Vassinovitch se redresser une dernière fois, son visage déformé par la rage, avant que deux balles ne fracassent son crâne dans une explosion écarlate. Delmont sombra dans les ténèbres accueillantes de l'inconscience.

Dans la salle de crise aux murs tapissés d'écrans, Florence observait Moretti, ou plutôt la ligne rigide de ses épaules sous sa veste froissée. Il demeurait immobile, silencieux, comme une statue contemplant un horizon invisible. William, assis sur le bord d'une table, examinait ses ongles ravagés, constatant avec un soulagement presque enfantin que certains pouvaient encore être victimes de sa nervosité. La tension était palpable, épaisse comme un brouillard de guerre.

Ils avaient tout suivi en direct, hypnotisés par les images cliniques transmises par le drone de reconnaissance jusqu'à l'assaut fulgurant du commando fantôme armé de leur panoplie d'armes de dernière génération. Étaient-ils arrivés trop tard ? Le doute s'insinuait maintenant dans leurs esprits comme un poison lent.

Jean, adossé contre le mur du fond, contemplait la toile d'araignée élaborée par Moretti – un enchevêtrement complexe de fils de laine rouge, bleu et noir reliant des photos, des noms, des lieux. Par moments, il parvenait à en saisir certains aspects, certaines logiques sous-jacentes, se demandant si cette structure chaotique n'était pas en réalité une cartographie spatiale du cerveau labyrinthique du commissaire.

— Votre agent est hors de danger, annonça une voix métallique sortant d'un écran. Il présente de nombreuses contusions, des lacérations profondes et souffre d'un choc traumatique sévère. Nous l'avons placé en coma artificiel pour faciliter sa récupération. Voilà tout pour l'instant.

Le visage tanné du médecin militaire apparaissait en gros plan, ses yeux trahissant la gravité de la situation malgré ses paroles rassurantes.

— Merci, capitaine, répondit Moretti en se tournant enfin vers l'écran. Et félicitations pour votre intervention. Avez-vous pu capturer des hommes susceptibles de nous renseigner ?

— Tous des mercenaires connus, liés au trafic de stupéfiants international. Rien que nous ne sachions déjà. Un seul civil a été retrouvé inconscient, avec une main tranchée. Je dois vous laisser, les autorités libyennes sont sur place et la situation diplomatique est… délicate.

Moretti s'approcha de l'écran, son regard s'intensifiant.

— Un dernier mot, capitaine. À quoi servent ces hangars exactement ? Et qu'advient-il de l'homme amputé ?

— C'est une station de compression du pipeline « Snakestream », une infrastructure stratégique reliant le désert à la Méditerranée. À partir d'ici, le conduit plonge dans les profondeurs marines via un gazoduc sous-marin. Quant à l'individu mutilé, nous l'avons remis aux autorités libyennes, conformément aux protocoles.

Le capitaine jeta un regard hors champ, visiblement pressé.

— Je dois vous quitter, commissaire. Ah, j'oubliais un détail potentiellement significatif : nous avons trouvé une sorte de croquis près du corps de votre agent. Peut-être un code ou un message qui vous était destiné. Je vous transmets la photo immédiatement.

Le visage du chef du commando disparut, remplacé par l'image d'un dessin rudimentaire représentant un escalier en spirale. Un sourire étira les lèvres de Moretti.

— Florence, contactez la police libyenne sans délai. Arrangez un entretien entre l'homme à la main coupée et l'un de nos agents. C'est urgent.

La fouille méticuleuse des hangars révéla un véritable arsenal : vingt-cinq tonnes de cannabis compressé, des caisses d'armes de guerre rutilantes et des munitions issues du conflit civil ayant précédé la chute du Raïs. Mais rien, absolument rien qui les reliait directement à Kemerovski. Choux blancs, comme disait Moretti dans son langage fleuri.

Le commissaire, penché sur les plans étalés devant lui, analysait les structures présentes sur le site libyen. La zone côtière ne montrait aucune trace de navires commerciaux, hormis quelques pétroliers manœuvrant au large comme des baleines d'acier.

Quinze minutes avant l'assaut, les images thermiques avaient révélé un homme attaché sur une chaise, subissant un interrogatoire musclé. Moretti avait donné l'ordre d'attaquer sans hésitation. Une erreur tactique, il le savait pertinemment. Mais l'assumait avec cette intransigeance qui le caractérisait. Sur un écran latéral, le siège de la DCRI attendait, impatient, pour un débriefing qui s'annonçait houleux.

— De Pietri et Aurore Gallimard sont toujours dans la nature, résuma Moretti en se massant les tempes. Aucun renseignement exploitable pour l'enquête. En Libye, aucun lien tangible avec les paquebots d'Azurmare. J'ai le sentiment croissant qu'on nous manipule depuis le début, ou alors nous sommes passés à côté de l'essentiel.

Il frappa du poing sur la table, faisant sursauter William.

— Et surtout, aucune réaction de Kemerovski ! C'est un fiasco complet.

— Visioconférence dans cinq minutes, annonça une voix féminine désincarnée depuis le télécran d'accueil de la DCRI.

Avant que quiconque puisse réagir, un médaillon apparut sur l'extrémité droite du mur d'écrans. Le visage du capitaine de corvette Charles Desjobert, congestionné par l'urgence, remplissait le cadre.

— Commissaire ! Nous sommes contraints d'abandonner notre position au large de la Sardaigne immédiatement.

— Pour quelles raisons précises ? demanda Moretti, soudain alerte.

– J'allais y venir. Cela a très probablement un rapport direct avec votre enquête.

Toute l'équipe se rapprocha instinctivement de l'écran, formant un demi-cercle attentif.

– La tour Diogène ne répond plus à aucun de nos appels. Nous nous rendons sur place à vitesse maximale. Un hélicoptère Caïman sera sur zone dans moins de trente minutes avec une unité d'intervention spécialisée.

– Est-ce déjà arrivé par le passé ? s'enquit Moretti, les sourcils froncés.

– Vous ne saisissez pas la gravité de la situation, commissaire. Toutes les alimentations sont coupées simultanément : eau, électricité, communications, systèmes de survie. Si nous n'intervenons pas dans les plus brefs délais, la tour risque de devenir un cercueil sous-marin pour tout le personnel à bord.

– Visioconférence dans une minute, rappela la voix synthétique avec une indifférence mécanique.

Moretti s'approcha lentement de sa toile d'araignée et caressa du bout de l'index un fil de laine écarlate qui reliait la Libye, la Sardaigne et Saint-Jean-Cap-Ferrat peut-être le fil conducteur de toute cette histoire sanglante. Il commençait à entrevoir que, à l'instar d'un prisme triangulaire qui dévie et décompose les rayons lumineux, l'affaire pouvait être observée sous un angle radicalement différent. La tour Diogène demeurait peut-être la source primordiale de toute cette lumière.

La visioconférence s'interrompit brutalement – la menace contre un réacteur nucléaire venait d'être classée urgence absolue, éclipsant tout le reste. Jean passa mentalement en revue le personnel de la tour. Parmi eux devait forcément se trouver un homme de Kemerovski. Le technicien ayant accès à toutes les commandes névralgiques ? Un scientifique aux motivations troubles ? Un militaire corrompu ? Le visage de chaque individu défilait dans son esprit comme les cartes d'un jeu truqué. Deux silhouettes se détachaient avec une insistance particulière : le docteur Alain Desmoulin, commandant autoritaire de la base. Et Max, le chef militaire responsable des réacteurs sous-marins – la tête bicéphale de Diogène 8.

Le commissaire saisit son téléphone et composa le numéro de Desjobert.

– Vos hommes-poissons ? Sont-ils encore en position au large de la Sardaigne ?

– Négatif. L'Alisé fait route vers Saint-Jean-Cap-Ferrat à pleine puissance. Ils sont tous à bord.

– J'aurais besoin d'un triton, capitaine. Nous devons approcher le cylindre atomique de toute urgence.

– À quoi pensez-vous exactement, commissaire ?

– À une contre-attaque orchestrée par Kemerovski. S'il est à l'origine de l'isolement de la tour Diogène, c'est qu'il connaît probablement l'existence du réacteur. Il possède quelque chose de vital dans les parages, quelque chose qu'il défend avec l'énergie du désespoir. L'assaut contre la tour n'est qu'une diversion, un leurre magistral !

– Nous allons préparer l'un de nos plongeurs d'élite. Où souhaitez-vous qu'il se rende précisément ?

– Je vous transmets immédiatement les coordonnées géographiques de la cible.

– Florence ? interrompit une voix familière depuis l'écran.

– Commandant Duprès, confirma-t-elle en se raidissant imperceptiblement.

– Vous avez le bonjour de Kila.

Elle hocha simplement la tête, les lèvres serrées. La connexion s'interrompit dans un grésillement électronique.

Moretti observait fixement le pied métallique de la table, comme s'il y trouvait un intérêt fascinant – un objet banal devenu soudain digne d'étude. C'était sa manière à lui de vider son esprit, de ne pas anticiper les réponses. Un rituel tacite qu'ils partageaient depuis longtemps.

– Purement professionnel, résuma Florence d'une voix qu'elle voulait détachée.

– Ce n'est pas exactement ce que je ressens, pourquoi le feindre ? répliqua Moretti sans détourner les yeux du pied de la table.

– Par respect avant tout.

– Je comprends. Mais pas dans ce cas de figure, Florence. Vous détournez habilement le sujet.

– Une intuition, commissaire ?

– Quelque chose comme ça, oui, admit-il avec un demi-sourire.

– Alors vous connaissez déjà la réponse, patron. Vous tournez autour du pot, vous aussi.

– Roméo et Juliette.

– Je sais, murmura-t-elle.

Au large de Saint-Jean-Cap-Ferrat, deux hélicoptères traçaient des cercles concentriques au-dessus de la zone où la tour se dressait, invisible sous la surface miroitante. On distinguait clairement un Écureuil aux couleurs de la Police Nationale et un appareil EC 145 arborant la livrée jaune et rouge caractéristique de la Sécurité Civile. Leurs pales déchiraient l'air transparent de la Méditerranée, projetant des ombres mouvantes sur l'eau d'un bleu profond.

La capitainerie du port de Villefranche avait reçu l'instruction formelle d'immobiliser toutes les embarcations à quai jusqu'à nouvel ordre. La raison officiellement invoquée : une pollution maritime due au naufrage d'un navire transportant des produits chimiques hautement toxiques. Les hélicoptères quadrillaient maintenant méthodiquement la rade pour rediriger les bateaux récalcitrants vers la darse.

Moretti contacta la DCNS, conceptrice du réacteur et responsable de son suivi technique. Au siège parisien de ce géant de la construction d'armement naval français, les responsables de la division énergie et propulsion nucléaire demeuraient d'un calme olympien, presque irritant.

– Le système de sûreté rend toute approche hostile absolument impossible, affirma un ingénieur aux tempes grisonnantes. Des filets composés de plusieurs maillages métalliques de dimensions différentes enveloppent intégralement la structure, formant une barrière impénétrable.

Il ajusta ses lunettes avec une assurance professorale.

– Aucun poisson de taille moyenne ne peut traverser ces défenses, encore moins une mine, une torpille ou un plongeur humain. La plus infime tension exercée sur cette toile déclenche instantanément une alarme de sécurité. Quatre caméras haute définition filment le périmètre en continu. À la moindre alerte sérieuse, huit drones autonomes se déploient et convergent vers le point d'intrusion identifié. Deux d'entre eux sont équipés d'une arme à impulsion électromagnétique capable de paralyser l'activité électrique de toute cible dans leur rayon d'action. Par ailleurs, les réacteurs sont actuellement en veille, inutile de céder à la panique.

Moretti ne put contenir sa colère plus longtemps.

– Pas de danger ? Vous plaisantez, j'espère ? explosa-t-il en frappant du poing sur la console.

– Non, commissaire, répondit placidement l'ingénieur. L'eau constitue un barrage naturel extraordinairement efficace contre les radiations. Seul un dégagement anormal de chaleur pourrait occasionner des dommages localisés à la faune sous-marine environnante.

Après d'âpres négociations, Moretti avait finalement obtenu l'accès aux flux vidéo des caméras de sécurité.

– Nous allons bientôt recevoir les images transmises par notre plongeur. Du nouveau concernant Di Pietri, William ?

— Toujours rien, commissaire. C'est comme s'il s'était volatilisé.

— Et l'homme à la main amputée ?

— Un de nos agents est en route pour l'interroger, répondit Florence en consultant sa tablette.

— Vous auriez pu m'en informer plus tôt, grogna Moretti avec une irritation mal dissimulée.

Elle s'apprêtait à répliquer lorsque le téléphone sonna avec une stridence presque surnaturelle. Elle décrocha d'un geste vif et se leva brusquement, le visage subitement vidé de toute couleur.

— Un attentat à la bombe vient de ravager le bâtiment où étaient détenus les trafiquants, annonça-t-elle d'une voix blanche. Selon les premières informations, notre témoin figure parmi les victimes. Pulvérisé.

L'annonce tomba comme une chape de plomb. Les visages exprimaient une stupéfaction mêlée d'incrédulité. Moretti, imperturbable en apparence, fixait encore son araignée de fils entremêlés avec une intensité presque douloureuse. Des photographies épinglées sur des rectangles de carton évoquaient des poupées vaudou – un univers ésotérique aux antipodes de la personnalité cartésienne du commissaire.

Deux silhouettes en particulier, Alfonzo et Aurore, étaient symbolisées par des pions d'échecs blancs placés côte à côte à l'extrémité du réseau. En fuite. Complices. Un fil de laine rouge sang reliait Aurore à Kemerovski, suspecté d'avoir liquidé son père. Et la connectait également au mystérieux triton. À ce degré de convergence, toute coïncidence devenait statistiquement improbable. Les faits parlaient d'eux-mêmes avec une éloquence glaçante : Aurore était bien plus profondément impliquée dans leur enquête qu'ils ne l'avaient imaginé.

Considérant la situation sous ce nouvel éclairage, Moretti demanda à consulter le dossier complet d'Aurore.

— Elle a participé à des fouilles archéologiques sous-marines au sein d'une association locale, murmura-t-il en parcourant le document. La seule de la région : elle s'appelle Amphora.

Il releva brusquement la tête, une lueur de compréhension illuminant son regard fatigué.

— Comment avons-nous pu passer à côté d'un indice aussi flagrant ? Aurore cherche à venger son père. Une vendetta dans toute sa splendeur !

— Quand et comment ? s'enquit William, perplexe.

— Peu importe les détails pour l'instant. Lorsqu'elle devient membre d'Amphora, elle découvre que le principal mécène de l'association est un fonds de soutien dirigé en sous-main par Kemerovski. L'occasion est trop belle pour qu'elle la laisse passer.

Moretti se mit à arpenter la pièce, les mains jointes derrière le dos.

– Elle met au jour le trafic de pièces archéologiques orchestré par l'organisation du Cosmos et élabore patiemment son plan. Pour une raison que j'ignore encore, elle a dû être témoin de l'assassinat du triton au large de Saint-Jean-Cap-Ferrat. Elle a ensuite manœuvré pour placer le corps dans les filets du pêcheur – sinon, jamais il n'aurait été retrouvé. Vous me suivez ?

Florence et William acquiescèrent en silence.

– Elle savait pertinemment que la découverte d'une créature aussi extraordinaire qu'un triton déclencherait une cascade d'enquêtes officielles. Avec un peu de chance, les investigations devaient remonter jusqu'à Kemerovski.

– Cela signifierait qu'elle connaissait déjà l'existence de ces êtres ? Réalisa Florence, les yeux écarquillés.

– Exactement. La vidéo du triton qu'Aurore a filmé sous l'eau montre la victime avant son assassinat, j'en mettrais ma main au feu.

– Il y a très peu de chances que son plan fonctionne, objecta William en fronçant les sourcils. Aucune garantie que le pêcheur ramène effectivement le corps à la capitainerie.

– Pas s'il était complice, William. Suivez mon raisonnement : elle voulait faire sortir Kemerovski de l'ombre. Le reste, nous le connaissons. Attendre que l'enquête policière conduise à Paul Simenoni, le gérant du magasin de plongée, puis faire son entrée en scène. Elle était parfaitement informée de l'existence des tritons et de l'identité de leur protecteur. C'était une opportunité inespérée pour elle.

– Je ne peux pas imaginer qu'elle ait manipulé seule le corps de la créature pour le placer dans le filet, objecta Florence en secouant la tête.

– Je suis convaincu qu'Olivier, le comptable, l'a assistée dans cette manœuvre. Cette seconde histoire d'apparition de triton a précipité sa perte. Nous n'avons pas encore tous les éléments du puzzle. Mais l'ensemble commence à former un tableau cohérent.

– Ça tient la route, admit William à contrecœur. Mais pourquoi ne pas nous avoir tout révélé dès le début ? Ç'aurait été infiniment plus simple. Mais je n'y crois pas.

– Non, William, répondit Moretti en secouant lentement la tête. Rappelez-vous ce qu'elle vous avait confié chez elle : derrière certains visages se dressent des hommes et des femmes qui perpétuent des traditions ancestrales plusieurs fois centenaires. Ils partagent avec leurs aïeux la fierté, le courage et cette mission sacrée de préserver la pureté du bassin méditerranéen contre toute influence étrangère.

Il marqua une pause, les yeux perdus dans le vide.

– Elle est loin d'être isolée, c'est même tout le contraire. Si ma déduction est correcte, Aurore se trouve actuellement en Corse ou en Sardaigne. Di Pietri la recherche activement, il va inévitablement s'y rendre.

– Leurs objectifs sont probablement convergents : neutraliser Kemerovski, suggéra Florence.

– Précisément. En attendant, Jean, vous allez rejoindre l'équipe du Commando Hubert chargée de reprendre le contrôle de la tour Diogène. Ils auront besoin de votre connaissance des lieux quand ils pénétreront à l'intérieur. Un hélicoptère militaire vous attendra sur le tarmac de l'aéroport de Nice dans vingt minutes.

– Compris, acquiesça Jean en rassemblant ses affaires. Je pars immédiatement.

Un appel interne fit tressaillir Moretti. Son visage se ferma instantanément, comme un volet claquant sous l'effet d'une bourrasque. Il allait devoir affronter son destin personnel, ses peurs les plus intimes et cette réalité douloureuse qu'il avait si longtemps enfouis sous les plis de sa mémoire. Sa femme l'attendait à l'accueil, avait annoncé la standardiste d'une voix neutre. Il se leva lentement, avec une raideur inhabituelle.

– Une personne à voir dit-il sans la moindre inflexion, aucune idée de la durée de cet entretien. Tenez-moi informé de tout développement.

Il détourna ostensiblement son regard de ses agents et disparut dans le couloir comme une ombre.

Elle se tenait là, dans le hall aseptisé, droite et digne malgré la tension évidente qui raidissait sa silhouette élancée. Vêtue d'une chemise beige en soie fine qui soulignait l'élégance naturelle de sa posture, elle semblait parfaitement déplacée dans cet environnement fonctionnel, comme une orchidée rare transplantée dans un jardin de cactus. Moretti accéléra instinctivement le pas pour réduire la distance émotionnelle qui les séparait encore. Parvenu à quelques pas d'elle, il fut frappé par l'absence totale d'expression sur ce visage jadis si expressif.

– Antoine, lança-t-elle simplement en le reconnaissant, comme si elle prononçait le nom d'un étranger familier.

– Tu aurais dû m'appeler avant de venir, Anne, répondit-il doucement.

– Oh, tu sais comme je déteste cet endroit, soupira-t-elle en parcourant le hall du regard. J'ai besoin de te parler, Antoine. Peux-tu m'accorder quelques minutes ?

– Je t'écoute, dit-il calmement, le visage impassible. Mais le cœur battant à tout rompre.

– Je dois me rendre à San Remo pour un colloque international. J'ai pensé faire un détour pour te voir.

– Un simple coup de téléphone aurait suffi, observa-t-il.

– En quoi cela aurait-il changé les choses ? rétorqua-t-elle avec une pointe d'amertume.

Sans répondre, il passa délicatement son bras autour de sa taille et l'entraîna vers la sortie, loin des regards indiscrets et des oreilles avides, dans cette bulle intime qu'ils avaient autrefois partagée et qui, malgré les années et les blessures, ne s'était jamais complètement dissipée.

La couleur du sang sur le comptoir de commande des centrales nucléaires sous-marines s'était oxydée avec le temps, abandonnant son pourpre originel pour un brun sépia qui témoignait de l'horreur passée. La salle de contrôle, autrefois aseptisée, était maintenant maculée d'éclaboussures brunâtres figées en constellations macabres sur les murs d'acier brossé. Ces gouttelettes, propulsées à une vitesse vertigineuse, racontaient à elles seules la violence de ce qui s'était produit.

Le corps de Max gisait sur le sol immaculé, décapité, entouré d'un halo carmin qui s'étendait comme une auréole funeste. Sa tête, introuvable, avait laissé place à un amas indistinct de chair et de fluides coagulés. Dans ce tableau funèbre, seuls deux drones téléguidés animaient l'espace de leurs mouvements mécaniques. Le premier, suspendu à hauteur d'homme, observait méticuleusement les écrans de contrôle clignotants, tandis que le second, immobile telle une sentinelle moderne, téléchargeait méthodiquement des fichiers sensibles.

Un silence oppressant, presque tangible, régnait en maître absolu dans ces lieux désertés par la vie. Les néons bleutés projetaient une lumière spectrale qui transformait cet endroit technologique en crypte futuriste. La tour Diogène, d'ordinaire fourmillant d'activité, semblait retenir son souffle, vidée de toute présence humaine.

À quelques kilomètres de là, dans le yacht luxueux de Kemerovski, l'ambiance contrastait violemment avec cette désolation. Dans la cabine principale aux boiseries précieuses et aux écrans high-tech, deux hommes s'affairaient nerveusement sur des claviers tactiles dernière génération.

– Combien de temps cela va-t-il encore durer, bordel ? vociféra Kemerovski, son imposante silhouette se découpant contre la baie vitrée donnant sur la Méditerranée.

L'informaticien, front luisant de sueur, n'osa pas lever les yeux de son écran.

– Les fichiers sont massivement cryptés, monsieur. Très lourds... Je dirais trente minutes minimums pour compléter le transfert, peut-être plus.

Le milliardaire russe approcha son visage de l'écran de contrôle, où défilaient des lignes de codes et des pourcentages. Ses yeux bleu acier suivaient avec avidité le transfert des banques de données du poste de Diogène 8 vers les serveurs de son navire. Un sourire carnassier étira ses lèvres alors qu'il portait à sa bouche un cigare cubain dont il tira une longue bouffée.

– Ils ne peuvent rien contre moi, murmura-t-il, savourant chaque syllabe. Bientôt, avec ce que je suis en train d'extraire, je deviendrai intouchable. Invulnérable. Ils auront perdu. Et moi... j'aurai gagné.

Il fit pivoter son fauteuil en cuir pour faire face à un homme élancé qui attendait patiemment dans l'ombre. Le crâne rasé de l'Italien reflétait la lumière tamisée de la cabine, contrastant avec son costume Versace impeccablement taillé. Son visage anguleux, dominé par un nez aquilin et des yeux d'un noir insondable, demeurait impassible.

– Où se trouve notre ami commun, Alonzo ? demanda Kemerovski en tapotant la cendre de son cigare dans un cendrier en cristal.

– À Bonifacio, répondit l'Italien d'une voix basse et mélodieuse qui trahissait ses origines. Il se déplace avec une Range Rover achetée à Bastia. D'après nos informations, il va nous conduire directement à la fille.

Kemerovski se leva et s'approcha de l'Italien, envahissant délibérément son espace personnel. Une odeur âcre d'alcool haut de gamme et de tabac émanait de lui.

– Occupe-toi de lui. Mais ne le laisse pas filer, articula-t-il en pinçant la joue de son interlocuteur entre son pouce et son index. Si tes hommes le suivent, c'est qu'il le veut bien. Notre ami est un renard rusé.

Il se pencha davantage, son visage presque collé à celui de l'Italien qui ne broncha pas.

– Mais toi, tu es plus malin que lui, n'est-ce pas, Pietro ? ajouta-t-il avec un rire guttural qui résonna dans la cabine luxueuse. Quand tu auras trouvé la fille, ramène-les-moi tous les deux. Vivants. Tu as compris ? J'ai des projets pour eux... des programmes liquides qui attendent leurs cobayes.

– Va bene, acquiesça l'Italien sans ciller, son regard d'obsidienne ne trahissant aucune émotion.

– Bueno, bueno, répéta Kemerovski en mélangeant les langues avec désinvolture. Va-t'en maintenant. Et reviens vite.

À plusieurs kilomètres de là, Jean scrutait intensément l'horizon maritime. Harnaché dans sa tenue de commando noir mat qui épousait parfaitement sa silhouette athlétique, il attendait, immobile comme un prédateur à l'affût. Ses yeux, protégés par des lunettes tactiques à vision nocturne, ne quittaient pas la surface miroitante de la mer. Il guettait le signal des plongeurs qui s'affairaient autour des systèmes défensifs de la tour Diogène, tandis que l'hélicoptère Écureuil maintenait sa position géostationnaire au-dessus d'eux, son vrombissement assourdi par le casque spécial de Jean.

À quelques encablures, sur un zodiac militaire, trois hommes venaient d'extraire péniblement un drone aquatique de l'eau, l'eau ruisselant de sa carlingue métallique. Un technicien spécialisé, reconnaissable à son badge rouge indiquant son expertise sur les prototypes Thordes, s'activait déjà sur la carte mère de l'appareil. Ses doigts agiles dansaient sur le clavier portable qu'il avait connecté au drone, accédant à l'ordinateur central du complexe submergé.

— La machine a été reprogrammée, annonça-t-il sans détourner son regard de l'écran. Les intrus ont modifié le protocole d'oxygénation pour qu'il ne se déclenche que lorsque les radars sont inactifs. C'est ingénieux et mortel à la fois.

Le capitaine, un homme trapu aux tempes grisonnantes et au regard d'acier, absorba l'information en silence avant de porter sa radio à ses lèvres.

— À tous les hommes, ordre d'évacuation immédiate du site. Je répète, évacuation immédiate. Seule l'équipe de plongeurs restera en position pour l'émergence de la tour.

Des confirmations crépitèrent dans la radio tandis que les embarcations s'éloignaient une à une, laissant derrière elles les nageurs de combat qui attendaient, telles des sentinelles aquatiques, que la structure commence son ascension vers la surface.

— Tu te souviens de notre première visite ici ? demanda Moretti, sa voix habituellement autoritaire adoucie par la nostalgie tandis qu'il contemplait la rade de Villefranche-sur-Mer.

Le soleil déclinant nimbait la baie d'une lumière dorée, transformant les bateaux ancrés en silhouettes sombres découpées sur l'eau scintillante. Une légère brise marine portait des effluves d'iode et de jasmin jusqu'à eux.

— Oui, murmura la femme à ses côtés, son regard suivant le même horizon. Nous venions tout juste d'emménager dans notre appartement marseillais. Tu avais arraché trois jours de congé à ta hiérarchie, ce qui tenait du miracle à l'époque.

Un sourire mélancolique éclaira son visage tandis qu'elle poursuivait :

— Notre rêve de visiter la vallée des Merveilles, celui qu'on repoussait sans cesse, avait enfin pris forme. Nous avions dormi dans cette petite auberge à la sortie d'un village... Breil, il me semble.

— Fontan, la corrigea-t-il avec douceur. L'hôtel s'appelait « Le Terminus ». Je n'ai jamais pu oublier ce nom, tellement il semblait prémonitoire.

Un silence s'installa entre eux, lourd de tout ce qui n'était plus. Moretti prit une profonde inspiration avant de demander :

— Comment vont les enfants ?

— Ils s'adaptent, comme toujours. Tu leur manques, bien sûr. Mais ils ont l'habitude maintenant. Les enfants ont cette capacité d'accepter ce qu'on leur impose comme étant la normalité.

La dureté de ces mots était adoucie par le ton employé, dénué de reproche. Moretti baissa brièvement les yeux avant de se risquer :

— Vous pourriez vous rapprocher, me rejoindre ici...

— Antoine, soupira-t-elle en secouant légèrement la tête, ses cheveux châtains captant les derniers rayons du soleil. Quand bien même nous le ferions, tu serais encore éloigné de nous. Tu le seras toujours. Ton travail, ta mission, ils passent avant tout. J'ai besoin de quelqu'un de présent, quelqu'un qui rentre le soir, qui soit là pour les petits événements qui font une vie. Tu comprends ?

— Oui, acquiesça-t-il, la gorge nouée. Mais ce n'est pas facile pour moi, crois-moi. Chaque jour loin de vous...

— Je le sais, murmura-t-elle en glissant sa main dans la sienne, ses doigts s'entrelaçant aux siens avec une familiarité qui rendait leur séparation encore plus douloureuse.

Son regard fut attiré par des hélicoptères qui tournoyaient au-dessus de la mer, leurs pales découpant l'air dans un ballet mécanique précis.

— Qu'est-ce qui se passe ici ? Un exercice militaire ?

Le visage de Moretti se ferma instantanément, retrouvant son masque professionnel.

— Non, un problème. Un gros problème.

— Je vois, souffla-t-elle, comprenant immédiatement ce que cela signifiait. Je dois te laisser, alors.

Ils se levèrent simultanément et se serrèrent dans les bras l'un de l'autre, une étreinte qui contenait tout ce qu'ils ne se disaient plus.

— Prend bien soin de toi, Antoine. Ne joue pas les héros.

— Toi aussi. Et embrasse les enfants pour moi.

— Appelle-les, suggéra-t-elle en s'écartant. Ça leur ferait tellement plaisir d'entendre ta voix.

— Tu sais bien que je n'aime pas les téléphones, répondit-il avec un sourire contrit. Trop impersonnel.

Il la regarda s'éloigner vers sa berline grise, emportant avec elle un fragment de ce qu'avait été sa vie. Le vibreur de son téléphone le ramena brutalement à sa réalité présente. L'écran affichait : William.

— La tour va bientôt se déployer, annonça son collègue sans préambule. Jean est en position parmi les plongeurs. Ils n'attendent plus que le signal.

— Je suis près du port de Villefranche. Où êtes-vous ?

— Ne bougez pas, je viens vous chercher.

Attablé à la terrasse du café « La Joyeuse Baleine », Moretti observait d'un œil distrait les passants tout en mordant dans un panini aux aubergines grillées. La bière artisanale qu'il avait commandée restait presque intacte, sa mousse se dissipant lentement. Face à lui, William ne quittait pas des yeux sa tablette tactile où s'affichaient les images en direct captées par les caméras GoPro fixées aux casques des hommes-grenouilles.

— Ça commence, murmura William.

À l'écran, une légère ondulation troubla la surface de l'eau, comme si la mer elle-même frissonnait. Les plongeurs s'écartèrent rapidement, créant un périmètre de sécurité. Un tube métallique émergea lentement des profondeurs, expulsant dans un sifflement strident des volutes de gaz carboniques qui se dissipèrent aussitôt dans l'air marin.

L'hélicoptère de surveillance s'éloigna prudemment tandis qu'un des plongeurs, plus téméraire que ses compagnons, s'approchait du cylindre émergent. Avec des gestes précis, il fixa un anneau magnétique à la structure et y passa une corde spéciale avant de la lancer à l'intérieur du tube béant.

— Ils n'ont que trois minutes, commenta William en consultant sa montre. Après, le générateur aspirera tout l'air et les pales du ventilateur interne déchiquetteront tout ce qui se trouve à proximité.

Moretti hocha silencieusement la tête, les mâchoires serrées. Sur l'écran, le premier marin bascula dans l'ouverture, suivi de près par trois autres commandos lourdement armés. Jean fut le dernier à sauter, son corps disparaissant dans les entrailles métalliques de la structure.

La caméra montrait maintenant l'intérieur du tube, où une passerelle technique en aluminium accueillait les hommes. L'un d'eux s'empressa d'ouvrir une écoutille latérale. Le dernier membre de l'équipe franchissait à peine le sas lorsqu'un grondement sourd annonça la mise en marche de la turbine d'aspiration.

– Voilà, mission accomplie. Ils sont à l'intérieur, annonça William en relâchant un souffle qu'il semblait avoir retenu depuis le début de l'opération.

Moretti ne répondit pas, son regard fixé sur l'écran où les silhouettes des commandos progressaient dans les coursives étroites de la tour sous-marine. La vie de Jean reposait désormais entièrement entre les mains du Commando Hubert et de leur formation d'élite. Il avala la dernière gorgée de son café devenu froid et s'essuya méticuleusement les lèvres avec un mouchoir en papier, un geste machinal qui trahissait sa tension intérieure.

– Toujours pas d'image de notre triton au large de la Sardaigne ? demanda-t-il enfin, sa voix retrouvant sa voix habituelle.

– Rien pour l'instant. Mais d'après sa position GPS, il s'approche rapidement. Trop rapidement pour un simple bateau...

Dans la salle de briefing du yacht de Kemerovski, l'air était chargé d'humidité et d'une odeur âcre caractéristique. Le milliardaire russe se tenait debout devant deux créatures hybrides, mi-hommes mi-poissons, dont les branchies artificielles palpitaient au rythme de leur respiration laborieuse. Leur peau, recouverte d'écailles synthétiques grisâtres, luisait sous l'éclairage cru de la pièce.

– Votre dernière mission, messieurs, expliqua Kemerovski avec une fausse sollicitude. Si vous la réussissez, comme je n'en doute pas, vous serez immédiatement transférés dans un hôpital privé à Cuba.

Les yeux vitreux des tritons, ces hommes transformés par la science en armes vivantes, fixaient le cosaque sans trahir la moindre émotion. Kemerovski poursuivit, savourant chaque mot :

– Là-bas, des chirurgiens de renommée mondiale procéderont à plusieurs interventions pour inverser partiellement le processus. Après quelques semaines de convalescence, vous pourrez à nouveau marcher sur la terre ferme.

Il fit une pause calculée avant d'ajouter :

– Peut-être pas aussi facilement qu'avant votre... transformation. Mais vous serez libres. Et suffisamment riches pour ne plus jamais avoir à vous soucier de rien.

Un homme en treillis militaire entra dans la pièce, portant deux sacoches étanches qu'il déposa respectueusement devant les créatures. À l'intérieur se trouvaient des appareils électroniques sophistiqués et des mines sous-marines au design épuré.

L'un des tritons tendit une main palmée vers l'équipement, ses doigts membraneux caressant presque tendrement les explosifs. Son compagnon tourna lentement la tête vers Kemerovski. Et pour la première fois, une lueur d'espoir traversa son regard inhumain.

– Centrale… nucléaire… articula-t-il avec difficulté, sa voix rendue méconnaissable par les modifications de ses cordes vocales.

– Exactement, confirma Kemerovski avec un sourire satisfait. Vous savez ce que vous avez à faire. Ne me décevez pas, mes amis. Votre liberté est au bout de cette mission.

Sans un mot de plus, les deux créatures glissèrent dans le bassin aménagé à l'arrière de la salle. Leurs corps modifiés fendirent l'eau avec une aisance aquatique, longeant la coque du yacht avant de disparaître dans les profondeurs azurées. Leur cible, la centrale nucléaire sous-marine, se trouvait à vingt minutes de nage avec leurs propulseurs dorsaux.

Kemerovski les regarda s'éloigner, une expression de triomphe sur son visage.

– Et voilà comment on change l'histoire, messieurs, murmura-t-il à l'attention de ses hommes. Avec des monstres créés par la science et l'appât de la liberté.

22

Dans la tour Diogène, seul le ronronnement constant du générateur d'air conditionné rompait le silence oppressant. Les murs de béton brut, marqués par des décennies d'humidité, semblaient absorber chaque son. Un plongeur, silhouette sombre contre les parois bleutées, leva la main en signe d'avertissement, intimant aux autres de remettre leurs détendeurs. Son visage, à peine visible derrière la vitre teintée de son masque, trahissait une tension palpable.

Le silence devint total. Angoissant.

Un membre du commando, équipé d'un scanner de mouvement dernier cri, se détacha du groupe avec une grâce féline malgré son équipement lourd. D'un geste précis, il ajusta des lunettes infrarouges sur son visage, puis les retira aussitôt en grimaçant – la lumière bleue qui baignait les lieux était aveuglante à travers les lentilles amplificatrices. Progressivement, leurs yeux s'habituaient à cette lueur fantastique qui nimbait les couloirs d'une aura fantomatique.

Jean, dont les traits tirés révélaient un épuisement psychologique profond, ne put réprimer un frisson. Il n'aurait jamais imaginé revenir si tôt dans ce complexe. Une sensation glaciale remonta le long de sa colonne vertébrale tandis que son esprit percevait ce que ses yeux ne pouvaient voir. D'un geste brusque, il agrippa le treillis du militaire à ses côtés.

« Des cadavres, » murmura-t-il, la voix tremblante. « Un cauchemar les a tués… ce n'est pas naturel. L'énergie est… corrompue. »

Le militaire le dévisagea, les pupilles dilatées par l'incompréhension.

— Un quoi ? Comment pouvez-vous le savoir ?

Jean passa une main moite sur son visage blême. « L'esprit du corps reste présent, comme une empreinte… La peur et l'angoisse sont imprégnées dans ces murs. Je les ressens. »

« Gardez ces idées mystiques pour vous ! » chuchota le chef d'un ton sec, ses yeux d'acier fusillant Jean du regard. Une veine palpitait sur sa tempe, trahissant son irritation. « Nous sommes ici pour une mission, pas pour une séance de spiritisme. »

Les hommes se concertèrent silencieusement, leurs doigts s'agitant dans un ballet codifié de signes militaires. Deux d'entre eux s'agenouillèrent sur le sol froid, déposèrent leurs sacs à dos camouflés et en extirpèrent méticuleusement des composants d'armes. Entre les mains expertes d'un homme cagoulé, un appareil prit forme – une sorte de pistolet futuriste qui commença à émettre une lueur jaunâtre dans la pénombre. Un risque potentiel pour se faire repérer, pensa Jean, observant cette lumière qui semblait pulser comme un cœur artificiel.

Ils progressèrent avec une lenteur calculée dans les couloirs tourbillonnants qui s'enfonçaient inexorablement vers les profondeurs de la structure. À chaque pas, Jean percevait encore des traces de présence vivante, comme des échos lointains de conscience.

Dans la salle de commande et de surveillance nucléaire, un drone pivota sur lui-même, ses capteurs s'activant dans un rougeoiement silencieux. Son apparence verticale se métamorphosa instantanément dans un ballet de cliquetis métalliques, modules et extensions se déployant avec une précision mécanique parfaite. L'engin avança de quelques centimètres, ses composants électroniques émettant un ronronnement thermique – shot noise. Puis, le silence.

En une fraction de seconde, l'appareil se transforma en une sorte de boule de métal et s'élança à une vitesse vertigineuse dans le corridor. Le scanner de mouvement d'un des soldats émit une lueur stroboscopique blanche, striant l'obscurité de flashs aveuglants.

— À terre ! hurla une voix étouffée.

Tous les hommes se jetèrent au sol en un réflexe synchronisé, tandis qu'une forme ovoïdale passa au-dessus de leurs têtes sans provoquer le moindre son, comme un fantôme de métal. Jean sentit quelque chose de chaud l'asperger par saccades et réalisa avec horreur qu'il s'agissait de sang. Le corps d'un de leurs compagnons, fractionné en un instant, répandait sa vie sur les murs et le sol.

Avant que l'objet meurtrier ne ressurgisse, un soldat activa le pistolet anti-électromagnétique, le pointant vers l'arrière du corridor, ses mains tremblantes trahissant sa terreur. Lorsque la chose apparut à nouveau, déployée comme une fleur de métal, il pressa la détente.

Un crissement assourdissant de métal raclant la paroi déchira l'air, produisant une pluie d'étincelles qui crépitaient contre la voûte du couloir. Une odeur âcre de caoutchouc brûlé envahit l'atmosphère, s'infiltrant dans les poumons des hommes plaqués au sol. Tétanisés par la violence de l'agression, ils demeurèrent immobiles durant une minute qui leur parut une éternité, chacun de leurs muscles contractés dans l'attente d'une nouvelle attaque.

Le leader du groupe, dont le visage ruisselait de sueur malgré la fraîcheur des lieux, alluma une torche et éclaira ce qui restait du corps de son subordonné – un enchevêtrement de chairs et d'os que l'esprit refusait d'identifier comme humain. Les trois survivants, recouverts de sang, se relevèrent lentement, leurs mouvements trahissant leur état de choc. Ils s'approchèrent de l'engin neutralisé avec une prudence mêlée d'effroi.

— Un drone d'attaque, un THORDE murmura le chef, essuyant le sang qui maculait ses lunettes tactiques. « Encore en phase de prototype dans une base secrète de l'armée de terre. » Ses yeux s'attardèrent sur le numéro de série gravé sur une plaque de métal tordue. « Il m'a reconnu. Mais a quand même attaqué. Les protocoles ont été modifiés. »

Le pistolet futuriste, conçu pour anéantir toute activité électromagnétique par une impulsion similaire à une version sophistiquée du Taser, avait malheureusement été endommagé par le spectre électronique lors du deuxième assaut.

Jean, dont le visage pâle contrastait avec le rouge qui maculait sa combinaison, balaya du regard le corridor sinistre. « Combien d'autres spécimens sont présents dans la tour ? » murmura-t-il, sa voix à peine audible dans le silence revenu.

Dans la salle d'opération militaire, trois niveaux plus bas, un second drone continuait imperturbablement à transmettre des fichiers, ses antennes oscillant légèrement au rythme des données transférées. Les événements survenus dans la partie haute du complexe ne semblaient pas l'avoir affecté.

Le docteur Alain Lesieur, directeur scientifique du projet, pianotait frénétiquement sur un clavier, son front plissé par la concentration et la peur. Ses lunettes reflétaient le défilement incessant de lignes de code sur l'écran bleuté. Ses doigts tremblants trahissaient son état de panique malgré ses efforts pour maintenir une apparence de contrôle.

La porte coulissante s'ouvrit dans un sifflement pneumatique, laissant entrer le responsable technique, un homme trapu dont la chemise trempée de sueur trahissait l'affolement.

— On a des visiteurs, s'exclama-t-il en pénétrant dans l'antre obscur, sa voix montant dans les aigus.

— Un commando armé. Ils sont passés par le générateur d'air. Il reprit son souffle, ses yeux écarquillés reflétant la terreur qui l'habitait.

Lesieur ne détacha pas son regard de l'écran.

— Le drone d'attaque est sur leurs trousses, répondit-il avec un calme artificiel, ses doigts continuant leur ballet sur le clavier.

— J'en doute fortement, rétorqua le technicien, pointant du doigt un radar de contrôle dont l'écran verdâtre montrait des points lumineux en mouvement.

— Des hommes progressent, ils sont déjà trois étages au-dessus de nous.

— Il n'y a pas d'images ! s'exclama Lesieur en se levant brusquement, renversant sa chaise. Comment est-ce possible ?

— Parce qu'ils ont dû neutraliser les caméras, génie ! cracha le technicien, la peur transformée en colère. Ou pire, le drone.

Lesieur passa une main nerveuse dans ses cheveux grisonnants.

— J'ai besoin d'un peu de temps encore. Ces données sont cruciales.

— Je vous affirme qu'ils arrivent, insista le technicien, sa voix montant d'une octave.

— Il ne nous reste que ce drone pour nous défendre. Il pointa le Thorde du doigt, son corps entier tremblant de rage et de terreur.

— Il faut l'envoyer maintenant !

— Il n'a pas terminé le transfert, répondit le scientifique d'une voix menaçante, ses yeux lançant des éclairs.

— Tant qu'il n'a pas fini, il ne bougera pas de là ! Comprenez-vous ce que représentent ces informations ?

Le technicien, à bout de nerfs, plongea la main dans sa poche et en extirpa une arme blanche - un couteau de pêche sous-marine à la lame brillante sous les néons.

— Soit vous le libérez vous-même, articula-t-il lentement, le souffle court, soit je vous y oblige.

Lesieur leva les mains en signe d'apaisement. Mais son regard restait fixé sur l'écran de l'ordinateur où une barre de progression indiquait 87 %.

— Comprenez-moi, c'est la mémoire de plusieurs années de travail, de recherches inestimables. La tour va bientôt sombrer, on ne peut pas s'en aller sans avoir transmis cette manne d'informations. J'obéis aux ordres.

À des kilomètres de là, dans une suite luxueuse, Kemerovski tenait un cigare figé entre ses doigts boudinés, à quelques centimètres de ses lèvres. La fumée s'élevait en volutes paresseuses, créant un voile bleuté dans la lumière tamisée. L'informaticien à ses côtés retenait sa respiration, son regard alternant entre l'écran d'ordinateur et le visage impassible du Russe.

Dans la salle de contrôle de la tour, la tension atteignit son paroxysme.

– Ça, il fallait y réfléchir avant, siffla le technicien, son visage déformé par la haine.

– Mes directives, c'est de détruire ce complexe. Et je vais le faire. Il approcha la lame du ventre du scientifique.

– Commandez au drone de massacrer le commando et je vous assure que je vous laisserai finir le transfert. On partira tous les deux... si vous parvenez encore à marcher !

– Qu'est-ce que ça signifie ? s'indigna Lesieur en se retournant, incrédule.

– Vous ne comprenez pas ! On n'a plus le temps de tout recommencer à zéro !

Le couteau s'enfonça dans l'abdomen jusqu'à la garde avec un bruit mat, arrachant un hoquet de surprise au scientifique. Ses yeux s'écarquillèrent sous le choc, rencontrant le regard froid de son assassin. Un filet de sang s'écoula de ses lèvres tandis qu'il s'affaissait.

Des bruits de pas et de frottements de vêtements attirèrent soudain l'attention du technicien – les militaires n'étaient plus qu'à quelques mètres. Il repoussa le corps du scientifique qui s'effondra dans un râle, puis déconnecta vivement le drone de l'ordinateur. L'engin de mort se figea un instant, avant d'émettre un cliquetis métallique, interprétant ses nouvelles directives.

Les cloisons du laboratoire s'ouvrirent dans un sifflement hydraulique. Un marin s'élança en courant, décocha un panneau de contrôle au-dessus du sas d'une frappe précise et créa un court-circuit. La porte blindée roula sur elle-même avec un grondement sourd, se scellant sur les côtés par des rivets de trente centimètres de long qui s'enfoncèrent dans les murs.

Ils n'entendirent pas les cris du technicien se faisant déchiqueter par le Thorde, l'absence de bruit rendue plus terrifiante encore que des hurlements. Le scanner du commando ne trouvait plus d'échos de mouvement de l'autre côté de la porte – uniquement un silence de mort.

Jean, le regard hanté, s'éloigna des corps en morceaux qui jonchaient le sol de la sphère, une main plaquée contre sa bouche pour contenir sa nausée. S'il ne sortait pas rapidement, il n'y survivrait pas mentalement. Il évoluait dans un champ d'esprits hurlants, leurs souffrances invisibles pulsant contre sa conscience comme autant de vagues corrosives.

Kemerovski, qui avait tout suivi sur son écran, se leva d'un bond et shoota violemment dans la table en verre du salon qui explosa en milliers d'éclats scintillants. Il dégaina un revolver en vociférant, ses hommes de main se recroquevillant face à sa fureur.

– Tout est sous contrôle, intervint William d'une voix calme, son index collé à une oreillette discrète nichée dans son oreille droite. Ses traits détendus contrastaient avec la tension ambiante.

Moretti hocha la tête, son regard interrogatif.

– Aucun survivant parmi le personnel militaire et scientifique, précisa William, imperturbable. Un membre du commando a trouvé la mort durant l'assaut.

– Jean ? s'enquit Moretti, une note d'inquiétude dans la voix.

– Vivant. Mais choqué. Son état est préoccupant. William consulta sa montre. Les hommes signalent qu'il présente des signes d'instabilité psychique.

– Sortez-le de ce tombeau en urgence, ordonna Moretti, son ton ne souffrant aucune discussion.

– Le drone navette est en approche, informa William, consultant à nouveau son dispositif de communication.

– Non, non, s'écria Moretti, frappant du poing sur la table. Il faut le faire évacuer en bouteille et vite ! La navette n'est pas assez rapide.

William s'éloigna de quelques pas et échangea brièvement avec le chef de l'escadron, sa voix baissée en un murmure inaudible. Il revint vers Moretti, le visage plus détendu.

– C'est OK. Il remonte par le haut de la tour en même temps que les hommes de combat. Ils devraient atteindre la surface dans moins de dix minutes.

– Allez, William, on y va ! Moretti vérifia son arme d'un geste machinal. Dépêchez-vous ! Chaque minute compte maintenant.

Philippe Delmont perçut le petit bruit distinct d'un robinet temporisé à poussoir. Un brouhaha diffus envahissait la pièce chaude et moite. Une légère brise caressait son visage, bien trop constante pour être naturelle – certainement un ventilateur avec des pales tournant paresseusement au plafond.

Le son ténu d'un frottement de vêtements parvint à ses oreilles, accompagné d'un doux parfum de jasmin qui évoquait des souvenirs lointains. Une main fraîche appliqua un bandeau humide sur son torse brûlant, ce qui eut pour effet de lui faire ouvrir les yeux, papillonnant contre la lumière crue.

De nouveau un frou-frou d'étoffe, puis une voix féminine s'éleva, parlant en arabe. Il en comprenait parfaitement le sens, les mots glissant dans son esprit comme une mélodie familière.

— Appelle un médecin, vite. Il s'est réveillé.

Le visage d'une femme se pencha sur lui – peau olivâtre, yeux en amande d'un brun profond, sourire bienveillant. Elle appliqua délicatement une compresse humide sur ses lèvres craquelées.

— Elles sont desséchées, constata-t-elle avec douceur. Comment vous sentez-vous, monsieur ?

— Merci, merci, intervint une voix masculine et autoritaire, rompant le moment de quiétude. Laissez-moi la place, je vous prie !

L'infirmière s'écarta à contrecœur, remplacée par un homme barbu portant de petites lunettes rondes qui encadraient un regard inquisiteur. Un stéthoscope pendait à son cou, oscillant doucement au rythme de ses mouvements. Offusquée par cette intrusion, l'infirmière quitta la pièce, emportant avec elle le parfum de jasmin.

— Alors capitaine Delmont ! s'exclama le médecin, son accent faisant rouler les r.

— On peut dire que vous avez de la chance d'être en vie.

Il consulta un dossier médical.

— Vous avez été torturé, mon ami. On vous a infligé des sévices sur les deux jambes et l'abdomen. Ce qui vous a sauvé, c'est un choc traumatique qui a provoqué une perte de conscience. Vos agresseurs vous ont cru mort.

Il referma le dossier d'un claquement sec.

— Les blessures vont cautériser. Mais cela prendra du temps. Vous vous souvenez de quelque chose ?

— Où suis-je ? répliqua Delmont en guise de réponse, sa voix rauque trahissant la sécheresse de sa gorge.

— À Tripoli, dans un hôpital militaire, expliqua le médecin, ajustant ses lunettes.

— Vous êtes en sécurité ici. Un homme viendra vous voir pour vous poser quelques questions. Routine administrative, vous comprenez.

Delmont s'efforça de se redresser, grimaçant sous l'effet de la douleur.
- Je ne parlerai à personne avant d'avoir échangé avec mon chef de service. C'est très urgent. Question de sécurité nationale.

— Je comprends, rétorqua le médecin, visiblement embarrassé. Il passa une main dans sa barbe soigneusement taillée.

— Il en sera ainsi. Inch Allah. Je respecte votre position.

Une infirmière différente de la première – plus âgée apporta un plateau agrémenté d'une théière en métal argenté qui diffusait une odeur enivrante de menthe fraîche ainsi qu'un téléphone portable.

Après l'avoir remerciée d'un hochement de tête, Delmont attendit patiemment qu'elle quittât la pièce avant de saisir l'appareil d'une main tremblante. En tentant de se repositionner, il éprouva une douleur fulgurante qui le traversa comme un éclair, lui arrachant un gémissement étouffé. Il dut clore les yeux pour contenir la souffrance qui menaçait de le submerger.

Revenu dans sa position initiale, le souffle court, il composa laborieusement un message pour Moretti :

— Demande liaison sécurisée. Signé, Delmont.

Ses paupières se refermèrent malgré lui, la fatigue l'emportant dans les limbes d'un sommeil sans rêves. Lorsqu'il les rouvrit, combien de temps plus tard ? il sentit immédiatement la présence d'un homme à son chevet, trahi par les effluves d'un parfum européen distinctif : bergamote, kaki, bois de cèdre… Une recette harmonieuse qu'il connaissait bien, Giorgio Armani.

L'homme, vêtu d'une veste marron clair sur une chemise impeccable, se tenait debout près de la fenêtre, observant la ville qui s'étendait au-delà. La lumière de l'après-midi dessinait sa silhouette élancée contre le mur blanc. Entre ses doigts, Delmont reconnut immédiatement une carte professionnelle frappée du sigle de la DCRI.

Les choses n'ont pas traîné, pensa-t-il avec une satisfaction mêlée d'appréhension.

— Bonjour capitaine, salua l'homme en se tournant vers lui, révélant un visage aux traits fins et au regard perçant.

— Je suis attaché à l'ambassade de France. Un léger sourire flotta sur ses lèvres.

— Nous allons nous occuper de vous rapatrier dès que votre état le permettra. En attendant, je suis venu vous apporter un téléphone cellulaire crypté.

Il déposa l'appareil sur la table de chevet.

— Contactez-moi si vous avez besoin de quoi que ce soit.

Il quitta la chambre d'un pas feutré, la porte se refermant silencieusement derrière lui. Delmont saisit immédiatement le téléphone et composa un numéro qu'il connaissait par cœur.

— Commissaire ? murmura-t-il dès que la communication fut établie.

— Delmont ? La voix de Moretti trahissait son soulagement. Ravi de vous entendre. Dites-nous rapidement ce que vous savez. La ligne est sécurisée. Mais limitée dans le temps.

Delmont raconta tout ce dont il se remémorait, chaque détail revenant avec une clarté surprenante. Le dispositif sophistiqué qu'utilisait Kemerovski pour pulvériser la drogue dans un pipeline, acheminée et récupérée dans une station sous-marine camouflée en installation de maintenance. Il se rappelait également des bribes de conversations concernant un trafic parallèle de trésors archéologiques et d'antiquités inestimables.

— Je n'ai pas tout compris, avoua Delmont, sa voix s'affaiblissant progressivement. Mais il semblerait que l'opération de trafic de drogue cache quelque chose de plus grand, peut-être lié aux sites archéologiques submergés de la Méditerranée.

Lorsque Moretti raccrocha, son visage reflétait une détermination nouvelle. Il avait désormais une vision claire des entreprises criminelles de Kemerovski, un empire criminel fondé non seulement sur la drogue. Mais sur le pillage systématique du patrimoine culturel de toute une région.

Il organisa immédiatement une réunion dans la salle de commandement la Division Hermès. Les agents se rassemblèrent autour de la table ovale,

Jean, qui s'était doucement remis de son opération commando dans la tour Diogène, restait néanmoins marqué par cette expérience – son regard hanté trahissait les cicatrices invisibles que cette mission avait laissées. Tous voulaient connaître des nouvelles de Delmont, leur camarade disparu.

— Il va bien, annonça Moretti, s'attirant des soupirs de soulagement.

— Grièvement blessé. Mais en voie de guérison. Et surtout, il nous a fourni des informations cruciales.

Il déploya une carte maritime sur la table centrale.

— Kemerovski transfère la drogue par un pipeline sous-marin jusqu'en Europe. Parmi les installations de câbles sous la mer, ses ingénieurs ont disposé des stations relais permettant d'insuffler de la pression afin que le gaz circule rapidement.

Il pointa du doigt un point sur la carte.

— Et le maître d'œuvre, je vous le donne en mille : la société CHARBO. Si mon hypothèse est avérée, Kemerovski a profité de cette implantation pour drainer à faible coût sa marchandise entre le Maghreb et l'Europe. L'acheminement s'arrête vraisemblablement en Sardaigne ou au large de la Corse.

Son doigt traça une ligne imaginaire à travers la Méditerranée.

— Le second tronçon vers la France doit être en cours de finalisation, c'était le travail des tritons.

— Un pipeline !!! s'exclama William, les yeux écarquillés par la stupéfaction. C'est d'une audace inouïe !

— Le rôle des créatures se bornait à rapporter les ballotins de drogue reconditionnés dans la soute du navire de Kemerovski, poursuivit Moretti.

— Une fois arrivés à destination, ils les transbordaient sur un chalutier.

— Celui de l'association Amphora, compléta Florence, dont les traits fins s'étaient durcis sous l'effet de la colère et de la trahison.

— Oui. Moretti se tourna vers elle, son expression s'adoucissant. Il hésita un instant, choisissant soigneusement ses mots.

— J'ai une mauvaise nouvelle à vous annoncer, chuchota-t-il finalement.

Florence hocha la tête, son regard déjà empreint de résignation.

— Oui, je sais… le triton.

— En effet, confirma Moretti avec douceur.

— Celui que vous connaissiez est mort en combattant deux de ses semblables près de la centrale nucléaire. Il a dégoupillé une grenade et a attaqué les deux autres créatures. L'explosif les a éliminés tous les trois.

Il posa une main réconfortante sur l'épaule de Florence.

— Il s'est sacrifié pour nous, pour vous. Nous ne savons toujours pas si Kemerovski est au courant de la perte de ses atouts.

Il consulta sa montre.

— Nous serons dans moins d'une heure aux abords de son yacht. On en a assez pour le coincer définitivement.

— Sait-on s'il se trouve à bord ? demanda Jean, sa voix trahissant son impatience de mettre un terme à cette affaire qui avait déjà coûté trop de vies.

— Sans certitude absolue, admit Moretti.

— Mais nos informateurs l'ont vu monter à bord hier soir. Et aucun mouvement de sortie n'a été signalé depuis. Le Commando Hubert ouvre les hostilités dès notre signal.

Il se tourna vers William.

— Vous vous chargerez de récupérer tous les disques durs des ordinateurs à bord une fois le navire sécurisé. Ces données pourraient nous mener à ses autres opérations et complices.

Jean et Florence quittèrent la salle et montèrent jusqu'au pont supérieur de l'Alizé, leur navire d'intervention. L'air marin, chargé d'iode, fouettait leurs visages tandis qu'ils contemplaient l'horizon où se dessinait la silhouette élégante d'un yacht de luxe, le repaire flottant de Kemerovski.

Au même moment, une vedette rapide accostait à l'arrière du yacht du mafieux russe. Des individus armés, le visage fermé et les mouvements précis escortaient deux prisonniers – un homme et une femme dont les traits trahissaient l'épuisement et la tension.

Kemerovski, fidèle à son goût pour la mise en scène, avait théâtralisé l'accueil qu'il réservait à ses deux « hôtes de marque ». Dans l'immense salon aux baies vitrées panoramiques, il avait fait disposer deux blocs de béton vides (l'un rose pâle, l'autre bleu foncé), sinistres promesses de leur sort futur.

Assis dans un fauteuil de cuir, un verre de cristal à la main, il sentait l'adrénaline monter en lui comme une vague délicieuse. Un cigare cubain au bout des doigts, il savourait ce moment d'anticipation lorsque ses invités forcés apparurent sur le pont du navire. À travers la baie vitrée, il les suivit du regard, un sourire carnassier illuminant son visage bouffi.

– Ah quelle joie de te voir, Alfonzo ! s'exclama-t-il lorsqu'ils pénétrèrent dans le salon, se levant pour les accueillir avec une fausse cordialité. Il se tourna vers la jeune femme, son regard la déshabillant sans pudeur.

– Et Aurore, Aurore Gallimard. Quelle charmante surprise ! Asseyez-vous, je vous en prie. Faites comme chez vous.

Les deux hommes munis d'armes automatiques se placèrent debout à proximité, leurs regards vides fixés droit devant eux, comme des statues de chair.

– Mademoiselle Gallimard, chuchota-t-il d'une voix feutrée avant de reprendre un ton plus assuré. J'ai bien connu votre père, une personnalité extraordinaire, d'une érudition remarquable dans sa spécialité : l'histoire des peuples primitifs du bassin méditerranéen. Sa disparition dans cet incendie m'a profondément affecté.

Le sourire d'Alfonzo se figea tandis que Kemerovski tournait vers lui son regard glacial. La lumière dorée du soleil couchant filtrait à travers les larges baies vitrées du yacht, projetant des ombres dansantes sur le parquet de teck ciré.

– Et toi, Alfonzo ! Mon brave Alfonzo ! La température de sa voix chuta de plusieurs degrés. Tu as omis de préciser à cette charmante demoiselle que j'ai financé tes études pour t'ouvrir les portes de l'École de Police ? Non ? Petit cachottier.

Il tira une longue bouffée de son cigare cubain, laissant la fumée bleuâtre former des volutes autour de son visage aux traits marqués par des années d'intrigues.

— Mais peut-être ne vous connaissez-vous pas si intimement, tous les deux, poursuivit-il en caressant distraitement le rebord de son verre de cristal. Dis-moi, Al, sais-tu qui t'a retrouvé sur l'île ?

Alfonzo demeura immobile, les muscles de sa mâchoire contractés sous l'effort qu'il faisait pour conserver son calme. Au loin, le clapotis des vagues contre la coque du navire semblait scander les battements accélérés de son cœur.

— Pedro, appela Kemerovski en se retournant vers la porte en acajou, tu peux te montrer maintenant.

Le sang d'Alfonzo se glaça dans ses veines. Une silhouette élégante se dessina dans l'encadrement de la porte avant de s'avancer dans la lumière ambrée du salon. L'homme portait un costume d'une coupe impeccable qui soulignait sa silhouette élancée. Son teint hâlé contrastait avec la blancheur éclatante de sa chemise. Mais ce qui frappa Alfonzo, ce fut son regard – le même qu'il avait vu ce jour-là, impassible, lorsque l'homme avait broyé un corps humain dans cette machine industrielle, transformant chair et os en une bouillie indistincte.

Aurore perçut le changement dans l'attitude d'Alfonzo. Une tension nouvelle, presque palpable, venait d'envahir l'espace confiné du salon luxueux.

— Ça fait plaisir de te revoir après toutes ces années, Alfonzo, articula Pedro d'une voix doucereuse qui ne masquait en rien la menace sous-jacente.

Les deux hommes se dévisagèrent en silence, comme deux fauves s'évaluant avant le combat. Le temps semblait suspendu, uniquement rythmé par le bourdonnement discret de la climatisation et le tintement occasionnel des glaçons dans le verre de Kemerovski.

— Ah ah ah ! s'esclaffa ce dernier dans un nuage de fumée âcre. Ça fait toujours quelque chose, les retrouvailles, n'est-ce pas ?

Il se leva soudainement, sa corpulence imposante projetant une ombre menaçante sur le sol poli.

— Bon, passons aux choses sérieuses.

D'un geste théâtral, il désigna par la fenêtre les blocs de béton alignés sur le pont inférieur, patiemment léchés par les vagues.

— Vous savez tous les deux ce que représentent ces blocs de béton. À vous de voir si vos pieds les rejoindront ou pas. Deux questions, deux réponses. Honneur aux dames.

Pedro esquissa un sourire et accepta le cigare que lui tendait Kemerovski dans un étui en bois précieux. Le craquement de l'allumette résonna comme un mauvais présage dans le silence tendu de la pièce.

– Mademoiselle Gallimard, j'aimerais être informé de ce que vous complotiez, vous et vos alliés corses, déclara Kemerovski en plissant ses yeux porcins.

Aurore redressa les épaules, son regard soutenant celui de son geôlier sans ciller.

– Je ne sais pas du tout de quoi vous parlez.

– Le bloc rose, alors, se réjouit-il en le désignant du doigt comme s'il présentait un cadeau. Et toi, Alfonzo ? Pourquoi m'as-tu trahi ?

Le visage d'Alfonzo se durcit sous l'effet de la colère contenue.

– Vous avez planifié mon exécution par ce crétin de Dimitri.

– Dimitri est mort hier, contra Kemerovski avec un haussement d'épaules désinvolte. Ton ami Pedro le remplace désormais. Bien, puisque tout a été dit, il me tarde de faire une plongée.

– J'aimerais comprendre, intervint soudain Aurore, son regard rivé sur le large où le soleil commençait à s'abîmer dans la mer Méditerranée, embrasant l'horizon d'une lueur pourpre.

– Comprendre quoi ? rétorqua Kemerovski, surpris par cette interruption.

– Le Cosmos.

Un rire gras s'échappa de la gorge du Russe.

– Ah oui ! Le Cosmos ! Vous voulez tout savoir ?

Il marcha jusqu'à la fenêtre coulissante, ses pas lourds. Le reflet de son visage empourpré se superposait au panorama marin. Puis il se retourna brusquement, projetant son ombre démesurée sur les deux captifs.

– C'est facile. Je n'ai aucune racine. Là d'où je viens, la Russie a tenté de nous soumettre durant des dizaines d'années.

Ses yeux s'assombrirent, comme si un nuage de souvenirs douloureux venait d'y passer.

– J'efface les traces du passé en les redistribuant, da ! J'ai commencé en Afghanistan avec des trésors inestimables ! Les talibans dérobaient des richesses de l'histoire que je revendais à des collectionneurs américains.

Il éclata d'un rire sec, dénué de joie.

– Quelle dérision ! Derrière tout conflit armé, il y a du commerce. Mon organisation a prêté main-forte dans tous les théâtres de guerre en « protégeant » les musées.

Il mima des guillemets avec ses doigts boudinés.

– En réalité, je les volais, pour ensuite les distribuer au plus offrant. Comment ? Par l'intermédiaire de mes paquebots. Mais je ne vous en dirai pas plus.

Il s'approcha d'Aurore, son haleine chargée de tabac et d'alcool la faisant imperceptiblement reculer.

– Est-ce que cela vous convient comme explication ?

– Qu'avez-vous fait des vestiges ? demanda-t-elle, le regard brûlant d'une indignation qui transcendait sa peur.

– Vous êtes corse ? Sarde ? ironisa-t-il en tournant autour d'elle comme un requin. Qu'est-ce que ça peut bien vous faire ?

– Archéologue ! lança-t-elle avec une fierté qui surprit même Alfonzo.

Kemerovski éclata d'un rire tonitruant qui rebondit contre les parois du salon.

– Les fouilleurs et les historiens ne me servent qu'à estimer les trésors, mademoiselle, rien d'autre. L'histoire, je m'en fous. Je suis un homme d'affaires.

Il pointa un doigt vers la mer qui s'assombrissait à mesure que la nuit s'installait.

– Les ruines ? Elles sont toujours sous l'eau, elles sont à moi. D'ailleurs, je vous propose d'aller les voir de plus près !

L'atmosphère se tendit encore davantage. D'un geste lent, presque chorégraphié, Pedro déboutonna sa veste, dévoilant la crosse d'un revolver qu'il saisit avant de le pointer vers Aurore. La jeune femme sentit son souffle se bloquer dans sa poitrine.

Un éclair, suivi d'une décharge sonore, pourfendit la pièce. Pedro, le regard soudain hagard, plia les genoux et s'écroula en avant. Une tache sombre s'élargissait rapidement sur sa chemise immaculée.

Deux hommes surgirent de l'ombre, braquant leurs revolvers vers Kemerovski. L'un d'eux lui ordonna de contacter ses agents de sécurité en lui tendant un talkie-walkie. La lumière tamisée du salon révéla leurs traits typiques des insulaires méditerranéens.

– Dis à tes hommes que tout va bien, que tu as fait « mumuse » avec ton arme ! ordonna le plus âgé d'une voix rocailleuse où perçait un accent corse.

– Va chier ! renvoya le Russe, le visage empourpré de colère.

– Je n'hésiterai pas une seconde à envoyer une balle dans ton cerveau, menaça l'homme, son regard noir brillant d'une détermination glaciale. Fais ce qu'on te dit et tout ira bien.

Le Russe jura en sa langue maternelle avant de cracher au visage de son agresseur. La réaction fut immédiate : l'homme lui décocha un crochet du droit qui l'envoya à terre, renversant au passage une table d'appoint en marbre qui se brisa dans un fracas assourdissant.

Des voix se firent entendre derrière la porte. Les sbires du Russe approchaient, alertés par le bruit.

– Une dernière fois, gros lard, avant que je t'envoie en enfer, grogna le Corse en pointant son arme sur la tempe de Kemerovski.

Le sang coulait de sa lèvre fendue lorsqu'il lui tendit l'appareil. Les mains tremblantes de rage, il exécuta les ordres puis sembla vouloir changer d'avis. Avant qu'il n'ait pu prononcer une nouvelle syllabe, un coup dans le ventre le plia en deux.

Le deuxième homme fit coulisser un fil d'acier motorisé autour de son cou, un gadget mortel, manœuvrable à distance, conçu pour décapiter instantanément sa victime.

Le vrombissement d'un hélicoptère parvint jusqu'à eux, couvrant momentanément le clapotis des vagues contre la coque. Au loin, Aurore distinguait également la silhouette grise et menaçante d'un vaisseau militaire qui fendait les flots, ses lumières perçant l'obscurité grandissante.

Alfonzo contraignit Kemerovski à le suivre jusqu'à la cale, escorté des deux Corses. Aurore les salua du regard, une lueur de reconnaissance brillant dans ses yeux noisette. Le Caïman marine s'approchait à grande allure, pourfendant le silence de la mer de son rugissement mécanique.

« Pourvu qu'il ait le temps », pria-t-elle intérieurement, ses doigts crispés sur le rebord de la fenêtre.

Alfonzo se rua dans la salle des munitions, une pièce austère aux murs métalliques tapissés d'armes diverses, pour collecter ce dont il avait besoin. Il se revêtit d'une combinaison de plongée en un temps record, ses gestes précis trahissant une habitude née de l'entraînement.

Dans la pièce adjacente, l'un des deux Corses avait obligé le Russe à fourrer ses pieds dans le bloc de béton bleu. Un canon de pistolet dans la bouche l'empêchait de hurler, ses yeux exorbités reflétant pour la première fois une émotion authentique : la peur.

– Tu vas enfin rejoindre ceux que tu as envoyés par le fond, murmura le Corse à son oreille. Poétique, non ?

Lorsqu'il fut prêt, Alfonzo s'immergea avec un propulseur dans la piscine intérieure qui servait de passerelle vers l'extérieur du navire. L'eau fraîche le saisit, contrastant avec la moiteur de l'air ambiant.

Les deux hommes harnachèrent Kemerovski d'un équipement de plongée, ses protestations étouffées par la menace constante de l'arme. Ils le présentèrent à califourchon sur le bord du bassin, comme une offrande grotesque à quelque divinité marine vengeresse.

Avec des gestes parfaitement coordonnés, le premier retira le bandeau tandis que le deuxième lui fourra un détendeur dans la bouche. D'une poussée brusque, ils le bousculèrent à l'eau.

Sous la surface, Alfonzo observa le corps tomber comme une pierre, traçant une colonne de bulles argentées dans l'eau bleue. Il se plaça juste en dessous de lui, l'attrapa par le bloc et poussa la poignée d'accélération du propulseur au maximum.

Kemerovski s'agitait comme un poisson pris au piège, tentant désespérément de déséquilibrer son geôlier. En réponse, Alfonzo dégaina un couteau d'une sangle et le planta dans une de ses jambes. Un nuage écarlate se dilua immédiatement dans l'eau sombre.

Il balaya son regard de gauche à droite à la recherche d'éventuels plongeurs de combat. Mais ne vit rien hormis l'immensité bleue qui les entourait, ponctuée çà et là par le scintillement d'une vie marine indifférente au drame qui se jouait.

Ils avançaient rapidement, propulsés par le petit engin vrombissant. Et survolaient à présent un cercle de mosaïque préservé, vestige d'une civilisation englouti, près duquel Alfonzo repéra une station en béton. Le sang de Kemerovski charriait une traînée rouge derrière eux, étendard macabre de leur progression dans les profondeurs marines.

Alfonzo se demandait s'il allait se souvenir où se trouvait l'étendue d'ossements quand il aperçut le corps encore fraîchement immergé d'une jeune femme brune aux cheveux longs, emprisonnée sous un filet de pêche, entièrement nue. Son visage figé dans une expression de terreur éternelle semblait le fixer. Une vague de nausée le submergea, rapidement remplacée par une résolution froide.

Il arrêta le propulseur et jeta un coup d'œil à la jauge d'oxygène. Le temps pressait. Il abandonna temporairement Kemerovski et déambula à travers la forêt apocalyptique de squelettes dressés comme des sentinelles silencieuses, fixant des boîtiers explosifs un peu partout avec des gestes méthodiques.

« Justice », pensa-t-il en plaçant la dernière charge. « Enfin. »

Il revint positionner le Russe dans une position verticale, comme un spectateur forcé de l'horreur qu'il avait lui-même orchestrée. Alfonzo pointa du doigt le bois de spectres et rapprocha son index du pouce en un geste explicite. Le Russe tentait désespérément de l'attraper en gesticulant comme une marionnette désarticulée, ses yeux injectés de sang hurlant ce que sa bouche ne pouvait exprimer.

D'un geste presque désinvolte, Alfonzo appuya sur le bouton d'une télécommande qu'il tenait dans sa main. Une première grenade explosa, provoquant une sorte de champignon sous-marin dont l'onde de choc les secoua violemment, pulvérisant des dizaines de squelettes en un instant.

Kemerovski hurlait dans son masque, le son étouffé par l'eau. Mais perceptible dans sa violence. Les mines, détonant une par une, anéantirent méthodiquement la forêt macabre en quelques secondes, effaçant les preuves des crimes du Russe dans un ballet de destruction contrôlée.

Alfonzo fixa Kemerovski à travers la vitre de son masque, devinant la colère et la stupeur qui se disputaient ses traits déformés. S'approchant de lui par-derrière, il donna un coup de couteau précis sur l'arrivée d'air. Des millions de bulles s'échappèrent dans un cortège funèbre vers la surface, emportant avec elles le dernier souffle de l'homme d'affaires sans scrupules.

Alertés par l'explosion des bombes, des hommes-grenouilles hélitreuillés se jetèrent à l'eau depuis l'appareil qui survolait la zone. Ils se heurtèrent à un nuage de particules d'ossements éparpillés en suspension, formant un linceul blanchâtre dans l'eau trouble. Au centre de ce chaos sous-marin gisait un homme, visiblement sans vie, les pieds coincés dans un bloc de béton rose.

À bord du navire, le silence régnait désormais. L'assaut n'avait rencontré que peu de résistance. Les agents de Kemerovski, confrontés à une telle surenchère militaire, avaient tous déposé leurs armes à terre, toute velléité d'héroïsme ayant été soigneusement étouffée par l'instinct de survie.

Une fois le périmètre sécurisé, Moretti accéda le premier au salon. Il trouva Aurore assise sur un canapé de cuir blanc, flanquée de deux hommes à l'air impassible.

– Qui sont ces types ? questionna-t-il, un revolver à la main, son regard professionnel évaluant rapidement la situation.

– Des prisonniers de Kemerovski, comme moi, répondit Aurore d'une voix qu'elle s'efforçait de garder ferme malgré l'épuisement qui la gagnait.

Moretti se retourna vers un militaire en tenue de combat qui se tenait sur le seuil.

– Arrêtez-les, nous allons vérifier ça.

Puis, revenant à Aurore, il demanda :

– Où est passé Kemerovski ?

– Je ne sais pas, répondit-elle en soutenant son regard inquisiteur.

Elle se releva péniblement et courut dans les bras de William qui venait d'entrer, son visage habituellement stoïque trahissant cette fois un soulagement manifeste. Leurs corps s'étreignirent avec la force du désespoir, comme pour s'assurer que l'autre était bien réel après cette séparation forcée.

Jean et Florence, qui venaient de pénétrer dans le salon à leur tour, n'étaient pas dupes de la situation. Un seul regard mutuel suffit à faire comprendre leurs impressions à Moretti. Quelque chose ne collait pas dans ce tableau trop parfait.

– Asseyez-vous, Aurore. Et racontez-moi la vraie version, exigea Moretti d'une voix qui n'admettait aucun refus.

– C'est important ? demanda-t-elle, une lassitude sincère transparaissant dans sa voix.

– Oui, affirma-t-il sans détour.

Elle résuma alors la manière dont Alfonzo et elle-même étaient parvenus sur le bateau. Elle évoqua les échanges houleux entre eux et Kemerovski, puis leur disparition, sans faire référence aux rôles qu'avaient joués ses deux complices corses. Elle s'exprima aussi sur la forêt des squelettes, en omettant soigneusement de parler des vestiges du massif noir qui reposaient encore, secrets et intacts, dans les profondeurs méditerranéennes.

Desjobert pénétra dans le salon, momentanément ébloui par tant de luxe qui contrastait avec l'austérité de son navire militaire.

– Mes hommes sont remontés à la surface, annonça-t-il de sa voix rauque. Ils ont trouvé la station d'un gazoduc sous-marin et des ossements éparpillés sur des hectares. Tout a été sécurisé.

– Merci, capitaine, beau travail, approuva Moretti avec un hochement de tête appréciateur. Le plus simple reste à faire : récupérer les os pour l'identification.

À présent qu'ils étaient à nouveau seuls, Moretti observa de près le cadavre de Pedro à terre, jetant une œillade vers les deux hommes qui demeuraient muets, impassibles comme deux statues de pierre.

– Parlez-moi de vous, les interpella-t-il brusquement. Pour quelles raisons étiez-vous prisonniers de Kemerovski ?

– On aimerait vous aider, commissaire, répondit l'un d'eux avec un accent corse à peine dissimulé. Mais on se trouvait avec la jeune femme lorsqu'on nous a enlevés. Ils ont cru qu'on était ensemble.

– Messieurs, faisons simple, répliqua Moretti. Une analyse rapide de vos mains dévoilera des traces de poudre ou non.

Les deux hommes échangèrent un regard furtif.

– C'est moi qui ai tiré sur le gars à terre, finit par avouer le second individu. Il allait nous tuer.

– Je suis témoin, c'était de la légitime défense, confirma Aurore sans hésitation.

Florence en psychologue judiciaire était troublée. Elle observait attentivement le langage corporel d'Aurore, cherchant à démêler le vrai du faux. Difficile de savoir avec précision si la jeune archéologue exprimait la vérité ou non. Elle sentait une part de mensonge et d'authenticité dans son récit, un parfait équilibre qui rendait toute certitude impossible.

– Expliquez-moi quels étaient vos rapports avec Alfonzo, insista Moretti en s'adressant à nouveau à Aurore.

– Je ne le connaissais pas avant d'avoir embarqué de force sur ce navire, répondit-elle, une ombre passant fugitivement sur son visage.

– Vous avez déclaré qu'il avait disparu avec Kemerovski. Nous avons retrouvé le cadavre du Russe à trente mètres sous la mer. Mais pas de trace d'Alfonzo. Vous n'avez aucune idée où il est ?

– Non.

Elle se prosterna dans un silence obstiné, son regard fixé sur l'horizon où les premières lueurs de l'aube commençaient à poindre, promesse d'un nouveau jour après cette nuit d'horreur.

Moretti tourna les talons, sentant qu'il n'obtiendrait rien de plus pour l'instant.

– Vous allez devoir répondre à la police sarde et française, les avertit-il. Ils seront moins flexibles que nous. Bonne chance !

Restée seule avec William, Aurore s'autorisa enfin à laisser couler les larmes qu'elle retenait depuis des heures. Quelque part, dans les profondeurs de la Méditerranée, reposaient les preuves d'un crime contre l'histoire – et peut-être aussi le corps d'un homme qui avait choisi de ne pas revenir, préférant disparaître avec les fantômes qu'il avait contribué à créer, puis à libérer.

23

Moretti contemplait, pensif, l'imposante statue en bronze qui se dressait à l'extrémité Est de Saint-Jean-Cap-Ferrat. Cette vierge noire, statue creuse aux proportions colossales, avait attiré son attention alors qu'il feuilletait distraitement un livret touristique récupéré en quête d'un plan de la presqu'île. Une figure féminine monumentale de onze mètres, serrant contre elle un enfant avec une tendresse figée dans le métal patiné par le temps.

« Qui cherche-t-elle à protéger avec tant d'ardeur ? » murmura-t-il pour lui-même, tandis que le soleil couchant nimbait le bronze d'une lueur orangée presque surnaturelle.

Il ne s'attarda pas sur cette question philosophique. Les années passées à démêler les fils d'affaires sordides avaient érodé ses convictions, les réduisant à des fantômes incertains dans sa mémoire. Tout se confondait désormais, les certitudes d'antan s'effilochant comme de vieux tissus exposés trop longtemps aux éléments.

Il avait accordé trois jours de repos à Florence et Jean. Quant à Delmont, encore convalescent, il se remettait lentement.

Les deux Corses à bord du yacht de Kemerovski connaissaient manifestement Aurore, Jean et Florence n'en doutaient plus. Elle avait également menti sur Alfonzo – leur relation précédait clairement son arrivée sur le navire, même si elle datait peut-être de peu. La filière de trafic de drogue avait beau être démantelée, Moretti savait que le réseau renaîtrait inévitablement de ses cendres, fidèle à son nom. « La poudre, comme le mistral, s'infiltre partout, » songeait-il, ses yeux plissés fixés sur l'horizon méditerranéen.

Restait l'énigme du recel d'objets archéologiques. Aurore avait expliqué en détail comment Kemerovski orchestrait ce trafic sous le couvert de sa fondation « Le Cosmos ». Une pièce manquait encore à l'échiquier : l'identité de celui qu'ils surnommaient « l'araignée ». Le président de l'association Amphora, actuellement incarcéré, avait reconnu sa participation sans livrer davantage d'informations lors de son arrestation. On l'avait retrouvé sans vie dans sa cellule quelques jours plus tard. Suicide ou meurtre ? Les analyses toxicologiques avaient révélé une dose létale de drogue synthétique dans son sang, plongeant Moretti dans une colère noire. Il avait promis de traquer le responsable. Et depuis, des policiers venaient régulièrement le consulter malgré le dessaisissement officiel de l'enquête.

La brise agita ses cheveux grisonnants tandis qu'il consultait sa montre. Au loin, il aperçut la silhouette familière du capitaine Yves Calzone qui avançait vers lui d'un pas assuré, sa veste cintrée épousant parfaitement sa carrure athlétique malgré la cinquantaine bien entamée.

– Belle statue, n'est-ce pas ? lança Calzone en la désignant d'un geste ample. Elle date de 1903, un industriel niçois en a financé la réalisation. Un mécène avant l'heure, en quelque sorte.

– Impressionnante et mystérieuse à la fois, répondit Moretti, étudiant son interlocuteur avec attention.

Le visage de Calzone s'illumina d'un sourire presque enfantin.

– Avez-vous visité la chapelle ? Quelque chose d'extraordinaire s'y trouve. Venez.

Ils empruntèrent un sentier pavé bordé de cyprès centenaires, leurs ombres effilées s'allongeant sur les pierres polies par les pas des pèlerins et des touristes.

– Ce lieu de culte fut jadis édifié sur les vestiges d'une tour où vivait un ermite nommé Hospice, expliqua Calzone, sa voix résonnante contre les murs de pierre. D'ailleurs, la chapelle porte son nom. Il s'était voué à une existence cloîtrée et contemplative.

Le capitaine poussa la lourde porte en bois qui grinça sur ses gonds séculaires. L'intérieur, baigné d'une lumière diaphane filtrée par d'étroites fenêtres, exhalait une odeur de cire d'abeille et d'encens.

– Lors d'une invasion, des Lombards pénétrèrent dans l'enceinte, persuadés d'y découvrir des trésors, poursuivit Calzone. Ils ne trouvèrent que le solitaire, qu'ils confondirent avec un prisonnier. L'un des barbares brandissant son sabre pour l'exécuter vit son bras se raidir subitement. L'ermite, d'un simple geste de la main, le libéra de cette étreinte invisible. Ce miracle lui sauva la vie. Et on lui rendit hommage à travers cette sculpture au-dessus de l'autel.

Moretti observa la statuette, son regard s'attardant sur les détails minutieux du visage serein du saint homme.

– Troublante histoire, murmura-t-il. Un instant suffit parfois à basculer entre la vie et la mort.

– Sortons maintenant, déclara Moretti après un moment de silence méditatif. J'ai une question qui me taraude. Comment avez-vous pu ignorer si longtemps le rôle d'Alfonzo dans le trafic de drogue ? N'avez-vous jamais éprouvé le moindre doute quant à ses méthodes d'investigation ?

Le visage de Calzone se durcit imperceptiblement, ses yeux soudain voilés d'une ombre fugace.

— Récemment, oui, j'ai commencé à m'interroger. Je lui avais même sérieusement reproché certaines pratiques. Mais comprenez-moi, Moretti, c'était mon meilleur limier ! Je ne pouvais envisager une telle duplicité.

— Je vous avais pourtant mis en garde lors de notre rencontre à Auvare, rappela doucement Moretti.

Leurs pas les menèrent vers un modeste cimetière où reposaient des soldats tombés pendant la Seconde Guerre mondiale. Les tombes, simples et alignées avec une précision militaire, témoignaient silencieusement d'un autre temps. Une légère bruine commença à tomber, voilant le paysage d'un rideau argenté.

— Visitons-le, proposa Calzone d'une voix soudain plus basse.

Ils déambulèrent entre les sépultures, déchiffrant les noms gravés dans la pierre : des soldats belges morts pour leur patrie, loin de chez eux. L'air était chargé d'humidité et du parfum des roses sauvages qui avaient envahi une partie du cimetière. C'est alors que Moretti perçut un léger « clic » métallique derrière lui. Il pivota lentement pour découvrir le canon d'un pistolet 9mm muni d'un silencieux, tenu par la main droite gantée de Calzone.

— Vous avez froid aux mains, Calzone ? interrogea Moretti, son calme apparent masquant la soudaine accélération de son pouls.

Une goutte de pluie glissa le long de la tempe du capitaine, semblable à une larme.

— Vous posez trop de questions, commissaire. Toujours à gratter où ça démange, à remuer la vase pour voir ce qui en sort.

— Vous ne vous en sortirez pas comme ça, Calzone. Ce lieu est peut-être isolé. Mais ma disparition soulèverait trop de questions.

Le visage du capitaine se crispa en un rictus amer.

— Depuis quand me suspectez-vous ?

— Je ne vous ai jamais soupçonné, pas vraiment.

Un éclair d'incrédulité traversa le regard de Calzone.

— Vraiment ? Quel dommage... Avouez-le, ce petit jeu d'échecs mental vous plaît, n'est-ce pas ?

— Tant qu'on y est, éclairez ma lanterne, Calzone. Quel rôle exactement avez-vous joué dans toute cette affaire ?

La pluie s'intensifia, tambourinant sur les pierres tombales comme pour accompagner la confession qui allait suivre.

— Le réseau de la drogue ? L'idée a germé il y a une dizaine d'années, articula Calzone, une étrange lueur nostalgique dans le regard. J'avais coincé Kemerovski pour trafic de stupéfiants sur son ancien yacht.

Il laissa échapper un rire sec, dénué de joie.

— Quand j'y repense, ajouta-t-il, un rictus de dégoût déformant ses lèvres, cet arrogant se croyait intouchable dans son costume sur mesure et ses chaussures italiennes. Lors de sa garde à vue, nous sommes restés seuls dans mon bureau. Il m'a proposé un pacte, avec des arguments... terriblement convaincants. Une somme qui aurait résolu tous mes problèmes d'un coup. Difficile de refuser quand on croule sous les dettes de jeu et qu'on a une ex-femme qui vous saigne aux quatre veines.

Son regard balaya les alentours, s'arrêtant brièvement sur chaque recoin ombragé avant de revenir se fixer sur Moretti.

— Je l'ai libéré après qu'un vice de procédure ait été découvert par son avocat. Une erreur que j'avais soigneusement orchestrée.

— Je ne comprends pas pourquoi vous n'avez pas prévenu Kemerovski de notre enquête, puisque vous étiez liés en affaires, observa Moretti, cherchant discrètement une échappatoire.

Calzone se gratta le haut de la nuque avec sa main libre, un sourire presque mélancolique étirant ses lèvres.

— On n'aide pas quelqu'un qui va perdre une bataille, c'est comme aux échecs. Quand la partie s'annonce vouée à l'échec (il s'excusa pour ce jeu de mots involontaire) on cherche au mieux le nul. Personnellement, ce fou pouvait aller griller en enfer, ainsi qu'Amphora ! Ils sont devenus trop gourmands, imprudents. Le risque dépassait largement le bénéfice.

— Et Alfonzo ? demanda Moretti, sa voix à peine audible sous le crépitement de la pluie qui s'abattait maintenant sans retenue.

— Ce crétin ? Mon fusible, comme on dit. Kemerovski me l'avait présenté un jour. Je l'ai fait entrer dans mon service pour garder un œil sur lui. Le genre Clint Eastwood, tenace, froid et fouineur. Parfait pour faire le sale boulot et prendre les risques à ma place.

— Vous êtes une hirondelle des ténèbres, en somme... murmura Moretti, gagnant quelques secondes précieuses.

Les gouttes de pluie ruisselaient maintenant sur le visage de Calzone, se mêlant à la sueur qui perlait sur son front malgré la fraîcheur de l'air.

— C'est très poétique, Moretti. En effet, je n'ai jamais eu besoin de briller comme ce porc de Russe. Il n'est jamais arrivé à la cheville de son père ! Je préférais diriger dans l'ombre, tirer les ficelles sans m'exposer.

— Parlons des Tritons de la tour Diogène, lança Moretti, espérant détourner momentanément son attention.

Le regard de Calzone se durcit instantanément.

— Vous en savez bien assez.

Il leva le bras, pointant l'arme vers le front du commissaire avec une détermination nouvelle.

— L'endroit se prête admirablement pour la suite des événements, qu'en pensez-vous, Moretti ? Le cadre est presque… romantique.

— Suicide ? interrogea Moretti, son calme apparent masquant sa tension intérieure.

— Affirmatif. Un homme tourmenté par ses échecs professionnels qui décide d'en finir près des tombes de héros. Une belle symbolique, non ?

— Personne ne le croira, rétorqua Moretti. Pas à cette distance ni avec la balistique qui révélera la vérité.

Une lueur de défi s'alluma dans les yeux de Calzone.

— Vous voulez parier ?

Le capitaine chancela soudain, une expression de surprise se peignant sur son visage. En une fraction de seconde, il s'écroula lourdement sur le sol détrempé. Aucune détonation n'avait retenti, seulement le bruit sourd d'un corps heurtant la terre. Une tache rouge s'élargissait rapidement sur sa jambe droite, diluée par la pluie battante.

Moretti se précipita pour récupérer le pistolet tombé des mains de Calzone. Au loin, à travers le rideau de pluie, William gardait un œil attentif dans la lunette de son fusil de précision, camouflé parmi les rochers surplombant le cimetière.

— J'avais posé mon pied dans la fourmilière, expliqua Moretti en s'agenouillant près de Calzone qui gémissait de douleur. Poursuivre ostensiblement l'enquête devait faire réagir la taupe. Vous êtes le seul à m'avoir demandé une rencontre en dehors de la caserne, ce qui a éveillé mes soupçons.

Il observa le visage déformé par la douleur et la rage de celui qu'il avait autrefois considéré comme un allié.

— Tout ça, c'est une fable de La Fontaine, l'histoire de fourmis, de taupe et de puce. La morale, c'est que vous allez payer pour ce que vous avez commis.

À plusieurs centaines de mètres de là, William sourit en pointant son fusil de sniper vers le ciel avant de le démonter méthodiquement. La pluie avait cessé aussi brusquement qu'elle avait commencé. Et un rayon de soleil perçait timidement les nuages, illuminant la vierge noire qui veillait toujours, imperturbable, sur les drames humains qui se jouaient à ses pieds.

24

Le panorama qui s'offrait à Florence la subjuguait. Elle s'immobilisa au-dessus du mur de soutènement de la plage des Fosses à Saint-Jean-Cap-Ferrat, hypnotisée par la beauté de cette anse naturelle. Autour d'elle, des demeures somptueuses à l'architecture méditerranéenne s'étageaient en terrasses, leurs façades ocre et crème scintillant sous le soleil impitoyable de juillet.

Elle observa, attendrie, des enfants s'aventurer sur les ponts en bois poli par les embruns, leurs cris de joie se mêlant au bruissement des vagues. Des rampes de béton aux lignes épurées serpentaient vers la mer, trahissant les accès privés que les fortunés propriétaires utilisaient pour rejoindre leurs embarcations luxueuses. Sur sa gauche s'étendait une petite presqu'île rocheuse, couronnée d'une pinède verdoyante dont les arômes résineux embaumaient l'air marin. À droite, une falaise abrupte se dressait, coiffée de villas aux toits de tuiles rouges qui semblaient défier la gravité.

La végétation méditerranéenne éclatait dans toute sa splendeur : des orangers aux fruits d'or, des citronniers ployant sous le poids de leurs fruits jaune vif, des palmiers majestueux, des oliviers centenaires aux troncs noueux et des pins parasols déployant leurs silhouettes caractéristiques. Au centre de cette toile vivante, la mer Méditerranée s'étirait à l'infini, nappe d'un bleu si profond qu'il semblait irréel, miroitant sous la caresse du soleil.

Florence descendit l'escalier de pierre usée par les pas de générations de visiteurs, ses sandales frottant contre la roche chaude. L'anse sablonneuse s'avérait être composée de microscopiques granulés qui crissaient agréablement sous ses pieds. Des charpentes de passerelles en bois patiné par le sel s'avançaient sur l'eau cristalline, prises d'assaut par une ribambelle d'enfants rieurs. La plage, exiguë, disparaissait presque entièrement sous un camaïeu de parasols multicolores. L'air était saturé d'effluves de crème solaire, d'iode et de ce parfum indéfinissable propre aux journées estivales sur la Côte d'Azur.

Florence n'était pas venue pour bronzer. Mais pour se retrouver, pour faire le point après les récents événements qui avaient bouleversé son existence. Elle déposa ses vêtements dans un sac qu'elle dissimula sous les soubassements d'une ancienne lavandière en pierre grise, vestige d'une époque révolue. Après avoir scruté minutieusement le rivage et constaté avec soulagement l'absence de méduses, elle réajusta son maillot bleu une-pièce qui soulignait sa silhouette athlétique.

L'eau fraîche caressa d'abord ses chevilles, puis ses mollets tandis qu'elle s'avançait avec détermination. Sans hésiter, elle plongea en apnée, ses poumons emplis d'air, ses bras fendant l'eau avec assurance. Elle resta immergée près d'une minute, savourant cette sensation unique d'apesanteur, avant de remonter à la surface et d'enchaîner un crawl puissant qui l'éloigna rapidement du rivage.

Quand elle estima être suffisamment loin de la plage et des bateaux de plaisance qui patrouillaient dans la crique, elle s'arrêta et pivota sur elle-même. Son regard balaya l'horizon. Seule. Enfin. D'un mouvement lent, presque cérémonieux, elle se cambra en arrière pour se mettre en position dorsale, écartant ses membres en X comme une étoile de mer humaine. La Méditerranée murmurait à ses oreilles tandis que l'azur du ciel emplissait son champ de vision. Les ondulations légères de la mer berçaient son corps, l'invitant à un abandon total.

Soudain, une forme gélatineuse agrippa son bras. Un cri d'effroi jaillit de sa gorge tandis qu'elle repoussait violemment l'agresseur invisible, battant frénétiquement des jambes pour s'éloigner.

Un crâne émergea alors indolemment à travers l'écume, ses traits indistincts se précisant peu à peu. Florence retint sa respiration. Un triton. Ici ? L'incrédulité la submergea, plus forte encore que la vague qui venait de briser contre son épaule. Elle avança une main tremblante face à la créature, lui signifiant qu'elle reprenait son souffle.

— Kila ? murmura-t-elle, la voix vacillante d'émotion.

La créature hocha lentement la tête, son regard insondable fixé sur elle.

— Tu es vivant ! s'écria-t-elle, les yeux brillants de larmes de joie. J'ai cru que tu étais mort !

Dans un élan spontané, elle l'enlaça, sentant sous ses doigts la texture étrange de sa peau, à mi-chemin entre l'épiderme humain et les écailles d'un poisson. Kila répondit à son étreinte avec une pression légère, puis l'entraîna d'abord doucement, puis à vive allure en dehors de la crique. Après quelques minutes, il ralentit sa course. Florence comprit le message silencieux et enfila le masque qu'elle gardait autour de son poignet. Elle prit une profonde inspiration et ils plongèrent ensemble dans les profondeurs azurées, remontant à la surface deux cents mètres plus loin.

– Pour les services rendus, tu seras affranchi, je m'y engage solennellement, articula Florence, haletante d'émotion. Finis cette vie de mercenaire qui t'a tant coûté. Tu vas rentrer chez toi, retrouver les tiens. Tu saisis le sens de ce que je veux dire ?

Les deux globes oculaires, d'un vert émeraude strié d'or, fixèrent Florence avec une intensité troublante, semblant sonder son âme.

– Une nouvelle maison autre que Diogène 8 ! s'exclama-t-elle avec conviction, espérant faire résonner ce nom en lui.

Kila ferma lentement les yeux, comme en signe d'assentiment, puis sa tête glissa gracieusement sous l'eau, ne laissant derrière lui qu'un tourbillon d'écume et le souvenir de sa présence.

De retour sur la terre ferme, Florence, encore vibrante de cette rencontre improbable, envoya un message à Moretti pour lui annoncer la nouvelle extraordinaire. Une demi-heure s'écoula avant que son téléphone ne vibre dans sa poche.

– Ah, bonjour Patron, répondit-elle avec enthousiasme. Affirmatif, il était encore avec moi il y a quelques minutes.

– Pouvez-vous entrer en contact avec lui d'ici demain ? interrogea Moretti, sa voix trahissant une urgence inhabituelle.

– Oui, sans problème.

– Bien. Et de quelle manière comptez-vous procéder ? répliqua-t-il, manifestement perplexe.

Florence soupira, lassée par ces détours.

– Si vous me disiez directement ce que vous avez en tête, cela irait plus vite, répondit-elle avec une pointe d'impatience. L'affaire est classée, non ? La demande concernant le triton pose un problème ?

– Non, elle ne pose pas un problème, répondit-il après une courte hésitation. Et non, la tâche n'est pas close. Certaines zones d'ombre n'ont pas été éclairées. Je vous rejoins. Où êtes-vous exactement ?

– Sur la plage des Fosses, de l'autre côté du port de Saint-Jean-Cap-Ferrat, au sud.

Trente minutes plus tard, le commissaire Moretti garait sa BMW noire sur un passage protégé, le gyrophare magnétique bien en évidence sur la lunette avant. En ouvrant la portière, l'été s'engouffra dans l'habitacle climatisé : des effluves de bitume surchauffé, mêlés à une brise marine chargée des parfums entêtants de crèmes et d'huiles solaires. Pour compléter ce tableau sensoriel, il ne manquait plus que l'odeur tenace du graillon des stands de nourriture estivale.

Sa chemise bleu pâle était déjà trempée de sueur, collant désagréablement à son dos. Il aperçut Florence, assise nonchalamment sur le muret au-dessus de la plage, près d'une ancienne lavandière dont les pierres patinées racontaient des siècles d'histoire. Sans s'embarrasser de préliminaires, il entra immédiatement dans le vif du sujet.

– Finis les congés ? demanda Florence avec un sourire en coin, sachant pertinemment la réponse.

– Oui, je le crains, répondit Moretti en essuyant une goutte de sueur qui perlait à sa tempe. Avez-vous pu le contacter ?

– Oui, j'ai obtenu des informations cruciales. Mais avant d'en parler, avez-vous joint le Commando Hubert concernant Kila ?

Moretti retira ses lunettes de soleil aux montures épaisses et les frotta énergiquement contre sa chemise en plissant ses yeux fatigués par la luminosité agressive. Il les replaça rapidement sur son nez aquilin.

– Oui, soyez rassurée, il réintègre la tour Diogène avec effet immédiat. J'ai personnellement garanti sa sécurité.

Florence hocha la tête en signe de gratitude et se mit debout d'un mouvement souple. Elle proposa au commissaire de marcher en discutant, pour éviter les oreilles indiscrètes.

– Comment vous y êtes-vous pris pour le contacter ? demanda Moretti avec une curiosité non dissimulée. Quand même pas avec votre esprit ? Non ?

– À l'aide de ceci, répondit-elle mystérieusement.

Elle extirpa de la poche de son short une sorte de conque aux spirales nacrées qui scintillait sous le soleil. Moretti resta interloqué, ses sourcils broussailleux se haussant au-dessus de ses lunettes.

– On n'imagine pas le bruit assourdissant qui règne sous la surface de la mer, expliqua Florence avec passion. On est loin du « monde du silence » de Cousteau. Les organismes vivants communiquent à l'aide d'ondes acoustiques, de vibrations qui se propagent à des distances incroyables. On le savait pour les baleines, moins pour les autres espèces.

Elle caressa la surface irisée de la conque du bout des doigts.

– Kila entend le son particulier de cette conque, véritable instrument à vent lorsqu'on souffle dedans, à des centaines de milles nautiques. Cette variété de mollusques n'existe qu'à un endroit bien précis de la Méditerranée, près de la Grèce, berceau des légendes de l'Iliade et de l'Odyssée. Un héritage des temps anciens où les tritons peuplaient peut-être réellement ces mers.

Ils marchaient à présent dans une rue étroite bordée de luxueuses villas aux jardins exubérants, se rabattant parfois contre les murs de pierre pour laisser passer les voitures de touristes pressés.

– Alors, Kila ? reprit Moretti, impatient d'en savoir plus.

– Il a effectivement bien rencontré les deux tritons de Kemerovski près du réacteur nucléaire, confirma Florence. Mais cela ne s'est pas déroulé comme nous l'avons supposé. Ils ne sont pas ennemis entre eux, contrairement à ce que nous pensions. Ils ne ressentent aucune animosité les uns envers les autres. Leur espèce est trop rare pour se permettre des querelles fratricides.

Elle marqua une pause avant de poursuivre :

— Kila a dit la vérité aux deux créatures. Ils ont appris que la promesse de Kemerovski, d'une nouvelle vie meilleure, n'était qu'un mensonge cynique pour les exploiter. À partir de là, ils ont décidé mutuellement de prétendre qu'ils avaient péri ensemble.

— Et de quelle manière ? s'étonna Moretti, perplexe. On l'a vécu en direct, ce combat aquatique.

— L'esprit croit ce qu'il veut voir ! s'exclama Florence. En réalité, il s'agissait de trois requins-renards qu'ils avaient habilement ficelés entre eux, lestés d'une grenade dégoupillée. Dirigé adroitement à bonne distance dans le champ de la caméra de surveillance du site militaire, le tour était joué. Une explosion, des débris organiques... conclusion hâtive : mort des tritons.

— Soit, concéda Moretti en passant une main dans ses cheveux poivre et sel. Alors, qui a assassiné le triton que le pêcheur a retrouvé échoué sur la plage ?

— Ils ne le savent pas, répondit Florence, son visage s'assombrissant. Ils ont affirmé que leurs rôles se bornaient à transférer des trésors archéologiques et des ballotins de drogue, acheminés par des paquebots vers la partie immergée de la tour Diogène. Un travail dangereux. Mais précis, pour lequel leurs capacités aquatiques étaient idéales.

— Leur complice serait donc un membre de la tour ? avança Moretti, les rouages de son esprit analytique s'activant rapidement.

— Le responsable technique précisa Florence. Celui qui les dirigeait est un homme brun, élancé, avec une forte intonation slave. Ils ne l'ont vu qu'une fois. Mais son autorité était indiscutable.

— Vassinovitch ? suggéra Moretti, les yeux plissés derrière ses lunettes. Il a été abattu à Tripoli lors de l'opération. Notre priorité : retrouver Alfonzo. Il est grand, mince et parle avec un accent italien prononcé. Les tritons nous mèneront à l'endroit où ils sont transfusés.

— Kila ne sait pas où ils se trouvent, contesta doucement Florence. La compartimentation de l'information était totale. Vous allez rappeler Jean ?

— Non, à trois avec William, ça devrait suffire, trancha Moretti avec assurance. On rentre et on s'y met tout de suite. Les rapports d'enquêtes de la police sarde et française reposent sur mon bureau. Je les étudiais lorsque vous m'avez envoyé votre texto.

Son regard s'anima d'une lueur nouvelle.

– Figurez-vous que les scientifiques n'ont retrouvé aucune trace de ce fluide mystérieux sur le navire de Kemerovski. Ce n'était pas l'antre des tritons comme nous le supposions.

– Dans la tour Diogène alors ? proposa Florence, tentant de suivre le fil de sa pensée.

– Négatif. La molécule n'est pas la même que la leur. Non, il nous manque la dernière pièce du puzzle.

Il s'arrêta brusquement, ses yeux fixant un point invisible devant lui.

– Je vais rencontrer Calzone à la prison de Nice. Vous venez avec moi ? Votre capacité à lire les non-dits pourrait nous être précieuse.

Florence acquiesça, malgré l'appréhension qui nouait déjà son estomac à l'idée de pénétrer dans cet environnement chargé d'émotions brutes et violentes.

Entourée d'immeubles de logements sociaux aux façades défraîchies, situées en plein centre-ville de Nice, la maison d'arrêt était l'une des plus vétustes de France. Ses murs jaunâtres suintaient d'humidité et de désespoir accumulés depuis des décennies. Le commissaire Moretti et Florence patientaient dans un parloir spartiate, meublé d'une simple table en bois usé et de quelques chaises bancales. Contrairement aux représentations cinématographiques, aucune séparation vitrée ne se dressait entre les condamnés et les visiteurs.

– C'est un cauchemar pour moi cet endroit, murmura Florence, le teint blême. Je vais avoir du mal à me concentrer, chef. Je suis hypersensible, je vous rappelle, une véritable éponge émotionnelle.

Les murs semblaient lui renvoyer des échos de souffrance, de colère et de résignation qui s'étaient imprégnés dans la pierre au fil des années.

– Faites un effort, on ne restera pas longtemps, répondit Moretti avec une douceur inhabituelle, conscient de la difficulté que représentait cette visite pour sa collègue. Calzone est un type coriace, il ne passera pas aux aveux facilement, c'est un professionnel des interrogatoires, rompu à toutes les techniques. C'est pour cela que j'ai besoin de vous. Trouvez une faille dans sa cuirasse mentale.

L'ancien responsable de la brigade des stupéfiants arriva en boitant, sa jambe droite traînant légèrement derrière lui, épaulé par un garde à l'expression impénétrable sous l'œil attentif d'un autre surveillant à la carrure imposante. Il s'approcha de la table d'un pas laborieux et s'affala sur une chaise en bois qui gémit sous son poids. Son regard froid se posa sur Moretti, ignorant ostensiblement la présence de Florence.

— Vous avez été le plus fort, constata-t-il d'une voix plate, dénuée d'émotion. Mais ne comptez pas sur moi pour vous apprendre quoi que ce soit de nouveau, commissaire.

Son visage était un masque rigide, comme sculpté dans le marbre.

— Malheureusement pour vous, c'est fait, rétorqua Moretti avec un calme calculé. Vous aviez trop présumé de l'issue de notre face-à-face. Trop sûr de vous et de vos protections. Je sais que vous ne me déclarerez rien volontairement, parce que dans l'organisation à laquelle vous appartenez, cela équivaudrait à signer votre arrêt de mort. La grande famille, n'est-ce pas ?

Il se pencha en avant, les coudes sur la table.

— Inutile de sourire béatement, comme je vous l'ai dit, vous m'avez déjà expliqué votre rôle dans le trafic de stupéfiants de Kemerovski. Il me suffirait de dévoiler votre récit agrémenté de noms à consonance italienne à qui de droit pour que vous vous mettiez à sentir des petits picotements désagréables le long de votre colonne vertébrale.

— Vous racontez vraiment n'importe quoi, commissaire, répliqua Calzone avec un rictus méprisant. Vous devriez écrire un roman policier, vous avez une imagination débordante.

Il sembla soudain découvrir la présence de Florence et lui décocha un clin d'œil appuyé qui la fit frissonner intérieurement.

— Vraiment ? Alors, écoutez-moi attentivement, reprit Moretti, imperturbable. J'ai enquêté minutieusement sur vous, Calzone. Et j'ai remarqué, malgré votre réticence affichée à rencontrer des confrères étrangers, que vous étiez systématiquement présent lors des visites du procureur national antimafia italien, Luigi Trivelio, à Nice. Il venait régulièrement tirer des sonnettes d'alarme auprès de nos services. La Côte d'Azur. Et plus particulièrement le sud-est, est devenue la cible privilégiée de la Cosa Nostra, de la Camorra et des autres clans. Curieux, non, cette coïncidence ?

— C'est votre point de vue, se contenta de répondre Calzone, son expression indéchiffrable.

— Quel rôle jouait-il dans votre organigramme ? insista Moretti.

— Nous sommes en plein film d'espionnage, Moretti, ironisa Calzone avec un sourire qui n'atteignait pas ses yeux. Vous vous prenez pour James Bond, maintenant ?

— Bien, nous verrons ce qu'il adviendra, conclut Moretti en faisant mine de se lever. Je tenais simplement à vous informer de mes découvertes avant d'en faire part à certaines personnes qui pourraient y trouver un grand intérêt.

– Certains divertissements sont dangereux, commissaire, lança Calzone, une lueur glaciale traversant son regard. Faites attention de ne pas exploser avec votre propre grenade. Un accident est si vite arrivé, même pour un homme aussi prudent que vous.

– Vos menaces ne m'impressionnent pas, Calzone, répliqua Moretti sans ciller. J'ai survécu à bien pire. Tant pis pour notre collaboration potentielle.

– J'aime bien quand on vient me rendre visite, reprit Calzone avec une douceur soudaine qui sonnait faux. Mais la prochaine fois, appelez-moi. Cela vous évitera un aller-retour pour rien.

Il se hissa péniblement sur ses jambes, grimaçant de douleur.

– Qu'est-ce que vous voulez exactement ? demanda-t-il finalement, le regard rivé sur la table, comme s'il y lisait un message invisible.

Moretti se leva également, sentant que le mur commençait à se fissurer.

– Lors de notre entretien dans le cimetière militaire, vous m'avez parlé en détail de votre rôle dans le trafic de drogue. Mais aucune référence n'a été faite concernant le recel d'objets archéologiques. Pourquoi cette omission ?

– Je n'intervenais pas dans ce secteur, admit Calzone à contrecœur.

– Qui donc, alors ? Pressa Moretti.

– Je ne peux pas vous le dire.

Sa voix s'était légèrement altérée.

– Ma vie est en jeu, commissaire. Certaines personnes ont le bras très long, même à travers les murs d'une prison.

– Savez-vous qui a commandité le meurtre du président de l'association Amphora ? lança Moretti, changeant brusquement d'angle d'attaque.

– Je croyais qu'il s'était suicidé ? s'étonna Calzone, une lueur de confusion authentique traversant son regard.

Florence, qui analysait silencieusement l'esprit de Calzone, percevant les moindres fluctuations de ses émotions sous son masque d'impassibilité, tenta une autre approche.

– Qu'avez-vous à nous dire ? demanda-t-elle doucement, sa voix agissant comme un baume sur les tensions qui électrisaient l'atmosphère.

– Je préférerais être dans une belle villa, sans soucis, répondit Calzone après un long silence, son regard se perdant dans le vague. La liberté est un luxe de nos jours. J'étais un flic, un voleur dans la loi.

Les mots semblaient choisis avec une précision calculée, prononcés avec une lenteur délibérée.

Il se leva et tourna le dos aux deux visiteurs. Les agents d'Hermès virent une silhouette voûtée disparaître dans l'antre de l'oubli, de l'effacement de soi, sans un regard en arrière, sans un mot supplémentaire. Les dés étaient jetés pour le ripou. Et il le savait mieux que quiconque.

Une fois la grande porte en bois marron franchie, Moretti huma profondément l'air de la rue, comme pour se purger des miasmes carcéraux qui l'avaient enveloppé pendant cette entrevue. L'univers pénitentiaire le mettait à rude épreuve, lui rappelant la fragilité de la frontière entre ceux qui font respecter la loi et ceux qui la transgressent. « La liberté est un luxe. » Cette phrase résonnait dans son esprit. Oui, Calzone avait certainement raison sur ce point. Mais ce constat semblait dissimuler un message plus profond.

Il se tourna vers Florence, dont l'expression pensive trahissait l'intense activité mentale.

– Et bien ? Qu'avez-vous découvert ? demanda-t-il avec impatience.

– Ce que nous étions venus trouver ! s'exclama-t-elle, les yeux brillants. Il nous l'a dit à sa manière. Un message codé, dissimulé sous des banalités apparentes. Il n'avait pas d'autre alternative. Il était observé et écouté, peut-être même par les gardes.

– Comment cela ? s'étonna Moretti, perplexe.

– Je l'ai ressenti dans les vibrations de sa voix, dans ces mots choisis avec tant de soin. Je lui ai alors tendu une perche avec ma question ouverte.

Moretti reconsidéra mentalement les phrases énigmatiques de Calzone, tentant d'y déceler un schéma, un code, un message caché. Malgré ses années d'expérience, il ne parvenait pas à percer le mystère.

– Retournons au bureau, décida-t-il finalement. Je connais un spécialiste du décryptage qui pourra nous éclairer.

William était aux commandes du clavier informatique dans la salle principale de la Division Hermès, ses doigts agiles volant sur les touches avec une dextérité fascinante. Les écrans devant lui reflétaient leur lueur bleutée sur son visage concentré.

– Les rebuts, c'est mon dada, affirma-t-il avec enthousiasme. Répétez-moi le texte, mot pour mot.

– « Je préférerais être dans une belle villa, sans soucis. La liberté est un luxe de nos jours. J'étais un flic, un voleur dans la loi. »

Florence interrogea Moretti du regard, cherchant son approbation. Il hocha imperceptiblement la tête.

– Décryptez ça rapidement, William, ordonna-t-il. J'ai la conviction grandissante que Kemerovski n'est que la partie immergée de l'iceberg dans cette affaire tentaculaire.

– Mafia italienne ? suggéra William, ses yeux ne quittant pas l'écran.

– Quelque chose comme ça, oui, confirma Moretti. Un réseau bien plus vaste que nous ne l'imaginions initialement.

– Delmont va être transféré aujourd'hui par avion, annonça William tout en poursuivant ses manipulations informatiques. Il sera à Nice dans quelques heures. Je l'ai eu au téléphone ce matin, il va un peu mieux. Les médecins lui ont prescrit un mois de convalescence forcée. Voilà pour la bonne nouvelle.

Moretti acquiesça, un soulagement visible détendant momentanément ses traits tirés par la fatigue.

– Je ne décèle pas de combinaison d'encodage compliquée dans la phrase de Calzone, reprit William. On peut isoler les adjectifs et les substantifs clés, voir si cela nous mène quelque part.

Une suite de mots s'afficha sur l'écran principal : belle villa, sans soucis, liberté, luxe, jour, flic, voleur, loi.

– Ça me fait immédiatement penser à Saint-Jean-Cap-Ferrat, suggéra William en se tournant vers ses collègues. Les villas luxueuses, la liberté qu'offre l'argent... un rapport avec notre enquête sur la côte ?

– Ce qui occasionne des « soucis » ne colle pas avec cette interprétation, objecta Moretti en secouant la tête. Il y a autre chose.

– « Sans soucis » ? répéta Florence, pensive. Un rapport avec la fleur, peut-être ? Le souci est une fleur jaune-orangé...

– Je vais taper tous ces mots-clés sur différents moteurs de recherche, proposa William. On verra bien ce qu'il en ressortira. Parfois, la solution la plus simple...

Moretti, qui faisait les cent pas derrière lui, donnait des signes évidents de nervosité croissante.

– Laissons William s'occuper de ça, décida-t-il abruptement. J'ai besoin de renseignements urgents sur le yacht « Cosmos ». Delmont avait commencé des recherches approfondies avant de partir en mission. Nous devons déterminer s'il est utilisé pour le trafic à l'insu de son propriétaire officiel ou si celui-ci est impliqué.

Il s'arrêta un instant, réfléchissant à haute voix :

– Et Alfonzo également. Il ne peut pas rester invisible éternellement. Il correspond parfaitement à la description du contact des tritons fournie par Kila. Il travaillait pour Kemerovski, nous en avons maintenant la certitude. Voilà, nous avons de quoi chercher. Florence ?

– Je m'occupe du « Cosmos » et de son historique, confirma-t-elle en s'installant devant un autre poste informatique.

– Et moi d'Alfonzo, aussitôt que j'ai trouvé le sens de cette phrase énigmatique, murmura William, toujours concentré sur son écran où défilaient des algorithmes complexes.

– Oui. Mais ne bloquez pas trop longtemps sur ce rébus, nuança Moretti. Retrouver Alfonzo est autrement plus important pour l'avancement de l'enquête.

Le commissaire était sur le point de quitter la salle lorsqu'il se ravisa.

– Florence ? Pouvez-vous demander à Kila de fouiller la partie immergée de la tour Diogène. Il y a possiblement encore des trésors sur place. Ils pourront nous servir comme appâts.

25

Aurore effleurait le clavier de son iBook d'un geste délicat, ses doigts fins dansant sur les touches comme les ailes d'un papillon. La lueur bleutée de l'écran se reflétait dans ses yeux pensifs tandis qu'elle composait sa réponse à Alfonzo. Les événements des derniers jours tourbillonnaient encore dans son esprit – l'interrogatoire par la police sarde, puis française à Ajaccio, la tension palpable dans chaque regard échangé. Les deux gardes du corps de la famille Castiglione, avec leurs visages carnassiers et leurs regards impénétrables, avaient été rapidement mis hors de cause. Quant à Alfonzo, traqué comme une bête par l'impitoyable Kemerovski, il avait dû implorer la protection du clan corse, un pacte conclu dans la pénombre d'une arrière-salle enfumée.

Leur rencontre relevait presque du hasard orchestré. C'était dans l'allée centrale d'un grand magasin de bricolage, entre les étagères de visserie et les présentoirs d'outillage, qu'Alfonzo l'avait abordée. Aurore n'avait eu besoin que d'une phrase pour comprendre qui se tenait devant elle. Et l'importance capitale de cette rencontre.

– Je suis policier, brigade des stupéfiants, confia-t-il en baissant la voix, son regard balayant nerveusement les alentours. Je travaillais aussi pour Kemerovski. Mais maintenant je suis en cavale. Il veut ma peau.

Il sortit une photographie froissée de sa poche intérieure, la dépliant avec des gestes précautionneux.

– Je pense connaître l'emplacement exact où se trouve la fresque, poursuivit-il en lui montrant l'image. Il me faut votre protection. Vérifiez mes dires, je vous attendrai au café de la place.

L'attente n'avait duré que vingt minutes. Une berline noire aux vitres teintées s'était immobilisée devant l'établissement dans un crissement de pneus à peine perceptible. Deux hommes massifs, le regard dissimulé derrière des lunettes sombres malgré le ciel nuageux avait encadré Alfonzo, l'entraînant vers un imposant 4×4 garé en double file. Ce qui suivit fut sans doute la discussion la plus éprouvante de sa vie – encagoulé, questionné sans ménagement, chaque réponse scrupuleusement analysée. Au terme de cet interrogatoire musclé, le clan avait finalement conclu qu'il disait la vérité et adopté une stratégie aussi audacieuse qu'implacable : utiliser Alfonzo pour leurs propres desseins.

La suite s'était déroulée comme une partie d'échecs parfaitement exécutée. Certains agents de sécurité chargés de la protection de Kemerovski sur son yacht travaillaient en réalité pour la famille Castiglione. L'un d'eux murmura habilement aux oreilles de Pedro que l'individu recherché avait été aperçu à Ajaccio. Pedro, toujours avide de se distinguer aux yeux de son maître, accepta l'aide de deux « connaissances » du garde pour capturer le fugitif. Kemerovski, convaincu par cette information, envoya Pedro sur l'île. Le piège était tendu.

Au bout du compte, chacun y trouva son compte dans ce ballet macabre : Aurore avait enfin vengé la mort de son père et récupéré le site archéologique, tandis qu'Alfonzo s'était débarrassé de l'homme chargé de l'exécuter. Il avait habilement détourné le commando français du temple en détruisant la sinistre forêt du Russe. Quant à la famille Castiglione, elle avait découvert en Alfonzo un instrument précieux pour contrer l'influence grandissante de la mafia russe qui s'implantait inexorablement en Corse, tel un cancer rampant sous la peau d'une île déjà meurtrie.

William contemplait le texte projeté sur le grand écran de la salle d'opération, son front plissé par la concentration. La pièce, baignée dans la lumière artificielle des néons, résonnait du bourdonnement discret des ordinateurs. Une phrase en particulier attirait son attention, comme un caillou qui dérègle les rouages d'une horloge suisse : « un voleur dans la loi ». Était-ce une maladresse stylistique ou une formulation délibérément cryptique ?

L'ordinateur, obéissant à sa commande, sélectionna automatiquement les quatre mots. Une cascade de résultats s'afficha instantanément, parmi lesquels un article du quotidien Azur Matin qui traitait de la mafia russe implantée sur la Côte d'Azur : les « vory v'zakone ». La traduction s'illumina comme une révélation : « les voleurs dans la loi ».

— Bingo ! s'exclama William, frappant du plat de la main sur la table, faisant sursauter un jeune stagiaire qui classait des dossiers dans un coin de la pièce.

Sans perdre un instant, il contacta Moretti, son supérieur, qui apparut sur l'écran, le visage marqué par la fatigue d'une enquête qui s'éternisait.

— Je t'écoute, dit Moretti, se penchant vers sa caméra, les cernes sous ses yeux témoignant des nuits trop courtes.

– Calzone a fait référence à une pègre russe présente dans la région, expliqua William, les yeux brillants d'excitation. Mais ce ne sont pas des criminels ordinaires, nés dans les bas-fonds. Ces gens-là ont grandi sur les bancs de l'université. Avocats, financiers, dirigeants de sociétés, ingénieurs… Ils ont exploité la transition chaotique du régime communiste vers la démocratie pour s'emparer des marchés abandonnés par les compagnies étrangères.

Il fit défiler plusieurs documents sur son écran.

– On parle surtout des secteurs énergétiques : gaz, électricité, pétrole. Ils gèrent ces entreprises avec des capitaux soigneusement dissimulés dans des paradis fiscaux. Une proportion alarmante des nouveaux acquéreurs de propriétés somptueuses sur la Côte sont issus de cette ligue des « vory v'zakone ». L'argent gagné rapidement et de manière démesurée est investi ici, sur la Côte d'Azur, comme une blanchisserie à ciel ouvert.

Moretti se redressa dans son fauteuil, soudain plus alerte.

– D'où tenez-vous ces renseignements ?

– La presse et des documents de la DCRI, répondit William en tapotant une pile de dossiers à sa droite.

– D'accord, poursuivez, l'encouragea Moretti, ses doigts pianotant nerveusement sur l'accoudoir de son fauteuil.

– Un rapport des agents de la DCRI mentionne que les différents responsables du clan des « voleurs dans la loi » se sont récemment rassemblés autour d'un prétendu colloque dans un palace à Saint-Jean-Cap-Ferrat – le grand hôtel de l'Aigle d'Or. Ils n'étaient pas seuls : des représentants d'autres réseaux criminels étaient présents – Corses, Sardes, Calabrais, Napolitains… Tout le gratin de la pègre locale !

William s'anima davantage, faisant défiler les images.

– Les Russes ont gagné en autorité ainsi que l'estime des familles italiennes. Ils s'étendent à une vitesse fulgurante et ont réussi à ériger en moins de dix ans ce que la mafia italienne a construit depuis la moitié du siècle dernier. C'est comme si nous assistions à l'émergence d'un empire criminel en accéléré.

– À qui appartient cet hôtel ? s'enquit Moretti, les sourcils froncés.

William consulta rapidement Internet, ses doigts volants sur le clavier.

– À un riche émir du Qatar, d'après les registres officiels.

– Sans lien apparent, donc, murmura Moretti, songeur.

Il observait attentivement les photos de l'établissement qui défilaient à l'écran. L'Aigle d'Or se dressait comme un joyau architectural au milieu d'un écrin de verdure luxuriante : un magnifique palace s'étendant sur plusieurs hectares au sud de la péninsule. Sur les images satellites de

Google Earth, on distinguait un funiculaire privé qui reliait l'hôtel à un centre aéré près de la mer, ainsi qu'une piscine à débordement reflétant le bleu du ciel, un spa aux allures de temple grec et une piste d'hélicoptère discrètement intégrée au paysage.

Moretti pointa soudain du doigt les jardins qui entouraient la propriété comme un rempart de nature domestiquée.

– Pouvez-vous agrandir l'image ? demanda-t-il, une lueur d'intuition dans le regard.

William s'exécuta. Des massifs de fleurs orange et jaunes apparurent, formant des motifs complexes visibles seulement des airs.

– Je pense que l'on vient de dénicher l'antre de la pieuvre ! s'exclama Moretti. Regardez attentivement ces fleurs… Ce sont des soucis. Cent soucis !

William eut un moment de confusion avant que l'évidence le frappe.

– Chef, observez ceci également.

Il effectua un zoom arrière sur Google Earth, dévoilant une vue plus large de la presqu'île.

– Le phare se trouve à quelques centaines de mètres de l'hôtel. Le tueur du policier a dû rentrer tranquillement à pied sans s'inquiéter, probablement en empruntant un chemin discret à travers la végétation.

– Et je ne serais pas surpris de l'existence d'un tunnel sous-marin qui relie une structure dissimulée sous la roche à la mer, ajouta Moretti, les yeux plissés. Mais alors, pour quelles raisons utiliser la tour Diogène ? Pour stocker leurs trésors ?

Il tapota l'épaule droite de William avec une satisfaction évidente.

– Bien travaillé, mon garçon ! Cette piste mérite d'être explorée.

– Nous allons avoir besoin de Kila pour vérifier votre hypothèse, chef, intervint Florence qui avait suivi leur échange sans rien perdre de leur raisonnement, adossée contre le chambranle de la porte, ses cheveux auburn retenus en un chignon lâche.

– Effectivement, ça confirmerait nos soupçons, approuva Moretti en se frottant le menton. Mais nous n'avons aucun indice concret que cet hôtel est le QG d'une organisation criminelle. Aucun prétexte légal pour investir les lieux avec la police.

– Et nos visages sont connus, affirma William avec une grimace, depuis notre expédition à Gênes, avec Jean. Ils auront probablement des photos de nous dans leurs bases de données.

– On va quand même prendre le risque, décida Moretti après un moment de réflexion. Florence, vous allez vous grimer et vous faire passer pour une riche héritière. Trouvez un moyen de fureter partout sans éveiller de soupçons.

Florence sourit, déjà dans son personnage.

— Je pourrais prétendre écrire un livre, ce qui me permettrait de vagabonder dans le palace en quête d'inspiration et d'anecdotes.

— Excellente idée, approuva Moretti. En espérant que l'établissement ne soit pas complet en cette saison.

La nuit avait étendu son manteau d'encre sur la côte, piqué çà et là par les lumières des villas accrochées aux flancs des collines comme des lucioles. Moretti et William avançaient silencieusement le long du chemin des douaniers, à proximité des roches acérées du bord de mer. Entre le phare, dont le faisceau balayait régulièrement l'horizon. Et la station de traitement des eaux usées, dissimulée par un bouquet de pins parasols, l'air était imprégné d'une délicate odeur de fenouil sauvage qui se mêlait à celle, plus puissante, de l'iode.

Ils ralentirent instinctivement aux abords du centre aéré de l'hôtel de l'Aigle d'Or. Dans la pénombre, Moretti distinguait des lumières diffuses émises par des photophores artistiquement disposés le long d'un sentier pavé. Des chaises longues aux lignes épurées et des tables en teck étaient occupées par quelques clients qui profitaient de la douceur d'un début de soirée estivale, verres de champagne à la main et rires feutrés aux lèvres.

Un embarcadère en bois noble avait été construit à même les rochers, ses planches luisantes sous la lumière argentée de la lune. Aucun promeneur indiscret n'était visible à cette heure tardive – la discrétion semblait être l'une des devises de l'établissement.

Moretti s'approcha du bord de l'eau avec précaution, ses chaussures crissant légèrement sur les galets. Il sortit de sa poche ce qui ressemblait à une grosse coquille nacrée et souffla dedans – la conque de Florence. Le son, inaudible pour l'oreille humaine, se propagea dans les profondeurs marines.

Quelques minutes s'écoulèrent, minutes pendant lesquelles les deux hommes restèrent immobiles, à peine osant respirer. Puis, presque imperceptiblement, une forme ondula au niveau de Moretti, créant des cercles concentriques à la surface de l'eau. William, qui découvrait la créature pour la première fois, ne put réprimer un juron étranglé.

— Putain de m...

— Chut, le coupa sèchement Moretti, un doigt sur les lèvres.

L'homme-poisson émergea lentement, révélant un visage aux traits presque humains. Mais aux yeux démesurément grands, reflétant la lueur de la lune comme deux miroirs liquides. De sa main palmée, il indiqua un chemin invisible sous la surface.

Moretti fit un signe discret à William qui, surmontant sa stupeur, tendit à la créature une caméra GoPro attachée à un petit projecteur étanche. La tête de Kila disparut sous l'eau dans un léger clapotis, ne laissant derrière elle qu'une ondulation éphémère.

— Et s'il se retrouve nez à nez avec les deux autres tritons ? s'inquiéta William, la voix encore tremblante d'émotion.

— Ils sont pacifistes entre eux, le rassura Moretti. Chacun défend néanmoins ses intérêts. On sera vite fixé.

La nuit s'installait définitivement, enveloppant le paysage dans un cocon d'obscurité veloutée. Des rires lointains parvenaient jusqu'à eux, portés par la brise marine, se mêlant à la mélodie hypnotique des vaguelettes qui venaient mourir sur les rochers en contrebas.

Moretti consulta sa montre, dont le cadran phosphorescent indiquait 22 heures.

— La comtesse Sylvia de Bois-Tonnerre ne va pas tarder à faire son entrée à la réception de l'hôtel, murmura-t-il avec un demi-sourire. Un rôle taillé sur mesure pour le talent de Florence.

Quarante-cinq minutes s'écoulèrent, rythmées par le balayage régulier du faisceau du phare et le chuchotement incessant de la mer contre les rochers. Soudain, Kila réapparut, accompagné cette fois de deux autres tritons dont les écailles iridescentes captaient les rares rayons de lumière qui filtraient jusqu'à eux.

— Avez-vous pu réaliser la mission ? demanda Moretti, s'accroupissant pour être au niveau de la créature.

Kila hocha lentement la tête de haut en bas, ses branchies frémissantes légèrement.

— Tout va bien ?

Kila s'approcha davantage de Moretti, qui se mit à genou pour l'écouter plus attentivement. Des sons gutturaux, presque liquides, s'échappèrent de la gorge de la créature. Moretti l'écouta avec attention, puis se releva.

— Tu peux dire à tes compagnons qu'ils seront admis sans mesures disciplinaires à la tour Diogène, à partir du moment où ils collaborent avec nous. Mais d'ici là, ils ne doivent pas éveiller de soupçons. Nous avons besoin de discrétion absolue.

William récupéra la caméra, ses doigts tremblant légèrement au contact de la peau visqueuse de Kila. L'homme-poisson avait obtenu la confirmation cruciale : le souterrain dissimulait effectivement un poste médical dans lequel les créatures se faisaient soigner et transfuser. Une information troublante accompagnait cette découverte – ils n'avaient plus vu leur médecin depuis plusieurs semaines, comme si l'activité avait brusquement cessé.

Tout semblait désormais converger vers une même conclusion : l'hôtel servait de paravent élégant aux Russes pour leurs activités clandestines. Les véritables responsables du clan des « Voleurs dans la loi » devaient probablement résider dans plusieurs villas disséminées sur la presqu'île – une organisation savamment conçue, destinée à brouiller les pistes, certainement soutenue par des appuis politiques locaux dont l'influence s'étendait comme une toile d'araignée invisible.

De retour à la caserne Auvare, Moretti et William visionnèrent les images capturées par Kila. Le tunnel sous-marin, creusé dans la roche millénaire, portait indéniablement la marque de la main humaine – ses parois trop régulières trahissaient une intervention artificielle. S'agissait-il d'un ancien passage utilisé par des contrebandiers d'une époque révolue ?

Les images montraient Kila émergeant dans une caverne plongée dans l'obscurité. La caméra captait difficilement les détails. Mais William distingua ce qui ressemblait à un embarcadère en pierre de taille, usé par les siècles et l'eau salée. Deux autres tritons apparurent hors de l'eau, leurs corps luisants dans la faible lumière du projecteur.

— Bon, nous savons que c'est une voie d'accès. Mais rien de plus ! s'exclama Moretti avec une pointe de frustration dans la voix. Pas de trésors, rien. Aucun indice tangible qui pourrait nous mener plus loin.

— Les responsables de vory v'zakone habitent dans des villas à Saint-Jean, réfléchit William à voix haute. C'est en filigrane ce que vous a transmis Calzone. Du moins l'un d'eux. Il mentionne la liberté – « la liberté est un luxe de nos jours » – ce n'est pas l'adjectif qu'il a voulu exprimer.

— Un nom ? suggéra Moretti, les yeux plissés par la concentration.

— Oui, ou une marque, vraisemblablement même dans une autre langue : Liberty, Liberta... Un substantif qui réfère à quelque chose de luxueux.

— Le nom d'une villa ! s'exclama Moretti, frappant du poing sur la table. C'est évident !

Il se leva d'un bond, galvanisé par cette nouvelle piste.

— Rentrez dormir, William. Demain, nous irons dans une agence immobilière de la presqu'île. Ces gens-là connaissent tous les recoins de ce paradis doré.

Pendant ce temps, dans le grand salon de l'hôtel de l'Aigle d'Or, Florence, méconnaissable sous l'identité de la comtesse Sylvia de Bois-Tonnerre, griffonnait des notes sur un cahier à spirale relié de cuir. Elle avait revêtu une élégante robe de soirée vert émeraude qui mettait en valeur ses yeux clairs. Et des bijoux discrets. Mais visiblement coûteux complétaient sa transformation.

Autour d'elle, le ballet incessant de la richesse se déroulait comme un spectacle bien rodé. De nombreux étrangers, dont l'épaisseur du portefeuille n'avait d'égal que la suffisance qu'ils affichaient, déambulaient dans ce décor somptueux de marbre et de dorures. Des nouveaux riches, pensa-t-elle avec un léger dédain, reconnaissables à leur besoin d'ostentation.

D'autres pensionnaires, moins détestables, profitaient des lieux de manière plus discrète – certainement des héritiers dont la fortune familiale remontait à plusieurs générations et pour qui le luxe était une seconde nature, pas un trophée à exhiber. Quelques âmes solitaires, au regard mélancolique, discutaient entre elles au comptoir, leurs silhouettes élégantes se détachant sur le fond ambré du bar.

Florence savait qu'elle ne tarderait pas à investir les locaux privés. Mais la patience était sa meilleure alliée. Elle observait, notait, mémorisait chaque détail, chaque visage, chaque interaction. Jusqu'à présent, aucune trace évidente de grandes fortunes slaves parmi les clients. Elle referma son carnet d'un geste élégant et s'approcha du bar feutré, dont l'atmosphère tamisée invitait aux confidences.

— Une vodka, s'il vous plaît, commanda-t-elle d'une voix posée. Mais qui portait juste assez pour attirer l'attention.

Sa stratégie fonctionna immédiatement. Les regards convergèrent vers elle, évaluant imperceptiblement le degré de richesse de cette nouvelle cliente, comme des prédateurs jaugeant une proie potentielle.

— Vodka, le sang blanc de la Russie, commenta un homme chauve installé à quelques tabourets de distance, son accent américain à peine perceptible sous une diction soignée.

— Le sang du peuple, oui, je vous l'accorde, répondit-elle en portant son verre à ses lèvres. Un peuple remarquable, dont l'âme résiste tous les hivers.

— Vous ne me semblez pas russe, poursuivit-il, intrigué. Des va-et-vient dans le pays ?

— Je suis écrivain, expliqua-t-elle en reposant délicatement son verre. J'étudie les grandes familles qui ont élu domicile sur la presqu'île. C'est fascinant de voir comment la richesse transcende les frontières et crée ses propres territoires.

— Ce n'est pas ce qui manque ici ! soupira-t-il avec un sourire entendu. Henry Welstone, ajouta-t-il en se dressant pour lui serrer la main, un Américain de passage. Immobilier.

Il adressa un sourire courtois à Florence avant de se retourner vers ses amis, perdant visiblement intérêt pour cette conversation qui ne mènerait probablement pas à une transaction immobilière.

Florence profita de ce préambule pour questionner le barman, un homme d'une cinquantaine d'années au visage impassible et aux gestes précis.

— Et vous ? demanda-t-elle en faisant tourner doucement le liquide transparent dans son verre. Vous devez en voir des Russes dans ce palace ?

— Difficile d'y échapper, répondit-il en essuyant méticuleusement un verre en cristal. Ils sont partout, comme une deuxième vague après les Anglais et avant les Chinois. D'ailleurs, les gérants sont Russes.

Il baissa légèrement la voix.

— Ils ont bien essayé d'acquérir l'hôtel. Mais ils n'y sont pas parvenus. L'émir y tient comme à la prunelle de ses yeux.

Il se tenait à présent devant elle, essuyant machinalement le comptoir. Florence devina une envie pressante qui le taraudait – celle d'une cigarette, à en juger par ses doigts qui tapotaient nerveusement le bord du bar. Les derniers clients s'éloignaient, laissant un moment de calme relatif. C'était le moment ou jamais – elle jeta les dés.

— Vous le voyez fréquemment, le propriétaire ? demanda-t-elle en jouant distraitement avec le pendentif de son collier.

— Ils sont plusieurs, ce n'est jamais le même qui passe, répondit-il laconiquement. Désirez-vous une autre boisson, madame la comtesse ?

— Il y a bien un responsable ici ? insista-t-elle doucement.

— Le patron ?

— Oui, pensez-vous qu'il soit envisageable de le rencontrer ? Pour mon livre, ajouta-t-elle avec un sourire engageant.

— Pour votre livre ? répéta-t-il, soudain méfiant.

— Oui, confirma-t-elle. Les grands hôtels ont toujours des histoires fascinantes à raconter. Et ceux qui les dirigent encore plus.

— Demandez au concierge, conseilla-t-il sèchement. C'est son travail de gérer ce genre de requêtes.

Florence sentit qu'elle avait peut-être poussé trop loin. Mais décida de tenter une dernière approche.

— À quoi ressemble-t-il ? J'ai besoin de tracer le portrait d'un personnage dans mon roman. Et je manque d'inspiration.

Le barman sembla hésiter un instant, puis haussa les épaules.

– Grand, mince, les cheveux courts, des vêtements de marque bien sûr, quoi vous dire de plus, un Russe ! Ils se ressemblent tous à force.

– Merci, je vais vous laisser, dit-elle en glissant un généreux pourboire sur le comptoir. Vos renseignements me sont précieux.

Pour un barman, il n'était pas très physionomiste, pensa-t-elle en s'éloignant. Ou alors, il était payé pour ne pas l'être.

– À votre service, madame, bonne soirée, répondit-il avec une courbette professionnelle.

La description correspondait trait pour trait à l'homme décrit par Kila. Cette nuit, une fois le palace endormi sous sa carapace de luxe, elle se glisserait dans les bureaux de l'hôtel. Là, peut-être, elle découvrirait les secrets que cachaient ces murs dorés.

En arrivant devant la porte de sa chambre, au bout d'un couloir désert, Florence sentit soudain une étrange chute de tension, comme si l'air autour d'elle s'était raréfié. Ses jambes se dérobèrent sous elle et, avant même de comprendre ce qui lui arrivait, elle s'effondra sur l'épaisse moquette pourpre.

Deux silhouettes émergèrent silencieusement de l'ombre d'un renfoncement, leurs pas étouffés par l'épais tapis. L'une d'elles se pencha sur Florence et la souleva sans effort apparent, la hissant sur son épaule comme un vulgaire paquet. Ils disparurent par l'escalier de service, ne laissant derrière eux qu'un parfum subtil de chloroforme qui se dissipa rapidement dans l'air conditionné du couloir désert.

Dans les bureaux de la Division Hermès, un silence inhabituel régnait, comme si les murs eux-mêmes attendaient un dénouement. William, son fidèle adjoint, patientait dans le véhicule garé en contrebas. Moretti consulta une dernière fois son téléphone – toujours pas de nouvelles de Florence. La boule d'angoisse dans son estomac s'intensifia lorsqu'il entendit la voix enregistrée de sa messagerie avant de raccrocher d'un geste sec.

Sur la route du bord de mer, William reçut un appel qui brisa le silence tendu dans l'habitacle.

– Pouvez-vous m'envoyer les coordonnées de l'agence immobilière par texto ? Je suis au volant, demanda-t-il, les yeux rivés sur la route sinueuse.

La voix à l'autre bout du fil répondit avec empressement : « En fait, j'ai appris ce matin par un négociateur que la plupart des transactions avec cette clientèle se traitent par des intermédiaires privés, loin des circuits habituels. C'est particulièrement vrai pour la clientèle russe. Un bruissement de papier se fit entendre. J'ai obtenu le nom d'une certaine Cindy Fabre. Elle est polyglotte et gère exclusivement ce type de dossiers.

— Parfait, donnez-moi ses coordonnées, je vais la contacter immédiatement, ordonna Moretti, son impatience palpable.

Il commençait à composer les quatre premiers chiffres quand son portable vibra. L'écran affichait « Delgado », le commandant de la caserne Auvare. Moretti sentit un frisson lui parcourir l'échine.

— Moretti, j'écoute, répondit-il, la gorge soudain sèche.

— Delgado à l'appareil. La voix était tranchante comme une lame. Où êtes-vous, commissaire ?

— Sur la route en direction de Villefranche-sur-Mer.

— Calzone a été retrouvé mort dans sa cellule.

Les mots tombèrent comme un couperet. Moretti se figea, son cœur manquant un battement.

— Quoi ? s'exclama-t-il, le souffle coupé.

— Comment est-ce possible ? J'avais explicitement demandé qu'il soit placé en isolement et sous protection depuis ma visite d'hier !

Sa voix monta en puissance, résonnant dans l'habitacle.

— Bon sang ! Cette prison est une véritable passoire !

— Vous n'êtes pas le seul à vous emporter, rétorqua Delgado, glacial.

— Le procureur vient de m'appeler. Il veut vous voir immédiatement. L'IGPN a été saisie de l'affaire. Deux suspects de votre enquête assassinés ! Vous allez devoir vous expliquer !

Moretti serra les dents.

— Je n'ai pas le temps de lui offrir ma tête sur un plateau. Je suis en mission sous couverture et injoignable.

— Vous n'êtes pas sérieux, Moretti ! La voix de Delgado vibrait de colère.

— En ce qui me concerne, vous êtes prévenu ! C'est compris ? Il raccrocha brutalement.

Le véhicule entamait la longue descente serpentant au-dessus de Villefranche, offrant une vue vertigineuse sur la baie de Saint-Jean-Cap-Ferrat. Les villas somptueuses s'accrochaient aux flancs de la colline comme des joyaux sur un écrin de verdure. Moretti inspira profondément, tentant de maîtriser la rage qui bouillonnait en lui, puis composa le numéro de Cindy Fabre.

— Madame Fabre ? Sa voix était redevenue professionnelle, contrôlée.

— Elle-même. Le timbre était mélodieux, teinté d'une légère méfiance.

— Commissaire Moretti. J'aimerais vous rencontrer.

Un silence hésitant s'installa avant qu'elle ne poursuive.

— Et pour quel motif ?

— Vous le saurez lorsque nous ferons connaissance.

Moretti jeta un coup d'œil à sa montre.

— Où êtes-vous en ce moment ?

— Dans une villa à Saint-Jean-Cap-Ferrat.

— Seule ?

— Avec un domestique.

— Donnez-moi votre adresse.

Quinze minutes plus tard, William coupait le contact dans une rue bordée de palmiers majestueux et de propriétés somptueuses ceintes de hauts murs métalliques peints d'un noir profond. L'air embaumait le jasmin. Cindy Fabre attendait devant un portail ouvragé, élégante silhouette dans un tailleur ivoire, un téléphone dans une main et un porte-document dans l'autre. Ses cheveux auburn captaient les rayons du soleil.

La porte arrière coulissa. Elle exigea, d'un ton qui ne souffrait aucune discussion, une preuve de leur identité avant d'entrer. William lui montra son insigne, qu'elle examina avec une attention méticuleuse. Satisfaite, elle s'installa sur la banquette arrière avec une grâce étudiée.

— Navré de vous aborder de cette manière, commença Moretti, observant le visage de la jeune femme dans le rétroviseur. Mais le temps nous manque cruellement. J'irai donc droit au but. J'ai cru comprendre que vous serviez d'intermédiaire dans des transactions immobilières avec la diaspora russe.

Une ombre passa sur le visage de Cindy.

— Je ne vois pas...

— Est-ce que vous vous occupez de la clientèle russe ? insista Moretti.

— Exclusivement, oui. Elle croisa les jambes, visiblement mal à l'aise. - Pourquoi ?

— Avez-vous déjà offert vos services à plusieurs milliardaires russes de même origine ?

Elle hésita, ses doigts fins jouant nerveusement avec la fermeture de son porte-document.

— Je ne vois pas...

— Tchétchène ? Géorgienne ? Ukrainienne ? énuméra Moretti, implacable.

Cindy releva la tête, son regard soudain durci.

— C'est strictement confidentiel. Je ne peux pas vous répondre sans compromettre ma réputation. Je serais rayée de leurs carnets d'adresses du jour au lendemain.

— Nous ne souhaitons pas cela, la rassura Moretti, adoucissant légèrement son ton.

— En nous aidant, je vous promets que vos informations resteront secrètes. Personne ne saura que vous avez parlé. Nous pourrions faire nos propres recherches. Mais comme je vous l'ai dit, le temps presse. Des vies sont en jeu.

— Comment puis-je vous faire confiance ? Son regard croisa celui de Moretti dans le rétroviseur.

— Écoutez votre intuition.

Elle détourna les yeux vers le paysage extérieur, comme si les pins parasols et les oliviers centenaires pouvaient lui souffler la réponse. Elle pencha légèrement la tête en avant, ses cheveux masquant partiellement son visage, puis reprit le fil de ses pensées, sa voix à peine plus haute qu'un murmure.

— Il y a deux ans... des familles russes ont acheté massivement sur la presqu'île. Elle choisissait ses mots avec une précaution extrême.

— Elles tenaient absolument à avoir un accès direct à la mer. Elles m'ont demandé de surenchérir considérablement sur certains domaines. Des propriétaires ont fini par céder, acceptant de vendre leurs villas.

— Les noms de ces Russes, exigea Moretti sans aucune subtilité, sa patience s'effilochant.

— Non. Le refus était ferme.

— Je répète ma question. Moretti brandit son insigne avec autorité, le tenant au niveau du visage de la jeune femme.

Le regard de Cindy vacilla.

— Vous me promettez...

Moretti la fixa intensément dans le rétroviseur et hocha lentement la tête. Elle alluma sa tablette coréenne dernier cri, parcourut plusieurs fichiers cryptés et dicta les noms d'une voix presque inaudible. William les nota méticuleusement sur son propre appareil.

— En sortant de ce véhicule, articula Moretti avec une lenteur délibérée, cette conversation n'aura jamais existé, vous me comprenez ?

— Merci, souffla-t-elle avec un soulagement évident.

William enfonça la pédale d'accélérateur. Et le véhicule s'élança vers Nice. Il était 11 heures. Et toujours aucune nouvelle de Florence. L'inquiétude de Moretti virait à l'obsession. Il composa une nouvelle fois son numéro et retomba sur sa messagerie. À bout de nerfs, les tempes pulsantes douloureusement, il appela l'hôtel de l'Aigle d'Or.

— Hôtel l'Aigle d'Or, bonjour ! Que puis-je faire pour vous ? La voix du concierge était onctueuse, professionnelle.

– Bonjour, je n'arrive pas à joindre la comtesse du Bois Tonnerre. Savez-vous où elle se trouve ? demanda Moretti, s'efforçant de maîtriser le tremblement dans sa voix.

– Veuillez patienter un instant.

Moretti perçut le mouvement du concierge qui se retournait pour vérifier le tableau des clés. Un silence inquiétant s'installa.

– Son casier est vide, monsieur. Elle doit se trouver dans sa chambre. Désirez-vous que je vous mette en relation ?

– Oui, merci. Les doigts de Moretti tambourinaient frénétiquement sur sa cuisse.

– Je vous en prie. Bonne journée, monsieur.

Rien. Au bout de trois interminables minutes, Moretti se retrouva de nouveau face au même concierge.

– Hôtel l'Aigle d'Or...

– Son téléphone ne répond pas, l'interrompit-il brusquement, un nœud d'angoisse lui serrant la gorge.

– La comtesse est sujette à des crises fréquentes de malaises vagaux. Envoyez immédiatement un groom vérifier ce qui se passe. Je reste en ligne.

Le concierge sembla hésiter, pris au dépourvu par l'urgence dans la voix de Moretti.

– Non-assistance à personne en danger, articula le commissaire, chaque syllabe martelée comme un coup.

– Dépêchez-vous, j'attends.

La voiture roulait maintenant à l'intersection de Villefranche et de Beaulieu, là où la route s'étire entre les falaises abruptes et la mer scintillante. Moretti attendait, le téléphone collé à son oreille, comptant mentalement chaque seconde. Le temps lui paraissait interminable, étiré comme un élastique sur le point de rompre. Un double appel fit vibrer son portable – correspondant inconnu. Il refusa la communication d'un geste agacé.

Finalement, la voix du concierge retentit dans l'appareil, teintée d'une note d'inquiétude palpable.

– Personne dans la chambre, monsieur. La literie n'a pas été utilisée.

Moretti raccrocha brutalement, une vague de panique menaçant de le submerger.

– Faites demi-tour, William ! ordonna-t-il, sa voix trahissant son anxiété. – Et foncez à l'hôtel. Quelque chose est arrivé à Florence.

L'imposant bâtiment Belle Époque de l'Aigle d'Or se dressait en arc de cercle majestueux entre la pointe Malalongue et la pointe Causinière. Sa façade blanche se détachait contre le ciel d'un bleu intense, ses balcons en fer forgé semblant défier la gravité. Ce palace mythique, temple du luxe et de la discrétion, offrait une vue panoramique époustouflante sur toute la presqu'île, ses jardins en terrasses descendant en cascades vers la mer.

En pénétrant dans le domaine par une allée de ciment couleur crème bordée de cyprès centenaires, ils croisèrent deux agents de sécurité équipés d'oreillettes, qui scrutaient nerveusement les environs. Leurs regards inquiets et leurs mouvements saccadés trahissaient une tension inhabituelle.

Le concierge, impeccable dans son uniforme, leva les yeux de son registre et vit arriver deux hommes au pas de charge, leurs visages assombris par l'inquiétude. Moretti s'approcha du comptoir en marbre, menaçant. Et brandit son insigne.

— Commissaire Moretti, DCRI. Je veux avoir accès immédiatement au poste de surveillance de l'hôtel. Son ton était tranchant comme une lame.

— Donnez un passe à mon assistant. Dépêchez-vous ! rugit-il, faisant sursauter les quelques clients présents dans le hall.

Le réceptionniste, visiblement paniqué, oscillait entre les deux ordres exprimés simultanément, ses mains tremblantes cherchant frénétiquement les clés demandées.

— Le double ! s'écria Moretti, frappant le comptoir de ses paumes avec une violence qui fit vibrer les cristaux du lustre suspendu au-dessus d'eux.

William saisit les clés d'un geste vif et se précipita vers l'escalier monumental.

— Chambre 47, deuxième étage, lança le concierge, quittant précipitamment son poste. Moretti le suivit dans un couloir aux murs lambrissés menant au cœur du bâtiment. Le poste de sécurité, dissimulé derrière une porte anodine, se révéla être une pièce aux murs tapissés d'écrans de surveillance. Un agent en costume sombre y manipulait les commandes, zoomant sur une caméra braquée vers la plage privée en contrebas.

— Où en êtes-vous ? interrogea Moretti, son insigne toujours à la main.

L'agent haussa les épaules avec une nonchalance qui fit bouillir le sang du commissaire.

— Autant chercher une aiguille dans une meule de foin. Le domaine s'étend sur plusieurs hectares. Elle a très bien pu quitter l'établissement sans être repérée.

Moretti dévisagea l'homme, incrédule face à tant d'incompétence.

– Passez-moi la bande vidéo d'hier soir. Vingt-deux heures. Je veux voir le hall, le restaurant, le bar. Maintenant !

– Il nous faut une autorisation préfectorale ! rétorqua l'agent avec une suffisance mal placée.

À peine ces mots prononcés, le superviseur vit le commissaire se transformer sous ses yeux, son visage se durcissant en un masque de fureur contenue, ses pupilles se dilatant comme celles d'un prédateur. Sans un mot supplémentaire, l'agent de sécurité s'exécuta. Un film en couleur défila en rembobinage rapide sur l'écran principal.

– Là ! C'est elle ! s'exclama Moretti lorsque l'élégante silhouette de Florence apparut dans le bar. « Accélérez. Suivez-la !

Ils la virent traverser le hall luxueux, emprunter le couloir aux tapis épais étouffant ses pas, puis choisir l'escalier monumental plutôt que l'ascenseur pour monter à l'étage. Et soudain, plus rien.

– Où est-elle passée ? Nom de Dieu ! rugit Moretti, le poing serré contre sa cuisse.

– Je cherche la caméra du deuxième étage… L'agent pianotait frénétiquement sur son clavier. « Ça y est ! »

L'écran ne montrait qu'un grésillement grisâtre – le néant électronique.

– Qu'est-ce que ça signifie ? articula Moretti, pétrifié par la stupeur, les implications de cette découverte déferlant dans son esprit comme une vague glacée.

L'agent de sécurité demeura sans voix, évitant soigneusement le regard du commissaire. Celui-ci saisit son téléphone et composa le numéro de William.

– William Prenez une chaise, précipitez-vous dans le couloir et vérifiez la caméra de surveillance. Dé-pê-chez-vous ! Je reste en ligne.

La réponse cinglante de son adjoint transperça l'esprit du commissaire comme une flèche :

– Le faisceau vidéo est débranché.

Moretti se retourna lentement vers les deux hommes, son visage pâle de rage contenue. « Que personne ne quitte cet hôtel, vous m'avez compris ? » Sa voix était dangereusement calme. « Je veux voir le directeur de l'établissement. Immédiatement ! » Le dernier mot explosa comme un coup de tonnerre.

– Il n'est pas dans nos murs actuellement, bredouilla le concierge, le front perlé de sueur.

– Contactez-le ! Maintenant !

Moretti s'éloigna de quelques pas et composa un numéro, ses doigts tremblants légèrement. Il croisa William dans le hall majestueux et lui fit signe de sortir. L'air frais du dehors ne parvint pas à dissiper l'angoisse qui l'étreignait.

– Commandant ? Oui, c'est Moretti. Il passa une main lasse sur son visage.

– Oui, je vais appeler le procureur. Nous envisageons qu'un de nos agents a été enlevé à l'hôtel de l'Aigle d'Or. Il marqua une pause.

– Oui, vous avez bien entendu. Il faut dépêcher des renforts immédiatement. Envoyez également l'équipe scientifique.

Il passa ensuite un coup de fil au magistrat et résuma la situation en termes concis. Celui-ci lui ordonna de faire le point toutes les heures. Enfin, il contacta le siège de la DCRI à Levallois.

– Lesieur nous envoie le GAO, annonça-t-il à William, dont le visage reflétait sa propre inquiétude. Le Groupe d'Appui Opérationnel - les meilleurs agents, les plus aguerris. L'affaire venait de prendre une dimension nouvelle. Et l'étau se resserrait autour d'eux.

Moretti leva les yeux vers le ciel. Où était Florence ? Et surtout, était-elle encore en vie ?

26

Une rage incandescente, mêlée à la colère sourde provoquée par l'enlèvement de Florence, décuplait les facultés analytiques du commissaire Moretti. Debout sur le perron de l'hôtel, les mains enfouies dans son blouson de cuir noir patiné par les années, il scrutait les jardins. Un employé d'entretien, courbé, ramassait méthodiquement les feuilles mortes tombées des massifs luxuriants à l'aide d'un pique, son visage lézardé par le soleil reflétant une concentration silencieuse.

Soudain, comme surgie des profondeurs de son esprit torturé, une idée fulgurante s'imposa à Moretti. Il héla William d'une voix où perçait l'urgence.

— Dans la liste fournie par l'agent immobilier, Fabre...

William leva les yeux vers lui, attentifs.

— Oui ?

— Dressez-moi un plan précis des villas du cap qui nous concernent. Chaque seconde compte.

Avec une efficacité née de l'habitude, William s'installa à une table en fer forgé de la terrasse, le marbre froid sous ses doigts contrastant avec la chaleur de l'air ambiant. Concentré, il délimita soigneusement un cercle rouge dans le voisinage des propriétés suspectes à l'aide d'une vue satellite de l'île, puis retourna la tablette en position paysage vers Moretti. Le commissaire laissa son esprit vagabonder librement, les synapses de son cerveau travaillant à plein régime, connectant invisiblement les fragments épars d'informations récoltés. William l'observait en silence, toujours fasciné par cette manière si particulière de réfléchir, ce moment précis où le chaos cédait place à l'ordre. Soudain, Moretti releva la tête dans un mouvement brusque, comme frappé par la foudre.

— Contactez immédiatement les services de la voirie de la ville et réclamez-leur de nous faire parvenir les coordonnées téléphoniques des éboueurs du secteur, ordonna-t-il, les pupilles dilatées par l'excitation.

William fronça les sourcils, perplexe.

— Je ne suis pas sûr de saisir votre raisonnement, commissaire.

Les lèvres de Moretti s'étirèrent en un sourire presque imperceptible.

— Les Russes ne sont pas forcément tous présents sur l'île en ce moment. Mais leurs déchets, eux, ne mentent jamais. Seules les poubelles pleines, déposées sur les trottoirs, témoignent infailliblement de leur présence. Cela limitera considérablement notre périmètre de recherches.

Un éclair de compréhension traversa le regard de William.

— Brillant ! Mais certaines maisons sont habitées uniquement par des employés de maison...

— On s'en fout royalement, rétorqua Moretti avec une impatience mal dissimulée, le temps nous échappe.

Profitant d'un rare moment de répit dans cette course effrénée, Moretti s'empara de son téléphone pour rappeler le numéro de l'appel manqué.

— Clinique Saint-Mathieu, bonjour ! annonça une voix féminine au timbre artificiel, rodée à l'exercice d'accueil téléphonique.

Il fronça les sourcils, intrigué par cette provenance inattendue.

— J'ai reçu un appel de votre établissement et je souhaiterais savoir...

— Le nom de famille du patient, s'il vous plaît ? l'interrompit-elle sèchement, avec cette froideur administrative qui dressait un mur invisible entre les humains.

— Je n'en ai aucune idée, c'est précisément pour cette raison que je vous rappelle, répondit-il, sentant l'irritation monter en lui comme une vague.

— Malheureusement, c'est le numéro du standard, je ne vais pas pouvoir vous aider sans cette information, déclara-t-elle d'un ton péremptoire.

Moretti inspira profondément, pencha la tête vers le bas pour contenir son agacement grandissant.

— Je connais un patient hospitalisé chez vous, Philippe Delmont, lâcha-t-il, espérant créer une ouverture.

— Delmont avec un D à la fin ? demanda-t-elle, mécaniquement.

— Non, avec un T. D-E-L-M-O-N-T, articula-t-il distinctement.

— Je vous mets en relation, bonne journée, conclut-elle avec un soulagement perceptible de pouvoir se débarrasser de cet interlocuteur insistant.

Une musique soporifique au piano, censée apaisée. Mais ayant l'effet inverse, remplaça la voix féminine. Après une attente interminable, elle revint.

— Le poste ne répond pas ! renchérit-elle avec une pointe d'agacement.

— Dans ce cas, passez-moi le service des infirmiers d'étage, ordonna-t-il, la patience à bout.

— Allo, oui ? répondit une voix masculine, légèrement essoufflée.

— Commissaire Moretti. Je cherche à joindre le capitaine Delmont de toute urgence.

Un silence pesant s'installa avant que l'infirmier ne réponde.

— Il nous a quittés il y a plus de deux heures, répliqua-t-il d'une voix neutre.

Le cœur de Moretti manqua un battement.

— Pardon ? Je croyais qu'il était en convalescence ? Son état s'est-il aggravé ?

— Non, non, vous ne comprenez pas. Il a quitté l'établissement, de son propre chef. Nous avons alerté la direction. Il n'était pas en état de sortir. Êtes-vous parent de Monsieur Delmont ?

— Non, répondit Moretti avant de raccrocher brutalement.

Il maugréa un juron entre ses dents serrées. Quelles raisons impérieuses avaient poussé Delmont à quitter lui-même l'hôpital dans son état ? Avait-il lui aussi été enlevé ? Ou bien avait-il reçu une information cruciale qu'il tentait de lui transmettre ? Il n'était visiblement pas allé à la caserne, sinon il aurait téléphoné depuis le bureau. William tira Moretti de ses sombres pensées, l'expression du jeune homme illuminée par une lueur d'espoir.

— Ça y est, chef ! J'ai parlé à un des éboueurs du secteur. Un type très coopératif. J'ai pu isoler deux villas fréquemment habitées dans notre périmètre, d'après le volume et la régularité des déchets.

— Bien, nous allons nous partager la tâche en deux pour gagner un temps précieux. Donnez-moi l'adresse de l'une d'entre elles.

— La première s'appelle « Datcha », répondit William en lui tendant l'adresse écrite sur un morceau de papier.

— Pas très original comme nom, observa Moretti avec un sarcasme las. Une maison de campagne russe, littéralement.

Il pianota le nom sur Internet, ses doigts dansant frénétiquement sur l'écran. Son regard s'attarda sur les images qui apparaissaient.

— Tiens, intéressant, murmura-t-il, les yeux rivés sur l'écran de verre. Cela ressemble à un jardin fantaisiste, presque onirique, encombré de structures métalliques imposantes. Une sorte de musée à ciel ouvert.

Le propriétaire appréciait visiblement l'art contemporain avec une passion dévorante, peut-être compensatoire. L'espace privé n'était pas accessible au public, jalousement gardé des regards indiscrets. Néanmoins, Moretti dénicha un article d'un magazine de décoration haut de gamme mis en ligne quelques mois auparavant. L'ensemble des œuvres formait une collection diversifiée, hétéroclite, témoignant d'un goût éclectique, peut-être compulsif. Parmi les pièces les plus démesurées trônait une œuvre magistrale : une échelle en argent, haute de huit mètres, dont la base paraissait mystérieusement se perdre sous terre comme pour relier deux mondes. Faiblement penchée, la structure rappelait inévitablement la tour de Pise, défiant les lois de la gravité. Moretti se tourna vers William et l'interrogea du regard, une lueur d'intuition brillant dans ses yeux sombres.

— Ça pourrait être là-bas, confirma William. D'après mes informations, le propriétaire est un passionné de plongée sous-marine. La propriété dispose d'un accès direct à la mer via un funiculaire privé, une rareté même sur cette île de privilèges.

Moretti se leva brusquement, galvanisé par l'urgence.

— Nous n'allons pas attendre l'arrivée des forces spéciales. Chaque minute qui passe met Florence en danger. Nous devons pénétrer dans ces propriétés immédiatement.

— Je vous rappelle que nous n'avons aucune certitude qu'elle se trouve prisonnière dans l'une de ces demeures ! protesta William, soucieux de respecter la procédure.

— Et bien, nous le saurons très bientôt, trancha Moretti, sa détermination inébranlable visible dans chaque fibre de son corps tendu.

Moretti se fit accompagner par un véhicule banalisé de la police, le moteur ronronnant doucement dans les rues sinueuses du cap. Après avoir roulé à travers des artères désertes, abandonnées par les touristes en cette saison, le chauffeur ralentit devant une imposante propriété. Un grandiose mur blanc, fraîchement rénové, cerclait jalousement la demeure comme une forteresse moderne. Un dispositif vidéo sophistiqué remplaçait la traditionnelle sonnette, témoignant d'un souci obsessionnel de sécurité. Moretti ordonna aux militaires de boucler discrètement les accès des deux villas suspectes. Il raccrocha son téléphone et appuya sur le bouton chromé de l'interphone.

Une voix incompréhensible, distordue par l'électronique, lui répondit dans un mélange de français approximatif et d'accent slave. Au bout d'un moment qui lui parut interminable, une femme brune, de taille moyenne, le visage fermé. Mais curieux ouvrit la porte, un sécateur à la main. Elle était accompagnée d'un homme massif, à la carrure impressionnante, muni d'un râteau, ses yeux scrutateurs évaluant rapidement Moretti.

— La police ? s'étonna la femme, la cinquantaine élégante, un tablier de jardinage en toile épaisse enroulé autour de ses hanches. Qui vous a contactés ?

— Exact, madame. Mais personne ne l'a fait, répondit Moretti d'un ton neutre. Êtes-vous les propriétaires de cette demeure ?

— Non, simplement des employés.

— D'entretien, précisa l'homme, manifestement curieux de cette intrusion impromptue.

— Est-ce que vos employeurs sont présents sur les lieux ? questionna Moretti, son regard balayant furtivement l'espace derrière eux.

— Non, ils sont absents, répondit la femme avec méfiance.

— Dans ce cas, pouvez-vous nous laisser entrer ? C'est une question de sécurité nationale.

— Je ne sais pas si je suis autorisée à...

Moretti s'avança d'un pas, imposant sa présence.

— Entrave à la police dans l'exercice de sa fonction, ça vous parle ? On peut aussi revenir avec un mandat officiel et une demi-douzaine d'agents qui ne se gêneront pas pour piétiner vos parterres immaculés.

La perspective horrifiante de voir des bottes crasseuses fouler le gazon méticuleusement entretenu fit tressaillir le couple. Ils échangèrent un regard résigné avant de s'écarter silencieusement pour laisser passer Moretti.

— Combien de personnes vivent habituellement ici ? interrogea le commissaire tandis qu'ils traversaient un vestibule aux proportions impressionnantes.

— Hormis nous ? Deux personnes : le propriétaire et son frère cadet, répondit la femme qui hésitait visiblement à poursuivre cette conversation compromettante.

Percevant ses doutes, Moretti se retourna vers elle, plantant son regard dans le sien.

— Je vous conseille sincèrement de ne pas alarmer vos employeurs. Cela n'en vaut vraiment pas la peine, croyez-moi. Votre coopération sera appréciée et mentionnée dans mon rapport.

Elle acquiesça lentement, comprenant implicitement la menace voilée.

En pénétrant dans le jardin soigneusement agencé, les œuvres d'art monumentales se révélèrent encore plus imposantes que sur les clichés léchés du site Internet. L'échelle en aluminium poli semblait défier les lois de la physique, sa présence démesurée écrasant le paysage environnant. Moretti s'approcha, fasciné malgré lui, effleurant du bout des doigts la surface froide du métal. Brusquement, une onde glacée se propagea le long de son échine. Son regard fut attiré par un écriteau discret, fixé à la base de l'œuvre, portant une inscription mystérieuse. Il lut attentivement le texte énigmatique, libérant instinctivement la sécurité de son holster, prêt à dégainer au moindre signe de danger.

« Du savoir occulte des profondeurs de la terre vers celui de la transfiguration céleste. Les marches symbolisent la progression de la réalité matérielle vers le monde divin, l'ascension de l'âme vers sa libération. »

L'œuvre en argent portait un nom aussi simple qu'évocateur : « L'Escalier ». Son auteur : Kemerovski. Une révélation foudroyante traversa l'esprit de Moretti. Était-il envisageable que Delmont, isolé dans un hangar lugubre de Libye, ait voulu lui faire passer un message crypté concernant l'enquête. Et non pas un simple clin d'œil à leur rencontre fortuite à Marseille ? Il se retourna vivement vers le couple, l'urgence perceptible dans sa voix.

— Décrivez-moi précisément votre employeur.

— Grand, mince, très mince même, presque maladif, répondit la femme en joignant les mains. Très poli et avenant, toujours courtois malgré son statut. Malgré sa nationalité russe, il parle remarquablement bien notre langue, sans presque aucun accent.

Le portable de Moretti vibra dans sa poche. L'écran affichait le nom de Lesieur. Une bouffée d'agacement le traversa. Mais il décrocha néanmoins.

— Moretti, j'écoute.

— Félicitations, commissaire ! s'exclama la voix satisfaite de Lesieur. Vous avez réussi à localiser Florence, à ce que je constate.

Moretti fronça les sourcils, décontenancé.

— Je crains de ne pas comprendre votre enthousiasme.

— En tant qu'agent infiltré de haut niveau, Florence est équipée d'une micropuce sous-cutanée implantée dans son bras droit. C'est une procédure standard désormais pour les missions sensibles. D'après sa position géolocalisée sur notre écran de contrôle, elle se trouve à très faible distance de votre téléphone actuellement. Tenez-moi informé des développements, commissaire.

Moretti raccrocha brutalement, maudissant intérieurement Lesieur de ne pas lui avoir communiqué cette information cruciale plus tôt. Quel jeu jouait cet homme ? Il héla le chef du GAO qui venait de franchir discrètement le portail de la propriété, accompagné de ses hommes en tenue d'intervention. L'officier s'adressa directement à l'employé, exigeant un plan détaillé des lieux, caves et dépendances comprises. Déployés avec une coordination silencieuse, les hommes progressèrent en formation d'éventail à travers la propriété luxueuse.

— La villa est pourtant inhabitée depuis plusieurs jours, murmura la femme, visiblement déconfite, serrant nerveusement le sécateur entre ses doigts crispés.

— La personne que nous recherchons se trouve pourtant bien ici, affirma Moretti avec une certitude absolue. Connaissez-vous des passages dissimulés, des pièces secrètes, n'importe quel élément architectural inhabituel ?

Elle secoua négativement la tête, son regard trahissant son ignorance sincère. William parvint à la hauteur de Moretti, tenant dans ses mains un appareil électronique sophistiqué aux voyants lumineux clignotants.

— Pouvez-vous me communiquer les coordonnées précises de la puce ? demanda-t-il avec empressement.

— Oui, les voici, répondit William en lui tendant l'appareil.

Un écran à cristaux liquides haute définition affichait la présence de deux signaux distincts : le premier, statique et faible. Le second, mobile et puissant. En progressant méthodiquement vers la cible, un cercle rouge réduisait graduellement la distance séparant les deux points. Le signal clignota frénétiquement lorsqu'ils se positionnèrent devant la sculpture monumentale de Kemerovski. D'un même mouvement, ils levèrent simultanément la tête vers le ciel azuré, puis baissèrent les yeux vers le sol.

— L'échelle ne monte pas uniquement vers le ciel, elle descend aussi dans les entrailles de la Terre, vers ce monde occulte mentionné dans l'inscription, murmura Moretti, les pièces du puzzle s'assemblant dans son esprit. Il doit nécessairement exister un socle dissimulé, un mécanisme d'ouverture ingénieux.

Les deux employés, encadrés discrètement par deux hommes du commando d'élite, observaient les policiers avec une incrédulité grandissante. William lança un ordre bref à l'un des agents. Celui-ci revint en courant, un détecteur de métaux ultramoderne dans la main. Le sondage minutieux confirma sans équivoque la présence d'une structure métallique complexe sous terre. Mais aucun moyen apparent d'y accéder n'était visible.

— Bon sang ! gronda Moretti, frappant du poing sur sa cuisse. Elle se trouve juste en dessous de nos pieds !

Il arrêta soudain son regard sur l'échelle argentée, la fixant intensément comme pour percer ses secrets. Une idée audacieuse, presque téméraire, germa dans son esprit bouillonnant.

— William, montez prudemment sur la première marche de cette échelle, ordonna-t-il en dégainant son arme de service.

Les deux militaires se replièrent instinctivement avec les employés, mettant ces derniers à couvert derrière un massif de lauriers. À peine William avait-il posé son pied sur le troisième niveau que l'improbable se produisit : un mécanisme hydraulique silencieux s'enclencha, actionnant un élévateur dissimulé. William sauta prestement à terre, tandis que l'échelle s'élevait majestueusement au-dessus de son socle, révélant un passage obscur à sa base, comme la gueule béante d'un monstre souterrain.

Moretti hocha brièvement la tête en direction du chef du commando, qui envoya immédiatement deux hommes dans la brèche ténébreuse. Équipés de lunettes à vision infrarouge dernier cri, ils s'engagèrent dans l'ouverture avec une prudence calculée. Moretti les suivit sans hésitation, ordonnant à William de rester en surface pour coordonner les renforts.

En descendant un escalier en colimaçon aux marches inégales, Moretti se guidait à l'aide des faisceaux lasers rouges projetés par les fusils d'assaut qui fouillaient méthodiquement le périmètre. Ils accédèrent à un couloir étroit, aux parois suintantes d'humidité. Les hommes avancèrent avec une lenteur délibérée, tous les sens en alerte.

Derrière eux, un cliquetis métallique sinistre déchira soudain le silence oppressant, faisant sursauter violemment le commissaire. Les deux militaires plongèrent instantanément Moretti à terre, le protégeant de leur corps. Et tirèrent une rafale précise sur une forme difforme en mouvement rapide dans la pénombre. Lorsque le silence revint, perturbé uniquement par un bruit mécanique tournant au ralenti, Moretti se retrouva toujours plaqué au sol, le souffle court.

Il tâtonna frénétiquement autour de lui et sa main rencontra une surface sphérique et humide. Avec horreur, il réalisa qu'il s'agissait d'une tête humaine séparée de son corps. Il ôta délicatement les lunettes infrarouges du crâne ensanglanté et les fixa sur son propre visage, les mains tremblantes. Dans la pénombre oppressante, un nouveau sursaut du cliquetis métallique le fit tressaillir violemment. Une fois les lunettes correctement positionnées, il enclencha la vision nocturne, le monde se teintant instantanément de vert phosphorescent.

Un thorax déchiqueté gisait à moins d'un mètre de lui, la chair encore palpitante. Impossible de déterminer si la machine meurtrière avait été endommagée par les tirs ou si elle attendait, tapie dans l'ombre, prête à frapper à nouveau. Un regard circulaire lui permit de constater l'ampleur des dégâts avec une clarté terrifiante. Un des soldats avait été littéralement tranché en lamelles précises, comme par un gigantesque hachoir, ses organes internes exposés dans une obscène présentation anatomique. Le second gisait sur le dos, inanimé, son visage figé dans une expression de stupeur éternelle. La situation devenait cauchemardesque, inextricable.

Dans le jardin baigné de soleil de la villa, à la surface, les membres du GAO échafaudaient frénétiquement un plan pour investir le passage à présent scellé. Nul ne connaissait la distance parcourue par le commando dans les entrailles de la Terre ni ce qu'ils avaient rencontré.

Le cliquetis mécanique de la machine infernale s'estompait progressivement. Une fumée âcre de caoutchouc grillé se dégageait des composants électroniques endommagés, rendant l'air irrespirable. Moretti masqua son visage à l'aide d'un morceau de vêtement arraché à l'uniforme d'un des soldats tombés, tentant désespérément de filtrer les émanations toxiques.

Le moment était venu de sortir de la torpeur qui le tétanisait. Rassemblant son courage, il avança à quatre pattes et toucha délicatement le corps de l'homme étendu devant lui. Aucun signe de vie ne persistait, la peau déjà froide au toucher. D'où provenait précisément ce spectre métallique meurtrier ? Il leva lentement la tête et constata la présence d'un système sophistiqué de diodes froides, sans lumière visible, couplé à des capteurs sensoriels ultrasensibles. La machine mortelle descendait donc du plafond, comme une araignée mécanique guettant sa proie.

Il consulta son téléphone portable par réflexe. Aucun réseau, comme il s'y attendait dans ces profondeurs. L'angoisse comprimait sa poitrine, l'oxygène se raréfiait. Dans un étrange moment de dissociation, l'image de sa femme Anne apparut devant ses yeux, accompagnée de leurs deux enfants. Le mistral soufflait violemment sur la plage de leur dernier séjour en famille, les rafales transformant la surface de la mer Méditerranée en une énorme vitre opaque, presque solide. Le vent glacial donnait la chair de poule à Anne, qu'il enveloppait tendrement de ses bras protecteurs, tandis que leurs enfants observaient, fascinés, des particules de sable s'envoler de la plage, tourbillonnant dans les airs comme de la fumée dorée.

« L'eau est d'un bleu glacé, papa, presque irréel, » avait formulé son fils avec cette poésie spontanée propre à l'enfance.

La vision s'estompa brutalement, le couloir lugubre revenant à sa conscience. Il avança de nouveau, frôlant la machine infernale désactivée en fermant les yeux, incapable de supporter la vision de cet appareil de destruction épouvantable, cette mécanique froide conçue pour ôter la vie avec une efficacité clinique.

Derrière lui reposaient la mort et le silence. Il progressait maintenant rapidement, son corps tendu à l'extrême, scrutant constamment le plafond à la recherche d'autres pièges mortels. Il atteignit enfin une courbure dans le tunnel et distingua les contours éclairés d'une issue, une lueur blafarde filtrant sous une porte métallique.

Attendre les renforts ou risquer sa vie en poursuivant seul ? Le temps lui manquait pour peser consciencieusement les options. Avec Florence potentiellement retenue prisonnière à quelques mètres, il devait agir immédiatement. Il poussa la porte qui s'écarta sans résistance, dévoilant une pièce rectangulaire baignée d'une lumière incandescente qui explosa douloureusement dans ses yeux à travers les lunettes infrarouges. Il s'en débarrassa en geignant, momentanément aveuglé. Et se laissa glisser contre un mur, reprenant laborieusement son souffle.

Une nouvelle hallucination s'empara de lui. Il se retrouva sur le sable chaud de la plage, proche de ses enfants qui jouaient insouciamment au bord de l'eau. Anne restait sur le trottoir de la promenade, les observant tendrement. Il avançait vers la mer scintillante, son fils tentant malicieusement d'attraper sa jambe pour le faire tomber dans un jeu familier. Sa fille, protectrice, le défendait des assauts espiègles de son frère.

Il lui semblait discerner son prénom appelé au loin. Il se retourna et vit avec horreur Anne à terre, se débattant désespérément contre deux hommes au visage flou. Il courut aussi vite que ses jambes le lui permettaient, le sable ralentissant sa course. Les deux agresseurs s'enfuirent à son approche, tels des ombres volatiles. Il prit Anne par les épaules, son corps inerte se balançant mollement entre ses mains. Choc traumatique. Violence urbaine

Il entendait à présent une voix métallique, la plage disparaissant comme un mirage. Il déambulait dans un couloir lumineux, éblouissant. Ce n'était pas une hallucination. Mais la réalité qui s'imposait à nouveau à sa conscience fragmentée.

— Avancez, commissaire. Continuez jusqu'au bout de la salle et ouvrez la porte rouge. N'ayez crainte, il ne vous arrivera rien désormais.

La voix, venant de nulle part et de partout à la fois, résonnait avec une clarté artificielle dans l'espace confiné. Moretti serra son arme contre sa poitrine, avançant pas à pas vers l'inconnu, vers Florence, vers la vérité qui l'attendait derrière cette porte écarlate.

La perspective de revoir Florence insuffla à Moretti une énergie nouvelle, comme une lueur d'espoir dans les ténèbres qui l'entouraient. Ses pas résonnaient sur le sol froid tandis qu'il progressait avec détermination, les muscles tendus par l'appréhension.

Le spectacle qui s'offrit à ses yeux le stupéfia, le clouant sur place. En contrebas d'un escalier en colimaçon s'élevant sur une dizaine de mètres de hauteur, nichée comme un secret bien gardé, demeurait une véritable datcha russe. Ses murs en bois sombre contrastaient avec les reflets métalliques des objets modernes qui l'entouraient, créant une dissonance visuelle presque douloureuse. Moretti restait interdit devant cette scène irréelle et démesurée, ce théâtre macabre construit sous terre. Une goutte de sueur froide glissa le long de sa tempe. Sans aucun doute, il contemplait l'œuvre incontestable d'un esprit dérangé, mégalomane, obsédé par la reconstruction d'un monde perdu.

Florence était attachée sur un fauteuil à l'extérieur de la cabane, son visage pâle marqué par l'angoisse. Mais ses yeux brûlant encore d'une détermination farouche. Ses cheveux, habituellement si soigneusement coiffés, tombaient en mèches désordonnées sur son front. À ses côtés, un homme à la carrure imposante tenait un pistolet mitrailleur pointé sur elle. Moretti reconnut immédiatement l'arme : un PP 2000, l'arme de guerre la plus moderne de sa catégorie, capable de déchiqueter un corps humain en quelques secondes.

Une voix grave, empreinte d'un accent slave prononcé, brisa le silence oppressant.

– Ne jamais oublier d'où nous venons, commissaire. Nos racines. Les miennes, je les ai ramenées ici. Le ton était presque mélancolique, contrastant avec la menace évidente.

– Descendez doucement. Et n'envisagez même pas de me neutraliser.

L'homme, dont le visage partiellement masqué par l'ombre semblait taillé dans le marbre, appuya sur une télécommande intégrée à sa montre. Un bruit de cliquetis métallique glaça instantanément le sang de Moretti. Un appareil noir mat, de forme ronde, roula jusqu'au bas de l'escalier en colimaçon, ses mouvements d'une fluidité surnaturelle.

– Priez, commissaire, poursuivit l'homme avec une satisfaction malsaine dans la voix. En mode attaque, cette merveille technologique se transforme et adopte toute configuration adaptée à son environnement. Croyez-moi, mieux vaut ne pas être victime de ses facéties.

Moretti posa son pied sur le sol avec une hésitation qu'il tenta de masquer, observant avec appréhension la machine qui semblait prête à bondir au moindre geste brusque. Ses doigts effleurèrent instinctivement son arme de service. Mais il savait que ce geste signerait son arrêt de mort.

– Avancez, soyez sans crainte. L'ironie dans ces mots était palpable comme un couteau sous la gorge.

À mesure qu'il s'approchait, Moretti distinguait davantage la voix et l'accent russe de son interlocuteur. Un frisson parcourut son échine lorsqu'il fut assez près pour voir le visage de l'homme en détail. Le bas de son visage, emprisonné par une structure en métal chromé, évoquait étrangement le masque d'Hannibal Lecter, conférant à son expression une froideur métallique. D'un geste presque élégant, le Russe appuya sur un bouton derrière sa tête qui libéra son visage, révélant des traits anguleux marqués par la dureté d'une vie de violence.

— Pour juger et condamner autrui, il faut être un saint, philosopha-t-il en plissant ses yeux d'un bleu glacial. Ni vous ni moi n'avons les qualités d'un saint, commissaire. N'est-ce pas ironique ?

— La justice, elle, n'a pas besoin de sainteté ! rétorqua Moretti, la mâchoire serrée, ses mains tremblantes de colère contenue.

Le Russe laissa échapper un rire sec qui résonna contre les parois de la datcha.

— Elle est contrôlée par des hommes que l'on achète, Moretti. Il prononça son nom comme s'il savourait chaque syllabe.

— Tout chevalier sans peur et sans reproche que vous soyez, les forces de notre monde sont plus puissantes que votre système législatif. Nous dominons les veines de votre région. À tous les niveaux.

Ses doigts dessinèrent des arabesques dans l'air, comme pour illustrer l'étendue de son pouvoir.

— Les frontières n'existent pas pour nous, nous sommes partout, plus efficaces que jamais. Comme l'eau qui s'infiltre dans les moindres fissures.

Moretti jeta un regard anxieux vers Florence, dont les yeux le suppliaient silencieusement.

— Que comptiez-vous faire de ma collaboratrice ? La tuer ? Sa voix trahissait une émotion qu'il tentait désespérément de contrôler.

Le Russe haussa les épaules avec une nonchalance calculée.

— Vous m'avez enlevé mon frère, il est naturel que je me venge, ne croyez-vous pas ? La loi du talion, commissaire. Une vie pour une vie.

Ses doigts caressèrent distraitement la crosse de son arme.

Moretti demeura stoïque. Mais son cœur battait la chamade dans sa poitrine. Chaque seconde qui passait était un fil tendu entre la vie et la mort.

— À cause de votre opération commando en Libye, Dimitri est mort. Vous en êtes le responsable.

La voix du Russe se durcit, perdant momentanément son calme apparent.

— Le pipeline ?! Il écarta les bras avec théâtralité.

— Un de perdu ! Dix de retrouvés. Nous infligeons une dose de testostérone dans votre monde décadent, commissaire. Ce qui nous relie entre nous ? C'est l'idéologie ! Pas le luxe !

— Pour moi, vous ne représentez qu'une bande d'assassins et de trafiquants, répliqua Moretti, redressant les épaules. Une mafia moderne qui n'a aucun principe, qui se drape dans une idéologie de façade pour justifier ses crimes. La villa est encerclée, vous n'avez aucune chance de vous en sortir. Mes hommes n'attendent qu'un signal.

Le Russe esquissa un sourire carnassier, ses dents blanches contrastant avec son teint hâlé.

– Dans ce cas, nous mourrons tous, commissaire. Et ce serait dommage, non ?

Il se tourna vers une petite table en bois sculpté.

– En attendant, puis-je vous offrir un café ? Importé directement de Colombie. Une merveille pour les papilles.

Moretti évaluait la situation à travers l'attitude du Russe. Trop d'assurance. Trop de calme. Cet homme avait un plan, une issue de secours. Ou pire encore, il n'avait réellement rien à perdre.

– Je vous déconcerte ? lâcha le Russe en se servant une tasse de café fumant, le liquide noir tournoyant comme les ténèbres de son âme.

– Je vais vous faire une confidence, poursuivit-il en pointant un fauteuil en cuir usé du doigt. Mais asseyez-vous donc, nous avons tout notre temps.

Son regard balaya la pièce avec fierté.

– Ici, nous sommes protégés contre n'importe quelle attaque nucléaire. Votre grotesque armada égratignera la pelouse, rien de plus.

D'un geste théâtral, il invita Moretti à lever les yeux.

– Observez le plafond. Voilà. Vous notez la caméra ? Elle est reliée à un serveur qui gère les thordes.

Il prononça ce dernier mot avec une révérence presque religieuse.

– Intelligents et dangereux. Vous avez déjà rencontré un de ces spécimens. Car comme vous ne pouvez le savoir, la tour Diogène 8 a été fabriquée par nous, par l'intermédiaire de sociétés sous-traitantes. Depuis, nous avons créé Diogène 9. Elle est entièrement automatisée par des thordes qui pilotent eux-mêmes des aquadrones.

Ses yeux s'illuminèrent d'une lueur démente.

– Nous contrôlons le bassin méditerranéen, commissaire. Bientôt, aucun navire commercial ne voguera sur la mer sans s'être acquitté d'un droit de passage.

Son doigt se posa sur la gâchette de son arme.

– Un geste inconsidéré de votre part ou de votre agent et le thorde vous transforme en steak haché. Da ?

Moretti hocha lentement la tête, son esprit calculant frénétiquement les possibilités d'action. Le moindre faux pas signerait leur arrêt de mort à tous les deux.

– Rien ne peut être dissimulé ad vitam æternam, répondit-il, sa voix empreinte d'une conviction tranquille. Tôt ou tard, cette tour sera découverte, ne serait-ce que par les mouvements de vos robots. Nos services les traqueront. Et votre empire s'effondrera comme un château de cartes.

L'homme émit un ricanement involontaire qui résonna dans la pièce comme le crissement d'ongles sur un tableau noir.

— Dans ce jeu de surenchère, nous sommes les maîtres, commissaire. Les pièces sont placées, l'échiquier est le nôtre. Ses traits se durcirent soudainement.

— Cette conversation s'achève.

Florence tenta de se débattre sur sa chaise, ses yeux écarquillés par la peur.

— Libérez ma collègue ! exigea Moretti, un éclat de désespoir dans la voix.

— C'est ce qui va se passer, commissaire. Le Russe caressa doucement les cheveux de Florence, qui tressaillit à son contact.

— Elle pourra témoigner de notre échange. Raconter comment le valeureux commissaire Moretti s'est sacrifié. En ce qui vous concerne, une vie contre une autre. Mon frère est mort d'une balle dans la tête.

Son visage se tordit en une grimace de haine.

— Vous ne bénéficierez pas de ce luxe. On peut programmer un thorde à faire n'importe quoi ! Démembrer un corps par étapes successives, ou enfoncer des aiguilles n'importe où, n'importe quand. Imaginez la douleur, commissaire. Imaginez l'agonie sans fin.

Moretti déglutit avec difficulté. Mais son regard resta fixé sur celui de son adversaire.

— Une dernière chose, demanda-t-il, cherchant à gagner du temps. - Pourquoi des richesses archéologiques ? Alors que le trafic de drogue vous offrait des milliards d'euros ? C'est paradoxal pour un homme qui se prétend pragmatique.

Le Russe haussa un sourcil, visiblement surpris par la question.

— Une fantaisie d'un des chefs du clan,admit-il avec un sourire en coin.

— Il rêvait de rassembler suffisamment d'or pour se constituer un trésor digne de la caverne d'Ali Baba. Je l'avoue, c'est singulier. Il fit un geste évasif de la main.

— Chacun possède ses fantasmes. Le mien, c'est de vous placer dans une salle vide avec un thorde et d'observer votre lente agonie. Et le vôtre, commissaire ? Quel est votre fantasme inavoué ?

— Voir votre réseau démantelé, répondit Moretti sans hésitation, ses yeux brillants d'une détermination inébranlable.

— C'est pathétique et irréalisable, soupira le Russe avec une moue condescendante.

— Permettez-moi de vous parler d'une anecdote qui vous fera comprendre l'étendue de notre pouvoir : nous contrôlons des entreprises généralistes de la protection incendie.

Moretti le dévisageait comme s'il était fou, un sentiment de malaise à mesure qu'il saisissait les implications.

— Dans chaque école, poursuivit le Russe, savourant visiblement son effet, des extincteurs sont révisés chaque année, voire remplacés. Parmi eux, des thordes miniatures y ont été placés, nous les appelons des œufs. Ses yeux brillèrent d'une lueur malsaine.

— S'il m'arrivait quoi que ce soit, une série de ces charmantes bêtes serait libérée. Je vous laisse imaginer le carnage ! Du ketchup sur une omelette. Un funeste mélange de couleurs.

Il s'esclaffa, un rire glaçant qui semblait émaner des profondeurs d'un abîme.

— Il est temps de nous dire au revoir, Mlle Florence.

Il ôta le scotch de la bouche de la jeune femme avec une délicatesse inattendue. Elle respira fortement, ses poumons s'emplissant d'air comme si elle émergeait d'une noyade. Et se leva sur des jambes tremblantes.

— Je suis navré, chef, murmura-t-elle, sa voix à peine audible.

— Ils m'ont drogué. Je n'ai rien pu faire... Son regard embué croisa celui de Moretti, implorant silencieusement son pardon.

Moretti cligna des yeux, son cœur se serrant à la vue de sa collègue en détresse. Malgré la situation désespérée, il ressentit un élan de fierté devant sa résilience.

— Montez l'escalier en colimaçon, ordonna le Russe à Florence.

— Vous traverserez une salle jusqu'à la porte. Prenez le couloir, vous accéderez à un second corridor qui vous mènera à l'extérieur. Vous en profiterez pour faire vider les lieux là-haut. Son ton ne laissait aucune place à la discussion.

— Est-ce que vous avez compris ?

Florence hocha la tête en fixant Moretti, ses yeux transmettant un message silencieux qu'il ne parvint pas à déchiffrer. Résignation ? Espoir ? Plan secret ? Elle s'engagea vers la sortie.

Le Russe appuya sur un bouton de sa montre-poignée. Une série de bruits métalliques parvint aux oreilles de Moretti, semblant provenir d'au-dessus de lui. Il leva les yeux et aperçut une forme ovoïdale qui manœuvrait à grande vitesse sur le mur, défiant toutes les lois de la gravité. La machine ne semblait pas être pourvue de crochets ou de quoi que ce soit qui lui permettaient de s'accrocher aux parois, comme si elle était mue par une force invisible. Soudain, elle bondit près de lui et se transforma en une boule noire menaçante.

– Masson et Calzone ? demanda Moretti, surprenant le Russe par cette question inattendue.

Un sourire carnassier étira les lèvres du Russe.

– Jusqu'au bout, commissaire ! Je dois avouer que vous forcez le respect.

Il fit un geste dédaigneux.

– Oui, bien sûr ! À quoi nous servaient-ils ? À rien ! De simples pions sacrifiables sur l'échiquier. Comme vous, d'ailleurs.

Il n'acheva pas sa phrase. Tout se déroula très vite, comme dans un film au ralenti que Moretti observait sans pouvoir intervenir. Le thorde se souleva à une vélocité vertigineuse, ses mécanismes internes émettant un bourdonnement menaçant. Au même instant, une voix familière retentit, ordonnant à Moretti de se coucher.

La surprise se lisait dans les yeux du Russe quand il s'écroula, son corps en proie à des convulsions, foudroyé par une décharge électrique invisible. L'engin, mitraillé par une salve de projectiles, s'effondra dans un fracas assourdissant, des étincelles jaillissant de sa carcasse métallique. Le Russe remuait par saccades sous les impulsions encore actives des projectiles, son visage figé dans une expression d'incrédulité totale.

Moretti se mit à genou, le souffle court. Et reconnu avec stupéfaction Delmont, une arme futuriste dans les bras, entouré d'un halo de fumée comme un ange vengeur surgi des ténèbres.

– Rien de mal, chef ? s'enquit Delmont, l'inquiétude transparaissant dans sa voix habituellement si assurée.

– Je pourrais vous renvoyer la question ! Moretti se releva péniblement, ses jambes flageolantes sous le coup de l'adrénaline.

– Vous m'avez sauvé la vie, Delmont ! Mais d'où venez-vous ? Et comment avez-vous su pour cet endroit ? Et ce fusil électronique ? Je n'ai jamais vu une telle arme…

Delmont s'écroula sur le fauteuil dans lequel Florence avait été attachée, son visage ruisselant de sueur, ses traits tirés par l'épuisement.

– Fusil à impulsion, balles également électriques, expliqua-t-il entre deux respirations laborieuses. Prototype expérimental. J'ai… des contacts.

– Mais, d'où diable sortez-vous ? insista Moretti, partagé entre soulagement et suspicion.

– Il y avait une entrée vers la mer. On se tire de cet endroit et je vous expliquerai, OK ? Delmont jeta un regard anxieux vers l'escalier.

— Ce n'est pas fini. D'autres thordes pourraient être activés à tout moment.

— Non, non, non, répliqua Moretti avec obstination, je veux comprendre. Maintenant.

Delmont soupira, passant une main tremblante sur son visage couvert de poussière.

— Durant l'intervalle précédant l'assaut dans le hangar en Libye, j'ai entendu Vassinovitch hurler des ordres dans tous les sens. Je pige un peu le russe, assez pour comprendre le mécanisme de cet endroit. Il se donnait rendez-vous à l'entrée du tunnel qui donne accès à cette salle.

Il secoua la tête, comme pour chasser un mauvais souvenir.

— Il y a peu de temps que ces paroles me sont revenues en mémoire. J'ai tenté de vous joindre. Mais vous ne répondiez pas.

Son regard se durcit.

— Lorsque j'ai appris votre présence dans la villa des Vassinovitch, je me suis rendu sur place. Et voilà ! J'ai suivi mon instinct. Et apparemment, il ne m'a pas trompé.

— Connaissez-vous le dispositif pour déconnecter les thordes, ici ? demanda Moretti, son regard balayant nerveusement la pièce à la recherche d'un panneau de contrôle.

— Les thordes ? Delmont fronça les sourcils, perplexe.

— Oui, ces funestes machines. Ces robots tueurs.

— Non, admit Delmont avec regret. Mais nous ferions mieux de ne pas traîner pour le découvrir.

— Ça va aller ? Moretti tendit une main à son collègue.

— Andiamo !

En accédant à la pelouse sous le socle de l'échelle, ils aperçurent Florence qui courait vers eux, son visage illuminé par le soulagement de voir son patron sain et sauf. Elle s'arrêta net, surprise de découvrir Delmont.

— Alors ? demanda-t-elle, son regard passant de l'un à l'autre, cherchant des réponses dans leurs expressions.

— Il y a trois œuvres d'un artiste français qui célèbre la devise de la république : liberté, égalité et fraternité, expliqua Delmont, pointant du doigt trois sculptures monumentales disséminées dans le jardin luxuriant.

— Le poste de contrôle se situe dans… »

— Dans celle de la liberté, avança Moretti avec assurance, son intuition de policier reprenant le dessus.

— Intuition ? susurra Florence avec un sourire complice.

— Présomption, répondit-il, lui rendant son sourire. Les criminels ont souvent un sens de l'ironie prévisible.

Le commissaire identifia le premier la représentation de la liberté : une hirondelle en fer forgé, construite de la même manière que la vierge noire du cap Ferrat. Immense et creuse, elle s'élevait vers le ciel comme un symbole d'espoir moqueur.

— Dépêchons-nous de trouver le mécanisme d'ouverture, dit-il, la tension évidente dans sa voix. Voici le moment de faire fonctionner vos capacités, Florence. Une idée ?

Florence contempla la sculpture avec attention, son front plissé par la concentration.

— Pourquoi cet oiseau ? murmura-t-elle, plus pour elle-même que pour les autres. La colombe aurait été mieux adaptée comme symbole de liberté...

— Où voulez-vous en venir ? demanda Moretti, intrigué par son raisonnement.

— Le choix de l'artiste donne des indices sur sa personnalité, poursuivit-elle, son regard suivant le vol imaginaire de l'hirondelle.

— Rien n'est laissé au hasard dans une œuvre aussi symbolique. Une colombe est toujours représentée avec un rameau d'olivier, symbole de la paix.

— Rien dans son bec ! souffla Moretti, comprenant soudain la direction de sa pensée.

— Ça y est ! J'ai compris ! s'exclama Florence, son visage s'illuminant.
- Observez la tête de l'hirondelle ! Que regarde-t-elle ?

Les regards se braquèrent sur l'oiseau de métal, suivant la direction de son bec pointu.

— Des arbres, murmura Moretti, balayant le jardin du regard.

— Pas n'importe lequel ! poursuivit Florence avec excitation.

— Un olivier ! Dont une partie centrale a été soignée avec un emplâtre. Comme si l'arbre avait été blessé et soigné... ou plutôt, comme si quelque chose y avait été dissimulé.

Ils s'approchèrent de l'arbre à pas rapides. Effectivement, un patch dur et gris masquait un trou dans le tronc noueux. Florence passa sa main dessus et effleura l'écorce rugueuse. Elle recula brusquement, comme si elle s'était brûlée.

— C'est une reproduction en métal ! s'exclama-t-elle, stupéfaite par la perfection de l'imitation.

— C'est l'œuvre que nous préférons, intervint le jardinier en s'approchant, son visage empreint d'une fierté évidente.

— C'est une merveille lorsqu'elle est illuminée la nuit. Les jeux de lumière transforment chaque feuille en une gemme scintillante.

— Faites-le ! ordonna Florence, son intuition en éveil.

— Allumez-le ! Maintenant !

Le jardinier, surpris par son ton autoritaire, s'exécuta sans poser de questions. Il sortit une télécommande de sa poche et pressa un bouton. Instantanément, les olives de l'arbre s'éclairèrent d'une lueur bleutée, créant un spectacle féerique dans la pénombre grandissante.

Une branche de couleur légèrement différente attira l'attention de Florence. Elle l'entoura de la main et sentit qu'elle pouvait être manipulée. Avec précaution, elle la fit pivoter. À quelques mètres de là, les ailes de l'hirondelle se déployèrent comme un automate, révélant une ouverture dans son flanc.

— Bingo ! murmura-t-elle, un sourire victorieux aux lèvres.

Moretti se glissa à l'intérieur de la sculpture et découvrit un poste de contrôle électronique informatisé, des écrans affichant diverses données et plans de la propriété. Il héla William d'une voix urgente.

— Déconnectez-moi ce système ! Vite ! Avant qu'il ne s'autodétruise ou n'active d'autres défenses !

Tandis que Delmont se mettait au travail, ses doigts volants sur le clavier avec une dextérité impressionnante, Moretti contempla le jardin qui s'étendait autour d'eux. Le soleil couchant baignait la scène d'une lumière dorée, presque paisible, en contraste saisissant avec les événements qui venaient de se dérouler.

Il était convaincu de n'avoir effleuré que la partie apparente de l'organisation, comme la pointe d'un iceberg. Nul doute que d'autres pipelines mafieux seraient reconstruits ailleurs, invisibles et mortels. À moins de fouiller sous la mer au bord des côtes du Maghreb, leur activité perdurerait, se nourrissant de l'avidité et de la corruption.

Les moyens dont disposait la police demeuraient insuffisants face à une telle puissance financière et technologique. L'utilisation des thordes démontrait une avance considérable que les forces de l'ordre mettraient des années à combler. Le racket des navires dans le bassin méditerranéen allait être compliqué à démembrer, les tentacules de cette pieuvre s'étendant bien au-delà de ce qu'ils pouvaient imaginer.

— Chef, appela doucement Florence, le tirant de ses sombres pensées.
- Regardez ce que j'ai trouvé.

Moretti s'approcha de l'échelle plantée dans le sol, ses yeux suivant le doigt de sa collègue. Une marche de l'escalier qui casse est tout de suite remplacée, songea-t-il. La progression du mal est inexorable, à moins qu'on ne s'attaque à ses racines.

Il effleura la marche qui déclenchait le mécanisme d'ouverture et palpa des interstices comme du braille sous ses doigts. Des chiffres étaient gravés avec précision dans le métal froid. À quoi pouvaient-ils correspondre ? Des coordonnées ? Un code ? Le numéro d'un compte bancaire offshore ?

Il sortit un carnet et nota soigneusement les deux séries : 42 47 et 07 29 (43403 et 7196). Ces chiffres étaient peut-être la clé pour démanteler enfin cette organisation. Ou peut-être n'étaient-ils que la preuve tangible de l'ampleur de ce qu'ils ne comprenaient pas encore.

– On a réussi, chef, murmura Florence en posant une main sur son épaule.

– C'est une victoire.

Moretti acquiesça lentement. Mais dans ses yeux brillait la lueur d'une détermination renouvelée. Ce n'était pas une fin. Mais le début d'une nouvelle bataille. Et cette fois, ils seraient prêts.

ÉPILOGUE

Le soleil déclinait sur la baie des Anges, teintant de pourpre les façades des immeubles niçois. À travers les larges baies vitrées du restaurant panoramique, le bleu intense de la Méditerranée semblait pénétrer l'atmosphère feutrée de la salle.

Moretti, les traits tirés. Mais le regard vif, déposa délicatement un épais dossier à la couverture marine sur la table d'un restaurant du port de Nice.

— La mission est terminée, annonça-t-il, en lissant machinalement le col de sa chemise, un rituel qui trahissait son soulagement.

— J'ai rendu le rapport ce matin.

Il attrapa son verre de côtes de Provence rosé et le leva cérémonieusement. La lumière traversa le liquide ambré, projetant des éclats corail sur la nappe immaculée.

— Je lève mon verre à Philippe, poursuivit-il, sa voix habituellement autoritaire soudain teintée d'émotion.

— À Philippe Delmont qui m'a sauvé la vie dans ce bunker souterrain et qui a survécu à des tortures que peu d'hommes auraient pu endurer.

Moretti posa un regard appuyé sur Florence, dont les yeux verts étaient encore hantés par les souvenirs de Libye.

— Une bonne chose que vous n'étiez pas complètement évanouie dans ce hangar libyen, ajouta-t-il avec un demi-sourire.

— Sans quoi je ne serais pas ici, à cette table, pour porter ce toast. À Philippe !

Tous levèrent leur verre. Le cristal tinta délicatement, comme un carillon éphémère célébrant leur survie. Florence se pencha vers Philippe, déposant un baiser sur sa joue mal rasée, où une fine cicatrice blanchâtre témoignait encore de leur dernière mission. William, quant à lui, tendit sa main pour une poignée vigoureuse qui fit grincer le bracelet en cuir de sa montre militaire.

Leurs verres à peine reposés, Moretti reprit son masque professionnel. Il déverrouilla sa tablette et balaya l'écran du bout des doigts.

Florence restait silencieuse. Son regard s'était figé sur un point invisible, quelque part entre leur table et l'horizon méditerranéen. Elle porta machinalement son verre à ses lèvres. Mais sa main suspendit son geste. Le verre semblait s'être évaporé de sa conscience.

— Florence ? s'inquiéta Moretti, notant son absence soudaine.

— Toujours avec nous ?

Elle cligna des yeux, comme sortant d'une transe, puis sourit légèrement en relevant lentement la tête. Une mèche de cheveux auburn glissa sur sa tempe.

— Je cogitais à propos des tritons de Kemerovski, répondit-elle, sa voix à peine audible par-dessus le murmure des conversations environnantes.

— Ils n'ont jamais rejoint la tour Diogène. Ni Kila. Où peuvent-ils se trouver ?

Moretti reposa sa fourchette et s'essuya délicatement les lèvres avec sa serviette. Il se redressa, ajustant sa posture comme pour asseoir son autorité.

— Ils reviendront chez eux dans la tour, affirma-t-il d'un ton qu'il voulait rassurant. Mais qui trahissait une certaine inquiétude.

— C'est leur territoire, leur maison. Croyez-moi. Où voulez-vous qu'ils aillent ?

Les lèvres de Florence s'entrouvrirent légèrement. Une goutte de condensation glissa le long de son verre abandonné, traçant un sillon humide sur la nappe immaculée.

Soudain, son corps se raidit. Ses pupilles se dilatèrent comme si elle venait d'apercevoir un fantôme.

— Quarante-deux, quarante-sept, zéro-sept, vingt-neuf, murmura-t-elle, sa voix devenue mécanique.

— Des points géodésiques. 42° 47' de latitude Nord et 07° 29' de longitude Est. L'inscription sur l'échelle d'argent, les extincteurs...

Philippe s'était rapproché d'elle, inquiet. Sa main effleura celle de Florence, tentant de l'ancrer dans la réalité.

— Quoi ? s'exclama le commissaire, abandonnant son dessert à moitié entamé.

— L'emplacement de la tour Diogène de 1963...

Florence secoua lentement la tête, comme pour mieux ordonner ses pensées.

— Une boîte de contrôle auxiliaire des thordes, articula-t-elle, chaque syllabe pesée comme si elle traduisait un langage inconnu.

Le regard de Moretti croisa celui de William. Un silence s'installa, uniquement perturbé par le tintement discret des couverts aux tables voisines.

— Une intuition ? demanda finalement Moretti, se penchant vers elle comme pour capter une confidence.

— Oui.

Le mot résonna entre eux comme une sentence. Florence repoussa sa chaise, le raclement sur le parquet ciré brisant la tension.

— Alors, ne perdez pas de temps, ordonna Moretti, son visage soudain assombri par une urgence nouvelle.

— Foncez !

William était déjà debout, jetant négligemment quelques billets sur la table. Philippe enfilait sa veste en cuir usée, vérifiant d'un geste machinal la présence de son arme au creux de ses reins.

Florence s'était déjà dirigée vers la sortie accompagnée de Jean, son pas déterminé contrastant avec sa fragilité apparente. Le soleil plongeait maintenant dans la mer, embrasant l'horizon d'une lueur écarlate, présage silencieux d'une nuit qui promettait d'être longue.

Quelques années plus tard, la tour Diogène au large de Saint Jean cap Ferrat et de Villefranche-sur-Mer fut démantelée, mettant un terme à la fameuse vague de 16 heures.

Dépôt légal mai 2026

www.ingramcontent.com/pod-product-compliance
Lightning Source LLC
LaVergne TN
LVHW100506110826
845146LV00002B/533